W0294371

BASTEI
LÜBBE
TASCHENBUCH

Weitere Titel der Autorin:

Jeanne – Das kurze Leben der Jungfrau von Orléans

Titel in der Regel auch als E-Book erhältlich

Über die Autorin

Ursula Flacke ist Autorin, Musikerin und Schauspielerin. Sie hat über 50 Bücher veröffentlicht, Fernsehdrehbücher, Bühnenprogramme und Musicals verfasst. Sie erhielt zahlreiche Auszeichnungen, u.a. den Österreichischen Jugendliteraturpreis und den Deutschen Kulturförderpreis. Mit der Veröffentlichung ihres historischen Romans *Das Mädchen aus dem Vinschgau* geht für die passionierte Südtirol-Urlauberin ein Herzenswunsch in Erfüllung.

Ursula Flacke

Das Mädchen aus dem Vinschgau

Historischer Roman

BASTEI
LÜBBE
TASCHENBUCH

BASTEI LÜBBE TASCHENBUCH
Band 17215

MIX
Papier aus verantwortungsvollen Quellen
FSC® C014496

Dieser Titel ist auch als E-Book erschienen

Originalausgabe

Copyright © 2015 by Bastei Lübbe AG, Köln
Lektorat: Judith Mandt
Textredaktion: Anke Pregler, Rösrath
Karte: Markus Weber, Guter Punkt München | Thinkstock
Titelillustration: Johannes Wiebel, punchdesign, München,
unter Verwendung von Motiven von © Shutterstock/Paolo Ramponi;
Shutterstock/R.S. Jegg; Shutterstock/Jozef Klopacka
Umschlaggestaltung: Johannes Wiebel, punchdesign, München
Satz: two-up, Düsseldorf
Gesetzt aus der Caslon
Druck und Verarbeitung: GGP Media GmbH, Pößneck
Printed in Germany
ISBN 978-3-404-17215-3

3 5 7 6 4 2

Sie finden uns im Internet unter www.luebbe.de
Bitte beachten Sie auch: www.lesejury.de

Ein verlagsneues Buch kostet in Deutschland und Österreich jeweils überall dasselbe. Damit die kulturelle Vielfalt erhalten und für die Leser bezahlbar bleibt, gibt es die gesetzliche Buchpreisbindung. Ob im Internet, in der Großbuchhandlung, beim lokalen Buchhändler, im Dorf oder in der Großstadt – überall bekommen Sie Ihre verlagsneuen Bücher zum selben Preis.

»Warum fremden Herren dienen,
wenn ihr euch selbst gehören könnt.«

Paracelsus (1493–1541) Arzt, Alchemist, Astrologe,
Mystiker, Laientheologe und Philosoph.

Göflan am Nördersberg, im Jahre 1519

I

Noch war es still. Eine dichte Schneedecke drückte die Zweige der Schwarzkiefern weit herunter. Die steilen Berghänge wirkten wie erstarrt, so wie jedes Mal, bevor der Schnee zerbarst. Nur wenig Sonnenlicht fiel durch die aschgrauen Wolken an den Bergspitzen. Kein Schrei des Steinadlers durchschnitt die Stille. Kein Lufthauch wiegte die sperrigen Zweige der alten Birnbäume. Auch der Himmel schien zu schweigen.

Luzia stapfte und stolperte durch hohe Schneewehen, die der Jochwind aufgetürmt hatte, und hastete immer weiter auf das Steinhaus zu, das vorgelagert auf einer gerodeten Bergebene lag.

Sie zitterte am ganzen Leib. Die Murmeltierfelle, die mit Eisenstiften an die Kanten ihrer Holzschuhe genagelt und mit Schnüren um die Waden gewickelt waren, wärmten nur wenig. Die Tierhäute waren brüchig geworden und rissen Fetzen für Fetzen an den Nägeln ein.

Frost sog die Wärme aus Luzias Füßen. Die nackten Finger brannten vor Kälte. Trotzdem hielt sie eine kleine Kupferkanne mit kostbarem Öl fest umklammert.

Nur kurz blickte sie sich um. Das Tal unter ihr versank im Dunst, den der Fluss ausatmete. Hin und wieder schimmerten die schiefergrauen Fluten der Etsch auf, die sich durch die sumpfige Ebene schlängelte.

Nur weiter! Wie getrieben hastete Luzia voran. Noch war alles ruhig. Doch ihr war, als würde sich die Luft bedrohlich zusammenballen. Der Atem brannte ihr in der Lunge, sie keuchte und hustete und leckte sich über die ausgetrockneten Lippen. Wieder schob sie die fröstelnden Finger der einen Hand unter die Fellmütze, die an Fuchsschwänzen unter dem Kinn festgebunden war, während sie mit der anderen das Kupferkännchen an sich drückte. Ihr dicker Zopf baumelte an einer Seite vor dem Lodenumhang hin und her, Schneekristalle hatten sich in dem dunklen Haar verfangen.

Der Nebel im Tal kroch unerbittlich die Dörfer hoch, durch enge Gassen und schmale Wege, und ließ die kahlen Felder und Baumwipfel ringsum im Dunstschleier versinken.

Keine dreihundert Schritte mehr waren es bis zu Luzias Elternhaus, das aus Bruchsteinen der Berge hochgemauert war. Eine helle Rauchfahne quoll aus dem Schornstein, zerfaserte allmählich und löste sich auf. Das Schrägdach mit den Holzschindeln war vom Schnee freigeschaufelt worden, damit es unter der schweren Last nicht zusammenbrach. Auch das Dach vom Viehstall war mit Brettern freigeschabt worden, denn dort malten sich Furchen und Kratzer neben den Steinbrocken ab, die als Gewicht auf den Querlatten lagen.

Das Holzhaus der Birchlers weiter hinten lag wie verloren da. Kein Ofen war entzündet, keine Rauchfahne stieg auf. Nur ein festgetrampelter Pfad führte von dort durch den Schnee zu ihrem eigenen Haus herüber.

Luzia stockte. War da nicht ein Knirschen, Bersten und Rutschen zu hören? Sie warf einen schnellen Blick zum Berghang hoch. In den letzten Tagen war es wärmer geworden. Die Schneemassen waren jetzt schwer und rutschig, die Kristalle vollgesogen mit Wasser, rissige Spalten durchzogen das Weiß.

Sie hastete weiter. Eisklumpen klebten an den zerrissenen Murmeltierfellen, und Luzia rutschte fast aus den Holzschuhen, zog dann aber die Zehen mit den umwickelten Lappen hoch und fand besseren Halt.

Nur noch ein paar Schritte! Die eiskalten Finger ihrer linken

Hand griffen nach dem Türriegel und pressten ihn zur Seite. Er klemmte ein wenig, denn das Holz hatte sich verzogen. Es knarrte und quietschte, als sie die schwere Eingangstür aufdrückte. Dann stolperte sie in den düsteren Flur.

»Kind, wo bleibst du denn?« Luzias Mutter, die Moidl, eine kleine, drahtige Frau, zog hastig die niedrige Tür wieder zu. Mit einer fahrigen Bewegung wischte sie ihrer Tochter den Schnee vom Lodenrock, der schwer über die schmalen Hüften fiel. »Und? Hast du es?«

Luzia nickte und öffnete langsam die rotgefrorene Hand. Ein Schmerz wie von glühendem Eisen durchfuhr ihre Finger. »Es ging nicht schneller. Die alte Magda musste noch Schweinefett …«

»Später, Kind, später!« Erleichtert nahm die Moidl das kupferne Kännchen an sich. »Komm in die Stube. Wer weiß schon, was geschieht.« Während sie zurückhastete und ihre Schritte im Flur nachhallten, raunte sie: »Sie hat es. Jesus Maria, sie hat es. Endlich.«

»Und? Was hat sie denn?«, war die neugierige Stimme der Trina Birchler zu hören. Die Nachbarn aus dem hinteren Holzhaus hatten hier Zuflucht gesucht. »Was ist denn dadrin, in der Kanne?«

»Nichts weiter«, antwortete die Moidl verlegen. »Nur ein … Öl. Für rissige Haut.«

»Dass die Weiber nur an glatte Haut denken können!« Ferdl, Luzias älterer Bruder, zog verächtlich die Oberlippe hoch. »Und sie ist spät dran. Hat wieder mal getrödelt. Wie üblich!«

»Ein Mädel! Was kann man da anderes erwarten?« Diethard, der Sohn der Birchlers und ein kräftiger Bursche, der wohl zuzupacken wusste, spuckte die Worte aus wie vergorene Mehlklumpen. Er hielt nichts von Weibern, ihrem Getratsche und der häuslichen Arbeit, die sie zu verrichten hatten. Trotzdem starrte er Luzia, die schon im heiratsfähigen Alter war, oft wie entrückt hinterher. Und sein glasiger Blick verriet, dass er sich nur allzu gerne vorstellte, was sich da unter ihrem schwingenden Lodenrock verbarg.

Die Birchlers vom Nachbarshof waren Zugezogene, arme Bauersleute. Man erzählte sich, sie kämen ganz aus der Nähe von Einsiedeln und wären sogar entfernt mit dem Vogt Hans Birchler verwandt. Sie hätten ganz in der Nähe dieses berühmten Wallfahrtsortes gelebt, nicht weit vom Benediktinerkloster mit seiner Kapelle, die von Christus selbst und seinen Engeln geweiht worden war. Und wohin zum Fest der Engelsweihe jährlich über hunderttausend Pilger strömten und beteten und Pilgerabzeichen erwarben, die sie sich an die Joppe oder den Filzhut steckten.

Die Moidl wäre zu gerne einmal nach Einsiedeln gepilgert, den weiten Weg über den Alpenpass bei Reschen bis zur heiligen Stätte mit der Schwarzen Madonna. Vielleicht würde der Herrgott ihr ja später einmal die Zeit dafür schenken.

Dafür wanderte sie nach Taufers ins Münstertal zur Kirche St. Johann, die für Pilger auf ihrer Wallfahrt nach Chur errichtet worden war. Das Gewölbe war mit Wandfresken ausgemalt, die der Moidl jedes Mal den Atem stocken ließen. Da war ein Adler mit zwei Köpfen zu sehen, die Taufe Christi, Moses als Gesetzgeber, Juden, Äbte, Fürsten, Ritter, die Enthauptung Johannes' des Täufers, die heilige Katharina …

Man mochte kaum hochschauen, pflegte die Moidl zu sagen, sonst würden die Augen ganz betrunken von so viel Malerei.

Das Prunkstück aber war für die Moidl die Schwarze Madonna mit dem Kind, die den Pilger schon draußen über der Tür empfing. Immerhin ein schwacher Trost, wenn es ihr vorerst nicht vergönnt war, nach Einsiedeln zu pilgern.

Warum die Birchlers aber von dort erst vor Kurzem hergezogen waren, hierher in die Nähe von Laas, Göflan und Schlanders, und die kleine Holzhütte auf der Hochebene nah dem Berghang erworben hatten, das konnte keiner sagen. Vielleicht hatten sie Dreck am Stecken und mussten fliehen. Wer wusste das schon.

Luzia mochte den Birchlersohn Diethard nicht, nicht sein aufreizendes Grinsen und erst recht nicht, wenn er sich mit seinem muskulösen Oberkörper aufplusterte und gebärdete wie ein brünstiger Hirsch. Im Spätsommer erst hatte sie ihn bei aufkommender Dunkelheit vor ihrem Kammerfenster erwischt, wo er wohl öfter herumlungerte. Seitdem schloss sie die alten Holzläden schon früh und hängte sogar Wolllappen vor die Ritzen.

»Wahrscheinlich hat Luzia noch mit Weibern getratscht und Zeit verplempert«, platzte Ferdl von der Stube her in ihre Gedanken. »Die plappern doch immer munter drauflos, sobald zwei zusammenstehen.«

»Ich sagte ja schon: ein Mädel!« Diethard entfuhr ein spöttisches Glucksen. »Denen ist das Plappern angeboren. Wie den Rindsviechern das Fladenscheißen.«

»Willst du wohl Ruhe geben!«, rief Alois Birchler seinen Sohn zur Ordnung.

Luzia hauchte verärgert auf ihre klammen Finger. Plappern und tratschen! War es ihre Schuld gewesen, dass die alte Magda zuerst das ausgelassene Schlachtfett mit den gerösteten Grammeln in die Steinguttöpfe hatte gießen wollen? Dass sie sich im Wassertrog die Hände geschrubbt und dann erst hinter dem Verschlag das kostbare Öl hervorgeholt hatte? Verbeugt hatte sie sich davor, die alte Magda. Ganz tief. Und dann die strähnigen Haare zurückgekämmt, als wollte sie ihr Leben neu ordnen.

Drüben in der Stube erhob die Moidl gerade ihre Stimme. Ein Bittgebet floss über ihre Lippen, dass der heilige Vigilius, der Wetterheilige und Achtsame, sich ihrer erbarmen sollte. Die anderen fielen raunend mit ein, und ihre Gebete vermischten sich zu einem beschwörenden Singsang.

Im düsteren Flur löste Luzia die Knoten von den Schnüren, die um die Murmeltierfelle gebunden waren, und zog die Füße aus den Holzschuhen. Vorsichtig wickelte sie die Lappen ab und rieb und knetete die unterkühlten Zehen, bis sie schmerzten.

»Luzia! Wo bleibst du denn?«, platzte ihr Vater Jakob in die Gebete, die anschwollen wie das Murmeln eines Gebirgsbaches, der unbeirrt seinen Weg talabwärts sucht. »Komm endlich! Was trödelst du wieder herum?«

Luzia zerrte sich die Fellmütze vom Kopf, ohne die Fuchsschwänze aufzuknoten, schlüpfte schnell in Strümpfe und hastete in die Stube.

Dort war es düster. Die Holzläden waren zugeklappt, nur hauchdünne Lichtstreifen sickerten durch die Ritzen. Eine Kerze aus Rindertalg flackerte in einer breiten Schale auf der Eckbank beim Herrgottswinkel, wo das Holzkreuz mit dem Heiland hing. Dicht neben der Talgkerze hatte die Moidl die Kanne mit der öligen Flüssigkeit abgestellt. Das Kerzenlicht spiegelte sich in dem kupfernen Behältnis und tanzte goldfarben über die gehämmerte Rundung. Ein zweites Licht brannte auf der gemauerten Ofenbank, wo die Großmutter hockte.

Die Moidl kniete sich neben Jakob vor die lange Eckbank nieder, legte wie die anderen auch die gefalteten Hände auf die dunkle Sitzfläche und richtete den Blick auf das Jesuskreuz. Die Gebete der beiden wurden immer flehentlicher, immer eindringlicher. Neben ihnen stammelten die Birchlers ihre Bitten. Der dürre Singsang der Naandl, der Großmutter, flocht sich knarzend mit ein. Im Ofen knisterten und knackten Holzscheite.

Plötzlich krachte ein Stück Holz drüben im Küchenherd in sich zusammen. Die Betenden schreckten hoch und atmeten erleichtert auf: Es war ein Holzscheit, nur ein Holzscheit gewesen.

Jakob, ein kräftiges Mannsbild, hatte den Arm um seine Tochter Sofie gelegt, die sich kniend hin- und herwiegte, dann vorbeugte, die Wange auf die Sitzbank legte und wie entrückt ins Kerzenlicht starrte.

»Ave Maria. Ave Maria. Ave Maria.« Sofie winselte leise und zog die Schultern verängstigt hoch. Die Flamme spiegelte sich in ihren weit aufgerissenen Augen, die ein wenig schräg standen und so blickten, als könnte sie in zwei Welten gleichzeitig schauen. Das kinnlange, dunkle Haar kräuselte sich wirr. Nichts in der Welt hätte es bändigen können. Die Gebetsstimmen um sie herum schwollen an, füllten die Stube, den Flur, die Kammer, die Küche.

»Ave Maria! Ave Maria! Ave Maria!« Sofies Stimme klang nun sirrend hoch, wie die eines bittenden Kindes.

Wieder knackten Holzscheite im Ofen, wieder verstummten die Gebete für einen Atemzug. Und setzten neu ein.

Jeder spürte es: Es könnte etwas geschehen.

»Die Berggeister«, jammerte Sofie leise. »Sie wollen meine Seele zerreißen. Hört ihr nicht? Da! Das Scharren ihrer Klauen …«

»Sofie, die Berggeister tun dir nichts!« Die Moidl warf Trina über die gefalteten Hände hinweg einen kurzen Blick zu. Die Birchlerin beugte sich weiter vor, nickte mitleidsvoll und zupfte sich die leicht schmuddelige Haube zurecht, unter der fusselig rote Haare hervorquollen.

»Doch! Sie schaben Grübchen in Steine …« Aus Sofies Stimme klangen Angst und Erschrecken. »Oben in den Bergen … sie saufen und saufen und feiern wüste Gelage … überall … sie kommen, sie kommen!«

»Sofie!« Jakob fuhr ihr beruhigend durch das wirre Haar. »Die Geister kommen nicht. Nicht in unsere Stube mit dem Heiland am Kreuz.«

Luzia kniete sich zu ihrer Zwillingsschwester auf die Holzbohlen und wischte ihr über die erhitzte Stirn. »Ganz ruhig, Sofie. Dir geschieht nichts. Hast du nicht neulich sogar geweihte Eier im Hof vergraben? Als Schutz vor den Berggeistern?«

Sofie hielt inne. Ihr Mund öffnete sich leicht, und etwas Spucke tropfte ihr von der Unterlippe. Dann schloss sie zufrieden die

Augen und summte ihre alte Weise, unwirklich und schwebend leicht. »Ave Maria! Ave Maria! Ave Maria!«

Die Töne tanzten durch die Stube, vermischten sich wieder mit dem Knistern und Knacken der Holzscheite im Ofen und dem eintönigen Gemurmel der Bittgebete.

Der brennende Docht schmolz den Rindertalg in der Schale, der längst nicht so fest war wie das kostbare Wachs der Bienen. Er roch rußig und ranzig. Das Licht warf tanzende Flecken auf die Gesichter der Betenden, ließ Falten aufblitzen wie feine Verästelungen von Rinnsalen, die dünne Furchen in die Erde trieben.

Luzia schaute ihre Zwillingsschwester bekümmert an. Bei der Geburt hatte sich die Nabelschnur um Sofies Hals geschlungen, gerade so, als hätte man ihr mit einem Galgenstrick die Luft abschnüren wollen.

Das hätte ihr den Verstand geraubt, hieß es, und ihren Geist verwirrt. Dabei blickten die Leute Luzia jedes Mal derart vorwurfsvoll an, als hätte sie ihrer Schwester vor dem Herausdrängen aus dem Geburtskanal eigenhändig die Nabelschnur um den Hals gelegt, um selbst als Erstgeborene ins Leben zu schlüpfen. Dieser Gedanke lastete schwer auf ihrer Seele, denn wer konnte schon sagen, was sich da im Mutterleib abgespielt hatte.

»Aber seht doch …« Sofie schrie plötzlich auf und starrte entsetzt in das Kerzenlicht. »Johann … der Knecht … er ist zurück … zurück ist er …«

»Der Johann ist tot!« Luzia fasste sie an den Oberarmen und schüttelte sie sanft. »Er ist tot! Bei der Gamsjagd am Ortler ist er abgestürzt. Tot ist er. Er kann dir nichts mehr tun.«

»Tot ist er?« Sofie lachte hell auf, leckte sich über die Kuppen von Daumen und Zeigefinger und löschte die Dochtflamme. »Hört ihr, wie es zischt und pfeift? Wie seine büßende Seele winselt? Ja, er ist tot! Er büßt und winselt.«

»Sofie!«, beschwor der Vater sie eindringlich. »Jetzt gib endlich Ruhe!«

Sofie sackte in sich zusammen, wagte kaum zu atmen und verharrte regungslos. Aber schon bald wurden ihre Finger ungeduldig, krochen über Holzkanten, Leinenrock und Sitzbank. Dann nahm ihr Oberkörper die Unruhe auf und fing an, sich zu wiegen. Vor und zurück. Dazu summte sie eine alte Weise vor sich hin.

Die Moidl hatte sich hochgerappelt. Mit einem Holzspan, der an der Spitze brannte, entzündete sie den Kerzendocht erneut.

Sofie schreckte hoch und deutete mit dem Finger in die rußende Flamme. »Ich seh ihn! Da, der Johann!« Sie kniff die Augenlider zusammen und spuckte ins Feuerlicht.

»Was tust du da?« Die Naandl schlug erschrocken die Hände zusammen. »Das ist Sünde. Du triffst eine arme Seele!«

»Ich will sie ja treffen!« Sofie spuckte wieder in das lodernde Licht. Es zischte und qualmte. »Büßen soll der Johann. Das ist keine Sünde, das ist Strafe! Leiden soll er, büßen soll er. Noch und noch und noch. Das ist nur gerecht.«

»Sollen wir …?« Die Moidl schaute kurz zu der Kupferkanne mit dem Öl.

»Nicht jetzt!« Jakob zog Sofie eng an sich heran und bedeckte ihr fürsorglich mit der Hand die Augen.

»Leiden soll er, büßen soll er.« Sofie winselte, stieß mit den Ellbogen und versuchte sich aus der Umklammerung zu befreien.

»Jetzt halt endlich dein Maul«, fuhr Jakob sie an. »Und gib Ruhe. Es ist nicht deine Sache zu strafen. Das macht nur der Herrgott im Himmel.«

Dann war es still. Nur die Spucke knisterte, als sie sich im flüssigen Rindertalg schaumig aufwölbte und verdampfte.

Luzia wischte sich eine dunkle Haarsträhne aus dem Gesicht und drückte sie zurück in den dicken Zopf, der ihr bis auf die Brust reichte. Er war draußen im Winterwetter feucht geworden, und in den Flechten hingen noch Reste von verklumptem Schnee, die an den Fingerkuppen prickelten, wenn sie zu Wasser zerdrückt wurden.

Aus den Augenwinkeln betrachtete sie das müde Gesicht ihrer Mutter. Wie abgekämpft sie aussah! Vom herben Winter. Von der beißenden Kälte. Vom Hunger. Und vom Tod des jüngsten Buben, den das Leben nicht hatte haben wollen.

Das gurgelnde Keuchen und Rasseln seines Atems hatte die Moidl keine Ruhe finden lassen. Auch nachts hatte sie ihm ausgeworfenen Schleim von den kleinen Lippen gewischt, die Stirn gekühlt und nasse Tücher um die Waden gewickelt. Bis Josefchen keine Kraft mehr gefunden hatte, sich noch einmal ins Leben zu atmen, und sich seine Kinderseele leise, ganz leise in die Ewigkeit zurückgezogen hatte.

Die Moidl kam aus Tschengls, einem Dorf, das nicht weit entfernt lag. Dort hatten sich die Bergketten so steil aufgetürmt wie nirgendwo sonst in Tirol. So als hätte unbändige Sehnsucht sie getrieben, schroff und gewaltsam emporzuwachsen, um dem Himmel noch näher zu sein. Und wo die Sonne schon im frühen Herbst das Bergdorf ein letztes Mal mit Licht durchflutet, sich dann hinter den Schneebergen verbirgt und erst im Frühjahr wieder über den Gipfeln aufsteigt. Wo sich das Licht zurückzieht wie zu einem langen Winterschlaf. Und wo jeder im März ausgehungert auf die ersten Strahlen der höher steigenden Sonne wartet, die sich rotglühend über die Bergkuppen schieben. Tag für Tag rückt dann der Lichtbalken gegenüber an den steilen Hängen tiefer ins Tal, bis er sich im vorbeiziehenden Wasser der Etsch wie in einem Lichterrausch widerspiegelt und endlich ihr eigenes Dorf erreicht. Im Wechsel der Zeiten. Jedes Jahr aufs Neue.

Luzia spürte neben sich die Wärme des Vaters, der seinen Arm fest um die winselnde Sofie gelegt hatte. Im Licht der Kerze wirkten die dunklen Bartstoppeln in seinem Gesicht wie Rußflecken von angekohltem Holz. Trotzig hatte er den Kopf erhoben und das kräftige Kinn vorgeschoben. An der Nasenwurzel wölbte sich ein kleiner Höcker, das Überbleibsel eines Bruches, der nicht richtig zusammengewachsen war.

Er war ein Überbleibsel aus jener Zeit, als die Soldaten im Calvenkrieg plündernd und mordend durch das Land gezogen waren und alles niedergebrannt hatten, was sich ihnen in den Weg gestellt hatte: Mals, Glurns, Schlanders, das alles waren Dörfer, in denen riesige Feuer gebrannt hatten. Auch Jakobs Vaterhaus in Kortsch war damals in Flammen aufgegangen.

Hoch oben vom Hasl-Hof am Nördersberg aus hatte es ausgesehen, als würde das ganze Tal fast bis Kastelbell in einer feuerspuckenden Hölle versinken. Sturmglocken hatten geläutet. Dröhnende Hörner wurden geblasen, wie zur Jagd auf Menschenseelen. Als hätte die todbringende Apokalypse längst ihren Lauf genommen.

Gellende Schreie hatten durch die Täler gehallt, brennende Kirchturmspitzen rotglühende Funkenfetzen Hunderte von Metern hochgeschleudert. Und der Rauch hatte sich in den Wäldern festgebissen, in den Berghängen, aber auch in der Haut und im Gedächtnis der Menschen. So hatte die Naandl es jedenfalls berichtet, die gerade dort oben auf dem Hasl-Hof bei einer entfernten Base gewesen war, um beim Zerlegen von Wildfleisch zu helfen. Der Ernst hatte nämlich einen gewaltigen Hirsch erlegt, aber das durfte sonst niemand wissen, denn Bauern war die Jagd verboten.

Luzia war da noch nicht geboren, aber ihr Vater Jakob hatte oft genug von diesem Krieg geredet. Von dem Krieg der Schweizerischen Eidgenossenschaft mit all ihren Verbündeten auf der einen Seite und den Tirolern auf der anderen. Die Tiroler, das waren unter Kaiser Maximilian die Habsburg-Österreicher, die mit dem Schwäbischen Bund paktierten.

Um Gebietsansprüche wäre es ihnen gegangen, hatte der Vater immer wieder kopfschüttelnd berichtet. Um etwas Land, um einen Streifen Acker, um ein Stück Feld. Und was hatte dieser Krieg gebracht? Gar nichts! Nur Tausende von Toten, unsägliches Leid und verbrannte Heimat.

Die Eidgenossen hatten Maximilians Truppen bei Calven besiegt und dann die flüchtenden Soldaten durch den Vinschgau bis nach Kastelbell verfolgt. Überall hätten Tote gelegen, an den Feldwegen und im Sumpfgebiet der Etsch, in deren blutrotem Wasser leblose Körper davontrieben. Beim Rückzug plünderten die Eidgenossen dann in einem gnadenlosen Rachefeldzug Dörfer und Höfe, brannten alles nieder, schändeten und mordeten. Kein männlicher Einwohner über zwölf Jahre dürfte am Leben bleiben, hieß es. Gefangene sollte es nicht geben.

»Diese Kuhschweizer«, spuckte der Vater jedes Mal hasserfüllt aus, wenn er darüber sprach. »Die es mit den eigenen Viechern treiben. Immer mitten hinein in die Kuhscheiße! Und diese verfluchten Gotteshäusler, diese Zehngerichtbünder, die mit den Schweizern paktieren! Und diese Pfaffen, die sich um das Seelenheil kümmern sollten und nicht um ihre weltlichen Pfründe!« Manchmal wandte er dann störrisch den Kopf und fuhr sich mit der schwieligen Hand über die Augen.

Bei den mörderischen Attacken der Eidgenossen im Vinschgau war nämlich auch Jakobs Vater gestorben, drüben in Kortsch. Niedergemetzelt hatten sie ihn, im Kriegsrausch mit Schwertern aufgeschlitzt. Sein Leib war dann aufgebahrt worden. Das Gebeinhaus der Kirche St. Markus in Laas hatte all die Toten kaum aufnehmen können. Selbst in der Krypta waren sie notdürftig auf Brettern abgelegt worden, damit die Totenmesse gesprochen werden konnte.

Wie verzweifelt musste sein Weib, die Naandl, damals gewesen sein, als ihr Josef so ohne Leben dagelegen hatte: die so oft geküssten Lippen leidvoll verzerrt. Die zärtlich gestreichelten Wangen so blass und kalt. Und die Hände, die sie in Notzeiten gehalten, die sie zum Glühen gebracht und ihre Schenkel sanft geöffnet hatten, lagen regungslos in Todesstarre. Ein Abschied. So plötzlich. So unfassbar.

Wie oft blickte die Naandl in die Ferne, mit der Wurzelholzpfeife des Großvaters in der Hand, in der er getrocknete Hanffasern geschmaucht hatte.

»Manchmal hört sich die Stille mit dir ganz anders an«, sagte Sofie dann. Und ihre Stimme wurde weich und die Berührung ihrer Fingerkuppen so behutsam, als könnte sie die aufgeworfenen Adern an Naandls Hand verletzen.

Luzias Kniescheiben drückten auf den blanken Bohlen vor dem Herrgottswinkel und schmerzten. Vorsichtig verlagerte sie ihr Gewicht. Ihre Füße waren eiskalt. Zu gerne hätte sie sich wärmende Socken über die dünnen Strümpfe gezogen, aber sie wollte keine Unruhe verbreiten und den Vater verärgern. Sofie neben ihr keuchte und hielt den Kopf an seine Brust gepresst, die Blicke ängstlich auf die flackernde Kerze gerichtet.

»Ave Maria …« Ihre Stimme war nur ein sirrender Hauch zwischen den Gebeten der anderen.

Luzia faltete die klammen Hände und schaute hoch zum Holzkreuz, das Bauer Anton aus dem Zirmholz der Zirbelkiefer geschnitzt hatte und das einen wundersamen Geruch verströmte, der Dämonen abwehren sollte.

Wie erhaben Christus da aussah! Das Gesicht war nicht von Schmerzen verzerrt, er war nicht der leidend Gekreuzigte, der in sich zusammengesunken an durchbohrten Händen hing, um tiefstes Mitleid bei den Betenden heraufzubeschwören, Schuldgefühle, Reue und Unterwürfigkeit. Hier war Jesus der Sieger. Zwar waren auch seine Handflächen von Nägeln durchbohrt, aber Jesus stand aufrecht auf einem kleinen Vorsprung am Kreuz. Und er trug keinen gewundenen Kranz aus Dornen, sondern eine Krone: Der Tod war besiegt. Luzia liebte diese Schnitzerei. Christus, der König! Dem konnte sie sich anvertrauen.

Luzia schreckte hoch. Urplötzlich war da ein Windpeitschen und Rauschen. Ein Grollen, Knirschen und Donnern. Ein Dröhnen und Bersten, als würde der Berg einstürzen. Ein Schleifen und Tosen. Das Bauernhaus wankte, Holz krachte. Ein Luftschwall stemmte sich gegen die Wände, als sollten sie weggefegt werden. Das Talglicht flackerte aufgeschreckt hoch. Noch ein leichtes Rutschen, ein Knacken im Gebälk, dann war es wieder ruhig.

»Sancta Maria!« Sofie kreischte auf und kratzte sich mit den Fingernägeln durchs Gesicht. Blutige Striemen zogen sich über ihre Wangen.

»Nicht, Sofie!« Die Mutter umklammerte die Handgelenke des Mädchens. »Es ist vorbei. Verstehst du? Alles ist gut!«

»Vorbei?« Sofies Lippen verzogen sich zu einem zaghaften Lächeln.

Trina ächzte auf, als hätte ihr jemand einen Tritt in den Magen versetzt, krümmte sich und verbarg das Gesicht in den Händen. Alois stieß hörbar Luft aus, sein Sohn Diethard wirkte wie erstarrt.

Sie horchten. Einen Atemzug lang, zwei Atemzüge … Noch immer hallte das Dröhnen und Krachen in ihren Ohren nach. Die Kerzenflamme brannte wieder ruhig. Dünne Lichtadern fielen durch die Ritzen der Fensterläden.

»Ja, es ist vorbei. Alles ist gut gegangen. Dem Himmel sei Dank.« Jakobs raue Stimme klang beruhigend. Noch einmal horchten sie für ein paar Atemzüge. Dann fuhr er fort: »Aber vielleicht hat es ja den Wanga erwischt.«

»Jakob, was redest du da!« Die Moidl schlug energisch mit der flachen Hand auf die Holzbank. »Willst du dich versündigen? Und das auch noch unter dem Kreuze unseres Herrn? Schämen solltest du dich!«

»Jetzt beruhig dich, Weib! Ich habe doch nichts weiter gesagt, als dass es den Wanga vielleicht erwischt hat.« Jakob zog harmlos dreinblickend die Augenbrauen hoch. »Da ist nichts Gotteslästerliches dran.«

»Bist du mir ein Knietl!« Die Moidl stemmte die Fäuste in die Hüften. Ihre Holzschuhe knallten auf den Holzdielen, als sie auf ihn zuging. Das schmale Kinn hatte sie herausfordernd angehoben. »Nichts Gotteslästerliches? Willst du mir erzählen, dass da sonst nichts in deinem Schädel herumspukt?«

»Hört endlich auf mit der Tratscherei! Seht lieber nach, was mit dem Schnee ist.« Die Naandl ächzte und drückte sich von der Ofenbank hoch. Den Blick hatte sie auf die Birchlerin gerichtet, die sich als Letzte aufrappelte. Jetzt standen sie alle regungslos da, wie verloren und von dunkler Vorahnung erfüllt.

»Du bleib lieber hier. Hier ist es schön warm.« Die Moidl drückte die Naandl sanft zurück. »Das lass die Männer machen.«

»Warum nicht die Naandl?« Sofie schaute die Mutter verständnislos an. »Lasst sie doch. Die Naandl muss verbraucht werden. Sonst kommt der Tod zur falschen Zeit.«

»Was redet sie denn da schon wieder?« Trina schob spöttisch die dickliche Unterlippe vor. Die Worte platzten aus ihr heraus, als müsste sie Überdruck loswerden. »Der Tod kommt zur falschen Zeit? Der Irrsinn breitet sich wahrhaftig von Tag zu Tag mehr in ihr aus. Eine Herrgottsstrafe muss es sein, so ein Kind …«

»Lass gut sein, Trina. Auf der Stelle!«, fuhr Alois sie scharf an. Seine kräftigen Hände zitterten. Die Augenlider zuckten. Verängstigt schaute er gegen die dunklen Holzbretter, mit denen die Wohnstube ausgekleidet war, in Richtung seines Hauses, das näher am Berghang stand. »Ich bitte dich, lass es verdammt noch mal gut sein!«

»Wieso? Die Mama hat doch recht.« Diethards kantiges Gesicht wirkte im aufflackernden Kerzenlicht wie eingefallen. Die Augen blitzten. »Jeder hier weiß doch, dass der Wahnsinn sie geißelt.«

Luzia sprang auf ihn zu und hob drohend die Hand. »Lass sofort die Sofie in Ruhe!«, fauchte sie. Der Geruch von zerkautem Kümmel und Männerschweiß zog ihr in die Nase. »Oder du bekommst es mit mir zu tun.«

»Hu, da hab ich aber Angst!« Er grinste breit, umfasste derb ihr

Handgelenk, zog sie näher zu sich heran und drückte ihre Hand langsam nach unten. Sein warmer Atem ließ sie frösteln. »Siehst du, wie mir die Beine schlottern?«

»Ruhe jetzt!«, donnerte Alois. »Es gibt wahrhaftig Wichtigeres zu tun.«

Dann war es ruhig. Die Männer warfen sich Wolljoppen und Lodenmäntel über und drückten die Holztür auf. Sie quietschte gleichmäßig in den Angeln, kein Widerstand war zu spüren. Die Lawine hatte die Vordertür nicht erreicht. Grelles Sonnenlicht fiel in die Stube, ein Herrgottsfinger, der zwischen den Wolken ein Schlupfloch gefunden hatte.

»Ich höre sie«, summte Sofie leise.

»Was hörst du?« Trina kniff angriffslustig die Augenlider zusammen. »Sind sie wieder da, deine … Berggeister?«

»Nein, ich höre die Stille. Es hört sich gut an, wenn's still ist.« Sofie kauerte sich auf die warme Ofenbank und schmiegte den Kopf in Naandls Schoß. »Wenn du nicht redest. Dann hört es sich gut an.«

Trinas Augen blitzten im Licht der Talgkerze auf. Wütend presste sie ihre Schmolllippen zusammen, raffte den Lodenrock, sodass sie noch stämmiger wirkte, und stapfte hinter Diethard und Ferdl her ins Freie. Ein kühler Luftzug fuhr in die Stube, das Kerzenlicht am Herrgottswinkel erlosch. Zurück blieb ein stechender Geruch von verbranntem Fett.

Luzia zwängte ihre Füße in die Stiefel aus Schweinsleder. Wie störrisch und hart das Leder war, und wie sehr es an Zehen, Fußballen und Knöcheln drückte und schabte! Trotz des dick einmassierten Fettes war es längst nicht so geschmeidig wie Rindsleder, für das man aber so manche Münze hinzählen musste und das deshalb viel zu teuer für sie war. Mit staksigen Schritten folgte sie der Birchlerin durch die Haustür ins grelle Tageslicht.

Inzwischen hatte sich der Nebel verzogen, und die Wolkenberge zerfielen und lösten sich immer mehr auf. Die Sonne blendete, selbst der Schnee war von Licht erfüllt. Luzia blickte sich um und presste erschrocken die Hand vor den Mund. Die Lawinenzunge hatte sich nur bis zum hinteren Schuppen herangewälzt, dem Heustadel, der dicht ans Bauernhaus grenzte. Gottlob war auch der Schweinestall nicht zerborsten. Aber zum Berghang hin wurden die Schneemassen immer breiter, wölbten sich massiv auf, und in das glitzernde Weiß mischten sich Erdbrocken, zerfetzte Sträucher und Äste. Vom Holzhaus der Birchlers war nichts mehr zu sehen.

Die dickliche Trina stand wie versteinert, ihre Kinnlade war heruntergeklappt. Das fusselig rötliche Haar, das unter der Haube hervorlugte, tanzte in den Windböen rauf und runter. Alois starrte regungslos zur Schneehalde hinüber. Nur sein malmender Kiefer verriet seine Anspannung. Aber die Birchlerin hatte sich schnell wieder gefasst.

»Wir wollten ja sowieso nach Schlanders ziehen«, sagte sie und spitzte überheblich die Lippen. Feine Längsrillen durchzogen die Haut. »Dann kann uns der Berg so leicht nichts mehr anhaben.«

»Nach Schlanders?« Die Moidl schaute sie verwundert an.

»Der alte Schuster ist doch verstorben.« Trina verschränkte selbstbewusst die Arme über dem kräftigen Busen. »Wir haben sein Haus … erwerben können. Der Sohn wollte noch Bett, Tisch und Stühle rausholen. Aber wir können bestimmt jetzt schon rein.«

»Dann ist ja für euch gesorgt. Alles wendet sich zum Guten.« Die Moidl streckte die gefalteten Hände hoch. »Der Himmel hat es gut mit uns allen gemeint.«

Jakob ließ seinen Blick über die Schneemassen gleiten, die in einer Schneise vom Berg heruntergedonnert waren. »Wir sind noch einmal davongekommen.«

»Trotzdem! Eine Woche später, und wir hätten noch unsere Sachen packen können.« Trina schüttelte verärgert den Kopf. Das rötliche Zottelhaar wischte über ihr Kragentuch.

Erst jetzt bemerkte Luzia, dass Alois ein längliches Gebilde bei sich trug, das in Decken aus Schafswolle gewickelt war. Es musste zerbrechlich sein, denn der Birchler hielt es vorsichtig und legte es jetzt in Trinas Arme. Was sie da wohl vorsorglich aus dem Holzhaus mitgenommen hatten? Kostbare Töpferware, die ineinandergestapelt in dicke, schützende Wolldecken gepackt war? Wichtige Dokumente in Pergamenthüllen? Bestickte Seidenballen oder orientalische Gewürze, die in Holztöpfchen verwahrt wurden?

Zeternd fuhr die Birchlerin fort: »Dabei sind wir erst neulich ins Martelltal gepilgert. Hoch zur Wallfahrtskapelle. Mit unserem lieben Priester vom Deutschen Orden in Schlanders, der dort jeden Sonntag eine heilige Messe feiert. Drei Kerzen haben wir gestiftet und wahrhaftig um Beistand gefleht. Und nun das!«

»Die Berge kennen keine Lüge!« Sofie lachte, wobei sie mit ausgebreiteten Armen über die Türschwelle in eine Schneewehe hüpfte. Die zerzausten Haare flogen im Wind, und die Wolljoppe flatterte um ihren schmalen Leib. »Der Berg tut, was er mag. Der Wind weht, wo er will. Und der Himmel, so schön. So blau. Der Schnee, so weiß und still.«

»Stiller Schnee?« Trinas Unterlippe zitterte, während sie den umwickelten Gegenstand behutsam an sich drückte. »Warum verbietet eigentlich niemand dieser Irren den Mund?«

»Sofie!«, fuhr Jakob das Mädchen entsetzt an. »Du bist ja barfuß!«

»Ich bin Schneeberg und Winterwind. Die lügen nicht. Die sind, was sie sind. Weißer Schnee, so still!« Sofie kicherte und sprang weiter. »Und ich tue auch, was ich bin. Ich bin die Sofie! Ich lüge auch nicht.«

»Doch, Sofie, du lügst!« Jakob rannte auf sie zu, packte sie und zerrte sie zurück zum Haus. »Du belügst nämlich deinen Körper. Der friert, und du bekommst einen schweren Husten.«

»Ich will raus!« Sofie strampelte, schlug mit den Händen um sich und wollte sich losreißen. »Ich will weg!«

»Es ist wieder so weit«, raunte die Moidl ihm zu. »Sie will weg. Gib ihr von dem Walpurgisöl.«

»Walpurgisöl?« Trina wurde hellhörig. »Ach! In der Kanne da in der Stube ist Walpurgisöl? Heiliges Walpurgisöl? Na, sieh mal einer an. Wer hat euch das denn beschafft?«

»Das geht dich einen feuchten Dreck an!« Jakobs Gesicht war wie versteinert, und die höckerige Bruchstelle auf seiner Nase lief rot an. Wütend zerrte er Sofie ins Haus. »Bleibt ihr hier! Ich bin gleich mit Schaufeln zurück.«

Die Moidl hatte entsetzt die Hand vor den Mund geschlagen. Luzia duckte sich, als erwartete sie einen Schlag ins Genick. Das mit dem Walpurgisöl hätte keiner wissen sollen. Das Wort war aus der Moidl herausgerutscht und hatte sich einfach davongemacht. Wie ein quirliger Fisch, den man im Flusswasser nicht mit der Hand hatte fassen können.

»Von der alten Magda habt ihr das, stimmt's?« Trina kniff das rechte Auge zu einem schmalen Schlitz zusammen. »Ich habe selbst gehört, wie Luzia …«

»Jetzt gib verflucht noch mal Ruhe!« Alois presste die Worte hervor. Seine hellen Wimpern flatterten, als er zum schneebedeckten Hügel starrte, aus dem zersplitterte Balken und Bohlen herausstaken. »Wir haben jetzt weiß Gott was anderes zu tun.«

»Meinst du, dass Walpurgisöl auch Irre heilt?« Diethard grinste unbeeindruckt und schlenderte herausfordernd auf Luzia zu. »Was meinst du? Ob es auch … Irre heilt?«

Luzia rührte sich nicht. Nur ihr Blick ging zur Moidl, die kaum merklich den Kopf schüttelte. Nicht die Birchlers weiter herausfordern! Dass nur die Trina nicht wieder die Sprache auf das Walpurgisöl bringt!

Mit der Fingerkuppe fuhr Diethard über Luzias Stirn und drückte eine Haarsträhne zurück in ihren Zopf. Seine Haut fühlte sich unangenehm weich an. Er hat sicherlich in seinem Heimatort nahe Einsiedeln nicht auf dem Feld oder im Stall arbeiten müssen, dachte Luzia. Hinter ihnen knirschte der Schnee unter derben Tritten, und Diethard ließ die Hand wieder sinken.

»Na, dann woll'n wir mal!«, rief Jakob und versuchte versöhnlich zu lächeln, während er die Schaufeln in seinen Händen vorstreckte. »Vielleicht ist da noch Brauchbares, das ihr mit nach Schlanders nehmen könnt.«

»Und wenn nicht, werden wir das auch überleben!« Trinas Stimme wurde spitz, noch spitzer als die vollen Lippen, die sie zu einem Kussmäulchen formte. Mit koketter Überheblichkeit wiegte sie das Deckenbündel in ihren Armen.

Wie in einer Prozession zogen sie durch die Schneemassen auf die verschüttete Holzhütte zu. Vorn gingen die vier Männer, die zuerst eine Gasse freischaufelten. Ihnen folgte Trina mit dem Bündel, am Schluss die Moidl. Sie wirkte mit ihren hochgezogenen Schultern, als wollte sie sich vorsorglich ducken, um nicht von einer schweren Last, die ihr aufgehalst wurde, erdrückt zu werden.

»Pass du auf Sofie auf! Hörst du?«, rief Jakob noch Luzia zu. »Und auf die Naandl. Dass sie Ruhe gibt und am Ofen hocken bleibt!«

»Natürlich, Vater!«, rief Luzia zurück. »Keine Sorge!«

Da bemerkte Luzia, wie ein Windstoß eine Tuchecke von Trinas umwickeltem Gebilde hochschlug. Für den Bruchteil eines Atemzugs glänzte etwas Schwarzes darunter hervor. War das eine Hand gewesen? Eine Hand aus dunklem Holz geschnitzt und blank poliert? Luzia schaute ihnen nachdenklich hinterher. Dann schüttelte sie den Kopf. Und wenn schon, was ging es sie an! Viel wichtiger war doch, dass Trina das mit dem Walpurgisöl nicht weitertratschen würde. Aber ihr Schandmaul plapperte alles weiter, hemmungslos und ohne Rücksicht. Mit Sicherheit würde sie das tun! Dabei hatte Jakob einen Eid geschworen, kein Wort davon verlauten zu lassen …

Was hatte der Vater nicht alles darangesetzt, um etwas von dieser Kostbarkeit zu bekommen, von diesem Ölfluss, der seit Jahrhunderten unter dem Sargstein mit den Gebeinen der heiligen Walpurgis herabtropfte und dem unzählige wundersame Heilungen nachgesagt wurden.

»Die heilige Walpurga wird der Sofie helfen«, hatte Jakob immer wieder beteuert. Dann hatte der Wanga ein halbes Kännchen voll von einer Handelsreise aus Eichstätt mitgebracht und durch die alte Magda dem Vater zukommen lassen. Für diese Kostbarkeit hatte sich Jakob beim Wanga verschuldet. Wie hoch die Summe allerdings war, das wusste Luzia nicht zu sagen.

»Ein Halsabschneider«, hatte der Vater nur immer wieder verächtlich gebrummt und ihm die Beulenpest an den Hals gewünscht. »Der Wanga ist ein Halsabschneider.«

Diese Schuld war zu tilgen, wie hoch sie auch immer sein mochte, dazu noch den Zehnten an die Kirche und den Zins für das Lehen. Zwar war der Wanga der Grundherr, aber sie hatten das Erbrecht nach dem Gesetz der freien Erbleihe. Tirol war das Land der freien Bauern. Leibeigenschaft wie auf der anderen Seite der Alpen gab es nicht mehr.

Allerdings warf die karge Feldarbeit nicht viel ab, und dann war vor ein paar Jahren auch noch das Vieh an einer seltsamen Seuche verendet. Die Schafe waren plötzlich schreckhaft geworden, die Köpfe mit den zuckenden Ohren hatten sich hin und her gewiegt, schaumige Spucke war ihnen aus dem Maul getroffen. Dann schleiften die Klauen über den Boden, die Tiere rieben ihr verkrustetes Fell an Pfosten und Bäumen, als hätte sie ein diabolischer Juckreiz erfasst, und ihr Gang wurde schwankend, bis sie endlich kraftlos in sich zusammensackten. Auch die Bergrinder taumelten und strauchelten. Die dunklen Augen waren angstvoll aufgerissen, und ihr durchdringendes, anhaltendes Muhen hallte wie eine Beschwörung durch die Berge.

»Sie rufen die Kuhgötter«, hatte Sofie geraunt und ehrfürchtig gehorcht. »Einen Kuhgott wie bei den heißen Quellen. Der mit dem Hörnerhelm. Und der ein Horn bläst. Sie gehen bald nach Hause …«

Seit Sofie am Stilfser Joch dieses übermannshohe Steinrelief eines Heroen mit Schild, Standarte und Hörnerhelm gesehen hatte, war sie davon überzeugt, dass Kühe mit ihrer gewaltigen Sprache den gehörnten Stiergöttern huldigten.

»Der Himmel ruft!« Sie hatte gelächelt und die Hände gefaltet. »Sie dürfen nach Hause gehen. Nach Hause …«

Als auch die letzte Kuh von der Seuche dahingerafft worden war, hatte Jakob vor der Jungfrau Maria ein Gelübde abgelegt. Gebettelt und gefleht hatte er, dass wenigstens die Familie von allem Unheil verschont bleiben möge! Zum Dank würde er alles, aber auch alles dafür tun, damit Sofies verirrter Geist wieder zurück in ihren Körper fand.

Aber Sofie hatte über das Gelöbnis nur gekichert. »Der Himmel ist Himmel. Der schließt keinen Pakt mit Öl oder Salz oder Hühnerdreck.«

»Gott hat dich erschaffen«, hatte Jakob da gesagt. »Da kann er auch die Gnade erschaffen.«

Gottlob waren ihnen vier äußerst fruchtbare Säue geblieben. Jeder Wurf war prachtvoll, und die kräftigen und lebensstarken Ferkel wurden gerne gekauft. Dann hatten sie noch die kostbaren Marillen- und Palabirnbäume, die von den Soldaten im Calvenkrieg nicht in Brand gesetzt worden waren und deren Früchte manche Münze einbrachten. Außerdem wuchs die Gerste gut auf ihrem Ackerland, dieses anspruchslose Getreide, das nicht viel zum Leben brauchte. So wie sie selbst.

Luzia schaute gedankenverloren zu dem heruntergedonnerten Schneehaufen hinüber. Jetzt schaufelten die Männer Schneisen in den Hügel, und Brocken von schwerem Schnee flogen durch die Luft, die hinter ihnen Löcher in das Weiß brachen.

Plötzlich blieb Jakob stehen und stocherte mit der Schaufel im Schnee herum. Er war auf etwas gestoßen, und es hatte geklungen, als hätte er mit hartem Metall auf Stein getroffen. Geduckt schaute er sich um, ließ den Blick über Alois und Diethard wandern, über Ferdl und die Moidl. Aber niemand war hochgeschreckt, selbst Trina hatte nichts bemerkt. Nachdenklich wandte er sich ab, blieb regungslos stehen und …

»Es ist tot! Es ist tot!«, hörte Luzia da Sofies kreischende Stimme. »Die Angst hat sein Herz zerdrückt!«

2

Luzia rannte sofort in Richtung Schweinestall, von wo das aufgebrachte Schreien gekommen war. Die zähen, schweinsledernen Stiefel schabten inzwischen an ihren Knöcheln und drückten an den Zehenspitzen. In den Fersen pochte das Blut. Trotzdem hetzte sie weiter und stieß die Stalltür auf. Streu und Spelzen wirbelten hoch, staubiger Dunst flirrte im Licht. Sofie stand dicht an eine Bretterwand gepresst und zeigte auf ein rosiges Schwein. Es lag ausgestreckt auf dem Stroh und rührte sich nicht mehr. »Tot ist es. Tot. Aus Angst vor dem Schnee!«

Luzia kniete sich neben die Sau und versuchte mit dem Zeigefinger seine Halsschlagader zu ertasten. Nichts regte sich. Sie trat gegen den Schweinerücken, schlug nach den Klauen. Nichts. Ihre Gedanken überschlugen sich. Sollte sie Jakob rufen? Oder den Ferdl? Die Naandl am Ofen war zu schwach, um ihr zu helfen. Oder sollte sie etwa selbst … die Zeit drängte …

»Stich es ab!« Sofie schrie und weinte. »Stich es ab, sonst macht das Blut das Fleisch kaputt. Stich es ab! Das Blut muss raus! Sonst sitzt die Angst im Fleisch.«

Luzia rannte auf sie zu, wollte sie im Arm wiegen und ihr beruhigend übers Haar streichen. »Komm mit zur Naandl, dann musst du nicht …«

»Ich will aber sehen, wie das Blut läuft!«, unterbrach Sofie sie störrisch und rührte sich keinen Halm breit. Haarsträhnen klebten an ihren tränennassen Wangen. »Stich es ab. Schnell. Hol die Angst raus!«

Luzia atmete tief durch. »Dann bleib du hier stehen, und rühr dich nicht von der Stelle, hörst du? Ich hol nur schnell das Messer. Versprochen?«

»Ich verspreche es.« Sofie blieb stocksteif stehen.

»Und nicht weglaufen?« Luzia blickte zu ihrer Schwester, dem Spiegelbild ihrer selbst. Sie hatten die gleichen dichten schwarzen Wimpern, das gleiche fein geschnittene Gesicht, das gleiche leicht rundliche Kinn. Ihre Lippen waren voll, und die untere wölbte sich vor, wenn Wut in ihnen aufstieg. Nur waren Sofies dunkle Augen ein wenig schräg gestellt, ihre Kopfform war etwas schmaler, und ihr dunkles Kraushaar stand störrisch vom Kopf ab.

»Nein, ich lauf nicht weg. Ich will doch die Angst sehen!«, antwortete Sofie mit beschwörender Stimme, riss die tränennassen Augen weit auf und starrte lauernd auf das tote Schwein, als könnte es im nächsten Moment aufspringen und die Flucht ergreifen.

Luzia zögerte kurz, dann rannte sie los, schlug die Stalltür auf und stemmte sich gegen die Windböen, die jetzt über die Hochebene fegten.

In der Ferne zerrte der Vater gerade geborstene Bretter aus dem Schnee, während die Moidl weiterschaufelte. Die Birchlerin stand mit dem länglichen Bündel in den Armen da und hielt das Kinn prüfend hochgereckt, als würde sie über das gesamte Geschehen wachen.

»Bring auch die Holzschüssel mit!«, rief Sofie ihrer Schwester hinterher. »Und den Löffel. Den Löffel! Vergiss nicht den Löffel!«

Nur wenig später war Luzia zurück im Viehstall. In der einen Hand hielt sie ein scharfes Messer, in der anderen eine tiefe Holzschüssel und einen Löffel. Sie musste sich beeilen, sonst würde das Blut gerinnen und sich im Muskelfleisch festsetzen. Sie schob den kleinen Bottich seitlich unter den Schweinekopf mit den starr blitzenden Äugelchen und den zurückgeklappten Ohren. Wie rau sich doch die Schwarte mit den Borsten anfühlte! Luzia atmete noch einmal tief durch und setzte dann die Messerklinge an die Halsschlagader.

»Stich es ab!«, schrie Sofie und hielt sich die Ohren zu. »Lass die Angst raus!«

Es knirschte, als Luzia Haut, Sehnen und Adern durchtrennte. Ein Blutschwall ergoss sich in den Bottich. Dunkelrote Tropfen spritzten gegen die Holzwand, auf das Stroh und auf Luzias Hände. Sie verzog das Gesicht. Sie hasste den Geruch von warmem Schweineblut. Trotzdem hielt sie die tiefe Holzschüssel mit beiden Händen fest, damit sie nicht kippen konnte. Gurgelnd lief der Blutstrahl hinein und warf Blasen, bis er allmählich dünner wurde und versiegte.

Die drei anderen Säue im Stall waren unruhig geworden. Grunzend kamen sie näher, stießen mit den Schnauzen gegen Luzia und wollten im Bottich vom Blut saufen. Luzia trat nach ihnen und beugte sich schützend über die Holzschüssel, die aufgeschlitzte Halswunde der toten Sau dicht vor ihren Augen. Wie die Schwarte sich aufwölbte und die erstarrten Schweinsäugelchen sie anglotzten!

»Du musst pumpen, pump es!«, schrie Sofie, die sich immer noch die Hände auf die Ohren hielt. »Die Angst muss raus. Das Herz ist tot. Das kann nicht mehr. Jetzt musst du es tun!«

»Ja, ich weiß, Sofie. Ich weiß.« Luzia konnte das Schwein nicht aufhängen, damit es ausbluten konnte. Dafür war es zu schwer. Also fasste sie nach dem vorderen rechten Schweinebein und bewegte es hin und her. Immer kräftig gegen die Schweinsrippen. Im Takt eines schlagenden Herzens. Hin und her. Wieder floss Blut. Wieder drängten sich die anderen Säue heran. Und wieder trat Luzia nach grunzenden Schweineschnauzen. Pumpen musste sie, hin und her, damit auch das letzte Blut aus dem Körper pulsierte.

»Und jetzt schlagen!« Sofie umklammerte ihre Schultern, als wollte sie sich an sich selbst festhalten. »Schlag die Angst heraus!«

»Natürlich, Sofie. Ich schlag das Blut.« Luzia schluckte, hockte sich breitbeinig auf einen Schemel und klemmte sich den Bottich zwischen die Schenkel. Dann fing sie an, das Blut mit dem Holzlöffel zu schlagen. Ganz allmählich wölbte sich Schaum auf der roten Brühe. Nur noch wenige Schläge, dann konnte es nicht mehr gerinnen.

»Schlag es! Schlag die Angst raus!« Sofie war aufgesprungen und feuerte Luzia an.

Der Unterarm tat Luzia weh, und die Finger, die den Löffel umklammert hielten, wurden langsam taub. Sie versuchte sich abzulenken und dachte an das Lob des Vaters und das anerkennende Nicken von Ferdl, der sonst nur abfällige Bemerkungen für sie übrighatte.

»Weiter! Schneller! Die Angst, sie muss raus!« Sofie zwirbelte Haarsträhnen um ihren Zeigefinger, während sie auf einem trockenen Halm herumkaute.

Luzia hielt den Bottich ein wenig schräg. Das eintönige Geräusch des Holzlöffels, der gegen die Wand der Holzschüssel klackte, das Plätschern und Spritzen und der Geruch des erkaltenden Schweineblutes ließen Übelkeit in ihr aufsteigen. Trotzdem schlug sie weiter, immer das beifällige Lob des Vaters im Ohr. Ihr Atem ging gehetzt, Schweißperlen rannen ihr über Wangen und Hals ins Schultertuch.

Nun zerrte eine kräftige Sau an dem toten Tier, sodass sein Kopf zur anderen Seite ins Stroh kippte.

»Weg ihr! Haut endlich ab!« Luzia trat derb nach dem quiekenden Schwein, das vom zurückgeklappten Ohr der toten Sau abgebissen hatte und darauf herumkaute.

»Warum starren die Toten eigentlich immer in eine bestimmte Richtung? Was gibt es denn da zu sehen?« Sofie kam langsam näher und folgte dem starren Blick der Sau, der auf die hintere Stallwand gerichtet war. Suchend kniff sie ein wenig die Augen zusammen. »Ob es vor der Wand etwas sieht? Oder dahinter?«

Sie blinzelte und schaute und hielt den Kopf schräg. Mit den Fingerspitzen fuhr sie sich durch das dunkle, wirre Haar, wischte sich die nassen Strähnen von der Wange und beugte sich noch tiefer, um der Blickrichtung der Sau folgen zu können.

»Das kann ich nicht sagen.« Luzia zuckte mit den Schultern. »Das ist bei uns Menschen sicherlich anders.«

»Anders? Und wie?« Sofie legte die Wange auf die hochgezogene Schulter und suchte noch immer mit den Augen die Bretterwand ab.

»Das hängt bestimmt von jedem Einzelnen ab.« Ein letztes Mal quirlte Luzia die Blutbrühe in der Schüssel auf. »Aber ich kann's nicht sagen, ich war ja noch nicht tot.«

Sofie nickte nachdenklich. »Wenn man tot ist, muss man ja auch nichts mehr sehen. Dann ist man einfach tot und im Himmel. Gibt es eigentlich auch einen Angsthimmel, wo man hinkommt, wenn man nur umfällt?«

»Ich weiß es nicht.« Luzia seufzte, stellte den Bottich auf den Schemel und begann, den rötlich aufgedunsenen Schaum abzuschöpfen. »Ich weiß es wirklich nicht, Sofie.«

»Es muss schön sein, einfach nur umzufallen. Dann öffnet sich der Himmel, und man geht heim.« Sofie hob ehrfürchtig den schrägen Blick. »Ganz schön und ganz einfach.«

»Für dich ist immer alles ganz einfach«, sagte Luzia leise. »Viel zu einfach.«

Die Tür zum Schweinestall knarrte. Jakob und Ferdl polterten herein und klopften sich Schnee von den Kleidern. Gleichzeitig fuhr ein eisiger Windstoß in die Stallung und wirbelte Streu und Spelzen hoch.

»Tot war die Sau!« Sofie hatte vor Aufregung die dunklen Augen weit aufgerissen.

»Was? Eine Sau ist tot? Was habt ihr angestellt?« Jakob und Ferdl schauten erschrocken zu dem ausgestreckten Tier. Zu der blutigen Schaumlache, die allmählich in sich zusammenfiel. Und zu den drei anderen grunzenden Schweinen, die mit den Schnauzen im Stroh wühlten.

»Der Bergschnee hat ihr Angst gemacht.« Sofie strahlte. »Da ist sie einfach umgefallen. Und ich hab Luzia geholfen, die Angst wegzujagen!«

Mit ausgebreiteten Armen lief sie auf Jakob zu, der sie behutsam an sich drückte. »Das hast du gut gemacht, kleine Sofie.«

Argwöhnisch kamen die Männer näher, bauten sich breitbeinig vor Luzia auf und begutachteten die aufgeworfene Stichwunde am Schweinehals, den Bottich mit dem Blut und den abgeschöpften Schaum, dessen rötlich schimmernde Blasen zwischen dem Stroh zerplatzten.

»War es auch wirklich tot?«, fragte Ferdl misstrauisch. Er hatte seine buschigen Augenbrauen hochgezogen, sodass zwischen seinen Haarfransen an der Schläfe ein dunkles Muttermal zu sehen war. »Vielleicht war es ja nur benommen …«

»Es war tot!« Luzia rieb sich das schmerzende Handgelenk. »Da war kein Herzschlag mehr.«

»Es hat sich auch nicht tot gestellt!« Sofie nickte ernsthaft. »Ich habe genau geguckt, ob es beim Gurgeldurchschneiden gezuckt hat.«

Der Vater wandte sich Ferdl zu. Gemeinsam besprachen sie, wann und wie sie die Sau verarbeiten sollten. Sie redeten über das Enthaaren mit der Kette, das Abbrühen in der Wanne, das Aufhängen an den Hinterbeinen und das Ausweiden. Über Hauswürste und Speckseiten, die in der Wanne mit wohlriechenden Gewürzen übereinandergestapelt würden, und über die Därme, die ausgespült werden müssten, und das Verarbeiten des Blutes zu Würsten. Über das Auslassen von Fett, das Räuchern und Salzen. Und über das Geld, das der Verkauf bringen würde.

Gemeinsam verließen sie den Schweinestall. Jakob hatte seinen kräftigen Arm schützend um Sofie gelegt, als wäre sie zu verletzlich für dieses Leben. Auf der anderen Seite ging Ferdl, und seine

Augen strahlten. Sicherlich blieb eine fette Wurst für sie selbst übrig.

Luzia blieb allein zurück. Sie schaute ihnen hinterher, bis die knirschenden Schritte im Schnee verklungen waren. Die Stalltür war offen geblieben.

Die Säue quiekten, wühlten mit den Schnauzen im Stroh und wollten vom Blut. Luzia fühlte sich wie aus dem Leben gefallen. Kein Lob. Keine Anerkennung. Nichts. Dann hörte sie Schritte, schnelle kleine Schritte. Es war Sofie. Aufgewühlt rannte sie Luzia entgegen.

»Du hast doch die Angst herausgeschlagen!«, rief sie schon von Weitem.

Luzia nickte und ließ die Hand mit dem Holzlöffel sinken.

»Und wo ist sie jetzt?« Sofie starrte ihre Schwester an. »Wo ist sie? Wo ist die Angst hin? Kann sie mich finden?«

»Die Angst ist fort.« Luzia versuchte zu lächeln. »Außerdem bist du die Sofie. Die kennt keine Angst.«

Sofie stockte. Ihr Blick wanderte nachdenklich über Bretterwand, Stroh und Säue. Dann kicherte sie und küsste Luzia auf die Wange. Es war ein feuchter Kuss. »Das stimmt. Ich bin die Sofie. Und die Angst ist die Angst.« Dann rannte sie wieder davon.

Ein kühler Windstoß wehte in den Stall und ließ Luzia frösteln. Sie atmete tief durch und wischte sich Blutspritzer aus dem Gesicht. Mit festem Griff umfasste sie den Blutbottich und trug ihn durch den Schnee zum Verschlag neben dem Bauernhaus.

Der Kirchgang am Sonntag war von einer Vorahnung auf den Frühling getragen. Schneefladen fielen von den Lärchenästen klatschend zu Boden, dünne Rinnsale von Schmelzwasser suchten sich ihren Weg. Der Abstieg über den Kirchsteig hinunter nach Göflan war zwar rutschig glatt, aber die Luft war durchdrungen vom Geruch nach frischer Erde.

Göflan war die Urpfarre der Gegend. Schon sehr früh befand

sich hier eine Kirche, der viele Bauernhöfe angeschlossen waren. Vom Schnalstal und sogar dem Ötztal brachten sie ihre Toten, um sie auf dem Göflaner Friedhof begraben zu lassen, denn von dieser Anhöhe aus waren sie sicherlich auch dem Himmel ein Stück näher. Wie oft standen Trauernde an der hinteren Friedhofsmauer, nachdem sie an Gräbern gebetet hatten, und richteten den Blick hoch zum Himmel und dann hinunter ins Etschtal, das sich als breite Ebene zwischen hoch aufragenden Bergmassiven hindurchzog.

Ferdl war wie immer mit der Moidl vorweggegangen. Ihnen folgte der Vater, der Sofie an einem Gurt festhielt, um sie im Kirchgedränge nicht zu verlieren. Luzia schlidderte ihnen hinterher, auf abschüssigen Wegbiegungen, vorbei an Feldern und Wiesen, Kiefernwäldern und vertrocknetem Gehölz.

Neben einer Steilkurve lag am Berghang hinter dürrem Ackerland eine Steinhütte. Dort lebte die alte Magda, die für Luzia das Walpurgisöl verwahrt hatte. Die Fensterläden ihrer Hütte mit dem tiefen Schrägdach waren wegen der Kälte zugezogen, dünner Rauch stieg aus dem Schornstein.

Magda lebte schon seit Jahren allein. Ihr Mann war ausgehungerten Wölfen zum Opfer gefallen, als er seine beiden Ziegen mit Knüppeln vor den Bestien hatte schützen wollen. Seit dem Tod ihres Mannes verließ die Magda nur noch selten das Grundstück. Sie beackerte ihren Garten selbst, baute Saubohnen an, die zu Mehl für Brot zermahlen wurden, und molk die Bergziege, die ihr noch geblieben war. Wenn sie abends schlaflos auf ihrem Strohlager in die Dunkelheit starrte, schmiegte sich der struppige Kater an sie, dessen wohltuende Wärme sie nicht missen mochte. Die alte Magda war eine Freundin der Naandl, allerdings begegneten sich die beiden nur noch selten.

Sobald das Wetter es zuließ, hockte sich Magda zwischen Haus- und Gartenarbeit auf eine Holzbank, die ihr Bertold einst gezimmert hatte, und blickte an dem fernen Wegkreuz, dem Marterl, vorbei in die Ferne. Gerade so, als wartete sie auf jemanden, der ihr verloren gegangen war. An diesem Tag stand die Bank leer, und geschmolzener Schnee tropfte zwischen den Bretterritzen hindurch zu Boden.

Normalerweise legte die alte Magda ein geflochtenes Seil um Gartenpforte und Zaunpfosten. Wenn das Seil lose am Boden hing, waren Besucher willkommen. Wenn es allerdings dreimal um die Pfosten festgezurrt war wie an diesem Tag, wollte die alte Magda niemanden sehen.

Auch die Naandl hatte sich nicht zum Gottesdienst auf den Weg gemacht, sondern war im Bauernhaus geblieben. Zwischen dem hochgemauerten Ofen und der Zimmerwand gab es nämlich eine Lücke, das Höllele, wie sie es nannten. Dort, wo sich die Wärme staute, passte so eben ein Strohsack rein, auf dem sich die Naandl gerne zur Ruhe legte.

»Die Alten frieren, weil sie endlich die Zeit dazu haben«, hatte Sofie noch gesagt. »Ich habe keine Zeit zum Frieren. Ich will noch weg.«

Luzia sah schon von Weitem den spitzen Turm der zierlichen Walpurgiskirche von Göflan, die gleich neben der größeren Kirche St. Martin erbaut worden war. Die wurde allerdings gerade renoviert und war für die Sonntagsmesse geschlossen. Luzia mochte das grazile Kirchlein sowieso lieber, das wie eine Monstranz wirkte, wie sie der Pfarrer beim Hochamt vorantrug. Außerdem war sie der heiligen Walpurga geweiht, deren Gnade sie für Sofies Heilung erflehten und auf die der Vater alle Hoffnung setzte.

Kaum auf dem Kirchweg in Göflan angekommen, drängten sich auch schon die Birchlers durch die Kirchgänger. Trina zwängte sich mit ausgestreckten Ellbogen an Dörflern vorbei, wohl darauf bedacht, dass ihr neuer Lodenmantel nicht beschmutzt wurde. Das fusselig rote Haar hatte sie sorgsam unter einer bestickten

Haube verborgen. Wieder hatte sie die Lippen gespitzt, als wäre dies ein Zeichen herrschaftlicher Herkunft. Ihr folgte Alois mit gewalktem Umhang um den Schultern und einem schmalkrempigen Filzhut mit Feder auf dem Kopf, genauso einem, wie ihn sich der Jakob schon immer gewünscht hatte.

»Wie schön, dich hier zu treffen«, flüsterte jemand Luzia ins Ohr. Es war Diethard. Sein warmer Atem fuhr ihr über den Nacken und ließ sie frösteln. »Hat es was gebracht? Das Walpurgisöl bei der Irren?«

Behutsam legte er seine Hand auf Luzias Schulter, drückte langsam zu, bis es schmerzte und sie jeden einzelnen seiner Finger spürte.

»Nimm deine Hand da weg«, fuhr sie ihn mit unterdrückter Stimme an, um keine Aufmerksamkeit zu erregen.

»Warum denn? Mir gefällt das.« Seine Stimme war so sanft, so herausfordernd, dass Übelkeit in ihr aufstieg.

»Mir aber nicht! Lass mich sofort los«, fauchte sie und versuchte sich aus der Umklammerung zu befreien.

»Du willst doch nicht, dass jemand etwas von diesem ... Öl erfährt?«, hauchte er. »Da musst du schon ein wenig brav sein.«

Mit einem Ruck löste sie sich aus dem schmerzhaften Griff und lief der Moidl hinterher. Kiesel knirschten unter ihren Sohlen. Luzia hob die Schultern. Sicherlich starrte Diethard ihr jetzt hinterher und ließ seinen Blick über ihren Nacken und abwärts zu Hüfte und Hinterteil wandern. So wie immer, wenn er sie mit gierigen Augen beäugte, als könnte er satt davon werden. Unwillkürlich presste sie die Gesäßmuskeln zusammen. Sie fühlte sich nackt. Trotz des festen Leinenrockes, trotz der Strickweste, trotz des Umhangs. Er ekelte sie so sehr.

»Es ist der Trieb«, hatte die Naandl ihr einmal zugeflüstert, als sie dicht beieinander auf der Ofenbank hockten. »Den brauchen die Mannsbilder. Damit's genug Burschen und Maidele gibt. Für den Hof.«

»Und wenn kein Hof da ist«, hatte Sofie gesagt, die Naandls Worte aufgeschnappt hatte, »dann ist der Trieb ganz umsonst da. Darum wird er dann verkauft. Auf dem Markt, damit alle Mannsbilder auf Höfen einen Trieb haben. Und es genug Burschen und Maidele gibt. Nicht wahr, Naandl?«

»Ja, meine Sofie. Der wird dann verkauft«, hatte die Naandl geantwortet. Und ihre Stimme war ganz kraftlos geworden, als würden ihr die Worte am Gaumen kleben bleiben. Und ihr Atem war so flach geworden, als wollte sie ihn nicht mehr haben. Als wollte sie fort in ein fernes Land, wo es keine Erinnerungen mehr gab.

Noch hallten keine Glockenschläge vom Kirchturm herab, doch immer mehr Dorfbewohner drängten sich zum Kirchplatz. Der Himmel war zwar von nebligen Wolkenfeldern bedeckt, sodass nur blassgraues Sonnenlicht zur Erde fiel, aber es war entschieden wärmer geworden. Auf dem Platz war der Schnee fast schon weggeschmolzen. Rutschige Graupelreste hingen zwischen dem Kies, der auf den Kirchwegen und zwischen den Gräbern ausgestreut war. An der Mauer glänzten einige der Steinchen zwischen feuchtem Moos und Grasbüscheln schneeweiß auf. Luzia bückte sich und hob eins davon hoch. Der Marmorkiesel lag tropfnass auf ihrer Handfläche, glatt geschliffen von den Gletschermoränen der Berge, den Geröllllawinen oder den Sturzbächen bei der Schneeschmelze.

Wieder legte sich eine Hand auf Luzias Schulter. Blitzartig schnellte sie herum, aber diesmal war es nur Pfarrer Thimotheus, der die Kirchgänger begrüßte und der ihren Dorfpfarrer vertrat, der auf Pilgerreise war.

Pfarrer Thimotheus sah noch recht verschlafen aus, aber er lächelte selig vor sich hin. Seine Augen waren mit roten Äderchen durchzogen. Ihm fehlte ein Schneidezahn, und jedes Mal, wenn er auflachte, versuchte er die Lücke mit einer Hand zu verbergen. Vertraulich zwinkerte er einer jungen Dienstmagd mit üppigem Busen zu, die ihm einen koketten Blick zuwarf. Er rülpste, versuchte aber sofort mit kräftigem Räuspern die Peinlichkeit zu überdecken. Der Geruch von säuerlichem Wein zog Luzia in die Nase. Die Moidl schaute verschämt zu Boden, während Ferdl die buschigen Augenbrauen hob und der vollbusigen Dienstmagd hinterherlinste, die verführerisch die Hüften wiegte.

»Nun geht schon«, drängte Jakob sie in die Kirche, während er Sofie fest am Gürtel hielt. »Lasst uns bei der heiligen Walpurga für … für uns alle beten.«

Der Kirchraum von St. Walpurgis war klein. Das netzartige Kreuzgewölbe mit seinen Blüten- und Blätterranken wirkte wie ein emporgehobener Garten. Alles war in sanftem Gelb gehalten, als wollte der Maler erstes Frühlingslicht darin einfangen. Die braunbemalten Deckenstreben sahen aus wie gezähmte Äste, aus denen die zarten Malereien hervorwuchsen. Und dort, im linken Gewölbezwickel, die heilige Walpurga mit ihrer Ölkanne …

Schnell schob Jakob seine Tochter Sofie in eine Gebetsbank, ganz nah unter das Bildnis. Die Moidl, Ferdl und Luzia zwängten sich hinterdrein.

Auf der rechten Seite ließen sich die Birchlers auf eine Kirchbank nieder. Trina ächzte schwerfällig, als sie sich setzte. Fröstelnd schob sie ihre Finger in einen Muff aus Kaninchenfell, der an Kordeln um ihren Hals hing. Alois rieb die kalten Handflächen aneinander, und Diethard hob sein kantiges Kinn und blinzelte Luzia zu.

In der kleinen Kirche war es kühl. Jedes Hüsteln hallte von den Wänden wider, jedes plötzliche Stiefelscharren verstärkte sich zu einem Lärm, der die Betenden aufschrecken ließ.

Sofie schob den Oberkörper vor, sodass ihr der Umhang von den Schultern rutschte. Ihre Nase war von der Kälte gerötet, die dunklen Augen glänzten. »Der Berg lässt sich nicht belügen!«, rief sie laut der Birchlerin zu. »Und nicht bestechen. Auch nicht mit Kerzen …«

»Bist du wohl still.« Jakob presste Sofie die Hand auf die Lippen, während er gequält lächelte, der Birchlerin zunickte und seiner Tochter ins Ohr flüsterte: »Wenn du still bist, kriegst du auch Schnitze von der Palabirne. Wenn du ganz still bist …«

Birnenschnitze? Sofies Augen weiteten sich, und die Hand des Vaters löste sich zögerlich von ihren Lippen.

Drei der kostbaren Birnbäume wuchsen bei ihnen auf dem Hofanger. Ein Medicus pflegte einen großen Teil der Ernte der Pilli-Palli-Birnen – wie die Naandl sie nannte – aufzukaufen. Sie strotzten vor gesunden Säften, deshalb wurden sie selbst reichen Venezianern als Medizin verschrieben. Auch der Brückenwirt von Schlanders erwarb jährlich mehrere Stiegen davon. Nur herabgefallene Früchte mit Druckstellen verarbeitete die Moidl selbst. Sie schnitt die Birnen in Streifen und trocknete sie im Ofen für die Feiertage. Dann erst wurden sie in den Brotteig gemengt und gebacken. Vorher war Naschen verboten. Nur Sofie wurde manchmal ein Scheibchen zugesteckt.

»Birnenschnitze will ich nicht. Und ich schweige, wann ich will!«, rief Sofie. Ihre Stimme hallte laut im Gewölbe wider, während Trina angewidert das Gesicht verzog. »Ich lüge nicht! Ich nehme die Schnitze nur, wenn es wirklich nur Schnitze sind.«

»Wenn es wirklich nur Schnitze sind«, raunte die Birchlerin spöttisch.

»Ja, genau!« Sofies Unterlippe zitterte. »Dann sind es nur Schnitze, ohne Bestechung drin. Sonst verdirbt man sich.«

»Schau dort, die heilige Walpurga!« Jakob versuchte seine Tochter abzulenken und deutete auf das prachtvolle Deckengemälde. »Die heilige Walpurga kann dir helfen.«

»Sie soll der Naandl helfen, nicht mir!«, rief Sofie entrüstet. »Sie soll machen, dass die Naandl nicht mehr so friert.«

»Dann lass uns für die Naandl beten.« Jakob seufzte und zog Sofie näher zu sich heran. »Dass sie nicht mehr so friert. Einverstanden?«

»Gut. Das mach ich.« Sofie faltete die Hände und lehnte ihren

Kopf an die Schulter des Vaters. »Dass die Naandl nicht mehr so friert.«

In diesem Moment fiel die Kirchentür mit einem gewaltigen Schlag ins Schloss. Luzia drehte den Kopf. Ein wohlhabender Mann durchschritt den Kirchraum. Sein pelzverbrämter Mantel hing schwer über seinem wuchtigen Oberkörper. Der Bart war gleichmäßig gestutzt, und das dichte gewellte Haar, das bis zu den Schultern fiel und von ersten grauen Fäden durchzogen war, hatte der Bader ordentlich geschnitten. Die Gesichtszüge des Mannes waren gleichmäßig, und die emporgereckte, kräftige Nase wies ihn als herrschaftlichen Befehlsgeber aus. Seine blassblauen Augen wirkten kühl und abschätzend.

»Der Halsabschneider«, raunte Jakob. Aus den Augenwinkeln heraus fixierte er den Ankömmling. Der kleine Höcker des schlecht verwachsenen Nasenbruchs lief wieder rot an. »Das ist der Wanga, dieser verdammte Halsabschneider.«

Mit einem Ruck blickte Jakob nach vorn zu dem Flügelaltar in der Apsis, zu dem viele Menschen pilgerten, um das kunstvoll geschnitzte Kunstwerk näher zu betrachten.

Luzia betrachtete den Wanga heimlich. Das also war er! Der Wanga, der das Walpurgisöl von einer Handelsreise mitgebracht und bei dem sich der Vater verschuldet hatte.

Das Knirschen seiner rindsledernen Stiefel hallte in dem Kirchgewölbe nach. Dann hockte er sich breitbeinig in die vorderste Kirchbank, zog die Fellhandschuhe von den feingliedrigen Fingern und schloss gelangweilt die Augen.

»Dass die Naandl nicht mehr so friert!«, rief Sofie mit lauter Stimme, damit die heilige Walpurga sie auch wirklich hören konnte.

Da bemerkte Luzia hinten im Kirchraum einen jungen Burschen, der verlegen einen breitkrempigen Hut in der Hand drehte. Sein dunkelbraunes Haar hatte er am Hinterkopf zusammengebunden. Seine Wangen glühten, der dunkle Vollbart war nur leicht gestutzt, und seine Lippen waren von der Kälte ausgetrocknet und rissig. Jetzt trafen sich ihre Blicke. Es waren vielleicht nur ein, zwei Sekunden, aber Luzia war, als würde sie von diesem Blick davongetragen. Was war es, das sie urplötzlich derart berührte? Das ihr Blut heftig pulsieren ließ, sie aufwühlte und verwirrte?

Verlegen schaute Luzia zu Boden. Wer war er? Sie hatte ihn hier in der St.-Walpurgis-Kirche noch nie bemerkt. Vielleicht ein wandernder Handwerksbursche, der Arbeit suchte? Oder jemand, der eigentlich zu einer anderen Kirchgemeinde gehörte und nur durch Zufall hier am Gottesdienst teilnahm? Verunsichert schaute sie wieder hoch. Jetzt kam Diethard in ihr Blickfeld, der verschlagen grinste. Ob er ihr Erröten bemerkt hatte?

Luzia sah nach vorn zu dem geschnitzten Flügelaltar und versuchte sich mit ihrem Blick an den Figuren und Figürchen festzuhalten, bis sich ihre Verwirrung wieder etwas legte.

Jeden Sonntag wurde ein anderer Teil des Altars aufgeklappt und eröffnete dadurch eine andere Ansicht. Wie wundervoll bemalt er war! Wie die Farben glänzten und das Gold auf Kronen und Sternengewölbe erstrahlte. Die einzelnen Kästen mit den Figuren waren derart kunstvoll aus dem Holz herausgearbeitet, als hätte der Herrgott selbst die Schnitzfinger geführt. Es war wie ein Theater, das in Kästchenbühnen eine Geschichte erzählte. In den Flügelaußenseiten war die Leidensgeschichte Christi zu sehen mit Geißelung, Dornenkrönung und Kreuztragung. Die Innenseiten aber zeigten Szenen aus dem Leben der heiligen Maria, der die heilige Walpurga zur Seite stand.

Der Altar stammte aus der Werkstatt des Meisters Jörg Lederer aus Kaufbeuren. Vor gar nicht allzu langer Zeit war die Kostbarkeit sorgsam in Kisten verpackt hergekarrt worden, und nach der Renovierung von St. Martin würde sie dort ihren Platz finden.

In Tirol liebte man diese Flügelaltäre. Auch von der Spitalkirche in Latsch, von Schlanders und sogar von Nauders aus war die ferne Werkstatt beauftragt worden, einen Schnitzaltar zu fertigen, in dem Leben, Tod und Auferstehung des Herrn festgehalten war.en

Luzia räusperte sich. Die feuchte Luft in der kleinen Kirche wurde allmählich stickig, und es roch muffig nach alten Kleidern und Tüchern, die für den Sonntagskirchgang in Truhen aufbewahrt wurden. Bei jedem Atemzug glaubte sie sogar, die Gerüche der Menschen unterscheiden zu können, die in diesen Kleidern steckten.

Sie schloss die Augen, und ihre Gedanken wanderten davon. Ob der seltsame Fremde noch da war? Ob er noch dahinten am Weihwasserbecken stand und den Krempenhut in den Händen drehte? Vorsichtig wandte sie den Kopf, hob die Lider und verfing sich wieder in seinem Blick, der staunend auf sie gerichtet war. Wieder war es, als wäre da ein Wiedererkennen. Vielleicht aus einem Leben vor ihrer Zeit? Wer wusste das schon zu sagen …

In diesem Moment schlurfte Pfarrer Thimotheus mit wankenden Schritten herein. Er stolperte fast über die Kanten der weißen Marmorfliesen, mit denen der Boden ausgelegt war. Als er die Apsis erreichte, räusperte er sich eindringlich. Dann drehte er sich zu den Gläubigen, taumelte leicht, wischte sich über die schweißnasse Tonsur und begann mit einer Danksagung für alle, die von Lawinen verschont geblieben waren. Dabei vermied er jegliches Lächeln, um die Zahnlücke unter seiner Oberlippe zu verbergen. Nur als die vollbusige Magd sich neben den Wanga in die Kirchbank drängte, zuckten seine Mundwinkel, und ein wohlgefälliges Lächeln war zu erahnen, gerade beim Vaterunser zwischen dem »*Sicut in caelo*« und dem »*Et in terra*«, nachdem er huldvoll den Blick zum Himmel erhoben hatte.

Nachdenklich betrachtete Luzia das verquollene Gesicht des Pfarrers, die verschwitzte Tonsur, die geröteten Augen. Was ihm wohl beim »*Et in terra*« durch den Kopf gegangen war? Gerade beim »Vater unser«, diesem heiligen Gebet? Sie schaute zu seinen gefalteten Händen, dann zu der vollbusigen Magd. Was waren die Gebete eigentlich noch wert, wenn sie nur zur Floskel verkamen? Wenn den Ritualen keine Wahrhaftigkeit mehr innewohnte, die Sinnhaftigkeit verloren ging und sie sich immer mehr von den Menschen entfernten? Wenn das Gewissen der Mannsleute abstumpfte, weil der Pfarrer sich selbst durch sündige Taten hervortat …

Und trotzdem wurden vor ihm demütig die Köpfe geneigt, die Menschen beichteten ihm ihre Sünden und nahmen von ihm die Sakramente entgegen. Sollten aber nicht die ihres Amtes enthoben werden, die selbst zu Sündern verkamen?

Luzia schreckte hoch, als Pfarrer Thimotheus den Schlusssegen erteilte. Verunsichert schlug sie das Kreuzzeichen. Oder sollte sie sich irren? War er nicht trotz allem ein Vertreter Gottes, dem es zu gehorchen galt?

Nebenan in der Martinskirche läutete eine Glocke. Der Klöppelschlag gegen die Bronze hallte mit einem derart vollen Klang nach, dass es in der Walpurgiskirche vibrierte, als sollten die Glasfenster splittern. Luzia drängte an die frische Luft und atmete das Modrige der feuchten Tücher und muffigen Kleider aus ihrem Körper.

Draußen standen die Kirchgänger in Grüppchen, debattierten, tratschten und schwatzten. Luzia reckte sich. Ob dieser seltsame Fremde noch da war? Tatsächlich stand er mit zwei anderen, die ihm ähnelten, an der Friedhofsmauer. Waren es Brüder, die zusammen auf Wanderschaft waren?

»Wer sind eigentlich die Burschen dort drüben?«, fragte Luzia die Moidl. »Die habe ich ja noch nie hier gesehen.«

»Ja, kennst du sie nicht?« Die Moidl betrachtete aufmerksam das erhitzte Gesicht ihrer Tochter. »Das sind die drei großen Buben droben vom Hasl-Hof. Die gehen sonst zur Bergkapelle beim Kreuzjöchl. Oder zum Nachbarshof, die haben sich ja eine eigene Kapelle gebaut.« Die Moidl zupfte ihr Kopftuch tiefer ins Gesicht und raunte der Tochter zu: »Der mit dem zusammengebundenen Haar, das ist der Toni …«

»Ach, der Toni«, wiederholte Luzia zögerlich.

Die Moidl lächelte. »Und die beiden anderen mit den schulterlangen Haaren …«

»… das sind seine Brüder vom Hasl-Hof. Was kümmert's mich.« Luzia schüttelte den Kopf, als könnte sie so ihre Verlegenheit abstreifen.

Drüben vor den Kirchenstufen wartete der Vater, Sofie hockte vor ihm auf dem Kiesweg und sammelte Marmorsteinchen auf. Der Wanga stand nicht weit entfernt. Er zog seine Fellhandschuhe über, orderte Jakob mit einem gebieterischen Wink zu sich und deutete mit dem Zeigefinger vor sich auf den Kirchweg.

Jakob zögerte kurz und schnäuzte in den Schneematsch. Dann straffte er sich. »Pass du auf Sofie auf!«, rief er Luzia noch zu und ging dem Wanga entgegen. Ein Windstoß verfing sich in seinem zerschlissenen Umhang und blähte ihn auf. Der pelzverbrämte Wollmantel des Wanga fiel schwer von dessen Schultern hinunter.

Sofie stolperte auf ihre Schwester zu und streckte ihr die nassen Hände mit den aufgeklaubten Marmorsteinchen entgegen, die sie mit den Fingern kaum umschließen konnte.

»Gut gemacht«, lobte Luzia und nahm Sofie mit zur Moidl, die inzwischen ihre Base Anna begrüßt hatte. Man redete über die Lawine, die heruntergedonnert war. Und über das plattgewalzte Holzhaus der Birchlers oben auf der gerodeten Bergebene.

»Und umgefallen ist die Sau vor Angst und Schreck«, erzählte Sofie mit weit aufgerissenen Augen. »Einfach umgefallen.«

Base Anna nickte und berichtete vom alten Viehhirten droben bei den Rimpfhöfen. Der war auch umgefallen. Aber nicht vor Schreck, sondern weil das Herz nicht mehr hatte schlagen wollen. »Müde war das Herz, einfach müde!«

Sofie nickte aufgedreht. »Aber die Sau war nicht müde. Die ist einfach vor Angst umgefallen.«

Und die Moidl meinte noch, dass auch die Naandl immer weniger Kraft hätte und dass man die Zeit mit ihr nutzen müsste. Und dass der Himmel ihr einen gnädigen Tod schenken möge.

Luzia schaute aus den Augenwinkeln zu Toni hinüber. Ein stattliches Mannsbild war er. Mit kräftigem Oberkörper. Und wie er da stand, breitbeinig, die Daumen im Wams verhakt. Der breitkrempige Hut war aber so tief ins Gesicht gezogen, dass sie seine Augen nicht richtig sehen konnte.

Als wäre sie in Gedanken versunken, schlenderte sie über den Kirchplatz, im Bogen an der Kirchhofsmauer vorbei, immer weiter auf die Hasl-Hof-Brüder zu. Die Kiesel knirschten unter ihren Schritten, und die Mauersteine fühlten sich bröcklig rau an, als sie mit den Fingerkuppen daran entlangfuhr.

»Ich bitte Euch, gebt mir eine längere Frist!«

Luzia stutzte. Das war doch die bettelnde Stimme ihres Vaters hinter der Friedhofsmauer. Sie beugte sich vor, näher zur Steinwand hin, und lauschte.

»Wie soll ich das in der kurzen Zeit schaffen?«

»Das habt Ihr vorher gewusst.« Das musste die Stimme des Wanga sein. Sie klang sanft. Viel zu sanft. »Entweder Ihr zahlt die Schulden bis zum Herbst, oder die Erbpacht ist gestrichen. Ihr habt der Vereinbarung zugestimmt: Pacht auf Zeit. Bis zum Herbst!«

»Ihr seid ein …« Jakob keuchte und schnappte nach Luft.

»Noch ein Wort«, zischte der Wanga. Der Lederriemen einer Peitsche sirrte durch die Luft und knallte gegen etwas Hartes. War es der Boden? Die Mauer? Ein Baumstamm? »Und Ihr werdet es bitter bereuen!«

Das Auftreten von Stiefelsohlen entfernte sich. Das Gespräch war beendet.

Luzia starrte ins Leere. Sie taumelte ein paar Schritte und

wankte. Der Vater hatte die Erbpacht des Hofes verpfändet? Etwa wegen des Öls für Sofie? Sie stolperte weiter, ohne auf Steine zu achten, und schlug sich an der Friedhofsmauer den Ellbogen auf. Und wenn dieses Walpurgisöl ihrer Schwester überhaupt nicht half? Wollte der Vater wegen Sofie die gesamte Familie ins Unglück stürzen? Wenn doch nur dieses geißelnde Schuldgefühl nicht wäre, die eigene Zwillingsschwester bei der Geburt mit der Nabelschnur gewürgt und ihr den Verstand geraubt zu haben!

Der Kies verschwamm vor ihren tränennassen Augen. Was hatte sie sich da nur für eine Schuld auferlegt! Es war wohl ihr Schicksal, aber konnte man dem Schicksal entfliehen? Konnte Schuld abgetragen werden wie ein Berg Erde, ein Haufen Mist, ein Fuder Holz? Sie würde alles dafür tun, dass Sofies Verstand, der irgendwo herumirren musste, wieder zurückfand. Und dass der Bauernhof erhalten bliebe, und dass der Vater …

Luzia strauchelte, als sie gedankenverloren jemanden anrempelte. Es war Toni.

»Entschuldige«, stammelte sie mit hochrotem Gesicht. Verlegen fuhr sie sich über die Augen und wischte die Hände am Lodenrock ab. Der dunkle Zopf baumelte vor ihrer Brust hin und her.

»Du bist doch die Luzia?« Seine tiefe Stimme überraschte sie. »Stimmt's? Der Großvater hat öfter von euch gesprochen. Vor allem von deiner Naandl. Von der Zeit, als sie oben am Hasl-Hof war und das Tal damals im Krieg in Flammen aufging.«

Luzia lächelte zaghaft. »Stimmt. Sie hat auch öfter darüber geredet. Dann sind die Naandl und dein Großvater entfernte Basen und Vettern?«

Toni lächelte. Seine spröden Lippen hatte er inzwischen mit einer cremigen Substanz bestrichen. Als er nickte, blitzten unter dem breiten Krempenhut seine Augen auf. »Verschwägert sind die beiden. Um fünf oder sechs Ecken herum …«

Sofie hielt verschwörerisch die Hand vor den Mund. »Damals hat sie geholfen, einen Hirsch zu zerlegen …«

» … den der Ernst heimlich erlegt hatte«, raunte Toni ihr zu und fuhr fort: »Warum bist du eigentlich noch nie bei uns oben gewesen? Die Moidl kenne ich …«

»Ich muss nach Sofie schauen.« Luzia zögerte. »Meine Schwester ist ein wenig … seltsam und braucht Hilfe.«

Toni schob den Krempenhut zurück. Sein Blick war durchdringend, aber irgendwie vertraut. Sie ließ es zu, betrachtet zu werden, vergaß sich selbst und spürte kaum noch den blutig angeschlagenen Ellbogen.

Der Jochwind war fast eingeschlafen, und durch eine Wolkenlücke fiel wärmendes Sonnenlicht. Von gar nicht weit her hallte das gleichmäßige Rauschen und Gurgeln eines Wasserfalls zu ihnen herüber, der an einem Steilhang über Felsen hinab in die Tiefe stürzte.

»Wo ist Sofie?«, platzte Jakob dazwischen. Der Höckerbruch auf seiner Nase war hochrot angelaufen und sein Gesicht wütend verzerrt. »Ich kann sie nirgendwo finden!«

»Sofie?« Erschrocken reckte sich Luzia und suchte im Gewühl nach dunklem Kraushaar. »Ich … ich weiß nicht …«

»Du solltest auf sie aufpassen«, schnauzte der Vater sie gereizt an. »Ist auf dich denn überhaupt kein Verlass?«

An der Friedhofsmauer gelehnt stand Diethard. Jetzt schlenderte er auf sie zu, beäugte abschätzig Toni in seiner zerschlissenen Joppe und rümpfte die Nase, als könnte er sich eine ansteckende Krankheit einfangen. »Ich habe sie gesehen.« Er schnippte eine Fluse von seinem gewalkten Lodenumhang und deutete mit dem Kinn talabwärts. »Sie hat den Weg nach Schlanders genommen.«

»Nach Schlanders?« Luzia presste die Lippen zusammen.

»Na, was ist?« Jakobs Stimme donnerte über den Kirchplatz. Die Kirchbesucher schauten sich tuschelnd nach ihnen um. »Willst du dich nicht auf den Weg machen?«

»Ja, Vater! Entschuldige …« Luzia raffte den Rock und lief los. Vorsichtig stieg sie den abschüssigen Weg des Kirchsteigs hinunter, der zum Ortskern von Göflan führte. Obwohl Asche gestreut war, war er noch rutschig glatt.

»Soll ich dich begleiten?«, rief Toni ihr hinterher.

Luzia stockte und schaute zurück. Wieder trafen sich ihre Blicke. Wieder war er ihr so vertraut. Selbst im Markttrubel von Meran würde sein Blick ihn aus der Menge herausheben, da war sie sicher. Was war nur dieses Geheimnisvolle, das sie beide verband? Sie kannten sich doch kaum eine Stunde …

»Begleiten? Das ist nicht nötig.« Jakob schob ihn derb zur Seite. »Das mache ich lieber selbst. Und Ferdl, ihr geht zurück zum Hof!«

Luzia löste den Blick von Toni, der die Finger wieder am Wams verhakt hatte, und rutschte weiter über die Aschekrumen den steilen Weg hinunter.

»Man sollte einen Steinmetz beauftragen, dass er Hexenlöcher in die Kirchenstufe einmeißelt«, hörte sie noch die durchdringende Stimme von Trina Birchler hinter sich. »Wer weiß schon, ob nicht ein teuflisches Wesen in diese … Irre gefahren ist und ihren Geist verwirrt.«

Luzia duckte sich unwillkürlich. Hexenlöcher wollte Trina in die unterste Marmorstufe einmeißeln lassen? So wie sie draußen beim Kirchlein in St. Veit oder der St.-Benedikt-Kirche in Mals zu finden waren? Sie selbst war bei der Zeremonie von St. Johann in Prad dabei gewesen, als die Marmorschalen geweiht und mit Weihwasser gefüllt wurden, um Hexen den Eintritt in die Kirche zu verwehren. Denn was fürchtete der vom Teufel Besessene mehr als das Weihwasser.

Luzia hetzte weiter. Hexenfallen, Teufelsbräute … Erst vor Kurzem waren wieder Scheiterhaufen entzündet und gerichtlich Verurteilte bei lebendigem Leib verbrannt worden. Aber Sofie war doch keine Hexe! Sofie war nur verwirrt. Sicherlich hatte das

Würgen mit der Nabelschnur nur verhindert, dass die Seele beim ersten Atemzug vollständig in den Körper gleiten konnte. Bei Sofie war keine Hexerei zu finden, keine Beschwörung dunkler Mächte, keine Anrufung finsterer Höllendämonen.

Luzia hastete weiter, die forschen Schritte des Vaters dicht hinter sich. Ihr war, als wäre sie jetzt selbst von einem dunklen Wesen umfangen, das ihr Angst und Misstrauen einflößte. Das sich wie ein Schraubstock um ihr Herz legte und es langsam zusammendrückte. Aber dann sah sie im Geiste Toni, wie er in der Kirche den Krempenhut in der Hand drehte und wie er an der Friedhofsmauer stand, die Daumen am Wams verhakt, und sie lächelnd anschaute. Die Bilder setzten sich in ihr fest, gerade so wie Pflanzen, die sich im Erdreich verwurzelten. Und der düstere Schleier glitt wieder davon.

3

Endlich hatten sie die Steinbrücke von Göflan erreicht, die das breit fließende Wasser der Etsch und einen Teil des Ortes überspannte. Die Schaufelräder der Wassermühlen quietschten. Zwischen den Zinnen des Burgturms an der Brücke, von wo aus über das Brückenrecht gewacht wurde, blickten Soldaten in die Ferne. Luzia schaute vom steinernen Brückengeländer aus hinunter in die reißenden Fluten, die durch die Schneeschmelze angeschwollen waren und Büsche und Äste mit sich rissen. Wenn erst die Schmelze hoch oben in den Bergen einsetzte, würden die Wassermengen wieder über die Ufer treten, die Flussebene im Morast versinken lassen und Göflan womöglich wieder teilweise überschwemmen.

»Man müsste die Sumpfgebiete trockenlegen«, brummte der Vater neben ihr. »Was hätten wir da für Möglichkeiten!«

Luzia nickte. Nicht ohne Grund hatten sich die Bauern mit ihren Gehöften an den Berghängen angesiedelt, um dort trotz aller Schwierigkeiten Getreide anzubauen und Vieh auf die Hochweiden zu treiben. Wie sollten sie denn in einer sumpfigen Ebene Korn aussähen und Felder bestellen? Dicht an dicht waren so Häuser, Schuppen und Stallungen zu Dörfern zusammengewachsen, die sich eng in Bergnischen schmiegten, weit genug entfernt von den Steilhängen mit ihren Schutt- oder Schneelawinen, die schon so manche Siedlung unter sich begraben hatten.

Schweigend stapfte der Vater neben Luzia her, den Blick starr in die Ferne gerichtet, hoch zu schneebedeckten Berghängen, Almweiden und Gipfelspitzen. Woran er wohl denken mochte? Daran, dass sie ihre Pflicht vernachlässigt hatte? An Sofie, die sich leicht wie ein Knäuel zerrupfte Schafswolle durchs Leben treiben ließ? Die in ständiger Gefahr schwebte und für immer auf den Schutz der Familie angewiesen war, wenn das heilige Öl nicht das erhoffte Wunder bewirken sollte? Mit Sicherheit aber an die Verpfändung ihres Hofes, falls sie das Geld für das Walpurgisöl nicht auftreiben konnten. An den Zehnten. Und an die Steuern.

»Wir werden Sofie finden.« Luzias Stimme war leise, eine vorsichtige Annäherung, um sein Schweigen zu brechen. »Ich schwöre dir, ich will alles dafür tun, dass es Sofie gut geht.«

Luzias Magen rumorte, so wie immer, wenn der Vater schwieg. Und es war Toni, ausgerechnet Toni gewesen, von dem sie sich hatte ablenken lassen, sodass Sofie ihr entwischt war. Sie fuhr sich über die tränennassen Wangen und rannte Jakob hinterher, der jetzt mit weit ausladenden Schritten voranlief, immer schneller auf Schlanders zu.

In Schlanders wurden seit einiger Zeit immer mehr Adels- und Bürgerhäuser aus Stein errichtet. Bruchsteine wurden mit Eselskarren von verfallenen Burganlagen oder Schutthügeln zu Baustellen gebracht, denn an Steinen gab es wahrlich keinen Mangel. Auf frischem Wandputz entstanden großflächige Malereien, Schmuckornamente wurden an Fensternischen und Torbögen angebracht. Aber trotz allem blieb der Ort eine bäuerliche Gemeinde, ohne Stadtrecht, wenn auch mit Gerichts- und Gemeindehaus. Und mit Türmen, Adelsburgen und Klosteranlagen.

Der Wiederaufbau nach dem Calvenkrieg schien in allem ein Neubeginn zu sein. Das Wetter hatte in den letzten hundert Jahren Kapriolen geschlagen. Vor vielen Jahrzehnten war es merklich kühler geworden, man munkelte etwas von eisigen Zeiten. Viele Höfe konnten wegen der kälteren Frühjahre und Sommer ihrer Zinspflicht nicht mehr nachkommen, sodass sogar die Erben der Schlandersberger ihre Höfe verkauften und die Liegenschaften in Almen umwandelten.

Aber danach war es mit jedem Jahr ganz allmählich wärmer geworden, wie es auch in den Wetteraufzeichnungen nachzulesen war. Als wollte der Himmel Erbarmen zeigen, ließ er mit kraftvollem Sonnenlicht Feldfrüchte und Obst heranreifen. Und fettes Gras für Kühe, Schafe und Ziegen, sodass schmackhafter Bergkäse mit Wiesenkräutern, Ziegenjoghurt und frische Butter aufgetischt werden konnten.

Schon von Weitem sah Luzia die Pfarrkirche von Schlanders, deren hölzerne Turmspitze im Calvenkrieg abgebrannt war. Als steinerner Stumpf ragte der Rest verloren in die Höhe. Nach dem schweren Erdbeben vor ein paar Jahren war der viereckige Steinturm weiter verstärkt und aufgestockt worden. Dunkle Rußflecken zeigten genau an, bis wohin sich die Flammen des Krieges hochgefressen hatten und wo der Neubau mit Steinquadern begann. Noch wirkte der Kirchturmstumpf mit seinem Gerüst, das sperrig neben den Steinwänden emporragte, wie ein Kriegsmahnmal. Aber jetzt sollte die Turmspitze neu errichtet werden und allem zum Trotz und zu Ehren Gottes so hoch hinaufragen wie sonst kein einziger Kirchturm im Land. Und nadelspitz sollte er werden, ein hölzerner Wegweiser, der zum Himmel wies.

»Der Kirchbau wird Sofie anlocken.« Luzia versuchte Jakob zu ködern, um die Stille zu durchbrechen. Aber er stellte sich taub, nur seine Augen blitzten sie vorwurfsvoll an.

»Sicherlich wird Sofie dort sein …« Ihre Stimme klang zaghaft.

Er schwieg. So wie immer, wenn er sie strafen wollte. Wie verloren lief sie hinter ihm her, vorbei am Anwesen der Herren von Schwangau und dann kreuz und quer durchs Dorf auf der Suche nach Sofie, durch die enge Hungergasse und das Kortscher Gassl.

»Sofie ist bestimmt am Kirchturm …«, sagte Luzia leise.

Aber ihr zum Trotz schaute Jakob als Nächstes in der unteren Badstube nach und bei der Urtl-Mühle. Schweigend liefen sie nebeneinanderher, an den Besitztümern der Grafen von Tirol vorbei bis zur Deutschordenskommende.

Aber nirgendwo tauchte das schwarze Kraushaar von Sofie auf, nirgendwo hockte sie, vielleicht verunsichert von den vielen Neugierigen, die am heutigen Sonntag nicht die Segnung des Kirchturmstumpfes verpassen wollten.

Dann schaute Jakob noch bei Martin Tueile in der Färberei vorbei, in der Kesslerwerkstatt von Andre Fliry und selbst in der stinkenden Weißgerberei. Aber von Sofie war nichts zu sehen.

Allmählich klarte der Himmel auf. Sonnenstrahlen blitzten durch Wolkenlücken und hinterließen ein angenehmes Frösteln auf der Haut. Nur der Wind war stärker geworden. Er blähte sich auf, fegte durch die engen Gassen und verfing sich in aufgetautem, nassem Laub und dem Unrat des Ortes. Er nahm die Gerüche von Pferdeäpfeln und verrotteten Abfällen mit, wirbelte sie hoch und wehte sie über das Land.

Als Luzia und Jakob schließlich den Kirchplatz erreichten, standen dort Menschen dicht zusammengedrängt und starrten neugierig zum Kirchturm hinauf. Festgezurrte Leitern führten von Stockwerk zu Stockwerk des Holzgerüstes, das hoch bis zum Stumpfende reichte. Auf den obersten Planken standen Männer in pelzverbrämten Mänteln. Ein Priester mit wehender Soutane kletterte gerade über die Mauerkante in das Innere des Turms.

Luzia hob erschrocken die Hand vor den Mund. »Um Himmels willen! Wenn er dadrinnen abstürzt …«

»Das wird nicht geschehen.« Ein Zimmermann im Zunftkittel neben ihr lächelte nachsichtig. »Oben wurden armdicke Bretter eingelassen und darauf eine Schicht Beton gegossen, eine Mischung aus gebranntem Kalk, Wasser, Sand und Ziegelmehl. Und die ist längst erhärtet. Falls die Turmspitze wieder einmal brennt, können sich die Flammen so nicht weiter ins Kirchgewölbe fressen.«

Jetzt hob der Priester dort oben in luftiger Höhe das Aspergill. Ein Regen von Wassertropfen flirrte aus dem Weihwassersprengsel hervor und rieselte auf den Kirchturmstumpf nieder.

»Der Turm wird gesegnet«, erklärte der Zimmermann gewichtig. »Hoffen wir, dass er diesmal vor Blitzschlag und Kriegsgefahr geschützt ist.«

Aber Luzia hörte gar nicht richtig hin, sondern ließ ihren Blick über die Menge schweifen. Über aufgewölbte Bäuche und Knollennasen, zerschlissene Hauben, Kopftücher und breitkrempige Hüte, graue Haarbüschel und junge Mägde, die sich zur Feier des Tages blitzsauber herausgeputzt hatten.

»Wir teilen uns«, sagte Jakob bestimmt. Den Blick hatte er abgewandt, als redete er mit einem Fremden. »Du suchst Sofie hier und am Schlandraunbach, ich gehe in die andere Richtung. Wir treffen uns dann beim Brückenwirt.«

Luzia nickte und reckte sich noch mehr. War nirgendwo der dunkle Lockenkopf der Schwester zu entdecken? Sie zwängte sich durch die Menge, an Gauklern vorbei, die bunte Bälle durch die Luft tanzen ließen, und weiter auf ein Fuhrwerk zu, das behauene Hölzer für den Turmbau herangekarrt hatte. Aber nirgendwo war eine Spur von Sofie zu entdecken.

Immer mehr Neugierige drängten heran. Der Kirchturmbau war zu einer wahren Attraktion geworden. Auf Brettern wurden Küchlein zum Verkauf angeboten, und auf schmiedeeisernem Rost über glühenden Kohlen briet Fleisch. Es zischte, wenn Fett ins Feuer tropfte. Der Wind wehte den köstlichen Geruch von Gebratenem über den Kirchplatz, wohlhabende Handelsleute schnupperten, schnalzten mit den Zungen und suchten in ihren Geldkatzen nach einem Münzstück. Unter den Gaffern waren aber auch verarmte Bauern, die sich ein Zubrot durch die Mithilfe am Bau erhofften. Und reisende Handwerker wie Maurer, Zimmerleute und Steinmetze, die in der Fremde Arbeit suchten.

»Höher als alle Türme in Tirol soll er werden«, raunte es in der brodelnden Menge.

»Höher noch als der in Mals?«, fragte ein grinsender Alter. Er hatte keine Zähne mehr und hob verzückt ein Bein, als wollte er die Turmhöhe damit andeuten.

»Viel höher!«, antwortete ein Geistlicher mit nöliger Stimme, der seine Tonsur mit einer fetthaltigen Substanz eingerieben hatte, die sie in der Mittagssonne speckig glänzen ließ.

»Leck mich am Arsch! Da wird ja noch so manches Fässchen Wein herangekarrt!« Die Augen des Alten blitzten schalkhaft. Sein zahnloser Oberkiefer glänzte nass von Spucke. Als er aber den pikierten Gesichtsausdruck des Geistlichen sah, faltete er die Hände über seinem Lumpengewand und streckte sie zum Himmel empor. »Himmelherrgott, was für ein Segen ist doch dieser Kirchturmbau!«

Jetzt trafen auch die Birchlers ein. Alois und Trina drängten auf die Hochherrschaftlichen zu, die gerade wieder vom Gerüst herabstiegen. Der Pfarrer, dem die Höhe des Kirchturms offenbar zugesetzt hatte, war kreideblass. Mit zitternden Fingern schlug er ein Kreuzzeichen. Dann kniete er nieder und küsste den Boden.

Luzia überlegte kurz, ob sie nicht selbst das Gerüst hochklettern sollte. Von luftiger Höhe aus hätte sie den besten Überblick, um Sofie zu entdecken. Aber das würde ihr von den Wachsoldaten bestimmt verwehrt. Jetzt zwängte sich mit gewichtigem Schritt auch der Wanga durch die Menge, begrüßte herrschaftlich Gewandete, verbeugte sich vor edlen Damen, klopfte dann Alois Birchler auf die Schulter und begann mit ihm ein Gespräch.

Verwundert schüttelte Luzia den Kopf. Alois Birchler und der Wanga? Woher kannten die sich? Und wieso waren sie derart miteinander vertraut?

»Na, ist die Irre dir abhandengekommen?«, hörte sie Diethards spöttische Stimme neben sich. Seine kräftige Hand schloss sich um ihren Oberarm. »Ihr wird doch nichts geschehen sein?«

»Sie wird schon irgendwo wieder auftauchen«, meinte Luzia scheinbar gleichgültig, während sie seine Finger betrachtete. Blitzsauber waren sie geschrubbt, kein Krümelchen Dreck war unter den Nägeln zu finden. Mit einem Ruck befreite sie sich aus seinem Griff. »Und was geht's dich an!«

Er hob lächelnd einen Mundwinkel und fuhr mit der Kuppe seines Zeigefingers langsam über ihre Wange. »Aber du willst doch nicht, dass ihr etwas geschieht.«

Erschrocken wich sie zurück. »Lass Sofie in Ruhe, sonst …«

»Sonst was?« Diethard hauchte ihr die Worte entgegen. »Es könnte doch gut sein, dass diese Irre im Wald oder im Stadel einmal jemandem begegnet, der ihr zeigt, welche Lust es bringen kann, die Beine zu spreizen …«

»Lass Sofie!« Luzia schaute gequält, ihre Stimme klang bettelnd. »Vergeh dich nicht an meiner Schwester.«

Er lachte laut auf. »Von ihr will ich ja auch gar nichts … von ihr nicht. Oder vielleicht doch, wenn du nicht …«

Luzia riss sich los, drängte sich durch die gaffende Menge in Richtung Schlandraunbach und schüttelte angewidert den Kopf, als könnte sie so die letzten Momente loswerden wie lästige Schmeißfliegen. Vielleicht hatte sich Sofie ja im Kirchgarten verkrochen, hinter Grabsteinen an efeubewachsenen Mauern. Oder sie hockte am Schlandraunbach und beobachtete Libellen, die wie schillernde Blitze über das Wasser jagten.

»Habt Ihr die Sofie gesehen?«, rief sie einem Bierbrauer zu, den sie vom Markt her kannte und der rumpelnd ein Fass über das Kopfsteinpflaster rollte.

Der überlegte kurz und kratzte sich am Hals. »Nein, heute nicht. Aber versucht es doch mal beim Brückenwirt.«

Luzia rannte die enge, gewundene Gasse entlang in Richtung Spitalkirche, wo genau gegenüber das Gasthaus Zum Schwarzen Adler stand, aber jeder nannte es Brückenhaus, weil es nah der Brücke über den Schlandraunbach lag, gleich beim Trögerhaus.

Der Brückenwirt war ein dicklicher Mann mit kahlem Schädel. Wegen der schweißtreibenden Hitze beim Kochen, Braten und Backen hatte er sich die Haare geschoren. Seine Nase war knollig verwachsen. Es hieß, das käme sicherlich vom Schnuppern und Riechen, denn der Brückenwirt war ein ausgezeichneter Koch. Er wusste die köstlichsten Speisen zuzubereiten, auch mit den Palabirnen und den Marillen vom Elternhof, die er aufkaufte und zu Birnenschmarrn oder Marillenknödeln verarbeitete.

Palabirnen waren sehr gefragt, denn im Krieg hatten die Soldaten in blinder Zerstörungswut nicht nur Getreidefelder niedergebrannt, sondern auch Obstbäume und Weinreben in Flammen gesetzt.

Wie Fackeln hätten sie im Wind gelodert, hatte die Naandl erzählt. Drüben in Glurns hatten sie zwar wieder junge Birnbäumchen gesetzt, aber es würde Jahre dauern, bis sie die ersten Früchte trugen.

Luzia keuchte, als sie das Gasthaus des Brückenwirtes erreichte. Sie hastete die Außentreppe hoch, die in den voll besetzten Schankraum führte. Da war ein Getratsche und Gerede, Worte schwirrten durch die Luft, Bier und Wein wurden in Krügen ausgeschenkt, und es duftete köstlich nach Sonntagsbraten.

»Ah, Luzia!« Der Brückenwirt reckte den Bauch noch weiter vor, als er sie entdeckte. »Was verschafft mir die Ehre?«

»Habt Ihr die Sofie gesehen?« Luzia versuchte den dunklen Lockenkopf der Schwester im Gedränge der Wirtschaft auszumachen. »Ich hab sie verloren …«

Der Wirt zuckte bedauernd mit den Schultern. »Ich war die ganze Zeit in der Küche … aber …« Er fuhr sich mit einem Lappen über den verschwitzten Schädel. Irgendetwas schien ihn zu beunruhigen. »Ich habe sie schon mal ganz nah … bei der Glockenwirtin gesehen.«

»Beim Hurenhaus?« Die Worte hatte Luzia fast lautlos ausgestoßen. Ihr Atem ging schneller.

»Ja, genau.« Der Wirt nickte bekümmert. »Sofie war von den gelben Bändern an den Dirnenkleidern ganz gefesselt.«

»Ich danke Euch. Und wenn Ihr sie seht, behaltet sie hier. Ich komme später noch einmal vorbei!« Luzia rannte los. Bunte Bändel, flatternde Schnüre, das begeisterte ihre Schwester. Farbige Stoffe und samtene Kordeln, daran konnte sie sich nicht sattsehen. Aber was wusste Sofie schon von den Frauen, die gelbe Stoffstreifen an den Röcken zu tragen hatten, um sich als Dirnen kenntlich zu machen?

Luzia hetzte weiter, wollte vom Norden her zur Glockenwirtin, am Schlandraunbach entlang. Vielleicht hatte Sofie ja hier irgendwo auf dem Weg die Zeit vergessen. Wie getrieben rannte sie an der langgestreckten Steinmauer entlang, die vor Überschwemmungen des Baches schützen sollte, der Schmelzwasser, mitgerissenen Schlamm und Geröll der Berge mit sich trug. Erschrocken bemerkte sie, dass aus dieser Schutzmauer im Osten Schlanders Bruchsteine herausgebrochen waren. Unkraut hatte sich in den Fugen festgesetzt, sodass der Putz bröckelte. Warum wurde die Gröbnmauer nicht ausgebessert? Es gab doch sogar eine Verpflichtung von Kortsch gegenüber Schlanders, bei solchen Arbeiten zu helfen. Wann sollten diese Instandsetzungsarbeiten endlich beginnen?

Luzia blickte kurz durch eine Steinlücke in die bräunlich aufschäumenden Fluten. Der Bach war jetzt schon gefährlich angeschwollen und rauschte gurgelnd an ihr vorbei. Wenn erst die Schneeschmelze hoch oben in den Bergen einsetzte, würden erste Wellen gegen die Fundamente der Mauer klatschen. Sollte dann das Wasser nur noch ein paar Ellen weiter anschwellen, würde die Schutzmauer dem Druck der Wellen bestimmt nicht standhalten können. Dann würde Schlanders von einer Schlammlawine überflutet, so wie es schon öfter geschehen war und einer Katastrophe gleichkam. Wenn das geschah, mussten Straßen und Gassen sofort freigeschaufelt werden. Denn sobald der Schlamm trocknete, konnte er nur noch mit Spitzhacken aus Kellern, von Hauswänden, engen Gassen und Straßen weggeschlagen werden. Ein tief gelegenes Haus war sogar einmal bis zur Dachrinne im Schlamm versunken. Die Spitalkirche gegenüber vom Brückenwirt war einst auf einem Hügel erbaut worden. Inzwischen hatte der Bergschlamm von Muren den tiefer liegenden Vorplatz jedoch derart aufgefüllt, dass die Eingangstür nur über Stufen erreicht werden konnte, die in die Tiefe führten.

Luzia fuhr mit ihren Fingerkuppen über die bröseligen Fugen der Steinbrocken, während sie weiterrannte. Sie rutschte über vereiste Schneereste und Grasnarben, schlitterte durch Matsch und Unrat, der allmählich auftaute. Dreck spritzte hoch und verschmutzte ihren Rock. Ihr Atem ging stoßweise, das Blut pulsierte ihr in den Schläfen. Sie hetzte jetzt die Gasse entlang, weiter auf das Gasthaus der Glockenwirtin zu. Luzia glaubte, ersticken zu müssen, als sie an ihre Schwester dachte. Vielleicht wurde Sofie ja gerade brutal auf ein Strohlager gestoßen, jemand riss ihr die Leinenbluse vom Leib oder zerrte ihr den Lodenrock hoch bis zur nackten Hüfte und presste ihre Schenkel auseinander … Diethards verschlagenes Grinsen tauchte vor Luzias geistigem Auge auf … Sie mochte nicht weiterdenken!

»Maria, heilige Gottesmutter, ich flehe dich an«, betete sie. »Schütze Sofie. Ich verspreche, ich will mich nie wieder von der Aufsicht ablenken lassen. Auch nicht von Toni …«

Dann lag zwischen Ställen und Schuppen gleich neben der Kesslerwerkstatt das schmale Fachwerkhaus der Glockenwirtin vor ihr. Das mit Lehm verputzte Gefach war lange nicht mehr gekalkt worden, dreckig grau füllte es den Raum zwischen den Holzbalken. Die rostrote Farbe an der Haustür blätterte. Wie brüchige Hautschuppen hing sie am Holz, als wartete sie darauf, vom Wind davongetragen zu werden.

Luzia zögerte. Das war also das Hurenhaus. Fußabdrücke im Schneematsch führten zur Haustreppe der Glockenwirtschaft und wieder zurück. Die Spuren vom Haus weg hatten sich tiefer in den Morast gedrückt, als wären die Besucher hastig davongeeilt. Mit klopfendem Herzen schaute sich Luzia um. Auf dem Weg gingen gerade zwei adlige Frauen in Richtung der Thannerischen Behausung. Sonst war niemand zu sehen. Die meisten Menschen drängten sich wohl auf dem Platz vor dem Kirchturmstumpf zusammen. Jetzt drehten sich die beiden Adligen zu ihr um. Wann waren sie endlich außer Sichtweite? Luzia senkte den Kopf und schlenderte ein paar Schritte weiter. Jetzt mochte sie nicht die Treppenstufen zur Glockenwirtin hochsteigen. Jetzt nicht.

Gegenüber vom Hurenhaus gaben Lücken zwischen Ställen die Sicht auf die Felder frei, die wie ausgebreitet dalagen. Spuren von Hasen und Rehen hatten sich in Schneefetzen gedrückt. Erste Frühblüher reckten sich im Wiesenmatsch hoch. Kühe blökten in fernen Stallungen, Ziegen meckerten hinten in den Hütten.

Luzia wartete. Sie fror. Vom Mühlbach her würde hoffentlich niemand auftauchen, schlossen sich dort doch nur Behausungen an und weiter unten die Gerberei mit den stinkend gärenden Substanzen. Sie blickte zum Sonnenberg hinüber, dessen Wälder immer weiter abgeholzt wurden. Großflächige kahle Flecken überzogen die Anhöhen und Berghänge, die Schnee- und Gerölllawinen keinen Widerstand mehr boten. Wie oft fuhr der Wind dort unbarmherzig durch die abgeholzten Schneisen, blies kostbare Ackererde davon und laugte den Boden aus. Aber für die Eisenschmelze in den Erzbergwerken wurden Unmengen von Holz benötigt, hieß es. Und wem gehörte ein Teil der Wälder? Dem Wanga!

Endlich waren die Adelsfrauen verschwunden. Luzia atmete tief durch. Sie musste da hinein, in dieses frevelhafte Sündenhaus, das ihr so zuwider war! Sie ballte kurz die Finger zur Faust, hastete dann die sieben Stufen zur Eingangstür hoch und drückte die knarzende Holztür mit der blättrigen Farbe auf.

Ein säuerlicher Geruch schlug ihr entgegen. Der düstere Flur wurde nur von einer armseligen Funzel beleuchtet. Die Schatten von drei Weibern blähten sich überlebensgroß an den Wänden auf. Dirnen stützten einen wankenden Fremden in einem pelzbesetzten Mantel. Er hatte wohl zu viel vom Roten getrunken, denn gleich vor ihm lag mitten auf den gebohnerten Dielen frisch Erbrochenes. Er würgte und hustete. Schleim troff ihm aus dem Mund, während er unverständliche Worte vor sich hin lallte.

»Raus mit ihm!«, herrschte ein vollbusiges Weib mit unterdrückter Stimme, während sie besorgt auf eine geschlossene Tür schaute und horchte, ob sich dahinter etwas regte.

Die drei Dirnen ächzten und schnauften, als sie den Betrunkenen zum Hinterausgang beförderten, während eine andere mit dem Wischlappen die vollgespuckten Dielen reinigte. Die Vollbusige, die offenbar die Glockenwirtin selbst war, versprengte Duftwasser, um den unangenehm säuerlichen Geruch zu überdecken.

»Und du? Was willst du hier?«, fauchte sie, als sie Luzia entdeckte. Ihre bemalten Lippen zitterten, und bei jedem Atemzug wölbte sich ihr Brustansatz in dem tief ausgeschnittenen Kleid so weit hoch, dass man glauben konnte, der ganze Busen würde sich aus dem Mieder drücken. »Das hier ist nichts für dich. Oder brauchst du einen, der's dir besorgt?«

»Ich … ich suche meine Schwester«, stotterte Luzia verschämt, als ihr Blick über die hervorquellenden Brüste der Wirtin glitt. »Sie heißt Sofie …«

»Sofie? Bei mir arbeitet keine Sofie!« Die Glockenwirtin legte mit Kennerblick ihren Finger unter Luzias Kinn und hob es prüfend an. »Aber wenn du hier ein wenig …«

»Nein!«, unterbrach Luzia. »Meine Schwester ist etwas … verwirrt. Sie weiß oft nicht, was sie tut.«

»Soso, verwirrt!« Die Wirtin spitzte die roten Lippen und hob die Augenbrauen, die abrasiert und sorgsam mit einem Kohlestift wieder nachgezogen waren. Der Blick ihrer dunklen Augen glitt aufmerksam über Luzias Körper. Mit flatternden Fingern winkte sie dem Mädchen, ihr zu folgen. »Na, dann woll'n wir mal schauen!«

Gleich rechts war ein Schankraum eingerichtet, in dem blank polierte Holztische standen. Mit Stoff bespannte Stühle standen davor. Kostbare Wachskerzen flackerten, und ihr Licht spiegelte sich in glasierten Weinkrügen. Es roch angenehm nach fremdartigen Ölen und Gewürzen. Luzia rieb sich die fröstelnden Finger vor dem gemauerten Ofen, der vom Flur aus beheizt wurde und eine angenehme Wärme verströmte.

Die Glockenwirtin überlegte. »Die sanftmütige Birthe, die ihre Lieblinge zum lustvollen Wahnsinn treiben kann, ist da drüben. Die wilde Charlotte mit der Pferdepeitsche ist ... Moment ... oder doch nicht?« Ihr blasses Gesicht mit der gealterten Haut und den rotbemalten Lippen wirkte wie eingefroren, so als trüge sie die groteske Maske einer Schaustellerin, die von Ort zu Ort zog, um Menschen zu erheitern. »Warte hier, ich werde die Liste meiner ... Schmuckstücke holen. Da ist eingetragen, wer gerade wen zum Kochen bringt. Danach können wir sie über deine Sofie befragen.«

Sie stemmte sich energisch hoch, sodass ihre vollen Brüste bebten. Nur kurz verharrte sie und schaute noch einmal zu Luzia hinüber. War da nicht ein seltsames Schimmern in den dunklen Augen der Wirtin? Ein Zittern der Nasenflügel? Dann wandte sie sich abrupt ab und verließ den Schankraum.

Luzia horchte einen Atemzug lang. Nichts regte sich. Wie getrieben sprang sie auf, schlich zurück in den schmalen Flur und riss am Ende des Ganges die erstbeste Tür auf. Der Raum war düster. Kerzenlicht fiel auf eine Blonde, die unter einem dickleibigen Nackten aufstöhnte. Weiter! In der nächsten Kammer zog gerade ein Grauhaariger einer Dirne mit breiten Hüften das Hemd über den Kopf. Sofie war zierlich, ihr Körperbau schmal, das konnte sie nicht sein. Jetzt hörte Luzia ein unterdrücktes Fluchen, das vom Schankraum her kam. Die Glockenwirtin hatte ihr Verschwinden bemerkt. Nur raus, weiter zum Nebenzimmer! Gerade wollte sie die nächste Holztür aufreißen, als die Wirtin sie an den Haaren zurückzerrte.

»Nicht dieses Zimmer. Willst du mir das Geschäft verderben und meine beste Kundschaft vergraulen?«, zischte sie Luzia eindringlich zu. Ihre dunklen Augen verrieten Angst. Oder war es Wut, die sich in ihr aufgestaut hatte? Luzia riss sich los und rammte ihr den Ellbogen in den fülligen Leib, sodass sie ächzend zusammensackte.

»Nun versteh doch! Nicht dieses Zimmer!« Die Glockenwirtin versetzte Luzia mit aller Kraft eine Ohrfeige, sodass deren Kopf gegen die Flurwand knallte. Wieder hob sie die Hand. »Nun begreif doch endlich …«

Aber weiter kam sie nicht. Luzia war unter ihrer Armbeuge hindurchgeschlüpft, riss die Holztür auf und stolperte in den Schlafraum.

Hier war es leicht rauchig. Das Holz im offenen Kamin knisterte, und warf züngelnde Flammenblitze hoch. Seidene Tücher glänzten auf, samtene Vorhänge waren vor die Fenster gezogen. Der Lichtschein des Kaminfeuers flackerte über ein komfortables Bettgestell. Dort lag ein Glatzköpfiger über ein Mädchen gebeugt, das seinen dunklen Lockenkopf hin und her wiegte. Die Leinenbluse war hochgezerrt, und der Freier knetete mit seinen Pranken die nackten Brüste. Er war fettleibig, sein schwammiger Hintern zitterte. Seine Kleider lagen am Boden verstreut, nur die heruntergelassenen Beinkleider hingen ihm noch um die Knöchel.

»Lasst sie los! Lasst sie sofort los!« Luzia schrie, schnappte sich einen Schürhaken vom Kamin und hob ihn mit beiden Händen hoch, um auf den Fettwanst einzuschlagen. »Sofie, Sofie! Ist dir etwas geschehen?«

Die Wirtin packte sie an den Handgelenken, um sie wegzuzerren. Schon ließ Luzia die Eisenstange auf den Glatzkopf niedersausen, doch der Aufprall wurde durch das Eingreifen der Glockenwirtin abgemildert. Der Dickleibige richtete sich verwundert auf und schaute sich lächelnd um, als würde er von Engelschören und Harfengesängen begleitet sanft ins Jenseits getragen. Dann sackte sein fleischiger Leib lautlos in sich zusammen und begrub das Mädchen, das unter ihm lag. Der Schürhaken glitt Luzia aus der Hand und fiel polternd zu Boden.

»Sofie, Sofie!« Luzia stürzte auf den Fremden zu, um ihn zur Seite zu rollen. Sein bulliger Schädel lag auf Hals und Wange des Mädchens, und ein dünnes Rinnsal Blut sickerte aus einer Schramme am Hinterkopf. Luzia packte seinen massigen Arm, drückte ihn hoch, sodass sie seine runde Schulter zu fassen bekam, und presste mit aller Kraft dagegen. »Sofie …«

»Ave Maria. Ave Maria. Ave Maria.« Es waren leise Töne, die zu Luzia herüberschwebten.

Aber der Gesang kam nicht vom Hurenlager und dem Mädchen, das unter dem Glatzkopf lag, sondern …

Luzia wandte den Kopf. Entgeistert ließ sie den fleischigen Arm des Fremden wieder fallen. In der hinteren Zimmerecke neben einer Funzel hockte Sofie auf dem Dielenboden und spielte mit den gelben Streifen eines Hurenkleides, während sich die lockenköpfige Dirne ächzend unter ihrem Freier hervorwand. Die Marmorsteinchen, die Sofie auf dem Friedhof vor der Walpurgiskirche aufgesammelt hatte, lagen aneinandergereiht auf den Holzdielen.

Die Glockenwirtin presste erschrocken die Hand vor den Mund und starrte auf den Freier, der ausgestreckt dalag und sich nicht regte. Ob er tot war? Zögerlich ging die Wirtin auf ihn zu. Ihre rote Lippenschminke war ganz verwischt, die Hände zitterten. Mit verängstigtem Gesicht tastete sie nach der Schlagader an seinem bulligen Hals und drückte die Fingerkuppen darauf. Dann atmete sie erleichtert auf.

»Das hat Luzia mit dem Schwein auch gemacht.« Sofie strahlte und strich zärtlich über die Seidenstreifen. »Aber das hat nicht mehr gelebt. Da hat sie ihm die Gurgel durchgeschnitten.«

Luzia sank vor ihr auf die Knie, barg das Gesicht in den Händen und fing an zu schluchzen, als wollte alle Anspannung aus ihr herausfließen. Sofie wickelte einen der gelben Streifen ordentlich um ihren Finger und lächelte.

»Sie freut sich«, sagte sie zur Wirtin und kicherte. »Sie freut sich so sehr, dass sie mich gefunden hat. Das macht sie immer.«

»Er kommt wieder zu sich.« Der Atem der Wirtin ging schneller, als der Fremde sich wie benebelt aufrappelte. Mit der flachen Hand deutete sie Luzia an, hinter dem Fußende des Bettgestells versteckt zu bleiben. Die sah gerade noch, wie der Fettleibige sich erstaunt über den Schädel mit der Schramme fuhr und ihn schüttelte, als wollte er eine lästige Fliege verscheuchen.

»Oh, ihr Heiligen des Himmels! Ihr seid mir ja … ein ganz wilder und verwegener Liebhaber! Ihr liebt die Prügel, ja?«, säuselte die Wirtin mit schäkerndem Unterton. Als er verwundert zu ihr herüberschaute, fuhr sie verschwörerisch fort: »Ihr erinnert Euch nicht? Es war doch Euer eigener Wunsch, dass die süße Julia Euch ein wenig zusetzt.«

Sie kicherte hysterisch, während Luzia versteckt auf dem Boden kniete und Sofie den Mund zuhielt. Als er sich nachdenklich eine wollene Decke vor sein erschlafftes Glied hielt, fuhr die Wirtin mit verführerisch rauchiger Stimme fort: »Na, na, na! Wer will denn so schnell aufgeben? Ich versichere Euch, schon sehr bald wird sich Euer Lustschweif von süßesten Verführungen angelockt wieder der Erfüllung seines Daseins entgegenstrecken … Dabei wird Euch auch noch die sinnliche Mara behilflich sein. Sozusagen als Entschädigung, weil es meine Julia wohl ein wenig zu heftig getrieben hat. Zwei zum Preis von einer. Na, ist das nichts?« Die Glockenwirtin beugte sich aufgestützt auf den Ellbogen so weit über das Bettgestell, dass ihm sozusagen als

Kostprobe ein tiefer Einblick in ihren Ausschnitt mit den prallen Brüsten gewährt wurde. Dann hob sie neckisch drohend den Zeigefinger. »Aber das nächste Mal: nicht so stürmisch!«

Der Glatzkopf schüttelte noch einmal benommen den Schädel. Dann rieb er die wollene Decke vor seinem Unterleib hin und her und lächelte verzückt in Erwartung der Lust, die ihm da in Aussicht gestellt wurde. Die Wirtin gab der dunkellockigen Dirne einen kurzen Wink. Die drückte ihn bäuchlings aufs Bettlager zurück, setzte sich breitbeinig auf sein Hinterteil, beugte sich vor und strich mit ihren vollen Brüsten über seinen nackten Rücken, sodass er zu schnurren anfing. Währenddessen drängte die Glockenwirtin die beiden Schwestern zurück in den Flur.

Noch immer hielt Luzia die flache Hand auf die Lippen der Schwester gepresst, während Sofie die gelben Streifen fest umklammerte und so das Dirnenkleid hinter sich herschleifte.

Zurück im Wirtszimmer atmete Luzia erleichtert auf. »Ich danke Euch! Ich ... danke Euch so sehr!« Sie war verlegen, und die Worte stolperten aus ihr heraus.

»Wofür willst du dich bedanken?«, gab die Glockenwirtin zurück, während sie hinter der Wirtstheke einen Handspiegel mit fein ziseliertem Goldrahmen hervorholte, sich rötliche Schminkspuren am Mund wegwischte und die Lippen neu bemalte. »Hier geht es um den guten Ruf meines Hauses.«

»Wenn ich es irgendwann einmal gutmachen kann ...« Luzia stockte und kratzte verlegen mit dem Fingernagel Wachsreste vom Holztisch.

»So? Und wie willst du das machen?« Die alternde Hure zog die aufgemalten Augenbrauen hoch. Sie wirkte müde. Lichtflecken einer brennenden Kerze tanzten über ihr Gesicht mit den roten Lippen und dem Muttermal an der Schläfe, während sie Sofie betrachtete. Die hockte ganz in sich versunken auf dem Dielenboden, strich zärtlich über die gelben Seidenstreifen und wiegte sich zu einer seltsamen Melodie, die sie vor sich hin summte. »Jetzt geh mit deiner Sofie. Sie kann ja nichts dafür.«

Als Luzia versuchte, ihrer Schwester die Seidenstreifen aus den Fingern zu winden, wehrte die sich mit aller Kraft.

»Nein! Die will ich haben. Ich habe sie gefunden!«, krakeelte sie und krallte sich in den Streifen fest.

Einen Atemzug lang blickte die Glockenwirtin besorgt zum Flur hinüber, ob eine Tür geöffnet wurde. Dann stand sie auf und winkte Sofie hinter sich her. »Ich habe da was viel Schöneres für dich!« Mit festem Griff öffnete sie die unterste Schublade einer blank polierten Kommode, die offenbar ein wenig klemmte. Ihre Hände fuhren zwischen Samtstoffe und bestickte Leinendecken und zogen schließlich drei gelbe Seidenstreifen hervor. Neugierig rappelte sich Sofie hoch und ging auf die Wirtin zu, während sie das bunte Hurenkleid wie an Leinen hinter sich herzog.

»Die drei Bänder hier schenke ich dir. Die sind viel besser als deine, hier ist nämlich kein Kleid dran. Und sauberer sind sie auch«, sagte die Wirtin mit verschwörerischem Unterton.

Sofie öffnete weit die dunklen Augen und überlegte. Es wurde ganz still. Nur vom gemauerten Ofen her war das Knistern des lodernden Feuers zu hören. Dann ließ Sofie die alten Streifen aus der Hand gleiten und grabschte schnell nach den neuen Hurenbändern.

»Du hast recht. Da ist kein Kleid dran.« Sofie kicherte. »Und das andere da hätte mir sowieso nicht gepasst. So 'n dicken Busen wie die im Bett hab ich ja gar nicht.«

Leise fuhr die Wirtin fort: »Aber das bleibt unser Geheimnis, verstehst du? Verwahre die Bänder gut vor anderen. Und nähe sie niemals an dein Kleid. Niemals, schwörst du mir das?«

»Niemals!«, antwortete Sofie ehrfurchtsvoll. Ihre Augen strahlten. »Ich nähe sie niemals an mein Kleid … Ich schwöre … Wie heißt du denn?«

»Katharina. Ich heiße Katharina, mein Kind!« Wieder war da

ein seltsamer Glanz in den Augen der alternden Hure. Sie wirkte bedrückt, als hätte ihr das Leben eine schwere Last aufgebürdet.

»Ich danke dir, Katharina.« Sofie streichelte mit den Seidenstreifen über die Wangen der Frau. »Nie, nie nähe ich sie an mein Kleid!«

»Was sind das nur für Männer, die sich hierher verirren?« Luzia war in Gedanken versunken, als sie zu dem düsteren Hausflur mit den sündigen Schlafräumen hinüberschaute.

»Sie verirren sich nicht.« Katharina zog lächelnd einen Mundwinkel hoch. »Für Männer gibt's zwei Arten von Frauen. Die einen sind Ehefrau und Mutter, die anderen sind Weiber. Und sie wissen zu unterscheiden. Wie Schaf, Hund und Esel. Und wenn sie Weiber suchen, kommen sie hierher!«

Da war vom Flur her ein quietschendes Knarren zu hören. Wurde da eine Tür geöffnet? Hastig schob die Wirtin die Schwestern durch die Wirtsstube zum Hinterausgang und öffnete die sperrige Holztür. Sie reckte sich und schaute den Pfad entlang, der durch ein Gärtchen aufs freie Feld führte. Nichts regte sich. Nur vor der Treppe miaute jämmerlich eine struppige Katze. Schon drängte die Hurenwirtin die beiden ins Freie, während die Katze lautlos ins Haus huschte.

»Und du«, raunte sie Luzia noch eindringlich zu. »Pass besser auf deine Schwester auf. Sie kann doch nichts dafür …« Dann schloss sie die Hintertür. Es quietschte leise, als sie von innen den Riegel vorschob.

Luzia und Sofie stiegen die Holzstufen hinunter, ständig darauf bedacht, nicht auf den Schneeresten wegzurutschen. Weiter ging es durch den aufgeweichten Matsch des Gärtchens und des Feldes auf die Gasse und zurück in den Ort.

Luzia atmete tief die frische Luft ein und aus, als wollte sie ihren Körper von einer schweren Last reinigen, von Sorge und Verdruss. Kurz schloss sie die Augenlider und genoss die wärmenden Sonnenstrahlen, die ihr ins Gesicht fielen. Gleichzeitig wiederholte sie in Gedanken ihr Versprechen an die Heilige Jungfrau, sich nie wieder von ihrer Aufsichtspflicht gegenüber Sofie ablenken zu lassen. Auch nicht von Toni …

»Und die Streifen kommen niemals an mein Kleid!«, unterbrach Sofie ihre Gedanken und streckte die Faust mit den flatternden Bändern hoch in die Luft. Sehr leise fügte sie noch hinzu: »Ich hab ja auch gar keins.«

4

DIE GLOCKEN DER Spitalkirche läuteten, als Luzia schnell noch beim dicken Brückenwirt vorbeischaute. Sie winkte ihm im Gedränge des Wirtshauses zu, während sie auf Sofie zeigte, deren Handgelenk sie fest umklammert hielt. Der Wirt nickte hocherfreut und streckte den Daumen hoch. Seine knubbelige Nase glänzte im Licht der Kerzen, die auf dem Tresen flackerten.

»Dein Vater ist schon zurück zum Hof!«, rief er Luzia zu und wischte sich über die erhitzte Stirn. »Das soll ich dir sagen, wenn du kommst!«

Sie winkte noch einmal und schob Sofie zur Ausgangstür, während sie von ein paar Handelsreisenden angerempelt wurden, die ihnen anzüglich zuzwinkerten.

»Da drüben zur Glockenwirtin darfst du nie wieder gehen. Nie wieder«, beschwor Luzia ihre Schwester noch einmal, als sie die Steinstufen der Wirtschaft wieder hinunterstiegen.

»Warum nicht?« Sofie blieb entrüstet stehen. »Nie darf ich etwas! Die Mädchen da sind alle hübsch bunt. Ihr Leben ist ganz voll mit Farbe. Und sehr freundlich sind sie. Und der Leiter der Spitalkirche auch … da ist er ja!«

In diesem Moment tauchte der Spitalleiter auf dem Kirchplatz auf. Vornübergebeugt schlich er auf die Kirche zu, als könnte das Glockengeläut ihn unsichtbar machen. Er huschte wie ein Schatten durch die Menschentraube, die aus der Kirche drängte, zwängte sich an kichernden Dienstmägden, Stallburschen und wohlhabenden Handelsleuten vorbei, während Sofie ihm überschwänglich zuwinkte.

»Hallo …!«, rief Sofie aufgeregt, aber der volle Glockenklang übertönte ihre Stimme.

Jetzt lief er geduckt am Kirchhaus vorbei auf den rückwärtigen Eingang des Spitals zu und hielt sich dabei die geöffnete Hand vor das Gesicht, als wollte er sich vor Kälte schützen.

»Der war auch freundlich zu dir?« Luzia fasste ihre Schwester besorgt an den Schultern. »Was hat er mit dir gemacht?«

Sofie schob störrisch die Unterlippe vor. »Er hat mich gestreichelt. So! Und das war schön auf der Haut.«

»Gestreichelt …?« Luzias Atem ging schneller. »Wo hat er dich gestreichelt?«

»Das sag ich nicht! Ich muss nicht immer alles sagen.« Sofie verschränkte die Arme und hielt die Luft an.

»Wer schweigt, lügt.« Luzias Stimme klang gequält. »Hörst du? Der lügt!«

»Ich schweige ja gar nicht, ich sage nur nichts. Das ist keine Lüge. Ich bin wie Bergschnee und Wind. Nämlich die Sofie. Und die lügt nicht!« Ihre Stimme schwoll bedrohlich an. Kirchbesucher drehten sich tuschelnd nach ihnen um und reckten die Hälse. »Und im Kopf lüge ich auch nicht. Ich sag, was ich denke. Und ich denk, was ich sage. So!«

Mit gesenktem Kopf zerrte Luzia ihre Schwester die Gasse entlang, weg von den neugierigen Gaffern und vorbei an demütigen Bittstellern und Pilgern, die in der Spitalkirche das Gespräch mit der Gottesmutter Maria suchten, dort bei den drei Altären, die erst vor Kurzem vom Churer Weihbischof Frater Stephanus Tschuggli geweiht worden war. Vorbei an frömmelnden Kirchgängern, die ihr neues Sonntagsgewand zur Schau stellten, und vorbei an Aussätzigen, die sich ins Siechhaus schleppten. Luzia wollte zurück, einfach nur zurück nach Hause.

Verunsichert betrachtete sie Sofies Körper. Ob der Leiter der Spitalkirche sie am ganzen Leib berührt und gestreichelt hatte? Aber das Leinenhemd war ihr nicht aus dem Rock gerutscht, und der Lodenumhang war am Hals mit Schnüren zugebunden, so wie die Moidl sie für den Kirchgang zurechtgemacht hatte. Nur der Hanfstrick fehlte, den der Vater ihr umgebunden hatte, um sie daran festzuhalten.

»Wo ist denn der Strick?«, fragte Luzia vorsichtig.

»Bin ich ein Rindviech?« Sofie tänzelte zwischen Schlammfurchen und Dreckshügeln hin und her.

»So was tut man erst, wenn man verheiratet ist«, sagte Luzia leise.

»Was so was?« Sofie riss die Augen weit auf und hüpfte auf Zehenspitzen um einen abgestellten Handkarren herum.

»Das … mit dem Streicheln. Und so …«

»Warum?« Sofie hielt die drei gelben Stoffbänder hoch in die Luft, ließ sie im Wind flattern und lief jetzt auf die Menschenmenge am Kirchturmstumpf zu.

»Warum? Warum? Warum?« Luzia brannten Tränen in den Augen, als sie ihr hinterherrannte. »Das ist halt so. Und steck sofort die Bänder ein. Du … könntest eins davon verlieren.«

In diesem Moment wurde Sofies Handgelenk von Fingern umfasst, die kräftig zuzupacken wussten. »Das sind aber hübsche Bänder!« Es war Diethard Birchler, der Sofie süßlich anlächelte.

»Die sind sehr hübsch, nicht wahr?« Sofie schwenkte sie hoch durch die Luft wie flatternde Fahnen, die sich auf Windböen wiegten. Diethard hielt immer noch ihr Gelenk umklammert, folgte aber ihrer Bewegung.

»Die solltest du dir ins Haar binden. Oder …« Diethard schien zu überlegen. Seine Finger umspielten die gelben Flatterbänder. Mit der Zunge drückte er gegen die Innenseite seiner Wange, sodass eine Wölbung entstand, die aussah, als hätte sich dort eine Geschwulst gebildet. »Oder noch besser: Warum nähst du sie dir nicht ans Kleid?«

Sofie schob verärgert die Unterlippe vor. Das dunkle Kraushaar fiel ihr widerspenstig ins Gesicht. »Das geht nicht. Ich hab's geschworen.«

Luzia wollte sie wegzerren, aber Sofie stemmte sich dagegen.

»Soso, du hast es geschworen ...« Diethard grinste breit. »Ich glaube, deine Schwester will nur nicht, dass du hübsch aussiehst.«

Luzia spürte, wie seine Finger über ihr Gesäß glitten, blitzschnell zwischen ihre Beine fuhren und fest zudrückten. Selbst durch den dicken Lodenstoff konnte sie es deutlich fühlen.

»Wag das nicht noch einmal!« Luzia schlug Diethard mit den Fäusten gegen die Brust, aber der lachte nur spöttisch auf.

Plötzlich schallte ein grässlicher Schrei über den Kirchplatz. Wie aus einem Mund hallte der Aufschrei der Menschenmenge nach, am Holzgerüst hoch und dem Himmel entgegen.

Man stob auseinander, verharrte kurz und machte wieder kehrt, mit gereckten Hälsen, weit aufgerissenen Augen und geöffneten Mündern.

»Jemand ist vom Gerüst gestürzt!«, schrie ein Bauersknecht.

»Schnell, ein Medicus!«, kreischte eine Dienstmagd.

»Besser noch: Bringt ihn ins Spital.«

»Oder ins Siechhaus.«

»Das ist zu weit.«

»Hinüber mit ihm zum Ansitz Freyenthurn!«

Sofie wehrte sich mit Ellbogenstößen, als Luzia sie fortziehen wollte, und drängte mit anderen zum Adelsansitz gleich neben dem Turm. »Ich will sehen, ob er tot ist. Als er runtergefallen ist, hatte der auch Angst. So wie die umgefallene Sau.«

Auf einem mannslangen Brett, auf dem zuvor köstliche Bauernzelten zum Verkauf ausgebreitet lagen, wie die Früchtebrote mit Datteln und Rosinen genannt wurden, lag jetzt der Verletzte. Von Knechten wurde er zum Adelsansitz Freyenthurn der Fridinger geschleppt, der gleich gegenüber der Kirche erbaut worden war. Der Arm des Verunglückten lag seltsam verrenkt auf seinem Oberkörper. An der Stirn klaffte eine Wunde, aus der Blut in das dunkle gewellte Haar rann und es verklebte. Wimmernd starrte der Verletzte einen Fremden an, der neben ihm herlief und versuchte, ihn zu beruhigen.

»Ich habe im Krieg weitaus schlimmere Brüche gesehen«, sagte der Fremde. Ein Haarkranz wucherte wie aufgebauschte Schafswolle um seinen Kopf. »Mehr als aufgeschlitzte Bäuche oder gespaltene Schädel, aus denen das Gehirn quillt. Glaubt mir. Da werde ich Euch auch noch zusammenflicken können. Wir brauchen nur eine ruhige Kammer für die erste Behandlung …«

Sofie drängte und knuffte sich vor und riss das Doppelportal des Wohnhauses der Adelsfamilie auf. »Ich suche einen Saal, das mach ich. Ganz ruhig soll er sein. Er ist ja auch nicht tot. So wie die Sau.«

Luzia rannte ihr hinterher, in die großzügige Empfangshalle und zur Treppe hin. »Sofie, bleib hier! Das ist kein öffentliches Gebäude …«

Aber Sofie war schon davongelaufen, die Marmortreppen hoch in den ersten Stock. »Hier oben stört bestimmt keiner, da ist es ganz ruhig.«

»Ich bitte dich, komm zurück …«

Luzias Schritte hallten leise im Treppenhaus nach. Ihr Blick fuhr über Wandgemälde, Holzvertäfelungen und Marmorverzierungen.

Oben angekommen, stockte sie. An der rechten Flurseite war eine Hauskapelle errichtet. Kostbare Schnitzereien zierten die Holzbalken, die den Vorbau stützten. Auf einem Marmorpodest stand eine Madonna, eine Marienfigur ganz aus dunklem Ebenholz geschnitzt. Es war, als schwebte ihr Kind in Hüfthöhe leicht vorgebeugt im Raum, nur von der Madonnenhand im Rücken gehalten. Auch die Jesusfigur war aus dunklem Holz gefertigt, wie aus verborgenem Licht gemacht, den Blick zur Erde geneigt, während die Madonna zum Himmel schaute. Eine seltsame Ruhe ging von dieser Skulptur aus.

Fasziniert betrachtete Luzia das Standbild. Sie verehrte die Heilige Jungfrau, so wie die anderen Menschen in Tirol auch. Aus feinstem Lindenholz geschnitzt und reich bemalt stand ihr Abbild in kleinen Kapellen, an einsamen Berghöhen, an Wegkreuzungen oder weiten Wiesenhängen, in Dörfern und Schluchten. Auch oberhalb der Baumgrenze, wo der Körper in einen angenehmen Schwebezustand verfiel und die Talgeräusche so weit entfernt klangen, als kämen sie aus der Vergangenheit, standen Kapellen für ein kurzes Gebet, ein Ave Maria und für einen Moment der Besinnung.

Wie oft pilgerten Frauen zur Schmerzensmutter, deren flammendes Herz von Schwertern durchbohrt war, um ihr Sorgen und Tränen anzutragen, wenn wieder ein Neugeborenes aus dem Leben geglitten war, der Ehemann soff und prügelte, die Kühe nicht trächtig wurden oder ein schweres Leiden den Leib zerschnitt. Denn die heilige Maria, die Mittlerin zwischen Himmel und Erde, hatte Gehör für die Menschen, nahm sie schützend unter ihren Mantel und gab Mut. Denn es galt wiederaufzustehen und nicht aufzugeben, selbst dann, wenn der Ork, der Berggeist, an der Orgelspitze bei Laas mit wütendem Treiben durch Steinschlag die Feldarbeit von langen Jahren zunichtemachte, Viehställe zertrümmerte und mit Flammenblitzen das Gehöft in Brand setzte.

Luzia schnupperte. Es roch nach frischem Holz, die Balkenelemente der Kapelle mussten erst vor kurzer Zeit eingesetzt worden sein. Auf dem Boden lagen noch Spuren von zusammengekehrtem Sägemehl. Trotzdem klafften überall Lücken. Offensichtlich war der Bau noch nicht abgeschlossen.

Luzia erinnerte sich plötzlich an ein Bild, das in ihr haften geblieben war. Die Birchlerin hatte doch etwas Längliches im Arm getragen, das verhüllt gewesen war, vor Kurzem erst, als die Schneelawine ihr Haus niedergewalzt hatte. Ein Windstoß hatte die wollene Decke hochgehoben, und eine kleine Hand hatte hervorgeschaut, die aus dunklem Holz geschnitzt war, einer Puppenfigur gleich. Es musste diese Skulptur gewesen sein! Vielleicht hatten die Birchlers ja eine Nachbildung aus Einsiedeln mitgebracht, dem Wallfahrtsort der Schwarzen Madonna, sie dann den Fridingers verkauft und waren deshalb zu viel Geld gekommen. Aber warum verhielten sie sich dann so geheimnisvoll?

Hinter Luzia knirschten die Flurdielen. Es war Sofie. Am Ende des Flures waren Flügeltüren weit geöffnet, der Saal dahinter war kassettengedeckt, und kostbare Stühle standen um einen mit Ornamenten verzierten Holztisch.

»Warum ist die denn schwarz?«, fragte Sofie, als sie die Madonna entdeckte.

»Das ist jetzt egal«, flüsterte Luzia. »Komm, bevor uns jemand sieht.«

»Ich will aber nicht!« Sofie hockte sich auf einen Lehnstuhl, der mit dunkelrotem Samt bezogen war, verschränkte die Arme und starrte auf die schwarze Madonnenskulptur im himmelblauen, fußlangen Gewand mit ihrem Kind, das genauso gekleidet war.

»Komm, wir müssen dem Verletzten helfen«, versuchte Luzia sie vom Marienaltar wegzulocken, während sie sich nach allen Seiten umschaute.

»Dem Verletzten? Stimmt!« Sofie nickte aufgeregt, sprang hoch und lief über die Dielen und dann die Marmortreppe mit dem geschwungenen Treppengeländer hinunter auf das Eingangsportal zu.

Es quietschte, als sie es öffneten. Verwaschenes Sonnenlicht fiel in den Flur. Dann zwängten sie sich nach draußen, hinein in die gaffende Menge, während Sofie den Menschen aufgeregt zuwinkte.

»Da oben ist ein großer Saal. Da passen wir alle rein!«, rief sie ihnen zu. Ihre Stimme überschlug sich fast. »Und ein Tisch. Da legen wir den Kranken drauf!«

Gerade, als die Knechte den Verletzten auf dem Kuchenbrett in den Ansitz Freyenthurn schleppen wollten, schritt ein herrschaftlich ausgestatteter Mann auf sie zu. Er trug eine pelzverbrämte Schaube. In reichen Falten fiel ihm der Stoff bis zu den

Schenkeln mit den eng anliegenden Beinkleidern hinunter, die Füße steckten in Kuhmaulschuhen. Auf dem Kopf trug er ein ausladendes Barett.

»Was soll das?«, schnarrte er, als er den blutenden Zimmermann sah, der wimmernd auf dem Brett lag. »Ist hier ein Lazarett?«

»Ich brauche ein ruhiges Zimmer, wo ich ihn behandeln kann!« Der Fremde mit dem Haarkranz um den kahlen Kopf, der wohl ein Medicus war, trat Fridinger entgegen. »Es wird nicht lange dauern.«

Der korpulente Adelsmann hob geringschätzig die Oberlippe. Seine Augen hatten einen wässrigen Blick, winzige Schweißperlen standen auf seiner Stirn. Die großporige Haut an seiner Nase war mit dunklen Punkten durchsetzt.

»Edler Herr Fridinger, was kümmert es Euch.« Ein gedrungener Bediensteter trat dem Adelsherrn entgegen, buckelte untertänig und rümpfte die Nase, als er die Knechte mit dem hölzernen Krankenbett fortscheuchen wollte. »Na, was ist! Weg mit Euch. Behandelt ihn, wo Ihr wollt, aber nicht hier. Das da ist doch nur ein Handlanger!«

»Ach! Nur ein Handlanger?« Der Medicus streckte dem Bediensteten den Kopf entgegen, so wie eine Schildkröte, die sich aus ihrer Panzerung reckt. Die Augenlider hatte er zu schmalen Schlitzen zusammengekniffen. »Meint Ihr, dass er vor Gott weniger wert ist als Ihr? Als Euresgleichen?«

»Das ist gefährlich, was Ihr da sagt«, raunte ein zerlumpter Bauer mit wettergegerbtem Gesicht, der einen verlausten Köter am Strick hielt. »Ein Bauer ist kein König, und ein Adelsherr kein Zimmermann.«

»Verschwindet! Auf der Stelle!« Der Bedienstete hob seinen Knüppel und prügelte Gaffende zur Seite, die das Eingangsportal versperrten, sodass der sichtlich angespannte Fridinger endlich die Türschwelle überschreiten konnte. Sonnenlicht fiel auf seine

Schaube und ließ das kostbare Material seiden aufglänzen. Seine hautengen Beinkleider hatte er wohl überhastet hochgezogen, denn sie warfen oberhalb der Fersen dünne Falten. Kurz nahm er das Barett vom Kopf und strich sich über den verschwitzten Schädel mit einer blutverkrusteten Schramme, die gerade erst verheilt war.

»Der Glatzkopf!« Sofie deutete erregt mit dem weit vorgestreckten Zeigefinger auf ihn, ihre Faust mit den umklammerten gelben Stoffstreifen hielt Luzia nach unten gedrückt. »Dem hat Luzia eins mit dem Schürhaken versetzt. Weil ich unter ihm lag. Das war ich aber gar nicht. Und tot war er auch nicht. So wie bei uns die Sau ...«

Aber Fridinger war schon in seinem Wohnhaus verschwunden und hatte wohl Sofies Worte nicht mehr gehört. Gleichzeitig aber drehten Bergbauern, Dienstmägde und Handwerksgesellen die Köpfe zu Sofie hin und starrten sie neugierig an. Die Münder leicht geöffnet, die Augen erwartungsvoll aufgerissen, warteten sie begierig darauf, weitere Einzelheiten zu erfahren.

»Entschuldigt, aber meine Schwester ist ein wenig ...« Luzia verzog das Gesicht und zuckte verlegen mit den Achseln. »Ihr versteht?«

Die Gaffer raunten sich etwas zu von Irrsinn und Inzucht, Gottesstrafe und Gerechtigkeit und nickten verständnisvoll. Gleichzeitig aber waren sie auch enttäuscht, weil eine grandiose Geschichte zum Weitererzählen geplatzt war.

»Obwohl der Fridinger es verdient hätte«, flüsterte der zerlumpte Bauer.

»Was verdient?« Verständnislos blickte Luzia ihn an.

Sehr leise antwortete er: »Dass man ihm eins über den Schädel zieht. Und zwar mit aller Gewalt ... Dieser Schweinehund schickt nämlich seine Büttel übers Land. Wegen Zinsen, die unsereins nicht zahlen kann.« Mit seinen Gichtfingern schob er das schmuddelige Hemd am Hals so weit beiseite, dass die nackte

Schulter zu sehen war. Blutverkrustete Striemen überzogen die Haut. Wie gehetzt blickte er sich um und verzog die Lippen zu einem diabolischen Grinsen.

»Aber eines Tages«, ächzte er. »Eines Tages! Dann wird auch hier der rote Hahn aufs Dach gesetzt.«

»Der rote Hahn?« Davon hatte Luzia noch nie gehört.

»Feuer!«, keuchte der Alte. »Setzt aufs Klosterdach den roten Hahn. So singen doch die Bauern bei Würzburg und ziehen los mit Knüppeln, Sensen und Spießen. Bald wird es auch hier brennen. Feuer, Feuer überall!« Dann humpelte er davon, und der Zottelhund am Strick tapste dicht hinter ihm her.

In diesem Augenblick heulte der Schwerverletzte auf. Schweißperlen liefen ihm übers schmerzverzerrte Gesicht. Seine Lippen waren kalkweiß und zitterten.

»Wo kann ich ihn behandeln?« Der fremde Medicus schob die Augenlider des Verunglückten hoch, bis nur noch das Weiße sichtbar war. Der Augapfel war vorgewölbt wie eine glänzende Marmorkugel. Ohne Iris, ohne Pupille. Nicht so wie bei den glotzenden Augen, die der Vater aus einem Schafskopf herausschälte, nachdem das Tier am Spieß gegrillt worden war.

Mit sicherem Griff tastete der Fremde am Handgelenk des Verletzten nach dem Pulsieren des Blutes. Dann goss er aus einem Fläschchen etwas in seine hohle Hand, rieb dem Mann die Tropfen unter die Nase und schlug ihm auf die Schläfenader. »Verflucht noch mal, ist nirgendwo eine Kammer aufzutreiben, wo ich den Verletzten behandeln kann?«, brüllte er und verstaute das Fläschchen wieder in seiner Arzneitasche. »Er sackt mir weg …«

»Was spielt Ihr Euch so auf?« Es war Sebastian Güggli, ein älterer Medicus aus dem Spital. Seine Gesichtshaut war schlaff und von unzähligen Altersflecken bedeckt. Das dünne Kopfhaar war ergraut, die fleischige Unterlippe zu einer ledernen Wulst zusammengesackt. »Bringt den da zum Bader, das reicht.«

»Eurem Gewissen scheint das zu reichen«, schnauzte der

Fremde ihn an. »Aber es reicht nicht für die Genesung meines Patienten!«

»Hört, hört!«, verkündete Güggli spöttisch. »Eures … Patienten. Und woher nehmt Ihr bitte schön das Recht, ihn zu Eurem Patienten zu küren?«

»Weil sich der Medicus hierzulande ja nicht am Blut einfacher Menschen die Hände schmutzig machen will!«, antwortete der Fremde mit dröhnender Stimme. »Was wisst Ihr denn schon? Ihr kennt den Avicenna vielleicht. Ohne ihn zu verstehen. Euren Galen. Und könnt ihn im Lateinischen zitieren. Aber den menschlichen Körper kennt Ihr nur durch anatomische Abbildungen, schematische Ansichten und irgendwelche obskure Zeichnungen! Ohne jegliche Erfahrung in der Praxis ergötzt Ihr Euch an Euren Urinkolben oder am Aderlass. Ihr seid ein Quacksalber, weiter nichts!«

Gügglis Gesicht lief hochrot an. »Leichenzerstücklung ist laut Erlass von Papst Bonifatius VIII. nicht erlaubt! Ein Aufschneiden des Menschen ist verboten, sonst droht die Exkommunikation, und Ihr schmort in der Hölle!«

»Dann zieht in den Krieg, damit ihr etwas lernen könnt!«, fuhr der Fremde ihn genauso empört an. Die Knöchel der Hand, mit der er seine lederne Arzneitasche umklammert hielt, traten weiß hervor. »Was nennt Ihr Euch einen Mediziner, wenn Ihr nicht danach brennt, den gesamten Menschen zu heilen, und zwar Körper, Geist und Seele. Aber Ihr seid doch nur damit beschäftigt, Eure Geldtruhen zu füllen, Vermögen anzuhäufen, und den reichen Adelsherren den Arsch abzuwischen! Einen Beutelschneider solltet Ihr Euch schimpfen … Ach, verschwendet nicht meine Zeit! Der Verletzte ist zu versorgen! Wo kann ich eine Kammer finden?«, dröhnte er über die Köpfe der Menschen hinweg, während Güggli sich empört davonmachte. Zustimmendes Raunen und Murren war zu hören.

Jemand trat auf den fremden Arzt zu und verbeugte sich knapp.

»Ich kann Euch ein Zelt vor der Bauhütte anbieten. Drüben beim Kirchturm. Ich bin Steinmetzgeselle und arbeite für Meister Caspar Reuter aus Latsch. Man nennt mich Paolo.«

Luzia musterte ihn aus den Augenwinkeln. Paolo war wohl kaum älter als sie und ein hübscher, südländischer Bursche. Dunkle Haarlocken fielen ihm in die Stirn, sein Leinenhemd war bis zu den Ellbogen hochgekrempelt und gab muskulöse Unterarme frei. Seine feingliedrigen, aber schwieligen Finger deuteten in Richtung Kirchturmstumpf.

Die hellwachen Augen des Medicus blitzten kurz auf. Er nickte, dann setzte sich ein raunender, brodelnder Menschenzug in Bewegung, einer Prozession gleich, die vom jungen Paolo und dem ungeduldigen Fremden angeführt wurde. Ihnen folgten die Knechte, die das Brett mit dem blutenden Verletzten schleppten, dann herrschaftlich ausgestattete Kirchgänger in Loden, mit Pelzbesatz und protziger Hutfeder. Weiter hinten gingen hübsche Dorfmägde und Hofknechte, die ihre schmutzigen Finger auf dem Rücken verschränkten, danach folgten rotwangige Bauersleute, die das Schauspiel nicht verpassen wollten, das eine willkommene Abwechslung zur eintönigen Ackerarbeit bot. Das Ende machten zerlumpte Bettler, um die johlend verdreckte Kinder herumhüpften. Aber am Arbeitszelt, das gleich neben dem Kirchturmstumpf errichtet worden war, wurde selbst den reichen Kaufleuten der Eintritt verwehrt.

»Was der Fremde dadrinnen nur mit ihm anstellt?«, hieß es da.

»Ein Knochenbrecher wird's sein, der den Arm zu richten weiß.«

»Dann wird der Zimmermann aber schreien.«

»Ja, schreien wird er.«

Sofort wurde es still. Jeder lauschte. War da nicht ein Stöhnen zu hören? Ein Wimmern und Fluchen? Sie starrten auf die Zeltbahnen, die aus Tierhäuten aufwändig zusammengenäht waren. Daneben stand noch ein Rundzelt, dessen Planen aus festem

Linnen gefertigt waren, genauso eins wie auf der anderen Seite des Kirchplatzes. Weiter hinten waren die Bau- und Steinmetzhütten errichtet.

»Der hatte gar keine Angst!«, rief Sofie laut in die Stille hinein. »Der war gar nicht sofort tot.«

»Nicht jeder, der Angst hat, muss auch sterben«, antwortete Luzia leise.

»Dann war die Angst nicht groß genug«, meinte Sofie dickköpfig. »Bei riesig großer Angst fällt man um und ist tot! Wie die Sau. So!«

Luzia wandte sich an einen stämmigen Alten, der den Kittel der Druckerzunft trug und dem Fremden respektvoll hinterhergeschaut hatte.

»Wisst Ihr, wie sich der Bader da drüben nennt? Er ist wohl nicht von hier?«, fragte sie ihn.

»Das ist kein Bader, sondern ein studierter Medicus. Er nennt sich Theophrastus von Hohenheim, ist Naturforscher, Philosoph, Alchemist, Astrologe … und was weiß ich nicht noch alles«, sagte er voller Ehrfurcht und lächelte sehnsüchtig. »Ein Studium an der Universität war mir zwar nicht vergönnt, aber immerhin weiß ich seine Schriften zu lesen. Die Übersetzungen von Galen und Avicenna, über Mikrokosmos und Makrokosmos, über Aristoteles, Pythagoras und den Lauf der Gestirne, über die Seele …«

»Die Seele?« Luzia stockte.

Der stämmige Druckermeister nickte. Seine Wangen glühten vor Eifer. »Er wird auch Paracelsus gerufen.«

»Paracelsus …« Luzias Lippen bewegten sich kaum, als sie den Namen wiederholte. Ob er Rat wusste, wie Sofies Geist zurück in ihren Körper geholt werden konnte?

»Komm, der Vater wartet«, wandte sie sich an ihre Schwester, die jetzt in sich versunken auf einem Bruchstein hockte. Offenbar war sie müde von den vielen Eindrücken. Ihr Blick war leer, und fast schien es, als hätte sie Zugang zu einer anderen Welt gefunden. »Sofie, komm! Sonst gibt's noch Ärger. Die Naandl wartet auch. Wir schauen mal, ob sie noch friert ... Du hast doch so sehr für sie gebetet.«

Sofie blinzelte, als müsste sie sich erst wieder zurechtfinden, nickte heftig und streckte die Hand hoch, um die gelben Stoffbänder im Wind flattern zu lassen. »Ja, sehen wir nach, ob sie noch friert!«

Die beiden liefen über rutschiges Kopfsteinpflaster, morastige Erde und erste trockene Wegflecken auf die Steinbrücke zu, die die Etsch überspannte und zu den höher gelegenen Bauernhäusern und Ställen von Göflan mit der Walpurgiskirche führte. Luzia immer voraus, drängend und bittend, dass Sofie sich sputen möge, während Sofie ihr verträumt und tänzelnd folgte, als wollte sie erst den Frühlingswind mit offenen Armen willkommen heißen.

Vögel zwitscherten, schwebten wie auf Windflügeln durch die Luft und stiegen hoch auf, um sich wieder fallen zu lassen. An diesem Tag war es entschieden wärmer geworden. Mehr und mehr Grasflecken drückten sich an den unteren Hängen durch den Schneematsch.

Weit oben zwischen den steilen Bergwipfeln lagen in weit ausladenden Mulden vorgestreckte Gletscherzungen aus Urzeiten, während sich sperrige Felssteilhänge schmutzig grau aus dem Schneegebirge emporstreckten.

Hier in Göflan lagen neben vielen Hütten und Bauernhäusern zerborstene Latten und hölzerne Dachschindeln am Boden, die Regen, Schnee und Wind hatten mürbe werden lassen. Auch eingefallene Schuppen und Stadeln waren zu sehen, deren Dächer unter der Schneelast zusammengebrochen waren.

Luzia schaute zu den höher gelegenen Weiden, wo Rinnsale von plätscherndem Schmelzwasser das Gras herabflossen und die Wiesen durchtränkten.

Die Naandl hatte erzählt, dass nach dem Calvenkrieg während

der großen Hungersnot Waisenkinder wie Vieh auf die Wiesen getrieben wurden, um sich dort die kleinen Mägen mit Klee, Scharbockskraut oder Sauerampfer vollzustopfen. Aber nur zu oft hatte Gevatter Tod ihre Lebensschnur durchtrennt und die kleinen Seelen mit sich genommen.

Für überlebende Waisen bedurfte es schon mitleidiger Nachbarn, die sie im Heuschober oder Viehstall schlafen ließen und ihnen Bröckchen zusteckten, die sie sich selbst vom Munde absparten.

Der Hunger hatte sich bei jedem in den Mägen und Gedärmen festgesetzt und in den Köpfen eingenistet, wo er die schmerzlichsten Entscheidungen gebar: In der Not schickten Eltern jedes Jahr die eigenen Kinder fort, in der Hoffnung ums Überleben. Wie in einem Kinderkreuzzug waren sie dann davongewandert, noch in einer Jahreszeit, wenn der Frost ihre kleinen Füße und Hände zu Eisklumpen verwandeln konnte. Über den Reschenpass waren sie bis nach Schwaben gezogen, um dort Bauern bei der Aussaat zu helfen, bei der Ernte oder beim Ausmisten im Stall. Oder sie machten sich in der Küche nützlich, beim Hüten der Schafe, beim Melken der Kühe. Gegen etwas Brot nur, ein Tellerchen Brei, ein Schüsselchen Suppe. Aber was die Jüngsten, die Fünfjährigen, dort zu leisten vermochten, blieb für die in der Heimat ungewiss. Die Allerwenigsten hatten den Weg zurück zu den Eltern gefunden, denen der Krieg Wunden geschlagen hatte, die nie vernarben würden. Die stumpf machten und leer.

»Das Gefühl von Hunger muss unerträglich sein«, sagte Luzia leise, als sie an der Walpurgiskirche vorbei den Kirchweg entlang- und weiter zu ihrem Hof wanderten.

»Aber Hunger ist wichtig«, meinte Sofie. »Sonst weiß man ja gar nicht, wie das ist, wenn man satt ist.«

»Verhungern möchte ich aber nicht gerade.«

»Aber dann ist man ja tot und spürt nichts mehr.«

Luzia atmete tief durch und schwieg. Sollte Sofie doch das

letzte Wort haben. Wie hatte die Glockenwirtin noch gesagt? Sie konnte ja nichts dafür …

Die beiden Schwestern hatten Göflan hinter sich gelassen und gingen am Wiesenstück der alten Magda vorbei, die auf der gezimmerten Bank hockte, ihnen zuwinkte und dann wieder in die Ferne starrte. Sie bogen am Marterl ab, das schon mit ersten Frühlingsblühern geschmückt war, mit Stängeln von blauen Leberblümchen und gelben Primeln, und stiegen dann den Pfad hoch zu ihrem Bauernhof.

Oben auf dem Hofanger streckten die Birn- und Marillenbäume ihre knorrigen Äste dem Licht entgegen. Knospen wölbten sich an den Zweigen wie kleine Fäustlinge, die bald ihre Blütenblätter auffächern würden. Luzia überlegte, wie alt die Bäume wohl sein mochten.

Die Naandl hatte erzählt, dass sie schon in ihrer Kindheit dort gestanden hätten, tief in der Erde verwurzelt und mit hoch aufragenden Ästen. Das Herumklettern darin war strikt verboten, es wäre ein großes Unglück gewesen, wenn ein Blütenzweig oder ein Ast mit saftigen Früchten abgebrochen wäre, einer von diesen kostbaren Ästen, die nachts verworrene Schatten warfen und sich immer weiter ausdehnten und streckten, um sich herumirrende Seelen zu schnappen …

So hatten die Kinder damals geglaubt. Denn die Nacht ist der Geister Freund. In Rotten fahren sie dann dahin, in wilden Heeren und Haufen, auf Stecken, Spinnrocken und gesalbten Gabeln, gleichwie ein Wind, den niemand sieht, nur leise hört, wenn's pfeift und säuselt und schwirrt. Aber schweigen müssen sie, schweigen. Aus Furcht, den zu nennen, der sie verdammt hat. Ein Zurückschauen ist verboten, weil des Geistes Wind aussätzig macht und das Antlitz entstellt. Dann geht's zu dem geheimen Ort, wohin der Meister sie zieht. Über Stock und Stein, über Stadeln und Hütten, über Berge und Täler. Um sich zu verschwören, Gelöbnis abzulegen und zu befehlen, welches Unrat zu stiften sei.

Um ihre Buhlschaften zusammenzukuppeln und ihre Laster und Hurerei zu vollenden. Luzia fröstelte. Nur nicht bei Nacht in die Fänge der Berggeister gelangen!

Kaum hatten sie die Birnbäume hinter sich gelassen, wurde die Haustür des Berghofes aufgerissen. Jakob rannte mit schweren Schritten auf sie zu, dann die Moidl mit ausgestreckten Armen. Der Ferdl schwang die Hände durch die Luft, und selbst die Naandl stand gebückt an der Türschwelle und winkte.

»Sofie! Da bist du ja wieder, Sofie!« Der Vater umarmte seine Tochter, stemmte sie hoch und ließ sie durch die Luft tanzen. Die Moidl herzte sie, und selbst Ferdl tätschelte ihr über das wirre Haar.

»Sofie, Sofie!«, rief die Naandl vom Hof her, während sie ihre dürren Arme nach ihr ausstreckte.

Sofie strahlte. Sie genoss die Umarmungen und das Streicheln, sie liebte die flehenden Bitten, sich nie mehr davonzumachen, die Schwüre und Beteuerungen, dass jeder sie doch vermisst, so sehr vermisst hätte, die Moidl und der Jakob, der Ferdl und die Naandl. Und sicherlich die Luzia auch …

»Jetzt lauf ich nicht mehr weg!« Sofies Gesicht glühte vor Freude. »Ich bin ja wieder angekommen.«

Luzia stand abseits von diesem Ritual, das ablief wie immer, wenn Sofie gefunden war und zurückkehrte. Die Schwester liebte das Wiederankommen und pflegte zu sagen: »Wer ankommen will, muss vorher davonlaufen.«

Für sie gehörten das Weglaufen und Ankommen zusammen wie Licht und Schatten, Tag und Nacht, Leben und Tod. »Wie Sofie«, sagte sie dann noch.

Eine Zeit lang würde Sofie von den Bitten, nie wieder wegzulaufen um anzukommen, und den Schwüren, dass sie so sehr gefehlt und über alles geliebt würde, zehren. Danach aber würden die Beteuerungen wieder Alltäglichkeit, vielleicht weil der Jakob sie so oft wiederholte und der Tag nichts Neues mehr brachte.

Wenn es dann aber wieder so weit war und Sofies Blick verschwommen wurde, wenn ihre Finger unruhig umherwanderten, als suchten sie etwas im unsichtbaren Raum, dann galt es, besonders gut auf sie zu achten. Aber jetzt hatten sie ja auch das Walpurgisöl ... das kostbare Walpurgisöl.

»Ja, woher hast du denn die gelben Bänder?«, fragte Jakob verwundert, als er Sofie wieder absetzte. Sie waren ihm jetzt erst aufgefallen. Ein leises, schabendes Geräusch war zu hören, als er sich mit den schwieligen Fingern über den Stoppelbart fuhr.

»Jemand ... hat sie ihr geschenkt«, stotterte Luzia und versuchte von den Hurenbändern abzulenken. »Wie geht es denn der Naandl? Sollte sie nicht auf ihrem Strohlager ...«

»Ich habe versprochen, sie niemals an mein Kleid zu nähen!«, unterbrach Sofie und lief mit den flatternden Bändern im Kreis herum. »Weil ich ja gar keins habe.«

Jakobs Gesichtszüge verhärteten sich. Er holte aus und gab Luzia eine schallende Ohrfeige. »Dass du nie auf deine Schwester aufpassen kannst! Gelbe Stoffstreifen ...!«

»Woher sie die wohl hat?« Ferdl schob verächtlich die Oberlippe hoch und starrte Luzia an. »Bringst ihr wohl Dinge bei, die du selbst gerne probieren willst.«

»Wir sprechen uns noch!« Jakobs Augen blitzten. Fürsorglich legte er den Arm um Sofie und führte sie zurück zum Berghof, während die Naandl ihr Birnenschnitze zusteckte.

Luzia blieb allein zurück. Ihre Wange brannte von dem Schlag wie Feuer. Es war ein Schmerz, den sie nicht nur im Körper spürte.

Vielleicht hat die Sofie recht, dachte sie. Vielleicht stirbt man ja, wenn man zu viel Angst hat. Oder wenn die Seele verbrennt.

Die Schneehalde in der Ferne, die durch die Waldschneise den Berg heruntergedonnert war, verschwamm vor ihren tränennassen Augen. Zerborstene Bretter und Latten ragten wie Stacheln aus dem Haufen hervor, der von Tag zu Tag mehr in sich zusammensackte. Mitgerissene Walderde hatte schmutzig graue Flecken in das Weiß gefressen, Wasserrinnsale bahnten sich ihren Weg durch das aufgeweichte Ackerland.

In diesem Moment verließ der Vater den hinteren Schuppen und stapfte auf einen fast hüfthohen Schneeklumpen zu, der gleich hinter dem niedergewalzten Holzhaus der Birchlers lag. Der Klumpen umspann mehrere Armlängen und glitzerte im spärlichen Sonnenlicht seltsam hell auf. Luzia stockte. Das war kein Schnee, das war Marmor! Ein riesiger Marmorbrocken!

5

Jakob verfiel in den nächsten Tagen in hektische Unruhe. Er lief schweigend durch die Wohnstube, und beim Löffeln der kräftigen Schlachtsuppe irrte sein Blick geistesabwesend umher. Tief in Gedanken versunken schnürte er frühmorgens sein Bündel mit Paarlbroten, die sie vor Weihnachten im Backhaus mit allerletzten Resten von Anis und Kümmel gebacken hatten. Die Moidl drückte ihm noch ein ordentliches Stück geräucherten Speck in die Hand, dann machte er sich mit Ferdl auf den Weg und kehrte erst abends bei einbrechender Dunkelheit übermüdet zurück.

Luzia war dankbar für diese Geschäftigkeit. Vielleicht würde der Vater die Angelegenheit mit Sofie ja vergessen. Aber die spielte sobald er zurück war mit den gelben Bändern, band sie ins dunkle Kraushaar oder ließ sie in ihren hochgestreckten Fäusten durch die Stube flattern, als wollte sie die Erinnerung immer wieder zurückholen.

»Seht nur, ein Alpengelbling, ein Sonnenfalter!«, rief sie dann und wedelte mit den Bändern nah vor Luzias Gesicht herum. »Schön wär's, wenn alles gelb wär, oder?«

»Ja, das wäre schön«, meinte die Naandl, die in Decken gewickelt am wärmenden Ofen hockte und keuchte, wenn ein Hustenanfall sie quälte.

Sofie überlegte kurz und schüttelte den Lockenkopf. »Nein, gar nicht schön. Dann gäb's keinen blauen Himmel. Und kein grünes Gras. Und stell dir vor, alle Schweine wären gelb.«

Die Naandl lächelte. Sie blinzelte mit den Augen, deren Pupillen immer mehr von einer milchigen Schicht überzogen wurden. »Das stimmt, es ist schon recht so, wie der Herrgott alles erschaffen hat.«

»Aber ein bisschen schön wär's schon.« Sofie kicherte und wedelte mit den Hurenbändern hin und her. »Oder auch nicht.«

An diesem Abend verkündete der Vater stolz: »Wir haben die Zunftmeister überzeugt. Wir steigen ins Marmorgeschäft ein.«

»Ins Marmorgeschäft?« Die Moidl schlug die Hände über dem Kopf zusammen. »Ja, bist du denn jetzt völlig übergeschnappt?«

Ferdl grinste, hockte sich dicht zum Vater beim Herrgottswinkel und ließ sich von Luzia Brotkanten bringen, die er in einem Teller Brühe aufweichte und dann gierig in sich hineinlöffelte.

»Alles unter Dach und Fach!« Ferdl zog seine buschigen Augenbrauen hoch, so wie der Vater es tat, wenn er Wichtiges zu verkünden hatte, und das dunkle Muttermal an seiner Schläfe zuckte. Dann schlürfte er einen Schluck heiße Brühe vom Holzlöffel. »Wir müssen nur anfangen.«

Jakob hatte in den Gemeinden lange Dispute darüber geführt, wem eigentlich die Marmorbrocken gehörten, die in Schnee- oder Schuttlawinen hinunter ins Tal donnerten. Sie waren ja nicht aus Bergstollen herausgebrochen, die in fremdem Besitz waren, sondern lagen einfach nur auf Wiesen, an Berghängen und Flussläufen herum. Die Eigentumsverhältnisse waren schnell geklärt: Die Steine gehörten demjenigen, der sie fand. So beurteilten es auch die Zunftmeister der Steinmetze in Latsch, die äußerst interessiert an Lieferungen waren. Denn es brauchte viel zu viel Zeit, um selbst in den Bachläufen des Laaser Tales oder in der Etsch nach Marmor zu suchen, die Muren zu durchforsten und nach Findlingsblöcken zu graben, die aus dem steil aufragenden Berghang der Jennwand oder Nesselwand herausgebrochen oder während der Eiszeit von Gletschern mitgeschleift und in Moränen zu finden waren. Manchmal suchten die Steinmetze auch Stücke beim Bruch in Schlums, gegenüber von Kastelbell, aber das lohnte sich kaum. Außerdem kosteten Bergung und Abtransport Zeit und Geld und waren immens schwierig, denn das Gewicht des Marmors war weiß Gott nicht zu unterschätzen.

Da kam Jakobs Angebot, Marmor zu liefern, gerade recht. Überall wurden wegen der Kriegsschäden Burgen, Schlösser und Kirchen restauriert und kunstvoll ausgebaut. Behauene Kaminsimse waren gefragt und fratzenartige Kapitelle, Fenstereinfassungen und hoch aufragende Skulpturen, mit denen sie ausgeschmückt wurden. Und dafür wurde Marmor gebraucht, dieser kristalline Stein, das »weiße Gold«, das jedes Kunstwerk zu einem Prunkstück werden ließ.

Dazu kam, dass der Dombau in Pisa den Carrara-Steinbrüchen zu wirtschaftlichem Aufschwung verholfen hatte, sie weit über die Landesgrenzen hinaus bekannt machte, und ein gewisser Bildhauer namens Michelangelo Kunstwerke wie den David, die Pietà oder den Moses aus ihrem Stein erschuf.

Kunstinteressierte aus ganz Europa reisten nach Florenz, Rom und Neapel zu den berühmten Marmorskulpturen. Jeder Kaufmann, der etwas auf sich hielt, wollte jetzt Marmorausstattungen in seiner Villa, und jede Burg, jedes Schloss verlangte nach Säulen für Balustraden oder Kamineinfassungen. Selbst kleinste Marmorreste wurden zu Mörsern, Vasen und Ölgefäßen veredelt. Sarkophage und Steinplatten durften nur noch aus Marmor sein.

Einerseits war der Marmor aus Carrara leichter zu bergen. Es gab dort offene Steinbrüche, während hier am Nördersberg Stollen in die Steilwände geschlagen werden müssten, um an den Stein zu gelangen. Andererseits war aber von Carrara aus keine Konkurrenz zu erwarten, denn die Zollabgaben zwischen den Kleinstaaten wie der Republik Genua, dem Herzogtum Mailand und der Republik Venedig waren immens, und der Transport stellte wegen der Größe der Marmorblöcke ein technisches Problem dar.

Zoll- und Transportkosten für Marmor wurden für einen zweispännigen Ochsenkarren festgesetzt, der nach Einschätzung der

Steuereintreiber nicht mehr als achthundert Kilogramm ziehen konnte. Die horrenden Kosten, um sie bis in den Vinschgau zu bringen, würden die Einnahmen für die Marmorblöcke wesentlich übersteigen. Das wussten die genuesischen Kaufleute, die den Vertrieb in Carrara dominierten, genau zu berechnen.

»Und das ist unsere Gelegenheit«, verkündete Jakob begeistert. »Warum soll uns das hier in Tirol, wo der Marmor als Geschenk vor der Haustür liegt, nicht auch gelingen? Ich werde ein Transportnetz aufbauen und uns damit ein wahres Imperium schaffen!«

»Du bist verrückt.« Die Moidl saß kopfschüttelnd am Tisch und starrte in ihre erkaltete Brühe. »Einfach nur verrückt.«

»Wenn in Carrara genuesische Kaufleute den Vertrieb übernehmen, tun sie das nicht ohne Grund«, erklärte Jakob stolz auf das, was er in Erfahrung gebracht hatte. »Glaubst du, die rühren auch nur einen Finger, wenn sie nicht einen ordentlichen Gewinn abschöpfen können?«

»Aber du bist kein Kaufmann«, fuhr die Moidl ihn wütend an. »Du bist einfach nur verrückt!«

»Unser Marmor ist tausendmal besser als der aus Carrara. Unserer ist viel kristalliner, fast durchscheinend. Und er zerbricht nicht beim Frost.«

Ferdl hob das Kinn und grinste überheblich. »Das wussten sogar schon die Römer. Ihr kennt die Meilensteine unten an der Via Claudia Augusta. Kein einziger ist zerbrochen. Und die Venus, die sie in Gries gefunden haben, ist auch aus unserem Marmor.«

Jakob wischte sich mit dem Ärmel Fetttropfen aus den Barthaaren. »Und die Altarplatte in der Kathedrale San Paolo Fuori Le Mura in Rom. Die soll auch aus Göflaner Marmor sein.«

»Ja, und die Grabplatte von diesem Churer Bischof …« Ferdl stierte in die Luft, als suchte er dort nach dem Namen.

»Bischof Viktor III.« Jakob schlug sich stolz über sein Wissen die geballte Faust gegen die Brust. »Der war aus Graubünden. Bis dahin haben sie die Grabplatte geschleppt.«

»Aus unserem Marmor ist sie!« Fredl strahlte und hob siegessicher die Hände. »Blendend weiß!«

»Ihr seid verblendet. Das ist alles«, schimpfte die Moidl und ließ die flache Hand auf den Esstisch knallen. »Da haben die Steinmetze euch ja einen gewaltigen Floh ins Ohr gesetzt!«

Aber Jakob wischte ihre Hand vom Tisch und fuhr mit seinen Ausführungen fort. Jetzt galt es, Flaschenzüge, Seile und Winden aufzutreiben, mit denen als Erstes dieser gewaltige Brocken vor ihrem Bauernhaus auf einen Ochsenkarren verfrachtet und ins Tal befördert werden konnte. Wenn bei der Export- und Frachtsteuer für Marmor achthundert Kilogramm für einen zweispännigen Ochsenkarren angesetzt wurden, könnte also ein Ochsengespann von der Kraft her auch ihren Marmorbrocken fortschaffen. Mehr als achthundert Kilogramm hatte der nicht. Und dann würde er zu einer Burg oder einem Schloss befördert, wo er vor Ort behauen werden konnte.

»Und wo willst du das Ochsengespann herbekommen?« Die Augen der Moidl blitzten herausfordernd. »Du bist verrückt, Jakob!«

»Jetzt halt endlich dein Maul, Weib!«, schnauzte Jakob wütend zurück. »Da liegt ein riesiges Geschenk vor unseren Füßen, und du willst es nicht wahrhaben. Das ist Gotteslästerung!«

Sobald die Schneeschmelze hoch oben am Nördersberg einsetzte, wollte Jakob die Marmorstollenwand über Göflan aufsuchen, von wo sich der Abtransport herausgebrochener Gesteinsbrocken bisher allerdings als mörderisch erwiesen hatte. Selbst wuchtige, mit Brettern verstärkte Karren hatten sich auf holprigen Wegen und in engen Kurven unter dem Gewicht geneigt, waren in die Tiefe gestürzt und hatten brüllende Ochsen mit sich gerissen. Zerschmettert hatten die Tiere dann in ihrem Blut dagelegen, an Felskuppen oder auf Steinhalden zerschmettert, neben quirligen Bachläufen, die an Steilhängen in Schluchten stürzten und von dort weiter ins Tal rauschten.

»Du bist nicht nur verrückt, du bist selbst ein Ochse!«, zeterte die Moidl. »Du wirst uns mit deinen hirnrissigen Plänen allen den Hals brechen!«

»Ich habe bei den Steinmetzen in Latsch etwas von einer Lizzatura gehört«, fuhr Jakob ungerührt fort.

»Lizzatura? Was soll das sein?«, fragte Luzia vorsichtig, um vielleicht zwischen den Eltern vermitteln zu können.

»Mit der Lizzatura werden die Rohblöcke von den Steilhängen in die Ebene hinuntergelassen und dann mit der zweirädrigen Carrette oder dem vierrädrigen Currus abtransportiert.« Jakob pulte sich mit dem Daumennagel eine Fleischfaser zwischen den Zähnen heraus.

»Was du nicht alles weißt. Lizzatura … Carrette … Currus!« Die Moidl verzog spöttisch das Gesicht. »Na und? Glaubst du, dadurch kommt der Mist auf die Felder?«

»Und was sind das? Carrette und Currus?«, fragte Luzia zögerlich nach.

»Ochsengespanne, nichts als Ochsengespanne.« Wütend knallte Jakob seine hölzerne Essensschale vor die Moidl auf den Tisch. Die füllte mit einer ruppigen Bewegung dampfende Suppe nach, sodass sie auf seine ausgestreckte Hand überschwappte. Ungerührt fuhr er fort: »Normalerweise kümmern sich die Steinmetze selbst um den Marmor, der dann vor Ort behauen wird.«

»Aber wir bieten ein Geschäft an. So rundherum für alles«, versuchte Ferdl ihn zu unterstützen.

»Wir besorgen Aufträge, verhandeln mit Steinmetzen, suchen nach Findlingen und bringen sie an Ort und Stelle.« Der Bauer wischte sich den bekleckerten Handrücken am Hemd ab. »Und kassieren ordentlich Provision!«

»Jakob, Jakob.« Die Moidl schüttelte nur den Kopf. »Die Sache ist zu groß für dich. Du kannst nicht lesen, nicht rechnen, nicht schreiben …«

Er schloss kurz die Augenlider, seine Bartenden zitterten.

Dann platzte es aus ihm heraus. »Das übernimmt natürlich jemand, der was davon versteht, Weib!«

»Und die Ochsen? Die Karren? Die Stricke und Seilwinden?« Die Stimme der Moidl wurde ganz leise. »Ja, wie willst du das denn bezahlen? Uns bleibt doch nur noch das Geld von der toten Sau ...«

Niemand sagte etwas. Draußen rüttelte der Wind an den geschlossenen Fensterläden. Von den Bergen her hallte das Schellen und Läuten der Kuhglocken zu ihnen herüber.

Sie hockten da, mit gesenktem Blick, schlürften heiße Suppe und tunkten das Paarlbrot in die Brühe, damit es sich vollsog. Dann lutschten sie die aufgeweichten Kanten vom harten Brotrest. Die Moidl stand wortlos auf, setzte sich auf die Ofenbank zur keuchenden Naandl und flößte ihr Schlückchen für Schlückchen von der Brühe ein.

»Schweine können auch Karren ziehen. Die sind stark!« Sofies Worte schwebten sirrend hell durch die Stube, als hätten sie sich verirrt. »Ganz schön stark ...«

Ferdl schaute kurz hoch und rülpste. »Wenigstens eins von den Weibern, das uns versteht!«

»Vielleicht kriegen wir vom Hasl-Hof die beiden Ochsen. Für den Transport. Wenigstens für zwei Tage die Woche.« Jakob Stimme klang rau. Das Gerede war ihm zu viel. »Sonst kümmern wir uns um die Felder. Die Tage werden ja auch länger zum Marmorsuchen.«

Er stand auf, schlurfte zur Moidl an die Ofenbank und legte seine schwielige Hand versöhnlich auf ihren Arm. »Versteh doch, was für eine Gelegenheit das ist. Ein gewaltiger Brocken liegt vor unserer Tür! Er ist regelrecht vom Himmel gefallen. Wir werden ein Vermögen machen!«

Die Moidl blickte hilfesuchend hoch zum geschnitzten Heiland am Herrgottswinkel. Tränen blitzten in ihren Augen auf. »Das klingt alles zu einfach, Jakob. Viel zu einfach.«

Am Morgen, als die beiden Männer längst aufgebrochen waren, hämmerten Fäuste gegen das Eichenholz der Haustür.

»Wir brauchen Hilfe«, keuchte jemand völlig außer Atem. Die Moidl hastete zur Tür und riss sie auf. Draußen stand Bertl, ein Knecht vom Wieshof. Seine schweißnasse Stirn glänzte, Haarsträhnen klebten an seinem Kopf. Ruckartig zog er die knollig rote Rotznase hoch. »Jemand hat sich schwer verletzt. Vom Hasl-Hof. Ich soll's sagen. Jetzt muss ich weiter.«

»Vom Hasl-Hof?« Luzia war aufgesprungen. »Wer? Wer hat sich verletzt?«

»Weiß nicht.« Bertl hastete davon, an den Birn- und Marillenbäumen vorbei, drehte sich noch einmal kurz um, hustete und keuchte. »Wohl beim Einspannen vom Ochsen. Ich schau jetzt nach dem Bader von Göflan, dass er mit raufkommt.«

Luzia blickte ihm aufgewühlt nach. Ein Bader? In Göflan war doch kein heilkundiger Bader zu finden, der sich mit aufgerissenen Wunden auskannte, mit zertrümmerten Knochen und ausgerenkten Gliedern.

»Ich weiß da einen in Schlanders!«, rief sie Bertl noch hinterher. »Der hat neulich …«

Aber der Knecht war schon hinter den Föhren am Kirchsteig verschwunden und hatte nichts mehr gehört.

Jemand hatte sich schwer verletzt! Luzias Atem ging schneller. Sofort tauchten Bilder vor ihrem geistigen Auge auf: Toni lag in seinem Blut, die weit aufgerissenen Augen zum Himmel gerichtet. Das Muskelfleisch an den Armen war aufgerissen, Knochensplitter ragten wie polierter Marmor heraus. Dann schüttelte sie energisch den Kopf. Was die Einbildungskraft sich doch für Teufelsgeister erschaffen konnte, die einen bedrängten und quälten. Dabei waren sie aus nichts als Angst gemacht, dem größten Dämon aller Zeiten. Luzia stockte. Und wenn das keine Angst war? Vielleicht hatte sie Zugang zu einer anderen Welt gewonnen, die ihr widerspiegelte, was auf dem Hasl-Hof geschehen war!

»Das Walpurgisöl«, bettelte Luzia leise die Moidl an. »Vielleicht sollte ich etwas von dem Öl …«

Zögernd blickte die Moidl zum Herrgottswinkel mit dem geschnitzten Jesuskreuz. In der Stube war es düster, die Klappläden waren zugezogen und hielten den kalten Wind ab. Kerzen warfen Lichtflecken über den hölzernen Christus, den König der Welt, der aus Liebe gestorben war.

»Der Herrgott hat uns vor der Lawine geschützt …« Die Moidl nickte zögerlich. »Aber nimm nur wenige Tropfen. Und ich habe nichts gesehen.«

Während die Moidl in der Küche Zwiebeln hackte, nahm Luzia die kupferne Ölkanne von dem Steg am Holzkreuz, auf dem auch die geschnitzten Jesusfüße standen. Sie träufelte etwas von der öligen Substanz in ein Steinguttöpfchen und stellte das Kupfergefäß zurück. Ihre Hände zitterten. Wenn nur Toni nichts geschehen war! Einer der drei Hasl-Hof-Brüder war verletzt, schwer sogar! Oder hatte es den Bauern selbst erwischt? Es war eine Tragödie für den Hof, wen auch immer es getroffen hatte. Vielleicht war es eine Strafe des Himmels. Oder eher ein Machwerk des Teufels?

»Hast du Sofie gesehen?«, platzte die Moidl plötzlich in ihre Gedanken.

Luzia schaute sich gehetzt um. Ihr Blick fuhr über Stühle, Holzbank und unter den Stubentisch. Bitte nicht, bettelte sie die Gottesmutter Maria an. Nicht schon wieder!

»Sofie?« Sie stellte das irdene Öltöpfchen ab, rannte durch Küche, Stube und Flur, kletterte die Stiege hoch zu den Schlafkammern und suchte dann draußen in Nischen beim gestapelten Brennholz, im Schweinestall, im Heustadel. »Sofie!«

Zurück in der Stube umfasste sie die Hände der Moidl. »Kann ich gehen? Du weißt doch … der Hasl-Hof.«

Die Moidl zog die Stirn in Falten. »Du hast Sorge für deine Schwester zu tragen. Was ist, wenn sie wieder fortgelaufen ist?

Wie soll ich sie suchen und mich gleichzeitig um die Naandl kümmern?«

Die Großmutter lag schon seit der Früh auf einem Strohlager in der warmen Küche und hustete erbärmlich.

Noch einmal hetzte Luzia davon. Zu den Ställen, mitten hinein in die Schar aufflatternder Hühner, die sie für etwas Schweineschinken beim Bauern Anton erworben hatten, und zu den quiekenden Säuen, bei denen sich Sofie manchmal in der hintersten Stallecke auf einem Strohlager zusammenrollte. Luzia schaute noch einmal im Holzstadel nach, hinter gestapelten Scheiten, in aufgeworfenen Strohbergen, im aufgeschichteten Heu. Dann rannte sie wieder zurück ins Haus.

»Sofie? Sofie!«, schrie sie durch Küche, Flur und Stube. »Wo steckst du?«

Sie horchten. Keine Antwort war zu hören. Nur die Naandl, die in der Küche auf ihrem Strohlager lag, hustete und keuchte. Die Moidl streichelte Luzia kurz über die tränennasse Wange. Eine seltene Berührung war das. Viel zu selten für Luzia.

»Versteh doch«, bat sie und streichelte der Tochter noch einmal übers Haar. »Wie soll ich das schaffen, wenn Sofie wieder fortgelaufen ist?«

Dann schwebten leise Worte zu ihnen herüber, federleicht, wie aus weiter Ferne. Von dort, wo sich verirrte Seelen trafen.

»Müsst ihr so 'n Krach machen?« Sofies Stimme kam vom Höllele her, der warmen Nische zwischen dem hochgemauerten Ofen und der Wand. »Da kann ich gar nichts von der Stille hören.«

»Warum antwortest du nicht sofort, wenn man dich ruft?« Luzia stürzte aufgebracht auf das Höllele zu.

»Das tue ich nur für euch!« Der mürbe Strohsack, auf dem sich Sofie räkelte, raschelte. Jetzt kniete sie in der warmen Lücke und schob ihr erhitztes Gesicht vor. Die schräg stehenden Augen waren weit aufgerissen, und ihre Unterlippe zitterte. »Weil ihr euch dann viel mehr freut, wenn ihr mich findet. Viel, viel mehr!«

»Sofie, du weißt ganz genau, dass …«

»Lass sie«, unterbrach die Moidl leise. Die Fältchen in ihren Mundwinkeln zuckten, und ihre Nasenflügel bebten. »Lauf los! Der Hasl-Hof braucht seine Buben. Wie sollen sie sonst überleben? Ich werde Sofie im Auge behalten. Und spute dich! Sei zurück, bevor der Vater kommt …«

Luzia nickte, warf sich hastig den Umhang über und rannte mit dem Töpfchen, das sie schützend mit den Handflächen umschloss, davon. Ihr dunkler Zopf flatterte ihr wie aufgeschreckt über den Rücken.

Der Aufstieg zum Hasl-Hof war steil, auch wenn Luzia nur die Windungen und Kehren zwischen matschigen Äckern und Waldungen den Berg hoch wählte. Der Bergbauernhof lag als letzter in einer Höhe von über tausendfünfhundert Meter.

Auf dem schattigen Nördersberg war es im Frühjahr oft noch eisig kalt, während gegenüber am Sonnenberg die Frostböden schon aufgetaut waren. Deshalb waren dort noch höher gelegene Bergbauernhöfe zu finden, während es auf dieser Seite dauerte, bis der erstarrte Boden wieder zum Leben erwachte. Doch allmählich taute auch hier die Erde, und immer mehr Ackerkrumen und Steinbrocken wurden vom Schmelz- und Sickerwasser über das abfallende Gelände hinuntergespült.

Jetzt begann die Arbeit der Bergbauern. Der herabgerutschte Humus musste mit Karren wieder hinaufgefahren werden. Dann wurden die herabgerollten Steine in mühevoller Arbeit zerkleinert, damit sie für die Sensen nicht zur Gefahr wurden. Luzia hörte von den Talhängen her das Krachen und Splittern der Brocken, die mit dem Steinschlegel zerschlagen wurden. Danach wurde der Kuhmist mit Rechen und Forken auf den Äckern verteilt und ausgebreitet. Durch die Schneeschmelze war der Acker noch feucht, und vom Regen durchtränkt lösten sich die fruchtbringenden Stoffe des Düngers und versickerten im Boden.

Auch der Vater wusste nur zu gut um die Arbeit, die jährlich auf ihn wartete. Er wusste um das gefährliche Hantieren mit der Pflugschar, die Furchen in den abschüssigen Boden trieb, die dann die kostbaren Getreidesamen in sich aufnahmen, und um die Egge, die die Spuren des Pfluges wieder verwischte. Er kannte aber auch die Zuversicht der Menschen, die mit dem aufkeimenden Getreide heranwuchs, und ihre Hoffnung auf kostbares Mehl und frisch gebackenes Brot.

Luzia schaute wieder hinüber zu den Berghöfen am Sonnenberg. Verstreut und einsam lagen sie dort, als hätte der Herrgott vergessen, ihnen den rechten Platz zuzuweisen. Dort zwischen den gerodeten Wäldern und Berghängen, die nicht mehr von Baumwurzeln zusammengehalten wurden und deren gelockerte Gesteinsbrocken mit dem Schmelzwasser in einer alles verschlingenden Schlammlawine ins Tal donnerten.

»Die Berge sehnen sich nach den Tälern«, hatte Sofie neulich erst gesagt. »Gipfel werden ist viel Arbeit. Jetzt wollen sie wieder heim.«

In der Ferne blitzten helle Kirchlein mit spitzen Türmen auf, die auf Felsvorsprüngen errichtet waren, und auch unten im Tal streckten sich Kirchtürme hoch, die mit ihrem Geläut den Menschen den Tag wiesen. Ihr Glockenklang wehte durch Täler und Schluchten, über Berghänge und Steilwipfel, und rief zur heiligen Messe. Der helle Klang der Zügenglocke verkündete den Tod, und das Schiedsumläuten ließ die Menschen für das Begräbnis niederknien. Demütig und reuevoll falteten sie dann die Hände, um ein Ave Maria für den Verstorbenen zu beten, wenn der Tod das Ewige vom Zeitlichen schied, und sich daran zu erinnern, dass die Zeit in Gottes Händen lag.

Luzia stapfte weiter, suchte in ihrem Ziegenbeutel nach dem Brotstück, das die Moidl ihr noch zugesteckt hatte, und biss hungrig hinein. Das Brot schmeckte nach Kümmel, Anis und herzhaftem Roggen. Trotz großer Halmlänge wurde dieses Getreide gerne angebaut. Die Bauern wussten die tiefen Wurzeln zu schätzen, mit denen es mit der Erde verwachsen war. Der Frost konnte ihm nichts anhaben, und es brauchte nur wenig Wärme. Zu Schrot gemahlen wurde dann ein Sauerteig bereitet, der im Backhaus zu Brot gebacken wurde. Zu köstlich duftendem dunklen Brot, herzhaft und saftig.

Luzias Blick schweifte hinunter ins Tal und an den Berghängen entlang in die Ferne. Da drüben erhob sich Schloss Goldrain und etwas weiter entfernt die Burg Kastelbell. Und ganz weit hinten das Schloss Tyrol. Wie gewaltig das Gebirge doch war! Wie die Steilhänge emporragten, zerklüftet, rau und rissig, als hätte der Teufel mit dem Beil dreingeschlagen. Ob sich verirrte Seelen dort oben trafen, an Schalensteinen herumschwirrten und verloren durch die Lüfte zogen?

Da fiel Luzia dieser Theophrastus von Hohenheim wieder ein, der auch Paracelsus genannt wurde, dieser Medicus, der dem Verunglückten in Schlanders den zersplitterten Knochen richten wollte. Er kannte sich aus mit Muskelfleisch, Gerippe und Sehnen, die wohl von der Körperhaut zusammengehalten wurden. Wenn er wusste, wie es innen im Menschen aussah, dann kannte er bestimmt auch den Sitz der Seele. Er war schließlich an der Universität von Ferrara zum Doktor ernannt worden, was einem Weib strikt untersagt war. Ihr selbst wäre es höchstens vergönnt, sich Kräuterwissen anzueignen, Tinkturen zu mischen, Heilsalben anzurühren oder Gebärenden beizustehen. Mehr nicht. Wenn aber Paracelsus wissenschaftliche Kenntnis um verirrte Seelen hatte, wusste er sicherlich auch, wie sie zurück in den Körper fanden. Vielleicht konnte er Sofies Seele betören, anlocken und einfangen, so wie einen verirrten Jungvogel, der wild flatternd um sich schlug und nicht zurück ins schützende Nest fand.

Sofie wäre geheilt und sie selbst von der unerträglichen Schuld befreit, der Schwester beim Hineindrängen in den Geburtskanal die Luft abgeschnürt zu haben. Erstickt wäre Sofie, hätte die alte Magda ihr nicht in letzter Sekunde die fleischige Nabelschnur durchtrennt. Geschworen hatte die Alte und geseufzt und beteuert, dass sie ihr Bestmöglichstes getan hätte, beide Schwestern gerecht zu versorgen. Ganz genau hätte sie nachgeschaut, ob ein Glückshäutlein abzuwaschen oder ein verdächtiges Mal mit Mutterblut zu betupfen war, damit der Satan daraus zu weichen hatte. Sie hätte die Schwestern sogar unter die Küchenbank gelegt, damit sie nicht geistersichtig wurden, und Holdermus und Weidensud in den Badezuber gegeben. An ihr konnte es nicht gelegen haben. Das mit Sofie …

Luzia hastete weiter. Der letzte Anstieg war so beschwerlich, dass nur der Gedanke an Toni sie unaufhaltsam vorwärtstrieb. Schlierenwolken trieben vor die Sonne und ließen das Licht gläsern verhangen wirken. Wind frischte auf, fuhr Luzia eisig kalt ins Gesicht und drückte gegen ihre Rippen. Es war, als klammerte er sich an ihr fest, bis sich ihre Haut frostig rot verfärbte und die tränenden Augen ihr die Sicht nahmen. Die Gelenke schmerzten, die Muskeln brannten wie Feuer, der Herzschlag raste. Wieder schlug sich Luzia mit der geballten Faust auf die Oberschenkel, um sich anzutreiben. Sie biss die Lippen aufeinander, bis sie Blut schmeckte.

Und endlich: Nur noch ein paar hundert Schritte. Das da oben musste der Hasl-Hof sein! Eine Rauchfahne quoll aus dem Schornstein, und jemand stapfte auf sie zu. Er hatte einen zusammengebundenen Haarschopf, nur ein kurzärmeliges Leinenhemd flatterte um seinen Oberkörper, der Wind drückte ihm die Beinkleider gegen die Schenkel, und seine Füße steckten in derben Stiefeln. Aber was war mit seinen Händen und nackten Armen? Sie waren rot verfärbt, rot von Blut …

»Toni?« Luzias Knie zitterten unkontrolliert. Sie rannte auf ihn zu, versuchte das Gleichgewicht zu halten, das Gefäß mit dem Walpurgisöl umklammernd. Noch im Laufen ließ sie das kostbare Öl in die Handfläche tropfen, sie wankte. Da! Seine Wangen, waren sie nicht blutig befleckt?

Sein Gesicht verschwamm vor ihren Augen, sie stolperte weiter, taumelte, das Walpurgisöl in der ausgestreckten Handfläche wie in einer Kelle geborgen. Dann war sie bei ihm, wischte ihm die ölige Substanz über die heißen Wangen, den Bart, die Lippen, die glühende Stirn.

»Luzia, was machst du da? Was ist …« Seine Worte schienen sich immer weiter zu entfernen und schließlich aufzulösen. Dann sackte sie in sich zusammen.

Als sie wieder die Lider öffnete, hockte er dicht über sie gebeugt. Die Augenbrauen hatte er besorgt hochgezogen. Sein Gesicht glänzte ölig im dünnen Sonnenlicht, während ein heftiger Wind sein Haar zerzauste.

»Luzia, was ist mit dir?« Tonis tiefe Stimme holte sie endgültig aus der Benommenheit zurück. Die Unschärfe ihrer Wahrnehmung wich einem klaren Blick. Entsetzt bemerkte sie, dass er sich das heilige Öl mit einem Stofffetzen von den Wangen rieb.

»Was mit mir ist?«, stotterte sie aufgeregt. »Du blutest doch! Und dieses heilige Öl, das Walpurgisöl, du darfst es nicht wegwischen!«

Toni schaute verwundert zum Lappen, dann wieder zu Luzia. Vorsichtig fuhr er sich über die Wangen und betrachtete seine ölig glänzenden Fingerspitzen. »Ich blute nicht …«

»Aber deine Hände, die Arme …«, stammelte Luzia verunsichert, während sie sich hochrappelte. »Der Bertl vom Wieshof sagte, dass hier jemand schwer verletzt ist. Ich dachte, du …«

Toni streckte ihr die nackten Arme entgegen, die mit rötlichen Flecken überzogen waren. Von aufgerissener Haut geschweige denn einer blutenden Wunde war nichts zu entdecken. »Du hattest Angst um mich?«

Luzia nickte verlegen. »Deswegen habe ich dir Walpurgisöl mitgebracht. Heiliges Walpurgisöl.«

»Jetzt hab ich also einen heiligen Walpurgisöl-Lappen, warum nicht!« Toni strich sorgsam das Stück Stoff auf dem Oberschenkel glatt. Blutige Fingerabdrücke zeichneten sich auf dem groben Leinen ab, das Öl war in dunklen Flecken eingezogen. Der Leinenfetzen hatte die Form einer Wolke, deren Ränder vom Wind ausgefranst waren. Behutsam faltete Toni ihn zusammen und steckte ihn in seinen Brustbeutel. »Heiliges Walpurgisöl …«, raunte er mit seiner dunklen Stimme. »Ich werde es in Ehren halten.«

»Aber das Blut? Woher kommt das Blut?« Luzia schloss kurz die Augen.

»Vom Ochsen.« Toni wirkte verärgert. »Wir haben oben an der Vogeltenne heimlich eine Fuhre Holz geschlagen. So was ist uns Bauern ja verboten. Aber dann ist der Karren gekippt, mitsamt den schweren Stämmen. Die haben dann den Ochsen überrollt und so schwer verletzt, dass wir ihn schlachten mussten. Das war's dann.«

Luzia atmete erleichtert auf. Es war ein Ochse gewesen, nur ein Ochse. Ein Tier, ein Berg von Fleisch, kein Mensch.

»Die Stelle am Hang heißt jetzt Ochsentod«, fuhr er verbittert fort und trat mit Wucht gegen einen Kieselstein, der zum Abhang hinüberklackerte.

»Und warum hat der Knecht vom Wieshof dann gesagt, dass sich hier jemand schwer verletzt hätte?«

»Er hat ein Schandmaul! Jemand hat uns im Wald gesehen, mit blutigen Händen. Und weil Abholzen für uns verboten ist, haben wir gesagt, jemand von uns hätte sich verletzt, damit keiner auf schlechte Gedanken kommt.«

»Und … jetzt? Da bleibt nur noch ein Ochse für die Feldarbeit?«

Toni nickte. Seine Bartspitzen glänzten immer noch ölig, und Haarfransen tanzten im Wind um seine Stirn. Er starrte sie an, als wollte er in sie dringen, um herauszufinden, warum sie sich so sorgte. Verunsichert senkte sie den Blick.

Wie es wohl sein mag, seine Lippen zu berühren, dachte Luzia. Die nackte Haut seiner Arme zu fühlen … Ihr Atem ging schneller.

»He, Toni!«, hallte es zu ihnen herüber. Die Stimme klang ungeduldig und verärgert. Einer von Tonis Brüdern stapfte durch das Scheunentor. Er hielt ein blutiges Schlachtmesser in der Hand. »Wo bleibst du denn? Das Fleisch muss zerlegt werden!«

In der Nähe krächzten Dutzende von Raben auf. Das Flappen und Flattern ihrer mächtigen Flügel hallte durch den frostigen Mittag.

»Sehen wir uns wieder?«, fragte Toni leise.

Luzia nickte. »Ich warte auf dich.«

»So? Auf mich? Nur auf mich?« Er lächelte spitzbübisch.

»Nur auf dich, ich schwöre es«, sagte sie leise.

Toni umfasste Luzias Hände. Das Walpurgisöl war inzwischen in ihre Handflächen eingezogen. Sie fühlten sich weich an und glatt.

»Das ist dann ein heiliger Walpurgisschwur.« Er lächelte, während er immer noch ihre Hände hielt.

Luzia errötete. Machte er sich lustig über sie? Sie ärgerte sich, wie unbedacht und überhastet ihre Beteuerung gewesen war. Sie fühlte sich bloßgestellt und der Lächerlichkeit preisgegeben. Und Toni? Warum sagte er nichts? Er schaute sie nur an. »Schweigen macht manchmal die Luft ganz zäh«, würde Sofie jetzt sagen. Verunsichert zog Luzia ihre Hände zurück.

Vom Stall her näherten sich Stiefelschritte. Immer wenn die Sohlen aus dem Schneematsch hochgezogen wurden, war da ein schmatzendes Geräusch.

Toni drehte kurz den Kopf. »He, Franzl! Jetzt wart's doch ab! Der tote Ochse kann ja nicht mehr weglaufen.«

Der jüngere Bruder lupfte seinen Hut, mit der anderen Hand schwenkte er das blutige Schlachtmesser. Neugierig kam er näher. »Ah, die Luzia! Seltener Besuch.« Mit den dreckigen Fingerspitzen fuhr er sich durchs verstrubbelte Haar. »Magst du ein

Glas Milch? Oder ein Stück Brot? Etwas Ziegenkäse? Oder vom Dünnbier?«

Luzia schüttelte den Kopf. »Ich … muss gleich wieder zurück.«

»Zurück? So schnell? Was wolltest du denn hier?« Neugierig schaute er zwischen Luzia und Toni hin und her und drückte den Hut zurück aufs Haar.

»Sie hat vom Unglück gehört und dachte …« Toni zögerte, während Franzl das Schlachtmesser durch die Luft sausen ließ, sodass winzige Blutstropfen in den Matsch spritzten.

Luzia stockte. Ob er sie wegen des Walpurgisöls verspotten würde?

»… sie dachte«, fuhr Toni schmunzelnd fort, »ob sie so ein Stück Beinfleisch haben kann. Für die Suppe. Die Naandl ist nämlich sehr krank.«

»So, die Naandl. Na dann.« Franzl steckte Toni das Schlachtmesser zu. »Hack du es ab.«

Dann stellte er sich neben Luzia, blinzelte ihr wohlwollend zu und ließ seine Augenbrauen hoch und runter tanzen.

»Ich?« Verärgert blickte Toni den Bruder an und drückte ihm das Schlachtmesser zurück in die Hand.

»Und wieso ich?« Franzl drehte sich um und schleuderte das Messer im hohen Bogen dem dritten der Hasl-Hof-Brüder zu, der gerade hinten an der Scheunentür auftauchte.

»Alfons, hack du ein Stück Beinfleisch ab! Ein ordentliches. Für die Naandl«, rief Franzl ihm entgegen. »Die ist nämlich krank!«

Nur kurze Zeit später stakste Alfons mit einer fetten Scheibe Beinfleisch auf die drei zu. Die Finger hielt er starr weggestreckt und trug das Fleisch auf seiner Handfläche, während er mit der anderen das Schlachtmesser hielt. Er ging bewusst langsam, um nicht im Matsch wegzurutschen. »Sollen wir's dir einpacken, Luzia?« Alfons hielt den Kopf schief, lächelte ihr zu und zeigte seine blitzsauberen Zähne.

»Nimm Sackleinen«, schlug Franzl ihm vor. »Dann macht sich die Luzia nicht die Hände blutig.«

»Das holst aber du!« Alfons streckte die schwielige Hand mit der Fleischscheibe vor. »Ich hab gehackt.«

»Nein, jetzt geht der Toni. Der steht hier sowieso nur rum und tratscht.« Franzl verschränkte die Arme, ballte dabei die Fäuste, als hätte er einen Angreifer besiegt, und streckte das Kinn vor.

Luzia ließ ihren Blick über die drei Hasl-Hof-Brüder gleiten. Sie alle hatten grünliche Augen, die gleichen hoch stehenden Wangenknochen und wettergegerbte Haut. Aber trotzdem waren da Unterschiede. Das eine Gesicht war gedrungener, dafür wölbte sich ein anderer Nasenflügel breiter, und jene Augenbrauen waren besonders buschig. Aber nur Toni war derjenige, der Luzia gefangen hielt.

»Ich geh schon«, bemerkte Toni endlich. »Ich hol die Tonschüssel. Die mit dem Riss. Die ist besser als ein Tuch. Sie saugt den Saft nicht auf.« Mit weit ausladenden Schritten machte er sich davon.

Franzl spuckte in die Hand, glättete sein Haar und sagte mit säuselnder Stimme zu Luzia: »Magst nicht doch einen Schluck Bier?«

»Bist du aber blöd!«, fuhr Alfons ihn derb an. »Luzia ist doch ein Madl, und Madln trinken Milch!«

In diesem Moment trabte Toni mit der Schüssel zurück. Sorgsam wurde die Beinscheibe von Alfons hineingelegt und von Franzl zurechtgezupft, als gälte es, ein frisch geborenes Kälbchen bequem auf ein Lager zu betten.

»Ich arbeite beim Gerüstbau in Schlanders«, brummelte Toni scheinbar beiläufig, als er Luzia die Schüssel in die Hand drückte. »Aber nur freitags. Sonst bin ich auf den Feldern.«

»Ich bin am Sonntag in der St.-Walpurgis-Kirche«, fuhr Franzl mit butterweicher Stimme fort. »Da geh ich jetzt sonntags immer hin.«

»Ich auch!« Alfons hüstelte und hielt sich mit einer vornehmen Geste die Hand mit dem blutigen Schlachtmesser vor den Mund. »Ich auch.«

»Ich danke euch ... für das Fleisch ... für die Naandl ... und die Mühe!« Luzia warf Toni einen letzten verschämten Blick zu. Sie mochte ihn, wie er so dastand, breitbeinig und die Arme entschlossen vor der Brust verschränkt. Aber noch mehr mochte sie dieses Unsichtbare, das von ihm ausging, das mit den Händen nicht zu greifen war und sie doch berührte. Wie von einer bekannten Seele, die sich mit ihr verbinden wollte. Vielleicht wusste ja dieser Paracelsus etwas über alte Seelen, die sich eines Tages wiederfanden. Sie musste ihn unbedingt befragen. Nachdenklich machte sie sich auf den beschwerlichen Weg zurück zum eigenen Bauernhof.

Noch vor der Dämmerung hatte Luzia den Hofanger mit den Birnbäumen wieder erreicht. Aus der Ferne klang das Schellenläuten von Ziegen herüber, denen Glöckchen um den Hals gebunden waren. Das dumpfere Läuten kam von den Kühen, die an steilen Hängen das erste saftige Gras zupften. Ihnen waren Glocken aus Ton um den Hals gebunden, denn die Metallglocken waren während des Calvenkriegs für Waffen eingeschmolzen worden.

Luzia atmete tief durch und ließ ihren Blick durch die weite Talebene schweifen. Es war, als hätte der Herrgott bei der Schöpfung seinen Daumen durch die Bergwelt gezogen, um auch den Vinschgern eine Heimat zu geben, die sich zwischen den Dreitausendern hindurch in Richtung Meran schlängelte. Dorthin, wo sich wuchtig und uneinnehmbar hoch oben an den Felshöhen das Schloss Tyrol breitgemacht hatte, dieses Bollwerk, in dem Fürsten und Adlige zu Rat saßen.

Inzwischen stand die Abendsonne rotglühend am Himmel. Die Gletscherzungen oben in den Gipfelmulden und der ewige Schnee waren wie von rötlichen Kristallsplittern durchzogen.

Nicht mehr lange, dann würden die hoch aufragenden Berggipfel den tiefblauen Sternenhimmel in einer klar gezackten Linie von der Erde trennen. Hier unten würde dann alles in tiefem Schwarz versinken, bis sich der Sichelmond über die Bergkuppe schob und mit seinem Nachtlicht den Wiesen und Baumwipfeln einen kühlen Glanz verlieh.

6

Luzia hastete auf ihr Bauernhaus mit den Holzschindeln zu. Vom Regen, Wind und Schnee waren sie ganz grau geworden, aber auch die Gesteinsbrocken auf den Latten hatten sie festgehalten, sodass der Winter ihnen nichts hatte anhaben können.

Noch immer wirkte die Begegnung mit Toni in ihr nach. Luzia spürte eine seltsame Erregung, die ihr bislang verborgen geblieben war. Wie sehr sie sich doch nach seiner Umarmung sehnte! Gleichzeitig wuchs das Verlangen, seine Lippen zu spüren und seine nackte Haut zu berühren. Sie atmete schneller. Seine nackte Haut? Luzia schaute verschämt zu Boden, erschrocken über ihre eigenen Gedanken.

Verwirrt stolperte sie über die Türschwelle, schaute noch einmal, hoch in den Sternenhimmel, den Toni im gleichen Moment auch sehen konnte. Toni, so fern, so nah, wie Sofie jetzt sagen würde. Luzia atmete tief durch. Der Klang seines Namens schien ein Versprechen in sich zu tragen, nach dem sie sich so sehr sehnte. Ein Versprechen auf Liebe, Zärtlichkeit und Geborgenheit.

Die Moidl war über das Ochsenfleisch hocherfreut und schöpfte Quellwasser in den Eisentopf, der über dem offenen Küchenfeuer an einer schweren Kette vom Dachbalken hing. Luzia hockte sich ans Feuer, um sich aufzuwärmen, und schaute ihr zu. Schnuppernd ließ die Mutter das Knochenfleisch ins Wasser gleiten und gab noch eine angeröstete Zwiebel mit Schale dazu, die sie in einem Erdhaufen im Gewölbekeller frisch gehalten hatten. So würde sich nicht so viel von dem gräulichen Eiweißschaum bilden, der die Brühe trüb machte. Schließlich streuselte sie noch etwas Salz hinein, das sie auf dem Handelsmarkt in Glurns erstanden hatte.

Glurns, dieser Ort mit Marktrecht, der sich sogar Stadt nennen durfte, war ein wichtiges Handelszentrum entlang der Salzstraße, und manchmal wurde ein Säckchen voll mit dieser kristallinen Kostbarkeit einfach unter der Hand weitergegeben. Wie im letzten Jahr, als die Moidl dorthin gelaufen war, um Palabirnen gegen Salz zu tauschen.

Die Märkte in Glurns wären früher eine Attraktion gewesen, hatte die Moidl erzählt. Mit Tanz und Wein, köstlichem Speck und Bergkäse für die Besucher. Und selbst die Höfe hätte man mit Blumengirlanden geschmückt.

Aber auch Glurns war im Krieg ausgeplündert und mit Pechfackeln angezündet worden. Da hatten selbst die Gebete an den heiligen Pankraz in der Ortskirche nichts dran ändern können. Nach den Kriegswirren hatten die Warenmärkte viel an Glanz verloren. Da gab es keine Seidenstoffe mehr, kein Silbergeschirr oder duftende Gewürze aus dem Orient, obwohl als Schutz gegen Angriffe eine neue Stadtmauer hochgezogen worden war.

»Aber man hat keine Angst mehr und fällt nicht tot um«, hatte Sofie noch gesagt.

Während die Suppe anfing zu köcheln, erzählte Luzia der Moidl, was auf dem Hasl-Hof geschehen war. Dass nämlich jetzt, da der kräftige Ochse notgeschlachtet war, den Bergbauern nur noch das schmächtige Zugtier mit dem verkrüppelten Hinterbein blieb. Wie sollten sie umpflügen, Furchen ziehen, den Boden umwälzen? Pferde hatten sie keine. Sollten sie sich selbst vor den Pflug spannen? Wie sollten sie mit ihrer kargen Feldarbeit genug für den Alltag erwirtschaften und die Steuerabgaben begleichen? Und dann noch den Zehnten an die Kirche zahlen? Für den Bergbauernhof ging es wie für viele andere auch ums nackte Überleben.

Luzias Augen brannten, und sie wischte sich mit dem Handrücken über die Wangen, als sie die brodelnde Brühe umrührte. In der Küche war es stickig warm. Rußender Qualm von den

Holzscheiten hing derart beißend in der Luft, dass niemand den wahren Grund ihrer Tränen erahnen würde.

»Ist der Ochse auch vor Angst umgefallen?« Sofie stellte ihren Blick starr, als wäre sie selbst aus dem Leben geglitten.

»Du mit deiner Angst! Und dem blöden Umfallen!«, fuhr Luzia sie an. »Hast du denn nichts als Stroh im Kopf?«

»Tot ist tot.« Sofie bewegte nur ein wenig die Lippen, die Augen blieben regungslos. Speichel sammelte sich in ihren Mundwinkeln. »Da ist gar nichts mehr im Kopf.«

»Aber du bist nicht tot, verdammt!«

»Das ist wahr.« Sofie sprang regelrecht aus ihrer starren Haltung heraus, fingerte die gelben Hurenstreifen aus ihrem Brustbeutel und ließ sie durch die Küche tanzen. »Ich habe ja noch viel vor …«

»Sofie, die Zeiten sind nicht danach wegzulaufen«, zischte Luzia ihr entgegen.

»Was für Zeiten? Gott braucht keine Zeit. Wenn Menschen die Zeit machen, dann bin ich auch Zeit.« Sie kicherte und wedelte wieder mit den gelben Streifen vor Luzias Gesicht hin und her. »Bergschnee und Wind und Zeit. Und wenn ich wegwill, will ich weg!«

Luzias Lippen zuckten. »Du reitest den Teufel«, platzte es aus ihr heraus. Mit der geballten Faust schlug sie gegen einen Balken und streckte sie dann drohend hoch. »Denkst du nie an die Moidl? Den Vater oder mich?«

»Lass doch die Sofie.« Die Naandl, die in beklemmender Brutwärme nah am Kochfeuer hockte, keuchte und ächzte. »Sie kann doch nichts dafür …«

Luzia ließ langsam die Faust sinken. »Entschuldigt. Natürlich, sie kann nichts dafür …« Sie strich Sofie, die sie mit weit aufgerissenen Augen anstarrte, über die Wangen. Sie konnte doch nichts dafür. Das hatte Katharina, die Hurenwirtin, auch gesagt.

Jetzt war es still. Nur die Scheite im Herdfeuer knackten, und die Fleischsuppe brodelte. Die Hitze erfasste Luzias Körper und brannte sich in Haut, Wangen und Lippen, die so sehr danach verlangten, berührt zu werden. Sie sah in Gedanken Tonis Gesicht, das sich ihr entgegenbeugte. Seine Lippen waren jetzt so nah. Doch dann zerfielen seine Umrisse zu Dunst und formten sich neu. Und aus dem Rauch wuchs ein kantiges Antlitz hervor, mit spöttischem Grinsen und stechendem Blick. Es war das von Diethard. Von Diethard Birchler …

»Ave Maria. Ave Maria. Ave Maria«, sang Sofie leise und lehnte den Kopf an die Schulter ihrer Schwester.

In diesem Moment hallte ein ausgelassener Jodler durch die Berge. Dann ein Juchzen und Jauchzen, ein Blöken und Jubilieren.

»Jesus, Maria und Josef!« Die Moidl schlug die Handflächen ineinander. »Die Männer!«

Jetzt ging das Johlen in grölenden Gesang über. Da war die Rede von *schienen Madlen, dia ma liebm muass, wenn ma schiane Weiber will. Und dann Busslen kriegt.* Tausendfach.

Unter deftigem Jodeln wurde die angelehnte Eingangstür aufgerissen. Jakob torkelte mit weit vorgestreckten Händen auf die Moidl zu, packte sie und drückte ihr einen herzhaften Kuss auf die Lippen.

»Du stinkst!«, schimpfte sie und stemmte die Handflächen gegen seine Brust. »Du hast gesoffen!«

Aber Jakob umklammerte sie mit seinen kräftigen Armen, sodass sie fast darunter versank. Dann schwenkte er sie zum Holzschuhtanz durch die Stube, und johlte die Melodie laut vor sich hin, während er sich schwerfällig auf sie stützte.

»Geschafft!« Er grinste versonnen, schwankte hin und her und verdrehte die Augen. Dann spitzte er die vollen Lippen und wollte die Moidl noch einmal kräftig auf den Mund küssen, erwischte aber nur das verschlissene Kopftuch, mit dem sie sich das

Haar zurückgebunden hatte. »Am Freitag … am Freitag, mein Lindwurm …«

Die Moidl schubste ihn mit einem kräftigen Stoß zurück. »Du solltest dich schämen, du Saufbold, du!«

Lallend wandte sich Jakob jetzt an Luzia. »Und du, wasch dich … blitzsauber … für Freitag … hübsch sollst du sein!«

Ferdl, der grienend und kichernd neben der Sitzbank beim Herrgottswinkel stand, knallte einen Ballen Stoff auf den Tisch. Es war fein gewebtes Linnen.

»Ein Rock mit Bluse. Für Luzia.«

»Für mich?« Luzia fuhr verunsichert mit der Fingerkuppe über das Leinen, während sich Jakob hustend und johlend darüberbeugte.

Die Moidl grabschte den Stoffballen vom Holztisch und legte ihn weit hinten an der Ofenbank ab, wo kein Stäubchen ihn verschmutzen konnte.

Durchdringend sah sie Jakob an, der schnuppernd die Nase mit dem Höckerbruch hob, während er ein Nasenloch zuhielt, da er meinte, dort die Riechkraft verloren zu haben. Der köstliche Duft von Fleischbrühe, die in der Küche über der Herdflamme köchelte, zog in die Wohnstube.

»Jakob? Was soll das. Leinen für Luzia?« Die Moidl stemmte die Fäuste in die Hüften.

»Für Luzia? Immer die Luzia!« Sofie verzog schmollend das Gesicht. Dunkle Locken fielen ihr in die Stirn. Wütend beäugte sie den Vater. »Und ich? Was ist mit mir?«

»Du kriegst auch ein Kleid … noch tausendmal schöner.« Der Bauer giggelte, wankte breitbeinig davon und kam mit einem gefüllten Weinkrug zurück.

»Eins?«, krakeelte er. »Was sage ich! Drei! Du kriegst drei. Und die Moidl auch. Mit Litzen und Bändern. Und Spucktücher dazu.«

»Und die Naandl?« Sofie strahlte, kramte die gelben Stoffbänder aus ihrem Beutel und wedelte sie vor Luzias Nase hin und her.

»Die Naandl kriegt auch was.« Jakobs glasiger Blick glitt hin und her, als wollte er sich damit irgendwo festhalten. »Zehn Hölleles kriegt sie. In einem Stadthaus. Drunten in Schlanders. Das kaufen wir dann. Dann gehört's uns. Mit Marmor, viel Marmor. Und der Sacklhuber malt was an die Wand. Draußen … Die Heilige Walpurgis. Und Maria … Jawohl, die heilige Maria auch!«

»Aber die Schweine kommen mit!« Sofie zog bedrohlich die Augenbrauen zusammen und schob die Unterlippe vor.

»Die Schweine kriegen einen Stall, was sag ich, eine Scheune, die dich umhaut!«, dröhnte Jakob und hob jäh den Arm, sodass der Weinkrug überschwappte. Mit einer unsicheren Geste stellte er ihn auf den Holztisch, während die Moidl langsam auf ihn zuging.

»Jakob? Woher kommt das Geld für das Linnen?«, fragte sie gefährlich leise, packte den Besoffenen an den Schultern und schüttelte ihn. »Jakob, mit was für Münzen hast du den Stoff bezahlt?«

Jakob schlug mit der geballten Faust auf den Tisch und rüttelte an der schweren Tischplatte, dass der Schragen ächzte. Sein Gesicht war hochrot angelaufen. »Ja, verdammt noch mal. Es waren die Münzen von der toten Sau!« Dann näherte sich sein Gesicht dem von der Moidl. Fast berührten sich ihre Nasenspitzen, seine Oberlippe zitterte. »Und die allerletzte haben wir versoffen. Beim Brückenwirt. Verstehst du? Versoffen! Aber es hat sich gelohnt. Es wird Münzen regnen, Münzen und Gold!« Dann rülpste er kräftig.

Während er Wein nachschenkte, schleppte die Moidl einen Bottich heran, schwenkte ihn hin und her und klatschte dem Jakob im hohen Bogen eine gewaltige Ladung Wasser ins Gesicht.

Jakob sackte in sich zusammen, als hätte man eine aufgepustete Schweinsblase mit einer Nadel durchstochen, und ließ sich zurück auf die Holzbank fallen. Klatschnass saß er da, schaute fassungslos umher und hielt den Weinbecher weit von sich gestreckt.

»Was hast du mit Luzia vor?«, zeterte die Moidl. »Was soll das mit dem neuen Gewand?«

Er stützte sich mit der Faust auf der Tischplatte ab, stemmte sich wankend hoch und ließ sich wieder zurückplumpsen. »Sie soll dabei sein. Bei den Gesprächen … Weiter nichts«, lallte er, hob den Becher, um mit Ferdl anzustoßen, aber der kippte gerade auf der Sitzbank zur Seite und fing laut an zu schnarchen.

»Macht los, fangt an!« Jakob rülpste wieder laut auf. »Näht Rock und Bluse zusammen. Sodass Luzia ein Weib ist … Nicht zu viel … Aber auch nicht zu wenig …«

Er leerte den Tonbecher in einem Zug und rappelte sich hoch, diesmal mit Erfolg. Dann wankte er breitbeinig auf die Moidl zu und wischte sich das klitschnasse Haar aus der Stirn. Ungelenk schlang er die Arme um die Bauersfrau, zog sie kraftvoll an sich heran und schleckte ihr einen feuchtnassen Kuss auf die Wange.

»Du stinkst! Lass mich los!« Die Moidl trommelte mit ihren Fäusten gegen seine Brust. »Und die Luzia machst du mir nicht zu einem Lotterweib!«

»Was der Vater will, wird schon recht sein«, versuchte Luzia sie zu beruhigen. »Er tut nichts Schlechtes.«

Jakob griente und fuhr der Tochter ungelenk übers Haar. Es war nur eine kurze, ruppige Bewegung, aber sie erfüllte Luzia mit so tiefer Freude, dass sie ihm spontan einen Kuss auf die bärtige Wange drückte.

Mit vereinten Kräften wuchteten die Moidl und Luzia die besoffenen Männer auf ihre Lager, während Sofie sie begeistert anfeuerte. »He – ho, he – ho, he – ho!«

Ferdl krümmte sich. Sein Magen rebellierte. Dann übergab er sich in der Schlafkammer, ließ sich auf das Strohlager sinken und rollte sich schnarchend zusammen, während Luzia mit Lappen und Wassereimer herbeieilte, um die Holzbohlen zu säubern. Sie beugte den Kopf zur Seite, um den säuerlichen Geruch nicht einatmen zu müssen. Danach reinigte sie Bottich und Lappen im Hof. Noch einige Zeit war Jakobs lallender Singsang zu hören. »Joholldrioh, die schienen Madlen, dia ma liebm muass …«

»Sollen wir wirklich …?«, fragte Luzia, als sie verkrustete Rotweinflecken vom Holztisch kratzte und wegwischte und die Moidl den Leinenballen in den Armen wiegte.

»Wenn der Vater es so will.« Die Moidl hatte Erfahrung mit der Näherei, denn schon als junges Mädchen hatte sie drüben in Tschengls den Herrschaftlichen auf der Tschengelsburg mit viel Geschick Wams, Röcke und Beinkleider ausgebessert. Mit einem Wollfaden stand sie nun vor Luzia und nahm Maß.

»Was für ein kostbarer Stoff«, sagte sie voller Respekt, als sie die Bügelschere zum Zerschneiden ansetzte. Erst war ein knirschendes Geräusch zu hören, dann das leise Klacken von Metall, als sich die Schere durch die Spannung von selbst wieder öffnete. »Was für ein kostbarer Stoff.«

Die Moidl hatte die Schere von ihrem Schwager geschenkt bekommen, der in einer Eisenschmiede arbeitete. Es war eine Freude, mit dem Gerät zu arbeiten, da es mit einer Hand bedient werden konnte und die Klingen nicht auseinandergedrückt werden mussten. So wie bei der alten, rostigen Schere, die jetzt im Schweinestall lag.

»Meine gelben Streifen kriegt die Luzia aber nicht!«, rief Sofie vom Höllele her und band sich die Seidenbänder um den Kopf.

»Keine Angst, Sofie!«, rief die Moidl ihr zu. »Die gehören dir, nur dir ganz allein. Die nimmt dir keiner weg.«

»Ich schlafe jetzt.« Sofie grunzte zufrieden. Es raschelte, als sie sich in die Strohmatratze schmiegte. »Wenn's mir im Traum zu eng wird, komm ich wieder.«

»Ja, dann kommst du wieder«, meinte die Moidl, die inzwischen die Stoffteile aneinanderheftete. »Gut wirst du ausschauen, Luzia! Da wird dir keine das Wasser reichen können.«

Bis spät in die Nacht hockten Luzia und die Moidl beim Kerzenlicht, schnitten und nähten, stickten und probierten Rock und Hemd. In zwei Tagen sollte das Gewand fertig sein. Luzia lächelte. Dann war es Freitag. Und freitags arbeitete Toni am Kirchengerüst.

»Und? Wo hast du die kostbaren Tropfen vom Walpurgisöl?«, fragte die Moidl leise. »Die hast du dann ja gar nicht gebraucht.«

»Aber … da hatte einer blutige Arme …« Luzia stockte und schaute verlegen auf ihre Fingerkuppen, die vom Nähen wund geworden waren. »Da dachte ich, er wär schwer verletzt …«

»Der Toni?«, flüsterte die Moidl.

Luzia nickte und schaute hinüber zum Herrgottswinkel, dort wo der Jesus mit den Füßen auf dem Holzsockel stand, gleich neben der Kupferkanne mit dem Walpurgisöl.

»Du hast das heilige Öl auf Tonis Armen verteilt?«, fragte die Moidl entsetzt. Langsam ließ sie das Nähzeug in ihren Schoß sinken.

Luzia nickte wieder und rieb sich über die müden Augen.

Die Moidl betrachtete sie eindringlich, dann flüsterte sie ihr zu: »Lass das nur nicht den Vater wissen.«

»Ich hab's aber gehört«, rief Sofie vom Höllele her. »Ich hab's genau gehört.«

Das Gewand passte tadellos. Luzia hatte sich im Badehaus noch das Haar gewaschen, die Fingernägel geschrubbt und die Haut sauber gebürstet, bis sie gut durchblutet war. Auch der Vater war im Badehaus gewesen und hatte sich außerdem noch die Haare ordentlich stutzen und den Bart scheren lassen.

Die Moidl hatte ihn misstrauisch betrachtet, als sie seine glänzenden Augen gesehen hatte, und geargwöhnt, ob die Mägde dort zu gefällig mit ihm umgegangen waren. Denn jeder wusste um die neckischen Spielchen, die dort in Badezubern und im Schwitzbad stattfanden.

Männer und Frauen saßen oft nackt zusammen im Wasser, doch ohne sich im Geringsten zu berühren. Das hatte Jakob jedenfalls immer wieder beteuert. Kein Busen hätte ihn zufällig gestreift, kein Schenkel berührt. Und das Wasser wäre durch die Seifenlauge viel zu trüb gewesen, um irgendetwas zu erkennen, wenn er rein zufällig zu den Frauen hingeschaut hätte. Und wenn die Nackten aus den Zubern gestiegen wären, hätte er den Blick jedes Mal abgewandt. Das Badehaus diente einzig und allein der sorgfältigen Reinigung des Körpers!

Aber die Moidl hatte nur den Kopf geschüttelt. »Du spinnst, Jakob. Du spinnst.«

Und wieder hatte ein Geldstück hingezählt werden müssen, diesmal aus dem Geldsäckel für allerschlimmste Notzeiten, das unter einem losen Dielenbrett verwahrt worden war.

»Alles für die Zukunft«, hatte er der Moidl zugeraunt, die verzweifelt die Hände gewrungen hatte. »Vertrau mir. Bald wirst du in Samt und Seide gehen.«

Die Sonne strahlte vom tiefblauen Frühlingshimmel, als sich Luzia, Ferdl und Jakob auf den Weg machten. Von den Berghängen hallte Schafsblöken, Ziegenmeckern und das Läuten der Kuhglocken zu ihnen herüber. Luzia schaute hoch zu den Wäldern, die an Hängen klebten und tief mit der Welt verwurzelt waren. Und die von steilen Lichtungen durchzogen waren, als hätte der stürmische Jochwind die Schneisen hineingeatmet, um schneller in die Täler hinunterfahren zu können.

Heute zerzausten keine Windböen das Haar. Die Luft schmeckte süßlich, erste Blüten platzten aus den Baumknospen, Wiesenblumen sprenkelten bunte Kleckse in die Landschaft. Hoffentlich würde kein plötzlicher Schneeeinbruch den Winter mehr zurückholen.

Luzia lächelte. Es war Freitag! Sicherlich würde sie Toni am Kirchturm zu Gesicht bekommen. Sie strich über den fein gearbeiteten Leinenstoff ihres Rocks, zupfte am Hemd und tastete nach ihrer Frisur. Ihr langes, dunkles Haar war straff zu Zöpfen geflochten und kunstvoll zu einem Kranz um den Kopf gewunden. Der Vater hatte sich seinen guten Sonntagsumhang um die Schultern gelegt und ein duftendes Öl im Nacken verrieben.

In Gedanken versunken schlenderte sie hinter Jakob und Ferdl her, die Pläne wälzten, welche Kontakte für den Marmorhandel aufzubauen und von absoluter Wichtigkeit wären. Dass sie ein Ochsenfuhrwerk bräuchten, Seilwinden und Stricke, um die Marmorbrocken hochzuhieven. Sicherlich würden Adlige und Kaufleute kostspielige Skulpturen für ihre Villen in Auftrag geben. Und Kamineinfassungen, Wandreliefs und behauene Friese. Die würden bestimmt in den Burgen reißenden Absatz finden. Nicht zu vergessen die Säulen mit korinthischen Kapitellen, Heiligenfiguren und Marmorfliesen für Kirchen und Kathedralen …

Jakob streckte die Hände dem Himmel entgegen. Dann würde Geld fließen, tonnenweise Münzen!, da war er sicher. Sie müssten nie mehr hungern. Und jeden Tag würden sie zum Brückenwirt gehen, jeden Tag Braten essen mit Klößen und Soße und Bier trinken. Und sich Beinkleider nähen lassen. Mit Samtumhang. Und einen Hut wollte er auch haben. So einen, wie der Wanga ihn trug. Ja, genau so einen. Mit Feder. Mit einer richtig langen Adlerfeder!

Luzia lief ihnen in gewissem Abstand hinterher, ohne sich von ihren Träumen und Begehrlichkeiten anstecken zu lassen. Sie hatte nur einen Herzenswunsch, und der war Toni.

Ob Toni hoch oben auf dem Baugerüst auch an sie dachte und in Gedanken ganz nah bei ihr war? Ob auch seine Erregung wuchs bei der Vorstellung, ihre nackte Haut zu berühren?

Mit jedem Schritt, den es näher auf Schlanders zuging, wuchs ihre Anspannung. In der Ferne war schon der Kirchturmstumpf mit den Leitern und Planken des Baugerüsts deutlich zu erkennen. Ein Baukran hievte Hölzer in die Höhe, die von Arbeitern oben auf dem Gerüst entgegengenommen wurden. Ob Toni unter ihnen war?

Wie sehr doch der Körper die Gefühle verriet, ging es Luzia durch den Kopf. Ihre Hände wurden feucht, das Herz klopfte, die Haut kribbelte. Und selbst im Magen verspürte sie ein leichtes Unwohlsein. Das hatte wohl Paracelsus gemeint, als er sagte, dass der Mensch ganzheitlich zu behandeln sei und dass die Ursache für viele Krankheiten die Empfindungen wären. Ob auch Liebe krank machen konnte?

In Schlanders waren neben der Pfarrkirche mit der abgebrannten Turmspitze lange Bauhütten für Zimmermänner und Steinmetze aufgebaut worden. Fenster für den Lichteinfall waren zur Kirche hin ausgerichtet, zur windgeschützten Seite hin. Die vorderen Lichtluken waren mit dünnem Pergament verhangen, das bei schönem Wetter entfernt wurde.

Von einer Baubude hallten Steinschläge zu ihnen herüber, ein Klopfen mit Spitz- oder Scharriereisen, ein metallenes Raspeln, ein Schaben und Wischen von Bims oder anderer Schmirgelmasse. Vom Türeingang aus streckte sich auf dem Boden eine hauchfeine Zunge aus weißem Marmorpulver vor.

Jakob und Ferdl standen dicht beieinander und raunten sich etwas zu, letzte Worte über anstehende Verhandlungen flogen hin und her. Aber Jakob schien unzufrieden und versetzte Ferdl, der ihn immer wieder verständnislos anglotzte, einen deftigen Stoß gegen die Rippen.

Wieder drängten Neugierige zur Holzkonstruktion am Turmstumpf. Gerade hievte ein Hebekran zurechtgesägte Bretter mit Seilwinden in die Höhe, die von den Arbeitern oben auf dem Gerüst entgegengenommen wurden. Luzia ließ ihren Blick über die Planken wandern und die Leitern hinunter, immer auf der Suche nach Toni.

Dann entdeckte sie ihn. Gleich neben einem Pferdekarren, der Hölzer herantransportiert hatte, stand er gebückt und half mit, gleich lange Holzkanten zu verschnüren. Sorgfältig wurden sie an einer Seilwinde verhakt, sodass sie nicht seitlich herausrutschen konnten. Kaum hatte er Luzia entdeckt, kam Toni auf sie zugelaufen.

»Na, du hier?« Er strahlte.

Luzia lächelte verlegen und senkte den Blick. Toni wischte sich über den schweißnassen Nacken und musterte sie von oben bis unten.

»Gut schaust du aus«, sagte er.

Luzia errötete und streckte ihr Gesicht einer kühlen Windböe entgegen.

»Und du?« Sie räusperte sich. »Was machst du hier?«

»Ich arbeite drüben. Am Kirchturm.«

»Ach. Stimmt ja.«

»Ganz schön schwierig.«

»Schwierig?« Luzia hob langsam den Blick, allerdings nur so weit, dass sie seine Lippen sehen konnte. In die Augen mochte sie ihm nicht schauen, aus Angst, wieder zu erröten.

Toni nickte. »Den Turm zu bauen. Das ist schwierig. Der ist nämlich ganz aus Holz. Da ist nichts drin gemauert.«

»Dann braucht ihr eben längere Nägel. Zum Reinklopfen.« Luzia betrachtete seinen Mund. Ob sie den einmal küssen würde? »Dann hält das schon.«

»Nein, da wird gar nichts festgenagelt.« Er lächelte nachsichtig. »Wenn der Turm völlig starr wäre, hätte der Wind viel zu viel Angriffsfläche. Und beim nächsten Unwetter würde er ihn einfach auseinanderfetzen.«

Luzia sah ihn verwundert an. »Aber wie soll er dann halten? So pustet der Wind ihn doch erst recht weg.«

»Die Hölzer, Bretter und Bohlen werden so ineinander verkantet und verschachtelt, dass der Turm sich selbst stützt und in sich nachgeben kann, wenn es stürmt.« Toni deutete mit Handkanten und Fingern die Konstruktion an, während er mit dem Ellbogen wie zufällig sacht ihren Oberarm berührte.

Luzia schloss kurz die Augen. Wieder spürte sie diese seltsame Erregung, die sie schaudern ließ.

»Was aber noch dazukommt«, fuhr Toni leise fort, während er näher an sie herantrat. »Holz arbeitet. Werden die Streben bei feuchtem Wetter zusammengesteckt, schließen sie dicht ab. Und bei Hitze, was ist dann?«

»Bei Hitze?« Luzia schaute ihn verwirrt an.

»Bei Hitze klaffen Fugen. Weil sich das Holz zusammenzieht.«

»So, es zieht sich zusammen …« Luzia war, als würden seine Worte sich von ganz weit her ihren Weg zu ihr suchen. »Bei Hitze …«

»Du kannst dir gar nicht vorstellen, was da alles bedacht werden muss.« Toni deutete zum Kirchturmstumpf hinüber. »Eine Turmspitze ganz ohne Steine und Nägel. Nur aus Holz.«

»Ohne Steine? Ohne Nägel?« Luzia war, als würde sie nur noch seine Lippen wahrnehmen, die irgendwelche Laute formten.

»Gestern haben wir da oben vier Eckbalken hochkant verankert.«

»Hochkant?«

»Ja, in einem Holzpodest, das passgenau auf einer Betonschicht liegt.«

Als Toni ihr verwundertes Gesicht sah, fuhr er fort: »Oben im Kirchstumpf wurde doch Zement eingegossen. Wenn nämlich der Blitz in die Turmspitze einschlägt oder sie wird im Krieg in Brand gesetzt, dann kann das Feuer nicht auf die Kirche übergreifen.«

Luzia nickte langsam und erinnerte sich, dass dieser Bauabschnitt ja neulich gesegnet worden war. Dann schaute sie zum Holzgerüst hinüber und versuchte nachzuvollziehen, was Toni ihr sonst noch erzählte. Immerhin glühte er für diese Arbeit. Da wollte sie nicht außen vor stehen.

»Ein gewaltiges Vorhaben!« Für so einen Bau musste wirklich viel bedacht werden. Ganz genaue Grundrisse mussten auf Pergamente skizziert, die richtige Holzart bestimmt, Baumstämme gefällt, Pfeiler, Keile, Bolzen, Pflöcke und Stifte nach Maß gefertigt werden und …

»Fein herausgeputzt hast du dich.« Tonis dunkle Stimme holte sie aus ihren Gedanken zurück. »Für deinen … Liebsten?«

»Für meinen Liebsten?« Luzia war empört. »So einen gibt's bei mir nicht!«

»So? Gibt's nicht?« Toni grinste herausfordernd. »Ganz und gar nicht?«

»Ganz … und gar nicht!«, stotterte Luzia. In Gedanken fügte sie hinzu: Jedenfalls keinen, von dem du nichts weißt.

»Und was ist mit dem Walpurgis-Schwur?« Er zupfte aus seinem Brustbeutel das Stoffstückchen mit den Öltropfen, die sich in den Stoff gesogen hatten.

»Der Schwur … ist, was er ist.« Wieder senkte Luzia den Blick, schaute aber gleich wieder hoch. »Und du? Was ist mit dir? Hast du eine …?«

»Was meinst du?« Tonis Blick glich dem eines harmlos dreinblickenden Kindes. Er steckte den Lappen zurück, fuhr mit der Fingerkuppe über Luzias Stirn und wischte ihr eine dunkle Haarsträhne zur Seite. Sie fröstelte. Da war eine Zärtlichkeit, die sie nicht kannte und doch ersehnte.

»Na, was ist! Das mit dem Schwur …«, drängte er wieder.

»Ach, du!« Luzia knuffte ihn in die Seite. Wieder war da eine unerklärliche Vertrautheit, die sich zwischen ihnen auftat. »Du weißt genau, was ich meine! Und du? Was ist mit dir?«

Toni umfasste ihre Oberarme und zog sie näher zu sich heran. Sie spürte den Druck seiner Hände. Stark waren sie, aber nicht brutal. Eher beschützend und umsorgend.

»Da gibt's nur eine. Das schwör ich dir!« Wieder grinste er, kleine Lachfältchen verzweigten sich in den Augenwinkeln.

»Und? Wer … ist's?« Luzias Stimme war leise, aber drängend. Sie wollte ihren Namen hören, sein eindeutiges Bekenntnis zu ihr. Wie ein Versprechen, das man sich gab und das weit über den Tag hinausging.

Sie roch seine Haut und spürte seinen Atem. Warum sagte er nichts? Er war jetzt so dicht bei ihr, so nah an ihren Lippen …

»Luzia, wo bleibst du denn?« Jakob brüllte die Worte über den Platz. Er stand am Pferdewagen, trat wütend mit dem Stiefel gegen das hölzerne Speichenrad und stapfte dann auf sie zu. »Du hast den teuren Rock und das Hemd nicht gekriegt, damit du da drüben herumschäkerst! Mit dir habe ich was Besseres vor!«

»Ich … schäkere doch gar nicht«, stotterte Luzia und wich einen Schritt zurück. »Das ist doch der Toni vom Hasl-Hof.«

»Was kümmert's mich!«, schnauzte Jakob. »Jetzt komm.«

Toni zwinkerte ihr zu und hob aufmunternd das Kinn. Dann rannte er los und drängte sich an den Schaulustigen vorbei zurück zur Seilwinde. Aufgeschreckt sprang ein Straßenköter hoch, bellte kurz und schnupperte dann weiter in Abfällen nach Fressbarem.

Luzia folgte dem Vater, schaute aber immer wieder aus den Augenwinkeln zum Kirchturm hinüber, ob sie dort nicht irgendwo Toni wiederentdeckte. Sie liefen an der Kirchhofsmauer vorbei, an der ein verdreckter Bettler hockte und die zitternde Hand ausstreckte. Seine Augen waren zu Schlitzen zusammengekniffen, zwischen denen das Weiße hervorblitzte. »Helft einem Blinden, nur eine milde Gabe …«

Jakob hastete weiter an zerlumpten Bauern mit Strohkarren und blökenden Ziegen vorbei auf ein großes Zelt zu, das auf der anderen Seite des Kirchplatzes errichtet worden war.

Immer wieder wich Luzia Pfützen aus, die vom Nieselregen zurückgeblieben waren, und sprang über Kuhlen, in denen sich

Schlammwasser gesammelt hatte. Der Erdboden war vom Frost aufgesprengt, von Wagenrädern zerfurcht und hügelig aufgeworfen.

Wenigstens drüben vor dem Gotteshaus führte ein Kopfsteinpflaster bis zum Eingangsportal, wofür die vielen Kirchgänger dankbar waren. Denn wer wollte schon durch Matsch und Dreck zur heiligen Messe gehen?

Auf einer Holzbank entdeckte Luzia den Medicus, den sie Paracelsus nannten. Er hockte neben der alten Magda und hörte ihr aufmerksam zu.

Verwundert schaute Luzia zu den beiden hinüber. Was hatte ein so gelehrter Mann, der an Universitäten studiert hatte, mit einem einfachen Weib wie der alten Magda zu schaffen? Was konnte dieses Kräuterweib ihm sagen, was er noch nicht wusste? Gleichzeitig verspürte sie ein tiefes Verlangen, zu ihm zu laufen, um ihn über verirrte Seelen zu befragen.

In diesem Moment hallten aufgebrachte Rufe und Hufgeklapper über den Kirchplatz. Drei herrschaftlich gekleidete Reiter preschten in vollem Galopp heran, sodass Bauernknechte, Mägde und Zimmerleute erschrocken auseinanderstoben. Pferde wieherten, Dreck wirbelte hoch. Ein zahnloser Alter hob drohend seinen Knüppel. »Seid ihr narrisch?«

»Kaiser Maximilian ist tot!«, rief jemand vom Pferd herab. Die braunen Hengste tänzelten aufgeschreckt hin und her, ihr gepflegtes Fell glänzte schweißnass in der Sonne. Dann gaben die Reiter ihnen die Sporen und galoppierten durch ausgebreitete Töpferware weiter auf das Ortsgericht zu.

Entsetzen machte sich breit. Das Unfassbare wurde weitergegeben, von Dutzenden Stimmen verstärkt, bis es auf dem Kirchplatz nur so widerhallte. »Kaiser Maximilian ist tot!«

Sogleich strömten zerlumpte Knechte, plappernde Dienstmägde und Bauersburschen den Reitern hinterher. Fensterläden wurden aufgestoßen, Türangeln quietschten. Bürgersfrauen eilten mit gerafften Röcken durch Torbögen, und ein Schmied mit speckig glänzender Schürze versetzte seinem trödelnden Gesellen eine deftige Ohrfeige. Selbst der verlauste Krüppel, der vorgegeben hatte, blind zu sein, schnellte hoch und rannte ungewöhnlich flink durch die Gasse zum Gerichtshaus hinüber.

Jakob, Ferdl und Luzia blickten sich nur kurz an und hasteten hinterher, drängten den schmalen Dorfweg entlang, der sich an Schuppen und Ställen, Häuern und Torbögen vorbeischlängelte, geradewegs auf das Dorfgericht zu. Dort verharrte schon tuschelnd und wispernd eine Menschenmenge. Erste Debatten wurden geführt, Spekulationen machten sich breit.

Kaiser Maximilian hatte keine Kinder, das wusste jeder, nur Bastarde, die einer Nachfolge nicht würdig waren. Wer sollte ihm auf den Thron folgen? Würde das Land zerbrechen, in Fürstentümer zerfallen, sich vom Habsburger Reich abspalten? Vielleicht würde die Kirche Landrechte geltend machen, von Brixen her und aus dem fernen Chur.

Oder die Schweizer und die Gottesbündler würden den Tod Maximilians zum willkommenen Anlass nehmen, um den Vinschgau erneut angreifen und vereinnahmen zu wollen, sodass wieder kriegerische Auseinandersetzungen drohten …

In diesem Moment riss jemand die Türflügel zum hölzernen Balkon des Gerichtshauses auf, rasch herbeigeholte Bläser der Schützenverbände drängten vor und schmetterten Fanfaren, die der böige Wind bis weit hinauf in die Berge trug.

Selbst die Bauern und Viehhirten drüben an den Berghängen verließen Felder, Schafe und Ziegen. Die Menschentraube wuchs und wuchs, sogar die Herrschaft von Schlandersberg zwängte sich an den Gaffenden vorbei ins Gerichtshaus, während johlende Kinder barfuß umhersprangen.

Bewaffnete Schützen hatten sich aufgestellt. Der Tod eines Landesfürsten und erst recht eines Kaisers zog oft Aufstände, Machtrangeleien und rasch angezettelte Putschversuche nach sich. Vielleicht würden sie zum Schloss Tyrol abberufen. Oder nach Mals. Oder Meran. Wer wusste das schon.

»Niemand wird uns unser Land nehmen!«, brüllte einer der Schützen und streckte eine neuartige Pulverbüchse in die Höhe.

»Nieder mit den Schweizern!«

»Nieder mit den Gotteshäuslern!«

Feuerwaffen wurden hochgereckt, aber auch Spieße und Schaufeln, Beile, Hacken und blitzende Speere.

Luzia atmete erleichtert auf, trotz der verzehrenden Unruhe, die sie verspürte. Kaiser Maximilian hatte nämlich erst vor acht Jahren im Einvernehmen mit den Tiroler Landständen das Landlibell verfasst, eine Verteidigungsordnung, nach der jeder Tiroler das Recht hatte, eine Waffe zu tragen, um im Notfall sein Land selbst verteidigen zu können.

»Hoffentlich kommt ein neuer Herrscher nicht auf die Idee, uns Tirolern dieses Vorrecht wieder zu nehmen!«, brummte Jakob neben Luzia.

»Freiheit für Tirol!«, dröhnte einer der Schützen.

»Freiheit für Tirol!«, flammte es in der Menge auf.

Jetzt begannen die Kirchenglocken der Dreifaltigkeitskirche zu läuten, dann auch die der anderen Kirchen. Klöppel schlugen heftig gegen kupferne Glockenwände, helle und dunkle Klänge verschmolzen miteinander und flogen fort zu Nachbarorten, deren Glockengeläut sich anschloss, wie zu einer gewaltigen Prozession, die das weite Etschtal bis hoch zu den Bergwipfeln unter dem Dröhnen und Schlagen erzittern ließ.

Luzia entdeckte zwischen strähnigem Lockenhaar und verfilzten Haarbüscheln, ausgeblichenen Kopftüchern und Krempenhüten auch die fein bestickte Haube der Trina Birchler. Sie war ein wenig hastig aufgesetzt, rötliche Locken quollen darunter hervor.

Trinas Mann Alois war in ein Gespräch mit dem Wanga vertieft, der jetzt freundschaftlich Diethard auf die Schulter klopfte.

Diethard und der Wanga? Luzia schüttelte verwundert den Kopf. Ein seltsames Gespann.

Diethards Augen, die erwartungsvoll auf den einflussreichen Mann gerichtet waren, glänzten. Sein rechter Mundwinkel war derart spöttisch hochgezogen, als ob er sich einer Sache allzu sicher wäre …

Etwas abseits stand Toni. In flatterndem Hemd, mit breitem Hut und die Hände zu Fäusten geballt lehnte er am Stamm eines Kastanienbaums und beobachtete die Gruppe. Sein Gesichtsausdruck war trotz des Schattens der breiten Hutkrempe zu erkennen. Es wirkte wie versteinert und zeigte keinerlei Regung. Oben am Balkon wurden Fahnen in Halterungen gesteckt, nach denen sofort der Wind schnappte und sie hin und her tanzen ließ. Eine erhabene Feierstunde kündigte sich an, und jeder spürte, dass etwas in der Luft lag und eine neue Zeit anbrechen sollte.

Luzia betrachtete die Fahnen genauer: Da war die Flagge der Herren von Schlandersberg zu sehen, die drei Zacken, die vom Schwarzen ins Weiße ragten. Dann fuhr der Wind in das gelbe Reichsbanner mit dem schwarzen Adler und zerrte auch an der weißen Fahne mit dem roten Adler für die gefürstete Grafschaft Tyrol. Der rote Adler war lorbeerumkränzt und nach dem Willen Kaiser Maximilians mit der Mitrenkrone geschmückt. Durch das Aufbauschen des Stoffes wirkte es, als wollte der königliche Raubvogel sich erheben und gleich davonfliegen.

Auch die Fahne mit dem kaiserlichen Doppeladler flatterte auf, der erhabene Adler mit den zwei Köpfen, die ihre Hälse weit aus dem Leib herausstreckten und in entgegengesetzte Richtungen Ausschau hielten.

»Warum hat der denn zwei Köpfe?«, fragte eine Dienstmagd.

»Weil er dann alles sieht und uns besser schützen kann«, antwortete ein Ziegenhirte.

»Unsinn!«, rief ein anderer. »Das ist ein Zeichen für Ost und West.«

»Österreich und Ungarn«, meinte ein dritter.

»Oder Kaiser und König.«

»Es ist die Dualität der Welten!«, rief Paracelsus, der jetzt mit der alten Magda in der Menschenmenge stand und zum Gerichtsvorbau hinaufschaute. »Ein Gegensatz, den es zu versöhnen gilt. Es sind zwei Köpfe, zwei Augenpaare, zwei Flügel, aber nur eine Brust. Und nur ein Herz, wo das Gegensätzliche zusammentrifft. Zwei Seelen müssen im Herz zusammenfinden und eins werden, Fühlen und Wollen müssen zusammenwachsen.«

»Kaiser und Papst!«

»Kaiser und Papst?« Paracelsus schmunzelte hintergründig. »Ausgerechnet Kaiser und Papst …«

Jemand trat im ersten Stock des Gerichts ans Fenster und öffnete weit die Flügel. Es war der Glatzköpfige, dem Luzia eins über den Schädel gezogen hatte, dieser Adelsherr Fridinger, in dessen Kapelle die Schwarze Madonna stand. Eine Fanfare hallte über den Platz, und das Gemurmel der Menschen verebbte.

»Die Nachricht vom Tod unseres Landesfürsten Kaiser Maximilian erfüllt uns mit tiefster Trauer!«, hub Fridinger mit gewaltiger Stimme an. »Ihm zu Ehren werden wir Trauergesänge anstimmen, die Totenglocken läuten, Gedenkmessen lesen. Im Gedenken an unseren gutherzigen Herrscher, der die feindlichen Angreifer der Bündner zurückgeschlagen und …«

Luzia spürte, wie im Gedränge jemand sacht ihren Arm berührte. Sie wandte den Kopf. Neben ihr stand Katharina, die Hurenwirtin, die sich ein wollenes Schultertuch so weit über den Kopf gezogen hatte, dass die zerschlissene Tuchkante bis über die dunkel nachgezogenen Augenbrauen hinunterreichte.

»Deine Schwester, die Sofie, hast du sie wieder verloren?« Der Blick der Hure war starr nach vorn gerichtet, die bemalten Lippen schienen regungslos. Die rote Schminkpaste hatte sich in den dünnen Längsfalten ihrer Lippen festgesetzt, als wäre sie dort entlanggekrochen.

»Nein, sie ist daheimgeblieben.« Luzia stockte, Verwirrung stieg auf. »Oder … etwa nicht?«

»Nein, nein. Ich wollte dich nicht beunruhigen.« Katharina schlang das Schultertuch noch fester um Kopf und Schultern, um auch den tiefen Kleiderausschnitt wirklich bedeckt zu halten. Durch die Tumulte war sie offensichtlich hochgeschreckt und sofort aufgebrochen, ohne sich die Zeit zu nehmen, sich vorher umzukleiden. »Ich wollte nur wissen, ob sie sich wieder davongemacht hat.«

Sofie war doch daheim, oder? Schuldgefühle stiegen in Luzia hoch, obwohl ihre Schwester in sicherer Obhut war. Oder etwa nicht? Wie konnte sie sich nur ständig schuldig fühlen? Es war sicherlich diese Unterleibsschande, die sie an Sofie fesselte, ihr das Herz zusammenschnürte und ihr den Atem nahm, als sollte sie langsam erstickt werden.

In diesem Moment entdeckte sie Ferdl, der sich mit schlurfenden Schritten die Gasse entlang davonmachte, während Jakob ihr aufgeregt zuwinkte. Dann zwängte sich der Vater mit ausgefahrenen Ellbogen durch die Menge und steuerte geradewegs auf sie zu.

»Wenn du Sofie jemals siehst, bring sie zum Brückenwirt«, raunte Luzia der Hurenwirtin noch zu und berührte jetzt ihren Arm. »Er soll sie festhalten, bis ich komme. Geht das?«

»Natürlich. Sie kann ja nichts dafür …« Katharinas Mundwinkel, in denen sich rote Lippenpaste festgesetzt hatte, zuckten. Sie zwinkerte, als hätte ein Staubkorn ihre Sicht getrübt, und drängte geduckt davon.

7

Die Rede des Adelsherrn Fridinger am geöffneten Gerichtsfenster war beendet, und die Menge johlte und applaudierte. Wieder schallten Fanfarenklänge der Schützenkapelle über die Köpfe der Menschen hinweg, wieder streckten bewaffnete Büttel ihre Gewehre hoch, und wieder riefen die Menschen nach Freiheit und Gerechtigkeit. Schüsse knallten und ließen die Menge aufschreien.

Die Fahnen, die in den eisernen Halterungen steckten, wehten und flappten im Wind, der durch die Gassen blies.

»Schön und gut«, brummte Jakob, der sich zu Luzia durchgekämpft hatte. »Maximilian ist tot. Ein neuer Herrscher wird folgen. Was soll's. Jeder ist sich selbst der Nächste. Jetzt komm.«

Er zog Luzia am Handgelenk hinter sich her, am Kastanienbaum vorbei, an dem Toni gestanden hatte, und weiter auf das große Zelt am Kirchplatz zu. Vorher aber zog er sie in eine enge Hofeinfahrt, begutachtete sie mit kritischem Blick und tatschte ihr über die Schultern, um Flusen wegzuwischen.

»Kopf hoch, und halt dich gerade, damit man sieht, was du als Weib zu bieten hast«, sagte er in einem Befehlston, der sie schaudern ließ.

»Aber Vater …« Schamesröte stieg ihr ins Gesicht. Unwillkürlich verdeckte sie ihre Brüste mit den Händen.

»Zier dich nicht so! Du bist ein Weib, das hat die Natur so gewollt«, fuhr er sie an. »Wir müssen alles auf eine Karte setzen, sonst sind wir verloren. Verstanden?«

Luzia schwieg und starrte zu Boden. Ihr Mund fühlte sich trocken an, die Zunge klebte am Gaumen.

»Aber sonst zeig dich gehorsam und anständig«, fügte er noch hinzu, verließ die Hofeinfahrt und stakste über Dreckpfützen hinweg auf das Zelt zu. Luzia folgte ihm mit kleinen Schritten.

Als Jakob die überlappenden Zeltplanen am Eingang zur Seite ziehen wollte, wandte er noch einmal den Kopf und raunte Luzia zu: »Übrigens ... ich hab da jemanden, der sich um unseren Schriftkram kümmern wird, einen, der taugt.«

Luzia nickte. In Gedanken war sie wieder bei Toni. »Ist schon recht, Vater.«

»Einen, der mitkommt, wenn wir unterwegs sind«, fuhr er fort. »Der auch die Geldsachen regelt. Und später unser ... Kontor leiten wird.«

Kontor? Luzia hob kurz die Augenbrauen. Das musste ein neuartiger Ausdruck sein, den Jakob irgendwo bei Händlern aufgeschnappt hatte. »Soll schon recht sein, Vater.«

»Dadrinnen ist er. Zeig dich freundlich ihm gegenüber.«

Jakob schob die Leinenplanen mit beiden Händen auseinander, als gälte es, Flügeltüren zu einem Palast zu öffnen, und schob seine Tochter hindurch.

Im Inneren war das Licht ein wenig gedämpft, die Luft schmeckte stickig feucht. Vor ihr baute sich ein Kerl mit breiten Schultern, kantigem Gesicht und spöttischem Blick auf. Es war Diethard Birchler. Er grinste sie breit an.

»Ist es etwa der? Der soll mitkommen?« Luzia starrte ihren Vater fassungslos an.

»Genau der! Eine gute Entscheidung, das findest du doch auch.« Jakob rieb zufrieden die geballten Fäuste aneinander und reckte suchend den Kopf. »Der Steinmetzmeister ist wohl noch in der Bauhütte. Wartet hier, ich will ihn holen.«

Als er die Zeltplanen wieder auseinanderschob und sich mit eiligen Schritten davonmachte, fuhr ein frischer Windstoß ins Zelt. Diethard hauchte gegen seine Fingerspitzen und lächelte. Dann verbeugte er sich vor Luzia. Mit der Stiefelspitze berührte er bewusst sanft ihre Zehen, die sich durch die geflochtenen

Hanfschuhe drückten. Eine Schmutzspur blieb auf dem aufgerauten Stoff zurück.

»Wir werden uns gut verstehen. Das glaubst du doch auch!«, meinte Diethard.

»Solange du dich anständig benimmst …« Luzias Stimme zitterte, als sie hinzufügte: »Aber ich schwör's dir: Nur, weil der Vater es so will.«

»Anständig?« Diethard lachte kurz auf. »Die Gesetze der Natur sind anderer Art, mein Herzchen. Das Weib sei dem Manne untertan! So heißt es doch in der Bibel.«

»Aber erst nach meinem Eheversprechen!« Luzia versuchte ihrer Stimme einen festen Klang zu geben.

»Nach deinem Eheversprechen?« Wieder lachte er. »Was hast du denn mit einem Eheversprechen zu tun? Nichts, rein gar nichts! Das ist Männersache. Männer besiegeln den Ehepakt. Damit haben Weiber nicht das Geringste zu schaffen.«

»Aber es ist mein Wille, wenn ich Gott gegenüber das Versprechen gebe!« Luzia versteckte die zitternden Hände hinter ihrem Rücken.

»Dein Wille?« Diethard zertrat einen schillernden Käfer, der am Boden kroch. »Dein Wille ist doch ein Dreck wert!«

Luzia senkte den Blick. Nie hatte sie an Heirat gedacht und daran, einmal das Strohlager teilen und Hände spüren zu müssen, die über ihren nackten Körper krochen.

»Und außerdem …«, fuhr Diethard spöttisch fort. »Was ist mit dem Recht der ersten Nacht, das sich der Landgraf vorbehält, weil er scharf ist auf deine Jungfernschaft? Das ist auch Gesetz! Wo liegt da der Unterschied zu mir? Doch nur im Adelstitel. Und der lässt sich heutzutage schnell beschaffen. Also, hab dich nicht so mit deinem … Anstand!«

»Aber du versündigst dich.« Luzias Magen krampfte sich zusammen. Säure stieg hoch und brannte ihr in der Kehle. »Du versündigst dich vor Gott!«

»Nein, versündigen werde ich mich nicht.« Diethard dehnte seine Worte. »Jedenfalls habe ich das nicht vor. Du wirst dich … freiwillig hingeben!«

»Freiwillig?« Luzia schluckte und schluckte wieder, um das Brennen im Hals zu mildern. War da kein Krug mit Wasser? »Was für Spinnereien machen sich da in deinem Kopf breit!«

»Und was ist mit Sofie?«, fragte er und begutachtete seine gepflegten Fingernägel. »Mit der süßen, kleine Sofie? Willst du, dass ihr etwas geschieht? Der Sofie, die so gerne ihre gelben Bänder durch die Luft fliegen lässt? Die mit den schlanken Fesseln, der betörend zarten Haut und … sie hat größere Brüste als du, nicht wahr? Opfern wirst du dich für sie. Eine wahrhaft gute Tat!«

»Hör auf damit!« Ihre Stimme klang jetzt weinerlich, verstört presste sie die Hände ineinander. »Hör endlich auf mit deinem Gerede.«

»Aufhören mit dem … Gerede? Gerne doch, ich höre auf. Wie du willst.« Lächelnd trat Diethard näher. Fast lautlos flüsterte er ihr die Worte ins Ohr. »Aber denken wirst du an meine Worte, das schwöre ich dir. Jeden Abend, wenn der Himmel sich verdunkelt. Jede Nacht, wenn du schlaflos liegst oder sich Träume in dir einnisten! Beim Erwachen, wenn erstes Morgenlicht durch die Ritzen der Fensterländen dringt. Dann denkst du an meine Worte. Und du wirst sie nie, nie wieder vergessen! Opfern wirst du dich … opfern!«

»Nein, lass mich! Hör auf!« Luzia schlug die Hände vors Gesicht.

Diethard lachte schallend. »Du wirst darum betteln und mich anflehen, dich opfern zu dürfen.«

In diesem Moment flappten die Zeltplanen zurück. Jakob kam mit dem Steinmetzmeister zurück. Luzia wischte sich unauffällig mit dem Handrücken über die Augen und lächelte dann erleichtert, dass der Vater zurück war.

Diethard begrüßte den Steinmetz wie einen alten Bekannten,

und Jakob klopfte dem Birchlersohn wohlwollend auf die Schulter.

Der Steinmetz war schon in die Jahre gekommen. Graue Fäden durchzogen sein welliges Haar, aber seine blauen Augen waren hellwach. Eine kantige Nase wuchs aus seinem Gesicht, das Ende war leicht verdickt mit einer Kerbe in der Mitte. Sein bauschiger Backenbart war längst ergraut.

Er trug helle Hosen mit weitem Schlag und ein helles Wams, wie es die Zunftordnung vorsah. Die schwere, silberne Zunftkette, die nur dem Meister gebührte, lag in einem Bogen auf seiner Brust.

Dem Steinmetz folgte der südländische Paolo, den Luzia erstmals gesehen hatte, als er Paracelsus mit dem Schwerverletzten, der vom Gerüst gestürzt war, zu sich ins Zelt gewunken hatte.

»Das ist Steinmetzmeister Caspar Reuter.« Mit einer ausladenden Handbewegung stellte Jakob den Steinmetz vor. »Und hier, das ist meine Tochter Luzia.«

»Ah, Luzia, ich grüße dich von ganzem Herzen!« Reuter betrachtete sie aufmerksam und lächelte. Dann glitt sein Blick davon, als wollte er ein längst vergessenes Bild aus der Vergangenheit zurückholen.

Luzia stand verunsichert da, während Diethard sie ungeniert angrinste.

Als sie nicht sofort den Gruß des Steinmetzes erwiderte, gab Jakob ihr einen knappen, aber heftigen Tritt gegen das Schienbein. Sofort streckte sie sich, so wie es der Vater befohlen hatte, aber mit leicht vorgeschobenen Schultern, sodass sich ihre Brüste nicht unter dem Leinenhemd abzeichnen konnten.

»Ich grüße Euch, werter Caspar Reuter«, sagte Luzia stockend.

Der nickte anerkennend. »Eine hübsche Tochter habt Ihr da, Jakob. Passt nur gut auf, dass sie nicht in falsche Hände gerät.«

»Das werden wir zu verhindern wissen!« Diethard legte sacht den Arm um sie, als wollte er sie vor einem unsichtbaren Angreifer schützen. »Wir werden es ihr nicht an Fürsorge fehlen lassen.«

Luzia fühlte sich zutiefst unwohl. Diethards Arm lastete schwer auf ihrer Schulter, trotzdem mochte sie sich nicht aus der Umarmung lösen, denn der Vater beobachtete haargenau ihr Verhalten. Hilfesuchend blickte sie zu Paolo, der ihre Lage wohl zu deuten wusste.

»Ich bin Paolo und Steinmetzgeselle«, stellte er sich dem Vater vor und fuhr sich mit den Fingerspitzen durch die dunklen Haarlocken. »Hättet Ihr Einwände, wenn ich Eurer Tochter etwas von unserer Bildhauerkunst zeigen würde? Wir haben in der Bauhütte gerade neue Marmorblöcke in Arbeit.«

Jakob wurde hellhörig und wandte sich an Caspar Reuter. »So, Euer Geselle ist er. Und auch gelehrsam?«

Steinmetzmeister Caspar Reuter nickte anerkennend. »Paolo wurde von Gott mit dem Talent der Geschicklichkeit reichlich gesegnet. Jedenfalls mit dem, was das Steinmetzgewerbe betrifft. Für Eure Tochter wäre es sicherlich eine willkommene Abwechslung, unsere Marmorarbeiten zu begutachten, während wir hier unsere geschäftlichen Angelegenheiten besprechen.«

Jakob zögerte kurz, war dann aber einverstanden. »Aber Euer Geselle bleibt bei ihr! Damit sie nicht auf dumme Gedanken kommt.«

»So? Kommt sie das denn?«, fragte Diethard Birchler nach. Er hatte die Augenbrauen hochgezogen und drückte seine Zunge wieder gegen die Innenseite der Wange, sodass es wirkte, als würde darunter eine Geschwulst herumwandern.

Jakob schüttelte abwehrend den Kopf. »Nein, natürlich nicht. Jedenfalls nicht so, wie Ihr es glaubt.«

Während sich Caspar Reuter, Diethard und Jakob an einen Holztisch hockten, auf dem Weinkrug, Tonbecher und Kerzenlichter bereitstanden, folgte Luzia dem Steinmetzlehrling über den Kirchplatz hinweg zur Bauhütte.

»Du magst den Birchler nicht sonderlich?«, fragte Paolo vorsichtig und warf Luzia einen schnellen Blick von der Seite zu.

»Nicht so sehr.« Sie errötete. »Jedenfalls danke ich dir.«

Luzia schaute zum Kirchturmgerüst hoch. Oben auf den Holzplanken entdeckte sie Toni, der jetzt regungslos verharrte, zu ihr herunterschaute und ihren Weg hinüber zur Bauhütte verfolgte.

Sie hob zögerlich die Hand, er stand nur da und wartete. Wind zerzauste sein Haar und ließ seine Beinkleider flattern. Dann wandte er sich um und hievte Bretter in das Innere des Steinturms, in dem jetzt ein weiteres Gerüst hochgezogen wurde.

Kaum hatte Paolo die Brettertür zur Werkstatt aufgestoßen, blieb Luzia fasziniert stehen: Überall lagen Marmorbrocken, faustgroße bis ellenlange. Auf massiven Holztischen befanden sich glatt behauene Blöcke und halbfertige Kapitelle mit schmuckartigen Umrandungen. Aus einem Marmorbrocken ragte eine Nasenspitze heraus. Aus einem anderen das Gelenk eines Ellbogens, aus einem dritten der Kopf eines Kindes, der aus dem Restblock hervorzuschweben schien. Daneben lag auf einem Tisch die Miniatur einer Statue, deren Erhebungen mit einem seltsamen Konstrukt von Fäden verbunden waren. Werkzeuge jeglicher Art lagen herum, und der Boden war von einer feinen, weißlichen Staubschicht überzogen.

»Willst du mal das Zeichen meines Meisters sehen?«, fragte Paolo. Er reckte das Kinn, stolz über das Glück, von einem so bekannten Steinmetz ausgebildet zu werden.

Luzia nickte und ging auf ein behauenes Stück Marmor zu, das ins Eingangsportal der Dreifaltigkeitskirche eingelassen werden sollte. Das Steinmetzzeichen von Caspar Reuter sah aus wie ein rechter Winkel, der links mit einem geraden Strich begann, dann nach unten gezogen und mit einem Haken versehen wurde. Die obere Linie war noch von einem kurzen Diagonalstrich durchschnitten. Neben dem ersten Steinblock lag ein zweiter, der ganz genauso behauen war.

»Den habe ich gefertigt. Der andere war nur eine Vorlage für mich«, sagte Paolo. »Die Kopien lässt der Meister oft von Gesellen anfertigen, das ist nicht weiter schwer. Da braucht man kein künstlerisches Geschick. Aber wenn du mal nach Schluderns kommst, da steht rechts im Seitenschiff ein Taufbecken, das habe ich mitgestaltet.«

Paolo lächelte ein wenig verlegen und streckte seinen Zeigefinger vor. Die schwielige Haut der Fingerkuppe durchzog eine lange Narbe. »Da ist mir der Meißel weggerutscht. Ein ewiges Andenken …«

»Das Marmorbecken werde ich mir ansehen. Ganz bestimmt.« Luzia strich über den kleinen Kinderkopf, der aus dem Marmorblock herausragte. Die Oberfläche fühlte sich uneben, rau und spröde an.

»Das wird eine Marienstatue mit dem Jesuskind, aber sie ist noch längst nicht fertig«, sagte Paolo. »Zuerst möchte ich sämtliche Umrisse aus dem Block heraushauen. Dann mache ich mich an die Feinarbeit.«

»Und das da mit den Fäden? Was soll das?«, fragte Luzia scheinbar interessiert. Noch immer hallten die Drohungen von Diethard in ihr nach. Sollten sie sich wirklich bewahrheiten? Würde sie sich seinem Druck unterwerfen, um Sofie zu retten? Nur halbherzig hörte sie auf das, was Paolo ihr erklärte.

»Das da ist ein Modell aus Ton«, sagte er. »Die Fäden sind dazu da, die Proportionen der Statue abzumessen, den Abstand vom Kopf zum Knie zum Beispiel. Und das, was am weitesten aus dem Block nach vorn herausragt. Alles wird dann im Maßstab vergrößert und auf den Marmor übertragen. Und ich weiß, was als Erstes herauszuschlagen ist.«

Paolo lächelte. Er wirkte ganz in sich versunken, als er fast zärtlich über ein Madonnengewand strich, das halb aus einem Block herausgemeißelt war. »Ich arbeite mich sozusagen von außen nach innen vor. Zum Beispiel diese Faltenwürfe hier, da müssen die Abstände stimmen, haargenau. Was einmal weggemeißelt ist, ist weg.«

Luzia nickte und fuhr über eine Frauenbüste, die schon fertig gearbeitet und glatt poliert war. Da war keine raue Unebenheit mehr zu finden, kein Kristallbröckchen, das hervorstach. Ihre Finger fuhren ruhig über die glatten Oberflächen, aber eine innere Unruhe ließ sie frösteln. Ihr war, als hätte sich Diethard mit einem unsichtbaren Band mit ihr verbunden, das sie nicht mehr zu trennen vermochte.

»Drüben an der Kirche gibt es eine riesige Statue, die auf einem Sockel steht«, fuhr Polo fort. »Da hat der Bildhauer sogar den schrägen Blickwinkel des Betrachters am Boden mit einberechnet. Durch das Hinaufschauen schrumpft nämlich der Heiligenleib und muss deshalb andere Proportionen haben, als wenn er zu ebener Erde aufgestellt würde.«

Luzia betrachtete die Engelfiguren, die Kapitelle und Marmortafeln, in die Gedenkworte gemeißelt waren, fuhr mit dem Zeigefinger über Kanten und Bruchstücke und tupfte nachdenklich Muster in den Marmorstaub, der auf die Tischplatte gerieselt war.

In ihren Gedanken war sie wieder bei Diethard. In einer unbestimmten Vorahnung glaubte sie zu sehen, wie er Sofies Körper an sich zerrte, ihr das Hemd vom Leib riss und sie dann zu Boden stieß. Gleichzeitig hatte sie sein Lachen im Ohr, dieses zynische, selbstüberhebliche Lachen. Seine Drohung, nicht mehr von ihm loszukommen, schlug bereits Wurzeln.

»Was wohl jetzt geschieht. Nach dem Tod von Kaiser Maximilian«, unterbrach Paolo ihre Gedanken. »Von Innsbruck aus wird einiges auf uns zukommen …«

»Wie meinst du das?«, fragte Luzia erschrocken. Drohte etwa ein neuer Krieg? »Die Habsburger in Innsbruck sind weit entfernt. Was sollte das hier für Auswirkungen haben?«

»Maximilian war durch die Kriege hoch verschuldet. Sehr hoch sogar«, versuchte Paolo zu erklären. »Denk nur an die Truppenverbände, die er für den Krieg mit Venedig aufgestellt hat. Das Geld muss ja irgendwie wieder reinkommen …«

Das war richtig. Über zehn Jahre lang war Kaiser Maximilian immer wieder in Machtkämpfe mit der Republik Venedig verwickelt gewesen. Zwei Onkel von Luzia waren dabei gewesen, als der Kaiser Zehntausende von Tirolern verpflichtet hatte, Kriegsdienste zu leisten und ihre Landesgrenzen zu verteidigen, wie es in der Landesverfassung niedergeschrieben war.

Erst vor ein paar Jahren hatten die Gerichte in Tirol wieder militärische Aufgebote gestellt, um bei einer plötzlichen Bedrohung jeden Wehrfähigen in den Landsturm einberufen zu können. Vom Innsbrucker Zeughaus aus waren sie sogar mit Geschützen unterstützt worden. Deshalb war in das Landlibell ja auch niedergeschrieben worden, dass jedem Tiroler das Recht verliehen wurde, Waffen tragen zu dürfen, was sonst im Heiligen Römischen Reich Deutscher Nation untersagt war.

Nur wusste keiner zu sagen, wo all diese gelieferten Geschütze geblieben waren. Manch einer hat sie wohl auf dem Heuboden oder unter Bodendielen versteckt. Oder in Decken gewickelt im Stall vergraben.

Jedenfalls mussten Maximilian und auch die Republik Venedig durch die ständigen kriegerischen Auseinandersetzungen erhebliche finanzielle Einbußen hinnehmen. Auch der Transithandel hatte gewaltig darunter gelitten. Das hatte Luzia neulich erst aufgeschnappt, als ihr Vater über den Marmorhandel gesprochen hatte. Und ihre beiden Onkel hatte Luzia nach den Kriegen nie wieder gesehen …

Warum hatte sich die Republik Venedig vor Jahren auch geweigert, Maximilian durch ihr Landesgebiet ziehen zu lassen, damit er in Rom zum Kaiser gekrönt werden konnte! Mehrmals war Maximilian mit einem Geleitzug zum Papst nach Rom aufgebrochen, aber jedes Mal hatte Venedig ihm den Durchzug durch ihr

Gebiet untersagt. Kein Wunder, dass Maximilian sich mit Stadtblockaden und Kriegsattacken rächen wollte.

Schließlich war Maximilian I. im herrschaftlichen Dom zu Trient zum Erwählten Römischen Kaiser gekrönt worden, was sofort von reitenden Boten verkündet worden war.

Luzias Finger glitt weiter durch den feinen Marmorstaub, zeichnete Linien und malte Bilder. Und war es die Schuld Maximilians gewesen, dass die Schweizertruppen mit ihren Verbündeten den Vinschgau in Schutt und Asche gelegt hatten? Dass er Gelder für Truppen benötigt hatte, um ihr Land zu schützen?

»Der Kaiser lebte aber auch verschwenderisch in seinen Palästen«, erzählte Paolo. »Er vergeudete maßlos viel Geld für aufwändige Feste. Wenn ich nur an seine kostbare Sammlung von Rüstungen denke. Ein Vermögen ist die wert!«

»Nun ja, Feste sind teuer …«, meinte Luzia.

Paolo lächelte nachsichtig. »Aber was ist das im Verhältnis zu den Investitionen für den Erzabbau, für die Silberminen in Schwaz, die Zahlungen an die Fugger in Innsbruck und in Sterzing …«

»Innsbruck?«, fragte Luzia. »Warst du schon dort?«

Paolo nickte. »Du darfst nicht vergessen, ich komme aus der Lombardei und gehöre zu reisenden Steinmetzen. Da gibt es Bruderschaften, die eng miteinander verbunden sind. Mein Meister hier vor Ort gehört zu den ständischen Zünften. Das ist etwas anderes. Aber unsere Bruderschaften sind eng miteinander verbunden. Wir tauschen unterwegs geheime Botschaften aus. Nachrichten über Kriegsentwicklungen und darüber, wo Überfälle zu erwarten sind, wo man Schutz finden kann und ähnliche Sachen. Wir haben sogar eigene Zeichen …«

Er fingerte einen silbernen Anhänger unter seinem Hemd hervor, auf dem ein Zirkel und ein Winkelmaß zu sehen waren.

»Aber was ist denn jetzt mit den Schulden von Kaiser Maximilian?«, fragte Luzia. »Wer wird die denn jetzt bezahlen?«

Paolo zog die Augenbrauen hoch. »Was glaubst du wohl, wer das zahlen darf?«

In diesem Moment wurde die Holztür aufgestoßen, und Jakob stand auf der Schwelle. Seine Gesichtszüge waren angespannt, die Hände zu Fäusten geballt.

»Ich brauch dich. Komm sofort mit rüber!«, befahl er.

Luzia nickte Paolo kurz zu und folgte dem Vater quer über den Kirchplatz. Wieder verkrampfte sich ihr Magen. Diethard würde mit Sicherheit noch in dem Zelt sein und sie weiter mit Worten und Gesten bedrängen.

Gerade wurden bearbeitete Pflöcke, Latten und Balken für den Turmbau mit einem Pferdewagen herangekarrt. Luzia liebte den Geruch der geschlagenen Stämme und wusste mit geschlossenen Augen die verschiedenen Hölzer genau zu unterscheiden, obwohl die Zirbeln und Lärchen sicherlich schon lange Zeit trocken gelagert worden waren. Trotzdem stieg Übelkeit in ihr auf.

Jakob knuffte sie in den Rücken, bevor sie das Zelt betraten. »Sei nett zu ihm«, zischte er ihr zu. »Sei verdammt nett zu ihm!«

Im Zelt hockte Steinmetzmeister Caspar Reuter auf einer Holzbank. Vor ihm auf dem Verhandlungstisch standen Weinkrug und Becher. Ausgerollte Pergamente lagen bei Diethard, während Ferdl lustlos vor sich hin starrte und an einem eingerissenen Nagel herumpulte.

Jakob setzte Luzia auf die Bank neben den Steinmetzmeister, der wohlwollend nickte. »Wahrhaft eine Perle, die Ihr da habt!«

Er lächelte versonnen und hob den Tonbecher, damit Jakob ihm Wein nachschenkte. In einem Zug leerte er ihn aus. Winzige Tropfen hatten sich in seinem Krausbart verfangen, sodass er sich mit dem Handrücken übers Gesicht fuhr.

Sein Blick wirkte glasig, trotzdem blieben die Bewegungen seiner Hände genau, geübt vom feinen Meißeln und Sticheln. Die Finger des Meisters zitterten nicht, als er Luzia sacht über die Wange strich. »Wahrhaft eine Perle.«

»Ihre Gestalt in Marmor gemeißelt!«, schlug Diethard vor und seufzte etwas übertrieben. »Was haltet Ihr davon? Die Skulptur einer römischen Göttin.«

»Gar nicht so übel.« Caspar Reuter zwinkerte prüfend mit den glasigen Äugelchen. »Die Maße dafür hätte sie.«

»Man müsste sie … nackt sehen!« Diethard grinste und stützte sein breites Kinn auf die Faust, als wartete er auf eine Demonstration von Luzias körperlichen Reizen.

»Nackt?« Luzia schreckte hoch und rutschte ans äußerste Ende der Holzbank.

»Lasst die Scherze mit meiner Tochter!« Jakob schmunzelte und versetzte Luzia unter dem Holztisch einen Tritt. Sofort rutschte sie zurück. Jakob kniff die Lippen zusammen und deutete kurz an, dass sie dem Steinmetz über den Oberarm streichen sollte. Sie beugte sich vor, roch die Weinausdünstung von Caspars warmem Atem und zögerte. Prompt versetzte Jakob ihr noch einen heftigeren Fußtritt. Mit tränennassen Augen kam sie der Aufforderung des Vaters nach, und schon bei der ersten Berührung der fremden Schulter war ein wohliges Grunzen zu hören.

Der Steinmetz tastete nach Luzias Fingern, als wären sie ein kostbares Gut, und drückte sacht seine Lippen auf die zarte Haut. Dann nahm er ihren Kopf zwischen seine Hände, berührte ihr Haar, beäugte ihr Gesicht und fuhr über ihre Stirn. Luzia saß starr und wagte nicht, sich zu rühren.

»Na, was ist?«, meinte Jakob. »Geht Ihr auf den Vorschlag ein?«

Caspar Reuter fuhr mit den Fingerkuppen über Luzias Hals und Nacken. Es waren prüfende Berührungen, als wollte er Maß für seine Arbeit nehmen. Vorsichtig tastete er über ihre dichten Wimpern, die geschlossenen Lider und die Wölbungen der Augäpfel.

»Was ist denn nun?« Jakobs Tonfall wurde ungeduldig. »Seid Ihr einverstanden?«

Der Steinmetz strich über Luzias Wangen. Die Berührung war

so sanft, als könnte er sie verletzen. Er tastete über ihre vollen Lippen, während er die Augen schloss, um sich jede einzelne Erhebung, jede Wölbung, jede Linie einzuprägen.

Diethard gab sich gleichgültig und fuhr an Caspar Reuter gewandt fort: »Nun gut, wenn Ihr nicht wollt. Wir könnten uns auch an Wolfgang Taschner wenden. Oder … Oswald Furter …«

»Ihr wollt mit Oswald Furter zusammenarbeiten, diesem Halsabschneider?«, platzte es aus dem Steinmetzmeister heraus.

Jeder wusste, dass die drei Steinmetzmeister aus Latsch in heftigem Streit miteinander lagen. Es ging um einen Stapel Holz, der dem Reuter nach dem großen Dorfbrand in einer kalten Februarnacht abhandengekommen war. Und der Reuter hatte gesagt, dass nirgendwo sonst so viel Gestohlenes zu finden wäre wie in Furters Haus. Da hatte es heftige Krawalle und Raufereien gegeben, bis vom Ortsgericht eine Kommission verpflichtet wurde, die Holzscheite, Bretter und Planken auf einen Haufen zu stapeln und dann jeder Partei eine Hälfte zuzuteilen, um endlich Ruhe zu haben.

Aber als der Taschner neulich einen Lehrbuben angenommen hatte, was mit einem großen Fest gefeiert worden war, waren Caspar Reuter und Oswald Furter erneut aneinandergeraten. Der Rotwein hatte ihre Köpfe erhitzt und das Blut in Wallung gebracht. Und dann waren wieder die Fäuste geflogen.

Reuter kniff ein Auge zusammen, zögerte kurz und strich über Luzias zarte Finger. »Also gut, ich bin mit Eurem finanziellen Angebot einverstanden.«

Diethard atmete erleichtert auf. »Dann lasst uns alles schriftlich fixieren, die Verträge sind bereits aufgesetzt.«

Er schob Reuter einen Bogen Papier zu und reichte ihm mit einer resoluten Handbewegung einen Federkiel, den er vorher in ein Fässchen Tinte getunkt hatte.

»Ihr seid aber schnell bei der Hand!« Reuter rieb sich über den Krausbart, stierte auf die Schreibfeder und dann wieder zu Luzia.

»Abgemacht ist abgemacht.« Diethards Stimme wurde schneidend scharf. »Oder wollt Ihr etwa Euer Versprechen, das Ihr gerade just in diesem Moment gegeben habt, schon wieder brechen?«

Diethard beugte sich vor, hielt dem Steinmetz den Federkiel mit einer Hand vor die Nase und trommelte mit den Fingerkuppen der anderen Hand auf die Tischplatte. Es war nur ein leises Geräusch, aber ungeduldig und drängend.

Reuter löste den Blick von Luzia, nahm endlich die Schreibfeder zwischen die Finger und malte schwungvoll seinen Namen unter den Kontrakt.

»Dann wollen wir jetzt bereden, wie wir weiter vorgehen.« Diethard grunzte zufrieden, rollte das unterzeichnete Papier zusammen und verstaute es in einem aufwändig gearbeiteten Futteral, das bestimmt bei einem Feintäschner für die Aufbewahrung von Dokumenten in Auftrag gegeben worden war. »Als Erstes brauchen wir einen Auftraggeber …«

Jakob goss Rotwein nach. Rötliche Sprengsel spritzten auf den Holztisch. Zufrieden rieb er sich über die Höckernase und forderte Luzia mit einer knappen Kopfbewegung auf, sich auf den Weg zu machen. »Es ist an der Zeit, der Moidl bei der Arbeit zu helfen.«

»Das Feiern holen wir später nach!« Diethard ließ seine Finger in zärtlichen Windungen über das lederne Behältnis gleiten. »Das verspreche ich dir!«

»Und morgen …«, Jakob streckte sich, als wollte er sich aufplustern. »Morgen geht es zur Churburg. Dorthin, wo auch Kaiser Maximilian genächtigt hat. Das sag der Moidl. Und pass auf dein Kleid auf, du sollst anständig aussehen!«

Luzia verabschiedete sich mit einem Knicks von Caspar Reuter, schlüpfte durch die Zeltplanen und versuchte Diethards Drohungen zu vergessen, die sich mit ihr verwoben hatten, so wie Lodenstoff, der in der Walkmühle verfilzt wurde. Würde er Sofie wirklich etwas zuleide tun, um sich an ihr zu rächen? Und seine Ankündigung, sie würde sich ihm freiwillig hingeben, um Sofie zu schützen, war doch völlig abwegig!

Bilder machten sich in ihrem Kopf breit, die nicht in Zaum gehalten werden konnten. Bilder von seinem nackten, verschwitzten Körper, dem wässrig erregten Blick, dem gehetzten Atem und den feingliedrigen Fingern, die nach ihr suchten …

Luzia schüttelte sich und überlegte ernsthaft, ob sie diese unfassbare Abscheu vor ihm jemals ertragen könnte, um die Schwester zu retten. Wenn sie sich allerdings freiwillig dazu hergab, würde der himmlische Vater ihr das vielleicht als Todsünde auferlegen, obwohl es doch nur galt, Sofie zu helfen. Auf jeden Fall wollte sie dann den widerwärtigen Ekel als selbstauferlegte Buße in aller Demut annehmen, damit sie nicht für alle Zeiten verdammt sein würde.

Wenn sie sich doch nur jemandem anvertrauen könnte! Aber wem? Die Moidl platzte fast vor Unmut über Jakobs Pläne und hatte im Moment für nichts anderes Sinn. Der Vater würde Luzia als Lügnerin verlachen, ihre Ängste als Jungmädchengeschwätz vom Tisch wischen. Und Ferdl hätte bestimmt nur herablassenden Spott für sie übrig.

Plötzlich sah sie Katharina, die Hurenwirtin, vor ihrem inneren Auge. Huren mussten tagtäglich die Schenkel öffnen, selbst bei verdreckten Mannsbildern, die ihnen körperlich zuwider waren. Und das manchmal nur für etwas Brot. Oder einen kleinen Brocken Fleisch.

Ob Katharina die Gier der Männerhände einfach von ihrer Seele wegwischen konnte so wie den Saft, der aus ihnen heraustropfte? Sicherlich wusste sie, wie die Haut mit einer betäubenden Schicht zu überziehen war, um sich bei Zudringlichkeiten unempfindlich zu machen.

Katharinas Seele war nicht abgetötet, ihr Blick war nicht stumpf. Sie hatte sofort um Sofies verirrten Geist gewusst und hatte ihr geschickt im Tausch gegen die drei gelben Hurenbänder das Hurenkleid abgeschwatzt. Katharina, die wusste ums Leben! Sie würde ihr helfen können. Und auch Maria Magdalena war doch eine Gefallene gewesen, der Jesus verziehen hatte.

Luzia atmete tief durch und richtete ihre Gedanken auf die Churburg, weg von ihren Ängsten und hin zu dieser herrschaftlichen Burganlage, die sie am nächsten Tag besuchen wollten.

In der Churburg hatten schon die angesehensten Regenten genächtigt. Das wussten die Vinschgauer und waren stolz darauf. Auch Bianca Maria Sforza hatte ihr einen Besuch abgestattet, als sie vor langen Jahren von Mailand nach Innsbruck reiste, zum ersten Zusammentreffen und zur Eheschließung mit Maximilian. Genächtigt hatte die zukünftige Kaiserin allerdings auf der Fröhlichsburg in Mals, deren wundervoll und großzügig ausgestatteten Zimmer sie so sehr beeindruckt hatten.

Der König hatte seine geliebte erste Ehefrau Maria von Burgund bei einem tödlichen Reitunfall verloren. Zunächst wollte er sich keiner neuen Ehefrau zuwenden, aber die Verschuldung des Königreichs verlangte nach einer neuen Heirat, die möglichst hohe finanzielle Vorteile mit sich bringen würde.

Also war die Wahl auf Bianca Maria Sforza gefallen, die Nichte des Mailänders Ludovico Maria Sforza, denn es lockte eine enorme Mitgift. Und das war das ausschlaggebende Argument für die Hochzeit gewesen. In einer Stellvertreterhochzeit war die Braut in Mailand vermählt worden, die Ehe später in Hall und Innsbruck nachträglich vollzogen.

In Abwesenheit zu heiraten! Luzia schüttelte den Kopf. Adelsfrauen waren doch nichts weiter als ein bloßes Mittel zur Geldbeschaffung, nur dazu geboren, um ihrerseits Söhne, neue Kaiser, Herzöge und Führer von Handelsimperien zu gebären.

Was hatte Sofie neulich gesagt, als dem Grafen wieder nur eine Tochter geboren worden war? »Auf die Zuchtsau im Stall, da ist Verlass! Da sind bei jedem Wurf immer Eber dabei!«

Und als man ihr dann sagte, dass so viele Geburten auf einmal in der Menschenwelt nicht möglich wären, hatte sie mit dem Fuß aufgestampft und gemeint, das wäre es wohl! Die Sabine vom Pachler-Hof hätte auch vier Kinder auf einmal gekriegt. Und zwei Buben wären auch darunter gewesen. Die Sabine traute sich eben was. Die Schwangeren müssten sich mengenmäßig nur mehr anstrengen!

Nachdenklich ging Luzia weiter. Sofie hatte es manchmal einfacher, sich in dieser Welt zurechtzufinden. Aber die Welt der Herrscher war aus einem anderen Stoff gewebt. Frauen hatten Söhne zu gebären, männliche Erben waren gefragt, neue Helden für das Land gesucht.

Luzia schaute einer Ziegenherde hinterher, die ein Hirtenjunge durchs Dorf trieb. Junge Lämmer liefen blökend neben den Müttern her, sorgsam darauf bedacht, sie nicht zu verlieren. Verärgert schlug sie nach ein paar fetten Fliegen, die um ihren Kopf surrten, und achtete darauf, nicht in den Ziegenkot zu treten, die in dunklen Perlenhaufen herumlagen.

Wie sich wohl Maria Sforza bei dieser Stellvertreterheirat im Dom zu Mailand gefühlt haben mochte! Natürlich war ihr mehr als bewusst gewesen, dass sie nur als Schachfigur benutzt wurde, um Schulden zu begleichen, militärische Interessen durchzusetzen und die Macht auf dem Kontinent zu stärken.

Luzia seufzte. Die Menschen wollten immer mehr. Mehr Reichtum. Mehr Macht. Wann hörte es eigentlich auf, dieses Mehr?

Nachdenklich war sie vor dem Holzgerüst am Kirchturm stehen geblieben. Ein winselnder Köter, der einen Knochen aus einem Abfallberg zerrte, ließ sie hochschrecken. Sie blinzelte und schaute hoch, über steile Leitern zu den Holzstützen und Brettern, die durch Seile miteinander verbunden waren, weiter zum nächsten Bauabschnitt auf der Suche nach Toni.

Inzwischen waren an allen vier Seiten auf dem Kirchturmstumpf steinerne, spitzwinklige Dreiecke hochgezogen worden, gleich über den Spitzbogenfenstern. Es wirkte, als sollte der hölzerne Kirchturm wie aus einer geöffneten Hand emporwachsen. Toni war nirgends zu entdecken. Überall standen Menschen in Grüppchen herum, disputierten und debattierten über die neue politische Situation im Land und darüber, was nun nach dem Tode Kaiser Maximilians geschehen mochte.

Jetzt eilte ein Pulk von Mannsbildern über den Kirchplatz, vorbei an einem Fuhrwerk mit brüllenden Ochsen, denen gerade ein Bursche Holzbottiche mit Wasser vorsetzte. Es ging die schmale Gasse entlang in Richtung Gerichtssitz, voran Adelsherr Fridinger, gefolgt vom Wanga und Alois Birchler, in ärmellosen Schauben und mit weit aufgeblähten Hemdsärmeln und Beinkleidern, die geschlitzt und mit buntfarbiger Seide unterlegt waren, so wie die Landknechtsmode es vorexerziert hatte. Auf dem Kopf trugen sie Barette, die mit Federn und Wollbüschen bunt geschmückt waren.

Luzia stockte. Alois Birchler war auch mit dabei? Sie reckte sich, schaute an Bauersleuten vorbei, die eine Holzkarre mit schrumpeligen Herbstäpfeln hinter sich herzogen. Tatsächlich, auch Alois Birchler! Sie hatte sich nicht getäuscht. Wie hatte er es nur geschafft, innerhalb so kurzer Zeit eine derart hohe Position zu bekleiden?

Nur wenige aus dem Trupp waren herrschaftlich gewandet, andere trugen Kittel einer Handwerkszunft. Auch der dickliche Priester Thimotheus aus Göflan war dabei. Er hatte ein hochrotes Gesicht und ächzte und schnaufte, während er seine Zahnlücke mit der Hand zu verbergen suchte. Ein Pfarrer des Deutschordens schaute ihm missbilligend hinterher und schlug das Kreuzzeichen.

»Wenn das nur gut geht!«, hörte Luzia eine dunkle Stimme hinter sich, die sie sofort erkannte.

Sie schloss kurz die Augen. Dann drehte sie scheinbar gleichgültig den Kopf, doch ihre geröteten Wangen verrieten ihre Erregung. Vor ihr stand Toni. Er starrte besorgt hinüber zu den Ständevertretern, die stehen geblieben waren und debattierten.

»Wenn das nur gut geht? Was meinst du?« Luzias Atem ging schneller, als könnte sie ihre Unsicherheit einfach wegatmen. Gleichzeitig aber spürte sie eine tiefe Ruhe, die trotz allem von Toni ausging.

»Überall knistert es.« Er blickte hinüber zu den Grüppchen, in denen die Menschen erhitzt aufeinander einredeten. »Ich wette, es gibt neue Wucherzinsen für die Pacht. Aber wer von uns Bauern kann die schon zahlen? Wir sitzen auf einem Pulverfass. Und wenn nicht bald etwas geschieht, wird die Lunte gezündet.«

Luzia schwieg. Wieder schickte der Himmel Herausforderungen, denen sie sich nicht gewachsen fühlte. Und wieder waren da Rätsel, für die sie keine Lösung wusste.

8

Regungslos blickte Toni zu Wanga und Alois Birchler hinüber. Sein Atem ging schneller, die Nasenflügel blähten sich. Luzia spürte wieder diese Vertrautheit, die von ihm ausging und der sie sich bedenkenlos hingegeben hätte. Drüben am Zelt vor der Bauhütte stellte sich gerade ein Wanderprediger auf eine hohe Kiste. Er blinzelte unter seinen hängenden Schlupflidern hervor und streckte die gefalteten Hände dem Firmament entgegen. Barfuß wie er war, rieb er die gichtknotigen Zehen aneinander, als könnte er so das Schicksal entwirren.

Die schwarze Kutte flappte um seinen dürren Leib, und die Kapuze war ihm tief in die Stirn gerutscht. Neben der Kiste war ein wackeliger Tisch aufgestellt, hinter dem zwei Diakone hockten und übereifrig Stapel von Papieren ordneten. Vor ihnen stand eine Geldkassette aus schwerem Metall. Der Schlüssel knirschte, als er in dem kunstvoll gearbeiteten Schloss herumgedreht wurde. Hinter dem Tisch standen zwei Bewaffnete, die anscheinend über die Kassette zu wachen hatten.

»Was ist denn da los?«, fragte Luzia.

»Wart's nur ab, was der Pfaffe gleich für ein Spektakel abzieht!« Toni lachte abfällig. »Sie legen nur noch ihre Dokumente zurecht, dann geht der Zauber los.«

Schaulustige verharrten in Erwartung einer Prophezeiung oder vielleicht sogar himmlischen Offenbarung, denn der Prediger stand auf der Holzkiste wie zu einer Säule erstarrt und streckte die gefalteten Hände nach oben. Der Wind war aufgefrischt. Immer mehr Wolkenberge trieben über den Himmel und hüllten die schneebedeckten Bergspitzen in trüben Dunst. Riesige Schatten flohen über Steilhänge, Wiesen und Ackerland, erfassten die weiße Felsenkirche von St. Ägidius droben auf dem Sonnenberg, ließen das Gesicht des Predigers aschfahl aussehen und zogen weiter.

Luzia stand jetzt vor Toni. Wie zufällig lehnte sie sich gegen seine Schulter, seine Hände fassten sanft nach ihren Ellbogen.

»Ihr Sünder vor dem Herrn!«, plärrte die Predigerstimme endlich über den Kirchplatz hinweg. »Die Stunde der Umkehr ist gekommen. Leistet Abbitte, fleht zum Allmächtigen, damit eure Seelen nicht in ewiger Verdammnis dahinsiechen. Bedenket, dahinsiechen für alle Ewigkeit! Wollt ihr etwa, dass euer sündiger Leib im lodernden Höllenfeuer für eure frevelhaften Missetaten büßen muss?«

Ein paar Mägde kreischten auf, der Jungbauer mit der Apfelkarre kratzte sich verunsichert am Schädel. Wieder andere standen regungslos, als hätten die Worte sie wie ein Blitz getroffen. Der Kesselschmied wischte sich die Hände an der speckigen Schürze ab, als könnte er sich so von seinen Sünden reinigen. Ängstliches Wimmern und weinerliches Flehen war zu hören.

Toni fuhr beruhigend über Luzias Arme und zog sie näher zu sich heran. Luzia schloss kurz die Augen. Mit dem Hinterkopf strich sie sanft über Tonis Schulter. Er beugte sich näher, und sie spürte seinen Atem an ihrer Wange. Die Erregung stieg, ihr Herz schlug schneller. Könnte dieser Moment doch andauern! Nur für ein paar Minuten …

»Wer weiß schon, was die Seele nach dem Tod zu erwarten hat.« Färber Martin Tueile fuhr sich verängstigt über das rotschuppige Gesicht.

»Das himmlische Gericht«, jammerte ein Knecht aus der Weißgerberwerkstatt. »Das Angesicht Gottes!«

»Dann wird uns der Zorn des Herrn treffen!« Die Bäuerin vom Schnaz-Hof bedeckte mit der Schürze ihre tränennassen Augen. »Und was dann?«

»Sieht Gott dann all unsere Sünden?«, jammerte eine Magd.

»Alle Sünden!«, riefen einige aus der Menge.

»Er sieht all unsere Sünden?« Die Bäuerin hob erschrocken den Blick zum Firmament. »Heilige Jungfrau hilf!«

»Haltet ein, ihr armseligen Sünder! Hoffnung naht!« Der Wanderprediger hob beruhigend die Hände, wobei ihm die Kuttenärmel über die leberfleckigen Arme rutschten. »Für euer Seelenheil besteht die Möglichkeit, Gnadenerlass zu gewähren. Dem Herrn sei Dank, euch wird vergeben! Aber als Sühne, als Strafe für eure sündigen Freveltaten bedarf es einiger Münzen. Dafür bekommt ihr diesen Ablassbrief als Dokument für die Vergebung eurer Sünden!«

Der Prediger zeigte mit ausgestrecktem Finger auf die Diakone, die flatternde Papiere hochhielten. Die waren aufwändig bedruckt und mit Darstellungen von Heiligen versehen.

»Kupferstiche!« Der Zunftmeister der Drucker, der Paracelsus so sehr verehrte, hatte sich zu ihnen gestellt. »Ich musste sie fertigen.«

Jetzt erhob sich einer der Diakone, räusperte sich, hielt das Papier in Armlänge von sich entfernt und verkündete mit salbungsvoller Stimme: »Ablasszettel! Hiermit nimm Ablass von deinen Sünden! Wenn das Geld im Kasten klingt, die Seele aus dem Fegefeuer in den Himmel springt. Beim Kauf dieses Ablasszettels sollen dir all deine Sünden vergeben sein!«

Der Prediger auf der Holzkiste fuhr mit dem ausgestreckten Finger, der noch immer auf den Diakon gerichtet war, langsam hoch zum Firmament und donnerte: »Auch für eure liebsten Verstorbenen, für Väter, Mütter, Kinder und alle Anverwandten ist Hilfe gegeben. Mit diesem Gnadenakt könnt ihr die Zeit, die eine Seele im Fegefeuer zur Läuterung verweilen muss, um ein Vielfaches verkürzen. Unter der Bedingung natürlich, dass ihr bereit seid, für eure Liebsten zu zahlen!«

»Was … soll das alles?«, fragte Luzia zögerlich.

»Hast du noch nie etwas von diesen Ablassbriefen gehört?«

Tonis Stimme klang abfällig. »Damit kannst du dich von Sünden freikaufen, heißt es.«

»Wirklich? Ganz und gar freikaufen? Wenn ich doch nur ein paar Geldstücke hätte …« Luzias Augen glänzten. »Wären dann Sofies Sünden getilgt? Und meine?«

»Welche Sünden meinst du?«, fragte Toni und zog grinsend die Augenbrauen hoch. »Du meinst doch nicht etwa, dass du dich geirrt hast mit deinem Walpurgis-Eid?«

»Ja … nein … das mit der Sünde, das ist schon lange her …« Luzia ärgerte sich, dass er sie wieder auf den Eid ansprach, sie keine rechte Antwort wusste und ihre Wangen wieder brannten. »Und was geschieht mit den Münzen? Wer bekommt die?«

»Das Münzgeld wird aufgeteilt.« Der Druckermeister hatte die Arme vor der Brust verschränkt. »Die eine Hälfte geht an Rom. Der Petersdom wird ja ausgebaut. Den anderen Teil bekommen die Fugger. Maximilian hatte nämlich mit Rom ein Abkommen, um so einen Teil seiner Schulden an sie zu begleichen.«

»Geld an die Fugger?« Toni war fassungslos. »Die unsere Erzbergwerke ausplündern und bei Schwaz die Silberminen besitzen?«

Der Zunftmeister nickte. »Die Bewaffneten da, das sind Bedienstete der Fugger. Vielleicht wollen die Kaufmannsleute noch schnell die Menschen schröpfen, bevor sich die Gesetzgebung ändert.«

»Wofür Sünden nicht alles gut sind …«, sagte Toni nachdenklich. »Da wird mit der Hölle gedroht, und schon klimpern die Münzen in den Geldsack.«

»Mit dem schlechten Gewissen und der Hölle, da kann man sie packen! Alle!« Der Zunftmeister blickte kopfschüttelnd zu den zerlumpten Bauern und den Adelsleuten, die sich zwischen Marktweibern am Holztisch drängten, Münzen hinzählten und dafür ein beglaubigtes Schriftstück in Empfang nahmen.

»Wenn's um den eigenen Tod geht, will man Vorsorge treffen«, fuhr er leise fort. »Wer kann schon sagen, ob die Sterbesakramente ausreichen, um in den Himmel aufzufahren. Oder ob die Beichte wirklich zum *Te Absolvo* gelangt hat. Vor allem bei so einem wie Pfarrer Thimotheus, dem nachgesagt wird, dass er die Seiten der Bibel dazu benutzt, um sich den Arsch damit abzuwischen.«

Luzia zögerte. »Aber wenn dieser Gnadenerlass vom Papst ausgeht, gibt er uns doch die Möglichkeit, unsere Schuld abzutragen ...«

»Ohne Einsicht? Ohne Reue?« Der Zunftmeister schüttelte den Kopf und flüsterte, damit niemand ihn hören konnte: »Dann ständen die Reichsten ohne Sünde da, und den Ärmsten wäre das Höllenfeuer sicher. Oh nein, Gottes Gnade geht andere Wege.«

Vor dem Tisch kniete jetzt ein zerlumptes Weib, das jammerte und bettelte. »Mehr Münzen habe ich nicht«, schluchzte sie. »Habt Erbarmen! Es ist für die Seele meines verstorbenen Mannes, damit sie nicht Höllenqualen leiden muss.«

»Schafft endlich das Weib fort!«, rief einer der Diakone einem Bewaffneten zu, der sie sofort an den ausgemergelten Armen wegzerrte.

Plötzlich ließ Toni die Hände von Luzias Arme gleiten und ging einen Schritt zur Seite. Eine hübsche Magd schlenderte auf sie zu. Sie wiegte kokett die Hüften und hob lächelnd das Kinn.

»Ja, wen haben wir denn da?«, begrüßte Toni das junge Weib. »Darf ich vorstellen, das ist Luzia, und das ist die Susanne vom Herzi-Hof, der liegt ganz in der Nähe von uns.«

»So, ganz in der Nähe von euch ...« Luzia stockte, als sie Susanne betrachtete, deren volles Kastanienhaar in Schnecken am Kopf befestigt war. Ihre Haut war milchig weiß, fast durchscheinend, und die dunklen Wimpern verliehen ihr etwas Geheimnisvolles. Langsam hob sie die schmalen Finger, um sich wie zufällig über die Wangen zu fahren. Eine geschmeidige Geste, in der Verlockung lag.

»Aha, die Luzia!« Susannes grünliche Augen ließen keine Gefühlsregung erkennen. Mit anmutigem Augenaufschlag wandte sie sich Toni zu, der sie fasziniert betrachtete. »Und du? Was treibst du hier?«

»Ich arbeite drüben am Kirchgerüst«, antwortete er freundlich. Fast ein wenig zu freundlich, empfand Luzia, die Zeigefinger und Daumenkuppe nervös aneinanderrieb und ein seltsames Unbehagen im Magen verspürte.

»Ach, du arbeitest!« Susanne ließ langsam den Blick von Toni zu Luzia gleiten und dann wieder zurück zu Toni.

Der nickte. »Ich helfe, die neue Turmspitze hochzuziehen. Weißt du, die ist ganz aus Holz und steht völlig frei. Da ist keine Schraube und kein Nagel drin …«

Luzia presste verärgert die Lippen aufeinander. Hatte Toni ihr nicht etwas ganz Ähnliches erzählt?

»Deshalb werden Balken, Streben und Sparren nach bestimmten Vorgaben miteinander verankert«, fuhr Toni leidenschaftlich fort. »Wegen der Hitze. Und dem Regen. Weil Holz arbeitet …«

»Soso! Weil Holz arbeitet.« Susanne rümpfte die kleine Nase mit den Sommersprossen. »Wie aufschlussreich …«

»Ja, das wird der höchste Holzturm in ganz Tirol!« Toni plusterte den Oberkörper auf, als wäre der Turmbau ganz und gar sein eigenes Werk.

Susanne zog spöttisch einen Mundwinkel hoch, während sie kurz zu Luzia hinüberschaute. »Na, dann noch viel Spaß bei deiner … Arbeit!« Dann wandte sie sich ab, und umkreiste mit wiegenden Hüften die Holzkiste mit dem Wanderprediger, während die Mannsbilder ihr hinterhergafften.

»Auch für zukünftige Sünden könnt ihr zahlen! Durch den Ablass wird euch vergeben. Hört genau zu!«, schnarrte der Prediger, der aus den Augenwinkeln Susannes sanften Hüftschwung betrachtete und dann einen der Ablassbriefe verlas. »In Vollmacht aller Heiligen und in Erbarmung gegen dich absolviere ich dich aller Missetaten und erlasse dir alle Strafen auf zehn Tage! Gezeichnet Johannes Tetzel.«

Der Prediger winkte mit dem störrischen Blatt Papier, das mit der päpstlichen Signatur versehen war, der Tiara über den zwei gekreuzten Schlüsseln Petri.

»Die Vergebung aller Sünden, die noch nicht begangen sind?«

»Für ganze zehn Tage?«

»Vom Papst höchstpersönlich verbürgt?«

Unruhe entstand. Mannsbilder, die abwartend dagestanden hatten, zückten jetzt ihre Geldkatzen und schlenderten scheinbar gleichgültig, aber gezielt auf den Tisch mit den Ablassbriefen zu, auf der die Metallkassette inzwischen von Münzen überquoll.

»Na, was ist jetzt mit deinem Walpurgis-Schwur?« Toni grinste und griff nach Luzias Händen. »Willst du dich auch davon loskaufen? Oder hast du keinen Meineid geleistet?«

Luzia verkrampfte sich. Warum grinste er? Machte er sich lustig über sie? Diese Susanne hatte er anders angeschaut, diese Magd vom Herzi-Hof, der nicht weit vom Hasl-Hof entfernt lag und die eine Leichtigkeit in sich trug, als wollte sie gleich davonschweben. Luzia wagte nicht, Toni in die Augen zu schauen. Spielte er nur mit ihr? So wie ein Schausteller auf den Jahrmärkten mit einer Marionette, die an Fäden gezogen zum Leben erwachte, die Gesetze der Schwerkraft überwand und wie in Trance dahinglitt?

Drüben auf dem Kirchplatz hob Jakob gerade die Plane am Eingang des großen Zelts und trat ins Freie. Ihm folgte Diethard, dem er zufrieden auf die Schulter klopfte. Der Birchlersohn überragte den Bauern um eine halbe Kopflänge, dafür war Jakob weitaus muskulöser von Feldarbeit, Haus- und Hofausbesserungen und auch vom eigenhändigen Ziehen der Egge, was er immer wieder betonte. Allerdings war er neulich erst mit dem Nachbargehöft übereingekommen, sich für die Feldarbeit den Ackergaul ausleihen zu dürfen, denn er hätte jetzt noch andere Vorhaben, die seine Zeit in Anspruch nähmen. Und zahlen würde er gut für den alten Zossen. Aber erst später …

Jakob schaute hoch zu Diethard, der zufrieden die Lippen spitzte, so wie auch die Birchlerin es zu tun pflegte, und zögerlich tat er es ihm nach, als wäre das ein Zeichen der Übereinkunft. Gemeinsam schlenderten die Männer auf den Wanderprediger zu, während Diethard das lederne Futteral für die Aufbewahrung der Dokumente schulterte.

Luzia rannte zu einem Strohkarren, hinter den sie sich duckte, ängstlich darauf bedacht, dass der Vater sie nicht entdeckte. Sie hätte doch schon längst auf dem Heimweg sein sollen!

Ihre Hand, die Toni gehalten hatte, war leicht verschwitzt. Trotzdem mochte Luzia sie nicht am Rock abwischen. Immer noch konnte sie seine Berührung in der Handfläche spüren. Es blieb ein Brennen und Prickeln auf der Haut, das sich erst allmählich auflöste. Andererseits blieb aber auch eine leichte Verunsicherung zurück, die Luzia seit der Begegnung mit Susanne verspürte.

Vorsichtig beugte sie sich vor und schaute an den Strohbündeln mit staksigen Halmen vorbei zum Vater hin, der sich im Gleichschritt mit Diethard näherte.

»Kauft Ablassbriefe für das Heil eurer Seelen!«, donnerte der Prediger inbrünstig den Menschen entgegen. »Oder sollen Teufelskrallen euch zerreißen und lodernde Höllenfeuer euren Leib in ewiger Qual versengen? Sollen euch Gewürm und Kriechtier zerfressen, bis nichts mehr von euch übrig bleibt als stinkender Unrat?«

Einige der Dorfleute taumelten zurück, als wollten die teuflischen Mächte sie jetzt schon mit sich zerren, und rannten davon, um nur wenig später auf dem klapprigen Holztisch ein paar Münzen hinzuzählen. Andere wedelten erleichtert mit dem Ablasspapier, wieder andere falteten verzagt die Schmutzhände und knieten sich demütig bettelnd in den Dreck, weil kein Geld aufzutreiben war.

Durch eine Lücke zwischen Strohhalmen hindurch beobachtete Luzia, wie Diethard auf die Wachen der Fugger nahe der Geldkassette zusteuerte und mit ihnen ein paar Worte wechselte, während der Vater ihm auf Schritt und Tritt folgte. Verwirrt schaute sie dem Geschehen zu. Was hatte Diethard mit den Fuggern zu schaffen?

Toni stand breitbeinig da, hielt die Daumen am Wams verhakt und hielt den Blick auf Diethard gerichtet. Als Diethard ihn entdeckte, reckte er das kantige Kinn und schlenderte auf ihn zu, während er sich mit dem Fingernagel eine Fluse vom Umhang schnippte. »Ah, da ist er ja wieder! Dieser … wie heißt er noch gleich? Ach ja, Toni! Toni, der Versager!«

Diethards Stimme schwoll derart an, als wollte er den ganzen Kirchplatz übertönen. Mägde und Knechte schauten hoch und kamen näher. »Toni, der Schwächling, der es nicht schafft, auf dem Bergbauernhof sein Werk zu tun, wo der Herrgott ihm seinen Platz zugewiesen hat. Er mag lieber hier in aller Gemütsruhe als Handlanger dienen.«

»Der Schwächling? Sag das noch einmal!« Toni versteifte sich und ballte langsam die Fäuste.

»Aber gerne doch!« Diethards Augen blitzten spöttisch auf, während sich auch Tagelöhner, Zunftleute und Handwerksburschen näher drängten.

»Toni, dieser Taugenichts, der es auf reiche Töchter abgesehen hat, um im vorgewärmten Bett seinen unanständigen Lüsten zu frönen!«

Toni schnellte blitzartig vor, holte aus und versetzte Diethard einen derart wuchtigen Fausthieb, dass der Birchlersohn zurücktaumelte und zu Boden ging. Ein Aufschrei ging durch die Menge, gleichzeitig fingen Burschen im Takt an zu klatschen, in Erwartung einer deftigen Prügelei.

Benommen rappelte sich Diethard wieder hoch und wischte sich Blut von der Nase. Toni stand ihm mit geballten Fäusten gegenüber, nicht weit von der Holzkiste des Wanderpredigers entfernt, der wie entrückt zum Firmament starrte, als wollte er sich von jeglicher irdischen Auseinandersetzung fernhalten.

Wieder holte Toni aus, als Luzia hinter dem Strohkarren hervorsprang und geradewegs auf ihn zulief. Ihr Gesicht war blass, der Haarkranz um ihren Kopf hatte sich gelöst, und die dunklen Zöpfe baumelten ihr über die Brüste.

»Was machst du denn da?«, rief sie ihm verzweifelt zu und umfasste seine Handgelenke. »Das darfst du nicht tun!«

»Und du?« Jakob, der zwei Schritte hinter Diethard stand, ging verärgert auf sie zu. »Was machst du noch hier? Du solltest längst bei der Moidl sein!«

»Entschuldige, Vater«, stotterte Luzia. »Ich dachte, ich sollte noch warten ... wegen Steinmetz Caspar Reuter.«

»So, wegen dem Steinmetz«, brummelte Jakob und schwieg, weil überall Gaffer standen, die neugierig zu ihnen herüberschauten.

Diethard hielt ein Tuch vor seine blutende Nase, während Toni sich über die Knöchel seiner geballten Faust rieb. Hasserfüllt stierten die beiden sich an, ohne den Blick vor dem anderen zu senken. Es war ein Machtkampf ohne Worte. Eine Zurschaustellung von Stärke, ein zwanghaftes Ritual, um den Gegner zu besiegen.

»Das wirst du noch bereuen!« Diethards Nasenflügel zuckten, blutige Fäden zogen sich bis zu seiner Oberlippe hin. Noch einmal wischte er sich mit dem blutdurchtränkten Leinentuch die Nasenlöcher sauber. Dann ließ er es einfach fallen, legte den Kopf in den Nacken und streckte seine rechte Hand aus, damit ihm ein neues Tuch gereicht werden konnte. Jakob zögerte kurz, dann riss er einfach einen Stoffstreifen aus seinem guten Sonntagsumhang und reichte ihn Diethard, der ihn sofort gegen die Nase drückte.

Luzia stand dicht bei Toni und strich ihm beruhigend über den Oberarm. Der Straßenköter, der im Abfall nach Knochen gesucht hatte, schnappte nach dem blutigen Stofffetzen und rannte mit ihm davon.

Diethard betastete vorsichtig das Nasenbein. Seine Gesichtszüge entspannten sich, es war wohl nichts gebrochen. Dann wandte er sich mit blitzenden Augen an Luzia. Fast zärtlich lächelte er ihr zu, während er den Stofffetzen mit spitzen Fingern gegen die Nasenlöcher tupfte und das Kinn vorstreckte. »Wie ich dir schon drüben im Zelt bei unserer äußerst vertraulichen Plauderei beteuert habe: Ich schwöre dir bei allem, was mir heilig ist, dass ich dir den Himmel zu Füßen lege. Vergiss das nie!«

»Aber so stimmt das nicht«, stammelte sie, als sie Tonis entsetztes Gesicht sah. »Wir hatten keine vertrauliche Plauderei …« Aber der stand nur da, schwieg und rührte sich nicht. Verunsichert zupfte sie an ihren geflochtenen Zöpfen herum, während der Vater sie mit hochgezogenen Augenbrauen betrachtete. »Da gab es nichts Vertrauliches. So war das nicht!«

Tränen brannten ihr in den Augen, als Toni sich abwandte und durch die Menschenmenge davondrängte. Er stolperte fast über einen Kriegskrüppel, der einen Beinstumpf mit Sackleinen umwickelt hatte und auf Krücken zum Ablasshändler humpelte. Noch immer hielt Toni die Fäuste geballt, und über allem thronte auf der Holzkiste der Ablassprediger, der die dürren Hände dem Firmament entgegenstreckte.

»Und du verschwinde. Wir sehen uns heute Abend«, raunte Jakob seiner Tochter zu, während er dem Birchlersohn aufmunternd auf die Schulter klopfte.

Luzia rannte. Sie rannte davon, weg von Diethard, der sie so sehr ekelte. Weg vom Vater, der nur Missachtung für sie übrighatte. Weg von diesem Blut, das zu Diethard gehörte, hatte und auf den Erdboden getropft war. Weg von Toni, der einfach nur geschwiegen hatte …

»Wer schweigt, der lügt!« Sofies Stimme hallte in ihren Gedanken nach. Der Singsang tanzte durch Luzias Kopf, bizarr und fremdartig. Er verband sich mit Sofies Kichern, vervielfältigte sich, wurde immer schneller …

Luzia rannte, bis ihre Lungen brannten, bis das Herz im Brustkorb hämmerte, hart und schmerzhaft, als sollte es zerbersten. Sie rannte, damit Wut und Enttäuschung aus ihr hinausfließen konnten, und die Gedanken leichter wurden. Ein Zopfband hatte sich gelöst. Die Flechten öffneten sich, und das Haar wehte in dunklen Wellen hinter ihr her. Vor ihren tränennassen Augen verschwammen die Schneegipfel in der Ferne.

»Der lügt …« Luzia wischte sich die Tränen aus dem Gesicht. Warum hatte Toni geschwiegen? Hatte er ihr nicht geglaubt? Was für einfältige Sehnsuchtsträume doch durch ihren Kopf gegeistert waren. Toni hatte ihre Hand gehalten, bis ihr Puls im gleichen Rhythmus geschlagen hatte. Ja, und? Vielleicht war er in Gedanken ja längst bei dieser hüftschwingenden Susanne. Und sie war die eine, deren Namen er nicht verraten wollte.

»Gefühle sind nichts als Weiberkram. Überflüssiger Ballast!«, hatte der Jakob mal gesagt. »Das kann sich unsereins nicht leisten.«

»Aber wenn man liebt, kann man besser fliegen!«, hatte Sofie da geantwortet und die Hände weit ausgestreckt, als wollte sie den Jochwind umarmen.

Luzia rannte weiter. Auf der Steinbrücke, die über die Etsch führte, blieb sie erschöpft stehen und drückte den Ellbogen in den Leib, weil das Seitenstechen unerträglich geworden war. Erst jetzt spürte sie, wie ihre Fußsohlen brannten. Sie fühlte jedes Steinchen, jede Unebenheit, die sich durch die dünnen Schuhsohlen drückten.

Warum hatte Toni sie nicht beschützt und nichts gesagt?

Sie zögerte. Aber was hätte Toni schon sagen sollen? Vielleicht wollte er ja die aufgeladene Spannung zwischen Diethard, ihrem Vater und ihm nicht noch weiter anheizen und sie durch sein Schweigen schützen. Wenn sie das doch nur wüsste!

Unten in den aufbrodelnden Fluten tanzten Gestrüpp, gelenkdicke Äste und auch zwei Ziegenkadaver mit den Wellen davon. Die aufgeblähten Leiber der Tiere wischten an rundgewaschenen Felsbrocken entlang und drehten sich in den Strudeln, sodass mal die Hörnerköpfe vorantrieben, mal die Hinterteile mit den zotteligen Schwänzen, die wie Fahnen im Wasser auf und nieder tanzten. Immer weiter wurden sie mit den Wellen davongetragen.

Mit einem Mal keimte in Luzia eine Sehnsucht auf, auch davonzuziehen, um sich von Verpflichtung, Missachtung und Schuld zu lösen und alles hinter sich zu lassen. Nachdenklich ging sie weiter. Aber die Vergangenheit gehörte zu ihr, dieses Vergehen im Mutterleib, durch das sie an Sofie gebunden war. Von dieser Schuld würde sie sich niemals trennen können. So wie von abgeschnittenem Haar oder verdorrten Blumen, die am Marterl einfach ausgewechselt wurden, wenn sie nicht mehr taugten.

Als Luzia die Anhöhe hinter Göflan an Magdas Garten hochstieg, hockte die Alte wieder auf der gezimmerten Holzbank und schaute gedankenverloren in die Ferne. Luzia zögerte kurz. Der Vater würde mit Sicherheit noch für ein aufmunterndes Wort bei Diethard bleiben, vielleicht auch für einen letzten Becher Wein und ein Gespräch unter Mannsbildern, wie er es nannte. Er würde sich um nichts in der Welt davon abhalten lassen, demjenigen hilfreich zur Seite zu stehen, für den er einen Fetzen aus seinem Umhang herausgerissen hatte, um sein Nasenbluten zu stillen. Schließlich war das ein Stofffetzen aus seinem kostbaren Sonntagsumhang, den er nur für besondere Anlässe aus dem Schrank holte. Dann bliebe für Jakob sicherlich auch noch Zeit für einen allerletzten Becher Wein.

Um Magdas Gartentor war der zerfaserte Strick gewunden als Zeichen, dass sie nicht gestört werden wollte. Luzia zögerte kurz. Sie kannte die Alte seit ihrer Kindheit, und wegen dieser Vertrautheit war Luzia ihr noch nie lästig geworden. Sie wollte nur fragen, ob Magda wusste, wo dieser Paracelsus aufzutreiben war. Wegen der verirrten Seelen. Die Alte hatte doch mit ihm in Schlanders zusammen auf einer Bank gehockt. Also nahm Luzia das Hanfseil vom Pfosten. Es lag haarig und feucht in ihrer Hand. Dann drückte sie das Holztörchen auf. Es quietschte leise in den schiefen Angeln.

»Hallo Luzia.« Die alte Magda schaute lächelnd hoch, die Fältchen in den Augenwinkeln wirkten wie hauchfeines Pergament. Dann blickte sie wieder in die Ferne.

»Ich versteh das nicht«, versuchte Luzia sie in ein Gespräch zu locken. »Warum sitzt dieser Paracelsus eigentlich mit ... ich meine ...«

»Du meinst, mit einem alten Weib wie mit mir herum?« Wieder lächelte Magda. Sie wirkte müde und abgespannt.

Luzia nickte verlegen. »Ich meine, warum lehrt er nicht an einer Gelehrtenschule oder arbeitet in einem Spital?«

Magda nickte. »Er wollte mein Wissen aufzeichnen und meine Erfahrung mitnehmen. Er sammelt Rezepte für Kräutersalben, Heiltinkturen und allerlei Mixturen. Er sagt, jede einzelne Krankheit hat seine Ursache. Und die liegt im Kranken festgeschrieben, nicht in den Hörsälen der Universität, sondern in jedem einzelnen Menschen selbst. In seinem Mikrokosmos.« Die alte Magda sprach das Wort aus, als würde es aus heiligen Substanzen bestehen. »Das entspricht dem Makrokosmos.«

»Makrokosmos?«

»Nimm eine Walnuss. Mit ihren Windungen und Buchten sieht sie aus wie ein Gehirn. Das weiß ich selbst vom Schlachten der Tiere. Walnüsse sind seiner Meinung nach also auch ein Mittel, Erkrankungen am Gehirn zu mildern. Er nennt es Signaturenlehre.«

»Signaturenlehre«, wiederholte Luzia verwirrt.

»Und dann die Himmelszeichen.« Die alte Magda nickte. »Du kennst selbst viele Gesetze der Gestirne. Bei welchem Stand des Mondes die Saat in die Erde zu bringen ist, wann Holz geschlagen werden soll, damit der Saft im Stamm bleibt. Solche Gesetze gibt es auch für den Menschen. Heißt es doch in der Bibel: Wie im Himmel, also auch auf Erden! Wie oben, so unten …«

»Ob er wohl auch etwas … über die Seele eines Menschen weiß?«, fragte Luzia vorsichtig. »Wenn sie nicht wieder in den Körper will?«

Die Alte schaute sie prüfend an. Es schabte, als sie die trockenen Hände aneinanderrieb. »Du meinst Sofie?«

Luzia schaute zu Boden, nickte und fing an, ihren aufgelösten Haarzopf neu zu flechten.

»Dazu kann ich dir leider nichts sagen.« Magda atmete tief durch. Wieder ließ sie den Blick in die Ferne gleiten. »Das musst du ihn selbst fragen. Er sagte nur, dass Seelen sich wiederfinden. Wenn sie sich verloren haben. Eines Tages …« Ihre Stimme war leise und klang brüchig.

»Du … meinst deinen Bertold?«, fragte Luzia vorsichtig.

Die alte Magda verharrte regungslos, nur die Daumen der gefalteten Hände im Schoß rieben aneinander. »Es ist wegen … Karlchen«, sagte sie mit leiser Stimme. »Im Traum holt er mich heim. Jede Nacht. Da seh ich die kleinen Beine, die in dicken Holzschuhen stecken. Und die mit Fellen umwickelt sind. Ich sehe die winkenden Händchen. Damals. Als er mit den anderen davongezogen ist. Wie er winkte. Ein letztes Mal.«

Luzia wagte kaum zu atmen. Über Karlchen hatte sie noch nie gesprochen.

Magdas Haut wirkte jetzt grau, ihr Atem ging flach. Kaum hörbar fuhr sie fort: »Der Calvenkrieg hatte uns drei Kinder genommen. Es blieb nur Karl. Sein Schopf reichte mir gerade bis zur Hüfte. Dünn war er geworden. So mager, dass jede einzelne Rippe zu sehen war. Und wie der kleine Magen knurrte! Wir hatten doch nichts, was wir ihm geben konnten.«

»Er ist mit den anderen Kindern fort? Über den Reschenpass?«

»Ich bete täglich zur Gottesmutter Maria, die meinen Schmerz versteht. Und ich bitte um Vergebung für die Sünde, dass wir ihn ziehen ließen. Karlchen war doch mein Kind. Ein Kindchen, das mir vom Himmel geschenkt worden war.«

Tränen rannen Magda aus den alten Augen, liefen ihr übers Gesicht, tropften auf ihre Hände und den zerschlissenen Rock. »Aber Paracelsus meint, dass sich geliebte Seelen wiederfinden. Eines Tages ...«

Die Alte schaute zum Marterl, dann den Kirchsteig hinunter, der allmählich vom sprießenden Grün der Sträucher verdeckt wurde. Nur an Magdas kleinem Garten war das Gesträuch abgeholzt, damit der Blick frei hinunterwandern konnte.

Der Wind hatte aufgefrischt, rüttelte an den Ästen der Lärchen und wischte Schatten über die Wiesen. Magda saß regungslos da. Sie wirkte, als hätte sie sich in ihren Gedanken einfach davongemacht. Unerreichbar weit weg. Müde sah sie aus, als hielte sie nur noch die Hoffnung auf Karlchen am Leben.

Luzia stand leise auf, um sie nicht zu stören. Auf Zehenspitzen ging sie zum Gartentor und legte, nachdem sie es hinter sich geschlossen hatte, wieder das Hanfseil vor und wickelte es fest um den Pfosten.

An einer kleinen Kapelle, die überdacht war und eine bemalte Holzfigur der Jungfrau Maria beherbergte, blieb sie kurz stehen. Alles war mit frischen Blumen geschmückt, knallig bunte Frühlingstupfer steckten ihr zu Ehren in einem Tonbehältnis.

»Heilige Maria«, betete Luzia leise. »Ich flehe dich an, von ganzem Herzen. Mach, dass verlorene Seelen sich wiederfinden. Dass sie nach Hause kommen, wenn sie sich verirrt haben.«

Es war, als würde das hölzerne Bildnis eine unendliche Ruhe verbreiten, die nur in der Bergwelt aufzufinden war, dort wo sich das Firmament zwischen hoch aufragenden Berggipfeln zu öffnen schien. Nachdenklich stieg Luzia den steinigen Weg weiter hoch, vorbei an Gänsekresse und Goldstern, die hier im frischen Wiesengras wucherten, und dann zum Kiefern- und Buchenwald.

Noch einmal schaute sie den steinigen Abhang hinunter, zu Magdas Haus mit den Bruchsteinen auf den gräulichen Dachschindeln. Die Alte hockte noch immer da und starrte in die Ferne, in der Hoffnung auf ihren Karl.

Der muss ja längst erwachsen sein, dachte Luzia, wenn der Herrgott ihn nicht schon zu sich gerufen hat. Vielleicht würde er ja tatsächlich den Weg zurück nach Hause finden. Eines Tages …

Plötzlich hörte sie Knacken im Geäst gleich beim Wald und das Rascheln von Laub und Fußtritte. Erschrocken wich sie zurück. Das waren ganz eindeutig Schritte, menschliche Schritte! Sie sah, wie sich tief hängende Äste bewegten. Blätter wischten über den Boden. Das war nicht der Wind …

»Hallo?«, rief sie zögerlich, und vor ihrem geistigen Auge flammte Diethards grinsendes Gesicht auf. Sie schürzte den Rock und rannte los.

»Luzia!«, rief ihr jemand mit dunkler Stimme hinterher. »Nun warte doch.«

Es war Toni! Er lief auf sie zu und nahm sie in die Arme. Luzia ließ sich hineinfallen, hinein in diesen geschützten Raum, wo niemand ihr etwas anhaben konnte. Diethard nicht, der Vater nicht, und auch ihre Schuldgefühle gegenüber Sofie nicht.

Sie schloss die Augen, spürte die Wärme seines Körpers, seinen Atem und dann den ersehnten Kuss, den ersten Kuss ihres Lebens. Wie weich Tonis Mund war, wie wohltuend stark seine Umarmung. Seine Zunge drang zwischen ihre Lippen, sanft und doch fordernd.

Eine tiefe Zärtlichkeit wallte in ihr auf und durchflutete ihren Körper, was in ein unbekanntes Gefühl von Leidenschaft überging, das sie gierig machte und unbeherrscht. Sie wollte mehr, einfach nur mehr.

Zitternd glitten ihre Finger über seinen Rücken, tasteten über die straffe Muskulatur. Gleichzeitig spürte sie seine Hände, die sich auf ihr Hinterteil legten und sie sanft an ihn drückten. Sie spürte sein Geschlecht, das angewachsen war und sich regte.

Wie es wohl sein mochte, über Tonis nackte Haut zu fahren und ihn zu küssen, mit den Lippen über seinen Nacken zu fahren, die Schultern entlang, hinunter zur Brust …

Aber er löste sich wieder von ihr. Sein Gesicht war erhitzt, der Atem ging schnell. Mit der Fingerkuppe fuhr er ihr über die Lippen. »Nicht weiter, Luzia«, sagte er leise. »Jetzt nicht.«

Sie schwieg und nickte.

»Ich wollte dir nur sagen, dass du dich nicht … ich meine …«, stotterte er.

Wieder nickte Luzia. »Ich verstehe.«

»Vor den anderen konnte ich das nicht sagen.« Er lächelte verlegen, legte den Kopf schief und kratzte sich am Nacken.

»Jetzt hast du auch nichts gesagt. Jedenfalls nicht mit Worten«. Als gehörte es zur Antwort, strich nun Luzia mit den Fingern über seine Lippen.

Er nahm ihren Kopf zwischen die Hände, küsste sie ein letztes Mal und ging dann schweren Herzens davon.

»Bis Sonntag?«, rief er ihr noch zu.

»Bis Sonntag in der Walpurgiskirche!«

Luzia stand noch lange und schaute ihm nach, bis er hinter dem Wäldchen die Abbiegung zum Hasl-Hof genommen hatte. Dann atmete sie tief durch. Sie fühlte sich wie losgelöst. Noch immer brannte der Kuss auf ihren Lippen. Vorsichtig tupfte sie mit dem Handrücken dagegen und wünschte sich, dieses Gefühl für alle Ewigkeiten dort festhalten zu können.

Luzia schaute sich um. Sie wollte ein paar Kiesel und Steine zusammensuchen, um diesen Ort zu markieren. Das Zeichen sollte unauffällig sein. Es sollte wirken, als hätte die Natur es durch Zufall selbst erschaffen, damit niemand es zerstören konnte. Vielleicht vermochte dieser Erinnerungsplatz das Erlebte wieder zurückzubringen und die Leidenschaft des Kusses und der

Umarmung jedes Mal neu heraufzuschwören. Immer dann, wenn Toni nicht da war, Probleme sie quälten, oder Diethard sich näherte, und sei es nur in Gedanken.

Sie legte zwei grobe Bruchsteine an die aufgesprungene Rinde einer Kiefer mit tief herunterhängenden Ästen, dazwischen drei Marmorkiesel, die von grünlichen Streifen durchzogen waren. Nur drei Schritte von hier war es bis zum Waldweg, wo sie sich geküsst hatten. Ein letztes Mal schaute sie zurück. Dann machte sie sich auf den Weg nach Hause.

Unterwegs fiel ihr wieder ein, was die alte Magda noch gesagt hatte. Dass Paracelsus nämlich der Meinung wäre, dass Planeten und Sterne keine Schicksalsboten waren, denen wir schutzlos ausgeliefert sind. Dass den Menschen ein freier Wille als Gottesgeschenk mit in die Welt gegeben ist. Sie sollten die Gestirne als Wegweiser sehen und sich in ihnen spiegeln, um ihren Lebensweg zu erkennen.

Luzia schaute hoch in den Himmel. Ob jetzt der Liebesplanet Venus in einer günstigen Verbindung zum Mars stand, dem männlichen Helden oder Krieger? Sie stutzte. Wenn uns ein freier Wille gegeben ist, dann können wir uns doch auch entscheiden, ob wir mörderische Krieger oder Schicksalshelden sein wollen, dachte sie bei sich. Diethard oder Toni …

Luzia ließ ihren Blick über die Steilhänge des Nördersbergs hoch zum Berggipfel schweifen. Der heruntergestürzte Marmorbrocken war sicherlich ein Wink des Himmels, sich einer neuen Lebensaufgabe zu stellen. Sich aufzumachen, um das Vergangene wie ein zerrissenes Gewand hinter sich zu lassen und dem göttlichen Lebensplan zu folgen.

Wenn Jakob keine betrügerische Sünde auf sich lud, um mit dem Marmorgeschäft Gewinne zu erzielen und sein Leben zu verbessern, würden seine Ziele dem Willen Gottes nicht im Wege stehen. Es könnte gelingen.

Nachdenklich ging Luzia weiter. Jesus hatte in der Bibel die

Pharisäer aus dem Tempel vertrieben, diejenigen, die gegen Zins Geld verliehen und ohne eigenes Tun Gewinn abschöpften. Aber der Vater würde ja für das eigene Einkommen arbeiten. Da war nichts Unrechtes dran, da steckte keine Lüge drin, und er würde keine Schuld auf sich laden.

Luzia nickte. Die alte Magda hatte recht. Uns war ein freier Wille gegeben. Jetzt musste sie nur eine Entscheidung treffen, welcher Weg zu gehen war. Sollte sie sich Diethard beugen, um Sofie zu schützen, oder sollte sie sich zu Toni bekennen?

9

Luzia schreckte hoch. Vom Bauernhaus her hörte sie wildes Geschrei und aufgeschreckte Rufe. Ein Scheppern und Krachen drang derart laut nach draußen, als wäre es den Geräuschen zu eng in den Stuben geworden. Der Lärm musste von heftigen Schlägen her stammen. Wurden dort etwa Tische und Bänke zertrümmert?

Luzia rannte los, riss die Haustür auf, hetzte durch den Flur und da – Sofie! Sie schlug in der Wohnstube mit einem Knüppel auf etwas ein. Die Naandl hockte am warmen Ofen und presste die Handflächen gegen die Ohren, die Moidl stand fassungslos und versuchte immer wieder Sofie von ihrem Tun zurückzuhalten.

»Da, der Johann!«, kreischte Sofie. »Tot soll er sein, tot!«

Wieder sauste der Knüppel nieder, und ein Quieken und Fiepen war zu hören. Noch einmal schlug Sofie zu. Und wieder krachte es.

»Sofie!«, schrie die Moidl erschöpft. »Jetzt hör endlich auf! Lass das sein.«

»Tot soll er sein, der Johann. Tot!« Schweißnass starrte Sofie auf etwas, das platt geschlagen auf den Dielen lag. Fell glänzte struppig schwarz, und ein langer Schwanz hing aus der blutigen Masse. Es musste eine Maus gewesen sein, der Gehirn und Gedärme aus dem Körper gespritzt waren. Blutstropfen rannen an den dunklen Holzwänden hinunter.

Sofie wirkte erschöpft. Mit dem Ärmel wischte sie sich den Schweiß von der Stirn, doch ihre Augen strahlten. »Ich habe ihn! Ich habe ihn erwischt!«

Luzia nahm ihr den Knüppel aus der Hand, an dem noch Fetzen von blutigen Innereien klebten.

»Du versündigst dich, Sofie«, sagte sie leise. »Du versündigst dich.«

»Aber die Seelen von Toten brauchen Tiere, die sie auf die Berge bringen, damit sie aufsteigen können.«

»Gut und schön«, sagte die Moidl. »Aber woher willst du wissen, dass gerade in dieser Maus der Johann steckt?«

»Weil er mir nachgestellt hat«, antwortete Sofie störrisch. »Und nachts hat er geraschelt. Und ist mir über die Beine gelaufen.«

»Mäuse tun das.« Die Moidl seufzte. »Aber selbst wenn die Seele von Johann dadrin war, sollst du ihn nicht erschlagen.«

»Der Johann war die Sünde! Der gehört nicht in den Himmel.« Sofie kniff die Augenlider zu Schlitzen zusammen. »Büßen soll er, büßen!«

»Aber in der Bibel steht: Der Herr sagt, die Rache ist mein!«, wandte Luzia vorsichtig ein.

»Ich tu's ja für den Herrn«, antwortete Sofie trotzig. »Nicht für dich oder für die Naandl. Sondern für den Herrn.«

»Lass sie«, raunte ihr die Moidl zu, die das blutverschmierte Fell mit einem alten Lappen aufnahm und dann Dielen und Wände blank wischte. »Sie kann ja nichts dafür!«

»Doch, kann ich wohl!« Sofie pustete sich zerzauste Haarsträhnen aus der Stirn. »Mäuse sind Seelentiere. Und jetzt hat die Seele von Johann keinen Unterschlupf mehr. So! Und ich darf das. Das ist nämlich mein Mäuseprozess. Und ich kenne keine Gnade!«

Luzia seufzte. Wenn doch Sofie nur nichts von dem Mäuseprozess in Glurns mitbekommen hätte! Erst vor kurzer Zeit waren dabei nämlich unter Richter Konradin von Spergser die Nager, die zu einer Plage angewachsen waren, der Plünderei angeklagt worden! Es hieß, sie hätten einen derart großen Schaden angerichtet, dass es unmöglich wäre, den Zehnten an Kirche und Obrigkeit zu begleichen. Ein anderer Anklagepunkt betraf die wilde Ehe und die Wühlerei.

Die Verteidigung wandte allerdings ein, dass die Mäuse nur

Beispielen folgen würden. Alle Wesen wühlten. Einer im Gelde, einer in Büchern oder Pergamenten, einer im Kornhaufen, einer im Mist oder gar in schönen Frauenreizen.

Schlussendlich wurden aber die Mäuse nach umfassender Beweisaufnahme für schuldig befunden und verurteilt, sofort die Region zu verlassen. Allerdings wurde für neugeborene und schwangere Mäuse zweimal eine Frist von vierzehn Tagen gewährt, da viele blutjunge Kindlein noch nicht laufen konnten und es gar so viele Weiblein gab, die ihr Wochenbett in der geliebten Flur von Glurns halten wollten. So war es beschlossen worden.

Luzia schaute nachdenklich aus dem Fenster. Wenn Mäuse aber auch Seelentiere werden konnten, dann wurden Katzen mit Recht Seelenfänger genannt, da sie Mäuse jagten und auf den Schultern von Hexenweibern hockten, die es selbst auf arme Seelen abgesehen hatten und gemeinsam mit Teufelsdämonen ihrem Werk nachgingen.

Sofie hatte die schändliche Seele von Johann daran hindern wollen, einen Weg zu finden, in den Himmel aufzusteigen. Wer konnte schon sagen, ob ihre Tat eine Sünde war. Niemand konnte im Himmel nachfragen, das Firmament ankratzen oder die Wolken schütteln, dass eine Antwort herunterfiel.

Luzia fror. Draußen war es diesig. Die sperrigen Zweige der Birnbäume wiegten sich im auffrischenden Wind, Wolkenfetzen jagten wie getrieben an Berghängen vorbei, verdeckten die Schneegipfel und Steinriesen. Ganz allmählich schob sich Diethards kantiges Gesicht vor ihr inneres Auge. Seine zynisch grinsenden Lippen öffneten sich. Sie hörte seine gehauchten Worte, die sie schaudern ließen, und spürte seine feingliedrigen Finger, die tastend ihre nackten Oberschenkel hochkrochen. Zielsicher. Auf der Suche nach Beute. Mochte sich seine Verheißung auch bewahrheiten, dass er sich in ihre Gedanken einnistete. Ob in Tagträumen, Schlafbildern der Nacht oder auch als Geistwesen, das ihr Drohungen einflüsterte. Aber niemals sollte er ihre Brüste berühren. Niemals wollte sie sich für Sofie opfern. Luzia senkte nachdenklich den Blick. Tatsächlich niemals?

Mit lautem Knall klappte sie die Fensterläden zu, als wollte sie ihre Gedanken davon abhalten, ihr die Zukunft zu prophezeien. Davon mochte sie jetzt nichts wissen.

Wenn doch Toni bei ihr wäre! Aber von Diethards Erpressung konnte sie ihm nichts erzählen. Vielleicht würde Toni dann vor Zorn den verhassten Nebenbuhler derart zusammenprügeln, dass er hinter Gitter gesteckt wurde. Das wollte sie sich nicht auch noch zu Schulden kommen lassen.

Noch spät in der Nacht lag sie wach. Dann hörte sie plötzlich die raunenden Stimmen der Eltern. Es ging um Schulden für die Pacht, den Zehnten an die Kirche und auch um das Geld für den Wanga, der Zinsen auf die Bezahlung für das Walpurgisöl geschlagen hatte.

»Wir müssen das Öl auch gebrauchen«, war Moidls raunende Stimme aus der Schlafkammer zu hören. »Wenn's nur da rumsteht, hilft's auch nicht.«

»Ja, wir werden's gebrauchen.«

»Aber wie?«

»Jeden Morgen einen Tropfen auf die Stirn.«

»Jakob, Jakob. Ich weiß nicht …«

Dann war nur noch das leise Weinen von der Moidl zu hören.

Kaum dass die Morgenröte die Berggipfel mit glühendem Licht überzog, hockten sie am Küchentisch und löffelten Getreidebrei, denn heute sollte es zur Churburg gehen. Die Moidl flößte der keuchenden Naandl heißen Tee ein.

»Die Luzia ist eine Schande«, meinte Ferdl abfällig, als der Vater von Tonis Schlägerei mit Diethard erzählte, und dass Luzia sich auf die Seite von Toni geschlagen hatte.

»Pass nur auf, dass du uns nicht auch noch blamierst«, fuhr Jakob ihn an, verärgert über das mangelnde Verhandlungsgeschick seines Sohnes. »Weiß der Himmel, warum mir niemand geboren wurde, auf den Verlass ist!«

Es wurde still. Nur Schmatzen, Kauen und Schlucken war zu hören, das Klackern der Holzlöffel gegen die Breischüsseln, das Schaben und Kratzen. Auch die Moidl schwieg, aber ihre Hand zitterte, als sie den heißen Tee zu Naandls Mund führte.

»Aber ich, ich bin doch da. Auf mich kannst du dich verlassen«, sirrte Sofie da ganz leise. »Ich laufe nicht weg. Heute nicht. Ganz bestimmt.«

Die Gesichtszüge von Jakob entspannten sich. Trotzdem wirkte er müde und schlecht gelaunt. »Ja, mein Mädchen. Du bist ja auch die Einzige ...«

Sofie streichelte ihm mit den Hurenbändern über die Wange und zupfte ihm Sprengsel vom Getreidebrei aus den Bartenden. Die Moidl lehnte die Stirn gegen den gemauerten Kamin, während die Naandl mit gefalteten Händen im Schoß dahockte und ins Leere starrte. »Möge der Himmel uns schützen.«

»Ave Maria. Ave Maria. Ave Maria«, sang Sofie leise, als Jakob ihr einen Tropfen Walpurgisöl auf die Stirn tupfte.

Dann machten sie sich auf den Weg. Zuerst ging es zu Fuß nach Schlanders, wo Diethard ein Pferdfuhrwerk bereitstellen wollte. Diethard! Schon allein bei dem Namen zog sich Luzias Magen zusammen, und sie wusste, dass sie alles dafür tun würde, nicht einen Atemzug mit ihm allein verbringen zu müssen.

Sofie hatte derart gedrängelt und gefleht, mitkommen zu dürfen, dass Jakob endlich nachgegeben hatte. Er würde sie mitnehmen, allerdings nur unter der Bedingung, dass sie sich nicht heimlich davonmachte. Jetzt lief sie dicht neben dem Bauern und Ferdl her, setzte artig die Füße voreinander, ohne zu hüpfen oder davonzuspringen, und schmiegte die Wange in das kostbare Samttuch der Naandl, das sie erbettelt und sich um die Schultern gelegt hatte.

Die Luft war noch kühl, Tautropfen hingen an Gräsern und

Sträuchern. Luzia musste aufpassen, mit den glatten Sohlen nicht auf feuchten Steinen oder der glitschig nassen Erde wegzurutschen. Ihr Leinenrock war von Flecken gesäubert, und die geflochtenen Zöpfe waren wieder zu einem Haarkranz gesteckt.

Als sie auf dem schattigen Weg durch den Buchen- und Kiefernwald liefen, wurde es merklich kälter. Zwar fielen blitzende Sonnenstrahlen durch das hohe Geäst, aber noch vermochten sie die nächtliche Kälte nicht zu vertreiben.

Schon von Weitem suchte Luzia nach der Kiefer mit dem tief hängenden Geäst, an deren Stamm die beiden Gesteinsbrocken lehnten und wo die drei Marmorkiesel im Moos lagen. Kaum konnte sie den Ort ausfindig machen, wurde sie von einer unbändigen Sehnsucht und Freude erfasst. Luzia lächelte. Wie konnte es sein, dass dieser kleine Kraftplatz ihre Stimmung derart aufhellen konnte? Sie atmete tief durch, in Gedanken an Toni, und hob den Blick. Der Himmel würde ihnen bestimmt einen Weg weisen.

»Wann sind wir denn da?«, fragte Sofie, als sie am Garten der alten Magda vorbeigingen. Die Fensterläden des Hauses waren geschlossen, und kein Rauch wehte aus dem Schornstein. Ein dünnes Brett, das aus der Sitzbank herausgebrochen war, ragte zerborsten zwischen Grasspitzen und Gestein hervor.

»Zuerst holen wir den Diethard …«, sagte Jakob und stapfte weiter.

»Der Diethard ist nicht von hier.« Sofie kicherte. »Der redet immer so viel. Genauso wie die Trina.«

Jakob schmunzelte. »Ja, der ist nicht von hier. Genau wie die Trina.«

»Aber die tut nur so, als wäre sie die Trina.« Sofies schräger Blick folgte einem Schwarm von Nebelkrähen, die mit durchdringendem Krächzen aufflatterten.

»Die tut nur so?«, fragte Jakob nach. »Wie meinst du das?«

»Vorn lacht sie. Aber hinten guckt sie ganz gemein.« Noch immer schaute sie den Krähen hinterher, die zum Acker am Waldrand flogen, wo gerade Furchen in die Erde gepflügt wurden.

»Hinten?« Ferdl schob fragend die Oberlippe vor. »Wo hinten?«

»Hinten im Kopf!« Sofie schüttelte den Kopf, als könnte sie nicht nachvollziehen, dass jemand das nicht verstand. Ihre Füße fingen an, unruhig hin und her zu trippeln, und ihre Finger tanzten durch die Luft. »Das ist das, was man nicht sieht. Weil in der Trina gar nicht die Trina steckt.«

»Und was steckt in ihr?«

»Bosheit!« Sofie sprang davon, um Blumen zu pflücken. Mit ganz viel Gras. Weil die Naandl so sehr den Wiesenduft von frischem Gras mochte.

Das Haus der Birchlers war frisch gekalkt. Malermeister Moroder stand gerade auf einer Leiter, um kunstvoll die Nordwand zu bemalen. Die heilige Anna Selbdritt sollte dort abgebildet werden. Unter ihm standen Töpfe mit Farben, Pasten und Pinseln.

Luzia schüttelte verwundert den Kopf und schaute die Fassade hoch. Dieses Haus hatte doch niemals dem alten Schuster gehört, wie die Birchlers behaupteten! Sie mussten von der Adelsfamilie Fridinger eine beachtliche Summe für die Statue der Schwarzen Madonna erhalten haben. Oder hatten sie noch andere Wege gefunden, um an Geld zu kommen?

Als sie am hohen Eingangsportal des Hauses klopften, das mit Schnitzereien verziert war, hörten sie nach einiger Zeit Schritte die Treppenstufen herunterkommen. Luzia stutzte. Die Tritte hallten nicht nach, wie beim Auftreten auf Holz. Die Stufen mussten aus Stein sein, vielleicht sogar aus Marmor.

Endlich trat Diethard aus dem Haus. Seine Nase war leicht geschwollen und bläulich angelaufen. Er knöpfte noch seinen ärmellosen, gefälteten Umhang zu, der ihm bis zu den Knien reichte. Dann zupfte er ihn über dem Hemd mit den gebauschten und geschlitzten Ärmeln zurecht, die mit farbiger Seide unterlegt waren. Er hüstelte und begrüßte Jakob mit einem kräftigen Händedruck. Dessen Umhang, aus dem der Bauer tags zuvor den Fetzen gegen das Nasenbluten herausgerissen hatte, war von der Moidl notdürftig geflickt worden. Diethard warf einen kurzen Blick auf die Naht und rümpfte die Nase. Ferdl bedachte er nur mit einem kurzen Kopfnicken. So wie einen Dienstboten oder ein notwendiges Übel, das es mitzunehmen galt.

Luzia übersah er einfach, was sie erleichtert hinnahm. Sein Blick glitt über sie hinweg zu Sofie.

»Du siehst aber hübsch aus«, schnurrte er, ging auf sie zu und deutete einen Handkuss an. »Woher hast du denn das feine Tuch aus Samt?«

Sofie strahlte. Sie reckte kokett ihren Oberkörper und wiegte die Schultern. »Von der Naandl«, antwortete sie. »Aber die sitzt am Ofen. Und hustet. Da braucht sie es nicht.«

»Wirklich hübsch siehst du aus!«, wiederholte Diethard gezielt langsam. Und wartete. Und fuhr fort: »Richtig fein bist du. Wenn du dich so hübsch machst, sollten wir mal zusammen in ein Wirtshaus gehen.«

»Ins Wirtshaus?« Sofies Augen leuchteten.

»Dann musst du dich aber noch mehr schmücken.« Diethard lächelte hintergründig. »Hast du denn keine Kette? Oder … ein Samtband für den Hals?«

Sofie überlegte. Ihr schräger Blick irrte umher. Da war irgendeine Erinnerung, nach der sie greifen wollte, die sie aber nicht zu fassen bekam.

Luzias Hände zitterten vor Wut. So wie Tonis Fäuste am Tag zuvor. Was hatte Diethard vor? Ohne Hintergedanken würde er Sofie nicht umgarnen. Endlich hellten sich Sofies Gesichtszüge auf. »Die gelben Bänder! Die nehme ich dann auch mit!«, rief sie. »Ja, die gelben Bänder …«

»So, dann wollen wir mal losfahren.« Die Stimme des Bauern platzte dazwischen, laut und drängend. Mit den Händen scheuchte er die beiden Schwestern zu dem Pferdefuhrwerk, das auf der Gasse bereitstand.

Der Ackergaul mit den breiten Hufen, der vor den Karren gespannt war, schüttelte die Mähne und fuhr mit dem Schweif über die Flanken, um fette Fliegen zu vertreiben. Gerade wurden ein paar meckernde Ziegen über den Platz getrieben. Ein Viehhirte, der barfuß neben ihnen herlief, trieb sie mit einem Stecken an.

Diethard bestieg als Erster den Kutschbock, dann folgten Jakob und Ferdl, der lustlos wirkte und versuchte, herumsurrende Fliegen mit seiner Spucke zu treffen.

Luzia kletterte hinten auf die Ladefläche und hockte sich auf eine wollene Decke, sorgsam darauf bedacht, ihren Rock nicht zu beschmutzen. Sofie folgte ihr, rollte sich auf etwas Sackleinen wie ein Hund zusammen, schloss die Augen und summte leise vor sich hin. Das samtene Tuch hatte sie ordentlich über sich gebreitet.

Eine Peitsche knallte, und der Wagen setzte sich ruckelnd in Bewegung. Es schaukelte und quietschte in den Radachsen, als sie durch die schmalen Gassen von Schlanders fuhren. Die Pferdehufe klapperten über holprige Wege steil hinauf bis nach Laas. Dort angekommen, ging es entlang der Via Claudia Augusta weiter in Richtung Schluderns, wo die Churburg renoviert wurde. Diese Straße war einst von den Römern als Handelsstraße von Venedig bis nach Augsburg ausgebaut worden und höher gelegen, damit sie nicht im sumpfigen Tal versinken konnte. Auf der linken Seite breitete sich eine weite Ebene aus, die von der Etsch durchflossen wurde, rechts erhob sich der Sonnenberg mit seinen Schneegipfeln.

Luzia schaute die schroffen Abhänge hoch. Der störrische Glimmerschiefer hatte sich aus dem Erdinneren hochgewuchtet, hieß es. Vielleicht war der Fels in Urzeiten einmal glühendes Gestein gewesen, das im Laufe der Zeit erhärtet war, manchmal bebte, Steinbrocken abschüttelte und Erdspalten schlug, wenn es den Bergen zu eng wurde. Und das Gletschereis dort oben schob sich wohl schon seit ewigen Zeiten durch die Last des nachfallenden Schnees in ausladende Bergmulden vor.

Luzia atmete tief durch. Die Luft schmeckte köstlich frisch und war vollgesogen vom Duft der Azaleen und Marillenblüten. Im Frühling war es immer so, als wollte die Natur vor lauter Übermut überbrodeln. Auch die Apfelbäume standen in voller Blüte, und wilde Farbkleckse überzogen die Landschaft. Auf den Hochwiesen grasten Ziegen. Das Schellen ihrer Glocken klang beruhigend und ließ die Angst vor Steinschlag und Geröllawinen vergessen.

Die Männer vor ihr auf dem Kutschbock waren tief in Gespräche versunken, links saß Diethard. Aufrecht, mit geradem Rücken und zurückgereckten Schulterblättern hockte er da, sorgsam darauf bedacht, seinen nagelneuen Umhang nicht zu zerknittern. Die unterlegte Seide in seinen geschlitzten Ärmeln glänzte bläulich, so wie der frühe Morgenhimmel. Neben ihm hockte Jakob in seinem zerschlissenen Wams. Den geflickten Umhang hatte er sich über die Knie gelegt. Er hielt die Zügel des Gauls, nickte und spitzte die Lippen, wenn der Birchlersohn ihm Anweisungen gab. Rechts kauerte zusammengesunken Ferdl und schwieg. Gedankenverloren betrachtete er seine schwieligen Hände mit den abgekauten Fingernägeln.

»Und warum fahren wir ausgerechnet zur Churburg?«, fragte Jakob vorsichtig.

»Eins nach dem anderen«, antwortete Diethard.

Gesprächsfetzen zwischen den beiden wurden vom Wind zu Luzia herübergetragen. Sie erfuhr, dass nun Diethard allein die Verantwortung für die Abfassung der Finanz- und Lieferungsverträge trug. Außerdem hatte er offenbar Geld für das Pferdefuhrwerk vorgestreckt, das Jakob ihm später zurückzuzahlen hätte. Sie hörte auch, dass in der Churburg zahlreiche Um- und

Neubauten geplant wären. Der äußere Burghof sollte erweitert und außerdem noch Gartenterrassen und eine Zwingeranlage angelegt werden.

»Das Wichtigste aber ist«, hallte jetzt Diethards Stimme zu ihr herüber, »dass neue Wohngebäude zwischen Palas und Bergfried errichtet werden. Und zwar um den geräumigen Innenhof herum. Ein groß angelegter Arkadengang ist im ersten Obergeschoss geplant.«

»Ein … Arkadengang?« Der Bauer wandte ihm das Gesicht zu und zog fragend die buschigen Augenbrauen hoch. Verunsichert kratzte er sich im Nacken.

»Ja, ein Arkadengang mit Säulen und Kapitellen. Und was wird für Säulen und Kapitelle gebraucht?« Diethard lachte breit. Es war ein kehliges Lachen, selbstbewusst und siegessicher. »Marmor! Wer will denn heute noch auf Marmorverzierungen verzichten?«

Jakob strahlte, während seine Bartspitzen im Fahrtwind tanzten. Vor Begeisterung schlug er Ferdl auf den Rücken. »Bei den Arkaden wird Marmor gebraucht. Jede Menge Marmor!«

Luzia blickte auf Diethards aufrechten Rücken und auf sein sorgsam gestutztes Haar, das sich wellig unter dem Hut hervorschob. Man mag ihm nachsagen, was man will, ging es ihr durch den Kopf, ein Gefühl fürs Geschäft hat er. Raffiniertes Verhandlungsgeschick und Durchsetzungskraft hatte er ja schon bei Steinmetzmeister Caspar Reuter bewiesen, und Skulpturen würden auf der Churburg bestimmt gebraucht. Jakob vertraute ihm völlig, sonst hätte er sich nicht gegen Moidls Willen darauf eingelassen, in den Marmorhandel einzusteigen. Anscheinend fiel seine Entscheidung auf fruchtbaren Boden. Der Arbeitsvertrag mit Steinmetz Reuter war unterzeichnet, die ersten Aufträge waren in Reichweite. Luzia betrachtete nachdenklich den faltigen Nacken des Vaters, den gebeugten Rücken und das Haar mit den ersten grauen Strähnen. Voraussetzung für Jakobs Erfolg würde allerdings sein, dass er mit Diethard zusammenarbeitete. Ohne Diethard hätte der Vater keinerlei Aussicht auf Gewinn.

In Gedanken sah sie den großen Marmorbrocken auf ihrem Feld, dieses Gesteinsstück aus klarem Weiß, das keinerlei grünliche oder bräunliche Querrillen hatte, keine Maserung oder gräuliche Gesteinsschlieren. Der Himmel schien dem Vater jedenfalls recht zu geben.

Das Pferdegetrappel auf der Steinstraße und das gleichmäßige Quietschen der Wagenräder ermüdeten. Sofie lag noch immer auf den Sackleinen, zusammengerollt wie ein Hund. Die Augen hatte sie weit geöffnet. Sie starrte wohl wieder in eine ihrer Welten und lächelte. Ihre Gesichtszüge waren derart entspannt, als würde sie dem Firmament entgegenreisen.

Wie sollte sich ihre Schwester jemals auf der Erde zurechtfinden?, überlegte Luzia. Vielleicht war ihr ja als Entschädigung für ihre Verwirrtheit die Gabe verliehen worden, irdische Schranken zu überwinden und in andere Sphären zu reisen, um dort ihr Glück zu finden.

In diesem Moment drehte sich Diethard um, so als suchte er auf der Ladefläche nach der ledernen Dokumentenrolle. Oder nach dem Brotkorb, den Trina Birchler für sie noch hatte richten lassen. Nur für den Bruchteil eines Wimpernschlags sah er Luzia an, aber in seinem Blick lag eine derart zynisch herausfordernde Warnung, dass sie schauderte. Doch dann schüttelte sie den Kopf. Was konnte er ihr schon anhaben? Jakob war doch bei ihr, Jakob, der Vater! Da konnte ihr nichts geschehen. Aber was würde mit Sofie werden? Mit ihrer dünnhäutigen Schwester, die lächelnd und mit schrägem Blick in den Himmel schaute?

Luzias Gedanken flogen davon, diesmal zu Mathilde vom Keuner-Hof. Es war noch gar nicht so lange her, dass ein vorbeiziehender Gaukler sie geschwängert hatte. In aller Heimlichkeit hatte er sie des Nachts in ihrer Kammer aufgesucht. Dort hatte er ihr eine Frucht in den Schoß gelegt, die allmählich prall herangereift war, bis die Haut ihres Unterleibs sich nicht mehr gedehnt und das Kind danach gedrängt hatte, den schützenden Mutterleib zu verlassen, um sich selbst dem Leben zu stellen. Davongejagt hatte man Mathilde. Kurz vor der Niederkunft war sie mit Schimpf und Schande aus dem Dorf vertrieben worden, ohne Mitleid für ihr bettelndes Flehen, ohne Gnade für den Bastard. Irgendwann war ihr aufgedunsener Leib an das sumpfige Ufer der Etsch gespült worden, das blau angelaufene Töchterchen hatte sie fest umklammert im Arm gehalten.

Ihre eigene Schuld wäre das gewesen, hieß es. Ein Gottesurteil. Ein ausgelöschter Schandfleck …

Luzia schaute gedankenverloren auf die groben Bretter der Ladefläche, die abgespreizten Splitter und das raue Holz. In der Bibel gab es doch sogar eine schwangere Ehebrecherin, die gesteinigt werden sollte, überlegte sie. Und wie hatte Jesus gesagt? Wer von euch ohne Sünde ist, der werfe als Erster einen Stein. Und dann waren die Steiniger gegangen, einer nach dem anderen. Doch der Magd Mathilde war nicht verziehen worden, obwohl der Gaukler sie sogar mit Gewalt geschwängert hatte. Luzia schluckte. Und wenn Diethard sich an ihr vergreifen würde? Oder an ihrer Schwester?

Sofie hatte jetzt die Augen geschlossen, summte wieder ihre seltsame Weise und lächelte, während Luzia ihr sanft über das störrische Haar strich.

Luzia schaute hinüber auf die andere Seite der breiten Talebene und hoch zu den Alpenwipfeln. Dort drüben war Maria Sforza gleich nach der Vermählung mit Maximilian mit einem großen Tross und der kostbaren Mitgift über den Wormser Pass hier heruntergereist. Ihr Schicksal war es gewesen, sich zu fügen, gleichgültig, welchem Herrscher sie zugesprochen wurde.

Es war im tiefsten Winter gewesen, als sie in den Vinschgau nach Mals gekommen war. Bei eisiger Kälte hatte sie die Kutsche verlassen müssen, weil die Pferde durch hüfthohe Schneewehen die Last nicht hatten ziehen können, und es musste zu Fuß weitergegangen werden.

Gaudenz von Matsch, der damalige Eigentümer der Churburg, war ihr entgegengereist, weil er durch seine eigene Hochzeit mit den Sforzas verbunden war. Außerdem erhoffte er sich durch den guten Kontakt zur zukünftigen Kaiserin die Gunst von Maximilian.

Maria Sforza soll nicht sonderlich hübsch gewesen sein, hieß es. Sie hätte ein einfältiges Gesicht gehabt, lästerte man. Aber wenn der Herrgott sie so erschaffen hat, soll auch Achtung vor dem Willen Gottes bewahrt werden, überlegte Luzia. Später in Innsbruck versagte Maria Sforza als Gebärerin eines Sohnes. Und Maximilian? Er ließ sie fallen …

Der Kaiser nahm sich ohnehin an anderen Stätten das, wonach seine Manneslust verlangte. Machthungrige Weiber gab es schließlich genug, die es nach ausuferndem Prunk und Pomp dürstete. Die sich als Kurtisanen und Mätressen verkauften. Oder die einen Adligen oder reich Begüterten aus reiner Geltungssucht ehelichten, um die Wertschätzung zu erfahren, die eigentlich einem Amt gebührte. Ein wahrhaft schlüpfriges Geschäft.

»Die stehlen von anderen, um selbst mehr zu sein«, pflegte Sofie bei solchen Gesprächen daheim zu sagen. »Ich bin Sofie. Ich brauch das nicht. Der Wind braucht ja auch keinen Schnee, um wichtiger zu sein!«

In der Ferne ragte auf einer Anhöhe die weiße Burganlage hoch. Erst war da nur ein kleiner Punkt, der sich allmählich vor den steil aufragenden Bergriesen hervorhob. Dann waren Seilgewinde zu erkennen, die Steinblöcke in die Höhe hievten. Hohe Gerüste waren um das Bauwerk errichtet. Aus der Ferne wirkten sie wie miteinander verhakte Stöckchen, filigran und zerbrechlich. Die Burg war nach Gaudenz von Matsch durch Erbschaft in den Besitz der Grafen von Trapp übergegangen. Und die bauten das burgartige Anwesen oberhalb von Schluderns gerade aus.

Luzia starrte auf Diethards muskulöse Schultern. Noch saß sie geschützt hinten im Pferdekarren, aber sicherlich würde ihr die Churburg den gleichen Schutz bieten können.

Der Vater lenkte den Ackergaul nach rechts und durch das enge Dorf, vorbei an Bauernhöfen, gackernden Hühnern und Misthaufen. In weiten Windungen ging es dann die Anhöhe hoch. Der Weg war nicht sonderlich steil, so wie bei vielen Trutzburgen, die uneinnehmbar an schroff abfallenden Hängen und Berghöhen erbaut worden waren. Umso erstaunlicher war es, dass die Churburg sich selbst verteidigen konnte und während kriegerischer Ausschreitungen und Belagerungen nicht geschleift worden war.

Auf einem Vorplatz unterhalb der Burg wurde das Pferdefuhrwerk abgestellt. Der Gaul schüttelte die Mähne, Schaumtropfen spritzten von seinem Maul. Mit den Hufen klapperte er unruhig hin und her, bis er auf dem steinigen Boden endlich zur Ruhe kam.

Auf die andere Seite des Etschtals, dort wo sich das Ortlermassiv hochreckte, lag der höchste Berggipfel Tirols. Machtvoll und schneeverhangen streckte sich der Steilgipfel empor und bot den Eindruck von ewiger Stille.

»Dort! Dort ist der Johann …!« Sofie sprang von der Ladefläche. Aufgeregt zwirbelte sie Haarsträhnen zwischen den Fingern. Dann hielt sie schützend den Unterarm vors Gesicht, als wollte jemand brutal zuschlagen. »Der Johann …«

»Er ist tot! Bei der Gamsjagd ist er abgestürzt«, versuchte Jakob sie zu beruhigen. »Er ist tot. Für immer tot. Du musst keine Angst haben.«

Sofie ließ langsam den Arm sinken. »Tot ist er, für immer tot?«

»Er ist tot.« Diethards Stimme war samtweich. Trotzdem war da ein Hauch von Ironie zu erahnen, eine Spur von Zynismus, die Luzia frösteln ließen.

»Tot ist er!« Jakob grunzte zustimmend und stapfte auf Sofie zu. »Und denke daran, was du versprochen hast! Du bleibst ganz dicht bei der Luzia. Und läufst nicht weg.«

Sofie nickte und fuhr mit zitternden Fingern über den Samtumhang der Naandl, während sie aus den Augenwinkeln ängstlich zum Ortlergebirge hinüberschaute und leise wiederholte: »Dicht bei Luzia … und ich laufe nicht weg.«

Diethard deutete mit dem Kinn zu Ferdl, der gerade das dreckverkrustete Fell des Pferdes tätschelte. »Er kennt sich wohl gut mit Ackergäulen aus«, sagte er zu Jakob. »Soll er dem Zossen doch Wasser bringen, ihn trocken reiben und striegeln. Da kann er sich nützlich machen. Und ich kann den Gaul wohlbehalten zurückbringen. Dann wird uns Bauer Gruber sein Pferd samt Karren gerne wieder vermieten.«

Jakob nickte. »Einverstanden! Da versteht der Ferdl was von.«

Als sie den ansteigenden Weg hoch zur Churburg liefen, schien Diethard die Luzia wieder zu übersehen, aber sie spürte seinen Blick im Nacken. Auch als es über einen gepflasterten Weg seitlich an der Burgmauer vorbei hoch zum mächtigen Eingangstor ging, glaubte sie seine Hände zu spüren, die ihr über den Hals strichen.

Der seitliche Zugang war geschickt angelegt, sodass es äußerst schwierig war, ihn mit Rammböcken niederzuwalzen. Außerdem müssten sich nachfolgende Truppen in den schmalen Seitenzugang einfädeln, der von den Zinnen aus ein todsicheres Ziel für Bogenschützen bot.

Das Tor war aus dickem Eichenholz und stand weit geöffnet. Kaum hatten sie es durchquert, ging es links in den schmalen, gepflasterten Burghof. Auch diese strategisch gut durchdachte Bauweise ließ eine direkte Erstürmung der Burg nicht zu.

Diethard folgte Luzia dicht auf den Fersen. Sie hörte das Knirschen seiner Sohlen und spürte seinen Atem an ihrem Ohr, während Sofie neben ihr herlief und das Samttuch der Naandl fest umklammert hielt.

Erst jetzt waren die wuchtigen Baumstämme zu erkennen, die bestimmt aus den gräflichen Wäldern stammten und aus denen die hohen Holzgerüste gefertigt waren. Von überall her schallten Rufe und Anfeuerungen, das Quietschen von Seilgewinden und der Lärm vom Behauen der Steinblöcke zu ihnen herüber. Zimmermänner und ihre Gehilfen schleppten Balken und Bretter, Pflöcke und Pfähle. Mörtelmischer wuchteten Eimer mit einer zementartigen Masse auf Bretterkästen, die dann mit Gewinden an dicken Seilen hochgezogen wurden.

Jakob lief auf die Gewinde zu und begutachtete ihren Mechanismus, das Ineinandergreifen von Rädern, Seilen und Kurbeln.

»Wenn Euch auch noch das Mischungsverhältnis zwischen Sand, Erde und Kalk interessiert …«, sagte ein Handwerker mit herausfordernder Stimme.

»Nein danke!« Jakob winkte ab, während er sich bückte, den Kopf vorschob und sich offensichtlich die Anordnung der Räder einprägte. »Mich interessiert nur dieses Gewinde. Und … wie schwere Brocken angehoben werden können.«

»Die Mischung hätte ich Euch sowieso nicht genannt«, antwortete der Handwerker kühl. »Unsere Mixtur ist nämlich Geheimsache. Sie garantiert die Haltbarkeit der Mauern!«

Luzia blickte hoch zu den Steinsetzern, die oben auf dem Gerüst Blöcke aus den Lastenaufzügen auf die Brandmauer wuchteten. Teilweise war die Mauer schon erhöht und sogar mit einem Zinnenkranz versehen. Auch an der Südseite, wo die Burg durch einen Erker erweitert wurde, streckten sich Gerüste empor.

Dann kamen zwei stattliche Mannsbilder auf sie zu. Der eine war Graf von Trapp höchstpersönlich. Es war bekannt, dass er ein Adliger von ungewöhnlich großer Statue war und seine Untertanen um Haupteslänge überragte.

»Es ist mir eine Ehre, Eure Durchlaucht Graf von Trapp«, erklärte Diethard Birchler mit hoheitsvoller Stimme, legte die rechte Hand auf die Brust und verneigte sich.

Jakob tat es ihm gleich, nur wirkten seine Bewegungen im Vergleich sperrig und ungelenk, genauso wie seine Wortwahl. »Ich grüße Euch, Euer Durchlaucht. Man heißet mich Jakob.«

»Und dies hier«, fuhr Diethard fort, während er auf die beiden Schwestern zeigte. »Dies hier sind Sofie und … wie war noch gleich ihr Name? Ach ja, Luzia. Die Töchter des Jakob Hofer, die sich um unsere Verköstigung kümmern wollen.«

Diethard streichelte Luzia über die Wange, als wollte er sich dafür entschuldigen, dass ihm angeblich ihr Name entfallen war. Sie wich zurück, um seine Berührung nicht ertragen zu müssen. Aber Jakob gab ihr einen kleinen Schubs, damit sie den Grafen begrüßte.

Luzia knickste und senkte den Blick. »Ich grüße Euch, Euer Durchlaucht Graf von Trapp!«

»Ich grüße Euch auch«, sagte Sofie. »Ihr habt aber einen komischen Namen!«

»Entschuldigt, Euer Durchlaucht«, meinte Jakob verlegen. »Meine Tochter … ihre Seele … sie ist noch recht kindlich, sie ist etwas … nun ja … blauäugig.«

»Blauäugig? Es sind nicht die schlechtesten Menschen, die geradeheraus äußern, was sie empfinden.« Der Graf betrachtete Sofie nachdenklich. »Bei ihnen sind keine Intrigen oder Hinterhalte zu befürchten. Und heißt es nicht in der Bibel: Werdet so wie die Kinder?«

In diesem Moment spürte Luzia, wie ein Finger blitzschnell über ihre Wirbelsäule strich, vom Nackenansatz bis hinunter zum Gesäß. Mit einem Ruck schnellte sie vor, weg von Diethard, der sich hinter sie gestellt hatte, stolperte und fiel dem Grafen fast vor die Füße. Jakob warf ihr einen abschätzigen Blick zu, während Diethard lächelnd einen Mundwinkel hochzog.

»Gegen Kinder habe ich absolut nichts einzuwenden«, sagte Diethard mit einer devoten Verbeugung. »Ich jedenfalls habe noch vor, vielen kleinen Gottesgeschöpfen das Leben zu schenken.«

»Da kann ich mir einen schlechteren Zeitvertreib vorstellen!« Der Graf lächelte versonnen und zwinkerte Diethard zu.

Luzia fröstelte. Zeitvertreib! Was wusste der Graf schon von Diethards Gelüsten, von seinen Anzüglichkeiten und der Aufdringlichkeit, mit der er sie quälte? Und was wusste der Graf von ihrer Angst und der Scham, die ihren Körper umhüllte wie eine zweite Haut, und die Diethard einreißen wollte, um sich an ihr zu ergötzen?

»Wenn der Eber zu unseren Säuen kommt, gibt es auch immer ganz viele Ferkel«, meinte Sofie mit Stolz in der Stimme. »Das sind auch Gottesgeschöpfe! Und Angst haben die auch nicht. Nicht so wie die Wintersau. Die ist nämlich tot umgefallen!«

Wieder lachte der Graf und deutete zu seinem südländischen Begleiter. Dessen feine Gesichtszüge, sein kluger Blick, die sorgsam gekämmten Haare mit den ergrauten Schläfen und auch die fließenden Handbewegungen zeichneten ihn als künstlerisch arbeitenden Menschen aus.

»Und das hier ist mein Freund und Architekt, Simon Berlozzi«, stellte der Graf ihn vor. »Er kommt geradewegs aus Mailand. Die Fassade des Palastes der Medicis ist übrigens seine Schöpfung. Jetzt kümmert er sich hier um die Architektur des Arkadenganges.«

»Und wie ich hoffe, ganz zu Eurer Zufriedenheit, Graf von Trapp«, entgegnete er.

»Von Trapp? Warum heißt Ihr denn Trapp?« Sofie stellte sich furchtlos vor den Zweimetermann und schaute zu ihm hoch. »Ihr seid ja gar kein Trappe, kein Vogel.«

»Sofie, du hast doch versprochen …«, fuhr Jakob sie erschrocken an.

»Lasst sie nur. Lasst sie sein, wie sie ist«, fiel ihm der Graf ins Wort. Er strich Sofie über das wirre Kraushaar und betrachtete aufmerksam ihren schrägen Blick. »Du hast recht. Ich bin kein Vogel. Aber die Trappe, dieser große Vogel ist unser Zeichen.«

»Ihr seid ja auch groß.« Sofie kicherte und legte ihre schmale Handfläche gegen seine Hand, die eher einer Pranke glich.

»Aber ich kann nicht fliegen!« Er zwinkerte ihr zu und winkte die anderen hinter sich her, über die Pflastersteine hinweg links zu den Stufen, die zum wuchtigen Eingangstor der Wohnanlage führten.

»Ich kann aber fliegen, wenn ich will!« Sofie schaute hoch zu den vorüberziehenden Wolken. Ihr Blick wurde glasig, und langsam breitete sie die Arme aus. »Siehst du, jetzt bin ich da ganz oben. Aber ich brauche kein Zeichen und kein Wappen. Ich bin die Sofie. Das reicht.«

10

In dem südländisch anmutenden Innenhof des Wohnturms war es wärmer als draußen in den Burggängen. Die Sonnenstrahlen erhellten zwar nur oben die Steinwände mit den Schwalbenzinnen, aber weiter unten staute sich die Wärme. In großen Töpfen wuchsen wuchtige Palmen. Oleanderbüsche in allen Farben blühten hier in voller Pracht. Ein intensiver, süßlicher Duft hatte sich im Hof ausgebreitet, und Luzia sog ihn tief ein.

Sie folgten dem Grafen über eine Außentreppe in den ersten Stock, wo der Architekt Simon Berlozzi sein Bauvorhaben für den Arkadengang erklärte. Hier sollten nach seiner Vorstellung Marmorsäulen das Gewölbe stützen, und zwar auf den Balustraden, wo vorläufig mehrere Steinsäulen errichtet waren, die aber nach Errichtung der Hauptsäulen wieder eingerissen werden sollten. Sie beugten sich über die Balustraden und schauten hinunter in den blumengeschmückten Innenhof.

»Ich könnte mir wundervolle gemeißelte Figuren, Fratzen oder Verzierungen auf den Marmorsäulen vorstellen«, schwelgte Berlozzi mit leuchtenden Augen. »Ganz im Stil der Renaissance, des Wiedererwachens alter Kulturen! Dieser Gang soll ein einzigartiges Kunstwerk werden, mit ausgetüftelten Malereien an Wänden und Decken! Und Blumen, überall Blumen!«

Luzia spürte eine Hand auf ihrer linken Hüfte, die sie etwas nach rechts zog, wo Diethard stand und grinste. Er spitzte die Lippen, öffnete sie leicht und streckte lockend seine Zungenspitze vor.

»Ihr wollt die Decken bemalen lassen?«, rief Luzia und ging ein paar Schritte auf den Grafen zu. Hier würde Diethard es nicht wagen, sich ihr zu nähern.

»Mal sehen, was Matthias an neuen Vorschlägen vorzuweisen hat!«, sagte der Graf und winkte die anderen hinter sich her.

Als sie um die Ecke des Arkadenganges bogen, sahen sie einen Maler, der an einem großen Holztisch hockte und verschiedenste Figuren skizzierte. Auf Blättern waren Entwürfe von seltsamen Tieren zu sehen, die farbig ausgemalt waren.

»Was haltet Ihr hiervon, Euer Durchlaucht?« Matthias, der noch ganz in seine Arbeit versunken war, streckte dem Grafen einige der ausgemalten Skizzen entgegen. Dann nickte er den anderen freundlich zu. Rötliche Farbspritzer hafteten an seinen Wangen, und seine Bartfransen am Kinn waren von gelblicher Farbe bekleckert. »Ich könnte mir gut vorstellen, dass sich Euer Stammbaum über die Deckenwölbungen der Arkaden zieht, und zwar über alle vier Decken um den Innenhof herum.«

»Ein Stammbaum«, überlegte Berlozzi. »Nicht schlecht. Und von wo sollte sich der Baum in die Höhe recken?«

»Von der Südseite her, von dort, wo er am besten gedeiht«, antwortete Matthias mit leuchtenden Augen und kämmte mit den Fingerkuppen das gewellte Haar zurück, das ihm ins Gesicht gefallen war.

Er stellte sich vor den Grafen und ballte vor Begeisterung beide Fäuste. »Erwachsen aus fruchtbarem Erdreich, dem Symbol für Laurentius als Euren Stammvater. Und an den Ästen hängen gelbe Quitten, die Früchte Eurer Herrschaft. Na, was sagt Ihr?«

Der Graf überlegte. »Ein Stammbaum? Wir haben den Besitz doch erst von Gaudenz von Matsch übernommen.«

»Aber Gaudenz von Matsch war ein Verwandter von Euch!« Der Maler hastete zu dem langen Holztisch, auf dem Unmengen von Blättern mit Skizzen und Malereien lagen, durchwühlte den Blätterhaufen und zog ein weiteres Papier heraus.

»Hier … seht hier!« Er streckte es dem Grafen entgegen. »Seine Erblinie stirbt aus, er hatte ja keine Kinder. Der Ast verdorrt. An dieser Stelle bildet sich ein neuer, starker Zweig, da setzt Euer Erbe an.« Wieder strahlte er übers ganze Gesicht.

Matthias war ein kräftiger Mann, der um die dreißig Lenze zählen mochte und sich ganz und gar seiner Kunst verschrieben hatte. Sein Farbkittel war bunt bekleckert, und seine Beinkleider schlackerten. Diethard warf ihm einen missbilligenden Blick zu und rümpfte die Nase, während er über seine neuen Beinkleider strich, die nach neuester Mode zweifarbig geschneidert waren.

»Er ist wahrhaft ein Künstler!« Simon Beluzzi schob anerkennend die Unterlippe vor, während er die Skizzen betrachtete und bedächtig nickte. »Einen Meister der Fresken bei sich zu haben, der sich auch noch in der Symbolik der Malerei versteht, ist ein Geschenk Gottes.«

Graf von Trapp nickte zustimmend. »Ein herausragender Vorschlag, rund um die Decken unseren Stammbaum zu verewigen … mit reichen Früchten … gelben Quitten … Und was soll an die Wände?«

Matthias' Wangen glühten. »Da habe ich mir Folgendes überlegt. Ihr liebt doch so sehr die Fabeln und Erzählungen der Griechen. Warum sollten wir deshalb nicht Fabelwesen von Äsop an die Wände bannen?«

Sofie hatte ein paar von den bunt bemalten Papieren stibitzt und streckte sie hoch in die Luft. »Das ist gut«, rief sie begeistert. »Da, seht nur!«

Auf einem Blatt waren bunt gekleidete Narren zu sehen. Sie hatten Schellenkappen auf dem Kopf, an denen Glöckchen baumelten. Auf einer anderen Skizze waren Eier gemalt, die aufbrachen und aus denen Narren schlüpften. Auf einem dritten Bild wurden sie in einen Sack gesteckt, konnten aber daraus flüchten.

»Ich wollte auch nicht in einen Sack«, flüsterte Sofie dem Maler zu. »Der wird dann oben zugeschnürt, und ich bin gefangen. Vorher lauf ich auch lieber davon.«

»Dann bist du ja auch ein Narr«, raunte Matthias zurück.

Sie schüttelte entschieden den Kopf. »Nein, ich bin die Sofie. Und aus einem Ei bin ich auch nicht geschlüpft.«

Auf anderen Blättern waren Drachenwesen und Fabeltiere zu sehen. Und seltsame Gestalten, die mit Zauberei und Narretei zu tun hatten. Sofie hielt das Blatt vom Vogelweib mit Flügeln, Krallen und prall herabhängenden Brüsten hoch und kicherte.

»Die gefällt mir!«, sagte sie »Die kann auch fliegen.«

»Gar nicht übel.« Der Graf nickte wieder anerkennend. »Hättet Ihr vielleicht noch einen Vorschlag für die Ausgestaltung der Fensternischen im Esszimmer?«

»Für die Fensternischen? Da fällt mir sicher was ein.« Matthias hockte sich zurück auf die Holzbank und fing an zu skizzieren, während Sofie sich neugierig neben ihn setzte.

»Komm, lass den Maler jetzt!«, rief Jakob ihr zu. »Du kannst dir mit Luzia später noch die Pferdeställe ansehen.«

Aber Sofies Gesicht lief puterrot an. »Ich will aber nicht! Ich will das hier sehen!«

»Lasst sie doch«, sagte Matthias und lächelte. »Sie stört mich nicht. Ganz im Gegenteil. So kann ich studieren, wie die Bilder auf sie wirken.«

Sofie verfolgte genau, wie der Künstler mit dem Kohlestift Umrisse aufs Papier skizzierte. Wie er sanft über das Blatt wischte, Konturen verstärkte und Schattierungen einfügte.

Graf von Trapp und Simon Beruzzi waren inzwischen in ein Gespräch über Sinnsprüche, Wahrsagereien und philosophische Zitate vertieft, die noch Platz an der Seitenwand finden könnten. Gleichzeitig machte sich Diethard immer wieder einen Spaß daraus, wie zufällig Luzias Nacken, ihre Schultern oder ihr Gesäß zu berühren. Dann wandte sie sich jedes Mal sofort Simon Beluzzi zu oder schlenderte zu Jakob hinüber. Aber nur einen Wimpernschlag lang hatte sie Ruhe, kurz darauf spürte sie wieder seinen heißen Atem im Nacken und seine Hand, die über ihre Schulter glitt.

Sie schlug gegen seine Finger, die über ihren Rücken strichen, oder holte mit dem Ellbogen aus, um sich zu wehren. Aber das tat sie nur heimlich, um nicht aufzufallen und um den Vater nicht wieder zu verärgern. Diesmal stellte sie sich vor den riesenhaften Grafen, der sie wie ein Schild im Rücken schützte.

»Ich will auch«, hallte Sofies bettelnde Stimme zu ihr herüber. »Ich will auch malen, ja?«

Matthias nickte und drückte ihr einen Kohlestift in die Hand. Zögerlich setzte Sofie den Stift auf ein Papier, malte Kringel, dann sanfte Striche. Sie ließ die Kohle tanzen und kreisen, bis sie ihre Geisteswelt gebannt und in eine Form gebracht hatte.

»Ein Engel«, sagte sie stolz. »Für die Naandl. Bis der Himmel sie holt.«

»Ein schöner Engel. Dann kann deiner Naandl ja nichts mehr geschehen.« Matthias lächelte und griff nach einem zerfledderten Buch.

»Was hast du denn da?« Sofie reckte sich nach dem alten Buch mit dem schweinsledernen Umschlag. Die Pergamentseiten knackten, als Matthias sie aufblätterte.

»Das sind Fabeln von Äsop«, sagte er. »Geschichten, die ich malen will.«

»Liest du mir eine vor?« Sofie hielt ihm beschwörend das Engelbild entgegen. »Wenn du willst, mal ich dir auch so was Schönes.«

»Gerne doch.« Matthias schmunzelte.

Im gleichen Moment winkte der Graf seinen Gästen, ihm zu folgen. Jakob zögerte kurz und schaute zwischen Sofie und den anderen hin und her.

»Sofie kann wirklich gerne bei mir bleiben!«, rief Matthias ihm zu. »Bis Eure Arbeit erledigt ist.«

»Meinen besten Dank.« Jakob atmete erleichtert auf. »Wie ich sehe, ist Sofie hier bestens aufgehoben.«

Sofie strahlte, während sie Matthias vorschlug, auch dem Hund ein Narrenkostüm zu zeichnen. Mit Glöckchen dran. Aber nicht dem Affen da, dem auf zwei Beinen, der so eitel in den Spiegel schaute wie Menschen, die glaubten, sie wären etwas Besonderes, nur weil sie eine Spange im Haar trugen.

Dafür sollte die Sau ein Narrenkleid haben. Jawohl, die Sau auch. Denn sie, die Sofie, liebte Säue. Daheim war eine Sau tot umgefallen. Wegen der Angst. Aber mit dem bunten Kleid müsste sie keine Angst haben. Alle Säue sollten Narrenkleider tragen, dann könnte man sie nicht in den Sack stecken …

Diethard, Jakob und Berluzzi folgten dem Grafen zu einer Ecke der Loggia. Luzia schlenderte in kurzem Abstand hinterher, sodass sie hinter dem Birchlersohn zu stehen kam.

»Kommen wir also zum Geschäftlichen.« Der Graf räusperte sich und wandte sich an Berluzzi. »Erklärt Ihr, was wir uns gedacht haben.«

»Wir brauchen sechzehn hochragende Säulen aus Marmor, die das Gewölbe stützen«, sagte er, während er auf die Balustraden zeigte. »Sechzehn Marmorsäulen«, wiederholte Jakob leise, während sich seine Augen weiteten.

»Hier haben wir uns einen Eckpfeiler mit einer Teufelsfratze gedacht«, fuhr Berluzzi fort. »Mit herausgestreckter Zunge, wie sie neben Kirchenportalen zu finden ist. Zur Abwehr gegen böse Geister. Ist so etwas machbar?«

»Natürlich ist das machbar!«, antwortete Diethard zuvorkommend und verbeugte sich kurz, während er den Federhut schwenkte. »Wir arbeiten mit den besten Steinmetzen des Landes zusammen. Bestimmt können wir Euch schon bald Skizzen mit ersten Entwürfen zukommen lassen.«

»Alles ist machbar …«, wiederholte Jakob mit Ehrfurcht in der Stimme. Mit so einem gewaltigen Auftrag hatte er nicht gerechnet.

Luzia stand an der Loggiamauer dicht neben Jakob, der sie immer wieder heimlich anstachelte, zu knicksen, den Grafen anzulächeln und ihm zu schmeicheln, um noch mehr Wohlwollen zu entfachen. Nur zu gerne kam sie diesmal seinen Wünschen nach, um Diethard zu entfliehen.

»Euer Durchlaucht«, fragte sie dann. »Ist es im Winter nicht eisig kalt in den Gemächern?«

Der Graf lächelte. »Im Winter ziehe ich mich nach Innsbruck zurück. Allerdings haben wir auch hier große Kamine, die vom Flur aus beheizt werden und von dort die Wärme in die Wohnstuben leiten.«

Oder sie sagte: »Euer Durchlaucht, dort drüben steht ein Trinkhorn. Habt Ihr das Tier, von dem es stammt, selbst erlegt? Habt Ihr nicht Angst vor solchen wilden Bestien? Ist die Jagd Eure große Leidenschaft?«

Immer neue Fragen ersann Luzia, um die Aufmerksamkeit auf sich zu ziehen und sich so vor Diethards Zudringlichkeiten zu schützen, während Jakob im Beisein des Architekten mit langen Fäden haargenau Höhe und Umfang der geplanten Säulen vermaß.

»Ihr habt eine wissensdurstige Tochter«, meinte Graf von Trapp zu Jakob, als dieser gerade die Abmessungsfäden in einen Beutel steckte.

Geschmeichelt nahm er seine Gugel vom Kopf und drehte sie verlegen in den Händen, während er sich verbeugte und vornehm die Lippen spitzte.

Der Graf winkte die Gruppe hinunter ins Erdgeschoss, wo eine gotische Stube ausgebaut wurde. Dort bat er seine Gäste, Platz zu nehmen. Stühle wurden gerückt, ein Diener brachte quellfrisches Wasser, das mit rotem Wein vom Kloster Marienberg gemischt werden konnte, frisch gebackenes, duftendes Brot und verschiedene Sorten Bauernkäse von seinen Gütern.

Diethard breitete einen Pergamentbogen aus, holte Tintenfass und Feder hervor und begann niederzuschreiben, was bisher ausgemacht war.

Das Pergament war schon häufiger benutzt worden, denn Tintenreste von früheren Schriften, die nicht ordentlich genug weggekratzt worden waren, zeichneten sich an den Rändern der Tierhaut ab.

Wichtigtuerisch schob Diethard seinen rechten Ärmel hoch, tunkte dann den kunstvoll zugeschnittenen Federkiel in die Tinte und notierte sowohl die bisherigen Abmachungen als auch das, was noch verhandelt werden musste.

Wohlwollend betrachtete Berluzzi, wie Diethard mit schwungvollen Schnörkeln am Satzanfang die einzelnen Punkte auflistete. Da ging es um erste Skizzen der sechzehn Marmorsäulen, um Kapitelle, Umfang, Gesamtkosten, Zahlungsweisen und Lieferungen.

Immer wieder forderte der Graf Luzia auf, sich vom knusprigen Brot ein Stückchen abzubrechen und den Ziegen- oder Bergkräuterkäse zu kosten. Da sie sich nicht recht traute, nach den Köstlichkeiten zu greifen, kam sie den Aufforderungen gerne nach und nippte sogar am Weinbecher. Trotzdem saß sie stocksteif und verunsichert da, weil der Vater ihr wieder heimlich Fußtritte verpasste, um sie daran zu erinnern, dem Grafen zu schmeicheln.

»Die Burg ist wundervoll gelegen«, schwärmte sie. »Vom Fenster aus hat man eine wundervolle Sicht auf die Schneeberge vom Ortler. Und auf der anderen Seite liegt das Kloster Marienburg. Wart Ihr schon einmal dort? In diesem Kloster?«

»Natürlich! Uns verbindet viel«, sagte der Graf. »Und die alte Kapelle ist ein Wunderwerk der Freskenmalerei. Sie offenbart tiefe Weisheit über das Universum.«

»So … ein Wunderwerk also«, nahm Luzia den Faden auf und lächelte, während sie unauffällig zu den aufgetischten Käsesorten hinüberschaute. Der Bergkräuterkäse schmeckte köstlich, aber sie wagte nicht, unaufgefordert nach noch einem Stückchen zu greifen. »Die Malereien oben in der Loggia werden bestimmt auch ein Schmuckstück.«

»Das will ich wohl meinen.« Berlozzi nahm den Weinbecher in die Hand, spreizte den kleinen Finger, an dem ein zierlicher Goldring mit eingefasstem Rubin steckte, und nahm einen Schluck. »Matthias versteht sein Handwerk.«

»Nehmt doch noch ein Käsestück«, forderte der Graf sie auf.

»Wenn Ihr meint …«, antwortete Luzia und griff noch einmal nach der Köstlichkeit. Trotzdem entging ihr nicht, wie Diethard es verstand, Zahlenreihen und Schriftzeichen ordentlich aufs Pergament zu bannen, und das in einer gewaltigen Geschwindigkeit, die sie mit Staunen erfüllte. Geschickt war er, ohne Zweifel. Nicht behäbig plump und ungelenk wie der Vater. Oder Ferdl. Und schlanke Finger hatte er, die den Federkiel gut zu halten wussten. Wo er diese Fähigkeit wohl erlernt hatte? Bestimmt nicht als Sohn eines Bauern, denn seine Nägel waren gepflegt, und die Hände wiesen keinerlei Schwielen auf, die von einem Handwerk stammen konnten. Wieder fragte sich Luzia, woher die Birchlers nur diese enge Verbindung zum Wanga hatten. Über Geschäftsverbindungen oder Handelsbeziehungen? Da musste neben dem Verkauf der Schwarzen-Madonnen-Skulptur noch mehr im Spiel gewesen sein, das ihnen so viel Reichtum beschert hatte …

Als die Mahlzeit verzehrt und die Ergebnisse der Gespräche notiert waren, führte Graf Trapp sie zur doppelt gesicherten Tür der Rüstkammer. Er schob den mächtigen Bart des Eisenschlüssels in das Schloss, und es quietschte laut, als er gedreht wurde. Dann drückte der Adlige die schwere Holztür auf und präsentierte stolz seine Sammlung.

In dem langgestreckten Raum waren bestimmt fünfzig Rüstungen der Burgbesatzung aufgestellt. Starr standen sie da, in Reih und Glied, glänzend poliert, wie unheimliche Kämpfer ohne Leib und Seele, die erst in der Dunkelheit der Nacht zum Leben erwachten. Schwerter, Hieb- und Stichwaffen hingen an den Wänden, und Armbrüste, Pferdesättel, Streitäxte und Pulverbüchsen waren auf geschnitzten Holztischen und Bänken ausgestellt.

Staunend schaute Luzia sich um. Ein vollständiger Plattenharnisch lag über einem ausgestopften Schlachtross. Was für glänzende Glasaugen das Pferd hatte! Als würde jeden Moment das Leben zurückkehren und es im wilden Satz davonspringen lassen.

So etwas hatte Luzia noch nie gesehen: ein ausgestopftes Tier mit eigenem Fell, das Abbild seiner selbst. Der Pferdekopf mit der Mähne und den geblähten Nüstern war angriffslustig erhoben, das Vorderbein mit den dunkel schimmernden Hufen angewinkelt. Ob man das eines Tages auch mit Menschen machen würde?

Links an der Steinwand ragte eine Rüstung von gewaltigem Ausmaß in die Höhe. Die kleinere daneben wirkte wie für einen Zwerg gehämmert. Das Sonnenlicht, das durch die hohe Fensternische fiel, ließ die Oberfläche aufglänzen. Silberne Lichtpunkte tanzten über Platten, Scharniere und eiserne Handschuhe.

»Das ist der Plattenharnisch von Ulrich von Matsch«, erklärte der Graf. »Wahrhaftig ein Riese von einem Mann. Die Rüstung ist zwei Meter zehn groß und über vierzig Kilogramm schwer ...«

Luzia starrte die Gigantenrüstung an. Allein die riesenhafte Größe musste Gegner in Angst und Schrecken versetzt haben.

»Der Mailänder Waffenschmied Missaglia hat sie gefertigt«, fuhr Berlozzi fort. Er schmunzelte und wusste genau um die beeindruckende Wirkung auf den Betrachter.

Luzia nickte. Mailand, natürlich. Enge Kontakte dorthin waren ja gegeben, durch die Verbindung zur Adelsfamilie Sforza, durch Berlozzi und durch Matthias, der dort die Freskenmalerei erlernt hatte.

Sichtlich stolz nahm Graf von Trapp einen der Helme in die Hand, eine Hundsgugel. Sie sah tatsächlich aus wie ein Hundekopf und ließ durch die länglich gestreckte Form der gelöcherten Metallschnauze dem Ritter mehr Luft zum Atmen. »Seht Euch diesen Helm nur an! Er ist zwei Millimeter dick, in Handarbeit getrieben, vernietet und verschweißt. Das Visier ist nach oben aufklappbar, mit Ketten an Stiften befestigt und kann auch ganz abgenommen werden. Und innen ist es mit Leinenstreifen ausgepolstert.«

»Hier ist der Graf ganz in seinem Element.« Der Architekt zwinkerte Diethard zu, der sich wieder neben Luzia gestellt hatte und seine Finger über ihren Rücken gleiten ließ. »Über Rüstungen könnte er sich stundenlang auslassen.«

»Aber hier wollt Ihr doch sicherlich keinen Marmor einbauen lassen«, sagte Luzia und ging ein paar Schritte auf den Grafen zu.

»Das ist wohl richtig«, meinte der Graf fast bedauernd, als er den Helm zurücklegte. »Vielleicht wäre die Burgkapelle ein geeigneter Ort dafür.«

Gemeinsam folgten sie dem Adelsherrn aus dem Wohntrakt heraus und über den äußeren Burghof. Die dicken Stiefelsohlen klackten auf dem Kopfsteinpflaster. Nur Luzias Sohlen wischten fast lautlos über die Steine, dafür knallten Jakobs derbe Holzschuhe umso kräftiger auf.

Sie gingen vorbei an Steinträgern mit geschulterten Bruchsteinen und Helfern, die angerührten Zement in Bottichen auf die Hebebühne mit den Seilwinden schleppten, vorbei an Burschen und Mägden, die in der Küche, im Haushalt und auf den Feldern halfen und jetzt knicksten oder sich verbeugten. In der Ferne heulten in den Zwingern Jagdhunde auf, Pferde wieherten in den Stallungen. Dann hatten sie die Holztür erreicht, die zur Hauskapelle führte.

Dort war es düster. Nur das ewige Licht flackerte in einem dünnen, rötlichen Glas. Dicht gedrängt standen sie in der dunklen Kapelle und betrachteten die Kostbarkeiten. Luzia fühlte sich zwischen den Mannsbildern eingezwängt und wagte nicht, sich umzudrehen, um nachzusehen, wer hinter ihr stehen mochte. Zwei Kerzen flammten vor dem Bild des Flügelaltars auf. In den

Lücken, die sich zwischen den aufgeklappten Flügeln bildeten, wachten die Figuren der beiden Schreinwächter. An der Wand befanden sich zwei Totenschilder, die früher über den Gräbern von Adligen aufgehängt waren, wie Berlozzi erklärte. In dem rechten glänzten drei goldene Masken. Auf einem Sockel stand die Holzskulptur einer Madonna mit Jesuskind, die schon an die zweihundertfünfzig Jahre alt sein mochte.

»Den Holzsockel könntet Ihr doch durch eine Marmorsäule austauschen, wie sie unserer geliebten Madonna würdig wäre«, schlug Diethard Birchler vor, der dicht hinter Luzia stand. Mit der Hand fuhr er über Luzias Hinterteil, mit dem Mittelfinger die Ritze entlang und drückte im schnellen Rhythmus dagegen.

Luzia presste die Gesäßmuskeln zusammen. Mit Tränen in den Augen ballte sie die Faust und schlug hinter sich. Ein leises Lachen war zu hören.

Jakob wandte sich um und sah den Birchlersohn mit großen Augen an. »Eine Säule? Aber natürlich! Eine neue Marmorsäule!« Dann flog sein Blick durch die Kapelle, ob nicht noch mehr Änderungsvorschläge zu machen wären. »Dort drüben! Der Kerzenleuchter könnte auch auf einem kunstvollen Marmorpodest abgestellt werden, und in die Fenstereinfassungen und Eingangsstufen da drüben könnten wir auch Marmor einpassen …«

Aber Graf von Trapp winkte ab. »Wenn wir schon planen, sollten wir uns dazu durchringen, endlich eine gänzlich neue Burgkapelle zu errichten. Oder was meint Ihr, Simon?«

Der Architekt nickte. »Eine gute Idee. Das sollten wir endlich in Angriff nehmen. Gleich gegenüber vom Glockenturm, wie wir es schon angesprochen haben. Ich habe erste Baupläne bei mir …«

Noch immer hielt Luzia die geballten Fäuste auf dem Rücken in Abwehrhaltung, aber immer wieder strich ihr Diethard über die Finger oder umfasste ihre Faust mit festem Griff.

»Ah, die Baupläne, gut, gut!« Graf von Trapp winkte die anderen über die ausgetretenen Steinstufen hinaus an die frische Luft und weiter den Burgweg entlang. Von irgendwo hallte das Gekeife von streitenden Mägden und das Quietschen vom Drehen der Seilwinden zu Luzia herüber.

Sie atmete erleichtert auf, obwohl ihr Magen rebellierte und ihr Säure in die Kehle stieg. Hätte sie doch nur nicht vom Wein genippt! Berauschende Getränke war sie nicht gewohnt. Oder war doch eher die Abscheu vor Diethard der Grund dafür, dass sich ihr Bauch verkrampfte? Mit gesenktem Kopf hielt sie sich dicht bei Jakob. Nur aus den Augenwinkeln bemerkte sie, wie Diethard sie spöttisch von der Seite her angrinste.

Gleich gegenüber von dem Portal, das in den blumengeschmückten Hof des Wohntrakts führte, war ein breiter Holztisch aufgestellt. Darauf rollte Architekt Berlozzi eine Pergamentrolle mit Grundrissen und Skizzen aus. Fast zärtlich strich er über die bräunlich durchschimmernde Tierhaut, die noch nach den beißenden Substanzen roch, mit denen sie geschmeidig gegerbt worden war.

In diesem Moment führte ein Pferdeknecht eine stattliche Schimmelstute durch den schmalen Burgweg. Die Hufe klackerten über das Kopfsteinpflaster, und mit dem Schweif versuchte das Tier die surrenden Schmeißfliegen zu verjagen. Sein Fell glänzte schweißnass. Der Geruch von Pferdeäpfeln vermischte sich mit dem von frischem Zement und den Küchenausdünstungen.

»Möchtest du nicht die Stallungen mit den Pferden besichtigen?«, fragte Graf von Trapp Luzia. »Ein Mädchen wie du mag doch sicherlich Pferde. Wir haben hier noch zu beratschlagen …«

Luzias Augen leuchteten. »Nur zu gerne würde ich mir Eure Stallungen anschauen …« Sie blickte der reinrassigen Schimmelstute hinterher, die am Ende des gepflasterten Weges rechts in einem Stall verschwand. Einfach verschwinden, weg von Diethard!, überlegte sie. Vielleicht war das hier eine gute Gelegenheit. »Wenn Ihr es erlaubt, Euer Durchlaucht. Nur zu gerne!«

»Dann macht Euch auf den Weg.« Der Graf schaute kurz zu Jakob hin. »Ihr habt doch nichts dagegen, oder?«

Jakob schüttelte den Kopf. »Soll sie nur. Kostet ja nichts. Aber nicht zu lange …«

Luzia strich sich den Leinenrock glatt und knickste. Auf einmal roch es wieder nach Oleander, und auch ihr Magen hörte auf zu rebellieren.

»Wir treffen uns dann später bei Sofie und dem Maler!«, rief sie dem Vater zu, während sie sich auf den Weg machte.

»Was … haltet Ihr davon, wenn ich Eure Tochter begleite?«, fragte Diethard mit erhobener Stimme. Luzia stockte. Seine Worte trafen sie wie Faustschläge, als er fortfuhr: »Ihr versteht sicher. Der Stallbursche sah nicht besonders vertrauenerweckend aus. Außerdem sollte ein hübsches Mädchen zwischen all den Bauleuten nicht allein gelassen werden.«

Jakob rieb sich über das stoppelige Kinn und nickte. »Da habt Ihr völlig recht. Aber die Schreibarbeiten …«

»Ihr besprecht, welche Marmoreinbauten in der neuen Kapelle erforderlich sind«, fuhr Diethard fort. »Ich werde später alles protokollieren und dann gegebenenfalls noch einmal korrigieren.« Er verbeugte sich mit einer ausladenden Handbewegung und folgte Luzia, die schon aufgesprungen war und in Richtung der Pferdeställe vorauseilte.

Auf dem Pflasterweg zwischen der Brandmauer und den gewaltigen Steinquadern der Burganlage drängten sich Steinmetze, Gesellen und Handlanger. Es roch nach zerkochtem Kohl und Pferdemist, Männerschweiß und dieser zementartigen Masse, mit der die aufgestockten Steine verfugt wurden. Luzia stolperte fast über einen Hanfstrick, an dem eine quiekende Sau vorbeigezerrt wurde, und lief auf die Stallung zu, während Diethard allmählich näher kam.

Im Stall würde sie sicher sein, dachte sie. Der Pferdeknecht hatte ihn nicht mehr verlassen, da würde sie nichts zu befürchten haben.

Als sie die steinerne Stallanlage betrat, fiel nur wenig Licht durch ein schmales Fenster. Staubkörner flirrten umher, aufgewirbelt von den Pferdehufen, die im Stroh scharrten.

»Hallo?« Luzia schaute sich um. Wo war der Pferdeknecht?

Weiter hinten befand sich eine niedrige Holztür, die nur angelehnt war. Damit hatte Luzia nicht gerechnet: Da gab es einen Hinterausgang, der wohl zum Brunnen führte. Oder zu einem weiteren Stall, wo Stroh, Pferdedecken und Geschirr untergebracht waren.

Im gleichen Moment wurde ihr eine Hand auf den Mund gepresst. Jemand packte sie und schleuderte sie mit dem Rücken gegen die Steinwand. Ihre Handgelenke wurden über Kreuz mit festem Griff zusammengedrückt und derart heftig gegen den Bauch gedrückt, dass sie kurz aufstöhnte. Sie spürte Diethards heißen Atem an ihrem Hals. Seine feuchte Zunge leckte über ihr Ohr und zog eine nasse Spur über ihre Wange. Er presste den Unterleib an sie, und sie fühlte eine unnatürlich harte Verschalung.

Eine Schamkapsel? Luzia spürte trotz allem Erleichterung. Diese metallene Kapsel, die seinen Unterleib vor unliebsamen Angriffen schützen sollte und die nach der neuesten Mode protzig aufgewölbt war, schützte jetzt sie! Schützte sie vor der Berührung mit seinem starren Glied, vor dem sie sich so ekelte.

Sie versuchte den Mund zu öffnen, zu beißen und nach seinen Fingern zu schnappen, die noch immer ihre Lippen zusammenpressten. Sie schmeckte Blut, sie hatte wohl die eigene Mundschleimhaut aufgerissen. Der Hinterkopf schmerzte vom Druck gegen die raue Mauerwand. Ihre Hände waren wie gefesselt, und die Fußtritte mit ihren dünnen Leinenschuhen vermochten gegen Diethards derbe, rindslederne Stiefel nichts auszurichten.

Dann glitt sein Gesicht tiefer, und er suchte mit den Lippen durch die Leinenbluse nach ihrer Brust, während er sich mit der Wange an ihren Körper schmiegte.

Die Stute schüttelte die Mähne, wieherte auf und stampfte mit den Hufen. Der Druck seiner Hand auf Luzias Lippen verstärkte sich, ihr Kiefergelenk knackte. Luzia hatte die Augen weit aufgerissen, die Umrisse des Pferderückens verschwammen vor ihren tränennassen Augen. Hilf, Heilige Jungfrau Maria, hilf!

In diesem Augenblick knarrte die Hintertür und schob sich knirschend über Strohfasern vor. Sofort lockerte Diethard den Griff seiner Hände. Luzia riss sich los und rannte davon. Sie rannte über den gepflasterten Weg zurück, drängte sich an Bauarbeitern vorbei, mitten durch eine Gruppe von Steinmetzgesellen, die ihr johlend Koseworte nachriefen, immer weiter, ohne auf Zementtröge und Eimer zu achten. Ihr rechter Fuß krachte gegen einen Wasserbottich, der kippte, sodass sich sein Inhalt über die Pflastersteine ergoss.

»He, kannst du denn nicht aufpassen?«, schrie ihr ein Bursche hinterher.

Luzia hetzte die vier Außenstufen zum Eingangsportal der Wohnanlage hinauf, dann in den Innenhof mit den Oleanderbüschen und weiter auf die Stufen der Außentreppe zu. Sie musste hoch zu Sofie. Zu Sofie, die hoffentlich noch oben in der Loggia bei Matthias saß. Doch Diethard, der ihr gefolgt war, packte sie, als sie gerade den Treppenabsatz erreicht hatte.

»Ich krieg dich schon«, raunte er ihr leise zu. Er schob sein kräftiges Kinn vor und atmete schneller. »Und wenn du dich noch so sträubst. Obwohl ich gestehen muss, dass dein Sträuben dich noch reizvoller macht.«

Wieder riss Luzia sich los, raffte den Leinenrock und hetzte die Stufen hoch, den Arkadengang entlang, der um den Innenhof führte, auf ihre Schwester zu, die gottlob bei Matthias mit Farbe und Pinsel Papiere bemalte. Ihre Hände waren bunt bekleckert, auch im Gesicht hatte sie Farbspritzer. Luzias Blick ging zurück zum Treppenaufgang, doch von Diethard war nichts zu sehen. Erleichtert atmete sie auf.

»Matthias will mich malen!« Sofies Wangen glühten, und das dunkle Kraushaar stand ihr derart wirr vom Kopf ab, als könnte es nie mehr gebändigt werden. »Ich soll auch auf die Wand. Er will mein Gesicht!«

Luzia schloss die Augen, als Sofie auf sie zusprang und sie umarmte. Wie könnte sie es jemals ertragen, wenn Diethard sich an ihrer Schwester vergreifen sollte? Jetzt schmiegte sich Sofies Wange an ihre Schulter. Störrische Haarspitzen fuhren Luzia durchs Gesicht. Sie nahm Sofies Geruch wahr. Nicht Puder, Öl oder Parfum. Sie schnupperte. Ja, so roch Sofie. Nur Sofie allein.

»Das ist wundervoll«, sagte Luzia leise. Sofies Geruch war so vertraut, da steckte ein Stück Heimat drin. Ein Wiedererkennen. »Es ist ganz wundervoll, dass Matthias dein Gesicht will.«

»Er will's nicht haben. Leihen werde ich's ihm«, sagte Sofie stolz. »Dann malt er es ab. Und ich bleibe für immer. Nicht nur so in Gedanken, sondern auch als Bild. Und alle können mich sehen!«

Matthias schmunzelte. »Die Sofie ist sehr klug. Auf ihre Weise …«

»Meine Schwester?«, fragte Luzia verwundert. »Sehr klug? Was kann sie uns denn beibringen?«

Matthias zwirbelte nachdenklich an ein paar Bartsträhnen. »Manchmal verliert man die Sicht auf die Welt. Sofie hilft, sie wieder gerade zu rücken.«

Er lächelte, stützte sich auf seinen breiten Fäusten hoch und winkte die beiden hinter sich her in einen herrschaftlichen Speiseraum, der von der Loggia abzweigte und schon mit kunstvollen Malereien ausgestattet war.

Überall waren Putten und Speisenträger an die Wände gemalt. In den Nischen gleich neben der Anrichte mit dem Trinkhorn waren Figuren zu sehen, die die Monate darstellten. Der gewaltige Esstisch lud zu ausufernden Mahlzeiten ein. Oben an der geschnitzten Kassettendecke waren die zwölf Tierkreiszeichen des Himmels dargestellt, die Jupiter in der Mitte und Sol und Luna umkränzten.

»Was bin ich eigentlich für ein Sternbild?«, fragte Sofie, den Blick zur Decke gerichtet.

»Vielleicht bist du ein Schütze.« Matthias schaute in sich versunken aus dem Fenster, hinüber zu den schneebedeckten Berggipfeln, die steil und unüberwindbar aufragten. Er seufzte. »Ein Schütze, der mit seinem Pfeil einfach davonfliegen will. Den die Sehnsucht forttreibt. In die Ferne. In andere Länder. Auf der Suche nach sich selbst.«

»Bist du ein Schütze?«, fragte Sofie und stellte sich dicht vor ihn, sodass ihm der Blick auf die Bergwelt verstellt war.

Matthias wiegte bedächtig den Kopf. »Meine Sehnsucht treibt mich auch umher, hin zu alten Schriften, philosophischen Abhandlungen …«

»Dann bin ich kein Schütze. Lesen mag ich nicht.« Sofie ging neugierig auf ein seltsames Gerät zu, das auf einem Tisch stand. Es hatte eine Tastatur aus glänzendem Elfenbein und war mit kunstvollen Intarsien geschmückt. »Was ist das denn?«

»Ich will es euch zeigen.« Matthias drückte vorsichtig mit dem Finger auf eine Taste, und ein tiefer Ton dröhnte durch den Raum, fand den Weg in den Innenhof und hallte nach, bis er in ein erbärmliches Quietschen überging.

Entschuldigend hob er die Schultern. »Die Orgel ist noch nicht ausgereift. Es wird wohl noch ein paar Jährchen dauern, bis sie die Zuhörer in Verzückung versetzen kann.«

»Luzia? Sofie?«

In diesem Moment hallte die Stimme des Vaters zu ihnen herüber. Sofort liefen die Schwestern in den Arkadengang. Diethard stand mit Jakob an der Balustrade in ein Gespräch vertieft.

»Mein Gesicht wird an die Wand gemalt!« Sofie hüpfte ausgelassen auf ihren Vater zu. »Matthias malt mich. Dann bin ich ein Abbild von mir.«

Jakob strich seiner Tochter über das strubbelige Haar. »Ja, Sofie. Dann bist du ein Abbild von dir.«

»Ein gemaltes Abbild von dir …« Diethard fuhr zärtlich mit dem gekrümmten Zeigefinger über Sofies Wange, während er sie mit dem Blick fixierte. »Das wird bestimmt das allerschönste Bild auf der Churburg!«

Sofie drehte sich auf den Zehenspitzen und streckte die geöffneten Hände dem Firmament entgegen. »Es regnet«, sang sie laut. »Es regnet Freude!«

»Wie siehst du denn aus?«, platzte Jakob plötzlich dazwischen und starrte Luzia an. Breitbeinig stand er da, die geballten Fäuste waren auf die Hüften gestemmt. »Kann man dich denn keinen Moment aus den Augen lassen?«

Luzia fasste verunsichert nach den Zöpfen, die als Kranz um den Kopf gebunden waren. Aber die Flechten waren noch immer festgesteckt, keine Haarsträhne hatte sich gelöst. Verunsichert schaute sie an sich hinunter, dorthin, wo der Vater sie anstierte. Auf der Leinenbluse war in Brusthöhe ein feuchter Fleck zu sehen. Erschrocken verdeckte sie ihn mit den Händen und verbarg dieses Schandmal, das Diethard ihr unten in der Pferdestallung aufgezwungen hatte.

»Und deine Lippen? Warum sind deine Lippen blutig aufgerissen?« Jakob krallte vor Wut die Finger in seinen Umhang, während er kurz hinter sich sah, ob Graf von Trapp sich näherte.

Luzia leckte mit der Zunge über die blutige Schwellung, die erst jetzt anfing zu brennen und die von Diethard stammte, als er ihr den Mund zugehalten hatte. Sie presste die Zähne zusammen, um nicht laut aufschreien zu müssen. Nun kam der Birchlersohn näher auf sie zu und betrachtete mit vorgespielter Sorge die Wunde an ihrer Oberlippe.

»Ich habe Euch doch erzählt, dass Luzia über einen Wassereimer gestolpert ist. Daher stammt dieser nasse Fleck an einer … nun ja … einer etwas unglücklichen Stelle. Ganz sicherlich!« Seine Stimme klang ölig glatt, und grinsend fuhr er fort: »Und bei dem Sturz wird sie sich die Lippe aufgeschlagen haben!«

Jakob warf seiner Tochter einen abfälligen Blick zu. »Was kann man von einem Mädchen schon erwarten!«

»Ich bin auch ein Mädchen! Aber mein Mund hat kein Blut. Und ich werde abgemalt«, rief Sofie empört. »Und ich rücke die Welt zurecht. Das hat Matthias gesagt.«

»Du bist ja auch etwas anderes.« Jakob lächelte. Seine Hände entkrampften sich, und er streckte sie ihr entgegen. »Du bist mein Mädchen. Das ist etwas ganz anderes.«

Sofie strahlte. Ihr quer stehender Blick wirkte wie losgelöst, als sie aus ihrem Brustbeutel die gelben Seidenbänder herauszog und hoch in die Luft streckte.

»Die kommen mit aufs Bild«, sirrte sie. Ihre Stimme überschlug sich fast.

»Sofie!«, rief Jakob entsetzt. Sofort schnellte sein Blick wieder zum Treppenaufgang. »Steck sie weg! Steck die Bänder sofort wieder weg!«

Aber ihre Finger krallten sich nur umso fester um die Hurenbänder. Sie schleuderte ihre Leinenschuhe unter den Skizzentisch von Matthias und rannte barfuß den Arkadengang entlang. Die wehenden Streifen zog sie wie flatternde, gelbe Wellen hinter sich her, die sich manchmal in ihrem Kraushaar verfingen. »Die kommen mit aufs Bild!«

»Sofie!«, brüllte Jakob, während er zum Treppenaufgang hinüberschaute. »Komm sofort zurück!«

»Sofie, schau hier!«, lockte Matthias. »Das Glöckchen ist viel schöner.«

Sofie stockte. Neugierig lief sie auf Matthias zu, der aus einer Ledertasche ein goldfarbenes Glöckchen hervorholte.

»Darf ich das haben?«, fragte sie mit zärtlicher Stimme.

»Dann musst du aber vorher diese Bänder wegstecken«, antwortete Matthias, während Jakob sich vorsichtig über das Steingeländer beugte und hinunter in den Innenhof schaute. »Sonst kannst du das Glöckchen gar nicht richtig festhalten.«

Sofie zögerte kurz. Dann steckte sie die gelben Bänder zurück in den Brustbeutel, nahm das Glöckchen und schwenkte es vorsichtig hin und her. Ein helles Klingeln war zu hören, zart und zerbrechlich.

Matthias griff noch einmal in seine Ledertasche. »Hier hast du noch ein Lederband. Bind das Glöckchen dran, und häng es dir um. Dann klingst du wie ein Englein, das ruft.« Kaum hörbar fügte er noch hinzu: »Und jeder weiß, wo du zu finden bist.«

II

Am nächsten Morgen war die Moidl schon vor Tagesanbruch auf den Beinen. Es galt, den Stall auszumisten, die Schweine in abgetrennte Gitter zu treiben und Schubkarre, Heugabel und Egge zur Seite zu schaffen, denn heute sollten die Säue gedeckt werden. Und zwar von dem Eber von Bauer Holzbickel. Gleich am Vormittag wollte der Bauer den Prachtburschen mit einem Ochsenkarren hochbringen.

»Der Eber vom Holzbickel deckt die Sau!«, rief Jakob verärgert der Moidl zu, die geschäftig hin und her wuselte. »Da musst du ja nichts schaffen! Das macht der ganz von allein.«

Die Moidl schwieg, fuhr mit dem Reisigbesen über die Holzbohlen, sodass Staub hochwirbelte, und kehrte den Dreck zusammen, während Jakob und Ferdl am Esstisch warteten.

»Wir müssen los! Beeil dich!«, brüllte Jakob, während er mit dem Messer auf die Tischplatte klopfte. »Also Weib, bring uns vom Brot, Käse und Dünnbier.«

»Holt's euch selbst. Ich hab zu tun«, entgegnete sie schroff und verschwand in der Küche.

»Jetzt mach schon!«, brüllte ihr Jakob hinterher. »Wir machen das Geschäft unseres Lebens! Bald sind wir reich.«

Die Moidl stapfte zurück und knallte eine Holzschüssel voll mit Marmorsteinchen auf den Tisch. »Dann sieh zu, wie du so lange davon satt wirst. Ich habe jetzt mit den Säuen zu tun!«

Dann machte sie sich auf zum Schweinestall. Das energische Aufstampfen ihrer Holzschuhe hallte noch lange nach. Im gleichen Moment sprang Sofie hoch, und das Glöckchen an ihrem Hals bimmelte aufgeschreckt. »Ich will das sehen, wenn der Eber sich über die Säue hermacht!«

»Aber der Eber ist ja noch gar nicht da. Bring du uns Brot und Käse!«, rief der Bauer seiner Tochter zu. »Ich will mit Ferdl bereden, wer welche Aufgaben hat.«

»Welche Aufgaben? Muss ich da auch was tun?«, fragte Sofie vorsichtig.

»Nein, du nicht, mein Mädchen. Der Ferdl. Der Ferdl und ich. Holst du uns nun Brot und Käse?«

»Gut, aber schnell!« Sofies nackte Füße klatschten auf den Holzbohlen. Sie holte letztes Paarlbrot, Wurstreste und alten Ziegenkäse und stapelte alles auf die Marmorsteinchen in der Holzschüssel.

»Ob die Säue Angst haben, wenn der Eber kommt?« Wie erstarrt blieb sie plötzlich stehen. Ihr quer stehender Blick richtete sich auf das Jesuskreuz, dann auf die Kanne mit dem kostbaren Walpurgisöl. »So ein fetter Eber kann ja auch Angst machen.«

»Die Säue haben keine Angst, im Gegenteil. Die mögen das.« Ferdl nahm sich einen Brotfladen, riss ihn auseinander und grinste frech. »Die warten bestimmt schon auf ihn.«

»Die warten schon?« Sofie schnappte nach Luft. »Und wenn dann der Eber Angst hat?«

Wie entfesselt rannte sie zum Stall. Das Klingeln des Glöckchens zog wie ein Klangfaden hinter ihr her. Luzia hockte währenddessen am Höllele und schob der Naandl Löffel mit Getreidebrei zwischen die Lippen. Ein Bröckchen fiel der Großmutter vom Mund auf die Ofenbank, und Luzia kratzte es mit dem Löffel wieder weg.

»So ist das mit den Alten«, sagte die Naandl, deren Augenlicht immer mehr unter dieser weißlich trüben Schicht versank, als wollte sie sich vom Diesseits verabschieden. »Man wächst einfach raus aus dem Leben.«

Luzia löffelte in der Holzschüssel letzte Krumen auf und hielt sie der Naandl vor die Lippen, weit genug von ihrem eigenen

Rock und Hemd entfernt, um nichts zu verschmutzen. Das Leinenhemd hatte sie noch gestern Abend mehr als sorgfältig ausgewaschen. Geschrubbt hatte sie es, mit Seifenkraut und Bürste. Um nichts in der Welt wollte sie etwas von Diethards Spucke mit sich herumtragen, auch wenn sie längst getrocknet war.

Trotzdem fühlte sie sich wie in ein Büßerhemd gezwängt. Als wäre es geschändet und würde teuflische Kräfte auf sie übertragen. Am liebsten hätte sie das Hemd verbrannt und zusammen mit Diethards Lüsternheit zu Asche zerfallen lassen. Sie atmete tief durch. Und heute hieß es wieder Zeit mit diesem Birchlersohn verbringen zu müssen. Wenn sie dem doch entfliehen und sich aus dieser unwürdigen Fehde herauswinden könnte …

Sie stockte. Vielleicht gibt es da noch eine letzte Möglichkeit, überlegte sie und schaute zu Ferdl und dem Vater hinüber. Sie hockten am Esstisch, stopften Stücke vom Paarlbrot in sich hinein, tranken Dünnbier und redeten über die Zukunft.

»Es ist einfach nicht deine Sache«, brummte Jakob. »Das mit den Zahlen und der Schreiberei.«

Ferdl kratzte sich am Hinterkopf. »Ich weiß schon. Aber was dann? Ich kann mich ja um den Gaul kümmern. Ich meine, wenn ihr da rumschwatzt.«

»Das ist nicht effektiv!«, meinte Jakob und grunzte.

»Nicht effektiv?« Ferdl zog fragend die Oberlippe hoch und fuhr sich mit den Fingerspitzen durch die Haarsträhnen, sodass sich das Muttermal an seiner Schläfe zeigte, das er gerne zu verdecken suchte.

Luzia kratzte in der Breischüssel herum, damit nicht auffiel, dass sie lauschte. Wo er wohl diesen neuartigen Ausdruck wieder aufgeschnappt hatte!

»Nicht effektiv. Einfach zu wenig!« Jakob schmatzte und schlürfte Dünnbier. »Viel zu wenig, so kommen wir nicht weiter! Jede Burg hat seine Knechte, die sich um den Gaul kümmern können!«

»Aber …«

»Nichts aber. Das ist nicht effektiv! Kapierst du nicht?« Jakob streckte den Oberkörper und hob die Augenbrauen. »Nicht effek-tiv!«

Die Gelegenheit ist günstig, dachte Luzia. Die Sätze flogen zwischen Jakob und Ferdl hin und her, und bis zum Aufbruch würde bestimmt noch einige Zeit vergehen. Sie nahm die leergekratzte Schüssel, schlich sich davon und rannte in den Stall, wo die Moidl Körner und Halme zusammenkehrte.

»Mal sehen, ob sie wartet!« Sofie bückte sich nach dem Hintern einer Sau, packte den geringelten Schwanz, hob ihn mit einem Ruck hoch und betrachtete den Scheideneingang. Er war rötlich angeschwollen und verschleimt. Dann drückte sie dem Tier kräftig von oben aufs Hinterteil, als wollte der Eber den Rücken besteigen. Die Sau spreizte leicht die Hinterbeine und blieb wie erstarrt stehen.

»Sie rauscht«, kreischte Sofie wie von Sinnen. »Die Sau rauscht! Der Eber muss her, sie wartet schon!«

Erst jetzt entdeckte die Moidl Luzia, die verlegen dastand, im guten Leinenrock und mit gesäubertem Hemd. Die geflochtenen Zöpfe hatte sie ordentlich zu einem Haarkranz hochgesteckt.

»Moidl, der Vater will los.« Luzias Stimme war leise. »Aber ich möchte viel lieber hierbleiben. Weißt du … der Diethard …«

»Der Birchler Diethard?«, fragte die Moidl und wischte sich übers verschwitzte Gesicht. »Was ist mit ihm?«

»Der stellt mir nach«, flüsterte Luzia, ohne dass Sofie es hören konnte.

»Der Birchlersohn passt mir auch nicht.« Die Moidl schaute gehetzt zur Stalltür und horchte. In der Ferne war Pferdegetrappel zu hören und das Quietschen von Wagenrädern.

»Aber der Diethard … er … will was von mir …«, stotterte Luzia.

Die Moidl stellte den Reisigbesen in die Ecke, wuchtete die

Karre weg und stapelte drei Kübel ineinander. »Du bist halt ein hübsches Madl.«

»Aber er will …«, stotterte Luzia. »Er will mehr.«

»Der macht schon nichts.« Die Moidl schob eine widerspenstige Haarsträhne zurück unters Kopftuch. »Der Vater ist doch bei dir. Es passt schon, wenn ihm der Birchlersohn zur Hand geht, bevor der alte Depp noch eine Dummheit anstellt.«

»Ich kann doch der Naandl Tee kochen«, bettelte Luzia. »Und auf Sofie aufpassen.«

»Auf mich muss keiner aufpassen!«, rief Sofie, die mit hochrotem Gesicht der Sau immer wieder auf den Hintern drückte. »Das kann ich ganz allein!«

»Geh jetzt besser.« Die Moidl wischte sich seufzend die Hände an der Schürze ab. »Der Jakob will es so. Wir kommen schon klar.«

Das Quietschen der Wagenräder kam näher, genauso wie das Pferdegetrappel. Peitschenknallen war zu hören, und Männerstimmen hallten zu ihnen herüber.

»Ich muss raus, der Eber kommt!« Sofie rannte los, und das Glöckchen an ihrem Hals bimmelte aufgeschreckt. »Der Eber kommt, die Sau wartet schon. Ich will sehen, wie sie sich dann freut. Und wie er ihr über die Haut streichelt. Das ist nämlich schön! Das weiß ich.«

»Sauschön!« Ferdl, der gerade in den Schweinestall stakste, um die Luzia zu holen, grinste breit. »Streicheln ist sauschön. Aber nicht nur das Streicheln.«

Die Fahrt mit dem Pferdekarren ging nach Kastelbell, einer Burg, die sich auf einem Steilfelsen linksseitig der Etsch erhob. Klein war sie, aber es hieß, dass Ausbauten geplant waren.

Diesmal waren sie nur zu dritt. Diethard saß in der Mitte auf dem Kutschbock, rechts neben ihm Jakob, auf der anderen Seite Luzia. Ferdl war zurückgeblieben. Der Vater hatte kurzfristig entschieden, dass sich sein Sohn zukünftig um die technische Seite der Bergung und des Abtransports von Marmorbrocken kümmern sollte, da ihm kein Talent für gewiefte Verhandlungen und ausgeklügelte Verträge in die Wiege gelegt worden war. Aber im Handwerk, da stellte er sich geschickt an und wusste praktische Lösungen für Schwierigkeiten zu finden. Da sollte jetzt sein Platz sein. Ferdl war ab sofort der Mann fürs Grobe, für alles Weitere hatte Jakob ja den Diethard.

Gleich am nächsten Tag wollte Jakob mit Ferdl hoch zu dem Marmorbruch am Nördersberg, der schimmernd weiß im Berghang steckte. Bestimmt würden sie Gesteinsbrocken finden, die erst einmal nach und nach mit Handkarren die schmalen Wegbiegungen entlang vom Steilhang bis zu einer Hochebene fortgeschafft werden konnten, um sie dort auf Pferde- oder Ochsenkarren umzuladen. Bis dahin sollte er sich um Werkzeuge und Seilwinden kümmern, damit schwerere Steine angehoben werden konnten. Der schneeweiße Marmorklotz, der in der Lawine heruntergekracht war, konnte erst einmal auf ihrem Ackerland liegen bleiben. Diesen zentnerschweren Block konnte sich so schnell keiner unter den Nagel reißen. Aber um ihn für die Säulen im Arkadengang der Churburg zu zerschlagen, war er viel zu kostbar. Da mussten andere Marmorteile her.

Vielleicht lag in dem Brocken vor ihrem Bauernhaus ja ein kunstvolles Marienstandbild verborgen. Oder die Skulptur eines hoch aufgewachsenen, nackten Jünglings, so wie sie jetzt in Mailand, Florenz und Rom in den Palazzi aufgestellt wurden. Da musste schon ein besonderer Auftrag her, der es wert war, diesem kostbaren Stein mit Sticheln und Meißeln zu Leibe zu rücken. Das hatte der Vater gestern Abend noch verkündet.

»Du spinnst«, hatte die Moidl ihm in der letzten Zeit immer wieder an den Kopf geworfen. »Du bist ja völlig verrückt geworden!« Dann streckte sie die Ellbogen abwehrend vom Leib und presste die Lippen zusammen. Sie war sogar in der Schlafkammer mit ihrem Strohlager von Jakob weggerückt und hatte auch seine Hand weggeschoben, als er nachts nach ihrem Leib verlangte. Sein lautes Fluchen hatte Luzia bis in ihre Kammer hinein gehört. Danach hatte die Moidl ihr Lager bei der Naandl aufgeschlagen, weil sie krank wäre und hustete, hatte sie gemeint. Und weil das Leben nicht mehr so recht bei ihr bleiben wollte.

»Du spinnst!«, hatte die Moidl auch an diesem Morgen wieder gesagt, als Jakob und Luzia sich zu Fuß auf den Weg nach Schlanders gemacht hatten, wo Diethard mit dem Pferdewagen auf sie warten wollte.

Die Worte aber waren nicht mehr wutentbrannt aus ihr herausgeplatzt, sondern klangen eher enttäuscht. Die Moidl war müde geworden. Als sie sich dann mit dem zitternden Handrücken über die Stirn gewischt hatte, war Luzia erschrocken über ihre ausgemergelten Oberarme gewesen. Schon öfter war ihr aufgefallen, dass die Moidl bei den Mahlzeiten zu wenig Brot und selten vom Käse nahm, um stattdessen dem Vater, dem Ferdl oder sogar ihr selbst etwas zuzustecken.

Der Weg nach Kastelbell führte die Via Claudia Augusta entlang, dieser Römerstraße, die ganz aus Stein gebaut war und in die zwei gleichlaufende, breite Rillen für Wagenräder gemeißelt worden waren. Es war ein gigantisches Bauwerk, das von Augsburg bis nach Venedig führte.

»Es wäre sicherlich auch interessant, die Besitzer der Burg Goldrain zu kontaktieren«, meinte Diethard, als der Pferdewagen die Steinstraße erreicht hatte. »Wenn sich erst herumspricht, dass wir herausragend gute Arbeit zu bieten haben, wird sich der Aufwand bald lohnen.« Dabei lächelte er wieder, als wäre er im Begriff, einen großen Sieg zu erringen.

»Das ist ef-fek-tiv«, erwiderte Jakob. »Sehr effektiv sogar!«

Wie zufällig rutschte Diethard näher an Luzia heran, bis sich ihre Oberschenkel berührten. Seine Körperwärme drang durch den Leinenrock an ihre Haut. Wieder spürte sie, wie sich ihr Magen verkrampfte, als hätte sie verdorbene Kost zu sich genommen.

Nur nicht in der Burg Kastelbell allein an Einbuchtungen der Bruchsteinmauern oder in abgelegenen Burggängen zurückbleiben!, ging es ihr durch den Kopf. Bei Diethard half nichts, um sich zu wehren oder ihn wegzudrängen. Sie betrachtete seine gepflegten Hände, die nichts von schwerer körperlicher Arbeit wussten, aber dennoch gnadenlos zupacken konnten. Wie gebieterisch er die Pferdepeitsche in der Hand hielt, und wie energisch er sie durch die Luft sausen und zurückschnellen ließ, bis die Luft von einem lauten Knall erzitterte.

Diethard grinste, saugte an einem Grashalm herum, den er mit den Zähnen festhielt, und zwinkerte Luzia zu. Der höher gelegene Römerweg führte durch die Ebene zwischen Nördersberg und dem kilometerlangen Sonnenberg hindurch. Hier waren große Waldflächen abgeholzt worden. Die vielen kahlen Steilhänge, Hochebenen und Hügel wirkten schroff, und waren mit ihren schneebedeckten Gipfeln und Gletschermulden von unerklärlicher Erhabenheit.

Auf den Hangwiesen weideten große Herden von Ziegen, genauso wie Kühe, die selbst an steileren Hängen Halt zu finden wussten. Und das war gut so. Waren die Halme nämlich erst einmal zu lang, wurden sie im Herbst von Regenschauern zu Boden gedrückt. Dann hatten Schneelawinen eine Gleitfläche, über die sie viel besser hinwegrutschen konnten als über stoppelige Felder, obwohl eine kraftvolle Berglawine von nichts aufzuhalten war. Möge der Herr im Himmel sie davor beschützen.

Die andere Seite am Nördersberg, wo sie selbst lebten, war schattig und waldig. Auch hier sollte es mehr zu Rodungen kommen. Ständig wurde Holz gebraucht, nicht nur für die Schmelzöfen bei den Erzbergwerken. Man munkelte, sogar Venedig hätte Interesse an Holzlieferungen bekundet. Es wäre ja gar kein Aufwand, die Stämme mit Pferdekarren bis nach Branzoll zu bringen, von wo aus die Etsch schiffbar war und das Holz von Flößern bis nach Venedig getrieben werden konnte.

Von der Lagunenstadt ging eine seltsame Faszination aus, der sich Luzia trotz der kriegerischen Auseinandersetzungen mit ihrem Land nicht entziehen konnte. Venedig musste eine wundervolle Stadt sein, erbaut auf Millionen und Abermillionen von Baumstämmen. Allein für die Rialtobrücke waren über hunderttausend Stämme in den morastigen Boden versenkt worden, hieß es. Und für die Kathedrale Santa Maria della Salute wären es sogar über eine Million Erlen- und Ulmenstämme gewesen. Die Abholzungen in Istrien und Umbrien hätten viel Schaden angerichtet. Ob jetzt auch die Wälder am Nördersberg daran glauben mussten?

Luzia spürte, wie Diethard noch näher an sie heranrutschte und den Druck gegen ihren Schenkel verstärkte. Sie schwieg, rutschte immer weiter zur Kante der Wangenbank und hielt dann seine Berührung aus, indem sie versuchte sich abzulenken.

Sie ließ ihren Blick über Kastanienhaine am Sonnenberg gleiten, dort wo die kilometerlangen Waale, wie die Bewässerungsanlagen genannt wurden, an Feigenbäumen und Zypressen vorbeiführten. Und an Weinstöcken, deren Anbauflächen dem sachten Verlauf der hügeligen Landschaft folgten oder die in Stufen an Steilhängen angepflanzt waren. Das breite, fließende Wasser der Etsch glitzerte im Licht der höher steigenden Sonne. Angler hockten am Ufer und holten zappelnde Fische aus den Fluten.

Endlich war die Burg Kastelbell in Sichtweite. Hoch auf dem Felsen war sie gelegen und konnte nur durch einen Weg außen um die Burganlage herum erreicht werden. Auf einem Vorplatz stellten sie den Pferdekarren ab. Sofort sprang Luzia vom Kutschbock, um sich von Diethard zu lösen. Das weiche Gras dämmte ihren Sprung. Ab jetzt hieß es, besonders aufzupassen.

Die Burg Kastelbell war keine Verteidigungsanlage, obwohl hier seit langen Zeiten adlige Herrschaften gelebt hatten. Die hoch aufragenden Rondelle waren für Festivitäten und Zusammenkünfte gedacht und boten eine beeindruckende Aussicht auf die breit dahinfließende Etsch, die Weinreben an den Berghängen bis hinauf zu den Gletscherbergen. Allerdings wurde die Burganlage jetzt von Ortsvertretern verwaltet, da der Verkauf vorbereitet wurde und dafür die Attraktivität noch erhöht werden sollte.

Luzia schaute hoch zum Dachreiter, dem kleinen Glockentürmchen, das mit Pfosten auf dem Dachstuhl aufgesetzt war. Noch hatte die Glocke nicht geschlagen, noch hatten sie das Zeichen für die Zusammenkunft nicht versäumt.

Vor der Burganlage, von wo aus das Tal zu überblicken war, warteten sie. Ein Bediensteter sollte sie in Empfang nehmen, sobald die Kirchenglocken zur Mittagsstunde läuteten. Luzia knurrte der Magen. Ob ihnen wieder so ein reichhaltiges Mal mit Brot, Käse und Früchten aufgetischt werden würde wie bei Graf von Trapp auf der Churburg?

Diethard holte aus der Tasche ein paar Marillenkerne, legte sie auf einen flachen Fels und zerschlug mit einem Steinbrocken die harte Schale, um an das köstliche Innere zu gelangen.

»Ob wir auf der Burg Erfolg haben werden?«, fragte Jakob nachdenklich, während er hinüber zu den Weinstöcken schaute, wo ein dralles Weib mit Kopftuch die wuchernden Ranken an Holzgerüsten hochband.

»Warum sollten wir das nicht haben?«, meinte Diethard, der mit Wucht die Kerne zerschlug. »Wir haben den besten Steinmetz unter Vertrag und können liefern, sobald ihr Marmorbrocken hoch oben vom Nördersberg heruntergeholt habt.«

»Aber es gibt Konkurrenz aus Latsch, von der Steinmetzzunft selbst, die ein preiswerteres Angebot machen könnte«, wandte Jakob ein.

»Richtig. Aber ich wiederum habe jemanden, der mich regelmäßig über das informiert, was in Latsch verhandelt und besprochen wird. In aller Stille … versteht sich. Wenn keiner es mitbekommt.«

»Und wenn derjenige beiden Seiten seine Dienste anbietet?«

»Ja, dann wäre das eine harte Nuss, die es zu knacken gilt«, antwortete Diethard und zerschlug wieder mit lautem Krachen einen der Marillenkerne. Die Schale splitterte. Mit den Fingerspitzen zog er das weiche Innere heraus und fügte hinzu: »Aber jede Nuss ist zu knacken!« Dabei schaute er zu Luzia hinüber und grinste.

Dann läutete die Glocke vom Dachreiter, und der Klang flog mit dem Wind weit ins Tal hinein. Endlich kam der Ortsvorsteher, um sie abzuholen, ein knochiger Mann mit schlurfendem Gang, aber wachem Blick.

»Ortsvorsteher Rechenmacher!«, stellte er sich Diethard, Jakob und Luzia vor, die ihn ihrerseits begrüßten. Über eine Holzbrücke, die den Burggraben überspannte, ging es auf das rundbogige Eingangstor zu, durch das sie den schmalen, winkligen Burghof betraten.

Luzia maß mit dem Blick die Strecken und Entfernungen ab. In dieser Burg musste sie sich vor Diethard hüten, denn es gab viele Bogenöffnungen und Freitreppen. Selbst die Steinbrücke, die den Hof überspannte und mit einem Holzdach vor Regen geschützt war, blieb teilweise nicht einsehbar.

Als Ortsvorsteher Rechenmacher Luzias suchenden Blick sah, schnarrte er: »Diese Brücke da ist als Verbindung zwischen dem Südtrakt und dem Kapellentrakt gedacht. Aber sie wird nicht oft genutzt.«

Schon glaubte Luzia, sich dort oben auf den Holzplanken liegen zu sehen, mit Diethard über sich, der ihr das Hemd vom Leib zerrte. Sie sah sich in Nischen, Ecken und Vorräumen, glaubte, seinen Atem im Nacken zu spüren und seinen Unterleib, der sich an sie presste. Sie wollte dicht bei Jakob bleiben, ganz dicht!

Die Besichtigung der Burg mit dem Ortsvorsteher nahm nicht

allzu lang in Anspruch. Raum für Raum wurde in Augenschein genommen und erwogen, ob es eine Möglichkeit zur Ausstattung mit Marmor gab. Selbst die Burgküche wurde begutachtet. Nur wenig Licht fiel durch die kleinen, in unregelmäßigen Abständen eingebauten Fenster. Dunst und Qualm des massiven Küchenherdes, der mit Steinplatten belegt war, zogen durch einen Rauchfang ab.

Luzia hatte sich so oft es ging vor den Vater geschoben, um Diethard keinerlei Möglichkeit zu geben, sie zu bedrängen. Tatsächlich schaffte sie es, dem Birchlersohn einen selbstsicheren Blick zuzuwerfen, doch dafür war seiner eiseskalt. Eingeschüchtert wandte sie den Kopf. Diethard war keiner, der sich auf der Seite der Verlierer sah. Hellwach musste sie sein, Situationen im Voraus einschätzen können und immer die Nähe des Vaters suchen!

Sie schaute die verrußten Wände des Kamins hoch, die sich trichterförmig im Rauchfang verengten und in einem Schlot endeten, der hoch aus der Burganlage hinausragte. Es roch nach geröstetem Fleisch, das auf dem Herd brutzelte. Luzia schluckte. Köstlicher Rinderbraten! Es war schon lange her, dass sie sich so etwas hatten leisten können.

Durch eine Öffnung in der Küchenwand reichte die Köchin gerade einen Krug mit Wein, duftendes Brot, Käse und geräucherten Speck einem Dienstboten entgegen, der die Köstlichkeiten auf der anderen Seite der Durchreiche entgegennahm.

Nachdem sie das Erkerzimmer mit der Täfelung begutachtet hatten und auch die Rondelle, die allein für Feierlichkeiten gedacht waren, forderte Ortsvertreter Rechenmacher sie im Palas mit einer zuvorkommenden Verbeugung auf, an einem langen Holztisch Platz zu nehmen. Dort war die Mahlzeit aufgetischt. Luzia lief das Wasser im Mund zusammen, als sie den Speck roch. Und den Bergkäse. Ob es wohl auch noch etwas von dem Rinderbraten gab?

Diethard saß mit durchgedrücktem Rücken am Holztisch, hielt einen Federkiel in der Hand und schrieb fein säuberlich auf einem Pergament die Aufträge nieder. »Dort drüben der Kamin soll also mit Marmor eingefasst werden«, wiederholte er, während Jakob die Maße nahm.

Ortsvorsteher Rechenmacher nickte. »Ganz im Stil der Renaissance, dem Zeichen der neuen Zeit.« Gleichzeitig wies er auf die Wände, die mit dekorativer Malerei geschmückt waren. Seine Augen leuchteten, und es schien, als fiele es ihm äußerst schwer, sich von den kunstvoll gezeichneten Mäandern und Figuren wieder loszureißen.

Luzia schluckte. Der Speck duftete köstlich, und der gelbliche Käse schimmerte verlockend. Ob sie sich einfach bedienen sollte, obwohl niemand sie dazu aufgefordert hatte?

In diesem Moment öffnete sich die Flügeltür, und ein Maler betrat den Raum. Er hatte Farbsprengsel im Bart, und in seinem Haar klebte etwas vom Wandputz. Sein Leinenhemd war mit bunter Farbe bekleckert.

»Ich grüße Euch, Matthias«, sagte Luzia überrascht, als sie den Maler von der Churburg wiedererkannte. »Habt Ihr hier auch Skizzen anzufertigen?«

Matthias nickte erfreut und hob grüßend eine Hand. »Ich male die Klosterkapelle aus.«

»So wie es auf der Churburg geplant ist?«, fragte sie nach. »Mit Lebensbäumen und Fabelwesen?«

»Sieh sie dir doch einfach an«, antwortete er und fuhr sich mit den Fingern durch die verklebten Haarsträhnen. Mörtelstaub rieselte zu Boden. »Magst du einen kurzen Blick darauf werfen?«

»Aber ja!« Nur zu gerne tue ich das, fuhr Luzia in Gedanken fort. Bei Matthias wäre sie vor Diethard sicher! Wenigstens für kurze Zeit. Sie musste von Tag zu Tag denken, von Stunde zu Stunde, von Minute zu Minute.

»Aber wo ist Sofie?«, fragte er, während er sich umschaute. »Ist sie diesmal nicht mitgekommen?«

»Sie wollte lieber daheimbleiben.« Luzia lächelte verschämt. »Weil der Eber zu den Säuen kommt.«

»So, der Eber kommt zu den Säuen …« Diethard schmunzelte. »Was für eine verlockende Vorstellung.«

»Aber das Glöckchen trägt sie jeden Tag«, fuhr Luzia fort, ohne auf seine Anzüglichkeit einzugehen. »Also, lieber Vater. Darf ich?«

Jakob nickte, und auch Ortsvorsteher Rechenmacher war einverstanden. Diethard lächelte zuvorkommend, aber sein Gesichtsausdruck wirkte leicht verkrampft. Luzia sprang auf, obwohl ihr Magen knurrte und die aufgetischten Köstlichkeiten lockten. Nur zu gerne folgte sie Matthias.

Die Burgkapelle war recht klein, trotzdem durfte sie zur Sonntagsmesse auch von den Leuten aus dem Dorf aufgesucht werden. Deswegen war oben an der Rückwand ein großes Fenster angebracht, hinter dem die adlige Herrschaft von einem höher gelegenen Stockwerk aus ungestört dem Gottesdienst beiwohnen konnte.

Unter dem Kreuzgratgewölbe stand ein Holzgerüst für Matthias, der die Decke zum Teil schon mit Ornamenten ausgestattet hatte, mit Früchten und Blumen, am Scheitel mit einem Rundmedaillon der Pietà und den vier Evangelisten Matthias, Markus, Lukas und Johannes. An der Rückwand war Gott Vater gemalt. Er saß auf einem Stuhl und hielt die Querbalken des Kreuzes fest, an die Jesus genagelt war. Über Gott Vater schwebte eine Taube.

»Ich weiß, eine ungewöhnliche Zusammenstellung«, meinte Matthias und wiegte den Kopf. »Ich habe mir lange Gedanken darüber gemacht, wie die Dreieinigkeit Vater, Sohn und Heiliger Geist in einem Bild dargestellt werden kann. Die drei Aspekte des Göttlichen …«

Luzia trat näher an das Gemälde heran und tupfte vorsichtig mit dem Finger auf die feuchte Wand.

»Ein gewisser Luther nennt so eine Darstellung auch den Gnadenstuhl«, fuhr Matthias fort. »Gott Vater auf dem Thron hält das Kreuz mit Jesus, und über ihnen schwebt die Taube des Heiligen Geistes.«

»Und hier habt Ihr noch Maria mit dem Kind hinzugefügt«, sagte Luzia und ging ein paar Schritte die Wand entlang.

»Ja, ich dachte mir, dass die Gottesmutter nicht fehlen darf. Ich arbeite übrigens nach der Methode, die sich Freskomalerei nennt«, sagte er. Als er Luzias fragenden Blick sah, trug er mit einer schmalen Kelle sorgsam eine Art Putz auf die seitliche Wand der Kapelle auf, genau zwischen zwei Apostel, die bereits aufgemalt und einander zugewandt waren.

»Siehst du?«, sagte er. »Wenn ich jetzt darauf male, verbinden sich die Farbpigmente sofort mit dem nassen Putz. Deshalb muss ich schnell arbeiten, bevor er trocknet. Die Malereien und Schriftzeichen sind dann fest mit den Wänden verbunden.«

Er stellte mehrere Kerzenhalter mit flackernden Wachskerzen vor der feuchten Wand ab. Dann malte er mit einem feinen Pinsel links in die Lücke einige Schriftzeichen auf die feuchte Wand und darunter eine weitere Zeile. Und noch eine. Er lächelte verschmitzt, nahm einen silbern eingefassten Handspiegel, der auf einem Holzbock lag, hielt ihn so, dass die aufgemalten Worte verkehrt herum zu sehen waren, und zeichnete die Spiegelschrift dann rechts in die Lücke. »Na, was siehst du?«

»Schrift und Spiegelschrift stehen zwischen zwei Aposteln«, sagte Luzia zögerlich. Dann lächelte sie. »Sie sprechen miteinander?«

Matthias nickte. »Sie rufen sich etwas zu. Sie spiegeln die Worte.«

»Und was rufen sie sich zu?«

»Es sind Sätze aus dem Credo, dem Glaubensbekenntnis.«

Luzia betrachtete fasziniert die kunstvolle Pinselführung und die feinen Buchstaben, die allmählich aus der Spiegelschrift herauswuchsen. »Ihr seid ein wahrer Meister!«

»Ich habe auf meiner Studienreise in Mailand einen Maler bei den Sforzas kennengelernt, ein gewisser Leonardo da Vinci …«

»Bei den Sforzas?« Luzia blickte überrascht hoch. »Bei Ludovico Sforza, der seine Nichte Maria mit Maximilian verheiratet hat? Die Maria, die in Mals in der Fröhlichsburg übernachtet hat?«

»Genau bei dem«, fuhr Matthias fort. »Ludovico Sforza hat diesen Leonardo da Vinci großzügig unterstützt. Und der hat sämtliche Aufzeichnungen in Spiegelschrift verfasst. Sein Leben, seine Erfindungen, seine Eingebungen …«

»Warum hat er das gemacht?«

Matthias zuckte mit den Schultern. »Er ist ein Mann mit tausendfachen Fähigkeiten. Ein überbrodelndes Genie, ein Fantast, ein Universalgelehrter. Und er spielt mit seinen Möglichkeiten.«

»Wollte er durch die Spiegelschrift seine Schriften verschleiern?«

»Da Vinci?« Matthias lächelte. »Verschleiert hat er sein Werk sicherlich. Aber bestimmt nicht auf diese profane Art und Weise. Dieser Universalgelehrte weiß nicht nur um irdische Geschehnisse. Es gibt nämlich mehr zwischen Himmel und Erde, als wir auch nur ansatzweise erahnen können. Leonardo ist ein Eingeweihter, ein Gigant, der sich auch in anderen Welten auskennt.«

»Ein Eingeweihter …«, wiederholte Luzia leise. »Wird man so geboren, oder kann man sich das erarbeiten?«

»Wenn ich das nur wüsste!« Matthias atmete tief durch. »Ich jedenfalls arbeite dafür. Wenn mein Leben erst einmal vorbei ist, werde ich es wissen. Aber frag doch mal Sofie, vielleicht kennt sie die Antwort …«

»Da mögt Ihr recht haben, Meister Matthias«, sagte Luzia nachdenklich.

»Warte hier, ich muss noch Farbpigmente aus dem Lager holen. Und etwas Speck und Brot werde ich auch herbeischaffen. Wenn du magst.«

»Und ob ich mag!« Luzia strahlte und rieb sich den knurrenden Magen.

»Dann lass mich mal sehen, was ich sonst noch auftreiben kann. Vielleicht etwas vom Braten ...« Matthias zwinkerte ihr zu und machte sich auf den Weg. Seine festen Schritte hallten im Gang der Burganlage nach, bis sich ihr Klang in der Ferne verlor.

Luzia betrachtete ehrfürchtig die wundervollen Fresken, den feinen Pinselstrich, die Pracht der Malereien. Es roch nach Farbe und Putz. Die Luft war klamm, vollgesogen von der Feuchtigkeit des Wandputzes. Draußen waren leise Schritte zu hören, dann wurde die Kapellentür aufgeschoben.

»Und, Meister Matthias?«, fragte Luzia, während sie sich näher zu den Spiegelschriftzeichen und Heiligenfiguren beugte. Im Licht der flackernden Kerzen schimmerte die Nässe dunkel auf, ein samtener Überzug schien auf den farbigen Kleidern der Heiligen zu liegen. »Habt Ihr die Farbpigmente?«

»Ich habe da etwas ganz anderes!« Die Stimme jagte ihr eine Eiseskälte durch den Körper.

Luzia wirbelte herum. Vor ihr stand Diethard. Im matten Kerzenlicht der Kapelle war sein Gesicht nur undeutlich zu erkennen. Schatten wischten über Nase und Wangenknochen, aber seine Augen blitzten. Langsam ging er auf Luzia zu. Sie wich zurück, vorbei an dem Holzgerüst und weiter auf die Apsis zu. Über ihr war der Himmel mit dem segnenden Christus und der Verkündigung Marias gemalt. Vor ihr stand Diethard mit zynischem Lächeln und vorgestreckten Händen, als könnte ihn nichts in der Welt davon abhalten, sich endlich zu nehmen, wonach ihm verlangte.

»Was willst du von mir?« Luzias Stimme bebte, und sie wich noch weiter zurück.

»Was ich will?« Diethard lachte auf. »Da gibt es nicht so viele Möglichkeiten.«

Er warf sein Barett zu Boden und drängte sie gegen die Steinwand. »Nur ein Wort von dir, und Sofie wird daran glauben! Ich kriege sie, das schwöre ich dir. Bei allem, was mir heilig ist.«

Sie holte aus und wollte ihn zurückstoßen, aber Diethard war schneller. Er umfasste ihre Handgelenke, drückte sie über ihren Kopf gegen die Mauer und weidete sich kurz an ihren ängstlich aufgerissenen Augen.

»Pst … leise«, raunte er ihr zu. »Denk an Sofie.«

Dann zog er ihr mit der anderen Hand langsam ihren Leinenrock hoch, über die Waden, die Knie, die nackten Oberschenkel …

»Du versündigst dich«, jammerte sie verzweifelt. »Du versündigst dich unter den Augen des himmlischen Vaters …«

»Und? Was tut er denn? Steigt er herab von seinem Thron?« Diethards Atem ging schneller. Er roch nach Rosmarin. Und Zwiebelkraut. »Aber die Englein, die wirst du bald singen hören.«

»Lass mich, ich flehe dich an! Lass mich los!« Tränen liefen ihr über die Wangen.

»Du wirst es lieben«, raunte er ihr zu und ließ seine Lippen erregt über ihren Hals gleiten, während er ihre Handgelenke noch fester gegen die Steinwand drückte. »Jedes Weib liebt es. Manchmal muss man es nur ein wenig zu seinem Glück zwingen.«

Dann er stierte auf ihre nackten Oberschenkel und zog den Rocksaum noch höher. Sie würde unbekleidet sein, so wie es für Frauen üblich war, das wusste er. Als er ihre nackte Scham sah, stöhnte er laut auf und saugte sich mit dem Blick an ihrem nackten Unterleib fest, an den sanften Konturen und Wölbungen. Luzia presste verzweifelt die Beine zusammen. Diethard klemmte den Stoff ihres Rocks überhastet unter ihren Gürtel, um die Hand frei zu haben. Luzia schluchzte leise und wollte sich aus der Umklammerung winden.

»Wehr dich nur, das mag ich.« Diethards Stimme klang gepresst. »Aber halt dich zurück, du kleine Hure. Denk an Sofie.«

Er fuhr mit den Handknöcheln über ihren Venushügel. Wieder stöhnte er und zwängte sich dann mit den Fingern in ihren Schritt. Rücksichtslos drangen sie vor, um Einlass zu finden. Mit der anderen Hand hielt er Luzias Handgelenke wie mit Eisenfesseln umklammert, das Gefühl für Gewalt war ihm abhandengekommen. Er suchte ihre Lippen, da biss sie zu. Und er schmeckte Blut. Wütend schleuderte er ihren Hinterkopf mit den umklammerten Handgelenken gegen die Steinwand.

Der Kopf schmerzte, über ihr der Himmel verschwamm. Die Symbole der vier Evangelisten Löwe, Stier, Mensch und Adler schienen sich von den Fresken zu lösen. Die Predigt von Pater Selenius über die Offenbarung des Johannes hallte in Gedanken zu ihr herüber: »Und rings um den Thron waren vier Lebewesen voller Augen, vorn und hinten. Das erste Lebewesen glich einem Löwen, das zweite einem Stier, das dritte sah aus wie ein Mensch, das vierte glich einem fliegenden Adler. Und jedes der vier Lebewesen hatte sechs Flügel …«

Die Symbole glitten übereinander und schlugen bedrohlich mit den Flügeln. Immer näher kamen sie, als wollte sich die Nacht über Luzia senken …

»Lasst sofort das Mädchen los!«, donnerte eine Stimme durch die Kapelle, die Luzia aus ihren Trugbildern riss. An Diethards Schultern vorbei flog ihr Blick zum Fenster am Kapellenende, hinter dem sich bei der Sonntagsmesse mit Dorfbewohnern die Adelsfamilie zusammenfand.

Dort oben stand Maler Matthias mit weit ausgebreiteten Armen, als wollte er das Gericht Gottes verkünden. Diethard lockerte den Griff um ihre Hände und ließ von ihrem nackten Unterleib ab. Luzia riss sich los und zerrte den Rockstoff vom Gürtel, um ihre Blöße zu bedecken. Mit der Zunge fuhr sich Diethard über seine blutige Unterlippe.

Jetzt stürmte Matthias in den Kapellenraum, packte Diethard an den Schultern und versetzte ihm einen so heftigen Faustschlag, dass der Birchlersohn mit dem Rücken gegen das Holzgestell krachte. Es knirschte, Holz splitterte. Erschrocken hielt sich Luzia die Hand vor den Mund, während Diethard sich langsam wieder hochrappelte. Sein Blick war hasserfüllt. Langsam fuhr er sich mit den Fingerspitzen durchs Haar und setzte sich das Barett, das er zu Boden geschleudert hatte, zurück auf den Kopf. Matthias stellte sich schützend vor Luzia, die Fäuste streckte er angriffslustig vor.

»Ich schlage mich nicht«, sagte Diethard leise. Langsam ging er auf Matthias zu. Die Hände hatte er ineinander gefaltet, als könnte er keiner Fliege etwas zuleide tun. Sein süffisantes Lächeln hatte er wiedergefunden.

Jetzt stand der Birchlersohn dicht vor Matthias, fast berührten sich ihre Nasenspitzen. »Ich habe da ganz andere Mittel. Die werdet Ihr noch zu spüren bekommen! Und du …« Diethard wandte sich an Luzia und tupfte sich mit dem Handrücken einen Blutstropfen von der Lippe. »… du wirst mich noch lieben lernen … freiwillig!«

Mit einem Ruck drehte er sich um und stiefelte hocherhobenen Hauptes aus der Burgkapelle.

»Hat er Euch etwas zuleide getan?«, fragte Matthias besorgt.

Luzia schüttelte verschämt den Kopf. »Nein, Ihr seid gerade noch zur rechten Zeit gekommen.«

Für ein paar Augenblicke blieb es ganz ruhig. Luzia rieb sich über Hals und Nacken und wischte über Rock und Hemd, als wäre dort wieder ein Schandmal haften geblieben. Es war vorbei, Diethard war fort. Die geflügelten Symbole der Evangelisten irrten nicht mehr umher, sie hatten zurück in ihre Fresken gefunden.

»Warum hast du nicht geschrien oder nach mir gerufen?« Seine Worte waren leise und vorsichtig gewählt.

Aber Luzia mochte nichts preisgeben von ihrer Unterleibsschuld gegenüber Sofie und über ihre innere Zerrissenheit, noch mehr Sünde auf sich zu laden, um die Schwester zu schützen und sich dann aber noch weiter vom Himmel zu entfernen.

»Es ist … eine alte Schuld«, versuchte Luzia sich herauszuwinden.

»Nicht du. Er hat Schuld auf sich geladen«, sagte Matthias leise. »Eine Schuld, die nur durch die Ewigkeit abgetragen werden kann.«

»Eine Schuld? Durch die Ewigkeit? Wie meint Ihr das, Meister Matthias?«, fragte Luzia erstaunt.

»Gott ist grenzenlos mächtig. Er hat das Weltall geschaffen und die Unendlichkeit. Glaubst du wirklich, er würde unseren Seelen nur ein einziges Leben schenken, damit wir uns näher zu ihm ausrichten können?«

»Mehrere Leben?« Luzia schaute ihn verwirrt an. »Aber warum erinnere ich mich dann an nichts?«

»Weil alles wie im Schlaf verborgen bleibt. Deine Schuld, deine Verfehlungen, deine Sünden«, sagte Matthias. »Wie solltest du in diesem Leben mit dem Wissen um schwere Sünden aus der Vergangenheit umgehen? Deshalb bleibt alles im Dunklen verborgen, bis die Zeit reif ist. Dann wirst du verstehen …«

Maler Matthias schaute die bunten Fresken entlang, die im Kerzenlicht schimmerten, und ging am Holzgerüst vorbei zu der Stelle, wo er die Spiegelschriften aufgemalt hatte. Er stellte eine Reihe von dicken, brennenden Wachskerzen vor die Schriftzüge und begutachtete seine Arbeit.

»Dieser Diethard hat schwere Schuld auf sich geladen«, fuhr er bedächtig fort. »Sie wird sich zeigen. Eines Tages. Vielleicht als Schwermut, als Geschwulst im Magen, als zu heftiges Pulsieren des Blutes. So wie Paracelsus es lehrt. Der ganze Mensch ist zu betrachten, nicht nur der äußere Körper, wie es unter Medizinern üblich ist. Der ganze Mensch, auch seine unsichtbaren Körper, die mit der Hirnschale verbunden sind und Impulse geben, so zu handeln, wie wir es tun.«

»Was für Impulse?«

»Warum hat ein Dieb den Impuls zu stehlen, wenn es nicht der unmittelbaren Linderung seiner Not dient? Welcher Zwang steckt hinter rücksichtsloser Raffgier, immer mehr Reichtum anzuhäufen? Welcher hinter dem Drang, sich aufzublähen wie ein buntschillernder Pfau, um sich über andere zu erheben? Es ist der kranke Geistkörper, der dich zu den abstrusesten Handlungen zwingt und dich krank macht. Auch an Leib und Seele.«

»Und Diethard?«

»Diethard handelt aus dem krankhaften Impuls heraus, dich bezwingen zu müssen. Dir Gewalt anzutun. Dich zu missbrauchen. Das steht nicht im Einklang mit den himmlischen Gesetzen, und er lädt eine unendliche Schuld auf sich, für die er eines Tages bezahlen muss.«

»Das verstehe ich nicht.« Luzias Stimme klang ganz dünn. Verunsichert strich sie über den Leinenrock, um die zerknitterten Stellen zu glätten.

»Du bist noch jung.« Matthias lächelte. »Eines Tages wird sich auch deine Seele der Wahrheit öffnen.«

Dann mischte er neue Farbpigmente zusammen, weil bald die Kapelle neu gesegnet und für die Sonntagsmesse wieder geöffnet werden sollte. Luzia sah ihm nachdenklich zu, während sie ein saftiges Stück Braten verzehrte.

Auf dem Rückweg nach Schlanders hockte Luzia rechts neben Jakob, der jetzt in der Mitte auf dem Kutschbock saß und Zügel und Peitsche fest in den Händen hielt. Diethard saß zufrieden auf der anderen Seite und strich mit seinen gepflegten Fingern zärtlich über die rindslederne Dokumententasche.

Gegenüber Luzia hatte er sich äußerst freundlich verhalten, sich sogar verbeugt und ihr den Arm gereicht, als sie den Holztritt hoch zur Sitzbank des Pferdekarren klettern wollte. Der Vater hatte sie nicht weiter beachtet, aufgewühlt von offenen Fragen, die geklärt werden mussten.

Kaum hatte er die Bremsvorrichtung des Fuhrwerks gelockert und die Peitsche geschwungen, zuckelte der Gaul los und zog den Pferdekarren wieder in weitem Bogen um die Burg Kastelbell herum und hinüber zur Via Claudia Augusta. Sofort begannen Jakob und Diethard zu debattieren. Es ging um Kostenvoranschläge, Marmorabbau und Lieferungszeiten. Über die veranschlagte Zeit, die der Steinmetz bräuchte, um vor Ort aus dem Steinblock ein Kunstwerk herauszuschlagen. Um mögliche Hindernisse beim Kamineinbau und dem Aufstellen der Säulen in der Churburg. Und über den Marmor, den Jakob mit Ferdl als Erstes aus der Steilwand des Nördersbergs herausschlagen musste und dann zu liefern hatte. Jetzt drängte die Zeit, die Aufträge kamen schneller als erwartet.

Luzia saß zusammengesunken auf dem Kutschbock. Die Finger hatte sie im Schoß über dem zerknitterten Rock ineinander verschränkt. Den Blick hielt sie regungslos auf das knochige Hinterteil des Ackergauls gerichtet, obwohl sie kaum wahrnahm, wie sich das struppige Fell bei jedem Hufschritt über den Muskeln und Sehnensträngen des Tiers bewegte. Das eintönige Klappern auf der Steinstraße konnte ihre Anspannung nicht mildern, und der Duft der Azaleenblüten sie nicht betören.

Obwohl Maler Matthias sie von sämtlicher Schuld freigesprochen hatte, blieb die Erinnerung an Diethards Übergriff, die sie nicht so einfach abschütteln konnte. Luzia verzog schmerzhaft das Gesicht. Sie fühlte sich beschmutzt, so sehr beschmutzt. Wieder wischte sie sich über Leinenrock, Halsansatz und Wangen, gerade so, als hätte sie Ruß befleckt. Ob sie dieses Gefühl jemals wieder abschütteln könnte?

Obwohl sie den Kopf abwandte und nicht zuhören mochte, was Diethard da erzählte, flogen ihr Wortfetzen zu. Von langen

Fahrten mit dem Pferdefuhrwerk war die Rede. Von möglichen Aufträgen fürs Kloster Marienberg. Und für das Schloss Tyrol, wo sie dann auch nächtigen wollten.

»Aber die süße Sofie muss mitkommen«, schloss Diethard seine Ausführungen. Die Worte hatte er wie Pfeile abgeschossen, und sie verfehlten ihre Wirkung nicht. Luzia schloss die Augen und spürte wieder Übelkeit in sich aufsteigen. Herausfordernd fuhr er fort: »Mit ihrem wilden Haar und ungestüm und ungebändigt wie sie ist kann sie einen Mann schon zur Weißglut bringen.«

Jakob lachte anzüglich, als ginge es nicht um die eigene Tochter, sondern um irgendein verlottertes Weib weit hinten aus dem Martelltal. Oder oben vom Ofenpass. Und als erinnerten ihn die Worte an eigene Taten aus der Jugendzeit.

Luzia saß regungslos auf dem harten Kutschbock. Jede Unebenheit der Straße, jede Wegvertiefung fuhr über die Radachsen hoch in ihren Körper und ließ Gesäß und Rücken steif werden. Ihre Finger hielt sie noch immer im Schoß gefaltet. Ganz still saß sie da. Mit gesenktem Gesicht und Tränen in den Augen.

Zurück in Schlanders lenkte Jakob das Fuhrwerk zurück zu Bauer Gruber. Ein paar Hühner flatterten auf, als der Ackergaul mit dem Karren in das ummauerte Gelände einbog. Aufgeschreckt hallte ihr Gackern über den Hof. Luzia sprang fast gleichzeitig mit Diethard vom Kutschbock, jeder auf seiner Seite. Die Speichenräder quietschten in den metallenen Radnarben, und der Wagen wankte.

»Na, siehst du?«, raunte Diethard ihr zu und grinste. »Gemeinsam können wir eine Menge in Bewegung setzen.«

Es roch nach Kuhmist und frischer Ziegenmilch. Diethard drückte dem Bauern, der geduckt auf sie zuwieselte und den Gaul an Flanken, Hufen und Maul prüfend beäugte, eine Münze in die Hand. Der strahlte und nickte zufrieden. »Bis zum nächsten Mal!« Eine nasse Zahnlücke glänzte zwischen seinen Lippen, als er die Finger fest um das Geldstück schloss. Dann rannte er geduckt zurück zum Bauernhaus, wo sein Weib und zwei rotznasige Kinder schon warteten.

»Wir werden noch einen Trunk beim Brückenwirt nehmen.« Jakob grunzte zufrieden. »Mach du dich zurück und hilf der Moidl. Wer weiß, was Sofie wieder alles anstellt.«

Luzia nickte und wandte sich ab, ohne Diethard eines einzigen Blickes zu würdigen. Hinter ihr zäumte ein junger Bursche den schweißnassen Gaul ab. Hufgeklapper hallte zu ihr herüber.

»Luzia!«, rief der Vater sie zurück. Er dehnte ihren Namen wie ein Gewebe, das zurückschnellen konnte. »Hast du nicht etwas vergessen?«

Sie stockte und drehte sich langsam und verängstigt um, als erwartete sie ein Strafgericht. Ihr Blick streifte Diethard, der breitbeinig dastand und grinste. Jakob zeigte vor sich auf den Boden, auf die gleiche Weise, wie der Wanga ihn in Göflan an der Walpurgiskirche zu sich beordert hatte.

»Was … soll ich vergessen haben?« Luzia räusperte sich und ging einige Schritte zurück.

»Du hast vergessen, dich von Diethard zu verabschieden!« Die Stimme des Vaters klang unnachgiebig, um Luzia in die Knie zwingen. Sie zögerte. Sollte sie etwa auch knicksen, um dem Willen des Vaters zu entsprechen?

»Nun mach schon!«, fuhr er sie wütend an.

»Mach es gut, Diethard«, sagte sie leise mit gesenktem Blick und hochrotem Kopf. Die Finger hatte sie auf dem Rücken ineinander verschränkt, um ihre Anspannung zu unterdrücken.

»Schau ihn an!«, forderte Jakob sie mit unnachgiebiger Strenge auf. »Du darfst ihn jetzt anschauen.«

Luzias Blick glitt an Diethards Beinkleidern hoch, die gefältelte Schaube hinauf, weiter über den Hals zu seinem kantigen Gesicht mit dem spöttisch lächelnden Mund. Herausfordernd fuhr er sich mit der Zungenspitze über die Blutkruste, die sich an seiner Unterlippe gebildet hatte.

»Mach es gut, liebste Luzia«, sagte er belustigt. »Bis zum nächsten Mal.«

»Sie muss noch verdammt viel lernen, was sich für ein Weib geziemt!« Jakob forderte sie mit einer knappen Handbewegung auf, den Kopf wieder zu senken. Luzia beugte den Nacken, einer starren Gliederpuppe gleich und nur ganz kurz. Dann hastete sie über den steinigen Boden davon.

Aus den Augenwinkeln nahm sie die Umrisse einer jungen Frau wahr, die ihr bekannt vorkam. Sie wandte den Blick. Tatsächlich, das war doch die Susanne vom Herzog-Hof, der oben am Nördersberg gelegen war, nah dem Hasl-Hof vom Toni …

Die Magd schlenderte gerade mit wiegenden Hüften auf die Männer zu und stellte sich vor ihnen in Positur, das Kinn kokett angehoben und die Hände auf die Hüften gestemmt. Diethard streichelte ihr über die Wange, und auch Jakob schien über das Zusammentreffen hocherfreut.

Luzia suchte nach einem Versteck. Dort, die Hofeinfahrt! Es brauchte nur wenige Schritte, um sich hinter einer Steinmauer zu verbergen. Die Mauer war gerade erst mit Bruchsteinen hochgezogen worden, denn es roch nach frischem Mörtel. Sie musste aufpassen, sich Rock und Hemd nicht zu beschmutzen. Von dort aus lugte sie zu der Gruppe hinüber. Das volle Kastanienhaar hatte Susanne diesmal zu Zöpfen geflochten, ihre milchig weiße Haut wirkte aus der Ferne blass und kränklich. Diesmal trug sie keine Schürze. Das Leinenkleid war unter der Brust zusammengezurrt, und der Stoff fiel in gerader Linie hinunter, ohne sich an ihre Körperkonturen zu schmiegen. War das die neueste Mode der feinen Herrschaften, die Susanne da nachahmte? Jetzt lachten sie miteinander und schlenderten gemeinsam die Gasse entlang zum Brückenwirt. Susanne ging in der Mitte, mit geschmeidigem Hüftschwung, während Diethard ihr über den Rücken fuhr und auch Jakob die Hand nach ihr ausstreckte.

12

Kaum hatte Luzia die Marillenbäume des heimischen Hofes erreicht, hallten lautes Stöhnen und Schmerzensschreie zu ihr herüber. Wie entfesselt rannte sie los, auf die weit aufgerissene Haustür des Bauernhauses zu, stolperte in den düsteren Gang und dann auf die Wohnstube zu, von wo die Schreie herkamen.

Auf einem Küchenstuhl hockte Ferdl. Sein Gesicht war blutüberströmt, blutige Striemen zogen sich über die nackte Schulter und den Brustkorb. Sein zerfetztes Hemd lag am Boden, während die Moidl versuchte, seine Verletzungen mit einem Lappen zu säubern. Behutsam tupfte sie über die aufgerissene Haut und wrang das rotfleckige Tuch in einem Kübel mit Wasser aus. Ferdl hatte die Augen geschlossen und stöhnte. Sofie hockte vor ihm auf dem Boden und wiegte sich winselnd hin und her.

»Was … ist geschehen?«, fragte Luzia leise. Sofort stiegen Schuldgefühle in ihr auf: War das schon ein Racheakt von Diethard, eine an sie gerichtete Warnung und eine Zurschaustellung seiner Macht?

Sofie sprang auf und plapperte los. »Gerichtsleute waren da! Hoch auf einem Pferd. Nein, zwei Pferde hatten sie. Und dann haben sie Peitschen genommen und drauflosgepeitscht. Immer auf Ferdl drauf. Gerade als der Eber sich über die Sau hergemacht hat. Aber das hat sie nicht gestört. Und der Ferdl hat geschrien. Weil das ja wehtut …«

»Es ist wegen der Steuern«, unterbrach die Moidl. Sie war blass. Ihre Hände zitterten, als sie die aufgeplatzten Wunden säuberte. »Der Jakob hat nichts bezahlt. Rein gar nichts! Und neue Steuern gibt's auch. Noch höhere. Weiß der Himmel, wie wir das schaffen sollen. Unkraut wuchert auf dem Feld, die Saatkörner liegen im Verschlag, die Egge rostet im Stall …«

Luzia hockte sich zu Ferdl und fasste nach seiner Hand. Er ließ es zu und krampfte sogar seine Finger um ihre, als die Moidl vorsichtig Dreckkrumen aus einer Kopfwunde tupfte. Er stöhnte auf, wimmerte und ächzte. Schweiß lief ihm übers Gesicht und vermischte sich mit den Blutschlieren. Die Naandl hockte am Ofen und starrte vor sich hin. Ihre Augen tränten, die trübe Schicht auf den Pupillen glänzte wie nasser Marmor.

»Gut, dass du Ferdl nicht ansehen musst!«, rief Sofie ihr zu, hockte sich zu der Alten auf die Ofenbank und schmiegte sich an sie. »Der sieht recht blutig aus.«

»So, recht blutig sieht er aus«, wiederholte die Naandl leise und wiegte verstört den Kopf.

»Aber das macht nichts, wenn du nichts siehst«, sagte Sofie. »Du hast ja eigene Bilder. Wie ich auch, wenn die Augen zu sind. Die gehören dann dir. Ganz allein dir.«

Die Naandl versuchte zu lächeln, aber ihr Atem ging schwer und keuchend. »Ja, es sind meine eigenen Bilder. Nur manchmal, da werden sie zu bösen Ungeheuern.«

»Dann schmeiß sie einfach raus.« Sofies Stimme wurde schwebend leicht. »Es ist doch dein Kopf!«

»Wenn das so einfach wäre …« Die Naandl wischte sich über die Augen. Die aufgeworfenen Adern auf ihrer altersfleckigen Hand glänzten bläulich.

Sofie stockte, schaute auf Naandls Hände, auf die Stirn der Alten und ihren Hinterkopf. Ihr Oberkörper spannte sich. »Wo stecken die eigentlich drin, all die vielen Bilder und Gedanken? Ein Kopf ist doch so klein.«

»Die Gedanken? Wo die drinstecken?« Die Naandl hustete. »Davon weiß ich nichts. Aber deine Gedanken, die brauchen sicherlich eine Menge Platz.«

Sofie stand auf, legte den Finger auf die Lippen und ging auf

Zehenspitzen zu Ferdl hinüber. »Seid leise. Ich will sie nicht verscheuchen!« Dann betrachtete sie die tiefe Platzwunde an seinem Hinterkopf, die von einem Peitschenhieb aufgerissen worden war. Die Moidl hatte die blutverklebten Lockenhaare zur Seite gewischt, damit sie nicht mit der Wunde zu Schorf verwachsen konnten.

»Da ist nichts drin!« Sofie streckte den Kopf noch weiter vor. »Nur Blut. Da sind keine Bilder zu sehen. Und auch keine Gedanken.«

Ferdl stöhnte, kalter Schweiß lief ihm über den Körper. Mit den Fingern der einen Hand umklammerte er immer noch Luzias, mit der anderen hatte er sich in die Stuhlkante verkrallt. »Kann sie verdammt noch mal nicht ihr Schandmaul halten? Raus mit ihr! Bringt sie einfach nur raus!«

Die Moidl warf Luzia einen flehenden Blick zu. Sofort sprang sie auf, fasste Sofie am Arm und wollte die Schwester in die Küche ziehen.

»Ich will nicht!«, kreischte Sofie, riss sich los und drehte sich mit angewinkelten Ellbogen im Kreis. »Ich will sehen, ob Bilder da drin sind beim Ferdl im Kopf.«

Die Kerze auf dem Stubentisch flackerte auf. Der Lichtschein flog über die Holzwände und das Jesuskreuz am Herrgottswinkel. Die Moidl seufzte, wrang den Blutlappen im Wasser aus, als wollte sie Hühnern den Hals umdrehen, und tupfte Blutschlieren von Ferdls Stirn.

»Magst du nicht draußen nach den Birnbäumen schauen?«, versuchte sie Sofie wegzulocken.

»Ich will nicht! Ich will nicht! Ich will nicht!«, kreischte Sofie. Ihr Gesicht war hochrot angelaufen.

»Bringt sie raus.« Ferdls Stimme klang brüchig, heiser von Schmerz und ohnmächtiger Wut. »Ich flehe euch an: Bringt sie einfach nur raus!«

»Was machen eigentlich die Säue?«, fragte Luzia leise, gerade laut genug, um Sofie zu erreichen. »Geht's denen gut? Ich meine … jetzt, wo der Eber da war?«

Sofies Augen verengten sich, ihr Körper beruhigte sich. Langsam senkte sie die Ellbogen. »Die Säue? Was sie machen?«

»Ja, jetzt wo der Eber sie gestreichelt hat … sind sie zufrieden?«, fragte Luzia leise aber eindringlich. »Oder sind sie noch rauschig?«

»Ob sie noch rauschig sind?« Sofie überlegte.

Luzia nickte. »Es könnte doch sein, dass sie noch gar nicht richtig zufrieden sind …«

Die Kerzenflamme spiegelte sich in Sofies weit aufgerissenen Augen. Dann platzte es aus ihr heraus: »Ich will sehen, was die Säue machen! Sonst muss er wieder her, der Eber.«

Sie rannte los, und ihre Holzschuhe knallten auf die Dielen, als würden Schüsse aus neuartigen Pulvergewehren abgefeuert. Luzia schaute zu Ferdl und lächelte zaghaft. Er nahm ihren Blick auf, presste gequält die Lippen zusammen und atmete dankbar durch.

Als Jakob Stunden später angetrunken zum Bauernhof hereintorkelte und den schwer verwundeten Ferdl sah, ließ er sich fassungslos auf einen Hocker plumpsen. Seine volle Unterlippe hing herunter, die Augenlider sanken immer wieder über die Pupillen, die den Blick auf seinen Sohn nicht zu halten vermochten.

»Gerade jetzt«, ächzte er, griff nach einem Becher Wasser und trank ihn in einem Zug leer. Dann füllte er nach und schüttete es wieder in sich hinein. »Wo ich den Ferdl brauche. Wir müssen hoch zum Marmorbruch! Die Verträge sind unterschrieben …«

»Die Verträge! Die Verträge!«, zeterte die Moidl. »Hast du sonst nichts im Kopf?«

»Ja, die Verträge.« Der Bauer rülpste. »Unterschrieben sind sie. Und jetzt brauch ich den Ferdl … Sonst ist alles für den Arsch!«

»Steck dir deinen Arsch sonst wohin!« Moidl knallte die Faust auf den Tisch und zeigte zu Ferdl hinüber. »Sieh dir deinen Sohn an! Das kommt daher, weil du nicht die Steuern bezahlt hast. Und neue Abgaben gibt's auch! Wir haben Schulden, nichts als Schulden! Und du? Was säufst du dir den Kopf voll, anstatt das Feld zu beackern!«

»Du mit deinem Weiberhirn kapierst rein gar nichts!«, brüllte Jakob zurück. »Nicht mehr lang, und es regnet Münzen. Tausendmal mehr, als dein altersschwacher Schädel es sich überhaupt vorstellen kann.«

Die Stille danach war fast unerträglich. Luzia blickte zur Moidl hinüber und sagte mit zaghafter Stimme: »Der Vater … hat schon recht. Sein Plan könnte aufgehen.«

»Könnte, könnte, könnte!«, zeterte die Bäuerin. »Ein paar Aufträge hat er. Gut. Aber wie will er den Marmor wegschaffen? Er braucht einen Ochsenkarren. Und Seile, Winden …«

»Das lass mal meine Sorge sein!« Jakob plusterte seinen Oberkörper auf. Seine rot unterlaufenen Augen tränten. »Ich habe dieses erbärmliche Leben hier so satt. Den Dreck hier. Und die Kälte, die armseligen Tische und Stühle. Und den Hunger! So satt habe ich das alles!« Mit einer deftigen Handbewegung fegte er eine Tonschüssel vom Tisch, sodass sie mit lautem Zersplittern auf den Bohlen zerschellte.

Erschrocken wich Luzia zurück. Selbst Ferdl duckte sich und senkte den Kopf mit den umwickelten Leinenstreifen, die allmählich mit Blut vollgesogen waren. Es wurde ganz still. Nur in den Köpfen hallte das Krachen und Klirren nach. Sofie hockte im Herrgottswinkel, das Jesuskreuz über sich, den schrägen Blick zum Himmel gerichtet, und ließ aufgeschreckt die Fingerkuppen über die Tischplatte tanzen. »Ave Maria, Ave Maria, Ave Maria!«

Die Moidl schaute an sich hinunter, über die zerschlissene Kleidung, die alten Strümpfe, die eben noch in derben Holzschuhen gesteckt hatten und von der Arbeit im Stall verdreckt waren. Dann zog sie das ausgeblichene Kopftuch enger unter dem Kinn zusammen und sagte mit leiser Stimme: »So, satt hast du es, Jakob. Dann hast du mich wohl auch satt. Magst wohl lieber so eine Fesche, aus dem Ort. Mit feinen Kleidern und zarten Fingern. So eine wie die Susanne droben vom Herzog-Hof.« Sie streckte ihre ausgelaugten Hände mit der schwieligen Haut vor, die rissig und gerötet waren. »Das ist alles, was ich habe, Jakob Hofer. Mehr ist nicht drin. Mehr kann ich dir nicht bieten.«

»Mach nicht so einen Aufstand«, brummte Jakob versöhnlich, wohl selbst erschrocken über seinen Zornesausbruch. »Und Ferdl wird schon wieder. Der ist aus hartem Holz geschnitzt. Soll er nur sehen, dass er wieder zusammenwächst. Außerdem gibt's da noch eine Sache, die Geld bringt.«

Die Moidl hob verbittert das Kinn. »Da bin ich aber mal gespannt! Und? Willst du vielleicht nach Sterzing, ins Eisacktal? Oder nach Schwaz? Dir Schürfrechte für Silberminen sichern?«

»Nein, das nicht! Aber der Marmorblock im Feld ist verkauft. Das Schloss Tyrol will ihn haben. Dann werden wir ihn eben früher liefern als abgesprochen. Und früher kassieren.« Jakob stützte die Handflächen auf den Stubentisch und drückte sich hoch. »Und dann gibt's noch was!«

»So? Noch was?« Die Moidl atmete tief durch und stemmte die Hände auf die Hüften. »Und was ist es diesmal?«

Jakob räusperte sich, zwirbelte ein paar Bartsträhnen zusammen und verkündete: »Luzia wird heiraten!«

Luzia versagten die Knie. Fassungslos ließ sie sich auf die Eckbank sinken. Ihre Lippen wurden blass, fast blutleer. Ein Hitzeschwall jagte durch ihren Körper, öffnete die Poren und ließ Schweißtropfen auf der Stirn aufglänzen.

»Luzia? Heiraten?«, klagte Sofie mit hoher Stimme und zog verängstigt die Schultern hoch. »Aber Luzia ist meine Schwester. Die kann doch nicht einfach heiraten …«

»Doch, das kann sie!« Jakob grunzte zufrieden. »Und sie kann froh und dankbar sein, dass er sie nimmt.«

»Wer … soll's denn sein?«, fragte die Moidl langsam, während Luzia langsam den Kopf hob, sich übers Gesicht wischte und bekreuzigte.

»Der Diethard!« Jakob stemmte die Faust gegen seine Brust. »Diethard Birchler. Es ist alles abgemacht, er ist einverstanden. Einen Geschäftspartner hat der Herrgott uns zum Schwiegersohn gesandt. Das ist eff-ek-tiv. Dann bleibt alles in der Familie.«

Die Moidl stand regungslos da und streifte ihre Tochter nur kurz mit einem traurigen Blick. Luzia schloss die Augen und legte die Finger ineinander, die unkontrolliert zitterten.

»Dann will ich auch heiraten!«, sagte Sofie trotzig.

»Nein, du bleibst bei mir.« Jakob legte fürsorglich den Arm um ihre Schulter und zog sie zu sich heran. »Und beim Ferdl. Da hast du Männer genug. Das reicht.«

»Das ist aber nicht eff-ek-tiv«, sagte Sofie leise. »Wenn Luzia weg ist, dann dreht sich der Himmel.«

Diethard Birchler! In der folgenden Nacht fand Luzia keine Ruh. Sie hatte die Lippen zusammengepresst, um ein Aufschluchzen zu verhindern, und lag regungslos auf ihrem Strohlager. Trotzdem wurde Sofie aus dem Schlaf gerissen.

»Die Nachtgeister«, jammerte sie verängstigt. »Die machen einem den Schlaf kaputt. Vielleicht steckt ja der Johann dahinter. Dieser verfluchte Johann …«

»Der Johann ist doch tot.« Luzia bemühte sich, beruhigend auf die Schwester einzureden. Nur nicht vor Sofie weinen! »Am Ortler ist er abgestürzt. Und seine Seele, die ist … im Gletschereis eingefroren.«

»Im Gletschereis?«, fragte Sofie leise. »Die kann da nicht mehr raus?«

»Nie mehr! Nie mehr kann sie da raus!« Luzias Augen brannten.

»Und wenn das Eis schmilzt?«, fragte Sofie weiter.

»Hast du schon mal gesehen, dass ein Gletscher schmilzt? Die sind für die Ewigkeit gemacht. Für alle Ewigkeit!«

»Und wenn seine Seele vorher entwischt ist?«

»Du hast doch noch die Seelenmaus erschlagen«, antwortete Luzia. »Erinnerst du dich? Tot ist er. Und wenn er wirklich fliehen konnte, dann wird der Herrgott ihn richten.«

Sofie kicherte und schmiegte sich an den Oberarm der Schwester. »Der Herrgott wird ihn richten«, wiederholte sie leise. »Das ist gut.«

Der Geruch von warmer Milch stieg Luzia in die Nase. Nur wenig später waren neben ihr gleichmäßige Atemzüge und ab und zu ein feines Seufzen zu hören, als wäre Sofie im Traum ganz weit von der Erdenwelt davongeschwebt.

Luzia starrte in die Dunkelheit. Halme hatten sich durch die Decken vom Strohlager gedrückt und piekten. Sie spürte Sofies Körperwärme an Arm und Hüfte, und im Dachgiebel war das Trappeln von Mäusen zu hören. Draußen blies der Wind ums Haus, fuhr in die Dachsparren und rüttelte an den Planken.

Diethard Birchler! Dieser Name war wie ein Faustschlag mitten ins Gesicht. Aus Jakobs Sicht war Diethard sicherlich der perfekte Schwiegersohn. Er konnte das einbringen, was für den Marmorhandel von Nutzen war: Er war des Schreibens mächtig, konnte Kalkulationen erstellen und hatte unbestreitbar die Fähigkeit, Verhandlungen so zu führen, dass sie zu einem krönenden Abschluss kamen.

Aber wie sollte sie seine Nähe ertragen, wenn seine Finger sich vortasteten und erbarmungslos und besitzergreifend vordrangen? Das durfte einem verheirateten Mann nicht verwehrt werden, denn das gehörte zu den Ehepflichten einer Frau. Wie viele sich wohl widerspruchslos unterwarfen und die Schenkel öffneten, damit er seine Manneslust befriedigen konnte, was oft genug rücksichtslos vonstattenging. So hieß es jedenfalls hinter vorgehaltener Hand. Sonst gab es Faustschläge. Oder Hiebe mit der Gerte. So wie man störrisches Vieh zum Gehorsam zwingt, wenn es nicht gehorchte.

»Die Liebe kommt schon später«, hatte die Naandl mal gesagt. »Wenn man sich erst zu schätzen weiß. Wenn man sich aneinander gewöhnt hat. Wenn's sonst passt, dann wird's schon.«

Mit Toni würde es schon passen, in allem würde es passen. Mit Toni, nach dem sich Luzia so sehr sehnte. Erinnerungsbilder vom Wäldchen mit ihrem Kraftort kamen ihr in den Sinn. Sie atmete tief durch, als könnte sie aus den Gedanken an ihren ersten Kuss neue Kraft schöpfen. Doch dann grinste Diethard ihr wieder entgegen …

In diesem Moment löste sich Sofie von ihrer Schulter, drehte sich auf die andere Seite und streckte sich. Dann waren gleichmäßige Atemzüge zu hören. Luzia rutschte weg von der Schwester und presste ihr Gesicht ins Strohlager.

»Heilige Maria, bitte für uns!«, sagte sie leise. Sie weinte, und der innere Schmerz brach aus ihr heraus. Vor ihrem geistigen Auge tauchten die Symbole der vier Evangelisten aus der Burgkapelle von Kastelbell auf. Der Adler des Johannes, aus dem der himmlische Geist am mächtigsten spricht, der Stier des Lukas als Opfertier. Der Mensch Matthäus, der ihr das Evangelium mit der Darlegung der menschlichen Ankunft Jesu entgegenstreckte. Und schließlich der Löwe Markus, der mit weit ausladenden Flügeln neben dem Kalb auf der Weide lebt und Gras frisst, weil mit Jesus die messianische Zeit des Friedens beginnt. Die Zeit des Friedens …

Luzia wischte sich übers Gesicht. Ob sie jemals in Frieden leben würde? Ohne Drangsal und Unterdrückung? Ohne Missachtung und Gewalt?

Sie zitterte. Die Strohhalme, die sich durch das Sackleinen gedrückt hatten, kratzten. Der Bergwind war noch weiter aufgefrischt und heulte ums Haus, rüttelte an Schindeln und Latten und zerrte an Fichtenästen und den Zweigen der Birnbäume.

»Heilige Maria, du Schutzmantelmadonna«, bettelte Luzia leise. »Ich bitte dich von ganzem Herzen, ich flehe dich an: Hilf mir!«

In aller Frühe noch vor Sonnenaufgang hämmerten Fäuste gegen die Holztür des Bauernhauses und rissen die Hofer aus dem Schlaf.

»Aufwachen! Jakob, aufwachen!«, brüllte eine Stimme.

Luzia hastete mit einem Kerzenlicht zur Tür und riss sie auf. Vor ihr stand Bauer Anton, der eine lodernde Pechfackel in der Hand hielt. Er hatte seine Augen weit aufgerissen, schnappte nach Luft und fuhr sich über die schweißnasse Stirn.

»Was ist?« Jakob schlurfte näher und wischte sich Haarsträhnen aus dem verschlafenen Gesicht. »Magst reinkommen?«

Bauer Anton schüttelte den Glatzkopf, hustete und keuchte. »Es brodelt im Tal. Da geschieht was, Jakob. Da geschieht was.«

»Was brodelt?« Jakob gähnte unterdrückt. Der Wind war kühl, und der Bauer hielt die lange Wollweste über den nackten Beinen zusammen. »Wo geschieht was? So schlimm wird's wohl nicht sein.«

»Die Unruhe brodelt. Wegen der Steuern …«

Jakob wurde hellwach. »Du meinst … Aufstände?«

Der Bauer nickte. Das Licht der Feuerfackel spiegelte sich auf seinem verschwitzten Schädel. »Vielleicht. Wer weiß. Vielleicht kommt sogar Krieg. Nachher gibt's eine Sitzung. Da werden die Fetzen fliegen.«

»Wann?« Jakobs Stimme klang gehetzt.

Luzia bemerkte, wie seine Augenlider unkontrolliert zuckten. Verärgert fuhr er sich übers Gesicht.

»Am späten Vormittag.« Bauer Anton spuckte aus. »Du musst unbedingt kommen. Wir haben dich kurzerhand zu unserem Vertreter gemacht. Du kannst reden. Und lässt dich nicht bescheißen.«

»Ich? Bei den Landständen?« Jakob schnappte nach Luft. »Aber nur die Großbauern haben dort Stimmrecht.«

»Egal. Wir haben dich gewählt!«

»Und ihr? Ihr müsst mich aber unterstützen …«

»Natürlich! Was denkst du denn. Selbst Bauer Zerzinger will kommen.«

»Dieser alte Eigenbrötler?« Jakob fuhr sich durch das strubbelige Haar. »Natürlich komme ich!«

»Ich muss weiter.« Bauer Anton schwenkte die lodernde Pechfackel Richtung Berg. »Ich will so viele wie möglich von uns zusammentrommeln!«

»Sollen wir nicht die Signalfeuer entzünden?«, schlug Jakob vor.

»Zu gefährlich«, raunte Bauer Anton und wischte sich mit dem Ärmel der Joppe über die Nase. »Wer weiß, ob nicht schon irgendwelche Truppenverbände gegen uns aufmarschieren.«

Jakob nickte. »Da kannst du recht haben. Also dann bis später!«

Bauer Anton stürmte los, an den Birnbäumen vorbei in den dichten Frühnebel. Es war, als wollte er sich darin auflösen. Die Flamme der Pechfackel tanzte wie ein Geisterlicht davon. Jakob stürmte zurück ins Bauernhaus, während Luzia weiter ins trübe Morgenlicht starrte, das noch von Nacht und Nebel durchwoben war.

Diethard Birchler! Luzia schaute hinüber zu den nebelverhangenen Berggipfeln. Sie musste hoch zum Hasl-Hof und Toni von der geplanten Hochzeit unterrichten! Und von den Unruhen in Schlanders. Sie atmete schneller. Wenn der Vater sich zur Sitzung aufmachte, dann war der Weg zum Nördersberg frei. So bald würde Jakob nicht zurück sein …

Da löste sich aus dem trüben Morgenlicht ein Schatten, der sich langsam näherte. Geduckt kam die Gestalt auf Luzia zu. Sie wankte, stützte sich mit der einen Hand auf einen Wanderstab und hielt mit der anderen einen geflochtenen Binsenkorb.

»Magda!«, rief Luzia ihr zu. »Was machst du denn hier?«

»Ich will nach Ferdl schauen.« An der Türschwelle klopfte die Alte den Dreck von den Holzschuhen. »Geht's ihm besser?«

»Woher weißt du …?«, fragte Luzia.

»Ich hab's mir denken können. Gestern sind Gerichtsbüttel bei mir vorbeigeritten, den Hang weiter rauf zu euch. Mit geschwungenen Peitschen, als wären sie auf der Jagd. Laut gejohlt und gepfiffen haben sie. Und der Jakob war doch nicht daheim«, sagte sie. »Noch werden keine Frauen ausgepeitscht, noch nicht.«

»Frauen werden ausgepeitscht?«, fragte Luzia erschrocken. »Von den Gerichtsdienern?«

»Wenn die Zeit sich auflädt mit Gewalt, gibt es keinerlei Rücksicht mehr.« Kopfschüttelnd schlurfte Magda über die Schwelle des Bauernhauses. »Ob die Menschen jemals dazulernen?«

»Aber Gott ist doch auf unserer Seite …«

»Natürlich ist er auf unserer Seite. Aber Gottes Geschenk an uns ist auch der freie Wille. Vergiss das nie«, antwortete die alte Magda. »Doch jetzt will ich zu Ferdl. Und auch bei der Naandl vorbeischauen. Hab sie lang nicht mehr gesehen.«

Als Luzia nur wenig später Getreidebrei mit Milch anrührte, stürzte Jakob mit nacktem Oberkörper in die Küche. Die Beinkleider hingen noch halb über seinen nackten Pobacken hinunter.

»Weib, etwas zu essen!«, schrie er. »Und Luzia! Mach dich zurecht. Ich brauch dich.«

»Mich? Aber Vater …« Luzia schloss kurz die Augen. Sie wollte doch hoch zum Hasl-Hof, um mit Toni zu reden.

»Was ist, wenn's Aufstände gibt?« Die Moidl faltete die Hände und beschwor den Jakob: »Lass das Madl hier!«

»Ach, da ist nur eine Sitzung. Da ist nichts Gefährliches dran.« Er winkte ab. »Aber neue Verträge wird's geben. Mit Steinmetz Reuter und den Herren von Schlandersberg. Der Reuter mag die Luzia, da ist sie von Nutzen. Deshalb kommt sie mit. Und Schluss!« Er hob seine Arme, roch an seinen wuchernden Achselhaaren, fuhr mit den breiten Händen in den Holzbottich und schöpfte frisches Wasser, um sich zu waschen.

»Raus mit dir«, fuhr die Moidl ihn an, während die alte Magda Töpfchen mit Salben und Tinkturen auspackte. »Oder willst du die ganze Küche unter Wasser setzen?«

In der Küche glommen aufgeschichtete Späne im offenen Herd. Die Moidl pustete dagegen, und sofort züngelten erste Flammen hoch. Der Kupferkessel mit frischem Wasser darüber schwankte noch, denn die Moidl hatte ihn gerade erst in den Haken der Eisenkette gehängt, die oben im Balken verankert war.

»Sofie kommt heute auch mit!«, brüllte Jakob, als er pitschnass zurück in die Küche stapfte. »Wo steckt sie denn schon wieder?«

»Bei den Säuen«, sagte Ferdl, der jetzt halbnackt auf einem Schemel hockte. Vor ihm stand die alte Magda. Mit der Kuppe des Zeigefingers tupfte sie eine Paste auf seine nässenden Wunden und umwickelte sie dann mit Leinenstreifen.

»Warum die Sofie?«, fragte Luzia vorsichtig, während sie mit einem Kamm aus Hirschhorn das dunkle Haar durchkämmte. »Was ist, wenn sie stört?«

Ferdl stöhnte schmerzhaft auf, als die Magda seine blutig verkrustete Kopfhaut mit Salbe bestrich. »Mir soll's recht sein. Da hab ich wenigstens meine Ruhe.«

»Diethard hat nach ihr verlangt«, brummte der Jakob und zog sich das geflickte Wams über.

»Diethard Birchler?« Luzia rieb die kalten Hände aneinander. Was hatte er mit Sofie vor? Was wollte er mit ihr anstellen?

»Diethard meint, da gibt's neue Erkenntnisse in der Medizin. In Venedig und Padua. Die führen Irre unters Volk. Eben dorthin, wo sich dann auch viele Seelen treffen.« Jakob schmatzte, als er den Getreidebrei in sich hineinschaufelte. »In Schlanders treffen sich auch viele Menschen. Kann ja sein, dass sich Sofies Seele dort an sie erinnert und zu ihr zurückfindet …«

»So, das hat der Diethard gesagt.« Die Moidl sah zu Jakob, dann zu Luzia. Ihr Gesicht war regungslos.

Jakob rülpste und wischte sich Milchtropfen aus dem gestutzten Bart. »Ja, das hat der Diethard gesagt! Und er meint, wir sind jetzt eine Familie. Da muss er sich auch um Sofie kümmern.«

»So, meint er das.« Die Moidl wischte sich einige Haarsträhnen zurück und band das verschlissene Kopftuch um.

»Ja, das meint er!«, antwortete Jakob mit Nachdruck.

Wie grau Moidls Haar geworden ist, dachte Luzia. Und ihr Gesicht war blass. Nicht nur das Haar hatte seine Farbe verloren.

Gleichzeitig machte sich ein quälendes Gefühl in ihr breit. Die Zeit drängte, die Stunden wurden knapp. Sie musste Toni sprechen! Heute war kein Freitag, er würde also nicht in Schlanders am Kirchturm arbeiten. Luzias Finger zitterten, als sie ihr langes, welliges Haar zu Zöpfen flocht.

Am Sonntag hatte sie Toni nur kurz in der Walpurgiskirche gesehen. Jakob hatte sie gleich von ihm weggezerrt, als er sie begrüßen wollte. Aber beim Hinausdrängen aus der Kirche hatte Toni ihr über die Hand gestreichelt. Nur ganz flüchtig. Aber die Berührung war in ihr haften geblieben. Der Vater hatte sie dann über den Kirchplatz zur Friedhofsmauer mitgenommen, hinter der es steil den Berg hinunterging. Dort sollte sie auf Sofie aufpassen, die wieder einmal Marmorkiesel aufsammelte. Von niemandem sollte sie sich ablenken lassen, hatte der Vater gedroht, von niemandem! Aus den Augenwinkeln hatte Luzia aber zu Toni hinübergeschaut, bis er sich mit seinen Brüdern zurück zum Hasl-Hof aufmachte.

Jakob hatte dann seinen Filzhut gelupft und die Susanne vom Herzog-Hof begrüßt, die bei Diethard stand und kokett ihre Schultern wiegte. Ihr Sonntagsgewand war aus glänzendem Stoff genäht, und Jakob hatte wieder und wieder die buschigen Augenbrauen gehoben und gegrient.

Woher sie nur dieses Kleid hat?, hatte Luzia überlegt. So ein edles Kleid, das unterhalb der Brust geschnürt war und vor dem Leib herunterfiel, müsste für eine Magd doch unerschwinglich sein. Ob sie es selbst geschneidert und der neuesten Mode edler Fräuleins abgeschaut hatte? Aber Luzia hatte gleichgültig mit den Schultern gezuckt. Sollte der Diethard nur an ihr Gefallen finden und mit ihr herumschäkern, das konnte ihr nur recht sein.

Dann war Jakob langsam zum Wanga hinübergegangen, der drüben an der Friedhofsmauer schon auf ihn gewartet hatte und den Knauf seiner Hundepeitsche von einer Hand in die andere wandern ließ, sodass die Lederschnur über den Erdboden tanzte und schlangenartige Spuren hinterließ.

»Der Vater läuft ja ganz gebeugt«, hatte Sofie da gesagt.

»Manchmal drückt das Leben ganz schön schwer auf den Schultern«, war Luzias Antwort gewesen. Bestimmt hatte Jakob wegen seiner Säumnisschulden zu verhandeln. Wie sollte er auch die Pacht, den Zehnten an die Kirche und die Schulden für das Walpurgisöl auf einmal begleichen können! Oder hatte ihnen etwa der Wanga die Gerichtsschergen auf den Hals gehetzt?

»Es drückt schwer?«, hatte Sofie gefragt, während sie das Gewicht der Marmorkiesel in den Händen prüfte. »Wie viel wiegt denn so ein Leben?«

»Manchmal so viel, dass es einen zu Boden drückt.« Luzias Stimme war ganz leise geworden, als sie zu Diethard hinüberschaute, der grüßend die Hand hob und ihr zunickte.

»Mein Leben drückt nicht!«, hatte Sofie gerufen und war mit weit ausgestreckten Armen dem Vater entgegengelaufen, der sich gerade vom Wanga verabschiedete.

Sofie hatte über die Friedhofsmauer hinunter in das weit geöffnete Tal der Etsch geschaut, das jedes Mal eine unerklärliche Sehnsucht in ihr entfachte, die nicht mit Händen zu greifen war …

»Trödle hier nicht herum!« Jemand stupste sie gegen die Hüfte und holte sie aus ihren Sonntagsgedanken zurück. Es war die Moidl. »Sonst kriegst du Ärger. Du kennst doch den Jakob! Er will gleich los nach Schlanders.«

Erst jetzt bemerkte Luzia, dass sie die Haarflechten zu Schnecken hochgesteckt hatte, so wie die Susanne das machte. Sofort riss sie das Haargebilde wieder herunter und ließ die Zöpfe einfach baumeln. Mochte der Vater sie doch anbrüllen, tadeln oder abfällig mustern! Das einzig Wichtige war, Toni zu treffen. Er musste von der geplanten Hochzeit erfahren!

In diesem Moment stolperte Sofie in die Stube. In ihren wirren Lockenhaaren steckten Spreu und Strohhalme. Sie strahlte übers ganze Gesicht. »Die Säue sind nicht mehr rauschig. Jetzt ist's zu spät für den Eber.«

»Sofie«, sagte der Jakob behutsam. »Heute kommst du mit nach Schlanders! Vielleicht finden wir deine Seele wieder!«

»Meine Seele?«, fragte Sofie und überlegte. Dann schüttelte sie den Kopf. »Ich habe nichts verloren …«

In Schlanders war die Hölle los. Zunftsleute, Bauern und ständische Vertreter drängten sich vor dem Kirchengerüst, das allmählich weiter in die Höhe wuchs. In den Straßen und Gassen redeten und debattierten aufgebrachte Gruppen. Die drastische Erhöhung der Steuerabgaben hatte eine donnernde Lawine der Empörung losgetreten, und auch bei anderen Bauern, die nicht zahlen konnten, war es zu brutalen Strafaktionen gekommen. Hofbauern und Knechte standen beieinander, ballten die Fäuste, streckten Mistgabeln und Forken in die Höhe.

Frauen hielten verängstigt die Kinder an den Händen, pressten die Fäuste gegen die Lippen oder eilten in die Kirche, um zur Gottesmutter Maria zu beten. Aus den weit geöffneten Portalen drang ein eintöniges Murmeln nach draußen, selbst das feine Klackern von Rosenkränzen war zu hören.

Erhöhte Steuerabgaben? Neue Schuldverschreibungen? Auflassungen von Pachtverträgen? Besteuerung von Vieh, Äckern und Weiden?, hieß es auf den Gassen. Nur eine einzige Unwetterkatastrophe, nur eine Schlammlawine, wenn die Schneeschmelze oben in den Bergen einsetzte, Erde und Geröll ins Rutschen brachte und Getreidefelder unter sich erstickte! Nur eine einzige! Dann wäre eine Hungersnot unausbleiblich, und Brot würde wieder zu einem allzu kostbaren Gut.

Schon jetzt hockten wieder zerlumpte Bettler auf den Straßen. Verarmte Bauersleute, denen ihre Höfe nichts mehr einbrachten, wanderten mit Holzkarren umher, mit dem ausgemergelten Hofhund an ihrer Seite und hungernden Kindern, die hinter ihnen herstolperten, und verkauften Armseligkeiten, die sie irgendwo aufgetrieben hatten. Manchmal hatten sie eine knochige Ziege mit einem Strick an den Wagen gebunden. Die konnte man überall weiden lassen, mit den Zitzen die Milch gleich in den weit geöffneten Mund spritzen und sie notfalls schlachten.

In diesem Moment läutete die Glocke der Dreifaltigkeitskirche. Schwer und bedeutsam hallte ihr Klang durch den Ort. Die Mitglieder der Landesstände drängten auf das Gericht zu, um ihre Sitzung abzuhalten. Ein Raunen und Flüstern erfüllte die Luft, gerade so, als würde sich eine Gewitterfront zusammenbrauen.

»Pass du auf Sofie auf!«, rief Jakob Luzia noch zu. »Bis ich wieder draußen bin!«

Mitten unter den Ständevertretern waren auch der Wanga und Alois Birchler, die beide ähnlich gekleidet waren, mit pelzbesetzter Schaube, die ihnen bis zu den Knien reichte, und zweifarbigen Beinkleidern. So, wie es den begüterten Bürgerstand auszeichnete. Wie hatte der Birchler es nur geschafft, so schnell dort aufgenommen zu werden? Luzia streckte sich, während sie Sofie am Handgelenk festhielt. Von Diethard war nichts zu sehen.

»Achtung, zur Seite!«, brüllte in diesem Moment ein Wachposten und schob die Doppeltüren des Ortsgerichts weit auf, nachdem die Ständevertreter für ihre Sitzung Einlass gefunden hatten.

Die Menge teilte sich. Zunftleute und Bauern, Adlige und Bürgersleute bildeten eine Gasse. Unter großem Beifall und Gejohle wurde ein Verurteilter an den gaffenden Gesichtern vorbei auf die Straße getrieben. Ihm war eine Schandmaske aufgesetzt worden, die aus dichtem Eisendraht gefertigt und zu einem Schweinekopf geformt war. Gleich an der Schnauze hing an einer handlangen Kette eine Eisenkugel, die die Maske zu Boden zog. Gerichtsdiener trieben den Mann, der breitbeinig voranlief, um das Gleichgewicht zu halten, mit Hieben von Haselnussruten durch die tobende Menge auf den Gerichtsplatz.

»Das will ich sehen!«, rief Sofie, und zerrte Luzia, die mit aller Kraft ihr Handgelenk umklammert hielt, durch die johlende Menschenmenge fort, immer näher an den Verbrecher mit der Schandmaske heran.

Starr stand er mit dem eisernen Schweinekopf da, die Arme hielt er weit vorgestreckt. Die Hände griffen um sich, als suchte er irgendwo Halt. Die Halsmuskulatur hielt er angespannt, Adern und Sehnenstränge hatten sich vor Anstrengung weit vorgedrückt. Ein Zittern durchlief seinen Nacken. Die schwere Eisenkugel zog an der Schnauze aus Drahtgeflecht nach unten.

»Beugen soll er sich!«, schrie ein Bauer. »Bücken und beugen!«

»Wetten, dass sein Kopf noch vor dem nächsten Glockenläuten auf dem Boden liegt?«, schrie der Dorfschmied außer sich vor Begeisterung. »Er wirkt jetzt schon ziemlich angeschlagen.«

»Aber einen starken Willen hat er. Noch hält er den Kopf hoch!«, rief Tuchfärber Martin Tueile und nickte anerkennend. »Ich halte dagegen. Wer so einen Willen hat, der hält auch noch bis zum nächsten Glockenläuten durch!«

»Was wetten wir?«, kreischte der Dorfschmied.

»Um einen ordentlichen Krug Wein beim Brückenwirt!« Der

Tuchfärber fuhr sich mit den hässlich spröden Färbefingern durch das schulterlange Haar. »Wer bietet mit?«

»Was glaubst du denn?«

»Wer glaubt wie ich, dass er bis zum nächsten Läuten nicht den Kopf auf den Boden legt!«

»Ich bin dabei. Er schafft es!«

»Er schafft es nicht!«

»Wer kommt zu mir?«, rief Martin Tueile. »Dann kriegen wir ein ganzes Weinfass zusammen …«

Die Menge teilte sich, die einen stellten sich zum Dorfschmied mit seiner speckigen Schürze, die anderen nah zum Färber, obwohl der nach einer beißenden Substanz stank. Die einen buhten, die anderen klatschten, kreischten und johlten.

»Was machen die da?«, fragte Sofie verwundert.

»Die feuern den Verurteilten an, damit er länger durchhält«, antwortete Luzia.

»Was durchhält?« Sofie fuhr mit ihrem schrägen Blick über das eiserne Drahtgeflecht der Schweinsmaske.

»Den Kopf oben zu halten. Wenn der Hals müde wird, zieht ihn die Maske mit der Eisenkugel nach unten. Dann sinkt der Kopf immer tiefer. Der Verurteilte muss in die Knie gehen und wird dann wie ein Schwein über den Platz getrieben.«

»Wie ein Schwein?«, rief Sofie begeistert. »Das muss ich sehen!«

Sie zerrte Luzia an den Zuschauern vorbei, die den Schuldigen anfeuerten, bis sie ganz vorn beim johlenden Dorfschmied standen.

»Gleich ist es so weit! Das Schwein geht zu Boden!«, brüllte er und klatschte begeistert auf seine speckige Lederschürze. »Er schafft es nicht bis zum nächsten Läuten!«

Tatsächlich beugte sich der Missetäter vor, und das Gewicht an der Schweineschnauze zog ihn immer tiefer. Der breite Rücken krümmte sich, mit beiden Händen stützte er sich auf den

Oberschenkeln ab. Sein Kopf senkte sich langsam, als wollte die Erde ihn in sich aufsaugen. Das Drahtgeflecht glänzte, wenn Wolkenschatten weiterzogen und Sonnenlicht es streifte. Die Menge tobte und johlte, klatschte in die Hände, warf Kappen in die Höhe und winkte mit Tüchern. Nur die Eisenkugel hing unbeweglich und starr von der Maske und zog zu Boden.

Der Verurteilte stöhnte auf. Sein Leinenkittel mit den Farbklecksen wölbte sich jetzt vornüber wie ein Zelt, das sich unter ihm auftat. Dann sackte er auf die Knie und streckte die Hände vor, um sich abzustützen. Muskelstränge an Hals und Schultern zeichneten sich wie Lebenslinien ab.

»Aber …« Sofie riss sich los. »Matthias, das ist ja Matthias! Der mich malen will!« Sie stürmte auf ihn zu, warf sich in den Dreck und kauerte sich dicht neben ihn.

Sofort war Luzia bei ihnen und starrte durch das Drahtgeflecht auf das schweißnasse Gesicht des Malers. »Was ist passiert?«

»Er hat mich verklagt«, stöhnte er, während das schwere Gewicht an der Schweineschnauze zog. »Ich soll ihm die Geldkatze gestohlen haben.«

»Weg mit euch!«, schrie ein Gerichtsdiener und ließ Gertenhiebe auf die Schwestern niederschnellen. »Das Schwein muss durch die Gassen getrieben werden.«

Die Menge lachte, johlte und skandierte: »Jagt das Schwein, jagt das Schwein!«

»Wer war's? Der Graf von der Churburg?« Luzia hob abwehrend den Arm und duckte sich vor den Rutenschlägen. Durch das Eisengeflecht suchte sie seine Augen. »War's der?«

Matthias ächzte. »Nein, es war … wegen der Sache in der Kapelle. In der Burg Kastelbell. Als er Euch etwas antun wollte …«

Diethard Birchler! Luzia glaubte, ersticken zu müssen. Jetzt umklammerte ein Büttel von hinten ihre Handgelenke und riss sie brutal fort, während sich Sofie an Matthias' Oberkörper festkrallte.

»Dann will ich auch ein Schwein sein!«, kreischte sie und schüttelte ihren wirren Lockenkopf. »Dann bin ich auch ein Schwein!«

»Lasst die Irre doch!«, rief der Dorfschmied. »Das bringt der Menge noch mehr Spaß.«

»Das Schwein mit der verliebten Sau!«, krakeelte jemand, außer sich vor Begeisterung.

Luzia stand mit dem Büttel, der sie mit festem Griff hielt, gleich neben dem grölenden Dorfschmied. Jetzt ließ sich Sofie vom Rücken des Malers auch auf die Knie sinken, stützte sich mit den Händen ab und schmiegte sich ganz dicht neben ihn, Lockenkopf an Maskenkopf, Schulter an Schulter. Sie wirkte wie ein schmales Abbild des stämmigen Mannes, der niedergezwungen worden war. Jemand riss ihm das Leinenhemd vom Leib, dann klatschten Rutenschläge auf seinen nackten Rücken. Schon bald zogen sich blutige Striemen über die Haut.

»Weiter! Weiterkriechen!«, dröhnte die Menge.

»Weiter«, raunte Sofie dem Maler zärtlich zu. »Weiter, Matthias.«

Gemeinsam krochen sie dicht nebeneinander langsam davon, durch Dreck und Pfützen, durch Unrat und Abfall. Von Gerichtsbütteln angetrieben, von Haselnusszweigen gepeitscht, von Gaffern angefeuert und von Neugierigen verlacht. Aber es gab auch diejenigen, die still zu ihnen hinüberschauten und den Kopf schüttelten.

»Weiter«, flüsterte Sofie. »Weiter! Du schaffst es!«

So, als hätte der Himmel die Zeit gedehnt, ging es über den Kirchplatz und durch die engen Gassen. Die Sonne stand längst hoch am Firmament, als die beiden zurück zum Gerichtsplatz krochen. Langsam und in tastenden Bewegungen. Noch mehr Schaulustige hatten sich inzwischen eingefunden. Bauernburschen und Mägde, Handwerker und Zunftleute feuerten sie mit grellen Rufen an.

»Er schafft es bis zum nächsten Läuten!«, schrie der Tuchfärber.

»Nein, er schafft es nicht! Wetten?«, dröhnte der Dorfschmied dagegen.

Am Kastanienbaum lehnte geduckt ein Weib, das ein wollenes Tuch über den Kopf gezogen hatte, das bis zu den Augenlidern hinunterreichte. Ihre roten Mundwinkel zuckten, und die gelben Bänder an ihrem Kleid waren verdreckt.

Luzia stand noch immer unter strenger Aufsicht des Büttels am Ortsgericht. Ihre Hände waren an einen Schandpfahl gefesselt, an dem sie zerrte und zog.

»Ich kann nichts dran ändern«, sagte der Aufseher und zuckte entschuldigend mit den Schultern. »Sobald sie zurück sind, wirst du freigelassen. Befehl von höchster Stelle. Also beruhig dich!«

Luzia stand gefesselt da, zum Stillstehen und Zusehen verurteilt. In ihrer Erinnerung blitzten Bilder auf, wie Diethard in Kastelbell ihren Kopf gegen die Wand geschleudert, ihren Leinenrock hochgezogen, die Fingerknöchel auf ihren Schamhügel gepresst und Matthias ihn mit einem deftigen Faustschlag zu Boden befördert hatte. Das war also Diethards angekündigte Rache, und die bekam Matthias jetzt am eigenen Leib zu spüren. Dieser Diethard Birchler war ein Ungeheuer! Er widerte sie an.

Luzia blickte sich nach allen Seiten um. Irgendwo musste Diethard doch stecken, denn um nichts in der Welt würde er sich dieses unwürdige Schauspiel entgehen lassen. Ob er oben im Gerichtssaal war? Ob er es gewesen war, der dem Gerichtsdiener den Auftrag gegeben hatte, sie hier am Schandpfahl festzuhalten, damit ihr vor Augen geführt wurde, was geschah, wenn sich jemand seinem Willen widersetzte? Obwohl sie an Handgelenken gefesselt war, ballte sie die Fäuste. Wenn sie doch nur wüsste, wie sie Toni erreichen konnte!

13

Die Anfeuerungsrufe wurden lauter, und eine dicht gedrängte Meute näherte sich Schritt für Schritt durch die Gasse. Sie grölte und skandierte und schien in einen ekstatischen Rausch verfallen zu sein. Vor den Menschen krochen Matthias und Sofie schleppend auf Händen und Knien voran. Wieder ließ der Maler die Schweinemaske Richtung Boden sinken, um kurz die Eisenkugel ablegen zu können, ohne dabei mit dem Kopf die Erde zu berühren. Er wollte nur kurz durchatmen, die geschundenen Halswirbel entlasten und Kraft für die letzte Wegstrecke schöpfen. Aber schon sausten Rutenschläge auf ihn nieder.

»Noch hat er den Kopf nicht auf den Boden gelegt!«, schrie Tuchfärber Tueile und klatschte in seine bläulich verfärbten Hände.

»Weiter!«, kreischte dann die Menge.

»Weiter«, flüsterte Sofie ihm zu, umklammerte seine Schultern und versuchte ihn hochzuziehen. Sie streichelte ihm über die Arme, dort wo noch keine blutigen Spuren zu sehen waren, und trug dann selbst das schwere Eisengewicht in beiden Händen, während sie auf Knien vorwärtsrutschte.

»Das gilt nicht!«, keifte eine Bauersfrau. »Lass die Kugel los, du kleine Hure!«

»Die Hure und das Schwein! Die Hure und das Schwein«, skandierte die brodelnde Masse und drängte immer näher an die beiden heran.

In diesem Moment läuteten Glocken. Jedes Mal, wenn der Klöppel gegen die Kupferwand schlug, schien der durchdringende Klang die Gemüter ein wenig mehr zu besänftigen, so als läge in ihm eine geheime Botschaft verborgen. Auf dem Gerichtsplatz sackte Maler Matthias kraftlos vornüber, während Sofie weinend die Wange an seinen Oberarm schmiegte.

»Es ist vorbei!«, sirrte sie. Auf dem Platz war es still geworden, sodass der Wind ihre Worte bis zu Luzia hinübertrug. »Hörst du, Matthias? Es ist vorbei. Vorbei …«

Jemand kam, schloss die Eisenmaske auf und zerrte sie vom Kopf des Malers. Sofort ließ er kraftlos das Gesicht zu Boden sinken. So lag er da, regungslos und die Wange im Dreck.

»Lasst mich doch los«, fuhr Luzia den Gerichtsdiener an und zerrte an ihren Fesseln.

»Noch nicht«, antwortete der gleichgültig. »Noch nicht.«

Dann brandete zum Abschied enthusiastischer Applaus auf. Man war mit der Leistung des Verurteilten zufrieden. Ein Ausrufer teilte mit, dass vorläufig keine Verhandlungsergebnisse der Ständevertreter vorliegen würden, und die Menge löste sich langsam auf. Einige schlenderten davon, um die neueste Aufstockung am Kirchturmbau zu begutachten, andere gingen zurück zu ihren Wohnstätten und Höfen. Nur hinten in der Gasse stand noch ein Grüppchen zusammen, palaverte und schaute nur noch aus den Augenwinkeln zurück zu dem Mann, der ausgestreckt am Boden lag. Ein letzter Pulk drängte auf das Gasthaus vom Brückenwirt zu, um die Wette einzulösen.

»Aber sagt Bescheid, sobald es ein Ergebnis gibt!«, rief der Dorfschmied dem Gerichtsdiener noch zu. Der nickte und löste endlich den Strick, mit dem Luzia am Schandpfahl gefesselt worden war.

Sofort stürzte sie auf den Maler und Sofie zu. Blutige Striemen zogen sich auch über seinen Nacken, dort wo die Eisenmaske seine Haut aufgerissen hatte. An einigen Stellen glänzte das rohe Fleisch.

»Matthias?« Sofies leise Stimme war so zärtlich, dass es Luzia fröstelte. »Matthias, es ist vorbei. Du musst kein Schwein mehr sein.«

Noch immer lag er regungslos da, die Arme seitlich weggestreckt, das Gesicht im Dreck, die Augen geschlossen. Rötliche Striemen bedeckten seinen Rücken, Blutschlieren perlten wässrig von der Haut.

Sofie senkte den Lockenkopf bis an sein Ohr und rüttelte ihn vorsichtig. »Matthias, wach auf. Du musst mich doch noch malen.«

Jemand beugte sich über sie, ein Schatten glitt über den Körper von Matthias. Es war die Frau vom Kastanienbaum, die sich das wollene Tuch um Kopf und Schultern geschlungen hatte und gelbe Stoffstreifen an den Rock genäht hatte. Es war Katharina vom Hurenhaus.

»Nimm Sofie mit dir«, raunte sie Luzia zu. Besorgt schaute sie auf den Maler, der bäuchlings dalag und sich nicht mehr regte. »Ich werde mich um ihn kümmern.«

»Ich will nicht fort«, jammerte Sofie. Noch immer hockte sie neben ihm. Tränen liefen ihr über die Wangen. »Ich will bei Matthias bleiben. Er will mich doch malen.«

Stille. Nichts regte sich. Ein Straßenköter kam winselnd näher, schnupperte und lief weiter.

»Ich will bei Matthias bleiben ...« Sofies Stimme war leise. Die Worte wirkten zaghaft verschnürt, als wollten sie im Hals stecken bleiben. Dann holte sie aus ihrem Brustbeutel das Glöckchen, das Matthias ihr geschenkt hatte, und klingelte. Menschen schauten sich um, woher dieses wundersame Klingeln kam. Erst zuckten die Sehnenstränge am Hals des Malers, dann ging ein Ruck durch seinen Körper, ein tiefes Aufseufzen, und ein schweres Durchatmen. Seine Finger krallten sich in den Dreck, langsam hob er den Kopf.

»Er wird wieder wach!« Sofie klingelte und klingelte. »Matthias, du musst kein Schwein mehr sein! Es ist vorbei!«

Erleichtert beugte sich Katharina zu ihr hinunter. Die wollene Decke hielt sie unter dem Kinn fest umklammert, damit sie nicht verrutschen konnte, und raunte ihr verschwörerisch zu: »Er muss mitkommen, verstehst du? Zu mir. Ich pflege ihn gesund.«

»Gesund?«, fragte Sofie und klingelte ein letztes Mal mit dem Glöckchen. Dann steckte sie es zurück in den Beutel, wo sie ihre Schätze verwahrte, und schaute mit ihrem schrägen Blick hoch. Ihr Gesicht war mit Straßenstaub verdreckt, und helle Tränenspuren zogen sich über ihre Wangen. Mit dem schmutzigen Handrücken fuhr sie sich über das tränennasse Gesicht.

»Ganz gesund!« Katharina nickte. »Sonst kann er dich ja nicht malen.«

»Hauptsache, er muss kein Schwein mehr sein.« Sofie strich ihm wieder über die muskulösen Oberarme.

»Und geh dich waschen, ehe dein Vater kommt.« Katharina lächelte. Ihre Lippen zuckten, und ihre Gesichtszüge mit der verwischten Wimperntusche entspannten sich. »Einverstanden? Ich mach Matthias gesund. Und du gehst dich waschen!«

Sofie streckte die schmutzig grauen Finger vor, betrachtete ihren verdreckten Rock und die aufgescheuerten Knie. Dann nickte sie. »Gut. So machen wir das!«

Nachdenklich schaute Luzia die Glockenwirtin an. Wieder war es dieser Dorfhure gelungen, Sofies Vertrauen zu gewinnen. Katharina schaute gerade abwesend in die Ferne, als lägen irgendwo im unsichtbaren Raum alte Erinnerungen verborgen.

Vor dem Ortsgericht war es still geworden, aber oben im ersten Stock wurden erregte Debatten geführt. Aufgebrachte Wortfetzen hallten durch die geöffneten Fenster auf die Gasse. Jemand stand auf und drohte mit der geballten Faust. Wie es aussah, waren die Dispute noch längst nicht ausgefochten und würden sicherlich noch andauern. An einem Fenster stand Diethard und grinste zu ihnen herunter.

»Komm, die Zeit ist günstig«, versuchte Luzia ihre Schwester wegzulocken. Sie wollte weg, einfach nur weg aus Diethards Blickfeld. »Wir müssen uns mit dem Waschen beeilen.«

Während Katharina dem Maler auf die Beine half, bückte sich Sofie vor seinen gesenkten Kopf, den der blutig angeschwollene Hals nicht mehr halten wollte, und schaute Matthias in die tränenden Augen. Dumpf stierte er vor sich hin. »Es ist vorbei! Wir müssen keine Schweine mehr sein …«, sagte sie noch einmal leise.

Luzia warf der Glockenwirtin einen dankbaren Blick zu. Dann liefen die beiden Schwestern auf das Badehaus zu, das gleich in der Nähe lag. Sie wuschen Sofies Dreckhände sauber und schrubbten die Schmutzflecken mit Seifenkraut aus ihrem Leinenrock, bis die Brühe klar herunter in eine Holzrinne rann. Sofie schaute den Seifenschlieren nach, die durch die Rinne zum Bach gespült wurden und dort in gurgelnden Windungen aufgenommen wurden. Dann rannten sie zurück zum Dorfgericht, um Jakob nicht zu verpassen.

Von der Glockenwirtin und dem Maler fehlte jede Spur. Dafür eilten immer mehr Menschen in Erwartung der Ergebnisse zum Gericht. Sie horchten, um vielleicht etwas von den lautstarken Debatten aufzuschnappen.

Ein bewaffneter Polizeibüttel hatte die Schandmaske als Warnung auf einer Rundsäule vor dem Gericht abgestellt. Oben im ersten Stock standen aufgebrachte Menschen in Grüppchen zusammen und gestikulierten mit den Händen. Gesprächsbrocken und Pfiffe, Fluchen und empörtes Lärmen polterten durch das Treppenhaus und suchten ihren Weg ins Freie.

Oben löste sich eine Gestalt von den Disputierenden, lehnte sich seitlich mit der Schulter gegen die Fensterscheibe und schaute hinunter in die Gasse. Wieder war es Diethard Birchler. Er blickte dorthin, wo Matthias kraftlos zu Boden gegangen war, und hob siegessicher sein kantiges Kinn. Dann schnellte sein Blick hinüber zu Luzia. Er verbeugte sich mit süffisantem Lächeln, hob grüßend die Hand, winkte und wandte sich wieder den Disputierenden zu. Luzia glaubte, ersticken zu müssen. Ihr war, als wollte die frische Luft beim Einatmen einfach nicht mehr den Weg in ihre Lungen finden.

»Ave Maria, Ave Maria, Ave Maria.« Sofie hockte breitbeinig auf einem Felsbrocken, um ihren Rock in der Frühlingssonne zu trocknen. Sie hielt die Augen geschlossen und streckte sich der Wärme entgegen.

In diesem Moment entdeckte Luzia jemanden mit einem breiten Krempenhut, der die Daumen im Wams verhakt hatte. Toni! Er stand mit einem Fremden unter dem Kastanienbaum ins Gespräch vertieft. Der Jochwind war aufgefrischt, und die Schatten der weit ausladenden Äste mit den jungen Blättern huschte über die beiden hin und her. Lichtblitze, die durch die Zweige fielen, tanzten über Krempenhüte, Schultern und Arme.

Beide Burschen hielten die Köpfe leicht gebeugt und raunten sich Worte zu. Toni schien erregt, aber der Fremde redete beschwörend auf ihn ein, schlug ihm freundschaftlich auf die Schulter und versuchte wohl seinen Standpunkt zu erläutern.

Luzia zögerte. Das war die Gelegenheit, Toni von der geplanten Hochzeit mit Diethard zu berichten! Der Vater debattierte noch oben im Gerichtshaus, Sofie hockte der Sonne zugewandt auf dem Bruchstein, und das, was sie zu sagen hatte, verlangte keinen Aufschub. Kurzerhand rannte sie auf Toni zu und fasste ihn am Oberarm.

»Toni, es ist dringend, sehr dringend, ich bitte dich«, entschuldigte sie sich. »Nur eine Minute.«

»Kann das nicht warten?«, fragte er leicht verunsichert.

Luzia schüttelte den Kopf. »Bitte! Eine einzige Minute nur …«

Toni blickte den Fremden fragend an. Der wirkte ungehalten über die Unterbrechung, warf Luzia einen vorwurfsvollen Blick zu und senkte dann aber als Zustimmung kurz die Augenlider. Toni folgte Luzia, die ihn am Ärmel zur Seite zog, dicht an eine Mauer heran, von wo aus sie eine gute Sicht auf die Gerichtstüren hatte.

»Ich soll heiraten«, sagte sie. »Ich soll diesen Diethard Birchler heiraten!«

»Den Birchler?« Toni stockte kurz, aber sein Verstand arbeitete kühl und überlegt. »Pass auf. Das da drüben ist der Peter Passler. Ich muss mit ihm reden, unbedingt! Er will weiter. Es ist lebenswichtig, verstehst du? Dann sage ich dir, was zu tun ist.« Er sah sie bittend an und strich ihr über die erhitzten Wangen. Dann wandte er sich ruckartig ab und lief zu Passler zurück.

Nachdenklich schlenderte Luzia zu ihrer Schwester zurück. Die hockte immer noch mit geschlossenen Augen auf dem Felsbrocken und hatte den Rock weit über die gespreizten Beine gebreitet, als erwartete sie eine Gabe, die ihr vom Himmel in den Schoß fiel. Am Kastanienbaum fanden sich immer mehr Bauernburschen zusammen. Sie debattierten, ballten die Fäuste und schüttelten empört die Köpfe. Und dieser Peter Passler stand mitten unter ihnen und redete ihnen die Gesichter heiß.

Jetzt wurden im Erdgeschoss die Gerichtstüren aufgestoßen. Männer mit hochroten Gesichtern strömten ins Freie. Einige wirkten aufgebracht, andere gratulierten einander und schüttelten sich zufrieden die Hände. Alois Birchler war auch darunter. Jetzt drängte sich der Birchlersohn zum Wanga und klopfte ihm vertraulich auf den Rücken. Jeder wusste, was das zu bedeuten hatte: Die Forderungen der Bauern waren abgewiesen. Diethard plusterte den Oberkörper auf und strahlte unverkennbar Zufriedenheit aus. Jakob war ihm auf den Fersen gefolgt. Er lächelte verlegen und hatte die Schultern hochgezogen, als sollte der Hals dazwischen verschwinden.

Toni und Peter Passler warfen ihnen verächtliche Blicke zu. Diethard hielt ihnen stand, ohne sich abzuwenden.

»Das dahinten ist er!«, rief einer der Bauernburschen und zeigte hinüber zu Diethard, Alois, dem Wanga und Jakob.

Luzia schaute zwischen den Männern hin und her. Wer von ihnen wohl gemeint war?

Aufrührerisches Gemurmel war zu hören, unterdrückte Freiheitsrufe wurden laut. Dann machten sich die Burschen davon. Peter Passler ging in der Mitte, von den anderen umringt, als wollten sie ihn schützen. Das entschlossene Auftreten ihrer Stiefel und Holzschuhe hallte derb durch die Gasse, einem dumpfen Grollen gleich. Erst allmählich verhallte das Geräusch in der Ferne.

Und ich?, dachte Luzia, die Toni nachgeschaut hatte. Was ist mit mir?

Jakob stand jetzt dicht bei Diethard, Alois und dem Wanga, die verschwörerisch aufeinander einredeten und bewaffnete Gerichtsdiener heranwinkten. In einer anderen Gruppe standen der Steinmetz Caspar Reuter und die Herren von Schlandersberg, die fragend zu Jakob schauten. Der hastete schnell zu ihnen hinüber, deutete auf Diethard, zuckte entschuldigend mit den Schultern und verabredete offenbar einen neuen Termin für die Marmorverhandlungen. Die Adelsherren nickten und verabschiedeten sich. Sofort steuerte Jakob wieder mit schnellen Schritten auf Diethard zu, während die Gerichtsdiener ihre neuartigen Gewehre schulterten und mit Knüppeln in den Händen davonsprengten. Menschen wichen verängstigt zur Seite. Weit aus der Ferne hallten Schüsse zu ihnen herüber.

»Nur Warnschüsse!«, rief ein Bediensteter, um die Menschen zu beruhigen. »Es sind nur Warnschüsse.«

»Ich will nach Hause«, bettelte Sofie ihre Schwester an. Ihr Rock war zwar getrocknet, aber immer wieder schüttelte sie den Stoff, als wollte sie allerletzte Tropfen herausschlagen.

Wieder hallten Schüsse auf. Das knallende Krachen ließ die Menschen erschrocken zusammenfahren. Viele der Gaffer flüchteten in ihre Häuser. Andere duckten sich hinter brusthohe Mauern oder versteckten sich hinter Torbögen, um trotz der Gefahr nichts von den aufrührerischen Tumulten zu verpassen. Besorgt schaute Luzia die Gasse entlang, durch die Toni und Peter Passler mit den Bauernburschen davonmarschiert waren. Ob das wirklich nur Warnschüsse gewesen waren?

In diesem Augenblick huschte eine junge Dienstmagd auf Diethard zu, ihr Kastanienhaar war zu Schnecken am Kopf festgesteckt. Es war Susanne vom Herzog-Hof. Diesmal schlenderte sie nicht, wiegte nicht kokett die Hüften und Schultern. Sie zerrte Diethard ein paar Schritte mich sich und redete auf ihn ein. Er hob das kantige Kinn, hörte sich den Wortschwall mit hochgezogenen Augenbrauen an und schob das Mädchen kurzerhand zur Seite. Dann ging er zurück zum Wanga, zu Birchler und Jakob, der die Lippen gespitzt hielt. Susanne blieb für ein paar Augenblicke regungslos und starrte Diethard nach. Dann senkte sie den Kopf, und es sah aus, als würde sie weinen.

Diethard blickte kurz zu Luzia herüber, verbeugte sich überschwänglich und grinste. Wieder spürte sie, wie sich ihr Magen verkrampfte. Und wieder stieg Säure hoch und brannte ihr in der Kehle.

In diesem Moment wurde Luzia von einem grellen Lichtblitz geblendet. Verwundert schaute sie sich um, aber nichts war zu sehen. Dann entdeckte sie einen langen, zweirädrigen Karren, über dem sich hohe Bögen aus geflochtenen Haselnusszweigen wölbten. Sie waren bis zur Hälfte mit einer Plane aus festem Tuch überzogen. Daneben hockten auf dem Boden zwei zerlumpte Kinder. Eins hielt eine Spiegelscherbe in der Hand und beobachtete damit rückwärtsgewandt das Geschehen auf dem Platz vor dem Gerichtshaus.

Vor dem Karren wurden Besen und geflochtene Körbe, Tonschüsseln und Becher zum Verkauf angeboten. Ein gehäutetes Kaninchen hing an einer Stange, und Blut tropfte zu Boden. Über der Pfütze surrten dicke Fliegen. Ein Wetzstein war hochkant vor dem Wagenrad abgestellt. Bunte Landschaften, die auf Holzscheiben gemalt waren, lagen neben abgewetzten Lumpen, Werkzeugen und Bündeln mit getrockneten Kräutern. In einem

Holzkäfig hockten seltsame Vögel. Sie zwitscherten und tschilpten und schlugen mit den Flügeln. Eine dürre Ziege war mit einem Leinenstrick an den Karren gebunden und meckerte fast ununterbrochen.

Sobald Sofie auf die Waren aufmerksam wurde, lief sie darauf zu und griff nach einer Baumscheibe mit aufgemalten, schneebedeckten Bergen. »Die möchte ich gerne haben. Die will ich Matthias schenken!«

»Und was gibst du uns dafür?«, fragte ein zerlumpter Bengel. »Oder glaubst du, wir hätten was zu verschenken?«

Sofie schaute an sich hinunter bis zu den Holzschuhen, wischte über Hemd und Rock und umklammerte dann fest ihren Brustbeutel. »Daheim … hab ich drei gelbe Bänder. Eins davon könnt ihr haben. Für Matthias! Ich geh's nur schnell holen.«

Luzia packte sie am Handgelenk. »Nichts wirst du holen! Der Vater hat gesagt, wir sollen hierbleiben.«

»Ich will aber das Bild«, jammerte sie und schlug um sich. »Für Matthias! Aber das Glöckchen gebe ich nicht her. Sonst findet ihr mich ja nicht wieder.«

»Habt ihr Brot?« Ein schmuddeliger Junge, der kaum neun Lenze zählen mochte, streckte die Händchen aus. »Nur ein kleines Stückchen?«

Sofie hockte sich neben sie. »Wo kommst du denn her?«

»Weiß nicht. Von nirgendwo.«

»Von nirgendwo?« Sofie überlegte. »Und wo wohnst du?«

Der Junge zeigte zu dem Karren, der mit Planen überspannt war. »Da, da wohn ich drin.«

Sofie runzelte die Stirn, als wollte sie ihre Gedanken ordnen. »Dann hast du ja gar keinen Ofen. Und kein Höllele …«

»Ein Höllele?« Der Junge schaute sie fragend an. Getrocknete Tränen klebten noch die Wimpern zusammen. Kleine Salzkrusten malten sich weiß in den Augenwinkeln ab. »Manchmal haben wir die Hölle, sagt die Mama.«

In diesem Moment knallten in der Ferne wieder Schüsse auf. Ihr Krachen zerschnitt die Luft, und Luzia fuhr erschrocken hoch. Vielleicht waren das ja doch keine Warnschüsse, und es wurde Jagd auf Peter Passler gemacht! Erst jetzt wurde ihr bewusst, dass Diethard, der Wanga und auch Alois bewaffnete Gerichtsdiener herbeigewunken und ihnen Anweisungen gegeben hatten. Sofort hatten die Soldaten die Verfolgung der Bauernburschen aufgenommen, die Peter Passler in ihre Mitte genommen hatten. Luzia schloss kurz die Augen. Toni war bestimmt nichts geschehen, ganz bestimmt nicht …

»Was habt ihr denn da zu suchen!«, fuhr eine zeternde Stimme sie an.

Es war Trina Birchler. Was für feine Kleider sie trägt, ging es Luzia durch den Kopf. Sie waren aus kostbaren Stoffen gefertigt und sorgfältig zusammengenäht. Trinas Kopf war hochrot angelaufen, ihre dickliche Unterlippe zitterte. Wütend zerrte sie Luzia zur Seite. »Willst du etwa unsere Familie in Verruf bringen? Wenn ihr euch schon bei uns breitmachen wollt, dann pass auf dich auf. Du steckst dich an diesem Gelump da noch an!«

Trina winkte mit flatternden Fingern einem der Bewaffneten, die jetzt überall in Schlanders Posten bezogen hatten und der einen kräftigen Stock bei sich trug. Mit ausgestrecktem Finger zeigte sie auf den zerlumpten Bengel. »Jagt ihn hinaus! Weg mit der Brut! Die schleppen noch Krankheiten an. Seuchen und Läuse. Oder sperrt ihn weg.«

»Seuchen?« Verängstigt wichen die Menschen zurück.

»Ja, prügelt ihn raus aus Schlanders, Seuchen sind Teufelswerk!« Trina Birchler fuhr mit einem Seidentuch über Stirn und Nacken.

»Seuchen …« Der Soldat musterte in gebührlichem Abstand den Jungen mit seinen dürren, hochgezogenen Schultern, der ihn verängstigt anstarrte. »Wie soll er denn den Karren ziehen können?«

»Dann geht's eben ohne Karren!« Die Birchlerin rümpfte angewidert die Nase.

Während Sofie noch immer die bemalte Holzscheibe an sich gedrückt hielt, entdeckte Luzia den Medicus, den sie schon so lange gesucht hatte. Es war Paracelsus, der gerade an den Salbentöpfchen schnupperte.

»Jagt ihn raus!«, rief Trina Birchler mit spitzer Stimme. »Gegen die Franzosenkrankheit ist kein Kraut gewachsen.«

»Franzosenkrankheit?« Die Menge wich ein paar Schritte zurück.

»Gegen Dummheit ist kein Kraut gewachsen!« Paracelsus, der gerade getrocknete Blättchen in der Handfläche verrieb, schüttelte verärgert den Kopf und meinte spöttisch: »Die Franzosenkrankheit! Woher wisst Ihr denn so genau, dass jemand davon befallen ist?«

Die Trina zeigte auf eine entzündete Wunde am Arm des Jungen. »Da, seht doch selbst!«

Ein Wispern und Flüstern ging durch die Menschenmenge. Weiber drückten sich Schultertücher oder Stofffetzen vor Mund und Nase, Bauernknechte hielten schützend den Unterarm vors Gesicht.

Die Franzosenkrankheit! Luzia schauderte. Noch immer waren die Ausläufer dieser Seuche überall zu spüren. Erst fünfzehn Jahre war es her, dass der französische König Karl VIII. mit seinem Söldnerheer die Erbansprüche auf das Königreich Neapel mit Gewalt durchsetzen wollte. Während der Besatzung Neapels war dann diese grässliche Krankheit ausgebrochen und hatte sich nach dem Rückzug der französischen Söldnertruppen wie ein gefräßiges Ungeheuer überall im Land ausgebreitet. Sie suchte sich Menschenleiber, die sie mit platzenden Pusteln, Schwellungen und Geschwüren überdecken konnte. Die ersten Anzeichen zeigten sich oft an den intimsten Geschlechtern, mit aufgerissener Haut und brodelnden Geschwüren …

»Um Himmels willen! Die Franzosenkrankheit«, kreischte ein Weib und zeigte auf das Kind.

»Eine Strafe des Herrn!«, riefen die einen.

»Eine Sühne für die Sünden!«, jammerten andere und bekreuzigten sich.

»Teufelswerk!«, heulte Trina. »Alles Teufelswerk!«

»Sie ist eine Krankheit, die von Mensch zu Mensch übertragen wird«, fuhr Paracelsus sie an. »Mehr nicht. Uns fehlt nur das Wissen darüber, wie sie optimal geheilt werden kann.«

»Ach, Euch fehlt also das Wissen … soso!« Die Birchlerin beäugte ihn von oben bis unten. Ihr Blick fuhr über seine zerschlissene Kleidung und das ausgetretene Schuhwerk. »Kein Wunder, so wie Ihr ausseht. Viel haben Euch Eure Kenntnisse noch nicht eingebracht.«

»Ein eitler Pfau wird niemals fliegen lernen.« Paracelsus lächelte süffisant. »Er weiß oftmals noch nicht einmal, seinen Geist zu bewegen. So wie es notwendig ist, um Elixiere gegen die Franzosenkrankheit zu entwickeln.«

Einige Mägde kicherten, und ein paar Burschen grienten vergnügt, neugierig darauf, wie die Auseinandersetzung zwischen der Birchlerin und dem fremden Medicus wohl ausgehen würde.

»Der Ausbruch dieser Krankheit war von den Gestirnen geweissagt!«, verkündete ein Apotheker, der mit dem Spitalarzt Sebastian Güggli näher gekommen war und Paracelsus abschätzig betrachtete. Er war aus Meran angereist, um der Versammlung beizuwohnen. »Eine äußerst seltene Konjunktion der Planeten Saturn und Jupiter. Und das im Zeichen des Skorpions, im zweiten Hause des Mars!«

»Diese Konstellation beinhaltet weitreichende Aussagen!« Sebastian Güggli hob wichtigtuerisch seinen Zeigefinger, als hätte er eine plötzliche Erkenntnis, und strahlte übers ganze Gesicht. »Jupiter, der Glücksplanet, musste sich dem düsteren Saturn und auch dem Mars geschlagen geben. Und das im Zeichen des

Skorpions, dem die Geschlechtsorgane zugeordnet sind. Damit ist einwandfrei erklärt, weshalb sich diese Franzosenkrankheit als ersten Angriffspunkt die Genitalien aussuchte.«

»Schwachsinn!«, rief Paracelsus aufbrausend. »Ihr müsst Euch den ganzen Menschen anschauen und Euch nicht nur auf wenige Sternenkonstellationen berufen, ohne dass Ihr überhaupt deren Sinn erfasst.«

»Gut, wenn Ihr Euch nicht mit Sternenkonstellationen befassen wollt: Niccolò Leoniceno aus Vicenza hielt an der Universität Ferrara Vorlesungen dazu!« Güggli rümpfte abfällig die Nase und fuhr hocherhobenen Hauptes fort: »Er veröffentlichte die erste wissenschaftliche Abhandlung über Morbus gallicus, und empfahl wie andere Ärzte auch eine topische Anwendung von Quecksilbersalzen gegen die Krankheit.«

»Erstens …« Paracelsus holte tief Luft und ließ einen Schwall von Empörung auf den Spitalmedicus und den Apotheker niederprasseln. »Erstens befasse ich mich sehr wohl mit dem Stand der Gestirne, aber nicht auf so eine profane Art und Weise, wie Ihr es tut. Und zweitens: Diesen Leoniceno kenne ich recht gut, schließlich habe ich an der Universität in Ferrara meinen Doktor erworben. Ein Dummschwätzer ist er, klaut sich seine sogenannten Erkenntnisse überall zusammen und gibt sie dann als seine eigenen aus. Seine Empfehlung, Hauterkrankungen mit Quecksilber zu behandeln, hat er zum Beispiel aus arabischen Quellen abgeschrieben.«

Luzia schmunzelte. Dieser Paracelsus hatte keinerlei Respekt, weder vor dem Dorfarzt noch vor dem Apotheker aus Meran. Er knallte ihnen ihre Wissenschaft um die Ohren, als wären sie nichts weiter als Scharlatane und Dorftrottel, und holte sie runter von ihrem Gelehrtensockel.

Aber Paracelsus war längst noch nicht fertig. Es war, als würde ein übervolles Fass zerbersten und seinen Inhalt über die beiden Gelehrten schwappen lassen. »Anstatt sich zum Patienten zu begeben und ihn ganzheitlich zu erforschen, unterwerft Ihr Euch lieber kritiklos der Säftelehre von Galen oder Hippokrates, rühmt Euch in Vorlesungen Eurer Lateinkenntnisse und hantiert mit etwas Quecksilber, Aderlass oder Urinschau herum.«

»Ach, Ihr habt also etwas gegen die Behandlung mit Quecksilber einzuwenden?« Güggli hob ironisch die Augenbrauen.

Paracelsus ballte die Hand, in der er die getrockneten Blätter zerrieben hatte, zur Faust. »Gegen Quecksilber habe ich rein gar nichts einzuwenden!«, antwortete er mit Leidenschaft. »Aber gegen die hohe Dosis. Ihr verabreicht generell eine viel zu hohe Menge, ohne jegliche Forschung. Ihr glaubt, Ihr hättet brav Eure Ärztepflicht erfüllt, wenn der Mensch statt an der Syphilis an Quecksilber stirbt.«

»Was erlaubt Ihr Euch?«, rief der Apotheker, der aus Meran angereist war. Er warf Paracelsus einen empörten Blick zu. »Etwas mehr Respekt, wenn ich bitten darf! Das hier ist der Medicus des Dorfes.«

»Verschont mich mit Eurem Gefasel«, fuhr Paracelsus ihn an. »Ihr Apotheker steckt doch mit den Ärzten unter einer Decke. Hauptsache, Ihr könnt euch die Taschen füllen. Würdet Ihr dem Jungen da denn auch ohne Entgelt eine Salbe gegen die Wunden verabreichen? Ohne Bezahlung den Verband anlegen, so wie es die Pflicht eines Christenmenschen wäre?«

Jetzt mischte sich Sebastian Güggli ein. »Diese Unverschämtheit müssen wir uns nicht bieten lassen! Was wisst Ihr schon von den alltäglichen Pflichten und Kümmernissen im Ort. Ihr, ein herumvagabundierender Quacksalber!«

Der Apotheker und Güggli drehten sich laut palavernd um, während sie über den Nutzen von Quecksilber, Rautenessenz und Bittermandeln debattierten. Dann verfielen sie in die lateinische Sprache, damit die Bauern, Mägde und Handwerker ihnen mit bewunderndem Blick nachschauen sollten.

Sofie war inzwischen über die Korbwaren gestiegen, auf den

zerlumpten Bengel zu, der sich vor das Wagenrad des Karrens gekauert hatte. Sie hielt den Kopf schräg und tupfte vorsichtig mit der Fingerspitze über die wässernde Wunde. Dann stellte sie sich auf die Zehenspitzen, schlenkerte mit den Armen und wiegte sich im Straßendreck zu einer Melodie, die nur ihr zugänglich war.

»Damit er sich freut«, summte sie. »Damit er sich freut.«

»Ist es nicht eine Strafe unseres Herrn im Himmel, dass ihre Seele derart verwirrt ist?« Trina Birchler seufzte überlaut, damit Paracelsus sie hören konnte. Dabei spitzte sie leicht das Mäulchen und zupfte die Haube über dem rötlichen Lockenhaar zurecht.

»Der Herr straft nicht, die Menschen strafen sich selbst. Schaut sie euch doch an. Verhärmt, hasserfüllt, eifersüchtig wie sie sind!« Mit durchdringendem Blick schaute er zur Birchlerin hinüber. »Und? Bringt ihnen das Glück? Nein! Leben sie ihre Bestimmung? Nein! Aber dieses Mädchen hier lebt die Wahrheit. Das macht sie glücklich!«

Sofie strahlte. Paracelsus wischte ihr mit einem Tuch über die Fingerkuppe, mit der sie die nässende Wunde berührt hatte. Dann nahm er ihr Gesicht in die Hände und strich ihr über das störrische Kraushaar.

»Glücklich? So will ich nicht herumlaufen«, meinte Trina Birchler spitz. »Vielleicht ist sie ja auch von Dämonen besessen.«

»Warum sollte sie von Dämonen besessen sein, wenn sie die Wahrheit lebt?«, gab Paracelsus zurück. »Ihr seid vielmehr von den Dämonen der Eifersucht und Habgier besessen! Selbst die Gedanken, die Euch umtreiben, sind von Missgunst erfüllt. Und ich frage Euch noch einmal. Seid Ihr wahrhaftig glücklich? Wie es schon in der Bibel steht: Nur die Wahrheit macht uns frei!«

Trina schnappte nach Luft, ihr Gesicht war hochrot angelaufen.

»Jetzt weiß sie nichts mehr zu sagen.« Sofie kicherte. »Und ich bin frei, weil ich die Sofie bin.«

»Und sie ist doch von bösen Geistern besessen«, zischte Trina ihnen zu. »Nicht umsonst gibt es die Schalen vor den Kirchen, die mit Weihwasser gefüllt werden. Und die Schalensteine in den Bergen, selbst in zerklüfteten Höhen! Die gibt es schon seit Hunderten von Jahren! Was wisst Ihr schon von unserem Land?«

Dann stampfte sie wütend mit dem Fuß auf, um ihre Abscheu vor Paracelsus zum Ausdruck zu bringen, und ging hocherhobenen Hauptes auf Alois, Diethard und Wanga zu, die langsamen Schrittes die Gasse herunterkamen. Jakob folgte ihnen zögernd.

»Luzia, Luzia!«, rief er ihr über die Köpfe der Menschen hinweg zu, während er die Birchlers nicht aus den Augen ließ. »Warte hier! Ich bin gleich zurück!«

Paracelsus schüttelte den Kopf. »Dass sie nichts von den Wissenschaften des Universums verstehen, mag ich ihnen nicht verübeln. Es ist die Arroganz und Ignoranz, die Selbstsucht und Raffgier, der Betrug und die Lüge, die sie vergiften.«

»Was … was ist mit Sofies Seele?«, fragte Luzia vorsichtig.

Paracelsus lächelte. »Was meinst du damit?«

»Hat sie nicht ihren Körper verlassen? Sofie ist doch ein wenig …« Sie hüstelte verlegen.

»Warum sollte ihre Seele den Körper verlassen haben? Sie lebt doch und ist glücklich.« Paracelsus sah Luzia vertrauensvoll entgegen. »Gott hat sie so erschaffen. Er wird wohl wissen, warum. Und sie ist glücklich.«

Nachdenklich betrachtete sie Sofie, die mit schrägem Blick einem Schmetterling nachschaute. »Aber soll ich so werden wie meine Schwester?«

Paracelsus schüttelte den Kopf. »Ich bin auch nicht wie sie. Jeder soll die Wahrheit auf seiner Ebene leben.«

Dann ging er auf den schmuddeligen Jungen zu, besah sich die verkrustete Wunde mit den rötlich entzündeten Rändern und öffnete seine Hand mit den zerriebenen Blättern. Vorsichtig zog er aus einer ledernen Medizintasche, die er bei sich trug, eine

Phiole, entkorkte sie und ließ eine ölige Substanz zu den Blättchen tropfen. Sofie schaute ihm fasziniert zu, während er etwas von der Mischung auf die nässende Wunde tupfte.

Paracelsus mag recht haben, dachte Luzia. Warum sollte Sofie keine Seele haben? Sie schaute ihrer Schwester nach, die sich erhoben hatte und wieder mit weit ausgebreiteten Armen drehte, um dem Jungen eine Freude zu machen. »Aber meine Schuld war …«, fuhr Luzia leise fort, damit Sofie sie nicht hören konnte, »dass sie bei der Geburt die Nabelschnur um den Hals geschlungen hatte. Wer sollte es sonst getan haben, wenn nicht ich?«

Der Medicus lächelte. »Was glaubst du, wie viele Kinder mit dem gleichen Schicksal geboren wurden und die keinen Zwilling hatten. Das ist ein Unglück, das passieren kann, mehr nicht. Genauso könntest du dir den Fuß brechen oder den Arm auskugeln. Die Sternenkonstellation könnte mehr dazu sagen.«

»Also sind wir doch dem Schicksal ausgeliefert?«

»Manchmal ist es unausweichlich. Aber um das zu verstehen, bräuchtest du großes Wissen und Einblick in die kosmischen Gesetze.«

Luzia nickte zögerlich. Sicherlich verstand sie nichts von kosmischen Gesetzen, aber das Wissen, dass öfter mal die Nabelschnur um den Hals eines Säuglings geschlungen war, linderte ihr schweres Schuldgefühl und machte sie federleicht.

»Habt Ihr … vielleicht auch etwas gegen Magendrücken?«, fragte Luzia vorsichtig.

»Gegen Magendrücken?«, fragte Paracelsus nach. »Stammt es von schlechtem Essen oder von einem Gefühl?«

»Wohl eher von einem Gefühl.« Leise fuhr Luzia fort: »Da ist jemand, der mir nachstellt. Und dann krampft sich mein Bauch zusammen …«

»Ich kann dir etwas gegen die Symptome geben, gegen die Übelkeit. Aber nichts gegen die Ursachen. Du wirst nicht gesund, wenn du die Ursache nicht bekämpfst.« Er seufzte. »Die

Mediziner der heutigen Zeit behandeln – wenn überhaupt – die Symptome, anstatt den ganzen Menschen zu sehen. Den Menschen mit seinen Gefühlsregungen, den Sorgen, Ängsten und Bedrängnissen. Aber auch mit seiner Schuld, den Vergehen und Verbrechen, die seinen Körper irgendwann befallen werden. Auch das sind kosmische Gesetze, aber davon will niemand etwas wissen.«

Luzia nickte nachdenklich. Davon hatte Maler Matthias neulich auch gesprochen, dass jede Schuld beglichen werden musste.

Wieder hallten Schüsse aus der Ferne zu ihr herüber. Wieder zuckte Luzia zusammen. Toni! Und wieder reagierte ihr Körper mit panischer Angst, mit Händezittern, Herzklopfen und Atemnot.

In diesem Moment bemerkte Luzia, dass Toni an einem steinernen Torbogen stand und sie zu sich winkte. Erleichtert atmete sie auf. Ihr Blick schnellte hinüber zu Sofie. Die hockte auf einem Holzklotz neben dem Medicus und hielt eine Phiole in der Hand, während Paracelsus die Wunde des Jungen versorgte. Sofie war also mit öligen Substanzen, Phiole und Verbandszeug beschäftigt, der Vater war den Birchlers gefolgt und würde bestimmt nicht so schnell zurückkommen. Luzia rannte los, wie von unsichtbaren Kräften getrieben.

Kaum war sie am Tor angekommen, zog Toni sie hinter den Steinbogen und umfasste ihre Hüften. Er sagte kein Wort, sein Blick war erregt. Er zog sie näher, ohne zu fragen und ohne zu zaudern. Und sie ließ es zu. Sie fühlte seine Nähe und spürte die Berührung seines Mundes. Sie war erst sanft und zärtlich, dann begehrend und fordernd. Tonis Lippen öffneten sich, seine Hände lagen fest auf ihrem Rücken und zogen sie näher. Ihre Brüste drückten sich an seinen Oberkörper. Die Erregung machte vergessen, was nah und fern lag. Da war nur eine tiefe Sehnsucht, die Lust aufeinander, das Finden zueinander. Eine bisher unbekannte, sinnliche Leidenschaft ließ sie davongleiten. Jede Zelle ihres Körpers, jeder Muskel und jede Pore ihrer Haut schienen zu erglühen.

»Ich werde dafür sorgen, dass dein Vater mich will. Und keinen anderen«, raunte Toni ihr zu. »Vergiss das nie. Nie im Leben.«

Und dann erzählte er von Peter Passler aus dem Pustertal, der zu einem Bauernführer aufgestiegen war und immer mehr Gleichgesinnte um sich scharte, um gegen Steuern und Abgaben zu rebellieren. Nördlich der Alpen gäbe es schon gewaltige Bauernaufstände gegen die erpresserische und willkürliche Ausbeutung der Bauern durch die Landesstände und gegen Ungleichheit vor dem Gesetz. Unter der Fahne des Regenbogens würde Thomas Müntzer gegen Adel und sogar die Kirche vorgehen.

»Der Regenbogen soll ab heute auch unser Zeichen sein.« Toni umfasste ihre Hände. »Bist du einverstanden?«

Luzia lächelte und nickte. »Ein wundervolles Zeichen.«

»Der Regenbogen und Walpurgisöl.« Er grinste und deutete auf den Brustbeutel, in dem er den Lappen mit dem Öl aufbewahrte, das sie ihm damals aus Angst vor Verletzungen über Gesicht und Hände gewischt hatte.

Dann schaute er in die Ferne. Seine Augen blitzten vor Entschlossenheit. Leise fing er an zu singen: »Spieß voran, drauf und dran, setzt aufs Klosterdach den roten Hahn …«

»Den roten Hahn?«, fragte Luzia vorsichtig. Sie kannte den Text. Davon hatte doch dieser zerlumpte Alte gesprochen.

Toni nickte. »Das ist ein Lied von Florian Geyer, einem Aufständischen aus dem fernen Würzburg. Der Rote Hahn ist das Zeichen für lodernde Flammen, ein Zeichen der freien Bauern. Dass nämlich betrügerische Klöster und Ämter in Schutt und Asche gelegt werden sollen …«

»Wird es Aufstände geben?«, fragte sie leise.

Toni nickte und legte den Finger auf die Lippen. »Aber kein Wort, zu niemandem. Noch liegt alles in Ruhe. Aber unter der Oberfläche brodelt es. Es brodelt ganz gewaltig!«

Auf dem Heimweg am späten Nachmittag entzog sich Luzia den Blicken des Vaters und lief schweigend hinter Jakob und Sofie her. Wieder und wieder röteten sich ihre Wangen, jedes Mal dann, wenn sie an die Leidenschaft dachte, die in ihr aufgestiegen war, als Toni sie in den Armen gehalten hatte. Und sie senkte den Kopf, als könnten ihre Augen geheimste Gefühle verraten. Außerdem war ihr, als hätte sich das Geheimnis um Peter Passler auf ihrer Stirn eingebrannt, genauso wie das Wissen um den roten Hahn und die Regenbogenfahne.

Erst neulich hatte Pfarrer Silenius, der jetzt auf Pilgerfahrt war, vom Zeichen des Regenbogens gepredigt, als Gott nach der Sintflut ihn als Bund zwischen ihm und den Menschen eingesetzt hatte. Er stand dafür, dass keine Flut jemals wieder auf der Erde sämtliche Geschöpfe aus Fleisch, nämlich Mensch und Tier, vernichten wird.

Jetzt waren unter Thomas Müntzer und der Regenbogenfahne Bauern zu neuen Zielen aufgebrochen. Zu einer neuen Gerechtigkeit. So wie die Sintflut, die die Verwerflichkeit der Welt gestraft hatte. Im gleichen Moment schob sich wieder Diethards Gesicht in Luzias Gedanken. Und da war es wieder: das Magenkrampfen, das Zittern der Finger, die Angst.

»Du siehst fiebrig aus«, sagte Jakob, als er sie kurz anschaute. »Lass dir von der Moidl daheim einen kalten Umschlag machen. Ich brauche dich.«

Luzia nickte, damit war die Angelegenheit für ihn erledigt. Erleichtert lief sie neben Sofie her, die eine Glasphiole des Paracelsus fest umklammert hielt. Darin war eine ölige Substanz zu sehen, in der silbrige Teilchen schwammen.

»Die hat mir der Medicus mitgegeben. Für Ferdl!«, rief Sofie. »Weil der ja auch überall so rote Striemen hat.« Die andere Hand streckte sie lachend den Vögeln entgegen, die scheinbar schwerelos dahinsegelten und sich in den Himmel hochschwangen. »Sie tauchen durch die Luft«, rief sie aufgeregt. »Lauter Himmelsfische. Ob sie einmal echte Fische waren, weil sie das so gut können?«

»Ich weiß es nicht.« Luzia senkte den Blick. Wie konnte sie nur Diethards Drohungen aus ihren Gedanken verbannen und damit die Ursachen für ihr Magenrebellieren? »Ich kann dir das nicht sagen.«

»Was weißt du eigentlich?« Sofie hatte ihre Unterlippe verächtlich vorgeschoben. Ihre Lockenhaare standen wirr vom Kopf ab. »Was weißt du überhaupt?«

»Wenn ich das nur wüsste …«, sagte Luzia mit tonloser Stimme. »Wenn ich das nur wüsste!«

14

Sobald sie auf ihrem Hof angekommen waren, wandte sich der Vater an Ferdl, der mit nacktem Oberkörper und verbundenem Kopf am Küchentisch hockte und auf den Dielenboden stierte. Die Leinenstreifen waren rot befleckt, die langen Striemen an Armen und Rücken mit Schorf verkrustet.

»Na? Schon besser?«, fragte er.

»Geht so«, antwortete Ferdl.

Sofort lief Sofie mit der Phiole auf ihren Bruder zu, ließ Öl in ihre Handfläche tropfen und wollte seine entzündeten Wundränder betupfen. Aber Ferdl holte aus und schlug ihr die Phiole aus der Hand, sodass sie splitternd am Küchenboden zerschellte.

»Geh mir weg mit dem Hexenkraut«, schnauzte Ferdl sie an.

Sofie stand wie versteinert, starrte hinunter zu den Glassplittern und öligen Flecken, die im Licht des Herdfeuers glänzten. Ihr Gesicht war knallrot angelaufen. Dann hallte ein langgezogener Schrei durch das Bauernhaus, dröhnend und schmerzerfüllt.

Jakob seufzte und nahm sie in die Arme. »Ganz ruhig, mein Mädchen. Ferdl hat es nicht so gemeint.«

»Er hat mein Glas kaputt gemacht!«, kreischte sie.

»Ich kauf dir ganz viele neue«, versuchte der Vater sie zu trösten.

»Mein Ölglas!« Sofie zitterte am ganzen Leib. Sie wollte sich losreißen und ihre unkontrollierte Wut in Faustschlägen auf Ferdl niederprasseln lassen, aber Jakob hatte sie schon an den Handgelenken gepackt. So wie immer, wenn die Zeit gekommen war. Dann wenn Sofie um sich schlug, und auch wenn sie sich davonmachen wollte.

»Das Walpurgisöl …« Die Moidl presste betend die Hände

zusammen. »Jetzt kann uns nur noch das Walpurgisöl helfen.« Sie hetzte in die Stube, holte die Kupferkanne vom Herrgottswinkel und träufelte etwas Öl in ihre Handfläche. Dann malte sie damit das Kreuzzeichen auf Sofies Stirn, die schrie und zerrte und nach Jakob schnappte. Dann betupfte die Moidl ihre Wangen und den Mund.

»Jetzt hast du heiliges Walpurgisöl an den Lippen«, flüsterte die Moidl ihrer Tochter zu. »Heiliges Öl. Jetzt darf da nichts Böses mehr rüberkommen.«

Heilige Maria, mach, dass sie Ruhe gibt, flehte Luzia in Gedanken. Sie hockte vornübergebeugt auf der Küchenbank und hielt sich die Ohren zu. Gleichzeitig glaubte sie, das schallende Gelächter von Diethard zu hören.

»Sag, dass du das nicht gewollt hast«, sagte Jakob zu Ferdl. Seine Stimme klang beschwörend und eindringlich. »Nun sag es endlich!«

Ferdl stöhnte. Sein linkes Auge war bläulich unterlaufen, der Riss der Kopfwunde zog sich bis zum Stirnansatz hinunter und nässte.

»Schau her«, sagte der Jakob zu Sofie und schüttelte sie an den Handgelenken. »Es war nicht der Ferdl, der das gemacht hat. Es war der Schmerz.«

»Der Schmerz?« Sofie holte schluchzend Luft. Ihr Gesicht war tränennass, und rote geplatzte Äderchen durchzogen das Weiß ihrer Augen.

»Ja, schau, wie die Peitsche ihn zugerichtet hat!« Jakob versuchte langsam den Griff um ihre Handgelenke zu lockern. Tatsächlich wurde sie ruhiger, nur ihr Brustkorb ging aufgewühlt auf und nieder.

»Wer war das eigentlich? Der soll auch die Peitsche kriegen!«, fragte sie. »Wer war das, Vater?«

»Die Schergen aus dem Dorf«, antwortete der leise.

»Und warum?«

»Die Steuern sind nicht bezahlt«, sagte die Moidl mit spitzer Stimme.

»Dann bezahl sie doch.« Sofie schaute Jakob verständnislos an.

»Morgen werden sie bezahlt.« Er presste entschlossen die Lippen zusammen und nickte. »Gleich morgen. Ich kriege Geld für den Marmorbrocken vor dem Haus!«

Sofie lächelte. »Hörst du, Ferdl? Morgen gibt es Geld für den fetten Marmorbrocken. Dann kommt keiner mehr mit der Peitsche und schlägt dich.« Vorsichtig ging sie auf die ölige Pfütze zu, tunkte ihren Finger hinein und tupfte auf Ferdls verkrustete Armwunde, so wie sie es bei dem Medicus gesehen hatte, der den Jungen behandelt hatte. Ferdl verzog schmerzhaft das Gesicht.

»Ich bitte dich, halt es aus. Halte es bitte aus!«, drängte der Jakob seinen Sohn, der die Lippen zusammenpresste.

»Wer ist eigentlich dieser … Peter Passler?«, fragte Luzia scheinbar gleichgültig, um Ferdl abzulenken.

»Peter Passler?« Jakob schaute sie verwundert an. »Was hast du mit Peter Passler zu schaffen?«

»Gar nichts«, stotterte Luzia. »Aber er war heute in Schlanders. Jedenfalls haben Leute das erzählt.«

»Ach! Er war in Schlanders?« Jakob wurde hellhörig. »Das wird Diethard interessieren! Dann war er also der Fremde bei den Bauernburschen …«

Luzia schaute betroffen zu Boden. Hätte sie doch nur nichts gesagt! Toni hatte sie doch gebeten, kein Wort davon verlauten zu lassen!

»Das wird Diethard sehr interessieren …«, wiederholte Jakob. Dann sah er hoch, und seine Augen blitzten. »Übrigens, gleich wird Bauer Anton mit dem Ochsenkarren kommen. Wir müssen den Marmorbrocken bergen. Für die ersten Aufträge. Und dann fließt das Geld!«

»Dann fließt das Geld!«, fuhr die Moidl ihn empört an. »Zuerst einmal fließt das Blut deines Sohnes.«

»Ja, was denn?«, fluchte Jakob. »Ist es nicht auch in seinem Sinn, wenn ich unsere Schuld tilge? Die Steuern, die Abgaben, die Zinsen? Ist es meine Schuld, dass sie uns damit das Leben zur Hölle gemacht haben?«

Die Moidl blickte ihn vielsagend an. »Nein, Jakob. Das ist nicht deine Schuld. Aber an wen du dich verkaufst, das ist dein eigener Wille. Und diese Entscheidung wird dir das Rückgrat brechen.«

»Du mit deinen düsteren Prophezeiungen!«, platzte es aus Jakob heraus. »Pass nur auf, dass sie dich nicht eines Tages als Hexe verbrennen.«

Die Moidl erstarrte, und Ferdl kippte die Kinnlade nach unten. Plötzlich war da eine Stille, die schier unerträglich war. Luzia glaubte fast, die Küche würde sich ins Unendliche ausdehnen und die Wände würden aus den Fugen geraten und wanken.

»Das mag ich nicht!« Sofies Worte waren sirrend hoch. Mit tränennassen Augen stolperte sie auf Jakob zu, drückte die Stirn gegen seine Brust und krallte die Fingernägel in seine Oberarme. »Ich mag das nicht. Du tust mir weh.«

Er legte behutsam die Arme um sie. »Aber ich will dir nicht wehtun.«

Sofies Blick war in die Ferne gerichtet. »Doch, du tust weh! Wie der Johann …« Ihre Stimme wurde schriller und durchdringender. Dann hob sie abwehrend die Hände, schien in der Luft nach Erscheinungen zu suchen und wollte um sich schlagen.

»Der Johann ist tot, gestorben bei der Gamsjagd am Ortler!« Jakob hielt wieder ihre Handgelenke fest und klemmte sich ihre Ellbogen, die stießen und keilten, unter seine kräftigen Arme.

»Seine Seele, hört ihr nicht? Oben in den Bergen? Er kommt, er will mich holen.« Sofie stöhnte und wimmerte. »Sein Höllenatem, so heiß. Ich spür ihn. Da ist er!«

Jakob blickte zur Moidl, sein Nasenhöcker war rot angelaufen. »Da siehst du, was du wieder angerichtet hast!«, fuhr er sie an.

Die Moidl warf ihm einen verächtlichen Blick zu, stapfte davon und schlug mit deftigem Krachen die Holztür hinter sich zu. Die Wände zitterten derart, dass der Dielenboden vibrierte.

Sofie fuhr zusammen, als wäre sie aus einem Halbschlaf erwacht. Die großen Pupillen verengten sich. »Ist er fort? Ist er wieder fort?«, flüsterte sie verängstigt.

Jakob nickte und versuchte zu lächeln.

Ausgemergelt sieht er aus, ging es Luzia durch den Kopf. Dunkle Ringe lagen unter seinen Augen. Langsam löste er die Umklammerung von Sofies Handgelenken, sodass ihre Hände und Arme wieder Raum für Bewegungen fanden. Tatsächlich fingen die Finger wieder an zu tanzen.

»Soll ich noch einmal?« Luzia hob die Kupferkanne mit dem Walpurgisöl hoch. »Vielleicht war die Moidl zu sparsam mit dem Öl. Besser ist besser.«

Wieder nickte Jakob. Seine Gesichtszüge wirkten eingefallen. »Ich habe das alles so satt«, sagte er leise und streichelte Sofie über das strubbelige Haar. »Dich meine ich nicht, meine Kleine. Dich nicht.«

Luzia träufelte etwas von der öligen Substanz in ihre Handfläche und strich es über Sofies Stirn. »Bitte lauf nicht wieder weg«, bettelte sie. »Bleib hier. Hier ist dein Zuhause. Wir brauchen dich doch …«

In diesem Moment war draußen das Rumpeln von Rädern, Stampfen von Hufen und dumpfe Muhen eines Ochsen zu hören. Das Quietschen von Metall in den Radachsen drang wie ein Nadelstich in Sofies Wahrnehmung, sodass sie schmerzhaft ihr Gesicht verzog.

Jakob stürmte los und winkte Luzia hinter sich her. Bauer Anton führte gerade seine Prachtochsen mit dem Fuhrwerk über das Hofgelände. Auf der Ladefläche lagen Seile, Winden und Stricke. Jakob winkte ihn über die Wiese mit dem hohen Gras auf den gewaltigen Marmorklotz zu, der neben einem aufgetürmten Haufen zerborstener Bretter lag.

Bauer Anton kratzte sich am kahlen Hinterkopf, als er den riesigen Brocken sah. Als er skeptisch die Lippen zusammenkniff, wölbte sich der dicke Schnurrbart noch weiter über seinen Mund.

»Den da willst du hochhieven?« Er ächzte, als würde er schon die Kurbel an der Hebevorrichtung in Bewegung setzen. »Das ist ein Brocken, der es in sich hat. Ob wir das hinkriegen?«

»Ferdl, wo bleibst du denn?«, donnerte der Vater über die Anhöhe hinweg. »Jetzt spiel hier mal nicht den Kranken!«

Nur wenig später humpelte Ferdl aus dem Haus. Flecken von frischem Blut zeichneten sich auf den Leinenstreifen ab, die um seinen Kopf gebunden waren.

»Er muss geschont werden!«, rief die Moidl, die ihre Hände ineinanderwrang. »Die Wunden sind noch gar nicht verheilt.«

»Sie werden damit schon noch eine Stunde warten können!«, brüllte Jakob zurück. »Dann kann Ferdl sich wieder bequem an den warmen Ofen setzen!«

Zuerst mussten die Stahlstangen des drei Meter hohen Gestells über dem Karren aufgebaut und miteinander verschraubt werden. Dieses stabile Gebilde mit ineinandergreifenden Rädern, Achsen und Stangen war von Diethard vorfinanziert worden. Dann wurden kräftige Seile um den Marmorklotz gebunden und an einem stählernen Schwenkarm befestigt.

Ferdl fasste mit beiden Händen nach der Kurbel und fing an, sie zu drehen. Die Seile strafften sich. Es ächzte in den Achsen, zerrte an den Stricken, die sich immer mehr spannten und zerfaserten.

»Und hoch!«, schrie Jakob, der eine zweite Kurbel betätigte. »Und weiter!«

»Weiter, weiter!«, kreischte Sofie und klatschte begeistert in die Hände. »Man kann schon unten durchgucken. Höher! Höher!«

Ferdls Adern drückten sich vor Anstrengung aus den Handrücken, sein Gesicht war schweißnass. Ein dünnes Blutrinnsal lief ihm über die Stirn hinunter in seine Augen, aus denen es jetzt blutrot tränte.

Der Ochse stampfte mit den Hufen und schüttelte den mächtigen Kopf mit den spitzen Hörnern, um lästige Fliegen zu vertreiben. Der dampfende Leib roch intensiv nach Urin, und das verdreckte Fell an den Beinen zuckte, wenn sich wieder fette Brummer darauf setzten. Sofie hatte sich gebückt und betrachtete interessiert den Unterleib des Ochsen.

»Und hoch! Weiter hoch!«, dröhnte der Vater, während seine Hände die andere Kurbel fest umschlossen hielten. »Nur noch ein paar Atemzüge, dann ist es geschafft.«

Ferdls Körper zitterte, die Blutsträhne, die von der Kopfwunde herunterlief, war breiter geworden. Seine Lippen waren blass und die Knöchel an seinen Händen kalkweiß. Anton drehte an einem Metallrad, das den Schwenkarm bewegte, sodass der Gesteinsbrocken auf die Ladefläche befördert wurde.

»Weiter!«, kreischte Sofie. Ihre Augen flackerten, und mit den Armen machte sie Bewegungen, als wollte sie helfen, den Marmorbrocken hochzuhieven. Ferdl stöhnte und ächzte. Das blutunterlaufene Auge hielt er geschlossen.

Jetzt sprang die Moidl auf Jakob zu, packte ihn an den Schultern und schüttelte ihn. »Du versündigst dich«, fuhr sie ihn an.

Mit der Schulter schleuderte er sie zu Boden. »Lass die Finger von mir, Weib! Oder willst du, dass jetzt, gerade jetzt, alles in den Arsch geht?«

Die Moidl rappelte sich hoch, warf einen Blick auf Ferdl, der gekrümmt an der Kurbel stand und die Zähne zusammenpresste. Dann rannte sie zurück ins Haus.

Der gewaltige Marmorbrocken wurde Zentimeter für Zentimeter weiter über die Ladefläche geschwenkt und dann langsam hinuntergelassen. Es knirschte und knackte, als er endlich auf den verstärkten Brettern lag. Im gleichen Moment sackte Ferdl lautlos in sich zusammen. Luzia sprang auf ihn zu, kniete vor ihm nieder und fühlte nach seiner Halsschlagader.

»Ist er tot?«, fragte Sofie neugierig.

Luzia schüttelte den Kopf. »Lauf schnell ins Haus, hol die Moidl und einen nassen Lappen.«

Jakob stand nur da, starrte vom Ochsenfuhrwerk zu Ferdl, der immer noch regungslos im Gras lag, und dann wieder zurück zur Ladefläche mit dem riesigen Marmorbrocken. Seine Hände zuckten vor Ungeduld.

»Muss das denn sein?«, schrie er fassungslos. »Gerade jetzt? Ferdl, steh auf! Mach schon, wir haben keine Zeit zu verlieren.«

Aber Ferdl regte sich nicht. Bauer Anton wischte sich verunsichert den Schweiß vom Nacken und starrte auf ihn hinunter, wie er dalag mit seinem blutigen Gesicht und den blassen Lippen. Seine Handflächen waren mit aufgequollenen Blasen übersät, die teilweise aufgeplatzt waren. Aus manchen glänzte das rohe Fleisch. Dann stürzte die Moidl auf Ferdl zu, warf sich vor ihn auf die Erde und wischte mit einem nassen Lappen den blutigen Schweiß von Stirn und Wangen. Jetzt kam auch die alte Magda näher. Keuchend kniete sie sich vor ihn ins Gras, fühlte nach seinem Puls und horchte an seiner Brust.

»Ferdl! Ferdl!«, schrie die Moidl, fasste seine Schultern und schüttelte ihn, sodass der Kopf zur Seite kippte.

»Wir müssen ihn hineintragen. Auf das Nachtlager.« Magda schloss kurz die Augen. »Betet zu Gott, dem Allmächtigen.«

»Na, was ist jetzt?«, brüllte Bauer Anton vom Ochsenfuhrwerk. »Wir müssen zum Schloss Tyrol. Der Brocken muss weg. Lass das da mal die Weiber machen!«

»Und das Gestell?«

»Das bauen wir später ab. Das hat jetzt sowieso keinen Platz mehr auf der Ladefläche.«

Jakob schaute verzweifelt zur Moidl hinüber, die ihren Bub unter die Achseln gefasst hatte. Sie würdigte ihren Mann keines

Blickes. Luzia und Sofie packten die Beine. Gemeinsam trugen sie Ferdl ins Bauernhaus.

»Ihr wisst doch, dass ich den Marmorbrocken abliefern muss!«, rief Jakob ihnen noch nach. »Wir brauchen das Geld. Es ist doch für uns … für unseren Hof!«

Dann war nur noch das Rumpeln des Ochsenkarrens, das Quietschen in den Radachsen und das Knirschen von Holz zu hören. Ganz allmählich wurde es leiser, bis die Geräusche in der Ferne mit dem Rauschen des Sturzbaches am Gebirgshang verschmolzen.

»Ist er tot?«, fragte Sofie leise, als Ferdl auf seinem Strohbett lag und die alte Magda ihm den blutigen Kopfverband abnahm. »Ja? Ist er jetzt tot? Sind seine Gedanken jetzt weg?«

Als niemand antwortete, holte Sofie das Fläschchen mit dem Walpurgisöl vom Jesuskreuz und träufelte etwas davon auf Ferdls Stirn. »Ave Maria, Ave Maria, Ave Maria.«

Erst spätabends kehrte Jakob zurück. Erst war das Zurückschieben des Außenriegels an der Haustür zu hören, dann das deftige Auftreten seiner Schritte. Es klimperte, als er ein prall gefülltes Säckchen auf den Stubentisch fallen ließ. Dann warf er einen Blick in die Schlafkammer, wo die Frauen bei Ferdl hockten.

»Er ist nicht tot!« Sofie strahlte und lief ihm mit weit ausgebreiteten Armen entgegen. »Er ist noch nicht tot.«

Die Moidl beachtete ihn nicht. Sie wischte Ferdl mit einem feuchten Lappen über die fiebrige Stirn und träufelte ihm Substanzen zwischen die Lippen, wie die alte Magda es verordnet hatte. Luzia verscheuchte Fliegen, die immer wieder um Ferdls blutige Kopfwunde herumsurrten. Der Bauer legte den breiten Arm um Sofie, drückte sie fest an sich und schwieg. Die Luft war stickig. Es roch nach Ferdls Ausdünstungen und feuchtem Moder, der sich mit dem Geruch von Kräuteressenzen vermischte.

»Der erste Anteil der Schuld beim Wanga ist bezahlt«, brummte Jakob versöhnlich. Die Moidl antwortete nicht. Sie spülte den Wischlappen in einem Wasserbottich aus, der neben dem Nachtlager stand. Als sie ihn auswrang, plätscherte ein dünner Wasserfaden zurück in den Bottich. Dann wischte sie Ferdl wieder über die Stirn. Er ächzte leise. Es war nur ein kaum hörbares Wimmern, das die Stille durchbrach.

»Hörst du nicht, Weib? Der erste Anteil ist bezahlt!« Jakobs Stimme platzte in die Stille hinein. »Der Zehnte auch. Und die Pachtzinsen …«

Die Moidl schwieg, legte den Kopf seitlich auf Ferdls Brust, die sich kaum hob und senkte, und horchte. In der Dunkelheit der Kammer wirkten Mutter und Sohn, als wären sie zu einem seltsam verkrüppelten Tier zusammengewachsen.

Jakob ging zurück in die Stube, kam mit dem Stoffbeutel voller Münzen zurück, den er fest mit der Faust umklammert hielt, und streckte ihn vor. »Und hier. Ein Vorschuss. Von Diethard. Damit wir Seile, Winden und Werkzeug zur Bergung der Marmorbrocken am Nördersberg kaufen können …«

Die Moidl sagte nichts. Wieder wrang sie einen Lappen im kühlen Wasser aus. Und wieder tropfte ein Wasserfaden in den Bottich zurück, so wie eine feine Perlenschnur, die von einem Faden geglitten war. Die Tropfen zerplatzten in hellen Tönen.

»Wir können vorerst hierbleiben. Auf unserem Hof!« Jakobs Stimme wirkte jetzt leicht verärgert. Er wartete. Es kam keine Antwort.

»Wir können bleiben«, sagte Sofie leise. »Mama, hörst du nicht? Wir können bleiben!«

In der Schlafkammer blieb es still. Das Licht, das durch die Ritzen der Klappläden fiel, wirkte gräulich fahl. Draußen fuhr der Jochwind durch die Bäume, das Rascheln der Blätter vermischte sich mit dem eintönigen Rauschen des fernen Sturzbaches. Nur ein unterdrücktes Schluchzen war im Haus zu hören. Hin und wieder. Ganz leise.

Der Himmel hatte Erbarmen. In dieser Nacht sank das Fieber von Ferdl, auch die blutigen Wunden am Kopf schienen ohne Eiterauswurf zu heilen und zu verschorfen. Schon vor Sonnenaufgang ging Jakob ungeduldig in der Küche auf und ab, zählte wieder die Münzen aus dem Leinensäckchen, stapelte sie aufeinander und steckte sie zurück. Der Moidl, die Holz im gemauerten Stubenofen nachwarf, erzählte er, dass erste Marmorlieferungen anstanden. Steinmetz Reuter wartete schon dringend auf Material, um mit seiner Arbeit beginnen zu können. Die letzten Skizzen für die Säulen in der Churburg hatten großen Beifall vom Grafen von Trapp gefunden, und auch Architekt Simon Berlozzi war äußerst angetan.

»Gleich morgen muss ich rauf zum Marmorsteinbruch«, brummte Jakob. »Heute gibt's noch was mit Diethard zu bereden. Aber morgen. Dann geht's rauf! Muss einfach sehen, was da so rumliegt. Und die Luzia kann mir helfen!«

»Ich?« Luzia schaute den Vater erschrocken an. »Aber ich habe nicht die Kraft, um mit Eisen aus der Wand …«

»Was da so rumliegt, habe ich gesagt«, fuhr er sie an, fasste sie an den Armen und schüttelte sie. »Wir müssen Marmor liefern! Geht das nicht in deinen verdammten Schädel rein? Wir müssen liefern.«

Luzia schaute in seine hasserfüllten Augen. Noch einmal schüttelte er sie derb. Dann glitten seine Hände von ihr ab. Aber noch lange brannte der Druck seiner Finger an ihren Oberarmen nach.

»Ja, Vater«, sagte sie leise. »Ich helfe dir.«

»Dann will ich auch mit!«, sagte Sofie, beugte sich in die Fensterluke und blinzelte hoch zum Firmament und den schneebedeckten Bergwipfeln. »Oben am Berg bin ich viel näher.«

»Wo bist du näher?«, fragte Luzia und rieb sich über die schmerzenden Arme.

»Näher an den Wolken. Wo die sich auflösen …« Sofie griff nach ihren Schenkeln und drückte sie vorsichtig. »Wie das wohl ist, wenn man sich auflöst. Wenn man ganz durchsichtig wird. Ob man sich dann noch fühlt? So als Wolke?«

»Sofie! Jetzt sei mal ruhig. Wenigstens für ein paar Minuten«, ging Jakob mit strenger Stimme dazwischen, stellte sich zu ihr an die schmale Fensterluke mit den aufgeklappten Läden und legte den Arm um sie. Nachdenklich zog er die buschigen Augenbrauen hoch und schaute hinauf zu den Steilhängen am Nördersberg. »Wir müssen es schaffen.«

»Natürlich schaffen wir das, Vater.« Sofie kicherte. »Natürlich!«

Als Jakob von seiner Besprechung mit Diethard zurückkam, war es draußen schon dunkel, und die zerklüfteten Bergriesen standen pechschwarz vor dem Sternenhimmel. Jakob erzählte, dass er auch dem Bauern Anton Münzen hingezählt und dafür im Austausch ein paar deftige Würste und Paarlbrote erworben hätte. Ein Stück Presswurst legte er auf den Küchentisch und schnitt es auf. Die anderen Würste knüpfte Luzia an Stricke, rieb sie dick mit Schweinefett ein, damit die Mäuse abrutschten, und hing sie in der Vorratskammer an einen Holzbalken.

»Ich will damit nichts zu tun haben«, sagte die Moidl. »Mit dem Geld da hast du deine Seele verkauft!«

»Dann rutsch mir doch den Buckel runter«, antwortete Jakob.

In diesem Moment klopfte es an der Eingangstür des Bauernhauses. Erst klang es zaghaft, dann hallte das Pochen kräftiger in die Küchenstube hinein.

»Luzia, mach die Tür auf«, brummte der Vater, spießte ein übergroßes Stück Presswurst auf und stopfte es sich in den Mund. »Wer weiß, wer da kommt und was abhaben will!«

Luzia öffnete die Tür und wich erschrocken zurück. Vor ihr stand Toni. Draußen hatte er eine Pechfackel in den Boden gerammt und ihren Halt seitlich mit Steinen verstärkt, damit sie nicht kippen konnte.

»Um Himmels willen. Ist was geschehen?« Luzia stockte der Atem, als sie in sein regungsloses Gesicht sah.

Er schüttelte nur den Kopf, schob sie zur Seite und stapfte durch den dunklen Flut auf die Wohnstube zu. Luzia lief hinter ihm her und wies ihm den Weg in die Küche. »Hier geht's lang!«

Der Jakob schaute ihm missbilligend entgegen. Die Augenbrauen hatte er zusammengekniffen, während er kaute und schluckte. Im Kessel dampfte Gemüsebrühe, der Geruch von Zwiebeln, Sellerie und süßlichem Lauch zog durch die Stube.

»Ich … grüße Euch!« Toni hielt verlegen den Krempenhut in der einen Hand, während er mit der anderen sein Haar glattstrich, das er wieder zu einem Zopf zusammengebunden hatte.

»Ja, Toni!«, sagte die Moidl. »Was machst du hier so spät?«

»Ist was mit dem Ernst?«, fragte die Naandl von der Ofenbank her.

»Nein, nichts ist. Dem geht's gut.« Toni räusperte sich.

»Magst du dich setzen?«, fragte die Moidl.

Toni schüttelte den Kopf. Er räusperte sich noch einmal und sagte dann: »Jakob Hofer, ich bitte Euch um die Hand von Eurer Tochter Luzia!«

Luzia schlug die Hände vor den Mund, und der Bauer hielt wie erstarrt mitten in der Kaubewegung inne.

»Die Luzia?«, wiederholte er endlich. »Die Luzia und du?« Dann fing er an zu lachen. Lauthals und impulsiv. Bis Tränen über seine Wangen kullerten. Luzia beobachtete, wie Toni sich verspannte und die Augen zu Schlitzen zusammenkniff.

»Ja, die Luzia!«, fuhr Toni störrisch fort. »Wir haben einen Hof, die Saat ist ausgebracht, und ich werde zusätzlich Arbeit suchen, damit es Luzia an nichts fehlt.«

»Einen Scheißdreck habt ihr da oben!«, fuhr der Jakob ihn an und donnerte mit der Faust auf den Tisch. »Jetzt, da unser Marmorgeschäft winkt, da lockt dich das Geld. Willst wohl in einen reichen Haushalt einheiraten!«

Toni schluckte. »Nichts will ich, Jakob. Nur die Luzia. Ich kann selbst für unser Auskommen sorgen.«

Aber Jakob warf ihm nur einen spöttischen Blick zu. »Die Luzia ist heute was wert! Da kann nicht einfach so einer vom Berghof kommen und sie sich schnappen.«

»Aber Vater …«, versuchte Luzia Toni zu verteidigen.

»Nichts aber Vater!«, brüllte Jakob. »Raus jetzt! Luzia ist versprochen. Und zwar einem, dem du nicht das Wasser reichen kannst! Verschwinde. Und lass sie in Ruh, sonst kannst du was erleben. Raus!«

»Wenn du das jetzt tust«, sagte die Moidl fassungslos. »Ihn einfach rauswirfst …«

»Ja, was dann? Halt du dich doch da raus! Das ist Männersache«, fuhr er sie an und wandte sich wieder Toni zu. »Hörst du schlecht? Raus mit dir!«

Toni verbeugte sich kurz vor der Moidl, die ihn bestürzt ansah. Dann stapfte er durch den Flur zurück zur Eingangstür, während Luzia ihm folgte.

»Du bleibst hier«, schrie der Bauer ihr nach. »Komm sofort zurück!«

»Ich werde Arbeit suchen, was es auch sein mag«, raunte Toni ihr in der Dunkelheit noch zu, nahm ihren Kopf zwischen die Hände und küsste Luzia auf den Mund. »Ich komme zurück. Vergiss das nie.«

»Komm her, sonst setzt es was!«, brüllte Jakob. Dann krachte es, als hätte er etwas zerschlagen. Luzia hastete in die Küche, während sie in Gedanken Toni vor sich sah, wie er den Schaft der lodernden Pechfackel aus dem Boden zog und sich auf den Weg zurück zum Hasl-Hof machte.

Früh beim ersten Morgenlicht rumpelte der Ochsenkarren von Bauer Anton auf den Hof. Die Räder quietschten in den Speichen, als er zur Ruhe kam. Der füllige Ochse schnaubte und stampfte mit dem rechten Vorderhuf. Auf der Ladefläche des Karrens waren seltsame Gerätschaften verstaut. Da waren Winden, Kurbel und eiserne Halterungen zu sehen, in denen Zahnräder ineinandergriffen, ähnlich wie bei dem hohen Gewinde, das noch auf ihrer Wiese stand und auf den Abbau und den Abtransport wartete.

»Dann mach's gut, Jakob«, rief Bauer Anton ihm noch zu, während er sich zu Fuß auf den Heimweg machte. »Am späten Nachmittag hol ich den Ochsen zurück. Und viel Glück!«

Zufrieden betrachtete Jakob die neuen Gerätschaften. »Die gehören jetzt uns«, sagte er zur Sofie und schleppte das Eisengerät mit den Zahnrädern in den Schweinestall, wo die Moidl gerade Zwiebeln in einem Eimer schichtete, um sie hinter dem Haus in die Erde zu setzen.

»Ist das Metallgerät da für die Felder?«, fragte Sofie, während sie einer Sau auf den breiten Hintern drückte, um zu sehen, ob sie vielleicht schon wieder die Beine spreizte.

Die Moidl lachte abfällig, und Jakob tat, als hätte er die Frage überhört. Er drehte sich wortlos um, stapfte ins Freie und lud draußen den alten Handwagen auf die Ladefläche des Ochsenkarrens, ebenso Spitzhacken und Schaufeln.

»Spitzhacken?«, fragte Luzia. »Aber du wolltest doch nur nachschauen, was da oben rumliegt.«

»Wirst schon sehen«, antwortete Jakob mit ruppiger Stimme.

Dann nahm er den Ochsen an den Hanfstricken, die ihm um den Hals gebunden waren, während Luzia noch den Binsenkorb mit Paarlbrot und Schinkenspeck auf der Ladefläche verstaute. Sofie lag dort auf Leinensäcken, zwischen Schaufel und Hacke, und blinzelte ins Licht. Im Schritttempo ging es in weit ausladenden Kurven den Nördersberg hoch, den gleichen Weg, der auch zum Hasl-Hof führte.

Jakob schwieg, und das war Luzia nur recht. Unter ihr breitete sich das Tal der Etsch wie eine geöffnete Hand aus. Sie liebte dieses Bild und glaubte, dass der Himmel die schneebedeckten Bergriesen zu beiden Seiten der Ebene bestimmt nur deshalb hochgestemmt hatte, weil er die Menschen besonders liebte und ihnen Schutz und Frieden vor den Fremden schenken wollte. Aber es waren nicht nur die Fremden, die Unruhe ins Land brachten …

Auf einer Hochebene gabelten sich die Wege. Links ging es weiter hinauf zum Hasl-Hof, rechts führte ein schmaler Pfad an Steilhängen und Schluchten vorbei zu den Marmoradern. Luzia schaute nach links zu dem dichten Bergwald, aus dem sich der Weg herauswand. Vielleicht würde Toni ja genau in diesem Augenblick dort auftauchen, ging es ihr durch den Kopf. Aber dann? Was dann?

Sie seufzte und schaute zu Jakob hinüber, der mit dem Ochsen auf ein schmales Wiesenstück zusteuerte. Hoffentlich finden wir hier einige brauchbare Marmorbrocken, die wir ins Tal befördern können, dachte sie. Das würde die Stimmung des Vaters bestimmt aufbessern.

Das Fuhrwerk wurde auf der Wiese abgestellt. Das massige Tier banden sie an einer stämmigen Kiefer fest und versorgten es mit einem Bottich Wasser aus einem nahen Gebirgsbach. Sobald die Handkarre von der Ladefläche heruntergewuchtet war, wurde sie mit Seilen, Schaufeln und Spitzhacken beladen. Als Erstes zog Luzia sie hinter sich her, während der Vater wortlos vorausstapfte.

Sofie rannte umher und pflückte Blumen. »Die hier oben haben noch mehr Luft und Sonne als die im Tal. Dann hat die Nandl auch mehr davon, wenn sie daran riecht.«

Auch dieser Fußmarsch zog sich in die Länge. Die fliehenden Wolken ließen Schatten über die Ebene tief unter ihnen wandern. Breitflächig überzogen sie Dörfer, Kirchtürme und Senken, nahmen der Etsch das tanzende Licht und zogen dann weiter. Esroch nach frischer Erde, Kräutern und Giersch. Steile Felshänge ragten schroff und karg über ihnen auf. Aus Ritzen und Bruchstellen streckten sich Farne und Löwenzahn hervor.

Der schmale Pfad war schon vor langer Zeit aus dem Fels herausgeschlagen worden, einige Wege waren seitdem sogar verbreitert worden. Aber Dornenranken wucherten über den Abhängen, und Schmelzwasser rauschte in der Ferne von höher gelegenen Ebenen an Steilhängen hinunter. Herabfließendes Wasser ließ die Erde zwischen den Bruchsteinen matschig aufweichen. Immer mehr Felssteine mit durchzogenen weißlichen Adern waren zu sehen.

Jakob ging den Weg voran, dann folgte Sofie mit dem kleinen Blumenstrauß und schließlich Luzia mit dem Handkarren. Schritt für Schritt ging es weiter, bis endlich der weiße Marmorbruch vor ihnen lag, der sich blendend weiß in der Felswand zeigte. Seitlich schoben sich noch kleine Marmorausläufer vor, kaum einige Schritte lang.

»Trotzdem! Die sind leichter zu bearbeiten«, brummte Jakob zufrieden. »Da muss das Gestein nicht aus dem Berg herausgehauen werden.«

Vor der Ader war die Erde aufgewühlt. Überall lagen weiße Brocken herum, die von Hammer und Meißel auseinandergesplittet worden waren. Fast ehrfürchtig betrachtete Luzia die Gesteinswand und ließ langsam ihren Blick hoch zum Firmament gleiten.

Ein paar Wolken glitten auf die Berggipfel zu, Steinadler ließen sich vom Wind treiben und schwerelos davontragen. Auch die Stille war schwebend leicht, nur durchbrochen vom Rauschen der Blätter und des Schmelzwassers, das sich in reißenden Sturzbächen seinen Weg von den Schneegipfeln hinunter ins Tal suchte.

Jakob ließ seinen Blick über die hoch ansteigende Felslandschaft mit den Marmorbrüchen gleiten, über herausgebrochene Quader und feine weiße Steine, die in Schuttkegeln herumlagen. Die Erde war weiträumig umgegraben worden, wohl um Marmor zu finden, der von den Moränen weitergetragen worden war.

»Wie willst du denn die Blöcke aus der Felswand herausschlagen?«, fragte Luzia vorsichtig. »In Carrara gibt es Tageabbau, das hat Paolo mir erzählt. Da kommt man von oben und von den Seiten her ran …«

»Halt dein Maul«, antwortete Jakob.

»In den Berg dürft ihr nicht!« Sofie schaute sie erschrocken an. »Dadrin sitzt der Wantlputz, der Berggeist! Wenn er beim Schlafen gestört wird, wird er sich furchtbar rächen.«

»Wir werden ja nicht in den Berg hineinschlagen«, sagte Jakob beruhigend. »Höchstens außen ein wenig daran kratzen. Und die Felsbrocken hier gehören nicht zum Bergstollen.«

Sofies Unterlippe zuckte. Sie starrte auf die Marmorader, als hätte sich der Göflaner Berggeist dort leibhaftig zu erkennen gegeben. Langsam wich sie zurück und flüsterte: »Der Wantlputz wird sich rächen. Er reißt den Jungfrauen die Kleider vom Leib und wirft sie die Felsen hinunter.«

»Der Wantlputz wird sich nicht gestört fühlen, wenn wir ein paar Steine von draußen mitnehmen«, antwortete Jakob und schaute vor sich den Abhang hinunter, der steil in die Tiefe führte. Er war mit hochragenden Bäumen bewachsen, die sich mit ihren kräftigen Wurzeln in den felsigen Hängen festkrallten, umgeben von wucherndem Gestrüpp.

Über tausend Meter ging es in die Tiefe, vorbei an schroffen Felsspalten und Gurgln, diese Schluchten, die vom Gletscherwasser in den Fels gefräst wurden. Nur wenige hundert Meter weiter östlich führte eine kleine Holzbrücke über eine tiefe Klamm, und dann ein Steig steil hinauf in den Wald. Luzia war mit dem Onkel dort zur Hasenjagd gewesen. Ganz heimlich hatte er Fallen aufgestellt und die erlegten Tiere dann in einem geschulterten Beutel davongetragen. Nur durfte keiner davon wissen, denn Jagen hatte Kaiser Maximilian ja verboten. Ob sich jetzt nach seinem Tod etwas an den Gesetzen ändern würde?

»Man müsste eine Art Lastenaufzug bauen und die Gesteinsbrocken an festen Seilen den Abhang hinunterlassen …«

»So lange Seile gibt's ja gar nicht«, sagte Sofie mit beschwörender Stimme. »Lasst den Wantlputz, sonst rächt er sich. Die Rache vom Wantlputz ist fürchterlich.« Langsam ging sie auf die Steilwand zu und strich mit ihren Händen beruhigend über das weißschimmernde Gestein. »Lasst den Bergen, was den Bergen gehört! Dann bleibt er ganz ruhig.«

»Vielleicht könnte man ja eine Schneise in den Steilhang roden und die Steine einfach hinunterrollen«, sagte Luzia.

»Einfach hinunterrollen!«, meinte Jakob spöttisch. »Hast du eine Ahnung, wie tonnenschwer die Brocken sind? Die bleiben bestimmt an irgendeinem Felsvorsprung hängen. Und dann? Wie sollen wir sie dann vom Steilhang wegkriegen? Es hilft nichts, wir müssen sie von hier mit dem Karren wegschaffen.«

Der Vater nahm die Schaufel aus dem Karren und fing an, einen der herausgebrochenen Brocken freizulegen, während Luzia ihm dabei half. Der Stein durfte nur so groß und schwer sein, dass er mit dem Handwagen auch zum Ochsenkarren befördert werden konnte.

»Aber der Wantlputz«, jammerte Sofie. Ihre Finger tanzten unruhig durch die Luft, und ihre Augen waren so weit aufgerissen, als wollten sie herausquellen. Mit fiebrigen Bewegungen zupfte sie sich Haare aus der Kopfhaut. »Stört nicht die Ruhe vom Wantlputz! Er zerreißt uns alle in Fetzen. Große Pranken hat er. Riesengroße Pranken. Er packt dich. Und reißt dir die Kleider vom Leib. Und zerschmettert dich auf den Felsen. Hört ihr nicht? Der sausende Wind? Ob der Johann mit ihm durch die Lüfte saust?«

Sofie rannte zum Abgrund, stierte in das Geäst der hohen Bäume, dann die Felsklippen hinunter und über das Buschwerk und breitete die Arme aus, als wollte sie davonfliegen.

»Sofie! Komm zurück!« Luzia rannte auf sie zu, aber Jakob

hatte sie schon an den Armen gepackt und zerrte sie vom Abgrund weg. »Ruhig, mein Mädchen, ganz ruhig.«

»Johann kann dir nichts mehr tun!«, schrie Luzia. »Der ist doch am Ortler abgestürzt.«

Sofie verharrte kurz und blickte in die Ferne. Die Lockenhaare standen ihr wirr vom Kopf ab. Dann kicherte sie. »Ich weiß. Bei der Gamsjagd. Da ist er abgestürzt. Da hat er den Wantlputz gestört …«

Sie winselte leise, als der Jakob sie fest im Arm hielt und beruhigend hin und her wiegte, während sie die Steilwand mit dem weißglänzenden Gestein anstarrte, als könnte sie sich wie von selbst öffnen. Marmorsteinchen rollten unter ihren Schuhen hinab. Sofies Winseln wurde immer leiser, bis sie erschöpft die Augen schloss.

Vögel zwitscherten, irgendwo brach Wild durchs Gehölz. Im Laub raschelte und knackte es, während das Rauschen des Windes Luzia frösteln ließ. Wieder schaute sie den Steilhang mit seinem wuchtigen Fels hoch, der mit der Jennwand verwachsen war und sich mit Gewalt dem Himmel entgegenstreckte. Aber diesmal lenkte sie den Blick nach links. Dort ganz weit oben lag der Hasl-Hof. Der Hasl-Hof, wo Toni lebte. Die Sehnsucht nach ihm schmerzte. Wie sollte er es schaffen, so viel Geld und Macht anzuhäufen, dass Jakob ihn als zukünftigen Schwiegersohn anerkennen würde? Da hatte Diethard mehr vorzuweisen. Eine bessere Position, ein besseres Auskommen. Und sonntags würde es immer Braten geben. Luzia schluckte. Ihr Magen knurrte. Immer Braten? Im gleichen Moment schüttelte sie den Kopf, erschrocken über sich selbst.

»Bring den Handkarren her«, unterbrach der Vater ihre Gedanken. »Wir wollen wenigstens ein paar brauchbare Steine mit ins Tal nehmen.«

Sofort zog Luzia den Karren dorthin, wo ein paar größere Marmorbrocken herumlagen. Gemeinsam bemühten sie sich, einen dieser schweren Klötze im Karren zu verstauen. Das Holz knirschte, die Radachsen wankten, aber sie schafften es. Sofie hatte sich einen handgroßen, kugelförmigen Marmorbrocken herausgesucht, den sie mit beiden Händen vor ihr Kinn hielt.

»Das ist wegen Matthias«, sagte sie. »Der musste doch auch so ein schweres Gewicht tragen. Und das hier bring ich ihm mit!«

Dann gingen sie zurück. Diesmal zog der Vater den Handkarren, dessen Räder unter dem Gewicht zu Boden gedrückt wurden und die sich manchmal zwischen Ästen verhakten oder von Kiesel abgebremst wurden. Manchmal musste der Karren über Baumwurzeln gewuchtet werden, die über den Waldboden wucherten, vorbei an wildem Thymian und Küchenschellen. Und es galt aufzupassen, dass er nicht kippte, wenn er sich in scharfen Biegungen oder bei steilen Wegabschnitten bedenklich zur Seite neigte.

Sie hatten gerade eine Kurve hinter sich gelassen, als Sofie grell aufschrie, den Marmorbrocken fallen ließ und auf einen hüfthohen Felsen zeigte, der ein paar Meter tiefer gelegen war und aus einem Wiesenstück herausragte. Auf der ebenen Oberfläche lag ein nackter Frauenkörper. Kastanienbraune Haare lagen in Wellen um den zertrümmerten Schädel, Blutfäden waren vom Stein hinuntergelaufen und geronnen. Es sah aus wie ein dunkelroter Strahlenkranz. Die helle Haut der Toten war vom Sonnenlicht rosig verfärbt.

»Heilige Maria Mutter Gottes!« Luzias Stimme zitterte. »Das ist ja die Susanne vom Herzog-Hof.«

Jakob stand da und stierte regungslos auf den nackten Körper. Weiter unten im Gestrüpp hingen zerfetzte Kleider, die vom Wind gewiegt wurden.

»Das war der Wantlputz!«, jammerte Sofie, fiel auf die Knie und umklammerte die eigenen Schultern. »Der Wantlputz!«

»Das war nicht der Wantlputz«, antwortete Luzia mit tonloser Stimme. Sie starrte auf den gewölbten Unterleib, der durch den weiten Rock bisher verborgen geblieben war. Kolkraben mit schwarzglänzenden Schnäbeln kreisten hoch über ihr.

»Totenvögel«, sirrte Sofie. »Sie kommen … sie kommen!«

Tatsächlich ließen sich die Vögel in den weit ausladenden Ästen der Kiefern nieder. Wie vergorene Pestfrüchte hingen sie in den Bäumen und warteten nur darauf, sich über ihre Opfer hermachen zu können.

15

Fast ehrfürchtig starrte Luzia auf den gewölbten Leib. Ob das Kind darin vielleicht noch lebte? Oder ob es im Todeskampf erstickt war, so wie beinahe die Sofie mit der Nabelschnur um den Hals? Oder ob der Herr im Himmel die kleine Seele behutsam zu sich genommen hatte? »Wir müssen sie im Ochsenkarren mitnehmen.«

»Ich pack das Weib nicht an.« Jakob stellte sich störrisch. »Ein totes, nacktes Weib, das ohne Sakramente gestorben ist.«

»Dann lasst uns zum Pfarrer gehen …«, sagte Luzia leise.

»Was hat der Pfarrer jetzt noch mit ihr zu tun?«, brummte Jakob. »Tot ist tot.«

»Aber jemand muss doch Bescheid wissen …«

»Muss er das?«, fragte Jakob. »Und wenn ja: Wer denn? Sie hatte doch keine Familie.«

»Wenigstens der Herzog-Hof, wo sie Magd gewesen war …«

»Wen kümmert eine Magd.« Noch immer starrte er auf das nackte Mädchen mit dem Blutkranz und dem kastanienfarbenen Wellenhaar.

»Aber das Kind … das Kind in ihrem Leib.« Luzia schluckte.

»Ein Bastard!«, antwortete Jakob, ohne sich zu regen.

Der Wind frischte auf, rüttelte an den Zweigen und ließ die Kleiderfetzen hin und her tanzen. Einer der Kolkraben flog krächzend hoch, mit weit ausgebreiteten Schwingen segelte er durch die Luft. Nur ein paar Flügelschläge, ein steiles Herabsinken, ein kurzes Aufflattern, und er hockte auf dem Fels neben der toten Susanne. Er hielt den glänzenden Schnabel vorgestreckt und bewegte den Kopf ruckartig hin und her, während er die glänzenden, kalten Augen auf Jakob und Luzia gerichtet hielt.

»Weg, geh weg!« Sofie sprang auf und klatschte in die Hände. »Weg mit dir. Tu ihr nichts.« Dann rutschte sie den Hang hinunter und kletterte über Felsbrocken und Dornengestrüpp auf die Tote zu. »Der Rabe soll sie nicht haben! Das darf er nicht.«

Jakob und Luzia hasteten ihr hinterher durch das unwegsame Gelände auf den Totenfels zu.

»Halt, Sofie!«, rief Jakob. »Was willst du da? Die ist nackt und tot.«

»Aber der Rabe soll sie nicht haben!«, rief sie zurück und kletterte auf den hüfthohen Felsen, während sie die Arme schwenkte. Der aufgeschreckte Kolkrabe flatterte über ihr und krächzte aufgebracht.

»Komm herunter, Sofie!«, rief der Vater befehlend.

Aber Sofie stand mit wedelnden Armen breitbeinig über der Toten und schüttelte den Lockenkopf. »Der Rabe soll sie nicht haben!«

»Wir müssen sie beerdigen«, raunte Luzia dem Vater zu. »Sonst kommt Sofie da nie wieder runter.«

»Ich fass die Tote nicht an«, brummte Jakob wieder. Die Schultern hatte er hochgezogen, die Hände wischte er immer wieder an den Beinkleidern ab, als hätte er sich beschmutzt.

Luzia schluckte. »Dann lass uns wenigstens ein Loch ausheben, damit wir sie hineinlegen können.«

»Hier in der Felslandschaft?« Der Vater schien seltsam verängstigt.

»Muss ja nicht tief sein«, meinte Luzia. »Da drüben ist eine Mulde. Da betten wir sie hinein. Und legen Steine drauf. Wegen der Raben und der Wölfe.«

»Wegen der Raben und der Wölfe«, wiederholte Sofie und schwenkte die Arme.

Jakob seufzte. »Also gut. Ich hole die Schaufel aus dem Handkarren und werde die Mulde da drüben auskratzen. Aber ich fass sie nicht an! Ich fass die Tote nicht an!«

Luzia sah hoch zu ihrer Schwester, die auf dem Fels stand und immer noch nach der schwarzen Krähe schlug, die längst wieder oben auf dem Baum bei ihren Artgenossen hockte. Dann senkte sie zögerlich den Blick. Susannes bleicher Arm lag ausgestreckt da, wie in friedvoller Ruhe. Als hätte sie sich niedergelegt, um zu schlafen. Nur schimmerten bläuliche Blutergüsse durch die Haut gleich am Handgelenk. Der schwangere Leib wölbte sich kugelförmig auf. Luzia mochte den Blick nicht wenden. Ob er noch zuckte? Oder sich bewegte? Ob das kleine Wesen darin nicht doch noch lebte? Und dann, was dann? Aber der aufgewölbte Unterleib lag regungslos. Kein Zucken, kein Schwanken war zu erkennen.

Von der Mulde her war Jakobs Schaufeln zu hören, das Schlagen von Metall an Stein und das Knirschen, Kratzen und Scharren. Luzia lief zu ihm hinüber, half, die Grube ein wenig tiefer auszuheben und Erde mit verwurzelten Grasnarben und Steine herauszuwuchten.

»Das reicht«, meinte er schließlich. »Legt sie da rein. Aber ich fass sie nicht an.«

»Du musst das tun, Luzia. Du musst!«, rief Sofie mit hoher Stimme. »Schnell, beeil dich. Bevor der Wantlputz seine hungrigen Raben schickt.«

Jakob stellte sich abseits, urinierte gegen einen Baumstamm und wartete. »Nun beeil dich schon!«, rief er mit knurrender Stimme. »Es war ja schließlich auch deine Idee!«

Luzia ging langsam zurück auf das tote Mädchen zu. Vorsichtig berührte sie sein Handgelenk. Zuerst war es eher eine tastende Bewegung, ein Hinübergleiten ihrer Finger auf Susannes Haut. Kalt fühlte sie sich an, unwirklich kalt. Sonnenlicht ließ die Druckstellen an den Handgelenken violett und bläulich aufscheinen. Luzia schaute den Steilhang hoch. Von wo aus mochte sie wohl heruntergefallen sein? Von wo hatte sie wohl jemand gestoßen? Ob es wirklich der Wantlputz gewesen war, der sie gerichtet hatte?

Dann umfasste Luzia vorsichtig Susannes Hand. Sie war schlaff, und der Arm gab in den Gelenken nach. Die Totenstarre hatte noch nicht eingesetzt.

»Nun macht schon!«, brüllte der Vater zu ihr herüber. »Ich will nicht noch morgen hier herumstehen!«

»Fass du sie an den Beinen«, sagte Luzia leise zu Sofie. »Ich nehme sie unter den Achseln.«

Sofie schüttelte entschlossen den Kopf. »Das mach ich nicht. Das ist deine Aufgabe! Ich muss auf die Raben aufpassen.«

Luzia schloss kurz die Augen. Dann zerrte sie ein zerrissenes Kleidungsstück aus dem Gestrüpp, hob Susannes Hinterkopf hoch und wickelte es der Toten um. Nur nicht in die Augen sehen, dachte sie. In die halboffenen Augen, die sie anstarrten. Und in diese blutigen Platzwunden am zertrümmerten Schädel.

»Nun mach schon«, feuerte Sofie sie an. »Der Vater will nicht den ganzen Tag da herumstehen!«

Luzia zog Susanne unter den Achseln näher zu sich heran. »Fass sie an den Beinen. Ich bitte dich. Sie ist schwer.«

»Die ist doch nicht schwer!« Sofie lachte. »Du kannst sie ja über den Boden ziehen.«

Luzia atmete noch einmal tief durch, schloss die Augen und zog die Tote vom Felsbrocken herunter. Ein dumpfer Aufprall war zu hören.

Sofie klatschte in die Hände. »Sie ist unten!«

Luzia hob die Lider. Auf dem Fels war ein großer Fleck Blut und ausgetretenes Körperwasser zurückgeblieben. Dann zog sie Susanne durch Gestrüpp und an Steinbrocken vorbei zur Mulde hin. Die Hände der Toten schlenkerten über den Boden, ihre Fersen schlugen gegen Unebenheiten.

»Du musst aufpassen«, schrie Sofie. »Jetzt ist ihr Haar im Strauch hängen geblieben!«

Luzia schwieg, legte die Tote ab und zupfte die Haarsträhnen aus der Dornenranke. Dann fasste sie Susanne wieder unter den

Achseln und zog. Blut sickerte durch den Stofffetzen, mit dem der Kopf umwickelt war. Der aufgewölbte Bauch wankte bei jeder Bewegung, als wäre das Leben darin zurückgekehrt. Endlich hatte Luzia die Grube erreicht und zog den Körper hinein. Und jetzt?, dachte sie. Sollte sie ein Gebet sprechen, obwohl sie nicht das Sterbesakrament bekommen hatte? Ein Gebet für Susanne und das Ungeborene? Sie nickte und faltete andächtig die Hände.

»Maria, Gottesmutter«, betete sie. »Bitte für uns Sünder. Jetzt und in der Stunde unseres Todes.«

»Amen!«, rief Sofie, die Hände voll Moos gesammelt hatte, das sie jetzt auf den Schwangerenbauch legte.

»Was machst du da?«, fragte Luzia verwundert.

»Da kommen doch später Steine drauf«, antwortete Sofie. »Dann ist das nicht so hart.«

»Aber sie ist tot. Sie spürt nichts mehr«, sagte Luzia mit sanfter Stimme. »Auch das Kind dadrin. Es ist tot.«

»Und?«, fragte Sofie und legte behutsam auch die letzten Moosstückchen nebeneinander auf den gewölbten Bauch. »Woher weißt du das? Warst du schon tot?«

Luzia schwieg, warf Erde und Kiesel auf den nackten Leib, bis der tote Körper von einer dichten Schicht bedeckt war.

»Seid ihr endlich so weit?«, brummte Jakob und kletterte den Hang wieder hoch. »Ich geh schon mal zum Handkarren. Und bring die Schaufel zurück, Luzia.«

»Ich komme mit!«, rief Sofie. »Ich muss ja noch meinen Marmorstein für Matthias wiederfinden.«

Luzia blieb allein zurück. Das eintönige Rauschen der Wälder und des Wasserfalls ganz in der Nähe und das Steingrab vor ihr ließen sie frösteln. Erst jetzt sah sie die Blutspuren, die sich von dem Fels über die Walderde bis zur Mulde zogen. Noch immer schaute ein nackter Fuß aus dem aufgehäuften Steinberg hervor. Luzia kratzte mit den Nägeln Erdbrocken und verfilztes Gras zusammen und warf alles auf den nackten Fuß, um ihn darunter zu verbergen. Plötzlich wankte der Steinhaufen, Erde rutschte vom Leib, Kiesel rollten hinunter.

Luzia schrie auf. Sie überkam Angst, Angst vor der Toten, Angst vor demjenigen, der Susanne auf den Fels herabgestürzt hatte, Angst vor den Waldgeistern, diesem grässlichen Wantlputz, der junge Mädchen packte …

»Vater?« Luzia rannte los, hetzte durch das Gestrüpp, ohne auf Brennnesseln und Dornenranken zu achten, und kletterte den Hang hoch. »Vater!« Sie lief auf den Trampelpfad zu und dann hinter Jakob her, der mit dem Handkarren und Sofie schon vorausgegangen war. Sie lief, bis das Quietschen der Wagenräder gleich neben ihr war. Sofie trug wieder den Marmorbrocken in den Händen, ohne ihn im Wagen ablegen zu wollen.

»Was trödelst du denn so lange herum?«, blaffte Jakob und ließ den Handkarren einfach stehen. »Hier, du kannst mich mal ablösen!«

»Das ist alles?« Steinmetz Caspar Reuter schaute verunsichert auf die Marmorstücke, die Jakob an der Bauhütte vor der Kirche in Schlanders abgeladen hatte. »Das soll alles sein? Könnt Ihr mir erklären, wie ich daraus Säulen für die Churburg geschweige denn Kamineinfassungen für die Burg Kastelbell bearbeiten soll?«

»Wir haben uns den Marmorbruch doch nur angesehen«, versuchte Jakob ihn zu besänftigen. »Wenn erst Ferdl wieder auf dem Damm ist, werden wir große Stücke aus dem Berg herausschlagen.«

»Und wann wird das sein?«, fragte Reuter erregt und stemmte die geballten Fäuste aufeinander. »Versteht doch! Wenn bis Ende der Woche kein Material geliefert ist, muss ich andere Aufträge annehmen. Zeitlich gesehen ist dann der Vertrag sowieso hinfällig.«

»Ihr … Ihr bekommt den Marmor!« Jakob lächelte verkrampft und fuhr mit unterdrückter Stimme fort: »Seile, Kräne und Gewinde sind angeschafft. Gleich morgen geht's los!« Dabei schaute er immer wieder zu Sofie hinüber, die auf einem Findling hockte und ihren weißen Marmorbrocken streichelte.

Während Jakob, Caspar Reuter und der Steinmetzgeselle Paolo die Steine in die Bauhütte wuchteten, schaute Luzia zur Kirche hinüber. Der Turm war enorm angewachsen. Ein Aufsatz von ineinander verankerten Pfeilern, Bohlen und Stützen streckte sich inzwischen über zwei Zwischenetagen hoch. Diese Stockwerke waren innerhalb des Turms für die Zimmerleute errichtet worden, damit sie von dort aus an dem spitz zulaufenden Bauwerk arbeiten konnten. Luzia suchte mit ihrem Blick auch das Außengerüst mit seinen Planken und Leitern nach Toni ab, aber von ihm war nichts zu entdecken.

Die Luft in Schlanders war an diesem Tag drückend und schwül. Es war heiß geworden. Selbst die Stimmung im Ort schien angespannt, die Menschen liefen aufgeschreckt durch die Gassen, blieben in kleinen Grüppchen stehen, tuschelten und machten sich wieder eilig auf den Weg.

»Luzia«, hörte sie eine unterdrückte Stimme ganz in ihrer Nähe. Sie drehte den Kopf und entdeckte Toni, der halb versteckt hinter einem Leiterwagen mit Heu stand. Sofort rannte sie auf ihn zu, den Blick immer wieder zur Bauhütte gewandt, in der Jakob verschwunden war.

»Pass auf«, raunte Toni ihr zu und umfasste ihre Hände. »Ich habe Arbeiten angenommen, um mehr zu verdienen. Für den Hasl-Hof und … für uns.«

»Susanne ist tot«, flüsterte sie ihm zu. »Drüben am Nördersberg ist sie auf einem Felsen zerschellt.«

»Susanne?« Toni starrte sie erschrocken an.

»Sie war schwanger …« Luzia schluckte. »Und sie war nackt.«

Toni blähte die Nasenflügel, als müsste er nach Luft schnappen. Ungläubig schüttelte er den Kopf. Für ein paar Atemzüge war sein Blick in die Ferne gerichtet. Dann zog er Luzia an den

Hüften näher, legte die Arme um sie und küsste sie. Von diesem Moment an wurde alles andere unwichtig und glitt von ihr ab. Das Erinnerungsbild der toten Susanne. Die Erde, die von ihrem Körper herabrutschte. Die Missachtung des Vaters. Die wässrigen Blasen an den Händen, die vom Ziehen des Handkarrens aufgeplatzt waren. Alles war vergessen. Nur die Erregung und Leidenschaft blieb. Die Berührung seiner Lippen, das vorsichtige Öffnen ihres Mundes. Seine Zunge, so sanft und doch so fordernd. Senkte sich der Himmel über sie?

»Luzia!«, platzte die verärgerte Stimme des Vaters dazwischen. »Wo steckst du wieder?«

Luzia schreckte hoch, löste sich von Toni und wischte sich mit dem Handrücken über die feuchten Lippen. Sie zitterte am ganzen Leib.

»Nicht mehr lange«, raunte Toni ihr noch zu, als sie sich schon umgedreht hatte. »Dann hat er dir nichts mehr zu sagen! Und jetzt ganz langsam. Er hat dir nichts zu befehlen.«

Luzia nickte und schlenderte hinter dem Leiterwagen hervor, gerade so, als hätte sie nur den Kirchturm betrachtet.

»Hier bin ich, Vater.« Sie strich sich das Haar glatt und hastete dann doch auf Jakob zu, der neben Diethard stand und mit ihm debattierte. Diethard trug wieder zweifarbige Beinkleider, wie es die neueste Mode verlangte. An seinem Hut war eine übergroße fremdartige Feder befestigt, wie sie die feinen Herren vom Schloss Tyrol bei Meran zu tragen pflegten. Sofie lief vor ihnen auf und ab und wimmerte, während sie den Marmorstein in den Händen hielt. Sie hatte die Finger ineinander verhakt, um das Gewicht besser tragen zu können. Ihr Gesicht war hochrot angelaufen. »Der ist doch für Matthias!«, jammerte sie. »Ich will ihn endlich Matthias bringen.«

»Du kannst ihn auch hier in der Steinmetzhütte ablegen«, meinte Jakob, um sie zu beruhigen.

»Nein, der ist für Matthias! Den gebe ich nicht her«, presste sie wütend hervor. »Den habe ich ihm mitgebracht. Den darf keiner anfassen.«

»Immer dieser Matthias!«, seufzte Jakob und verdrehte die Augen. »Kann mir denn niemand sagen, wo dieser Matthias zu finden ist, damit Sofie ihm endlich den Stein da geben kann?«

Diethard grinste, verbeugte sich höflich lächelnd vor Luzia und zog die Ärmel tiefer über die Unterarme, auf denen blutige Kratzspuren zu sehen waren. »Wie ich gehört habe, soll sich dieser Matthias eines Verbrechens schuldig gemacht haben. Er wird sich sicherlich irgendwo verkrochen haben. Vielleicht bei seinen farbigen Kleckereien, wo er hingehört. Jedenfalls wird er sich nicht mehr in Sachen einmischen, die ihn nichts angehen!«

»Matthias!«, kreischte Sofie, während sie die Hände mit dem Stein vor ihrem Leib hin und her pendeln ließ. »Ich will zu Matthias.«

»Weißt du, wo der Maler aufzufinden ist?«, fragte der Vater Luzia.

»Ich … könnte es mir vorstellen«, antwortete sie verschämt.

Diethard lachte voller Genugtuung. »Such ihn im Siechenhaus, kleine Sofie.«

»Er ist bei Katharina!«, rief Sofie mit schriller Stimme. »Die hat dem nackten Mann am Hals gefühlt, so wie es die Luzia bei der Sau gemacht hat, bevor sie ihr die Gurgel durchgeschnitten hat.«

»Von mir aus«, antwortete Jakob verärgert. »Nur bringt diesen verdammten Stein weg.«

»Aber …«, wollte Luzia einwenden. »Die Katharina …«

»Nichts da!«, fuhr der Vater sie an. »Jetzt macht schon! Bringt diesen verdammten Stein fort. Ihr findet uns beim Brückenwirt!«

Luzia ging mit Sofie, die den Marmorbrocken in den gefalteten Händen mit sich schleppte, auf dem Umweg über die Felder zum Fachwerkhaus der Hurenwirtin. Die Stufen, die zum Hintereingang hochführten, waren sauber gekehrt, nichts war vom schmutzigen Schneematsch des Frühjahrs mehr zu erahnen.

»Matthias wird staunen!« Sofie kicherte und folgte ihrer Schwester, die schon die Klinke heruntergedrückt hatte. Gottlob war die Tür nicht von innen verriegelt. Leise schlichen sie in den dunklen Gang, von dem die verschiedenen Schlafräume abzweigten. Die Luft war stickig. Es roch nach verschwitzten Leibern und süßsäuerlichen Ausdünstungen. Sofie deutete mit dem Kinn auf eine der Türen. »Hier war der Glatzkopf drin. Der aber nicht vor Angst tot umgefallen ist. Der hatte ja vielleicht einen schwammigen Hintern.« Wieder kicherte sie leise.

Tatsächlich hockte Maler Matthias an einem der Tische im Schankraum der Hure. Seine rotkrustigen Wunden am Nacken, an der Stirn und den Schultern waren mit einer öligen Salbe bestrichen. Das schulterlange Haar war zurückgebürstet und zu einem Zopf gebunden, damit es nicht mit dem Balsam verkleben konnte. Verwundert blickte er hoch, als Sofie mit dem Marmorstein hereinstolperte.

»Der ist für dich!« Sofie strahlte und wuchtete den Brocken vor ihn auf den Holztisch. Der Rotwein in dem Tonbecher, der vor Matthias stand, schwappte über. »Da stecken ganz viele verschiedene Engel drin. Du kannst dir einen davon aussuchen.«

Matthias kratzte sich überrascht am Ohrläppchen. Dann strich er Sofie über die geschwollenen Handinnenflächen und fuhr mit sanften Bewegungen über das Stück Marmor. »Den hast du den ganzen Weg vom Nördersberg hier herunter zu mir geschleppt?«

Sofie nickte und strahlte. »Den ganzen Weg! Nur als ich die Nackte auf dem Stein gesehen hab, da hab ich ihn fallen gelassen. Weißt du, die hatte auch einen Engel im Bauch und …«

»Das erzählst du besser später«, unterbrach Luzia, als Matthias ihr einen fragenden Blick zuwarf. »Jetzt will er dir doch erzählen, wie er dich malt.«

»Ja, wie er mich malt!« Sofie nickte aufgeregt und hockte sich vor den Maler auf einen Stuhl.

»Vielen Dank, kleine Sofie. Wie ich dich male, weiß ich noch nicht. Vielleicht als Fee, als Engel oder als Wundervogel, der sich die Welt von oben betrachtet. Aber wenn ich dich male, wird es das schönste Bild von der ganzen Churburg.« Sichtlich bewegt schüttelte er den Kopf, als er über den Marmorbrocken strich. »Das ist jetzt mein Engelstein. Den gebe ich nie wieder her!«

»Und? Wie geht es Euch?«, fragte Luzia vorsichtig, während sie die verkrusteten Wunden an seinem Hals betrachtete. »Habt Ihr noch … Schmerzen?«

»Ich bin hier in besten Händen.« Er lächelte und zwinkerte Luzia zu.

»Mir tut es so leid«, sagte sie leise. »Das mit Diethard … und danke, dass Ihr mir geholfen habt.«

»Es war meine Entscheidung, das muss dir nicht leidtun«, antwortete er. »Und ich habe es keinen Moment bereut. Auch eiserne Schandmasken werden eines Tages zum Symbol der Freiheit, wenn sich die Menschen erst erheben und die Rechte einklagen, die Gott uns gegeben hat. Vor seinem Thron sind alle gleich. Warum sollte es also hier auf der Erde vermögende Kaiser geben, die das Geld nur so verprassen? Sieh dir nur den Borgia-Papst in Rom an, ein Ausbund an Gewalt, Rumhurerei und Sünde.«

»Aber Ihr seid hier auch … ich meine … Katharina ist doch auch …«, stotterte Luzia.

Der Maler nickte. »Katharina hurt nicht herum, wie es in Rom üblich ist. Sie gibt ausgestoßenen jungen Dingern die Möglichkeit zu überleben. Was haben sie denn sonst als ihren nackten Körper? Aber der Papst in Rom …«

In diesem Moment torkelte ein Betrunkener in die Stube. Seine Beinkleider waren bis zu den Oberschenkeln heruntergezogen. Ein gewaltiges Glied streckte sich vor und glänzte tropfnass im Licht der Kerzen.

»Die da! Die will ich haben!«, lallte er, stolperte auf Sofie zu und wollte sie an den Haaren fortreißen. Doch Matthias war sofort auf den Beinen.

»Lass sofort das Mädchen los!«, brüllte er und versetzte dem Trunkenbold einen derart heftigen Fausthieb, dass er benommen zurücktaumelte. Sofies Haare glitten aus seinen Fingern und griffen ins Leere.

»Dann … besorg du es ihr zuerst«, lallte er, rieb sich übers Kinn und schüttelte benommen den Kopf. Dann lachte er dreckig auf. »Danach gibst du sie mir …«

»Ich bin gar nicht zu geben!«, fuhr Sofie ihn wütend an und zupfte ihr Kraushaar zurecht. »Und schon gar nicht einem Saufsack. Außerdem will ich bei Matthias bleiben.«

Der Blick des Betrunkenen torkelte umher, bis er an Luzia haften blieb. »Dann nehme ich die da. Die hat so etwas Unschuldiges, so was reizt mich bis aufs Blut! Komm her du, ich will dich …« Dabei stierte er ihr entgegen und streckte Hände und Unterleib vor. Sein Glied hatte durch den Fausthieb etwas an Standfestigkeit eingebüßt, als wollte es sich gramgebeugt der Erde zuneigen. Zuckend versuchte es sich wieder aufzurichten.

»Gar nichts wirst du! Du Saufbold!« Es war Katharina, die jetzt breitbeinig im Türrahmen stand, die Hände in die Hüften gestemmt. »Du verfluchter Bickl Hans! Wie oft hab ich dir schon gesagt, du sollst nicht besoffen hier auftauchen! Und dein Dingsda steck weg. So schön ist es nun auch wieder nicht!«

Sofie kicherte. »Der Eberschwanz war viel rosiger als seiner! Und nicht so schnell schlaff.«

»Hast du Münzen dabei?«, fuhr Katharina ihn an.

Der Bickl Hans nickte brav, streckte ihr ein Geldstück entgegen und fummelte an seinem Geschlecht herum, das jetzt herunterhing wie ein schrumpeliger Gänsehals. Katharina schnappte ihn an der Wolljoppe und schleppte ihn hinter sich her in den dunklen Flur. Das Knarren einer Tür war zu hören, dann ein kurzer Zuruf, ein Stolpern, und die Zimmertür wurde wieder geschlossen.

Katharina kam kopfwiegend zurück in den Schankraum und hielt die armselige Münze in ihrer ausgestreckten Hand. »Das reicht gerade mal für fünf Minuten. Aber länger braucht die Julia sowieso nicht, um ihn von seiner überflüssigen Manneslast zu entledigen.« Achselzuckend ließ sie die Münze in einen Beutel gleiten, der an ihrer Hüfte baumelte. »Hoffentlich schläft er hinterher nicht wieder ein. Aber der Bickl Hans ist wenigstens nicht schwer, den können wir leicht an die frische Luft befördern.«

Luzia schaute zu Katharina und senkte dann verschämt den Blick. »Ich hoffe von ganzem Herzen, dass Gott dir deine Sünden verzeiht.«

»Wer kann schon sagen, wie schwer eine Sünde wiegt«, meinte Matthias. »Die Sünden der Kirchenfürsten, die sich durch Mord, Intrigen und Schachereien ihre Ämter sichern, wiegen in der Waagschale der Gerechtigkeit wohl um einiges schwerer. Wer sollte da die Hand gegen Katharina erheben?«

Die Hurenwirtin seufzte und zündete eine neue Kerze an. Obwohl es heller Tag war, fiel nur wenig Licht durch die schmalen Fensterlaibungen. Die stickige Luft staute sich im Wirtsraum. Mit dem Handrücken wischte sie sich Haarfransen aus der verschwitzten Stirn und strich sie nach hinten.

»Schaut mal da!« Sofie sprang erregt auf, streckte den Zeigefinger aus und steuerte damit immer näher auf Katharinas Schläfe zu, bis sie einen Leberfleck berührte. »Der ist ja echt! Der sieht genauso aus wie der von Ferdl. Und der von der Naandl.«

Luzia blickte hoch zum Haaransatz. Tatsächlich hatte das Muttermal die gleiche feine Zeichnung wie das von der Naandl. Es war groß wie ein Daumenabdruck und hatte die gleiche seltsame Ausbuchtung, die aussah wie ein Schössling, der Wurzeln trieb.

»Wie deine Naandl?« Katharina fasste nach einer Stuhllehne und wiederholte leise: »So wie die Naandl?«

Matthias nickte ihr zu, als wollte er sie auffordern weiterzusprechen. Luzia stockte der Atem. So ein Muttermal war kein Fleck, der von der Natur irrtümlich ins Gesicht gezeichnet wurde. Alles hatte seine Ursache, alles seine Wirkung …

»Wie die Naandl …« Katharina zupfte Stirnhaare über das Mal, immer schneller, als stünde sie nackt da und wollte ihre Scham verbergen. Tränen vermischten sich mit der Augenschminke, und dunkle Rinnsale liefen ihr über die Wangen.

»Setz dich doch.« Matthias rückte einen Stuhl zurecht.

»Willst du einen Becher Wasser?« Fassungslos blickte Luzia der Hurenwirtin entgegen.

»Das da ist ein Zeichen, heißt es«, sagte Katharina leise. Ihre Stimme stockte. »Darin offenbart sich meine Lebensschande.«

»Das stimmt nicht, das weiß ich«, raunte Sofie ihr zu und streichelte ihre Hände. »So ein Zeichen wird verschenkt! Sonst ist das nicht zu haben. Da musst du nicht weinen. Die Naandl hat eins und hat dir auch eins geschenkt. Ich hab keins. Und die Luzia auch nicht. Aber du. Dann hat dich die Naandl besonders lieb, und …«

»Sofie, bitte«, unterbrach Matthias vorsichtig. »Die Katharina muss erst einmal ihre Gedanken ordnen. Das kennst du bestimmt. Da will man gar nicht, dass so viel geredet wird.«

Sofie zögerte kurz. Dann nickte sie und zog Katharina auf den Stuhl am Wirtstisch. »Jetzt kannst du dich ordnen.«

Katharina fing an zu erzählen, während sie in die Kerzenflamme schaute, die auf dem Wirtstisch flackerte. Die Worte kamen erst zögerlich, dann sprudelten sie nur so aus ihr heraus. Leise und unablässig. Dass sie wohl kurz nach dem Calvenkrieg geboren worden war. In blutige Tücher gewickelt hatte man sie vor der Spitalkirche gefunden. Eine mitleidige Seele hatte sie dann im Heuschober aufgezogen. Mit einem Leinenstrick um den Hals hatte sie im Stall gehaust. Wie ein Stück Vieh. Von frühester Kindheit an hatte sie geschuftet. Im Haushalt, auf den Feldern, im Stall. Das Schmerzhafteste aber war immer gewesen, dass sie ein Bastard war, eine Ausgestoßene, die von der eigenen Mutter verleugnet wurde. Das war ihre große Lebensschande.

»Nichts da Schande!«, sagte Sofie. »Der Fleck ist ein Geschenk von der Naandl. Dann gehörst du zu uns. Und sind wir Schande?«

Luzia sah zu Boden. Wie viele Soldaten, Söldner und umherziehende Mannsbilder hatten den Weibern und Mädchen eine Leibesfrucht in den Schoß gestoßen, die später dann erdrosselt, ertränkt oder erschlagen wurde. Wie oft hatte die Etsch kleine, tote Leiber mit sich getragen und davongespült.

Es waren nicht die missbrauchten Frauen, die an allerletzter Stelle von den Kriegsverbrechen standen. Es waren deren Kinder, die sich doch nur nach etwas Leben sehnten, aber an denen sich der Hass festmachte, weil sie das Erbe des Vaters in sich trugen.

»Das Erbe des Vaters …« Katharina schluchzte leise. »Aber Säuglinge sind zäh, sie tragen oft eine ungebrochene Lebenskraft in sich. Erst später, wenn der Verstand kommt, kann diese Kraft zerbrechen …«

In diesem Augenblick knarrte eine Tür im Flur. Ein beleibter Mann stapfte herein, sein fein gearbeitetes Leinenhemd fiel ihm über die Beinkleider, die aus glänzendem Stoff gefertigt waren. Der Schädel war kahl, das Kerzenlicht spiegelte sich in seinem schweißnassen Gesicht.

»Der Glatzkopf!« Sofie strahlte und zeigte mit dem Zeigefinger auf ihn. »Dem Luzia eins übergezogen hat und …«

Sofort presste Luzia ihrer Schwester die Hand auf die Lippen. Hinter dem Glatzkopf taumelte Marie herein, ihre Nase blutete. Die Haare hingen ihr wirr über die Schultern. Sie schnappte sich einen Lappen, der an der Theke hing, wischte sich Blutstropfen von Lippen und Kinn und drückte ihn fest gegen die Nase.

»Marie …!« Die Hurenwirtin sprang auf. »Was ist passiert?«

»Was passiert ist?« Der Glatzkopf zog angewidert die Oberlippe hoch. »Sie ist doch nur eine Hure. Dass sie gleich bluten muss …« Er zog ein Geldstück aus der Tasche und ließ es auf den Wirtstisch fallen. Es kreiselte hochkant, bis es schließlich flach zu liegen kam. Für ein paar Sekunden war es ganz still.

»Raus hier.« Katharinas Stimme war leise. Sie holte tief Luft, und ihre Brüste, die im Ausschnitt ihres Kleides hochgeschoben waren, drückten sich noch weiter hervor. »Raus hier!«

»Was meintest du?«, fragte der Glatzkopf nach. Seine Stimme war schneidend scharf. »Raus hier? Vergiss nicht: Auch du bist nur eine Hure!«

Katharinas Blick wurde glasig. Sie schluckte und wankte benommen auf Marie zu. »Geh raus, mach dich sauber«, sagte sie mit tonloser Stimme. Regungslos sah sie zu Boden. »Ja, es stimmt. Ich bin auch nur eine Hure.«

Plötzlich peitschten Schüsse durch die Luft. Es musste am Dorfrand zu einer Schießerei gekommen sein. Erschrocken schnappte sich der Glatzkopf Umhang und Hut, zwängte sich an anderen Kunden vorbei, die aufgeschreckt und mit hängenden Beinkleidern aus den Zimmern stolperten, und drängte zur Eingangstür hinaus.

»Schnell, bringt euch in Sicherheit! Man darf euch hier nicht finden!« Katharina scheuchte Luzia mit Sofie zum Hinterausgang. Die stolperten die Treppenstufen hinunter und rannten über die Felder davon. »Und passt auf euch auf!«, rief sie ihnen noch hinterher.

Wieder knallten Schüsse auf. Es roch nach Schwarzpulver, dunkle Rauchwolken stiegen zwischen den Häusergiebeln empor.

»Los, zum Brückenwirt! Der Vater wartet auf uns!«, rief Luzia ihrer Schwester zu. Sie rannten an der Gröben-Mauer entlang, die den Ort vor dem anschwellenden Schlandraunbach schützen sollte, vorbei am Badehaus und der Wassermühle zum Platz vor der Spitalkirche. Dort hatten sich schon verängstigte Menschen zusammengefunden, die eine Gasse hinunterstarrten. Wieder knallte es. Rauchschwaden zogen hoch. Brannte es irgendwo? Dann waren in der Ferne tumultartige Rufe und Schreie zu hören. Pferdegetrappel und Trompetenfanfaren hallten durch den Ort.

Auf den obersten Stufen vor dem Wirtshaus stand Diethard dicht beim Wanga und blickte zu den düsteren Schwaden, die sich über Strohdächern im Wind auflösten. Da entdeckte Luzia den Vater, der bei ihnen stand, dann die Treppenstufen hinunterlief und weiter die Gasse entlanghetzte, während er ein gefülltes Leinensäckchen fest umklammert hielt. Luzia stockte. Was grinste Diethard so? Was steckten der Wanga und er so vertraulich die Köpfe zusammen? Sie blickte zurück. Sofie hockte am Brunnen an der Spitalkirche und schaute verträumt in den Himmel, sie war also in Sichtweite. Dann drückte sich Luzia am Mauerwerk des Brückengasthofs langsam näher an Diethard heran, der mit dem Rücken gewandt zu ihr stand. Wieder knallten Gewehrschüsse durch die Gassen.

»Ich garantiere Euch, heute ist er dran!«, hörte sie seine Stimme. »Und ein paar seiner Mittäter auch. Die Flinten der Schützen haben genug Schuss. Mal sehen, wen sie alles erwischen!« Er lachte auf.

»Ihr seid Euch sehr sicher«, sagte der Wanga. Er reckte den Hals, um in der Ferne etwas von den tumultartigen Geschehnissen sehen zu können.

»Ich habe da meine … Leute. Und solange sie parieren, geschieht ihnen nichts.« Diethard reckte seine breiten Schultern und verschränkte selbstsicher die Arme vor der Brust. Luzia stand jetzt kaum zwei Armlängen von ihm entfernt. Zwischen ihnen lagen nur die sieben Treppenstufen, die zum Wirtshaus hochführten. Wenn sie sich strecken würde, könnte sie leicht seine Waden berühren.

»Ich habe von der Susanne gehört …« Wanga hatte seine Stimme gesenkt.

»Eine Warnung an alle, die glauben, mich beherrschen zu wollen.«

»Aber diese Quelle ist jetzt versiegt. Habt Ihr da höchstpersönlich nachgeholfen?«, fragte der Wanga, während er auf die Kratzspuren an Diethards Armgelenken zeigte.

Der Birchlersohn zuckte gleichgültig mit den Schultern. »Sie wollte mich unter Druck setzen.«

»Wir werden andere finden, die bedingungslos für uns arbeiten werden«, meinte der Wanga abfällig. »Und außerdem: Der Bauerntrottel ist weich geklopft. Er wird bald nicht mehr zahlen können und steht tief in meiner und Eurer Schuld. Dann macht er alles, was wir wollen.«

»Und ich nehme mir alles, was mir gehört. Alles!«

Luzias Atem ging schneller. Susanne ein Opfer von Diethard? Und wer war der Bauerntrottel? Etwa der eigene Vater?

»Aber wozu dann die Hochzeit?«

»Glaubt Ihr wirklich, ich will dieses armselige Luder heiraten? Da muss schon ein anderes Kaliber her. Ich will meinen Spaß. Und den werde ich kriegen!« Wieder lachte er und klopfte dem Wanga freundschaftlich auf die Schulter. »Und mit dem Walpurgisöl habt Ihr wirklich den Vogel abgeschossen.«

Wanga schmunzelte und zog einen Mundwinkel hoch. »Ein wenig dünnflüssiges Öl. Mehr nicht. Glaubt Ihr wirklich, ich hätte Lust und Zeit, mich da im Kloster mit Hunderten von Wartenden um ein paar Tropfen Walpurgisöl zu balgen?«

Diethard schlug ihm freundschaftlich auf den Rücken. »Lasst uns reingehen und den Vertrag aufsetzen. Die Gotteshäusler werden es uns danken … Geld haben sie ja genug.«

Lautlos schlich sich Luzia zurück zur Wirtshausecke und zwängte sich in eine Nische, die dahinter lag. So war das also. Diethard steckte mit ihren Erzfeinden, den Gotteshäuslern, unter einer Decke. Mit den Gotteshäuslern, die sich damals im Engadinkrieg mit den feindlichen Truppen verbündet und ihre Dörfer niedergebrannt hatten. Von ihnen ließ er sich also finanzieren. Fassungslos starrte sie zu Boden. Und das heilige Walpurgisöl war nichts weiter als gepanschtes Öl, um den Vater mit Schulden erpressbar zu machen. Damit er sich auf alles einließ, was von ihm verlangt wurde. Und Susanne war vom Birchlersohn höchstpersönlich vom Berghang gestoßen worden. Wegen der Schwangerschaft hatte sie also die weiten Kleider getragen. Ob Diethard der Vater des ungeborenen Kindes war und sie versucht hatte, ihn zu erpressen?

Luzia schloss die Augen und lehnte den Hinterkopf an das Mauerwerk. Auch die geplante Heirat war nur ein vorgegaukeltes Spiel, um sie zu demütigen und zu bezwingen, damit er seinen Spaß haben konnte ... Aber was hatte er noch gesagt? Wer sollte heute dran sein?

Wieder wurden Schüsse abgefeuert, diesmal ganz in der Nähe. Luzia rannte aus ihrer Nische auf Sofie zu, die sich vor dem Dorfbrunnen zusammengekauert hatte und hin und her wiegte. »Wir müssen den Vater finden«, raunte sie ihr zu. »Ich will sehen, ob er zurück beim Brückenwirt ist.«

»Ave Maria. Ave Maria«, sirrte Sofie abwesend.

»Wartest du hier, ja?«, fragte Luzia.

»Ave Maria ...«, sang Sofie.

Luzia rannte auf das Wirtshaus zu. Tatsächlich stand Jakob außer Atem bei Diethard und dem Wanga, die wieder vom Treppenabsatz aus auf die Gasse blickten, wo sich ein aufgebrachter Pulk von Menschen näherte. Gerichtsdiener zerrten gefesselte Burschen hinter sich her und versetzten ihnen deftige Stockschläge. Bewaffnete marschierten neben ihnen her, einige streckten siegessicher Fäuste und Gewehre in die Luft.

»Vater, ich ...!«, rief Luzia, als sie die Treppenstufen hochlief.

»Jetzt nicht, verdammt noch mal!«, brüllte Jakob sie an. »Pass auf Sofie auf!«

»Pass auf Sofie auf«, wiederholte Diethard leise und grinste.

Dann zog er einen ledernen Beutel aus einer Seitentasche, streckte ihn Jakob entgegen und schüttelte ihn ein paarmal. Münzen klimperten auf. »Und … du, du weißt, was noch zu tun ist.«

Jakob nickte eifrig, schnappte sich den neuen Geldbeutel und rannte davon, während Diethard und der Wanga schallend auflachten. Nur einen Atemzug später packte Diethard Luzia an den Handgelenken, drückte sie gegen die Eingangstür und presste sein Geschlecht gegen ihren Unterleib. »Wehr dich ruhig, du kleine Wildkatze. Das liebe ich!«

»Aus dem Weg da! Zur Seite!«, riefen einige Soldaten von der Gasse her der erregten Menschenmenge vor der Spitalkirche zu. Stiefelschritte näherten sich, Holzschuhe schlugen dumpf auf der Erde auf. Diethard ließ Luzia abrupt los und wandte sich zur Gasse, um nichts von dem Schauspiel zu verpassen. Sofort stürzte sie die Steinstufen hinunter, zwängte sich durch die aufgeschreckte Menge auf Sofie zu. Aus den Augenwinkeln sah sie gerade noch, wie Jakob einem der Schützen den Geldbeutel zusteckte.

»Platz da!«

Verletzte wurden auf Pritschen die Gasse entlanggeschleppt, die zum Spital führte. Sie bluteten und schrien vor Schmerzen. Einige der Gaffer fingen an, die Gerichtsdiener, die die Verhafteten an Stricken mit sich zerrten, zu beschimpfen.

»Freiheit für Tirol!«, riefen sie.

»Freiheit für alle Menschen!«, fielen andere ein.

Jemand versuchte einem Gerichtsdiener die Handstricke zu entreißen, an denen ein Bauer gefesselt war. Es kam zu Rangeleien, irgendwer schlug einem Schützen einen Holzkanten auf den Hinterkopf. Lautlos sackte der in sich zusammen. Wieder knallten Gewehrsalven durch die Luft. Einer fiel getroffen zu Boden. Menschen schrien und wichen zurück. Der Geruch nach Pulver mischte sich mit den Bratendüften aus dem Wirtshaus.

Vorsichtig rüttelte Luzia Sofie an den Schultern. »Komm, wir gehen nach Hause. Die Naandl wartet.«

Sofie rieb sich über die Augen, als wäre sie aus einem Traum erwacht. »Die Naandl? Und der Vater?«

Luzia blickte sich um. Jakob war in der Menge nicht auszumachen. Doch! Gerade rannte er wieder die Treppenstufen hoch zu Diethard und dem Wanga, die zu einem der Verhafteten hinunterblickten und sich dann die Hände schüttelten. Ihr stockte der Atem. Der Gefesselte da, das war doch dieser Peter Passler, der Anführer der Bauernaufstände, der Mitkämpfer von Toni. Und Toni? Sie blickte über die Gesichter der fünf Verhafteten. Er war nicht dabei. Peter Passler war also derjenige, der festgesetzt werden sollte! Und einige seiner Gefährten. Aber vielleicht lag Toni ja verletzt auf einer Pritsche …

Luzia rannte los, zerrte Sofie hinter sich her und drängte sich zwischen die Menschen, um die Verwundeten besser sehen zu können, die zum Spital geschleppt wurden. Jetzt fingen die Glocken der Spitalkirche an zu läuten. Schwer hallte ihr Klang durch die Gassen.

»Es hat auch Tote gegeben«, raunte man sich zu. »Sie liegen hinten am Wiesenrand von Bauer Anton. Nebeneinander aufgereiht.«

»Und? Wen hat es erwischt? Ist jemand von uns dabei?«

»Man hat sie ja noch nicht alle zusammen …«

Luzia wankte. Der Brustkorb wurde ihr eng, der Atem ging stoßweise, als wollte die Luft nicht eingesogen werden. Sie spürte kaum, wie Sofie sich im Gedränge von ihr löste, die Hurenstreifen aus dem Brustbeutel zog und die gelben Bänder hoch über ihrem Kopf in der Luft flattern ließ.

»Damit sie sich freuen«, rief sie mit heller Stimme, während sie zwischen den blutenden und wimmernden Verletzten hin und her sprang. »Damit sich die Kranken freuen!«

Ferdls Wunden waren schnell geheilt. Schon nach wenigen Tagen waren Jakob und er wieder unterwegs. Mit einem robusten Karren, auf dem Schaufeln, Seile und Gewinde lagen, machten sie sich zuerst auf, um oben am Nördersberg nach Marmorbrocken zu suchen, die Eisgletscher vom Berg weggebrochen hatten. Vielleicht lagen sie gleich vor dem Bruch in der Erde verborgen. Diese Brocken konnten dann mit dem Ochsenkarren ins Tal befördert werden. Außerdem wollte Jakob gleich am nächsten Tag mit Steinhauern ins Geschäft kommen, deren Beruf es war, übergroße Gesteinsbrocken aus einer Bergwand zu schlagen, ohne sie zu zertrümmern.

Luzia schaute jede freie Minute aus der schmalen Fensterluke ihres Bauernhauses in den Hofanger, in der Hoffnung, irgendjemand würde Nachricht von Toni bringen. Oder sie ließ kurz die Feldarbeit und die Arbeit in der Scheune liegen, um einen Blick zur Hofeinfahrt werfen zu können. Aber niemand kam, der etwas wusste. In Schlanders waren die Erschossenen begraben worden, und gottlob war Toni nicht darunter gewesen.

Täglich lief sie zur alten Magda unter dem Vorwand, neue Heilkräuter für die Naandl zu holen, die immer noch erbärmlich hustete. Aber Magda wusste auch nichts zu sagen, hatte nur gemeint, die Brüder vom Hasl-Hof wären auf der Suche nach ihm. Unter den Verletzten im Spital läge er nicht, da hätten sie schon nachgeschaut, und auch im Siechhaus wäre er nicht zu finden. Es war, als hätte die Erde ihn verschluckt.

Auf dem Rückweg blieb Luzia dann am Marterl stehen, schmückte es mit frischen Margeriten und Glockenblumen und schickte für die armen Seelen, die von den Soldaten niedergeschossen worden waren, ein Gebet zum Himmel. Und die inständige Bitte, dass Toni nichts geschehen möge. Am Erinnerungsstein im Wald hastete sie jedes Mal mit gesenktem Blick vorbei, denn der Gedanke an den ersten Kuss schmerzte sie zu sehr.

16

Die Strahlen der Abendsonne warfen schon fuchsig rote Farben auf die schneebedeckten Berggipfel, als Jakob und Ferdl vom Marmorbruch am Nördersberg zurückkehrten. Sie hatten wieder stundenlang gegraben und unter größtem Kraftaufwand mit Seilwinden brauchbare Brocken, die sie freigegraben hatten, aus der Erde gewuchtet. Erschöpft ließen sich die beiden auf die Sitzbank am Küchentisch fallen. Sie rochen nach Schweiß, und ihre Finger waren dreckverkrustet. Wieder tischte die Moidl ihnen klumpigen Getreidebrei auf und etwas frisches Gemüse, das sie im Garten geerntet hatte.

»Warum gibt's hier nichts Anständiges zu essen«, fluchte Jakob angewidert und hielt der Moidl zwei Münzen unter die Nase, die seit Tagen achtlos auf dem Stubentisch lagen.

»Von dem Blutgeld nehm ich nichts!«, antwortete sie. »Du verkaufst deine Seele! Wann begreifst du das endlich?«

»Und wann begreifst du endlich, dass der Marmor uns reich macht?« Jakobs Hände zitterten. »Wir sind auf dem besten Weg dahin!«

»Das höre ich schon seit Wochen.« Die Moidl sah ihn mit blitzenden Augen an. »Bis jetzt hat es nur zu Vorschüssen von diesem Diethard gelangt. Weiter nichts.«

»Und der Marmorbrocken, den ich an das Schloss Tyrol verkauft habe? Ist das etwa nichts?«

»Das war ein Geschenk des Himmels. Aber jetzt versündigst du dich und häufst wieder Schulden an!«, fauchte die Moidl.

»Das macht jeder im Geschäftswesen!«, brüllte er zurück. »Diethard kennt sich da aus. Da muss erst investiert werden.«

»Dann pflanz ihn dir mit diesem Diethard doch an, deinen

Marmor!« Moidls Stimme wirkte kalt und ruppig, während Sofie leise winselte, sich wiegte und verzweifelt versuchte, nach den Händen der Eltern zu greifen. »Und sieh zu, was er dir für Früchte bringt! Ich erinnere mich noch, wie du früher den Wanga wegen seiner Machenschaften verflucht hast! Und heute treibst du Geschäfte mit ihm.«

»Jawohl! Geschäfte, die uns Geld bringen.«

»Hast du ihn nicht als Halsabschneider beschimpft?« Moidls Gesicht war vor Erregung hochrot angelaufen.

»Der Wanga hat ja auch das Walpurgisöl für die Sofie besorgt. Das kostet halt. Und es ist sein gutes Recht, sein Geld zu fordern«, fauchte Jakob sie an. »Und Diethard hat doch die Schulden bezahlt. Was willst du noch mehr, Weib? Du Ausbund an Missgunst und Hinterhalt! Auf Diethard ist wenigstens Verlass!«

»Diethard ... will mich gar nicht heiraten«, sagte Luzia leise. »Er will dich mit den Schulden nur abhängig machen. Und das Walpurgisöl ist nur ...«

Jakobs Faust krachte auf den Küchentisch. »Was du dir in deinem Hirn zusammenspinnst, nur um mir zu schaden! Das ist kaum noch zu ertragen!«

»Was sagst du da?«, fragte die Moidl ihre Tochter. »Er will dich nicht heiraten? Und was ist mit dem Walpurgisöl?«

»Das ... ist nur irgendein Ölgemisch«, sagte sie leise.

»Woher weißt du das?«, fragte die Moidl.

»Ich ... hab's gehört. Als der Wanga mit Diethard zusammenstand, da hat er es gesagt. Und gelacht hat er auch.«

»Jetzt halt bloß dein Maul!«, brüllte Jakob. »Das Walpurgisöl hat bis jetzt immer genutzt! Dich treibt die Eifersucht auf deine Schwester um. Das ist es. Das hat ja schon im Unterleib angefangen. Bestimmt hast du deine Missgunst von der Moidl geerbt! Ich bin froh, wenn ich dich los bin. Ja, überglücklich bin ich, dass der Diethard dich nimmt.«

In diesem Moment rumpelte ein Ochsenkarren auf den Hof.

Luzia sprang auf, rannte zur Eingangstür und riss sie auf. Die Abendsonne blendete sie. Barfuß rannte sie auf den Karren zu. Sie spürte kaum die Steinchen unter den Fußsohlen und atmete tief durch, um zu sich zurückzufinden. Gerade sprang Bauer Anton zu Boden und band den Ochsen an einen dicken Holzpflock.

»Und? Gibt es Neuigkeiten?« Luzia wischte sich schnell über die Augen, senkte den Blick und drückte die Zehen in die umgegrabene Erde bei den Bohnenranken. Scheinbar gleichgültig fragte sie: »Ich hörte, dass der Toni vermisst wird. Der vom Hasl-Hof … Weißt du da was?«

»Der Toni?« Bauer Anton zupfte an seinem schiefen Fusselbart herum, den er bestimmt selbst gestutzt hatte. »Keine Ahnung. Er ist weg. Sonst wär er ja auf seinem Hof. Aber was kümmert's mich!«

»Und … dieser Peter Passler? Weißt du, was mit ihm geschieht?«

»Den haben sie nach Brixen gebracht. Ab in den Kerker. Wird irgendwann vor Gericht gestellt … der arme Kerl!«

Nach Brixen?, überlegte sie. Ob Toni ihm heimlich gefolgt war? Vielleicht wollte er ihn ja sogar befreien! Erschrocken schlug sie die Hand vor den Mund.

Aus dem Tal waren wieder Klopfgeräusche zu hören, so wie in den letzten Tagen auch. Bei den Steinmetzen am Kirchturm ist bestimmt viel zu tun, dachte Luzia, während sie sofort wieder Toni vor Augen hatte, wie er Planken und Bretter in Seilgewinde für den Turmbau wuchtete. Bauer Anton lief mit ausladenden Schritten auf das Bauernhaus zu und stolperte über die Türschwelle in den dunklen Flur, während Luzia ihm folgte.

»Jakob!«, schrie Bauer Anton noch im Flur. »Ich brauche sofort die Schaufeln und Gerätschaften zurück, die ich dir geliehen habe!«

Luzia winkte Anton in die Küche, wo Jakob am Küchentisch hockte und den aufgequollenen Getreidebrei in sich hineinschaufelte. Die Moidl stand an der Fensterlaibung und schrubbte Holzschüsseln, hielt dann aber inne, ohne sich umzudrehen.

»Ach, die waren nur geliehen«, sagte sie langsam, ohne den Kopf zu wenden. »Nicht gekauft. «

Jakob schluckte, glotzte Anton mit großen Augen an und wischte sich mit dem Handrücken über den Mund. »Die Gerätschaften? Aber … die brauche ich doch, um den Marmor zu bergen«, stieß er mit kehliger Stimme hervor. »Du wolltest sie mir doch leihen, das war abgemacht …«

Ferdl saß gebeugt und zupfte Hautfetzen von seiner Handfläche, während Sofie die Lippen spitzte, so wie Jakob es in letzter Zeit bei Verhandlungen zu tun pflegte.

»Jetzt brauch ich sie aber selbst!« Anton stand breitbeinig in der Küche und verschränkte die Arme vor der Brust. »Ich werde jetzt selbst Marmor suchen!«

»Was willst du?« Jakob starrte ihn ungläubig an.

»Marmorblöcke suchen! Der Wanga lässt eine Menge Geld dafür springen. Und den Ochsen brauch ich auch. Nun rück die Geräte schon raus!«

»Der Wanga lässt Geld dafür springen?« Jakob drückte sich langsam auf seinen Fäusten vom Esstisch hoch. Schweißperlen glänzten auf seiner Stirn.

Die Moidl schloss die Augen und legte den Kopf in den Nacken. Das Kopftuch rutschte ihr über den grauen Haaransatz nach hinten. Ihre schmalen Schultern hoben und senkten sich. Jakob presste die Lippen zusammen, stierte ins Herdfeuer, stiefelte dann zur Hintertür und hinüber zum Schuppen, während Bauer Anton ihm dicht auf den Fersen folgte. Metallenes Scheppern und Schachern hallte zu ihnen herüber, dann das Blöken des Ochsens und das Rumpeln von Holzrädern. In der Küche blieb es still.

»Und jetzt?«, fragte Sofie leise, während sie ihre Fingernägel über den Holztisch trappeln ließ.

»Jetzt wird geheiratet!«, dröhnte Jakob, der zurück in die Küche kam. »Und zwar in drei Tagen! Wir brauchen das Geld, wenn dieser verfluchte Verräter Anton uns den Marmor streitig machen will.«

Erst jetzt wurde Luzia klar, dass das Klopfen der letzten Zeit nicht vom Steinmetzzelt am Kirchturm herrührte. Das ferne Schlagen und Pochen hatte einen ganz anderen Grund. Die plötzlich erwachte Nachfrage nach Marmor hatte die Menschen aufhorchen lassen.

Luzia erfuhr von der alten Magda, dass der Wanga in Laas ein Marmorgeschäft gegründet hatte und mit den Steinmetzen verhandelte. Jeder versuchte sein Glück zu machen. Mit Spitzhacken und Schaufeln wurde an den Ufern der Etsch und in den Moränen gegraben, um Brocken zu finden, die mit der Schneeschmelze, mit Gletschern und Muren ins Tal befördert worden waren. Von überall her war plötzlich ein Klopfen und Hacken, Schlagen und Hämmern zu hören. Und es gab wohl kaum ein Gebiet entlang der Etsch, auf dem nicht behauene Marmorstücke zu finden waren, die zerborsten oder misslungen waren.

Aufgeplusterte Engelsgesichter waren dort zu finden, denen die Nase abgebrochen war, Trinkschalen, die der Meißel zerbrochen hatte, Kapitelle mit missratenen Schmuckornamenten, Teufelsfratzen mit schiefen Mäulern, die ins Lächerliche verkamen.

Der Tag der Hochzeit war auf Diethards Anraten hin noch einmal um zwei Wochen verschoben worden, aber er rückte immer näher. Der Birchlersohn wollte in der Kapelle von Kastelbell getraut werden, dort, wo er Luzia den Leinenrock bis zur Hüfte hochgezogen hatte.

Jakob wurde mehr und mehr verschlossen. Wenn er daheim im Hof stand, schaute er nur zu den Wipfeln des Nördersbergs hoch oder begutachtete die trächtigen Säue im Stall. Die Moidl würdigte er keines Blickes. Nur Sofie strich er übers Kraushaar oder wiegte sie in den Armen. Schon beim frühen Sonnenlicht machte er sich allein auf den Weg und kehrte oft erst in der Abenddämmerung zurück, wenn die Farben allmählich verblassten. Er hätte äußerst wichtige Arbeiten für Diethard zu verrichten, meinte er nur.

»Und? War's schön beim Wanga?«, fragte die Moidl spöttisch, wenn sie seinen Atem roch, der nach ranzigem Wein stank.

»Halt's Maul, Weib!«, brüllte er. »Was verstehst du schon vom Leben!«

»Aber sie hat mich gemacht!« Sofie rannte auf ihn zu und streichelte ihm über die Brust. »Das hat sie doch gut verstanden.«

»Dass du da bist, da hat die Moidl nichts mit zu tun gehabt«, brummte Jakob. »Das hab ich erledigt. Sie hat's nur ausgeführt. Und es ist gut, dass du da bist.«

»Das finde ich auch!«, sagte Sofie stolz.

»Und brav bist du geworden. Läufst nicht mehr weg, oder?«

»Ich lauf nicht mehr weg«, antwortete Sofie. »Das versprech ich dir. Heute nicht.«

Zwei Tage später, als die weit ausladenden Äste der Birnbäume schon Schatten warfen, rumpelte der Ochsenkarren von Bauer Anton auf den Hof. Jakob hatte ihn doch wieder gegen Zahlung ausleihen dürfen. Noch einmal war es ihm gelungen, sich von Diethard Geld zu borgen. Für Investitionen, wie es hieß. Schließlich wären sie ja auch bald eine Familie.

Jakob und Ferdl sprangen vom Kutschbock und trieben den Ochsen an, der sie mit blöden Augen anglotzte und den bulligen Kopf mit den Hörnern wiegte. Die Ladefläche war mit großen Marmorbrocken beladen.

Jakob schlug mit einer Gerte kräftig zu. »Willst du wohl, du störrisches Vieh?«

»Na? Wollt ihr hier auf dem Feld Marmor anbauen?«, rief die Moidl, als sie näher heranschlenderte. Sie lachte abfällig. An ihren Händen klebte noch Erde, vom Unkrautzupfen und Rübensetzen.

»Halt dich da raus, Weib!«, fuhr Jakob sie an. »Das ist Männersache.«

»Männersache!« Die Moidl streckte ihm die rissigen Hände entgegen. »Und das hier?«

In diesem Moment rannte Sofie aus dem Schweinestall auf Jakob zu. Sie hielt ihre ölig glänzenden Hände hoch in die Luft und ließ die Finger durch die Luft tanzen. »Jetzt kann nichts mehr passieren!«

Der Bauer legte fürsorglich den Arm um sie. »Nein, meine Sofie. Nichts kann dir passieren, wo du deine Finger so schön eingerieben hast.«

»Ich habe den Säuen den Hintern eingerieben. Damit es bei der Geburt besser flutscht.« Sie streckte stolz die Hände vor.

»Gut gemacht, kleine Sofie!« Der Bauer nickte anerkennend. »Hoffentlich hast du nicht zu viel von dem guten Olivenöl verbraucht.«

Sofie kicherte. »Nein, das gute Öl hab ich nicht genommen. Nur das Öl aus der Kanne …«

»Das Öl aus der Kanne? Welcher Kanne?« Der Bauer schob entgeistert den Kopf vor.

»Aus der Kanne beim Jesuskreuz. Das steht da nur rum und wird ranzig.« Sofie streckte stolz die glänzenden Finger vor.

»Das heilige Walpurgisöl?« Der Bauer schlug sich fassungslos auf die Schenkel und stieß Luft aus.

Sofie nickte aufgeregt. »Jetzt werden die kleinen Schweine bestimmt fünfmal so dick.«

Jakob stapfte auf die Moidl zu. Seine Unterlippe zitterte, und der Nasenhöcker war rot angelaufen. »Wozu taugst du eigentlich, Weib!«, schrie er sie an. »Kannst du nicht einen einzigen Moment auf Sofie aufpassen?«

»Das war doch kein heiliges Öl!«, rief Luzia und wollte sich zwischen Jakob und die Moidl stellen. »Der Wanga hat selbst gesagt …«

»Halt dein dummes Maul!«, unterbrach er sie und stieß sie derb zur Seite. Dann holte er aus und versetzte der Moidl einen deftigen Fausthieb ins Gesicht. Die Moidl stolperte zu Boden und blieb im Dreck liegen.

»Vater, was machst du denn da?«, kreischte Sofie. Sie holte das Glöckchen aus ihrem Brustbeutel und fing an zu klingeln, als könnte der helle Klang ihn beruhigen.

»Das ist mein Recht«, fuhr er fort. »Sie ist aufsässig und widerspenstig. Es steht schon in der Bibel: Das Weib sei dem Manne untertan. Die Moidl hat mir nichts zu sagen.«

Sofies schräge Blicke irrten kurz umher, während sie aufgeregt mit dem Glöckchen klingelte. Schließlich kniff sie fest die Augen zusammen. »Dann will ich kein Weib sein.«

»Bist du auch nicht.« Jakob streichelte ihr mit der rauen Hand über die Wange. »Du bist meine Tochter.«

Nur langsam rappelte die Moidl sich wieder hoch, warf ihm einen vernichtenden Blick zu und lief zurück ins Bauernhaus.

»Und die Kanne, darf ich die behalten?«, fragte Sofie leise und wandte sich um, als könnte sie belauscht werden.

»Ist da noch Öl drin?«

Sofie schüttelte das widerspenstige Haar. »Alles verbraucht.«

»Ja, du darfst sie behalten.« Jakob seufzte und warf Luzia einen kurzen, verunsicherten Blick zu. Dann schaute er zu einem zerborstenen Bretterzaun hinüber, der ein kleines Wiesenstück umgrenzte, und machte sich auf den Weg, um ihn auszubessern, während die trächtigen Säue mit ihren öligen Hinterteilen näher kamen und mit den Schnauzen nach Nahrung wühlten.

Am späten Nachmittag fuhr ein Pferdekarren mit hohen Rädern vor. Da war kein Ackergaul vorgespannt, sondern eine edle Stute, die sauber gestriegelt und gebürstet war. Ihre Mähne war zu Zöpfen geflochten, und das Fell glänzte. Auf dem gepolsterten Kutschbock saß mit hochgereckter Brust Diethard Birchler. Er trug ein glänzendes Wams, das Hemd war an den geritzten Ärmeln mit bunten, seidigen Stoffen unterlegt. Die faserige Feder an seinem Hut wiegte sich im Wind. Jakob war gerade dabei, neue Pfosten für den Bretterzaun in die Erde zu rammen. Er warf den Hammer ins Feld und stolperte auf Diethard zu. Überhastet zog er seinen alten Filzhut vom Kopf, wrang ihn verunsichert zwischen den Schmutzfingern und grinste ihm entgegen.

Die Moidl scheuchte sofort die quiekenden Säue von der Bruchstelle im Zaun, während Luzia sich davonstehlen wollte. Aber Jakob hatte sie noch entdeckt und winkte sie zu sich heran.

»Mein lieber Jakob«, begann Diethard vom Kutschbock herab, als das Mädchen endlich vor ihm stand. »Ich habe vor, mit Luzia den morgigen Abend zu verbringen.«

»Den Abend mit Luzia?«, fragte Jakob erschrocken. »Vor der Hochzeit?«

Luzia blickte zu Boden und wagte nicht, sich zu rühren.

»Nun ja …« Diethard hüstelte in seine geballte Faust und ließ den Blick über Luzias Brüste gleiten. »Ob wir uns eine Woche vor der Hochzeit oder erst danach miteinander vergnügen, spielt doch keine Rolle.«

Luzia blieb regungslos und schloss die Augen.

»Vor der Hochzeit?« Jakob kratzte sich verunsichert am Hinterkopf. »Ich weiß nicht …«

»Du hast doch nichts dagegen, oder?« Diethards Stimme wurde schärfer. »Denk an unsere Abkommen …«

Jakob wurde blass. »Nein, ich … habe nichts dagegen«, stammelte er. »Wir sind ja auch bald eine Familie.«

»Und du, meine süße Luzia, du bist doch auch damit einverstanden?«, fragte der Birchlersohn weiter. Seine Stimme war sanft, und er lächelte. »Es könnte spät werden. Aber in der Früh, da bist du sicher wieder zurück …«

Noch immer hielt Luzia den Blick gesenkt. Sie wartete. Ein paar Atemzüge lang sagte niemand ein Wort.

»Du willst nicht? Nun gut, ich respektiere deine Entscheidung«, hörte sie ihn sagen. Verwirrt hob sie den Blick. Er wollte sie nicht zwingen? Da stimmte was nicht. Irgendetwas führte er im Schilde, denn seine Augenbrauen waren spöttisch hochgezogen, und er hatte das kantige Kinn herausfordernd angehoben.

»Nun, dann gäbe es ja nur noch eine Angelegenheit zu klären …«, fuhr er mit milder Stimme fort. Trotz der Wärme trug er lederne Handschuhe. Langsam ließ er die Pferdepeitsche darin hin und her wandern, wie der Wanga es mit der Hundepeitsche gemacht hatte. »Die Sache wegen der Irren!«

»Wegen der Irren?« Jakob schreckte hoch. Fast flehentlich drückte er den Filzhut zusammen. »Was hat Sofie damit zu tun?«

»Ich kann nichts dafür.« Diethard verzog bekümmert das Gesicht, seufzte und raunte ihnen zu: »Es ist meine Mutter … sie erzählt immer wieder etwas von Schalensteinen und Löchern in Marmorstufen für das Weihwasser. Wegen der Hexen.«

»Sofie ist keine Hexe.« Luzia presste die Worte hervor. Verängstigt wich sie ein paar Schritte zurück.

»Natürlich nicht!« Diethard nickte teilnahmsvoll. »Das wissen wir doch alle. Aber meine Mutter … wenn du sie vielleicht heute beim Nachtmahl davon überzeugen könntest?«

»Natürlich! Das wird Luzia tun. Nicht wahr, Luzia?«, fragte Jakob besorgt.

Sie senkte wieder den Blick. Die Wagenräder des Pferdefuhrwerks verschwammen vor ihren tränennassen Augen. Sie roch die Fellausdünstung der Stute und den süßlichen Duft der Blüten an den Birnbäumen. Nicht mehr lange, dachte sie, dann werden die ersten Früchte am Boden zerplatzen und Wespen darüber surren und …

»Nicht wahr, Luzia?« Jakobs Stimme war jetzt schneidend scharf.

»Natürlich!« Sie blickte erschrocken hoch, erst zum Vater, dann zu Diethard.

»Mach dich fein zurecht.« Diethards rechter Mundwinkel zuckte. »Du wirst hier morgen am späten Nachmittag abgeholt.« Dann lachte er schallend auf, hob die Peitsche und ließ sie durch die Luft knallen. Hufe klapperten, und die beiden hohen Räder knirschten auf dem steinigen Boden.

Luzia starrte ihm regungslos nach, bis er hinter der Kurve am Wald verschwunden war und nur noch das Rumpeln von Rädern und das dumpfe Schlagen und Hämmern auf Stein aus dem Etschtal zu ihr hochhallte.

Abends hockten sie zusammen am Stubentisch, vor Wurst, Bergkäse und Paarlbrot. Aber Luzia mochte nichts und schwieg, genauso wie die Moidl.

»Dann bleibt ja mehr für uns!« Ferdl lachte und stopfte sich einen dicken Wurstbrocken in den Mund.

Sofie wienerte ihre Kupferkanne, hauchte dagegen, putzte sie erneut und zeigte sie der Naandl, die sich von dem schweren Husten erholt hatte und auf der Ofenbank saß. Tastend fuhr die Alte mit ihren Fingern darüber.

»Eine schöne Kanne hast du da«, meinte sie und lächelte.

»Und weißt du was«, sagte da die Sofie, als sie sich und die Naandl in der Kanne spiegelten. »Die Katharina hat genauso einen Fleck an der Schläfe wie du.«

»Was sagst du da?« Die Naandl wurde blass. »Was für einen Fleck?«

»So ein Muttermal. Genauso wie du ihn hast.«

Die Naandl saß mit geöffnetem Mund da und hatte die milchblassen Augen weit aufgerissen. Drüben am Tisch schlug die Moidl erschrocken die Hand vor den Mund, der Jakob schaute verunsichert umher. Und Ferdl tastete sich über die Schläfe, als wollte er sein eigenes Muttermal wegwischen.

»Genau wie du!«, sagte Sofie, legte den Kopf an Naandls Schulter und spiegelte den Fleck in der bauchigen Kupferkanne, sodass er sich dehnte und streckte. »Das ist ja ein Vererbungsmal. Vielleicht hast du ihn heimlich vererbt und weißt gar nichts davon.«

Sofie fing wieder an, ihr seltsames Lied zu summen. Fremdartig und verworren hallte es in der Stube nach. Sonst regte sich niemand. Nur Ferdl wischte sich verstört über die Schläfe.

»Wie heißt sie?«, fragte die Naandl leise.

»Katharina«, antwortete Sofie und strahlte. »Das ist die Hurenwirtin. Die ist sehr nett und hat mir die gelben Bänder geschenkt.«

»Die Hurenwirtin!« Die Naandl stieß ein leises Winseln hervor. Langsam stemmte sie sich hoch und schlurfte zur Haustür. Das Quietschen des Holzriegels war zu hören, der schon von innen vorgeschoben war.

Als Sofie aufsprang, um ihr hinterherzueilen, rief die Moidl sie leise zurück.

»Lass die Naandl«, sagte sie. »Die braucht jetzt etwas frische Luft.«

Sie horchten und warteten. Vom geöffneten Fenster her waren nur das Rütteln des Windes in den Birnbäumen zu hören, das ferne Rauschen des Wasserfalls, der durch das Schmelzen höher gelegener Schneefelder enorm an Kraft zugenommen hatte, und noch dumpfes Hämmern und Pochen aus dem Tal.

»Was hat das alles zu bedeuten?«, fragte Jakob endlich.

Die Moidl starrte zur geöffneten Haustür und schüttelte den Kopf. »Ich kann's nicht sagen, Jakob. Ich weiß es nicht.« Dann ging sie der Naandl hinterher, um sie zu suchen.

Erst spät in der Nacht fiel Luzia in einen unruhigen Schlaf. Wirre Bilder tanzten im Traum umeinander. Da waren Tonis Augen, die regungslos verfolgten, wie Luzia aus lebenden Schlingpflanzen einen Brautstrauß band. Sie sah Diethards Finger, die sich ihr lockend entgegenstreckten, und den Vater, der sich wie eine Holzpuppe wieder und wieder vor dem Birchlersohn verbeugte. Über allem schwebte Sofie mit ihren gelben Hurenbändern. Diethards Lachen hallte ihr in den Ohren. Sie sah sich auf einem riesigen Bett, das allmählich von den Schlingpflanzen des Brautstraußes umwuchert wurde. Sie versuchte sich frei zu strampeln und schrie, zerrte und riss …

Luzia schreckte schweißgebadet hoch. Erleichtert atmete sie auf, als sie bemerkte, dass Sofie ihr im Schlaf nur die wollene Schlafdecke wegzog, die eigentlich für sie beide gedacht war. Leise stand sie auf, stellte sich im Flur an die schmale Fensterlaibung und stieß die Klappläden auf. Die frische Nachtluft zog ihr in die Nase. Es roch nach Schweinemist und Wiesenschaumkraut. Im Haus knackte es in den Holzbalken, sonst war es ruhig. Sie horchte. Von den Schlafkammern zog leises Schnarchen herüber. Der Vater schlief, die Naandl war also wieder zurück. Und morgen? Luzia ließ ihren Blick über den Sternenhimmel und die tiefschwarzen Berggipfel schweifen. Sie musste einen Entschluss treffen. Wie auch immer …

Am nächsten Morgen hatte sie schon in aller Frühe den guten Rock und das Leinenhemd übergezogen und die dunklen Haare zu einem Kranz hochgesteckt. Hinter dem Hoftor hatte sie ein Bündel versteckt, mit ein paar Sachen, die sie mitnehmen wollte. Für alle Fälle. Aber vielleicht wendete sich ihr Schicksal ja doch noch und zeigte sich milde, sodass Diethard ihr nichts mehr anhaben konnte.

»Ich will nach Schlanders«, sagte sie mit gesenktem Kopf zu Jakob, damit er nicht ihre geröteten Wangen sehen konnte. »Wenn ich schon diesen Diethard ehelichen soll, will ich noch mit ihm über einige Dinge reden …«

»Und die wären?«, fragte der Vater mit hochgezogenen Augenbrauen.

»Das Hochzeitskleid … wer das nähen soll.« Luzia wusste nur zu gut, dass die Moidl die beste Schneiderin der Gegend war, deshalb fuhr sie fort: »Ich brauche Stoff. Da kann mir die Trina Birchler bestimmt behilflich sein. Wir müssen uns beeilen, die Hochzeit rückt näher.«

»Dann will ich auch mit!« Sofie klammerte sich an ihren Arm.

Jakob nickte. »Gut! Wenn du Sofie mitnimmst, kannst du gehen. Aber sei schnell zurück, wir brauchen dich auf dem Feld.«

»Die Sofie? Aber ... du weißt doch, was die Trina von ihr hält«, wandte Luzia ein.

»Ich halt von ihr ja auch nichts«, meinte Sofie störrisch. »Ich zeig ihr, dass ich die Sofie bin.«

»Nein, heute bist du brav. Damit die Birchlerin dich mag«, beschwor Jakob seine Tochter. »Sie muss dich mögen. Wir sind doch bald eine Familie.«

Aber Sofie war schon davongelaufen, um ihre Holzschuhe zu suchen und sich von den trächtigen Säuen zu verabschieden.

»Wo ist eigentlich die Naandl?«, fragte Luzia.

»Wo schon«, brummte Jakob. »Die schläft in ihrem Höllele.«

»Und die Moidl?«, fragte Luzia. Sie wollte ihr lieber nicht begegnen, denn die Moidl hatte ein untrügliches Gespür dafür, wenn etwas nicht stimmte.

»Was weiß ich«, meinte er abfällig. »Bei den Säuen im Stall!«

Dann war ein leises Klingeln zu hören. Es war Sofie mit ihrem silbernen Glöckchen. »Jetzt sind die Säue alle zufrieden.« Sie klingelte und klingelte. »Die lieben das.«

Ein letztes Mal schaute Luzia zu dem Vater hoch, zu seinem stoppeligen Bart, dem Höcker auf der Nase und dem wirren Haar, dann liefen sie und Sofie los. Hinter der Hofpforte tat sie so, als hätte sie den verlegten Leinenbeutel mit ihren ärmlichen Sachen wiedergefunden, damit Sofie keinen Verdacht schöpfte. Er war vom Morgentau feucht geworden, und sie schlenkerte ihn durch die Luft, damit er trocknen konnte.

Der Weg nach Schlanders dauerte heute viel länger als sonst.

Nicht nur, weil Sofie oft genug stehen blieb, um Wildkräuter zu pflücken oder Schmetterlingen nachzuschauen. Es war die Unruhe, die Luzia verunsicherte, weil sie nicht wusste, was sie erwartete. Sie ging die Wege und Steigungen hinunter, als wäre es ein letztes Mal. Bei den Bruchsteinen, die sie zur Erinnerung an Tonis Kuss an die Kieferrinde gelegt hatte, blieb sie kurz stehen und hörte dem Rascheln und Knacken des Waldes zu, ganz so wie damals. Dann nahm sie einen der drei Marmorkiesel mit den grünlichen Streifen und steckte ihn in ihren Brustbeutel.

Später steckte Luzia Blumen an das Marterl, schaute zum Haus der alten Magda hinüber und fuhr fast zärtlich über das zerfaserte Seil, das mehrfach um den Pfosten des Gartentürchens gebunden war. Magda wollte niemanden sehen.

Auf der Brücke, die über die Etsch und Teile von Göflan führte, blieb Sofie wieder stehen, warf Steinchen ins Wasser, spuckte auf einer Brückenseite in die Fluten, um auf der anderen Seite schnell nachzuschauen, wie das ziehende Gewässer den Spuckeschaum weitertrug.

»Sofie, jetzt komm! Wir sollen doch schnell zurück sein!«

»Du hast es aber eilig«, antwortete sie und spuckte wieder in die quirligen Fluten. »Willst wohl deinen Toni suchen?«

Luzia blieb wie vom Donner gerührt stehen. »Meinen Toni? Wie kommst du denn darauf?«

»Wer jemanden mit Walpurgisöl einreibt, hat ihn sehr lieb. Ich weiß das. Ich habe die Säue auch sehr lieb.«

»Dummes Zeug!«, versuchte Luzia abzulenken. »Es war nur … ich dachte, er wär verletzt.«

»Du bist verliebt, verliebt, verliebt!« Sofie kicherte und tanzte umher. »Und außerdem hast du den Beutel dabei. Da hast du Sachen drin zum Weglaufen.«

»Du bist ja dumm!« Luzia schüttelte den Kopf. »Und wer soll dann auf dich aufpassen?«

»Wenn du heiratest, macht das ja auch der Vater.« Sofie streckte ihre Hände nach Spatzen aus, die auf dem Brückengeländer ins Holz pickten. »Dann hab ich ihn ganz für mich allein.«

Luzia schwieg und schaute hinunter zu den Mühlen, deren quietschende Holzräder das Wasser der Etsch hochschaufelten. Wieder erfasste sie eine tiefe Sehnsucht. Das zwischen Bergriesen eingebettete Tal öffnete sich in der Ferne immer weiter, dort wo Meran lag und sie einmal den Jahresmarkt mit den fremdländischen Gewürzen, Seidenstoffen und dem Silberschmuck besucht hatten. Ein massiger Tanzbär war dort gewesen, dem ein Eisenring durch die Nase gezogen war. Er hatte gefaucht und geknurrt, durch den Maulkorb blitzten seine gefletschten Zähne auf, und ein fauliger Geruch ließ bei den Gaffern Ekelgefühle aufkommen. Luzia schaute hinauf zu dem bewaldeten Hochgebirge. Schon öfter hatten Braunbären hier Schafe oder Kühe gerissen.

»Jetzt bin ich fertig mit dem Spucken!«, sagte Sofie. »Jetzt können wir gehen. Und wohin?«

»Wir werden Matthias suchen«, sagte Luzia zögerlich. »Vielleicht ist er ja noch bei der Katharina. Er will dich doch malen.«

Dann blieb Sofie noch einmal stehen und schaute in die Richtung, wo die Burg Kastelbell auf dem Felsen hochgezogen war. »Weißt du«, sagte sie ganz leise. »Da ganz oben auf dem Berg, da gibt es ganz viele Schalensteine.«

Luzia nickte. »Ich weiß, Sofie. Da werden Lichter entzündet, wenn man Geistern opfert. Oder wenn jemand stirbt.«

»Und da oben gibt es ja auch ein Heiligtum, bei dem Ringwall und den Klumpersteinen.« Sofies Augen weiteten sich. »Wenn der Himmel sich nachts mit dunklen Tüchern zudeckt, die ganz aus Glas gemacht sind, dann will ich da auch mal sterben. Und ganz viele Kerzen sollen brennen.«

»Sofie, was redest du denn da! Du wirst doch nicht sterben!«

»Doch.« Sie strahlte. »Irgendwann einmal. Jeder muss sterben. Und dann soll das ganz schön sein.«

Der Kirchturm in Schlanders war enorm in die Höhe gewachsen. Mehrere Stockwerke waren innerhalb der Turmspitze hochgezogen worden, damit die Zimmerleute die passgenau bearbeiteten Planken, Streben und Bohlen ineinander verschachteln, verhaken und verankern konnten. Erst ganz am Schluss sollten die weit über sechzig Meter langen Längsbalken auf die zusammengestückelten Streben zur Spitze hin hochgezogen werden, um für Stabilität zu sorgen. Dafür waren die höchsten Bäume gefällt worden, wahre Kolosse, deren Transport, Bearbeitung und Lagerung während des Trocknens so manche Schwierigkeit bereitet hatten. Oben an der Kirchturmspitze würden diese Längsbalken dann von einer goldenen Kugel zusammengefasst. Luzia schüttelte den Kopf. Und das alles ohne einen einzigen Nagel …

Gerade wollte sie zur Hurenwirtin abbiegen, da rannte Sofie auf die Karrner zu, die sich wieder in der Nähe des Gerichtsplatzes niedergelassen hatten und Waren anboten. Die dürre Ziege war wie neulich an den hohen Handkarren gebunden, über den sich Bögen aus geflochtenen Haselnusszweigen spannten und der halb mit Planen bedeckt war. Das Tier knabberte an den Handstangen, die übermäßig lang waren, sodass ein Bursche sie problemlos unterfassen konnte, um den Karren zu ziehen. Die Karrner hatten Körbe, Krüge und allerlei Handwerkszeug zum Verkauf ausgelegt. Sofie kniete sich wieder vor die bemalten Baumscheiben und fuhr mit dem Finger über die Farbtupfer.

»Sofie, komm!«, drängte ihre Schwester. »Matthias wartet.«

»Gerade deswegen brauche ich ja das Bild.« Sofie legte die einzelnen Holzbilder nebeneinander, befühlte und betrachtete sie.

»Bleibt ihr länger hier?«, fragte Luzia den schmutzigen Jungen, dem Paracelsus die Wundränder am Arm mit Salbe bestrichen hatte und der jede von Sofies Bewegungen argwöhnisch verfolgte. »Oder … zieht ihr heute noch weiter?«

»Weiß nicht«, sagte er und zog die Nase hoch. »Wenn Michel genug zusammen hat, dann geht's weiter.«

Ein strubbeliger Köter mit drei Beinen sprang unter dem Karren hervor, lief unerwartet flink auf Luzia zu und schnupperte an ihrer ausgestreckten Hand. Sein nasses Fell roch, und an den Pfoten klebte Dreck. Luzia zögerte, blickte zu dem Jungen, dann zum Karren und wieder zu dem Straßenköter. Ob sie sich diesen Fremden anschließen sollte? Für sie allein wäre der Weg zu gefährlich, schon wegen der wilden Tiere und Strauchdiebe. Da entdeckte sie drüben am Steinmetzzelt Paolo, den Steinmetzgesellen.

»Bleib hier bei den bunten Bildern«, rief sie Sofie zu. »Ich werde auch eins für Matthias kaufen.«

Geduckt lief sie auf Paolo zu, ängstlich darauf bedacht, Diethard nicht über den Weg zu laufen. »Weißt du …«, stotterte sie und zog ihn hinter die Zeltplane. »Weißt du vielleicht durch eure … Verbindungen, wo dieser Peter Passler hingebracht wurde?«

Paolo schaute sie überrascht an. Er zögerte kurz, als er ihren hektischen Blick bemerkte. »Er ist nach Brixen gebracht worden«, antwortete er leise.

»Und hast du etwas von Toni gehört? Dem Toni vom Hasl-Hof?«

Er blickte in ihre tränennassen Augen, und dann auf den gefüllten Leinenbeutel in ihrer Hand. »Ich verstehe …«

Er zog die feine Kette mit dem silbernen Abzeichen mit Zirkel und Winkel hervor, das ihn als Mitglied seiner Zunft auswies, und führte Luzia zur tiefer gelegenen Kirchenmauer, wo niemand sie belauschen konnte. »Den Anhänger kann ich dir leider nicht mitgeben. Aber suche unterwegs nach Steinmetzen, bestelle ihnen Grüße von Paolo Desideri und beschreibe ihnen das Zeichen. Mag sein, sie helfen dir weiter …«

Luzia versuchte zu lächeln. »Ich danke dir von ganzem Herzen.«

Er nickte besorgt und flüsterte ihr zu: »Hüte dich vor Diethard Birchler. Er steckt mit der Konterrevolution unter einer

Decke, unterstützt vom Wanga. Der finanziert auch in aller Verborgenheit Söldnertruppen, die das Treiben der Aufständischen zerschlagen sollen. Überall brodelt es. Pass nur auf, dass du unterwegs nicht jemandem in die Hände fällst. Ob räuberischen Banden, Rebellen oder Konterrevolutionären.«

Luzia schluckte, schaute sich verschämt um und drückte Paolo schnell einen Kuss auf die Wange. Sie wollte davonlaufen, aber der Steinmetzgeselle hielt sie am Handgelenk zurück. »Wenn das nichts wird mit deinem Toni, dann komm zurück, ja?«

Luzias Wangen glühten. Sicherlich, sie mochte Paolo. Aber sie liebte ihren Toni, der vielleicht auch in Brixen inhaftiert war.

»Dein Vater würde mich als Schwiegersohn nehmen, wenn das mit Diethard platzt«, fuhr er flüsternd fort. »Ich wäre dir ein guter Ehemann, und wir könnten uns ein ehrliches, erfolgreiches Geschäft aufbauen. Du weißt, ich habe Talent …«

Er strich ihr sanft über die Stirn. Obwohl seine Fingerspitzen schwielig waren und die Daumenkuppe von der alten Verletzung mit dem Meißel vernarbt, war da doch eine Zärtlichkeit, die Luzia nicht unangenehm war. Sie schloss kurz die Augen, dann lief sie davon.

Sofie hockte vor den bemalten Holzscheiben und betrachtete in sich versunken leuchtend gelbe Sonnen über Schneegipfeln, Flusstäler mit aufstrebenden Steilhängen und Gebirgsquellen, die sich durch Wiesen schlängelten. Jetzt rannte ein junger Bursche auf sie zu. Er war kaum älter als sie selbst und steckte zwei leblose Hühner, die er am Hals umklammert hielt, in einen alten Sack, den er hastig auf dem Handkarren verstaute. Einen prall gefüllten Brustbeutel verbarg er unter seinem Hemd. Ihn verfolgte ein Knecht des reichen Wanga, der ihn aber aus den Augen verloren hatte und sich hektisch nach allen Seiten umschaute. Der abgerissene Bursche sah Luzia verunsichert an, aber sie zwinkerte ihm aufmunternd zu. Dem Wanga gönnte sie von ganzem Herzen, beklaut zu werden.

»Los, Hannes, da runter«, raunte der schmuddelige Junge ihm zu.

Hannes zwängte sich geschmeidig unter den Handkarren und drückte sich hinter ein paar Säcke, während der Knecht suchend näher kam. Der blickte sich beim Handkarren um und wollte gerade den ausgebeulten Leinensack mit den Hühnern hochheben, als Luzia ihm zurief: »Wenn Ihr einen jungen Burschen sucht, der Euch bestimmt bestohlen hat, müsst Ihr dort lang laufen!«

Der Knecht grunzte kurz, hob den Knüppel und lief in die Richtung, die Luzia ihm wies. Nur wenig später bewegten sich die Säcke unter dem Handkarren, und Hannes kroch gebückt hervor. Grinsend hob er den Daumen und zwinkerte Luzia zu.

»Die will ich haben«, meinte da Sofie und streckte eine bemalte Baumscheibe hoch. Darauf war ein Gebirgssee gemalt, in dem sich der Himmel spiegelte. Sie lächelte. »Ich mag das Wasser. Wenn man sich darin spiegelt, wird alles zum Himmel.«

»Wundervoll! Alles wird zum Himmel!« Jemand hinter ihnen klatschte dreimal in die Hände. Luzia drehte sich um, vor ihr stand Diethard. Er grinste breit. »Bravissimo! Was für wundervolle Worte.«

Luzia zog aus ihrem Brustbeutel einen kleinen Bergkristall und streckte ihn dem abgerissenen Jungen entgegen. »Reicht das? Bekommen wir dafür die Holzscheibe?«

Der nickte, grabschte nach dem Kristall und versteckte ihn hinter dem Rücken, während Sofie stolz die Holzscheibe an sich drückte.

»Und? Wohin des Weges? Soll ich euch ein Stückchen begleiten?«, fragte Diethard und reichte Luzia den Arm, damit sie sich unterhaken konnte. »Meine Zukünftige sollte sich daran gewöhnen, mit mir durch die Gassen zu spazieren. Lass uns in unser zukünftiges Heim gehen und eine kleine Stärkung zu uns nehmen.« Diethards Augen funkelten. Er öffnete leicht den Mund und strich sich mit der Zungenspitze über die feuchten Lippen.

Luzia schloss angewidert die Augen und spürte Diethards Hand, die ihren Rücken hochfuhr und die Halssehnen knetete. Mit einer heftigen Schulterbewegung machte sie sich frei. »Und … was geschieht mit Sofie? Die Trina mag sie doch nicht.«

»Ich mag sie auch nicht.« Sofie schob störrisch die Unterlippe vor und presste das bemalte Holzbild an sich.

In diesem Moment bog der Wanga um die Ecke des Wirtshauses, blieb breitbeinig stehen und winkte Diethard mit einer Kinnbewegung zu sich.

»Bis gleich, mein Täubchen«, sagte der und drückte mit der Hand ihren Nacken. »Und rühr dich nicht vom Fleck. Du bist mein Weib und hast mir zu gehorchen!« Dann lachte er und stapfte davon.

Luzias Gesicht glühte fiebrig, die Lippen waren wie ausgedörrt. Jede Faser ihres Körpers schien zu vibrieren. Wieder fing ihr Magen an zu rebellieren. Wie hatte dieser Paracelsus gesagt? Die Ursache musste beseitigt werden? Die Ursache war Diethard. Jetzt stand er beim Wanga und schaute zu ihr herüber. Dann fasste sie einen Entschluss. Sie packte Sofie an den Schultern und raunte ihr eindringlich zu: »Hör zu. Das ist dringend. Du läufst jetzt sofort zu Katharina …«

»Warum?«, fragte Sofie mit gedehnter Stimme.

»Das … das ist ein Spiel.« Luzia versuchte zu lächeln. »Diethard oder ich. Trina oder du. Willst du gewinnen?«

Sofie nickte aufgeregt. »Ja! Die Trina soll weg.«

»Gut!« Luzias Atem ging schneller. »Dann lauf ganz schnell zur Katharina. Mit dem schönen Holzbild. Und das gibst du dann Matthias. Der will dich doch malen. Und der soll dich nach Hause bringen. Hörst du?«

»Ja, er will mich malen.« Sofies schräger Blick irrte umher. »Wann? Wann will er mich malen?«

»Bestimmt ganz schnell. Du musst mit ihm reden!«

»Ja, reden will ich. Und du?«

»Ich … ich komme später nach.« Luzia liefen Tränen über die Wangen. Hektisch blickte sie zu Diethard, der noch beim Wanga stand und nun grüßend die Hand hob. Sie umarmte Sofie und drückte sie ganz fest. »Ich komme später. Sag das den Eltern!«

»Und warum weinst du?« Sofie fuhr mit dem Zeigefinger durch eine Träne.

»Weil … weil wir gewinnen.« Luzia fuhr ihr übers wirre Kraushaar, das einfach nicht zu bändigen war. Noch einmal sog sie den vertrauten Geruch der Schwester ein, dann gab sie ihr einen zärtlichen Kuss. »Es ist vor Freude. Aber jetzt lauf. Lauf!«

Sofie nickte aufgeregt. Dann drehte sie sich um und rannte davon. Nur kurz blieb sie noch einmal stehen, bückte sich, nahm die Holzschuhe in die Hände und lief barfuß weiter. Luzia blickte zu Diethard hinüber, der sich gerade vom Wanga verabschiedete. Panik stieg in ihr auf. Wo sollte sie hin? Ins Zelt zu Paolo? In die Kirche flüchten? Ihr Blick fiel auf Hannes am Handkarren.

»Darf ich da runter?«, bettelte sie, während sie ängstlich den Blick auf Diethard gerichtet hielt, der kurz noch einmal beim Wanga verharrte. »Mich da verstecken?«

Hannes zog fragend die Augenbrauen hoch, winkte sie dann schnell näher, und Luzia kauerte sich unter dem Handkarren hinter das Speicherrad, wo der Karrner sich vorher versteckt hatte. Sofort wurden pralle Leinensäcke vor ihr aufgetürmt.

Hier auf der blanken Erde gleich an der Kirchhofmauer war es kühl. Es roch muffig. Ein säuerlicher Gestank zog ihr in die Nase. Durch eine Lücke konnte Luzia die Beine der Leute sehen, die in Holzschuhen, Stiefeln oder geflochtenen Sandalen an dem Karren vorbeischlenderten. Dann hörte sie eine bekannte Stimme.

»Habt ihr eine alte, blinde Frau gesehen? Allein findet sie sich nicht zurecht.«

Luzia erschrak. Das war doch die Moidl! Und sie suchte die Naandl? Dann lag sie ja gar nicht im Höllele, und die Moidl war nicht im Stall bei den Säuen …

»Hier ist keine Blinde vorbeigekommen«, sagte der Junge, der Kurtl gerufen wurde. »Ich habe jedenfalls niemanden gesehen.«

Du musst die Naandl bei der alten Martha suchen, wollte Luzia ihr im Fortgehen noch zurufen, aber da tauchten Diethards zweifarbige Beinkleider und seine Schnabelschuhe auf, die hier im Ort ein wenig fremdländisch daherkamen. Er verharrte, wandte sich zum Handkarren herüber, drehte sich weiter und blieb wieder stehen.

»Wollt Ihr auch so eine wundervolle Malerei erwerben, wie die beiden jungen Frauen eben? Wo die eine so seltsam geguckt hat?« Die Stimme von Hannes bekam hinter den Säcken einen dumpfen Klang. Luzia stockte. Irgendwelche Insekten krochen über ihre Hände und dann die Arme hoch. Es brannte, als hätte sie in Brennnesseln gefasst. Trotzdem wagte sie nicht, sich zu bewegen.

»Wenn du mir sagst, wo die beiden abgeblieben sind, kannst du dir eine Münze verdienen!« Diethards Stimme klang verärgert. Luzia sah nicht sein Gesicht, nur wie er die Fäuste ballte. »Die eine von ihnen ist mein Weib. Eine goldene Münze ist dir sicher!«

Hannes zögerte. Der dreibeinige Köter kam langsam schnüffelnd auf den Karren zu und winselte. Dann fletschte er die Zähne, sprang in ein paar Sätzen zu Diethard und schnappte nach seinem pelzverbrämten Umhang. Der schlug mit dem Peitschenknauf nach der gefletschten Schnauze, die an dem Stoff riss und zerrte. Und wieder schnappte der Hund zu, diesmal fasste er nach Diethards Bein, sodass der mit aller Wucht gegen den Hundeschädel trat.

»Lass los!«, schrie Kurtl. »Schreckele, lass ihn los!«

Diesmal traf der Stiefelabsatz die Hundeschnauze, sodass der Hund laut aufjaulte und davonrannte. Diethard bückte sich und wischte mit einem Tuch Hundespeichel von Beinkleidern und Schaube. Sein Gesicht war wütend verzerrt. »Ich werde euch alle vor Gericht stellen!«, donnerte er. »Meine Mutter hat schon recht, ihr gehört alle im Kerker ausgepeitscht und in Ketten gelegt. Und diese tollwütige Bestie da soll sich der Schlachter vornehmen.«

»Ich weiß, wo sie ist!«, rief Kurtl da, der immer noch den Bergkristall auf dem Rücken versteckt hielt. Als er den fragenden Gesichtsausdruck von Diethard sah, fuhr er fort: »Wo das Mädchen ist, Eure Braut.«

Luzia sackte in sich zusammen. Gleich würde Diethard sie unter dem Wagen hervorzerren und in sein herrschaftliches Domizil schleppen, wo sie ihm gnadenlos ausgeliefert war.

»Dahinten ist sie lang gelaufen! Auf das Flusstal zu«, rief Kurtl und streckte eine Hand aus: »Und jetzt die Goldmünze, die Ihr versprochen habt!« Aber Diethard spuckte nur in die Innenfläche und hastete in die angezeigte Richtung davon.

»Du kannst wieder rauskommen«, raunte der Junge und kicherte. »Er ist weg.«

17

Luzia schaute staunend in das Jungengesicht, das sich in einer Lücke zwischen den Säcken zeigte. Kurtl hatte sie nicht verraten? Sie wischte und schüttelte die beißenden Insekten von den Armen und kroch dann unter dem Karren hervor, während sie aufmerksam die Gasse mit ihrem Blick absuchte. Den Beutel mit ihren Habseligkeiten hielt sie fest an sich gedrückt.

»Und?« Kurtl griente und fuhr sich mit der Zungenspitze über zwei wackelnde Vorderzähne. »Bist du sein Weib?«

Luzia schüttelte den Kopf. Der Haarkranz hatte sich gelöst, und die Zöpfe fielen ihr über die Schulter. Sie zwängte sich in die Ecke zwischen Karren und Kirchhofmauer. »Ich muss hier weg.«

»So«, sagte Hannes, der Schreckeles Schnauze untersuchte. »Du musst hier weg. Und wo musst du hin?«

»Nach Brixen.«

»Von mir aus kannst du mit.« Zufrieden kraulte er das Hundefell. Die Hundeschnauze war unverletzt. »Aber wir müssen noch abwarten, was Michel dazu sagt. Unser älterer Bruder. Der ist manchmal ein wenig eigenwillig … Aber raus aus Schlanders müssen wir schon, wie sollen wir sonst die Hühner braten.«

In dem Moment kam Michel zurück. Er wirkte hager und war größer gewachsen als Hannes. Er ging leicht geduckt, aber hellwache Augen hatte er. Außerdem war er schweigsam und gab oft nur ein kurzes Brummen statt einer Bemerkung von sich. Das bräunliche Haar der Brüder war schulterlang gewachsen, und die Vollbärte hatten sie handbreit gestutzt. Sie kamen von Burgeis, einem Ort unterhalb vom Kloster Marienberg. Die Eltern bewirtschafteten einen kleinen Bergbauernhof, der berühmt war für seinen würzigen Käse und die schmackhafte Butter. Allerdings hatten sie in den letzten Jahren immer mehr Vieh verkaufen müssen, um die gestiegenen Pachtkosten und den Zehnten an die Kirche begleichen zu können. Deshalb hatten sie im Winter Körbe aus Haselzweigen geflochten, Löffel und Schüssel aus gut getrocknetem Holz geschnitzt oder Baumscheiben bemalt, um sie auf den Märkten verkaufen zu können. Die Farben für die Malereien hatten sie im Kloster gestohlen, dort, wo Wandfresken erneuert werden sollten.

»Wir haben uns nur einen Teil unserer Steuern zurückgeholt«, meinte Kurtl und griente wieder. »Das ist mehr als gerecht.«

»Und wenn ihr keine Waren mehr habt?«, fragte Luzia.

»Dann müssen neue besorgt werden.« Hannes zwinkerte ihr zu. »Gott hat uns allen das Land gegeben, nicht nur den Reichen. Also können wir uns auch nehmen, was auf den Feldern wächst. Warum gibt es Verbote, selbst bei größtem Hunger Tiere zu jagen? Nur weil den Grafen die Jagdgebiete gehören? Uns können keine Verbote abschrecken!«

Michel brummte zustimmend.

Als sie Schlanders verließen, kauerte sich Luzia unter die Säcke, die auf dem Karren verstaut waren, während Michel als Erster die langen Stangen packte, um den Karren hinter sich herzuziehen. Die knochige Ziege zog meckernd mit, und Schreckele flitzte aufgedreht zwischen ihnen hin und her. Das Ziel war der Markt nach Meran, vielleicht wollten sie sogar hoch zum Schloss Tyrol, wo immer Waren verkauft wurden.

Sobald sie den Ort hinter sich gelassen hatten, kroch Luzia zwischen den Säcken und Körben hervor und lief mit den anderen mit. Schweigend ging es weiter. Die Sonne senkte sich allmählich den Gipfeln der rätischen Alpen zu. Glühend rot hing sie am Firmament.

Ob Sofie schon wieder zu Hause ist?, ging es Luzia durch den Kopf. Ob Matthias sie zurückgebracht hatte? Und was war mit der Naandl? Sicherlich war sie bei der alten Magda, das hätte die

Moidl doch wissen müssen. Oder hatte sie Katharina aufgesucht, die leibliche Tochter? Aber wie sollte sie den Weg zur Hurenwirtin gefunden haben? Wie gerne hätte sie die Naandl noch einmal umarmt, vielleicht ein letztes Mal, wer wusste das schon zu sagen. Luzia seufzte. Und mit Katharina hatte sie reden wollen, über ihr Leben. Die Kindheit, die Demütigungen und Erniedrigungen.

»Hier werden wir unser Lager aufschlagen!«, holte Hannes sie aus ihren Gedanken. »Hier ist eine kleine Anhöhe, im Rücken von Fels geschützt und nicht weit vom Wasser entfernt.«

Sie wuchteten den Karren hoch und legten Steine an die Räder, damit er nicht wegrollen konnte. Kurtl zog die Planen über die Holzbögen, die über der Ladefläche angebracht waren. So entstand ein geschützter Innenraum für die Nacht. In der Zwischenzeit entzündete Michel Holzstücke, die in einem Kreis von Bruchsteinen aufgestapelt waren. Er hatte die Holzenden mit der Axt so gespalten, dass sich an ihnen feine Späne kräuselten, die leicht Feuer fingen. Erst glommen kleine Punkte auf, dann bildete sich Rauch, bis schließlich knisternde Flammen hochzüngelten.

»Holt ihr Wasser? Für alle Fälle«, rief er Kurtl und Luzia zu.

»Schön, dass du hier bist«, sagte der Junge leise zu ihr. »Der Bergkristall ist viel mehr wert als das Bild, stimmt's?«

Luzia zuckte mit den Schultern. »Wer kann das sagen? Für Sofie war das Bild bestimmt wertvoller.«

Kurtl kramte aus dem Karren einen Eimer hervor, dann schlenderten sie barfuß zur Etsch hinunter. An einigen Felssteinen, wo es nicht zu morastig war, schöpften sie Wasser. Kleine Uferwellen klatschten gegen ihre nackten Füße.

Plötzlich fasste Kurtl die Luzia am Arm. »Sieh doch, da vorn! Da liegt jemand!«

Tatsächlich lag da bäuchlings ein Mensch im Wasser. Es musste eine Frau sein, denn ihr weiter Rock hatte sich im Ufergestrüpp verfangen. Wie er sich durch die Wellen aufbläht, dachte

Luzia, als wäre er selbst zum Leben erwacht. Die Frau musste älter sein, die knochigen Hände bewegten sich mit der Wasseroberfläche rauf und runter. Die grauen Haare wiegten sich wie Algengebilde.

»Sollen wir sie rausholen?«, fragte Kurtl.

»Ich weiß nicht …« Luzia wich verängstigt zwei Schritte zurück.

Kurtl rannte los und holte die großen Brüder. Dann standen sie nebeneinander am Ufer des breiten Flusses und schauten auf den toten Körper. Letzte Sonnenstrahlen ließen die Bergspitzen erglühen, türkisfarbene Wolken spiegelten sich in den Wellen und Strudeln bis zum anderen Ufer hinüber. Mit langen Stöcken holten sie die Ertrunkene aus dem Wasser. Niemand mochte sie so recht anfassen. Am Ufer drehten sie den Körper mit Stöcken zur Seite.

Luzia schrie auf. Es war ein so lauter Schrei, dass die anderen erschrocken zusammenfuhren. Luzia schrie und schrie, bis Hannes ihr den Mund zuhielt und sie schüttelte, bis sie erschöpft zu Boden sank.

»Was ist denn los?«, fragte er. »Bist du von Sinnen?«

»Es ist die Naandl, meine Großmutter«, sagte Luzia leise und hielt sich schluchzend die Hände vors Gesicht.

Michel war nicht von der Idee begeistert, die Naandl zu beerdigen, denn das würde Zeit kosten. Sie wären noch zu nah an Schlanders, meinte er. Die Gerichtsdiener wären hinter ihnen her, und sie könnten in ein stinkendes Kerkerloch geworfen werden. Aber Hannes hatte ihn schließlich doch überzeugt. Es wäre Luzia zu verdanken, dass der Diener vom Wanga ihn nicht erwischt hätte. Michel brummte kurz, und somit war das Begräbnis beschlossene Sache.

Sie banden die Tote auf eine Pritsche, die sie im Karren mitführten, um Waren in Burgen oder Schlösser zu bringen, ordneten die nassen Kleider und legten die eiseskalten Hände übereinander. Luzia fuhr mit dem Zeigefinger noch einmal über das ausgefranste Mal an Naandls Stirn, sprach ein Gebet und weinte. Dann bedeckten sie die Tote mit einem Laken aus Sackleinen.

Michel briet die gerupften und aufgespießten Hühner über dem Lagerfeuer. Luzia hockte vor der Toten, wiegte sich hin und her, gerade so wie die Sofie es tat, und wimmerte leise. Ob die Naandl den Weg ins Wasser als einzige Möglichkeit gewählt hatte, ihre Schuld mit Katharina zu büßen? Sie konnte aber auch gestürzt sein, als sie auf dem Weg zu ihrer Tochter war. Vielleicht sollte jemand der Moidl und dem Jakob Nachricht geben. Aber wer? Da blieb nur die Möglichkeit, sich selbst auf den Rückweg zu machen, damit die Naandl auf dem Friedhof von Göflan beerdigt werden konnte. Aber dann wäre sie mit Sicherheit Diethard ausgeliefert.

Plötzlich blitzte in Luzia ein Gedanken auf: Sie mussten zur Burg Kastelbell , wo Diethard versucht hatte, sie zu schänden. Die Naandl hatte die heilige Grotte hoch oben in den Bergen so sehr verehrt. Dieses Heiligtum lag gleich bei den Schalensteinen, deren runde Einbuchtungen seit ewigen Zeiten dort in den Fels geschlagen waren. Vielleicht könnte sie die Naandl dort begraben und ein Licht entzünden oder ein loderndes Feuer aufflammen lassen als Zeichen für Sofie. Wie hatte sie noch gesagt? Dann, wenn der Himmel sich nachts mit dunklen Tüchern zudeckt, die ganz aus Glas gemacht sind …

Luzia wischte sich die Tränen aus den Augen. Ja, so wollte sie es machen. Ganz schön sollte die Naandl es bei der Beerdigung haben. Und überall sollten Kerzen brennen, die Sofie vielleicht entdecken würde.

Es roch nach kross Gebratenem und zischte, wenn Fett ins Feuer tropfte. Als das heiße Fleisch der Hühner zerteilt wurde, bot Hannes auch Luzia ein großes Stück an, aber sie mochte nicht.

»Du musst essen«, sagte er. »Wenn du hungerst, macht das

deine Naandl auch nicht wieder lebendig! Und du brauchst Kraft. Du willst doch nach Brixen ...«

Luzia merkte kaum, wie sie das Fleisch mit der knusprigen Haut entgegennahm, in den Mund steckte, davon abbiss und es zerkaute. Noch lange saß sie am Feuer, den Hitzeschwall im Gesicht, den Rücken kühl, bis die Glut allmählich in sich zusammensackte.

»Wir sollten die Tote hier verscharren«, hörte sie die Stimme von Michel. »Tot ist tot. Dann sind wir sie los.«

Aber Luzia hatte es tatsächlich geschafft, Hannes davon zu überzeugen, die Naandl hoch zu den Schalensteinen zu bringen, dort am Klumperstein, diesem Riesenstein, der sich auf einer Steinspitze wiegte. Michel war schließlich mit dem Vorschlag einverstanden, da Händler in die Burg Kastelbell zogen. So konnte er in der Zwischenzeit auch Waren anbieten. Und an gut geflochtenen Kiepen für die Traubenernte, Birnen oder Äpfel war immer Bedarf.

Schon vor Sonnenaufgang machte sich Luzia mit Hannes und Kurtl auf den Weg. Die Pritsche mit dem festgebundenen Körper hielten sie an Handgriffen fest. Der Bergaufstieg war steil und beschwerlich, und der Fußmarsch zog sich in die Länge. Aber die Luft war glasklar, die nebligen Schwaden hatten sich schon bald aufgelöst, und es wartete ein strahlend blauer Himmel auf sie.

Die Via Claudia Augusta zog sich unter ihnen wie ein geschlängeltes Band an der aufsteigenden Gebirgshöhe entlang, und die Etsch ließ das frühe Sonnenlicht in ihren Wellen und Strudeln aufblitzen. Vögel zwitscherten, und je höher sie aufstiegen, desto freier fühlte sich Luzia.

»Ich danke dir, Hannes«, sagte sie nach langer Zeit des Schweigens. Stotternd fing sie an, von der Naandl zu erzählen, von dem Muttermal an der Schläfe und von Katharina, der Hurenwirtin, die als Neugeborenes vor der Spitalkirche ausgesetzt und im Stall aufgewachsen war.

»Sicherlich war das auch Hexenwerk«, sagte er leise. »Alles Unheil kommt von den Hexen, das war nicht deine Naandl. Gleich hier zum Beispiel hat eine Wetterhexe zwei Muren auf die Höfe von Freiberg hinabgeschickt. Und denk nur an die Hexe Nauna, die Laatsch verwüstet hat.«

»Die Wetterhexe bei Reschen wirft Schutt und Geröll auf die Wiesen«, flüsterte Kurtl. »Und manchmal verwüstet sie auch unsere Herzen.«

Luzia nickte nachdenklich. Bestimmt hatte eine Hexe die Naandl verwirrt. Sonst hätte sie doch ihr Kind nie hergegeben!

Die Stangen der Pritsche drückten in ihren Händen, sicherlich hatten sich schon wässrige Blasen gebildet, aber das war Luzia egal. Immer höher stiegen sie den Berg hinauf, die festgezurrte Naandl zwischen sich. Die Erde war noch feucht vom Morgentau, und sie musste aufpassen, nicht auf Grasnarben, schmierigen Erdklumpen oder lockerem Geröll wegzurutschen. Wieder schaute Luzia hinab in die Tiefe auf die Via Claudia Augusta. Die Fuhrwerke mit den Ochsen, die Bauern, Handwerker und Ziegen sahen vor dem gewaltigen Bergpanorama aus wie kleine dahingewürfelte Figürchen, viel zu unbedeutend, um der Natur etwas abtrotzen zu können.

Dann entdeckte sie einen Pferdewagen mit hohen Rädern. Die winzigen Speichen wirbelten um die Radachse. Das braune Pferd trabte an Bauern vorbei und überholte Ochsenkarren, und die Peitschenhiebe des Kutschers trieben eine Ziegenherde auseinander. Dann bog der Wagen in den Weg ein, der um den Burgfried von Kastelbell herum zum Eingangstor führte, und den Michel erst vor einiger Zeit mit dem Handkarren durchquert hatte.

»Diethard!« Luzia stand wie versteinert und starrte hinunter auf die Burg.

»Ist das der, der dir nachgestellt hat? Der behauptet, du wärst sein Weib?«, fragte Hannes und fuhr fort, ohne auf eine Antwort zu warten: »Keine Angst! Der wird uns nicht erwischen! Wir haben genügend Erfahrung, um uns zu wehren, da wirst du noch staunen! Und jetzt lass uns deine Naandl beerdigen.«

Als sie oben bei den Schalensteinen waren, suchten sie beim Ringwall, der noch aus alten Zeiten stammte, nach einer Mulde, um die Naandl darin zu bestatten. Mit einer Schaufel, die Kurtl getragen hatte, wuchteten sie Steine zur Seite, kratzten ein Grab aus und legten den Körper hinein.

»Schön soll sie es haben«, sagte Luzia immer wieder, versuchte zu lächeln und wischte sich die Tränen fort.

Sie wählten nur die schönsten Steinbrocken aus, um die Naandl damit zu bedecken, Glimmersteine und Silberquarzit. Dann suchten sie Moos, das sie in die Zwischenräume stopften, und pflückten Wildblumen.

»Jetzt hat sie's aber sehr schön«, meinte Kurtl und streckte Luzia ein Bündel mit fünf Kerzen entgegen.

»Wo hast du die denn her?«, fragte Luzia.

»Die sind aus dem Kloster Marienberg.« Er grinste wieder. »Nimm sie ruhig. Ich klaue neue.«

Zögernd nahm Luzia sie entgegen. »Du meinst, für die Schalensteine?«

Kurtl nickte und flüsterte: »Das da sind doch Opferschalen. Wir opfern den Berggeistern, damit der Naandl nichts geschehen kann.«

Erst jetzt besah sich Luzia die Schalen genauer, die in einen Felsblock hineingetrieben worden waren. Niemand wusste, woher sie stammten, und niemand konnte sagen, wer sie hineingeschlagen hatte. Sie waren halbrund, glatt geschliffen und überall in der Bergwelt zu finden. Einige waren groß wie ein Kindskopf, andere kleiner, kaum so groß wie ein runder Fingerabdruck.

Hier waren fünf Löcher in Form eines Kreuzes eingemeißelt, vier außen herum, gerade so, wie die Welt sich erstreckt, und eins in der Mitte. In das mittlere füllte Hannes ein paar Körner von kostbarem Salz.

»Man weiß ja nie, welche Berggeister es zu besänftigen gilt«, sagte er noch und entzündete einen Span für die Kerzenlichter.

Luzia stellte die Kerzen in die fünf Löcher des Schalensteines und hielt den brennenden Span an die Dochte, bis das Wachs erhitzt war und die Flammen aufloderten. Dann schaute Luzia in Richtung Nördersberg, als wollte sie mit den Lichtern ihre Gedanken zu Sofie senden, faltete ein letztes Mal die Hände und sprach ein Gebet. Mochte Naandls Seele ewigen Frieden finden!

Der Wind war stärker geworden. Er fegte von den Bergwipfeln zwischen vereinzelte Lärchen hindurch und die abschüssigen Hänge hinunter ins Tal. Luzia rieb sich über die Arme.

»Hast du nichts Wärmeres dabei?«, fragte Hannes.

Luzia schüttelte den Kopf. »Hier oben nicht. Aber unten im Leinenbeutel, da habe ich ein warmes Umhängetuch.«

Dann machten sie sich auf den Rückweg in die Dämmerung hinein. Die Pritsche hatte sich Hannes auf den Rücken geschnallt. Unter ihnen lagen die Burg Kastelbell und das Tal schon im Schatten, nur auf die hochgebundenen Weinreben an den Hängen fiel noch Abendlicht. Luzia versuchte die Umrisse der Pferdewagen zu erkennen, die auf dem Vorplatz der Burg Kastelbell abgestellt waren. Erleichtert atmete sie auf. Von Diethards Wagen war nichts mehr zu sehen.

Sie hatten Glück. An diesem Abend wurde ihnen erlaubt, innerhalb der Burgmauern zu nächtigen. Luzia half dafür noch in der Küche und schrubbte Schüssel, Teller und Böden, denn die neuen Adelsherren würden in den nächsten Tagen die Burg in ihren Besitz nehmen. Kurtl hatte die Ziege weiden lassen und sie gemolken. Luzia genoss die frische, schaumige Milch, die er ihr in einem Becher entgegenstreckte. Sie schmeckte gar nicht so scharf und durchdringend wie die Milch der Ziegen, die in kleinen Höfen aus Angst vor Räubern und wilden Tieren manchmal im Stall gehalten wurden.

Die großen Ziegenherden, die an Steilhängen und Wiesen am Sonnenberg grasten, blieben nachts auf der Weide. Dort passten Hütebuben auf die Tiere auf, obwohl erst neulich wieder einer von Wölfen gerissen worden war. Selbst der Wanga hatte viel Geld in die Ziegenzucht gesteckt, denn da war großer Gewinn zu machen. Die gegerbten Kurzhaarfelle waren landesweit gesucht für Handschuhe, Stiefel und Hüte.

»Das ist ein Doppelgeldner«, hatte Sofie einmal gesagt. »Erst haut er die Bäume um und dann die Ziegen, die auf den Hängen weiden, und mit beidem wird er reich.«

»Sofie …« Luzia seufzte. Sie hatte sich nach der Küchenarbeit außerhalb der Burgmauern auf einen Holzstamm gehockt und hoch zu dem Schalenstein geschaut, in dem noch immer die Kerzenlichter brannten. Es war dunkel, und die Flammen waren bestimmt noch weit in der Ferne als Lichtsprengsel zu erkennen. Ob Sofie die fünf winzigen Feuer bemerkt hatte? Dann wüsste sie, dass die Naandl es schön hatte, und sie würde vor Freude strahlen.

Luzia lief erst zurück, als die Burgtore geschlossen werden sollten. Sie wickelte sich in das wärmende Schultertuch und legte sich mit Kurtl in den überdachten Karren. Zwischen gestapelten Schüsseln und Körben, Säcken mit Löffeln, geschmiedeten Hämmern, Sägen und anderen Werkzeugen hatten sie Platz geschaffen. Die Holzplanken drückten zwar an Hüfte und Schulter, aber sie lagen geschützt vor dem Wind. Anfangs hielt Kurtl Abstand, aber nachts drückte er sich nah an ihren Körper, und sie nahmen die wohltuende Wärme des anderen auf. Luzia lag noch lange wach. Sie dachte an die Naandl, wie sie früher im Winter Steine am gemauerten Ofen erhitzt, mit Sackleinen umwickelt und dann ins Strohlager gelegt hatte, damit Sofie und sie selbst nicht froren.

Michel und Hannes schliefen unter dem Karren. Schreckele lag bei ihnen, das gab Sicherheit vor Strauchdieben.

Der Morgen war kühl. Luzia band sich das Wolltuch eng um die Schultern, als sie sich zu Fuß auf den Weg machten. Michel hatte erfahren, dass heute in Latsch Markttag war. Das war eine gute Gelegenheit, Waren anzubieten, obwohl sie eine kurze Wegstrecke zurücklaufen mussten. Aber dort konnten sie auch auf einer Steinbrücke die Etsch überqueren und dann weiter nach Meran ziehen.

Michel zog als Erster den Karren an den langen Stangen, während die anderen schweigend neben ihm herliefen, vorbei an Kranewittstauden und Wacholderbüschen. Luzia spürte Sehnsucht in sich aufsteigen. Sehnsucht nach Sofie und der Moidl, nach Ferdl und auch nach Jakob. Nach der Naandl und dem Höllele, so als wäre alles nur ein unwirklicher Traum. Schlechtes Gewissen quälte sie, hatte sie doch der Heiligen Jungfrau geschworen, nie die Aufsichtspflicht gegenüber Sofie zu vernachlässigen. Aber andererseits hätte sie Sofie nach einer Hochzeit sowieso verlassen müssen. Nach einer Hochzeit, die nicht zustande gekommen wäre …

»Was war da gestern eigentlich mit diesem Diethard?«, fragte sie Hannes. »Er ist doch mit seinem Pferdewagen zur Burg Kastelbell gefahren. Hast du was über ihn gehört?«

»Der sucht dich«, antwortete Kurtl. »Der hat überall nach dir gefragt.«

Michel brummte zustimmend. »Hast du was ausgefressen?«

»Nichts. Rein gar nichts!« Luzia senkte den Blick. »Es ist nur … wegen der Hochzeit.«

»Warum bist du ihm weggelaufen?« Hannes warf Schreckele ein Stöckchen zu. »Der hat doch Geld. Wenn ich für meine Schwester Maria so einen finden könnte, wären wir fein raus.«

»Er will mich nicht heiraten. Er will mich nur …« Luzia zögerte.

»Na, sag's schon. Will er nur, dass du die Beine breit machst?«

Luzia nickte. »Und mich quälen. Mehr will er nicht.«

Obwohl sie sich auf die Lippen biss, konnte sie die Tränen nicht zurückhalten. Die Steilhänge der Berge verschwammen vor ihren Augen, und das satte Grün der Flaumeichen und Mannaeschen vermischte sich mit den Lichtblitzen der Sonne, die sich in den dahinziehenden Fluten der Etsch spiegelten. Dann zog ihr Schinkenduft in die Nase. Sie wischte sich verwundert über die Augen. Der Duft kam von einem belegten Brot, das Kurtl ihr unter die Nase hielt. Erst jetzt spürte sie, wie sich ihr Magen vor Hunger zusammenkrampfte.

»In der Küche von Burg Kastell lagen zu viele davon rum.« Wieder grinste er breit und spielte mit der Zungenspitze an seinen Wackelzähnen. »Die werden ja schlecht. Und außerdem hast du als Gegenleistung geputzt und gewienert.«

Je höher die Sonne stieg, desto heißer brannte sie vom Himmel. Am Mittag rasteten sie nah am Fluss in einem schattigen Hain von Jakobi-Äpfeln, die im Sommer als Erste reiften. Sie kühlten ihre Füße und pflückten von den Früchten. Sie waren noch hart und schmeckten säuerlich. Aber als Hannes sie über einem Feuer erhitzte und zu den Fischen reichte, die er gefangen hatte, verströmten sie ein feines Aroma.

Michel hatte sich inzwischen auf den Weg gemacht, um die Gegend auszukundschaften. Als er zurückkam, schüttete er seinen geschulterten Sack aus. Zwei Kaninchen mit gebrochenem Genick rutschten zwischen Zwiebeln und verschrumpelten Äpfeln heraus.

»Das Fleisch wird gleich hier verarbeitet«, sagte er. »Dann ziehen wir weiter nach Latsch.«

»Latsch hat doch auch das Stapelrecht«, meinte Hannes plötzlich. »Da ist bestimmt die Hölle los, wenn auch noch Markttag ist. Ich seh schon die Münzen auf uns niederprasseln.«

»Stapelrecht?«, fragte Luzia nach.

Hannes nickte. »Durchziehende Kaufleute oder Holzhändler müssen ihre Waren für drei Tage stapeln, oder anders gesagt: Sie sollen sie zum Verkauf anbieten. Die Händler bleiben also im Ort, steigen im Wirtshaus ab, kaufen und verkaufen. Das bringt der Stadt Geld. Oder man zahlt Stapelgeld, dann kann man gleich weiterziehen.«

»Müssen wir auch drei Tage bleiben?«

Hannes zog grinsend eine Augenbraue hoch. »Sind wir Händler? Wir sind doch nur ein paar arme Bauern mit Körben für unsere Verwandten.«

Verächtlich spuckte Michel ins Gras, als er die Kaninchen kopfüber an einen Ast hängte, um sie ausbluten zu lassen. »Körbe! Damit ist kein Reichtum zu machen. Vielleicht sollte ich doch in die Fugger-Bergwerke.«

Luzia schaute hoch. »Meinst du etwa die Silberminen?« Hatte nicht Toni von diesen Bergwerken gesprochen?

Michel nickte. »Da gehen viele verarmte Bergbauern hin, um ihr Glück zu machen. Man verdient recht gut, aber die Arbeit ist schwer.«

»Und ... wo gibt es diese Silberminen?«

»Die größte ist in Schwaz ...«

Luzia schaute nachdenklich auf die ziehenden Wasserfluten. Zuerst wollte sie in die Bischofsstadt Brixen, wo Peter Passler gefangen gehalten wurde. Vielleicht würde sie dort Gefährten finden, die Näheres über Toni wussten. Wenn sie dort nichts erfuhr, würde sie sich auf den Weg zu den Silberminen machen.

»Und jetzt mach dich nützlich«, brummte Michel und reichte ihr ein scharfes Messer. »Du kannst die Kaninchen häuten und ausnehmen.«

Schon bald hingen die gehäuteten Tiere am Ast. Das Fleisch mit den Adern, Sehnen und vorstehenden Knochen glänzte in der Sonne, die toten Augen glotzten sie an. Michel zerlegte die Kaninchen, warf Schreckele einen Knochen zu und legte die einzelnen Stücke auf einen Gitterrost. Sobald sie über dem Feuer kross gebraten waren, wurde das Fleisch in einen Tontopf gelegt und auf dem Karren verstaut. Dann wurde das Feuer gelöscht, und sie stiefelten los, weiter auf Latsch zu.

Luzia holte ihr Schultertuch vom Karren, der diesmal von Hannes gezogen wurde. Trotz der Hitze wollte sie es sich um den Kopf legen. Latsch war auch die Stadt der Steinmetze, und Caspar Reuter hatte dort sein Domizil. Sie musste aufpassen, nicht wiedererkannt zu werden.

Schon von Weitem war ein reges Treiben zu sehen. Als sie mit dem Karren über die Brücke zogen, mussten sie an Händlern, Viehhirten und Kaufleuten vorbei, die Waren zum Verkauf herbeigeschafft hatten. Die Sonne stach vom Himmel. Es hieß, dass es in Latsch die meisten Sonnentage im Jahr gäbe, denn die Ortschaft lag geschützt zwischen Alpenkamm und Ortlergebirge, am Eingang des Martelltals, wo ein langer Wanderweg hoch zu den Gletschern führte.

Ochsenfuhrwerke standen dicht hintereinander, hoch beladen mit festgezurrten Baumstämmen, dazwischen hielten Händlerkarren und Pferdewagen. Pilgergruppen wanderten auf ihrem Weg nach Rom auf eins der Hospize zu.

Luzia schaute sich um. Hier war alles weitaus besiedelter als in Schlanders. Es gab aufwändige Bauten mit Marmorstuck an den Wänden, und sie wusste von Paolo, dass er das Kapitell einer Marmorsäule für Meister Casper Reuter behauen hatte, die in der Spitalkirche gleich neben dem Schnitzaltar von Jörg Lederer aufgestellt war.

Sie blinzelte in die Sonne und schaute zum weiß gekalkten Kirchlein St. Martin am Kofel hoch, wo gerade ein helles Glöckchen läutete. Wieder glitten ihre Gedanken zu Sofie. Ob sie wirklich allein zurechtkam?

Latsch hatte durch seine strategisch wichtige Stellung eine herausragende Position. Es hieß, dass sogar schon die Römer hier Pferdestationen mit Tavernen erbaut hatten, um müde Tiere zu wechseln und selbst nächtigen zu können. Tatsächlich drängte sich eine Wirtschaft neben der anderen, Bauernstände boten Schinkenspeck und Bergkäse, eingelegte Marillen und Oliven an. Es duftete köstlich. Kutscher zwängten sich an hochherrschaftlichen Adligen und Kaufleuten, Geldverleihern und Zunftleuten vorbei, an Marktleuten und Bettlern, die an Wänden hockten und die Hände ausstreckten.

Jetzt zog Michel den Karren. Sie gingen dicht beieinander, die meckernde Ziege hielt Kurtl am Strick. Die Räder holperten über den steinigen Boden. Schreckele schnupperte an Bretterbuden mit Honig, Marmeladen und fremdartigen Gewürzen und urinierte gegen Pfosten, Wagenräder und Hausecken. Plötzlich blieb er starr stehen, nur seine feuchte Nase zuckte. Er hatte Witterung aufgenommen, hob die Lefzen, und ein leises, aber bedrohliches Knurren war zu hören.

»Was ist?« Michel horchte auf. »Was ärgert dich?«

Sofort blieben Kurtl, Michel und Hannes stehen und blickten in die Richtung, die der Hund vorgab. Das Tier sah erbärmlich aus mit seinem ausgefransten Fell und dem Beinstumpen. Aber es war nicht aus Mitleid aufgenommen worden, das war Luzia längst klar geworden. Aufmerksam versuchte sie sein Knurren, Fiepen und leises Heulen zu deuten. Michel verfolgte mit scharfem Blick jede seiner Regungen.

»Sein Spürsinn ist gewaltig«, flüsterte Kurtl ihr zu. »Der kann jede Gefahr schon von ferne wittern.«

Regungslos starrte Schreckele zu einer herrschaftlichen Eingangstür mit geschnitzten Holzverzierungen, während er bedrohlich knurrte. Über dem Eingang stand auf einem Vorsprung eine Madonnenfigur aus blendend weißem Marmor.

»Los, weg!«, rief Michel.

Hannes umfasste die Stangen des Karrens mit festem Griff, hetzte mit den anderen weiter durch die Gasse und zwängte sich an Kaufleuten und Kutschern vorbei. Die Ziege meckerte widerwillig, als Kurtl sie am Strick mit sich zerrte. Schreckele lief jaulend und knurrend neben ihnen her und blickte immer wieder zurück zu der Wohnstätte mit der Madonnenfigur. Das Gedränge war zu dicht, um schnell vorwärtszukommen. Deshalb stellten sie den Karren an einer Häuserwand ab und schauten geduckt zu dem Haus hinüber. Schreckele stand wie erstarrt neben ihnen und hatte die Lefzen angehoben.

»Ruhig«, brummte Michel. »Du darfst uns nicht verraten.«

Da öffnete sich die Haustür, und ein Mann trat heraus. Er rückte seinen weit ausladenden Hut mit der fremdartigen Feder tiefer in die Stirn. Die Krempe sollte ihn wohl vor dem grellen Sonnenlicht schützen. Mit seinen zweifarbigen Beinkleidern war er hier in Latsch keine Seltenheit, trotzdem wusste Luzia sofort, zu wem sie gehörten.

»Diethard«, rief sie mit unterdrückter Stimme und zwängte sich in die Türnische eines Wohnhauses, die aber im gleichen Moment aufgerissen wurde.

»Verschwinde von hier!«, rief eine dickliche Matrone und hob drohend einen Reisigbesen, mit dem sie den Flur kehrte. »Was drückst du dich hier herum?«

Luzia rannte geduckt um die nächste Häuserecke und von dort die Steinstufen hoch zu einer Kirche, die auf einem kleinen Hügel lag. Angespannt drückte sie die schwere Holztür auf, schaute sich aber noch einmal um, ob sie verfolgt wurde. Aber von Diethard war nichts zu sehen.

Im Kirchenraum war es angenehm kühl. Betende hockten auf Bänken, Rosenkränze klackerten, und raunende Bitten hallten im Gewölbe nach. Sonnenlicht fiel durch die farbigen Glasfenster auf die Apsis und überflutete die Betenden mit bunten Lichtflecken. Sie drückte sich in die Dunkelheit hinter eine steile Holztreppe, auf der die Mannsbilder bei der Sonntagsmesse zur Empore hochstiegen. Auch hier hatten die Frauen unten zu bleiben, damit ihnen beim Hochklettern nicht unter den Rock geschaut werden konnte, da es üblich war, darunter nackt zu sein.

In diesem Moment wurde die Kirchentür aufgedrückt. Das Quietschen hallte nach und ließ Luzia verängstigt noch weiter in die dunkle Ecke zurückweichen. Sie drückte sich an die Steinquader, die glatt poliert waren und selbst im heißesten Sommer eine angenehme Kühle in sich trugen. Jetzt wischten vorsichtige Schritte über den Fußboden, der mit Marmorplatten ausgelegt war.

»Heilige Maria«, betete Luzia leise. »Bitte nicht. Bitte lass es nicht Diethard sein.«

Die Schritte kamen näher, jemand tastete sich in der Dunkelheit auf sie zu. Es war Kurtl. »Los, komm«, sagte er leise. »Er ist weg.«

Luzia schloss kurz die Augen. Erleichtert atmete sie auf.

»Hier hinten hätte er dich sofort gesucht«, raunte Kurtl ihr zu. »Wenn schon, dann musst du dich vorn in die erste Reihe hocken. Da würde er dich nicht vermuten.«

Auf Zehenspitzen lief sie hinter Kurtl her zum Kirchausgang. Draußen blendete sie das grelle Sonnenlicht, der Himmel war tiefblau. Die Angst, die sich wie ein Seil um ihre Brust gespannt hatte, löste sich. Da war wieder Atem in der Welt. Trotzdem ließ sie ihren Blick hastig über die unter ihr liegende Straße gleiten, über Ochsenfuhrwerke, Handelswaren in Pferdekarren und die Menschen, die in entgegengesetzten Richtungen aneinander vorbeidrängten.

»Dieser Diethard kam aus dem Haus vom Steinmetzmeister Fuhrer!«, rief Hannes ihr zu, als sie die Kirchenstufen zu ihm und Michel hinunterliefen.

»Vom Fuhrer?« Luzia schaute ihn verwundert an. Dieser Fuhrer war doch der erklärte Feind von Steinmetz Caspar Reuter, mit dem sie Verträge abgeschlossen hatten. Aber hatte nicht Diethard beim Gespräch mit dem Wanga geäußert, er hätte überall seine Informanten? Luzia schüttelte den Kopf. Das war doch zu abwegig! Sie konnte sich nicht vorstellen, dass sie Diethard so wichtig war, dass er Himmel und Hölle in Bewegung setzen würde, um sie zu finden. Nachdenklich schaute Luzia die Gasse entlang zum Wohnhaus von Steinmetz Fuhrer und wandte aber sofort wieder den Kopf. Wer konnte schon sagen, ob sie nicht doch beobachtet wurde, und Diethard nicht sogar einen Spitzel auf sie angesetzt hatte.

»Wann gehen wir weiter?«, fragte sie zaghaft.

»So schnell wie möglich«, antwortete Michel. »Hier können wir mit unseren Waren nicht landen. Zu viel Konkurrenz!«

Sie warteten mit ihrem Karren zwischen Pferdewagen und Ochsenfuhrwerken mit überlangen, festgezurrten Baumstämmen. Offenbar wurde am Ortsausgang noch irgendetwas anderes als die Einhaltung des Stapelrechts kontrolliert. Aus den Augenwinkeln schaute Luzia sich um. In jedem Blick, sogar in jeder freundlichen Anrede glaubte sie einen Hinterhalt von Diethard zu erkennen.

»Wozu sind eigentlich all diese Baumstämme da?«, fragte Luzia. »Wo werden sie hingebracht?«

Sie sog den Geruch der frisch geschlagenen Hölzer ein, der sie weit davontrug in die Wohnstube, als noch die Naandl in ihrem Höllele lag und der Jakob Holz im gemauerten Kamin nachlegte.

»Die Stämme werden nach Branzoll gebracht«, unterbrach Hannes ihre Gedanken. »Von dort aus ist die Etsch schiffbar, und es gibt Flößer, die die Stämme bis hinunter nach Venedig treiben.«

»Ach ja!« Luzia erinnerte sich. »Für den Aufbau der Stadt?«

Hannes nickte. »Ein Vetter von uns ist letztes Jahr in der Peststadt gewesen. Millionen und Abermillionen Baumstämme stampfen sie in den Boden. Die sollen Brücken, Kathedralen und den Stadthäusern Halt geben in dem Sumpf. Und sie brauchen Holz für die Schiffsflotten und Gondeln.«

Wieder schaute sich Luzia geduckt um.

»Vielleicht werde ich auch mal Gondelbauer«, meinte Hannes.

»Ich liebe es, mit Holz zu arbeiten. Wusstest du, dass über neun verschiedene Hölzer für den Bau einer Gondel gebraucht werden? Eiche für die oberen Planken, Kiefer für den Boden, Lärche für die Seiten, Kirsche für die schiefe Plattform, Ulme und Tanne für die Innenbretter, Linde …«

»Jetzt hör schon auf«, meinte Michel. »Wen interessiert's!«

Hannes war ins Schwärmen geraten. »Nur allein der Rumpf besteht aus über zweihundertachtzig Teilen und …«

»Bist du jetzt still!«, schnauzte Michel und fuhr sich verärgert durch seinen Vollbart, während er unablässig die Menschen musterte.

Ganz leise flüsterte Hannes Luzia zu. »Manchmal kommen sie her, die Gondelbauer, und beschauen sich Bäume. Wegen dem Wuchs. Und machen Zeichen an die Stämme, welche in ein paar Jahren hoch genug sein könnten und …«

»Es geht weiter«, brummte Michel. »Passt auf, da sind Soldaten. Die suchen nach Aufständischen.«

Er packte die Holzstangen und zog den Karren weiter. Hannes öffnete schnell die Plane, und Kurtl hockte sich zwischen die Körbe, während Luzia ihm in einiger Entfernung folgte. Möglichst gleichgültig schlenderte sie an den Wachen mit ihren Gewehren vorbei, die auf den Ladeflächen nach Aufständischen Ausschau hielten und mit langen Spießen in Säcke stachen, aber der Puls hämmerte ihr gegen die Schläfen.

Über Stunden gingen sie schon durch die glühende Hitze weiter auf Meran zu, wo über allem eine größere Leichtigkeit ausgebreitet lag, wie man sich erzählte. Die störrische Vegetation war längst in ein üppiges Blütenpanorama übergegangen. Großblütige Oleander wie die im Innenhof der Churburg waren hier alltäglich. Palmen wuchsen an Wegkreuzungen neben Marterln, und der Wind trug eine milde Süße in sich, wie sie ganz im Süden am Mittelmeer zu finden war.

Noch vor dem nächsten Ort rasteten sie. Unter einer Weide

mit ausladenden Zweigen hockten sie sich zusammen, aßen letzte Brote aus der Burg Kastelbell und vom Kaninchenfleisch, tranken frisches Quellwasser und Ziegenmilch, die sie sich aus dem Euter in den Mund spritzten.

Am Abend richteten sie wieder ihr Lager unter weiter ausladenden Baumästen ein, versteckt hinter Gestrüpp und gut bewacht von Schreckele, der sofort anfing zu knurren, wenn sich fremde Gestalten näherten. Luzia wusste die Hellhörigkeit des Hundes immer mehr zu schätzen. Er schien nie zu schlafen, seine Ohren waren fast immer gespitzt und zuckten selbst beim leisesten Windhauch.

Als sie morgens erwachte, fühlte sich Luzia trotz der frischen Luft verschwitzt. Ihre Haut klebte, und die Haare hingen strähnig am Kopf. Mit ihrem Hirschhornkamm löste sie die Knötchen, um sich die Zöpfe neu zu binden. Dann zogen sie weiter zu einem nahen Gebirgsbach, der sich in einer Senke staute. Das Wasser glitzerte in der Morgensonne und gurgelte über glattgewaschene Steine weiter in die Tiefe.

»Hier werden wir uns waschen«, sagte Michel. »Wir sollten sauber sein. Das ist gut fürs Geschäft!«

Erst zogen sich die großen Brüder Hemd und Beinkleider aus. Ohne Scham sprangen sie nackt in das eiskalte Gewässer. Dann warf auch Kurtl seine Sachen von sich und hüpfte ihnen hinterher.

»Na, was ist?«, rief Michel ihr zu. »Willst du nicht auch?«

»Ich …«, stotterte Luzia und kreuzte die Arme vor der Brust. »Ich weiß nicht …«

»Lass sie, sie schämt sich«, wandte Hannes ein. »Nachher werden wir uns ein wenig umschauen. Dann kann sie ins Wasser.«

»Ihr macht vielleicht einen Aufstand«, meinte Michel. »In den Badestuben hocken Weiber und Männer doch auch zusammen.«

Hannes, Michel und Kurtl wuschen ihre verdreckten Beinkleider und Hemden im Gebirgsbach und breiteten sie auf einem glatten Fels zum Trocknen aus. Dann schüttelten sie die nassen Haare und ließen ihre nackten Körper von der Sonne trocknen. Aus den Augenwinkeln betrachtete Luzia die muskulösen Leiber, ihr pralles Geschlecht und die wohlgeformten Hüften. Ein seltsames Verlangen stieg in ihr hoch, genauso wie an dem Tag, als Toni sie eng an sich gedrückt hatte. Sofort wandte sie verschämt den Blick ab.

Dann streiften sich Hannes und Michel frische Sachen über, die sie in Säcken verwahrt hatten, und stiefelten davon.

»Jetzt mach schon!«, rief Kurtl und streckte seinen nackten Körper in der warmen Sonne aus. »Ich hab da auch noch Seifenkraut von der Mutter, damit kannst du dir die Haare waschen.«

Luzia ließ den Leinenrock über die Hüften zu Boden fallen und zog das Hemd über den Kopf. Sie spürte den weichen Wind auf der Haut, dann löste sie ihr Haar. Zuerst streckte sie tastend die Zehen in das Quellwasser. Es war eisig kalt. Es gurgelte und sprudelte um ihre Füße.

»Du musst mit einem Satz reinspringen!«, rief Kurtl. »Und dann untertauchen. Sonst werden die Haare ja nicht nass.«

Luzia schrie vor Schmerz und Vergnügen, als sie sich ins Wasser fallen ließ. Dann tauchte sie unter, sodass die Eiseskälte ihre Kopfhaut umspülte und ihr die Luft zum Atmen nahm. Kurtl kicherte und beobachtete mit Vergnügen, wie sie ihr Haar einseifte.

»Untertauchen, untertauchen!«, rief er.

Luzia holte tief Luft und tauchte wieder unter, bis das Quellwasser über ihr zusammenschlug. Wieder kreischte sie vor Vergnügen, als sie auftauchte und nach Luft schnappte. Dann spülte sie den Schmutz aus dem Haar, der in Schlieren davongespült wurde. Ihre Haut brannte vor Kälte, sie zitterte und schlotterte und sprang zurück ans Ufer. Mit Resten vom Seifenkraut wusch sie ihre Kleider und ließ sich schließlich erschöpft ins Gras fallen. Grillen zirpten. Der Himmel über ihr war tiefblau, die Sonne brannte vom Himmel. Sie genoss die Wärme auf ihrer nackten

Haut, die allmählich die Wassertropfen in sich aufnahm und auch das Haar trocknete. Und roch es da nicht nach Wermut? Und nach Kümmel und Roggenbrot?

»Los, auf! Wir müssen weg!«, hallte plötzlich Michels Stimme zu ihnen herüber.

»Was ist denn?« Luzia rannte splitternackt auf den Karren zu, zerrte den Leinenbeutel hervor und zog das alte Hemd und den Rock über.

»Frag nicht, komm!«, schrie Kurtl ihr zu. Er hatte bereits herumliegende Sachen aufgeklaubt und in den Karren geworfen. Hannes hielt schon die langen Stäbe vom Karren in den Händen und rannte damit in einer Schlangenlinie bergab, um nicht zu viel Fahrt aufzunehmen, während Michel einen prall gefüllten Sack auf die Ladefläche warf. Schreckele rannte schnell wie ein Wiesel und jaulte leise. Oberhalb des Wäldchens heulten Hunde auf. Jemand brüllte hinter ihnen her, Schüsse knallten.

»Los, hierher, durch das Wasser!«

Hannes und Michel zogen und zerrten den Wagen durch den Gebirgsbach, der hier unten nicht mehr gestaut und kaum knöcheltief war. Die Ziege meckerte erbärmlich, als der Hund sie ins Bein zwickte, um sie anzutreiben.

»Notfalls müssen wir die Ziege zurücklassen.« Michel fluchte. »Wenn die mich doch bloß nicht erwischt hätten!«

Kaum waren sie am anderen Ufer angelangt, rannten sie weiter, die Stangen des Karren in den Händen, durch hohes Gras und Brennnesseln hinein in ein Waldstück mit dichtem Gestrüpp. Atemlos kauerten sie sich hinter einen umgestürzten Baum, gleich vor einen Felsvorsprung, von dem aus die Umgebung gut zu beobachten war.

»Jetzt ruhig«, brummte Michel. »Kein Wort.«

Der Hund saß hechelnd vor ihnen, die Augen auf den Gebirgsbach gerichtet und die Ohren gespitzt. Luzia hockte dicht neben Hannes. Sie spürte die Wärme seines Oberarms und roch die

Minzblätter, die sie zerpflückt und mit einem zerfaserten Stöckchen über die Zähne gerieben hatten. Die Ziege meckerte kurz auf, und Luzia erschrak. Aber das Meckern in der Ziegenherde, die nicht weit entfernt an einem Wiesenhang weidete, übertönte das dünne Geplärre um ein Vielfaches.

Männer mit Gewehren tauchten am Gebirgsbach auf. Jagdhunde schnüffelten an der anderen Seite des Ufers, wateten orientierungslos ins Wasser und liefen verunsichert hin und her. Sie hatten die Spur verloren, der Gebirgsbach hatte Luzias Geruch und den der Karrner davongespült. Regungslos blieben die vier im Gestrüpp hinter dem umgestürzten Baum hocken. Erst jetzt bemerkte Luzia, dass Michel blutete.

»Es ist nichts«, brummte er. »Nur ein Streifschuss.«

Sobald die bewaffneten Männer mit ihren Hunden wieder verschwunden waren, rissen sie einen Stoffstreifen von dem frisch gewaschenen Hemd und verbanden die Wunde notdürftig. Sie flüsterten nur miteinander und achteten genau auf Schreckele, der noch immer die Ohren spitzte und die Nase schnuppernd in den Wind hielt. Nichts regte sich auf der anderen Seite. Der Wind fuhr durch die Blätterkronen, im Gestrüpp knackte und knisterte es. Das leise, gleichmäßige Rauschen des Baches wirkte beruhigend auf Luzia. Allmählich ließ das heftige Pulsieren des Blutes nach, und sie sog die frische Waldluft tief ein. Jetzt legte sich auch Schreckele zu ihren Füßen und leckte sich den Beinstumpf.

»Wir können weiter«, meinte Michel. »Sie sind weg.«

Der Leinenstreifen an seinem Arm war fleckig rot geworden, das frische Blut sog sich allmählich durch den Stoff und ließ in Luzia Übelkeit aufsteigen. Sie war noch nüchtern, und die Vorstellung von einer frischen Wunde schlug ihr auf den Magen. Sie zogen mit dem Karren zurück auf einen ausgetretenen Pfad, wo die Räder nicht blockieren konnten, und Michel verteilte letzte Reste vom Kaninchenfleisch und etwas Brot von der

Ladefläche, das sie schweigend aßen, während Schreckele die Knochen zernagte.

»Darf ich noch?« Kurtl zeigte auf ein allerletztes Stückchen Fleisch.

Michel nickte. »In Meran gibt's neues.«

18

Schon bald zogen sie weiter. Es dauerte nur wenige Stunden, dann war in der Ferne die Stadtmauer von Meran zu sehen. Dahinter ragten Kirchtürme, Turmspitzen und Giebeldächer hoch. Zwischen den Mauerzinnen am Vinschger Tor standen Wachen mit Gewehren, die genau darauf achteten, wer die Stadt betrat. Über dem Stadttor war ein Turm mit vergitterten Fenstern errichtet.

»Da sind die Gefängniszellen untergebracht«, meinte Hannes zu Luzia, die verwundert hochschaute. »Wenigstens kurzfristig. Es gibt viel zu viele Ganoven im Land.« Dabei grüßte er untertänig die beiden Wachleute am Stadttor. Der ältere nickte ihnen gutmütig zu, war aber trotzdem bemüht, respekteinflößend zu wirken, und tätschelte sein neuartiges Gewehr.

Staunend zogen sie durch die engen Gassen mit den Wasserlauben, die zum Fluss Passer, und den Berglauben, die zum Gebirge hin errichtet waren. Unter den Rundbögen der Lauben wurden kostbare Waren angeboten. Luzia war verwirrt von den vielen fremdartigen Gerüchen, den bunten, schillernden Stoffen und kostbaren Säbeln, Dolchen und Schwertern, in deren Griffen Halbedelsteine eingefasst waren. Fremdartige Felle und Gobelins, farbige Decken und fein geknüpfte Teppiche lagen ausgebreitet zum Verkauf. An anderen Laubenständen boten Handwerker geschmiedete Werkzeuge jeglicher Art an. Daneben hingen geräucherte Eselswürste und pralle Schinken, auf Holztischen stapelten sich gelbe Käselaiber, groß wie Wagenräder und von einem Duft, der einem nur das Wasser im Mund zusammenlaufen ließ.

»Bleibt ihr hier bei dem Karren«, meinte Hannes zu Luzia und

Kurtl, der die Ziege am Strick hielt. »Wir werden uns um unser Essen kümmern.«

»Aber ich will Wurst. Viel Wurst!«, rief Kurtl ihm noch hinterher. Schreckele war bei ihnen geblieben. Er lag vor einem Wagenrad, hatte die Schnauze auf seinen Beinstumpf gelegt und beobachtete mit hellwachen Augen die Umgebung. Luzia war enttäuscht. Nicht eine Lücke hatten sie für ihren Karren gefunden. Sie schaute hinüber zum Bozener Stadttor, das nicht weit entfernt lag. Tauben flatterten um das Tor mit seinem abfallenden Dach. In den Reliefs entdeckte sie das Tiroler, Österreichische und Meraner Wappen. Aber was nutzte die schönste Stadt oder der schönste Jahresmarkt, wenn sie keine Waren verkauften?

Nur wenig später kamen Hannes und Michel mit hochroten Gesichtern zurück. Unter ihren Armen trugen sie Brote und Würste.

»Wieder geklaut?«, fragte Luzia leise.

Hannes grinste und zuckte mit den Schultern. Sie hockten sich an einen steinernen Brunnen, rupften das frische Brot in Stücke und verteilten es. Luzia schloss die Augen, als sie davon kostete. Es war aus einer wundervollen Mischung aus Roggenmehl, Anis, eingelegten Apfelstückchen und einem Hauch von Kümmel gebacken.

»Vielleicht kriegen wir unten an der Passer einen günstigen Platz«, meinte Michel. »Hier gibt es viel zu viele Angebote. Da guckt keiner nach uns.«

Als sie weiter durch eine armselige Gasse hinunter zum Fluss zogen, stank es nach Schweiß und Pisse, nach vergorenem Wein und säuerlichem Getreidebrei. Zerlumpte Gestalten hockten dicht gedrängt beim Würfeln oder Brettspiel, rülpsten und fluchten. Andere warfen Kugeln nach einem Stein aus gebranntem Lehm. Ein Spieler mit rötlich zerzaustem Haar, bei dessen Wurf der Ziegelstein zersprungen war, jubelte auf, kletterte unter johlendem Beifall dem Verlierer auf den Rücken und wurde von ihm im Schweinsgalopp durch die Gasse getragen.

Vor den Hurenhäusern soffen Mannsbilder Selbstgebrannten aus Tonbechern und rissen derbe Witze. Sie vergnügten sich mit Straßenweibern, schmiegten sich an ihre nackten Brüste und tasteten sich unter Schmuddelröcken die Oberschenkel hoch, bis die Dirnen kokett aufkreischten.

Auf dem Platz warfen Wahrsagerinnen fremdartige Wurzeln und Knöchelchen von Gehängten zu Boden, um daraus die Zukunft zu lesen. An einem Planwagen pries ein Quacksalber auf einer wackeligen Kiste Tinkturen und Salben gegen Lustseuchen und Geschwüren an Geschlechtsteilen an.

»Gegen die Franzosenkrankheit!«, krakeelte er über den Platz.

Vor ihm lagen auf einem Holztisch frisch gezogene, blutige Zähne nebeneinander aufgereiht als Beweis seiner Fähigkeiten, daneben Zangen jeglicher Größe und Messer zum Aufschneiden eitriger Beulen. Ein Troubadour mit einer Leier stellte sich neben ihn auf eine Kiste.

»Das Lied gegen den Zahnschmerz!«, rief er der neugierigen Menge zu. »Es ist von einem Franzosen. Von Rutebeuf höchstpersönlich! Hört gut zu, damit ihr früh genug eure Tinkturen und Pasten beieinanderhabt.«

Dann plärrte über die Köpfe der Zuschauer hinweg das Lied, in dem beschrieben war, welche Fäkalien und Absurditäten es zu mischen galt, um den Schmerz loszuwerden. Die Gaffer hörten belustigt zu und kicherten und johlten über die Anzüglichkeiten.

Ganz in der Nähe warf ein Akrobat bunte Bälle durch die Luft, ließ sie hochtanzen und wirbelte sie dann gleichmäßig im Kreis, als würden sie von unsichtbaren Fäden gezogen.

»Hereinspaziert, hereinspaziert!«, donnerte ein Ausrufer in bunt schillernder Kleidung von der anderen Seite her. Er stand auf einem Holzpodest vor einem Zelt, dessen Planen halb geöffnet waren. Im Innenraum waren Sitzbänke vor einer bemalten

Leinwand aufgestellt. »Hier seht ihr menschliche Kreaturen, von der Natur erschaffen, zum Leidwesen Gottes aber misslungene Geschöpfe.«

In diesem Moment stolperte eine gedrungene Gestalt in der Größe eines Kindes hinter den Zeltplanen hervor. Das faltige, aufgedunsene Gesicht mit der hohen Stirn wirkte verängstigt, und die Füße steckten in übergroßen Schuhen, sodass der Zwerg immer wieder stolperte und die Menschen zum Lachen brachte.

»Da hat Gott wohl geschlafen!«, rief einer.

Die Menge lachte auf. Viele zeigten mit Fingern auf den Kleinwüchsigen, der immer wieder strauchelte und in den Dreck fiel. Schließlich wuselte er auf ein Bettelkästchen zu, das am Holzpodest stand. Er öffnete es und streckte es den Gaffern entgegen. »Eine Münze nur, eine Münze!«

Jemand trat ihm mit aller Wucht in den Rücken, sodass er zu Boden plumpste. Kupfermünzen kullerten aus dem Kästchen, und sofort grabschten gierige Hände danach.

Vor Luzias innerem Auge tauchten vergangene Bilder auf. Sie sah Matthias mit der Schweinemaske und dem schweren Gewicht, das ihn in den Schmutz zog, während Sofie ihn umklammerte. Sie hörte die johlende und geifernde Menge, die sich über ihn ausschüttete vor Lachen und tiefste Befriedigung daran fand, sich an seiner Hilflosigkeit zu ergötzen. Dieses Lachen verschmolz mit dem Johlen, Skandieren und rhythmischen Händeklatschen hier auf dem Marktplatz, das den kleinen Gaukler zum Aufstehen bewegen sollte, damit sie ihn wieder zu Boden treten konnten.

»Einfach abscheulich«, sagte Luzia leise.

»Das Leben ist abscheulich«, antwortete Michel, wickelte den blutigen Leinenstreifen vom Oberarm, legte Blätter auf die Wunde, denen eine entzündungshemmende und blutstillende Wirkung nachgesagt wurde, und erneuerte den Verband. »Das ist nun mal so.«

Luzia überlegte. Was hätte Sofie jetzt gemacht? Sie zögerte. Dann ging sie auf den Kleinwüchsigen zu, der wieder hingestreckt am Boden lag, fasste ihn an der Hand, damit er sich hochrappeln konnte, und führte ihn langsam zurück zum Holzpodest. Hand in Hand gingen sie durch die Menschengasse, die sich gebildet hatte. Es wurde ganz ruhig. Nur leises Flüstern und Wispern lag in der Luft. Auch der Ausrufer hielt mitten im Satz inne und streckte sich, um nachzuschauen, was es dort zu sehen gab. Am Podest angekommen, schaute Luzia nur ganz kurz in das erstaunte Gesicht des Kleinwüchsigen. Er drückte ihre Hand, dann löste sie sich von ihm und ging zurück auf den Karren zu.

»Sofie wäre sicher besser gewesen«, sagte sie zu Michel, Hannes und Kurtl, die ihr verwundert entgegenschauten. »Sofie ist in solchen Sachen immer besser.«

»Hm«, brummte Michel. Damit war die Sache für ihn erledigt.

Weiter unten am Fluss, im Steinach-Viertel, breiteten sie ihre Waren gleich am Pfarrplatz vor einer Hauswand aus, die zu einem Gasthaus gehörte. Sie verteilten die Körbe, Holzschüsseln, Tongefäße und bemalten Holzscheiben vor dem Karren. Daneben legte Michel Werkzeug aus dem Leinensack, den er auf den Wagen geworfen hatte, als der Schuss ihn gestreift hatte.

»Die hast du auch gestohlen«, sagte Luzia.

Michel rupfte sich am Bart. »Nicht gestohlen. Gefunden. Die lagen da einfach herum.«

Neugierige blieben bei den Metallwaren stehen, wiegten Hammer und Säge in den Händen und verzogen abweisend das Gesicht, um bei der Verhandlung einen möglichst günstigen Preis herauszuschlagen. Aber Michel wusste um den Wert guter Werkzeuge und ließ sich gekonnt auf die Debatten ein. Wieder spürte Luzia, wie Hannes rein zufällig ihren Oberarm streifte. Erneut wich sie zurück und tat, als hätte sie nichts bemerkt.

Die Werkzeuge waren längst verkauft, aber niemand hatte etwas von den Körben, Schüsseln oder Tonwaren gewollt. Verärgert ordneten sie die anderen Waren neu, um eine bessere Sicht darauf zu bieten.

In diesem Moment entdeckte Luzia zwei Wachposten in Uniformen und mit Gewehren, die an den Ständen vorbeischlenderten. Kurzentschlossen ging sie auf die beiden zu. »Das ist schon eine gute Sache, dass Meran so sicher bewacht wird«, sagte sie und warf den beiden einen bewundernden Blick zu. »Schüsse habe ich heute gottlob nicht gehört. Aufstände hat es wohl keine gegeben …«

»Nein, hier ist alles sicher«, sagte der eine stolz. Er hatte ein breitflächiges Gesicht und lächelte vertrauensselig.

»Ich habe gehört, dass es neulich in Schlanders zu einer Schießerei gekommen ist«, sagte sie weiter. »Hier muss man aber doch keine Angst haben.«

»Nein, hier läuft alles friedlich.«

Luzia tat erleichtert. »Da hatten sie auch jemanden verhaftet. So einen Anführer bei Aufständen. Einen Peter Passler …« Sie verzog das Gesicht und sah die beiden verängstigt an. »Hat der sich wieder befreien können? Vielleicht treibt er sich ja hier irgendwo herum.«

»Nein, keine Angst«, versuchte der Wachposten sie in einem väterlichen Tonfall zu beruhigen. Im gleichen Moment schlich Hannes von hinten auf ihn zu, legte den Finger auf die Lippen und zog ihm mit spitzen Fingern den Dolch aus der ledernen Scheide. »Der Passler ist gut verwahrt hinter dicken Mauern.«

»Und? Ist das weit genug weg von hier?«, fragte Luzia.

»Passler steckt in Brixen im Gefängnis.« Er schlug sich mit der Faust gegen die Brust. »Bewacht von unsereins. Da kann er nicht raus.«

Wieder seufzte Luzia erleichtert auf. »Sind denn da noch mehr von seinen Kumpanen verhaftet worden? Ich meine, später noch? Damit unser Land sicherer wird?«

Der Wächter überlegte. »Nicht, dass ich wüsste.«

Inzwischen war Hannes mit dem Dolch, den er unter das Leinenhemd in den Gürtel geklemmt hatte, zurück zum Karren geschlendert und lehnte sich scheinbar gelangweilt an die Hauswand. Kurtl kraulte Schreckele, der ausgestreckt in der Sonne lag, und Michel verhandelte über eine gebrannte Tonschüssel.

Plötzlich hatte Luzia eine Idee. »Da! Da läuft er!«, rief sie aufgebracht.

Der Wachposten schaute sich erschrocken um. »Wer läuft da?«

»Ein Dieb! Er hat Euch den Dolch gestohlen! Habt Ihr es nicht bemerkt?«

Hektisch griff der Wachmann nach der leeren Lederscheide und rannte in die Richtung, die Luzia ihm vorgab. »Haltet den Dieb!«, brüllte er und zwängte sich durch das Gedrängel an Händlern, Käfigen mit schnatternden Gänsen und ausgebreitetem Stroh für Ziegen vorbei, immer weiter die Gasse entlang.

»Du machst dich.« Hannes grinste. »Gar nicht so schlecht.«

Luzia lächelte zufrieden, denn sie hatte erfahren, dass Peter Passler tatsächlich in Brixen inhaftiert, aber niemand sonst verhaftet worden war. Und das hieß, Toni hielt sich vielleicht versteckt, um ihn zu befreien.

In diesem Moment führte ein Bauer einen dicklichen Köter vorbei, dem sie einen Maulkorb umgebunden hatten. Schaumige Spucke tropfte zwischen seinen angehobenen Lefzen zu Boden. Schreckele fing an zu knurren, während Kurtl versuchte, ihn zu beruhigen. »Lass ihn, der kann uns nichts tun.«

Aber seltsamerweise blickte Schreckele hinüber zur Kathedrale. Er knurrte und bellte und wollte schon vorpreschen. »Ruhig, sonst kriegen wir Ärger.« Hannes fasste ihn am Strick, mit dem er angeleint war. Der bullige Hund war längst weitergelaufen, aber Schreckele starrte immer noch hellwach zur Kirche hinüber. Dreibeinig stand er da, den Stumpen dorthin ausgerichtet, wo eigentlich das vierte Bein hätte stehen müssen.

»Da steht Diethards Pferdekarren!« Luzia schrie unterdrückt

auf, als sie ihn selbst aus der Kathedrale kommen sah. Blitzschnell lief sie zur geöffneten Wirtshaustür, rannte in den Flur, dann die düstere Treppe hinunter in den Keller und zwängte sich zwischen Weinfässern hindurch zu der Fensterluke, die zur Gasse hinführte. Sie kletterte auf ein Fass, drückte sich ans Mauerwerk und lugte vorsichtig nach draußen. Diethards forschen Gang, seine Kuhmaulschuhe und zweifarbigen Beinkleider kannte sie nur zu gut. Mit festem Schritt kam er auf den Karren zu.

»Wo ist sie?«, fragte er ohne Umschweife.

»Wen meint Ihr?« Hannes tat verwundert.

»Das wisst ihr nur zu gut.« Diethard kam näher. Sofort drückte sich Luzia ins Dunkel, weg vom Fenster. Gleich auf der anderen Seite der Hauswand musste er jetzt stehen. Sie hörte ein Rumpeln, dumpfes Poltern und Klappern. Ob er die Ladefläche nach ihr durchwühlte? »Wo ist sie?« Seine Stimme war schneidend scharf. »Wo habt ihr sie versteckt?«

Luzia wich noch weiter zurück. Im gleichen Moment wankte das Fass, sie sprang zu Boden, es krachte auf den Stein, der Holzdeckel zersprang, und der Wein ergoss sich über die Erde. Erschrocken wich sie zurück an die hintere Kellerwand. Draußen war es ruhig. Dann fuhr eine Degenklinge durch die Luke und stocherte in der Luft herum.

Luzia wagte kaum zu atmen. Sie drückte sich fest mit dem Rücken an die Mauer, spreizte die Finger und presste sie gegen die rauen Steinquader, als könnte sie so besseren Halt finden. Dabei fasste sie in das feine, klebrige Gewebe eines Spinnennetzes, wich aber keinen Schritt zur Seite. Der säuerliche, obergärige Geruch des Weines zog ihr in die Nase, während sie lauschte. Ob Diethard jetzt schon auf dem Weg in den Keller war? Ob er gleich vor ihr stand, sie packte und mit sich schleifte?

»Ich werde sie finden«, hörte sie seine Stimme auf der Gasse, während Schreckele ununterbrochen knurrte. »Das schwöre ich! Sie gehört mir. Und eins schwöre ich euch: Jeder eurer Schritte wird überwacht, jeder Weg, den ihr zurücklegt, überprüft! Jede Schandtat notiert!«

Wieder war es still. Nur das Trappeln von Schritten, das Quietschen von Wagenrädern und fernes Gejohle, Debattieren und Lachen war zu hören. Und das leise, bedrohliche Knurren von Schreckele.

»Es sei denn, ihr könnt mir behilflich sein …« Diethards Stimme wurde schmeichlerisch sanft.

»Was denn? Eine Goldmünze?« Es war Michel, der die Worte hervorstieß.

»Diese Münze gehört euch, sobald ich mein zukünftiges Weib unter meine … Obhut genommen habe!« Diethards abfälliges Lachen war zu hören, dann entfernten sich seine Schritte.

»Luzia?«, hörte sie kurz darauf Kurtls leise Stimme und dann von oben ein Rumpeln und Scharren. Ein Schatten verdeckte das Licht, das in die Luke fiel. Sie hatten den Karren weitergeschoben. »Bist du da unten?«

»Ja, ich bin hier!« Luzia stand noch immer regungslos da. Der Dunst des Weines machte sie schwindelig.

»Hier ist dein Wolltuch!« Kurtl zwängte den Oberkörper durch das Kellerloch. »Hast du es?«

Luzia griff nach dem Stoff. »Ja, ich habe es.«

»Pass auf. Wir können uns hier in Meran nicht zusammen sehen lassen. Wir laufen stadtauswärts in Richtung Schloss Tyrol. Wir werden dort auf dich warten, wo kein Mensch zu finden ist. Bis dahin werden wir Diethards Verfolger abgeschüttelt haben.«

»Gut, einverstanden«, raunte Luzia ihm zu.

»Sei vorsichtig, geh erst in der Dämmerung, und zieh das Tuch über den Kopf. Wir warten auf dich!« Dann schlüpfte er wieder hinaus.

Es quietschte und knirschte, als der Karren, der die Luke verdeckt hatte, fortgezogen wurde. Luzia wartete, bis erstes Dämmerlicht durch die Sichtluke fiel, es aber in den Gassen noch nicht zu einsam war, um sich mit Händlern durch die Stadttore davonzumachen.

Noch einmal kletterte sie auf ein Weinfass, das sie sich zurechtgerückt hatte, und lugte auf die Gasse. Aber von Diethard und seinem Pferdewagen war nichts zu entdecken. Dann machte sie sich geduckt auf den Weg. Sie schluckte. Hoffentlich würde sie Michel, Hannes und Kurtl und den Karren mit ihrem Leinensack und den Schuhen wiederfinden.

Barfuß und mit dem Schultertuch, das sie sich tief ins Gesicht gezogen hatte, schlüpfte sie an Wirtshausbesuchern vorbei auf die Gasse. Sie versuchte sich unauffällig unter das Bauernvolk zu mischen, das mit verladenen Waren, die keine Käufer gefunden hatten, auf dem Rückweg zu den Höfen war.

Am Stadttor fiel ihr ein Bewaffneter auf, der jedem, der Meran verließ, ins Gesicht schaute und ihn kontrollierte. Vor dem Tor staute sich schon eine Menschentraube, die ungeduldig darauf wartete, den Heimweg antreten zu können.

»Sollen wir erst tief in der Nacht zurück sein?«, schimpfte jemand.

Ein anderer knurrte: »Ich habe noch fünf Stunden Fußweg vor mir …«

Die Menge drängte und zwängte sich auf den engen Torbogen des Passeier Tores in der Stadtmauer zu.

»Wen sucht ihr eigentlich?«, rief ein Bauer.

»Es ist ein Weib!«, verkündete einer der Wächter. »Sie soll mit Aufrührern unter einer Decke stecken und Verbindungen zu diesem Volksaufwiegler Peter Passler haben!«

Luzia erschrak so sehr, dass ein zerlumpter Bursche, der dicht neben ihr mit einem Handwagen auf Durchlass wartete, sie aufmerksam betrachtete. Sie wurde blass und senkte den Blick. Er zögerte nur kurz, dann raunte er ihr zu: »Los, hock dich auf meinen Wagen. Beug dich vor, und jammere laut. Und ziehe das Tuch tief über deinen Kopf.«

Verwundert blickte sie ihn an, dann schaute sie zu den Wachen hinüber, die bereits Fackeln entzündet hatten, um auch bei einbrechender Dunkelheit die Gesichter erkennen zu können.

»Na, mach schon«, flüsterte er ihr ins Ohr. »Oder willst du erwischt werden?«

Luzia kletterte in den kleinen Leiterwagen, hockte sich hin und beugte sich vor, wie der Fremde es ihr befohlen hatte. Als er ihr den Stiel einer Schüppe in die Seite rammte, schrie sie auf.

»Aus dem Weg!«, brüllte er. »Meine Frau kriegt ein Kind. Macht Platz! Oder soll es hier in der gaffenden Menge das Licht der Welt erblicken?« Er drängte sich derb vor und zog den Handwagen mit festem Griff hinter sich her.

»Lasst uns kurz einen Blick auf ihr Gesicht werfen, dann könnt ihr durch!«, meinte der Büttel.

»Hört ihr nicht, wie sie heult?«, fuhr der Bursche ihn an und gab sich verzweifelt. Tatsächlich gab sich Luzia jetzt alle Mühe, zu wehklagen und aufzuschluchzen. »Ich glaube, es ist so weit. Lasst uns durch. Oder wollt Ihr, dass mein Weib unter den Blicken von tausend Neugierigen die Beine breit macht, um zu gebären?«

Die Wächter schüttelten die Köpfe. »Macht das Tor frei«, riefen sie. »Lasst die Schwangere durch!«

Es wurde eine Gasse gebildet. Bauern, Handwerksleute und Fuhrkutscher versuchten einen Blick von der jammernden Frau zu erhaschen, die auf dem Handwagen durch das Stadttor gezogen wurde. Luzia hockte gebückt unter dem Schultertuch und versuchte Zurufe und Ratschläge aufzuschnappen, deren Sinn allerdings im Rattern und Quietschen der Räder unterging. Die Geräusche wurden leiser, das Rollen des Wagens gleichmäßiger. Ihr fiel es leicht, Schmerz herauszuschreien und Tränen fließen zu lassen. Sie sah das lächelnde Faltengesicht der Naandl, dann die Moidl, die sich bestimmt sorgte. Und Toni, der sich vielleicht irgendwo in Brixen versteckt hielt. Noch immer weinte sie, bis eine Hand ihren Rücken berührte.

»So wie du jammerst, kriegst du Zwillinge!« Der Bursche lachte. »Du hast eine große Begabung. Vielleicht solltest du mal zu einer Wanderbühne gehen und dein Glück versuchen. Aber jetzt ist gut. Du kannst wieder aufhören.«

Verwirrt richtete sich Luzia auf und sprang barfuß aus dem Handwagen. Spitze Steinchen drückten sich in ihre Fußsohlen, aber die dicken Schwielen waren unempfindlich gegen den Schmerz.

»Du hast mich gerettet«, meinte Luzia verlegen. »Warum hast du das gemacht?«

»Wegen Peter Passler, den kenn ich. Der weiß, was er will. Und ich traue ihm«, antwortete er leise. »Wo willst du denn hin?«

»Hoch zum Schloss Tyrol«, sagte Luzia. »Da sind Freunde von mir, die warten auf dem Meraner Höhenweg. Da, wo's raufgeht. Mit denen reise ich. Aber wer weiß, wie lange noch …«

»Dann zeig ich dir noch, wo der Anstieg beginnt«, sagte der Fremde und sah sie nachdenklich an. »Vielleicht sehen wir uns wieder, in Brixen. Da soll die Verhandlung stattfinden. Wegen Peter.« Dann stockte er.

»Wird es Aufstände geben?«, fragte Luzia leise.

Er räusperte sich. »Ich darf nichts sagen.«

»Kennst du Toni?«, fragte sie schnell. »Den Toni vom Hasl-Hof am Nördersberg?«

Er überlegte und schüttelte den Kopf. »Einen Rat will ich dir noch geben: Nenne niemals Namen. Damit bringst du jeden in Gefahr. Wenn du erst das glühende Eisen der Folterer spürst, wirst du alles sagen, was man von dir hören will.«

Luzia schauderte. Schweigend gingen sie nebeneinanderher. Der Himmel leuchtete in Farben, die reifen Pfirsichen glichen. Sie waren von einem Gelb, das Sofie liebte, dann gingen sie von Orange ins Tiefrot über. Ein wundersames Licht lag auf Wiesen und Wäldern, Abhängen und Bergspitzen und entfachte in Luzia eine Sehnsucht nach etwas, das sie nicht greifen konnte.

»Wir sind da«, meinte der Bursche. »Hier muss ich weiter.« Er deutete mit dem Daumen in Richtung Tal, während vor ihnen der Aufstieg zu dem massiven Schloss lag, das hoch oben auf einer vorgelagerten Ebene hochgezogen worden war.

»Ich danke dir noch einmal«, sagte sie und betrachtete genau sein Gesicht, um es wiedererkennen zu können. Die dunklen Augen, die hohen Wangenknochen, die kräftige Nase …

»Gerne«, entgegnete er und fuhr sich über den Vollbart. »Vielleicht sehen wir uns wieder. Wer weiß.« Dann nahm er den Handkarren und stapfte davon.

Luzia atmete tief durch. Unter ihr lag Meran und vor ihr ein kurvenreicher Aufstieg, vorbei an Wäldern, dichtem Gebüsch und Steilhängen. An einigen Hängen waren Weinreben hochgezogen und festgebunden. Es hieß, es wären die schmackhaftesten Trauben, die ausschließlich für das Schloss Tyrol und seine Gäste angebaut wurden.

Dann lief Luzia los. Sie musste sich beeilen, solange die Wege noch einzusehen waren. Immer wieder schaute sie in Buchten, verfolgte mit dem Blick Spuren von niedergetretenem Gras und blickte zwischen Baumstämme, um nach Hannes und seinen Brüdern Ausschau zu halten. Seltsam, wie weit sie schon vorausgeeilt sind, überlegte sie. Warum hatten sie nicht hier auf sie gewartet?

Die Schatten wurden länger, und in den Wäldern heulten Wölfe auf. Luzia fröstelte. Der Wind frischte auf und fuhr durch die Baumkronen. Es roch nach warmer Erde, und ein süßlicher Geruch von Kräutern stieg ihr in die Nase. Jetzt knackte es gleich hinter ihr im Gebüsch. Erschrocken drehte sie sich um, aber es war nur ein Fuchs, der einen Marder davonschleppte. Luzia rannte weiter. Waren da nicht Schritte hinter ihr? Ob Diethard ihr irgendwo auflauerte? Über ihr krächzten Raben, Sterne blitzten am Abendhimmel auf, der sich türkisblau verfärbte. Luzias Fußsohlen brannten, ihr Atem ging gehetzt. Dichte Nebelschwaden breiteten sich in Tälern, Senken und Flussebenen aus.

Wie hauchdünne Feengewänder, ging es Luzia durch den Kopf. Oder Totenkleider und Seelenhäute. Verängstigt zog sie die Schultern hoch und hastete weiter. Hatte Diethard nicht gesagt, er würde sie überall entdecken? Sie glaubte, Blicke im Rücken zu spüren. Immer mehr verschwammen die Umrisse der Baumstämme in der Dunkelheit, Augen blitzten am Boden auf. Knurren war zu hören, dann Knistern und Knacken. Das Aufheulen von Tieren. Luzia versuchte sich abzulenken. Hatte es hier nicht einmal ein Meer gegeben? So hieß es doch. Daher der Name Meran, weil das Meer seine Wellen bis ans Mutgebirge gespült hatte. Sie schaute über sich. Eine seltsame Vorstellung war das, dort entlangzulaufen, wo früher einmal alles von Wasser überspült gewesen war. Eiserne Ringe hatte man am Dorf Tyrol gleich beim Schloss gefunden, Ringe, an denen einst Boote festgebunden wurden. Und versteinerte Fische gab es da. Luzia schüttelte verwundert den Kopf. Fische aus Stein. Wie das wohl zustande kam?

Im gleichen Moment wurde sie zurückgerissen. Jemand hatte ihr die Hand auf den Mund gepresst und schlang den anderen Arm um ihren Leib, ein anderer packte sie an den Beinen. So wurde sie ins Gebüsch geschleppt.

»Pst, Luzia. Wir sind's«, hörte sie die flüsternde Stimme von Hannes. »Kein Wort!«

Lautlos setzten sie Luzia ab. Sie verharrte auf der moosigen Erde zwischen den hohen Fichten und wagte nicht sich zu bewegen. Aber die Erleichterung darüber, dass sie die Karrner wiedergefunden hatte, ließ sie tief durchatmen. Sie wusste nicht, wie lange sie so hocken geblieben war. Michel hatte seine Hand auf Schreckeles Kopf gelegt. Als der Hund ihn endlich auf den Beinstumpf legte, erhob er sich und streckte die Glieder.

»Wir müssen vorsichtig sein«, flüsterte Hannes. »Jemand könnte dich verfolgen. Da mussten wir sichergehen.«

Dann spürte sie, wie Schreckele ihr über den Handrücken leckte. Zärtlich kraulte sie sein struppiges Fell zwischen den aufgerichteten Ohren, hörte sein Hecheln und fühlte sich sicher.

»Ich bin froh, dass dieser Diethard dich nicht erwischt hat«, sagte Kurtl mit düsterer Stimme. Es klang ein wenig seltsam, wenn er versuchte, eine Männerstimme mit gefährlichem Unterton nachzumachen.

»Und ich bin froh, dass ... ihr auf mich gewartet habt«, antwortete Luzia verlegen, als Hannes wieder wie zufällig ihren Oberarm berührte, und hielt ihre geröteten Wangen in den Wind.

»Wir werden hier im Dickicht übernachten«, meinte Michel. »Schreckele wird uns warnen, wenn uns jemand auflauert.«

Luzia kletterte mit Kurtl in den Handkarren. Die Plane war schon über die Rundbögen gezogen. Michel und Hannes legten Decken auf die moosige Erde, die noch nicht vom Tau vollgesogen war. Schon bald hörte Luzia Kurtls gleichmäßige Atemzüge und spürte, was für eine enorme Wärme der kleine Körper ausstrahlte. Wie ein kleines Höllele, dachte sie noch. Dann fiel sie selbst in einen tiefen Schlaf.

Schon früh am Morgen wurde Luzia vom Gezwitscher der Vögel geweckt. Kurtl neben ihr dehnte und streckte sich. Geduckt kletterte er unter der Plane hervor und sprang auf den Boden. Hannes und Michel hatten ihre Decken schon zusammengelegt, hockten mit dem Rücken zu ihr an einem kleinen Feuer und wärmten sich die Hände. Schreckele lag bei ihnen und zernagte einen Fleischknochen, während die Brüder etwas Brot, Speck und Käse aufteilten. Noch hatten sie Luzia nicht bemerkt.

»Eine Goldmünze ist eine Menge Geld«, raunte Michel seinem Bruder zu, schnitt eine dünne Scheibe von einem gerösteten Fleischstück ab und stopfte es sich in den Mund.

»Du willst sie doch nicht etwa ausliefern?«, fuhr Hannes ihn an.

»Natürlich nicht!« Michel kaute und schluckte. »Aber trotzdem ist es eine Menge Geld. Wir könnten Steuern zahlen, die Pacht, die Schulden. Der nächste Winter wäre abgesichert. Auch für Vater und Mutter ...«

Luzia beobachtete, wie er geröstetes Fleisch zerschnitt, auf vier große Blätter verteilte und Brotstücke, Speckscheiben und Käse danebenlegte.

»Aber ich verrate sie nicht«, brummte er, »unsereins muss zusammenhalten. Trotzdem ist es eine Menge Geld.«

Luzia wartete, bis Kurtl aus dem Wald zurückkam, wo er sich erleichtert hatte. Dann reckte und streckte sie sich.

»Guten Morgen, ihr beiden.« Sie versuchte zu lächeln, als sie aus dem Karren stieg. »Ich danke euch so sehr, dass ihr auf mich gewartet habt.« Misstrauen stieg in ihr auf. Warum hatten sie das wohl getan? Ob in ihnen nicht doch allmählich der Gedanke heranreifte, sie gegen eine Goldmünze Diethard auszuliefern? Sie hockte sich zu den anderen auf die Erde vor eins der großen Blätter mit den Fleischstücken.

»Greif zu«, meinte Hannes und lächelte ihr zu. »Ganz frisch.«

Luzia nickte dankbar und griff zu. »Wo ist eigentlich die Ziege geblieben?«, fragte sie, als sie das etwas zähe Fleisch zerkaute.

»Die essen wir gerade auf«, antwortete Michel trocken.

»Sie war ein Tier, mehr nicht.« Hannes zuckte mit den Schultern. »Sie gab keine Milch mehr und wollte nicht mehr laufen. Ein paar Reste von ihr haben wir noch im Wagen. Für den Notfall.«

Als Hannes später das Feuer austrat und Steine in die weißliche Asche warf, um zu sehen, ob noch Glut aufglimmte, zog Michel das Gestrüpp zur Seite, das sie tags zuvor als Sichtschutz vor den Karren getürmt hatten. Dann zerrte er den Wagen aus der schmalen Senke, in der er abgestellt worden war.

»Warum ziehen wir eigentlich zum Schloss Tyrol hoch?«, fragte Luzia.

»Dort wird heute ein großes Fest gefeiert. Zu Ehren von diesem Salamanca.«

»Salamanca?«

»Du weißt nichts über Gabriel de Salamanca?«, fragte Hannes erstaunt.

Und so erfuhr Luzia, dass dieser Salamanca aus Spanien kam, genauso wie Erzherzog Friedrich, der bei ihm aufgewachsen war und jetzt Regierungsgeschäfte übernehmen sollte. Weil er dazu noch zu unerfahren war, hatte Erzherzog Friedrich, der Bruder des frisch gekrönten Kaiser Karl V., den Spanier als Generalschatzmeister, Hofkanzler und persönlichen Berater eingesetzt. Gabriel de Salamanca musste ein eiskalter Staatsmann sein, höchst erfahren in steuerlichen Belangen und dem Eintreiben von Schulden.

»Haben wir die Steuererhöhungen ihm zu verdanken?«, fragte Luzia.

Hannes zuckte mit den Schultern. »Wie gesagt, er ist eiskalt und unberechenbar. Aber Feste zu feiern versteht er. Vor allem spanische Feste. Mit Tanz, Musik, Feuer und vor allem mit reichen Adligen und Kaufleuten.«

»Du meinst, du könntest da etwas von den Korb- und Tonwaren verkaufen?«, meinte Luzia skeptisch.

»Mag sein. Aber bestimmt hiervon etwas!« Hannes zog einen prall gefüllten Brustbeutel hervor. Er schüttelte einige Steine auf seine Handfläche. Es waren Halbedelsteine und glitzernde Kristalle. »Die Silber- und Goldschmiede brauchen immer etwas für den Schmuck der hohen Herrschaften«, sagte er und grinste. »Dort oben auf der Burg wird es von reichen Adligen und Kaufleuten nur so wimmeln.«

Vorsichtig ließ er die Kostbarkeiten zurück in den ledernen Beutel gleiten, hängte ihn um den Hals und versteckte ihn unter seinem Leinenhemd. Dann zogen sie los, während Schreckele um sie herumsprang.

Während des Aufstiegs wurden sie immer öfter von Pferdekutschen überholt, in denen reich gekleidete Herrschaften saßen. Von anderen Höhenwegen stießen bunt gekleidete Gaukler, Händler und Musiker mit Lauten, Schellen und Flöten auf sie zu. Vor ihnen trottete gemächlich ein Ochsenkarren mit einem Klafter Holz. Der Bauer trieb das massige Tier mit einer Gerte an.

Erschrocken wich Luzia zurück. Das war doch Bauer Anton! Was hatte der denn hier mit dem Holz zu suchen? Da fiel ihr ein, dass Schlanders einmal im Jahr dem Schloss Tyrol einen Plugg Holz zu liefern hatte, im Gegenzug durften die Einwohner im Kriegsfall von Tyrol Schutz erwarten.

»Was ist denn?«, fragte Hannes. »Ist da jemand, den du kennst?«

Luzia nickte. »Da drüben beim Ochsenkarren. Das ist Bauer Anton. Der darf mich hier nicht sehen!«

Hannes gab ihr durch einen Fingerwink zu verstehen, sich schnell im Karren zwischen Waren zu verstecken, eine Leinendecke über den Kopf zu ziehen und sich nicht zu rühren.

Die Decke kratzte und juckte, sie roch stark nach Kuhstall und Mist, aber Luzia blieb regungslos. Durch eine schmale Ritze zwischen den Seitenplanken konnte sie den dicklichen Bauch von Bauer Anton sehen und seine schwielige Hand, die den Ochsen an einem Strick führte. Plötzlich blieb er stehen und wandte sich dem Karren zu. Luzia hätte ihm mit einer langen Nadel durch die Holzritze in den Bauch pieken können. Er blickte auf die Ladefläche. Nur nicht bewegen! Luzia hielt den Atem an. Der Gestank unter der kratzigen Leinendecke war erbärmlich, winzige Staubkörner juckten ihr in der Nase. Dann hörte sie seine Stimme.

»Habt ihr zufällig ein junges Weib gesehen?«, fragte er. »In Leinenrock und Hemd?«

Hannes lachte. »Junge Weiber gibt es hier zuhauf! Könnt Ihr sie nicht genauer beschreiben?«

»Nun ja«, fuhr Bauer Anton fort. »Hässlich ist sie nicht gerade.

Sie hat lange, dunkle Haare. Meistens sind sie zu Zöpfen geflochten. Oder auch hochgesteckt.«

»So, hochgesteckt!« Hannes gab vor zu überlegen. »Und hat sie dunkle Augen?«

»Ja, genau! Dunkle Augen!«

»Und sehr sinnliche Lippen?«

»Das könnte man so sagen.«

»Und trägt sie einen Beutel bei sich, in dem sie Sachen verwahrt?«

Bauer Anton klopfte aufgeregt mit dem Stecken gegen den Karren. »Ja, stimmt. Sie trägt einen Beutel bei sich. Habt ihr sie gesehen?«

»Tut mir leid«, antwortete Hannes und zuckte mit den Schultern. »So eine haben wir nicht gesehen. Was hat sie denn ausgefressen, dass Ihr sie sucht?«

»Nun ja, sie soll dem Diethard Birchler einen Beutel mit Kostbarkeiten gestohlen haben. Und wer diese Diebin zurückbringt, bekommt eine Goldmünze.«

»Eine Goldmünze? Das wär was für uns!« Michel räusperte sich. »Aber leider! Wir haben sie nicht gesehen.«

Luzia spürte, wie die langen Stangen des Karren angehoben wurden, sodass die Ladefläche aus der leichten Schräglage in die Waagerechte gebracht wurde. Dann wurde der Karren ruckelnd fortgezogen. Jedes Stolpern über Steinchen, das Holpern hinein in kleine Senken und jede Erschütterung wurden auf Luzias Körper übertragen, bis ihr Hannes endlich die Decke vom Kopf zog.

»Du kannst wieder rauskommen!« Er lachte.

»Danke, dass ihr mich nicht ausgeliefert habt«, sagte sie, sprang vom Karren und schüttelte ihren Rock aus.

»Warum solltet wir?«, meinte Michel.

»Wenn überhaupt, dann wollen wir die Goldmünze für uns allein.« Hannes steckte sich einen Grashalm zwischen die Zähne und zwinkerte ihr zu.

Die Nebelschwaden über Meran hatten sich längst aufgelöst. Luzia schaute hinunter ins Etschtal, das zwischen den hoch aufragenden Gebirgszügen der Alpen und Dolomiten zurück nach Schlanders und Göflan führte. Eine seltsame Sehnsucht erfasste sie, gleichzeitig stieg Sorge um Sofie in ihr auf. Ob die Schwester wieder davongelaufen war? Vielleicht war sie ja sogar auf dem Weg, um sie zu suchen …

Es ging weiter an Steilhängen vorbei, an Wäldern und über Holzbrücken, unter denen reißende Sturzbäche ins Tal rauschten. Unterhalb des Schlosses waren wieder lange Reihen von Weinreben zu sehen, die in vielen Stufen am Berghang hochgezogen waren. Luzia atmete tief durch. Sie liebte die Bergluft. Sie war wie rein gewaschen, als wäre sie hier dem Himmel ein Stückchen näher und als könnte ihr hier oben niemand ein Leid antun.

Im Dorf Tyrol gab es dichtes Gedränge. Jeder suchte nach einer Unterkunft, einer kleinen Kammer oder selbst einem Strohlager im Stall. Die Höfe und Gasthäuser wussten nur zu gut um die Verdienstmöglichkeiten. Man stellte Tische ins Freie, bot frisch gebackenes, noch warmes Brot an, stellte goldgelbe Butter und Bergkäse dazu. Auf Holzplatten lagen Würste und abgesäbelte Schinkenscheiben. Selbst warme Speisen kamen auf den Tisch. Überall duftete es nach Gebratenem, nach süßlichen Quarkknödeln oder gegrilltem Fisch. Viele Besucher hockten auf Felsen oder im Gras, streckten die Gesichter der warmen Sonne entgegen und packten die eigenen Brote aus.

»Was ist, wenn Diethard auch zu den Feierlichkeiten geladen ist?«, fragte Luzia, als sie zusammen auf einem Felsvorsprung hockten, von wo es steil hinunter ins Tal ging. Michel zerteilte Stücke vom Ziegenfleisch und warf Schreckele einen saftigen Fleischknochen zu.

»Wir werden Wege finden …«, antwortete Hannes und schaute sie lange an. »Und du wirst uns helfen, Käufer zu finden.«

Luzia senkte den Blick. Er mochte sie, das spürte sie. Langsam rückte er näher. Die Wärme, die von seinem Körper ausging, tat gut. Das ist ja auch kein Vergehen, sagte sie sich. Kein Betrug. Das würde Toni verstehen. Sie ließ ihren Kopf auf Hannes' Schulter sinken, schloss die Augen und ließ es zu, dass er sie streichelte. Sie war müde. Unendlich müde und zermürbt. Hier oben in den Bergen schien mit einem Mal alles so unwirklich und weit entfernt.

»Ich möchte mich so gerne waschen«, sagte sie. Noch immer hielt sie die Augen geschlossen. »In diesem Zustand kann ich doch keine Körbe verkaufen! Verlaust und verdreckt, wie ich bin!«

»Da ist was dran!« Michel kratzte sich am Hinterkopf. »Du könntest schon etwas fescher ausschauen, wenn du unsere Sachen anbietest …«

Nur wenig später hatten sie im Dorf Tyrol das Badehaus ausgemacht, und Michel ließ eine Münze für sie springen. Luzia genoss es, sich in einer Holzwanne im schaumigen Wasser auszustrecken, während eine Magd heißes Wasser nachschüttete, dann ihren Rücken schrubbte und die Haare wusch. Sie ließ die Tropfen auf den Armen abperlen, tauchte unter und fühlte sich schwebend leicht.

In den Badezubern juchzten und lachten nackte Männer und Frauen, die dort zusammenhockten und sich mit Wasser bespritzten, mit den Händen über Schultern und Nacken fuhren und sich mit aufgeschäumtem Seifenkraut wuschen. Gleich am Eingang hockte der Baader, der Haare schnitt, Bärte stutzte oder Stoppeln abschabte.

Luzia erschrak. Da hockte doch rechts in einem Badezuber an der rückwärtigen Wand fast von Rauchschwaden verdeckt Bauer Anton! Sein Gesicht war von der Hitze gerötet, die Glatze glänzte im Licht, das durch die hohen Fenster fiel. Mit glasigen Äugelchen starrte er auf wippende Brüste und nasse Hinterteile und lächelte verzückt. Luzia drehte sich mit dem Rücken zu ihm, tauchte unter, wusch den Schaum aus den Haaren und bat die Magd, noch einmal einen Bottich Wasser über ihren Kopf zu schütten. Dann kletterte sie aus dem Zuber, hüllte sich in eine Leinendecke und huschte geduckt in einen Nebenraum, wo sie sich abtrocknete und die frischen Kleider überzog, die sie neulich im Gebirgsbach gewaschen hatte. Dann stürzte sie ins Freie.

»Wir müssen los!«, rief sie den anderen zu. »Dadrin hockt Bauer Anton ...«

»Der wird da auch noch länger hocken!« Michel grunzte. »Wie ich den einschätze. Aber trotzdem, wir können weiter.«

Während sie den Weg zum Schloss Tyrol hochliefen, vorbei an Gemüsegärten zwischen Steilhängen und Felsbrüchen, kämmte Luzia ihr langes Haar, das in Sonne und Wind schnell trocknete. Schreckele schnupperte an Steinen und hohen Grasnarben, markierte Baumstämme und Steinbrocken.

»Der hat eine Zehn-Liter-Blase«, meinte Hannes, während er ihm kopfschüttelnd nachschaute.

»Ich könnte das nicht«, sagte Kurtl.

»Was könntest du nicht?«

»Mitten beim Pinkeln aufhören und dann woanders weitermachen«, sagte er.

Wieder war Pferdegetrappel hinter ihnen zu hören. Reinrassige Stuten zogen Kutschen, die kunstvoll aus kostbaren Hölzern gebaut und mit glänzendem Firnis überzogen waren. Vorhänge aus Seidenstoffen waren vor die Fenster gezogen, Wappen mit Goldfarbe an die Türen gemalt. Bewaffnete Reiter in Uniformen ritten voraus und bliesen auf ihren Hörnern Signale, dass die Herrschaft zu erwarten war.

Vor ihnen lag das mächtige Schloss, das den Meraner Talkessel, die Eingänge zum Etschtal und den Zugang zum Vinschgau überragte. Dieses Stammschloss der Landesfürsten Tirols war in strategisch herausragender Lage erbaut, um von dort aus das gesamte Gebiet überwachen zu können.

»Und wenn wir da in den Burghof gar nicht reinkommen?«, fragte Luzia eingeschüchtert.

»Das schaffen wir schon!«, antwortete Hannes und zwinkerte ihr zu. Sie lächelte, spürte, wie ihre Wangen anfingen zu glühen, und senkte verlegen den Blick.

Tatsächlich wurde ihnen durch das Burgtor Einlass gewährt. Luzia beobachtete, wie Michel einem Wächter, den er offenbar kannte, etwas zusteckte und der dann bereitwillig den Weg freigab. Allerdings musste Schreckele angeleint werden.

Die obere Vorburg war mit Gebäuden verbaut, die vom Hausgesinde und von Handwerkern genutzt wurden und dem Schloss seine Selbstständigkeit garantierten, während die untere Vorburg auch Fischteich und Rossstall beherbergte, in dem die Pferde der Herrschaft gehalten wurden.

Der Karren rumpelte und holperte über das Kopfsteinpflaster in den Innenhof der gewaltigen Schlossanlage. Überall herrschte geschäftiges Treiben. Gegenüber von der Seite, wo eine Treppe zum Rittersaal hinunterführte, wurde ein großes Podest aufgebaut. So hatten die herrschaftlichen Zuschauer von einer Empore aus die beste Sicht auf Gaukler und Darsteller. In schwindelerregender Höhe waren zwischen zwei Fensterlaibungen kräftige Seile gezogen worden, während Seiltänzer am Boden prüfend lange Stangen in den Händen wiegten. Kleine Verkaufsstände waren aufgebaut, in denen Kostbarkeiten angeboten werden sollten, denn Kaufleute mit pelzbesetzten Umhängen ordneten samtene Schatullen, Kästchen und Behältnisse.

»Und hier wollt ihr geflochtene Körbe anbieten?«, fragte Luzia verunsichert.

»Nicht die Körbe, sondern dich!«, sagte Michel und fuhr fort, als Luzia ihn fassungslos anstarrte: »Wir haben nicht nur ungeschliffene Edelsteine, die uns die Berge geschenkt haben, sondern auch Halsketten. Die wirst du vorführen, damit die Handelsleute sich geschliffene Steine auf junger Haut vorstellen können.«

Hannes strich ihr über das seidig glänzende Haar. »Du wirst fürstlich damit aussehen!« Dann öffnete er den Beutel, der um seinen Hals hing, und legte eine der Ketten auf ihren Handrücken. Die rubinroten Steine glitzerten und funkelten in der Sonne. Der Goldverschluss war fein gearbeitet, ein kleines Meisterwerk. »Das sind Granate …«

»Ich verstehe das nicht«, sagte Luzia. »Ihr habt solche Kostbarkeiten und plagt euch mit dem Verkauf von Weidenkörben herum?«

»Wir … haben sie noch nicht so lange!« Hannes grinste. »Und ich denke, wir könnten sie verkaufen.«

Jetzt erst erkannte Luzia das Säckchen wieder, das Hannes damals in Schlanders in der Hand gehalten hatte, als der Knecht vom Wanga ihm auf den Fersen gewesen war. Er strich ihr das Haar zurück und legte den Arm um ihre Schultern. »Du musst dir Zöpfe flechten und das Haar hochstecken, damit der Schmuck an deinem Hals gut zur Geltung kommt.«

»Und … was habe ich … ich meine …«, stotterte sie.

»Du bekommst auch deinen Anteil«, sagte Michel. »Jedem das, was ihm gebührt.«

19

Luzia nickte. Wangas Granatsteine wollte sie nur zu gerne zum Verkauf vorführen! Wie glutrot die Steine blitzten und funkelten, als würden sie ein Feuer in sich tragen. Sie waren bestimmt von dem Geld gekauft, das sie am Nördersberg in ihrem armseligen Bauernhof erwirtschaftet hatten, und von dem Wucherpreis, den sie für das Walpurgisöl hatten aufbringen müssen. Für dieses Öl, das nur gepanscht war und wofür sich Jakob derart hoch verschuldet hatte, dass er zusätzlich nicht auch noch Pacht, Zins und Steuern zahlen konnte, weswegen Ferdl blutig geprügelt worden war. Diese Blutsperlen, die in kunstvolle Fassungen eingelassen waren, wollte sie den Kaufleuten so geschickt und verführerisch präsentieren, dass sie nicht widerstehen konnten.

»Ich werde mir jetzt die Haare kunstvoll hochstecken«, sagte sie mit einer Bestimmtheit, dass sie vor sich selbst erschrak. »Wisst ihr, wo ich einen Spiegel finden kann?«

Hannes überlegte kurz. Dann legte er den Arm um sie und führte sie zu einem Nebeneingang für Bedienstete.

»Kannst du vielleicht der Luzia helfen, die Haare hochzustecken?«, fragte er eine zierliche Magd. »Das ist wichtig für mich.«

»Siehst du nicht, dass ich zu tun habe?«, keifte sie. »Was geht mich denn deine Luzia an! Hier ist der Teufel los, und ich soll Haare hochstecken?«

Dann stapfte sie wütend davon, während eine dickliche Matrone auf sie zuwuselte. Sie stemmte die Hände in die Hüften und reckte sich, um Hannes besser in die Augen schauen zu können. Mir ihrer kleinen Nase, auf deren Spitze sich eine knubbelige Verhärtung zeigte, schnupperte sie an seinem Hals herum. »Das ist wichtig für dich?«

»Sehr wichtig sogar.«

Auffordernd streckte sie die Handfläche vor, und Hannes legte eine kleine Münze hinein. Sofort umschloss sie das Geldstück mit den dicken Fingern und winkte Luzia hinter sich her. Mit schnellen Schritten lief sie der dicklichen Matrone hinterher und folgte ihr durch Gänge, Flure und über Außentreppen, bis sie im Südpalas ein großes Marmorportal erreichten, durch das es in den Rittersaal ging.

»Warte hier, ich habe noch kurz etwas zu erledigen.« Die Matrone wuselte in den Saal und rief einem Bediensteten ein paar Anweisungen zu. Luzia betrachtete das marmorne Eingangsportal genauer. Im Tympanon empfing Erzengel Gabriel die Gäste mit segnender Geste. Wundersame Reliefs waren herausgemeißelt, wie Daniel aus der Löwengrube und andere biblische Darstellungen. Ein Seitenteil wurde gerade erneuert. Massive Marmorbrocken mit seltsamen Schlangenkörpern, die Steinmetze kunstvoll herausgearbeitet hatten, Frauen mit Fischschwänzen, die Harfe spielten, und grob behauene Kapitelle wurden in einem großen Vorraum verwahrt. Ob ihr Marmorbrocken, den die Lawine mit sich gerissen hatte und der an das Schloss Tyrol verkauft worden war, für diese Ausbesserungsarbeiten verwendet wurde?

Kaum war die Matrone zurück, ging es weiter, über abgelegene Wehrgänge und Außentreppen, um neugierigen Blicken aus dem Weg zu gehen. Endlich erreichten sie einen Raum, der wohl zum Herrichten gedacht war. Kleine Holztische mit geschnitzten Verzierungen standen an bemalten Wänden, an denen Spiegel in Goldrahmen aufgehängt waren. Die silberne Oberfläche war glatt, das Spiegelbild nicht verzerrt oder stumpf angelaufen. Auf Tischen standen dicht an dicht Töpfchen, Tiegel und Glasfläschchen. Luzia hob einen Tondeckel hoch und schnupperte. In dem Gefäß war eine duftende, cremige Substanz. Sie wollte gerade mit dem Finger hineintupfen, als die Matrone ihr auf die Hand tatschte.

»Willst du das wohl lassen«, zischte sie. »Wenn das die Gräfin sieht! Und jetzt hock dich dahin. Ich will sehen, was sich aus deinen Haaren machen lässt.«

Obwohl sie ein derbes Aussehen hatte, wusste sie geschickt zu kämmen, zu flechten, kunstvoll hochzustecken und alles mit Klämmerchen zu befestigen. Während der Zeit schaute Luzia in den Spiegel und genoss die Prozedur, die allmählich das Haargebilde auf ihrem Kopf zu einem Kunstwerk werden ließ. Sie streckte die Schultern, betrachtete ihren Hals mit dem Ansatz vom Leinenhemd. Wäre es nicht viel vorteilhafter, wenn sie ein Kleid nach der neuen Mode tragen würde? Dann könnte Wangas Schmuck noch auf viel anschaulichere Weise präsentiert werden.

Sie schaute sich um. Auf der anderen Seite stand ein massiver Holzschrank mit weit geöffneten Flügeln. Kostbare, weit ausladende Röcke in fließenden Seidenstoffen quollen heraus, die Oberteile waren mit glitzernden Perlen und Edelsteinen bestickt und mit Borten und Bändern verziert.

Wenn ich doch nur eins davon haben könnte, dachte Luzia. Nicht stehlen, nur ausleihen. Für diesen einen Abend. Das mattrosa Kleid würde zu dem hochgesteckten Haar und der roten Rubinkette großartig aussehen. Oder das hellgrüne? Sie seufzte. Wenn sie doch nur einmal in so ein Kleid schlüpfen und den seidigen Stoff auf der Haut spüren könnte!

Die Matrone hatte ihren Blick zum Schrank sofort durchschaut. »Wenn ich dir eins davon ausleihe, was gibst du mir dann?«, fragte sie leise.

»Ich … ich weiß nicht …«

Die Matrone schlurfte zu einem zweiten Schrank, der ebenfalls mit Kleidern vollgestopft war.

»Such dir eins aus«, meinte sie. »Und nenn mir deinen Preis!«

»Ihr seht doch, dass ich nichts dabeihabe. Der Hannes, der mich hergebracht hat, wird bestimmt angemessen zahlen.«

»Spätere Bezahlung?«, überlegte sie und rümpfte die kleine Nase. »Dann brauch ich ein Pfand.«

»Aber ich habe keins!«

»Und was ist da in deinem Beutel drin?« Die Matrone pulte mit dem Zeigefinger in der Öffnung herum, sodass sie sich weiter öffnete, und fischte den Marmorkiesel mit den grünlichen Streifen heraus, die Erinnerung an Tonis Kuss.

»Bitte nicht, nicht den Stein«, bettelte Luzia, als die Matrone ihn auf dem Rücken versteckte. »Das ist ein Andenken.«

»Umso besser!« Die Matrone plusterte sich dick auf und ließ ihn in ein Gürteltäschchen gleiten. »Der Stein interessiert mich nicht. Aber dein Andenken daran ist kostbar. Wie ich sehe, wirst du ihn wieder einlösen und dich nicht mit dem kostbaren Kleid davonmachen. Außerdem kenne ich den Hannes! Der wird sich schon um die Rückgabe kümmern!«

Luzia nickte. Natürlich wollte sie das Kleid gegen den kostbaren Marmorkiesel auslösen. Außerdem war das Gewand auch nur geliehen! Ihr Atem ging schneller, als sie hineinschlüpfte. Wie sanft der Stoff sich anschmiegte! Wie die Seide durch ihre Finger glitt!

Die Matrone zerrte an Bändern, schnürte und knöpfte, bis sie die Hände in die Hüften stemmte und zufrieden lächelte. »Und jetzt setz dich auf den Stuhl dahinten. Wenn wir dich schon herausputzen, dann soll es auch ein Meisterwerk werden!«

Die Matrone nahm ein paar Stifte, malte vorsichtig und tupfte Pasten auf Luzias Lippen und Wangen. »Nicht zu viel!« Sie seufzte. »Nur einen Hauch. Die Jugend braucht nur einen Hauch.«

Was für feine Hände sie hat, dachte Luzia. Wie sanft die Fingerkuppen über Wangen und Lippen glitten! Bei der Moidl würde jede dieser Bewegungen sicherlich grob und ungenau daherkommen.

»Na, schau mal in den Spiegel!« Die Matrone strahlte und

rieb sich die Hände. »Ich bin gespannt, ob du dich wiedererkennst.«

Zögerlich schritt Luzia zu einem mannshohen Spiegel hinüber. Sie war immer noch barfuß und wagte es nur, auf Zehenspitzen zu gehen, um den Kleidersaum nicht zu beschmutzen. Die edle Frau, die ihr aus dem Spiegel entgegenschaute, war ihr vertraut und trotzdem fremd. Das sanfte Rouge auf den Wangenknochen, die sorgfältig nachgezogenen Augenbrauen, die jetzt wie Bogen über den Augen lagen, und das Lippenrot harmonierten perfekt mit dem rosa Kleid. Luzia hob das Kinn und betrachtete sich. Sie wirkte wie ein Bildnis, das ein Künstler zur Freude seines Auftraggebers auf die Leinwand gebannt hatte.

Die Matrone hustete und keuchte, als sie ihr noch kleine Klammern mit Perlenaufsätzen in die Haare steckte. Luzia schaute sie erschrocken an. »Ist schon gut, mein Kind«, sagte sie und klopfte sich gegen die Brust. »Beeil dich. Ich brauche das Geld …«

Luzia wollte schon davonlaufen, als die Matrone sie noch einmal zurückrief. »Du bist ja noch barfuß!« Sie deutete auf ein Paar seidig glänzende Schuhe, und Luzia schlüpfte hinein. Sie waren aus derart feinem Leder gearbeitet, dass sie wie eine zweite Haut an den Füßen lagen.

Die Matrone ließ sich keuchend auf einen Sessel fallen, den kleinen Beutel am Gürtel mit dem Marmorkiesel hielt sie umklammert. »Und beeil dich …«

Erst jetzt bemerkte Luzia die blasse Gesichtsfarbe der dicklichen Frau. Die Haut wirkte fast grau. Die Augen sahen übermüdet aus, die Wimpern flatterten, und auf der Stirn glänzten Schweißperlen.

»Kann ich Euch etwas besorgen?«, fragte sie besorgt. »Eine Tinktur, Heiltropfen? Hier wird sich doch bestimmt ein Medicus finden lassen …«

Die Matrone schüttelte den Kopf. »Lass nur, das wird schon wieder. Ich will nur das Geld.«

Luzia zwängte sich vorsichtig mit dem weiten Kleid durch die schmale Tür, die zur hinteren Holzempore führte. Sie atmete tief durch. Das Kleid verlieh ihr eine bisher unbekannte Erhabenheit. Sie ließ ihren Blick von einem überdachten Wehrgang, der zwei Palastbauten miteinander verband, über das weite Land gleiten. Es war ein wundervoller Ausblick. Luzia atmete tief durch. Schnell hastete sie weiter und lief auf die steile Treppe zu, die hinunter in den Hof führte. Ihre ledernen Schuhe wischten fast über die Holzplanken. Sie musste aufpassen, um mit den glatten Sohlen nicht auf dem Steinboden wegzurutschen.

Noch hielt sie sich im Hintergrund. Vielleicht war es Verlegenheit, die sie zurückhielt, sich Hannes und den anderen zu nähern. Vielleicht aber auch Angst, dass ihr Kleid von einer der edlen Damen wiedererkannt würde. Oder Diethards Leute wussten um den Diebstahl von Wangas Rubinschmuck und würden sie ergreifen.

Erste Fackeln wurden entzündet, obwohl es noch taghell war. Hinter dem Podest waren bemalte Leinwände aufgehängt, rotfarbene Samtstoffe hingen vom Rand des Podestes zu Boden. Fahnen flatterten, die in eisernen Halterungen an den Fensterlaibungen steckten. Luzia betrachtete die edlen Herrschaften, die zum Fest anreisten. Was sie für seltsame Kleidung trugen! Die Männer hatten steif abstehende Rundkragen um den Hals, die aussahen, als wären sie Mühlrädern nachempfunden. Stolze Frauen schritten ihnen hinterher zu dem Marmorportal, durch das man zum Rittersaal gelangte.

In diesem Moment entdeckte sie Hannes, der sie aus einiger Entfernung verunsichert betrachtete. Er hatte den Oberkörper leicht gebeugt, als gälte es, einen hohen Herrn zu grüßen.

»Bist du es wirklich?«, fragte er vorsichtig. »Luzia?«

Luzia lächelte und schlenderte kokett auf ihn zu. »Ja, ich bin's. Und vergiss nichts weiter zu atmen.« Sie kicherte leise, als sie seinen fassungslosen Blick sah, den er nicht von ihr wenden mochte.

Michel grunzte, als er sie sah. »Geht doch!«

»Ich … musste der Matrone ein Pfand hinterlassen«, sagte Luzia und fuhr scheu über den Seidenstoff des Rockes.

»Das Pfand kriegst du doch wieder«, versuchte Michel sie aufzumuntern. »Genieß einfach, dass du so etwas Schönes tragen kannst.«

Luzia nickte. Dann legte Hannes ihr vorsichtig die Rubinkette um den Hals und klickte den goldenen Haken in das Schloss, während sie das wertvolle Geschmeide betastete. Ihre Haltung war aufrechter geworden. Sie rannte nicht mehr wie sonst, sondern schritt anmutig in den kalbsledernen Schuhen daher, die sicherlich ein Vermögen wert waren.

Drüben auf der Bühne probte ein Meistersänger. Er war ein stattlicher Mann mit breiten Schultern. Ein langer Samtumhang hing ihm bis zur Hüfte hinunter, war aber über die Schulter zurückgeschlagen. So hatte der Meister genügend Armfreiheit für die Laute, die er an einem breiten Band um die Schulter gehängt hatte. Auf dem Kopf trug er eine kostbar bestickte Mütze, das frisch gewaschene Haar war gewellt und hing ihm bis zur Schulter hinunter.

Luzia betrachtete sein Gesicht. Was ist denn mit seinem rechten Auge?, überlegte sie. Das Lid war fast geschlossen und mochte ihm wohl nicht mehr gehorchen.

»Das ist einer der bekanntesten Minnesänger unserer Zeit«, sagte Hannes, als er ihre Verwunderung bemerkte. »Ihn hat der Schlag getroffen, deshalb ist sein rechtes Augenlid gelähmt.«

In diesem Moment fuhren seine Finger über die Saiten der Laute. Ein Aufschrei ging durch die Menge. Sofort war es auf dem Burghof still. Dann brandete Applaus auf. Oben auf der Empore erschien ein dunkel gekleideter Adliger mit einem gewaltigen Kragen, der die Menschen mit einer herrschaftlichen Geste begrüßte. Neben ihm die Frauen waren ebenfalls ganz nach der spanischen Mode gekleidet. Sie trugen wie die Ehemänner weite

Halskrausen, weswegen die Haare hochgesteckt werden mussten. Einige hatten sich Hütchen mit Krempe aufgesetzt und wedelten sich mit einem Fächer oder Spitzentaschentuch Luft zu. Ihre Kleider waren hochgeschlossen, und unter den Röcken hatten sie ein Drahtgestell gebunden, das an den Hüften breit abstand und den Stoff glatt hinunterfallen ließ. Der Meistersänger griff in die Saiten, zarte Töne flogen über den Innenhof. Dann erhob er seine durchdringende Stimme, und er sang von fernen Ländern, Liebesnöten und edlen Frauen.

Aber Salamanca schien nicht sonderlich begeistert, denn ein Bediensteter wuselte vor und raunte dem Sänger hinter vorgehaltener Hand etwas zu. Der Meistersänger war wie erstarrt. Mit empörtem Gesichtsausdruck schaute er zur Empore hoch und zog sich mit seiner Laute an die Seitenmauer zurück, um dort zu warten.

Gabriel de Salamanca klatschte von der Empore herunter und gab ein paar rhythmische Takte vor.

»Ah, er will diesen Tanz aus Andalusien«, sagte jemand hinter ihnen.

Ein stolzes Tanzpaar schritt auf die Bühne, er trug enge schwarze Beinkleider, sie ein ausgeschnittenes, rotes Kleid, das bis zur Taille eng anlag und dann in einen weit ausladenden Rock mit mehreren Stofflagen überging. Die einzelnen Bahnen waren unterschiedlich lang. Ihr schwarzes Haar war straff zurückgekämmt und zu einem Nackenknoten zusammengebunden, der von einem perlenbesetzten Netz gehalten wurde.

Die beiden stapften mit ihren Schuhen auf den Brettern den Rhythmus nach, den Salamanca vorgegeben hatte. Gitarrenspieler am Bühnenrand fuhren über die Saiten in einer Art, die Luzia unbekannt war. Die Akkordfolgen waren drängend und aufwühlend. Das Paar klatschte und trampelte, die Tänzerin fuhr mit dem Mittelfinger unter eine Schnur, die zwei Holzschalen miteinander verband, und ließ sie mit den anderen Fingern gegeneinanderschnellen, sodass ein fordernder Klang die Leidenschaft des Tanzes noch weiter vorantrieb.

Luzia schaute zu Hannes, der die Tänzerin mit glühendem Blick betrachtete, und spürte so etwas wie Eifersucht in sich aufkeimen. Herausfordernd schlenderte sie näher an ihn heran. Sie hörte seinen erregten Atem und sah, wie sich sein Brustkorb hob und senkte. Dieser Tanz versprühte eine Leidenschaft, die sich auf die Zuschauer übertrug und sie dazu animierte, ihren aufgewühlten Gefühlen nachzugeben.

Der Meistersänger, der am Bühnenrand wartete, schaute mit verächtlichem Blick zu, während er den drängenden Rhythmen und dem kehligen Gesang des Sängers an der Gitarre widerwillig zuhörte.

Dann ging alles ganz schnell. Jemand packte Hannes an den Armen, ein anderer schnitt mit dem Messer die Schnur durch, an dem das Säckchen mit den Edelsteinen hing, ein dritter grabschte ihm das Säckchen vom Hals, und schon waren die Gauner im Gedränge wieder untergetaucht.

»Die Edelsteine!«, stieß Hannes aus und reckte und streckte sich. »Diebe!« Aber seine Rufe gingen im Gejohle und im Applaus der dicht gedrängten Menge unter. Von den Schurken war nichts mehr zu sehen. Fassungslos griff er sich an den Hals und starrte Luzia an, dann ging sein Blick zu Michel.

»Wir haben ja noch die Kette«, versuchte Kurtl ihn zu trösten und boxte ihn gegen den Oberarm. »Viel wichtiger ist doch, dass sie dich nicht mitgenommen haben.«

Allmählich wurde es spät. Rotglühend stand die Abendsonne am Firmament. Die Luft war erfüllt von köstlichen Essensdüften und Riechölen, vermischt mit dem Geruch von Schweiß und Pferdeäpfeln, die bei der Parade im Innenhof liegen geblieben waren, aber jetzt übereifrig von Pferdeknechten mit Schaufeln aufgesammelt wurden. Seiltänzer balancierten hoch oben über dem Burghof, ihre langen Stangen bogen sich und schwankten bei jedem Schritt. Hannes stand noch immer fassungslos an ihrem Karren und starrte in die Menge, ob sich die Diebe nicht doch verraten würden. Schreckele jaulte leise und leckte Luzia die Hand.

»Es war mein Fehler«, meinte er verärgert. »Ich kenne doch die Tricks und Gaunereien, ich hätte besser aufpassen müssen.«

»Aber da ist ja noch die Rubinkette«, brummte Michel. »Das bringt genug ein.«

»Stimmt, die bringt ein kleines Vermögen«, meinte Hannes und blickte sich um. Dann grinste er und deutete mit einer Kinnbewegung auf sein Opfer. »Aber jetzt! Jetzt gilts!«

Kurtl nickte. »Der stinkt vor Geld! Ich riechs bis hierher!«

Hannes schlenderte mit Luzia auf einen reich gekleideten Kaufmann zu, der das Mädchen wohlwollend anlächelte. »Entschuldigt«, sagte er, verbeugte sich untertänig und wrang verlegen die Hände ineinander. »Dies ist meine Herrin, Komtesse von Schlandersberg …«

Wie verabredet hielt Luzia ein Tüchlein vor die Augen und gab sich verzweifelt.

»Ich bin nur der Kutscher«, fuhr Hannes fort. »Uns hat ein Missgeschick ereilt. Räuberische Banden haben uns auf dem Weg nach Meran aufgelauert, uns ausgeraubt und Pferd und Wagen gestohlen. Doch wir wollen weiterreisen. Nach Bozen zu einer fernen Tante.«

»Aber ich bin nicht auf dem Weg nach Bozen, dass ich Euch mitnehmen könnte«, meinte der Kaufmann sichtlich bewegt, als Luzia aufschluchzte.

»Das Einzige, was uns geblieben ist, ist diese Kette aus Rubinen«, sagte sie mit tränenerstickter Stimme. Mit den Fingern fuhr sie sich über den Ausschnitt und hob ein paar der kunstvoll gefertigten Tropfen an. »Wenn ich nur jemanden finden würde, der uns ein paar Münzen dafür überlassen könnte, um Pferd und Wagen zu erstehen. Dann könnten wir später auch zurück nach

Schlanders reisen.« Wieder schluchzte sie auf, linste aber über das vorgehaltene Tuch hinweg in das dickliche Gesicht des Kaufmanns, der beeindruckt auf die Granatkette stierte, den Blick aber auch ein wenig tiefer auf Luzias Brustansatz schweifen ließ.

»An wie viel hättet Ihr denn gedacht?«, fragte er zögerlich und fuhr jetzt selbst mit den fleischigen Fingern unter die rot aufblitzenden Edelsteine, während er wie durch Zufall ihre Haut berührte.

»Nun ja«, überlegte Hannes und kratzte sich am Hinterkopf. »Vielleicht zwei Goldmünzen?«

Der Atem des Handelsherrn ging schneller. Seine Mundwinkel zuckten und formten winzige Lachfältchen. Und sofort wusste Luzia, dass sie den Verkaufspreis entschieden zu niedrig angesetzt hatten.

»Nun ja, das ließe sich machen«, meinte er gönnerhaft und hielt Luzia den angewinkelten Arm entgegen, damit sie sich unterhaken konnte. »Und vielleicht würde mir die junge Komtesse ja auch die Gunst erweisen, sie unter meinen Schutz zu nehmen, damit ihr nicht weiteres Ungemach zustößt.«

Luzia zögerte und schaute hilflos zu Hannes. In seinen Augen spiegelte sich die Flamme einer Pechfackel. Sein Blick war in die Ferne gerichtet, der Atem ging schneller, und plötzlich packte er Luzia am Arm.

»Das geht nicht«, raunte er dem Kaufmann zu. »In Wirklichkeit ist sie die Diebin dieses Geschmeides. Sie hat schwere Schuld auf sich geladen, und das wird sie jetzt büßen!«

Der Kaufmann fuhr zurück. »Wie bitte? Eine Diebin?« Sofort fuhren seine dicklichen Finger zu seiner Geldkatze, während Luzia Hannes fassungslos anstarrte. Der hielt ihren Oberarm fest umklammert und zerrte sie zu einem Wachposten, der dicht bei ihnen stand.

»Sie ist eine Diebin!«, raunte er ihm zu. »Kein Aufsehen. Damit das Fest nicht darunter leidet.«

Hannes löste noch die Rubinkette von ihrem Hals, ließ sie in seine Hand gleiten und gab dem Wachposten einen Wink, sie fortzubringen.

»Aber Hannes …«, jammerte Luzia. »Was ist plötzlich in dich gefahren?«

Sein Blick war kalt, die Faust mit dem umklammerten Halsband hielt er gegen seine Brust gepresst. Als der Posten sie wegzerrte, schaute sie noch einmal zurück. Er stand regungslos zwischen edel gekleideten Herrschaften, die tratschten und sich amüsierten. Als auf der Bühne wieder rhythmisches Klatschen und Fußstampfen der andalusischen Tänzer erklang, widmeten sie sich wieder den furiosen Tänzen. Luzia sah gerade noch, wie Hannes zu ihr hinüberschaute, verschwörerisch einen Finger auf die Lippen legte und sich dann davonmachte.

Luzia spürte Tränen aufsteigen. Was hatte das alles nur zu bedeuten? Der Wachposten zerrte sie mit festem Griff hinter sich her, vorbei an der Schlosskapelle mit dem überdimensionalen Kreuz zu den Verliesen der Burg. Nicht weit von dem gewaltigen Kapellenbau ging es Stufen hinunter. An den Wänden waren Eisenhalterungen in die dicken Bruchsteine eingelassen, in denen Fackeln loderten. Im unteren Gang roch es modrig. Rechts und links befanden sich die Gefängniszellen, schmutzige Hände umklammerten die Eisenstangen.

»Etwas Brot«, jammerte einer.

»Ich wüsste da noch etwas anderes, was mir gefallen könnte«, lispelte ein anderer und lachte dreckig auf.

Luzia fröstelte. Verzweiflung stieg in ihr hoch, als der Wachposten mit einem schweren Schlüssel ein Schloss öffnete und die Gittertür aufzog. Es war, als würde sie erst jetzt aus der Erstarrung erwachen. Sie wollte sich losreißen, sie zerrte und zog. Aber der Posten schubste sie in das dreckige Verlies, sodass sie beinahe stolperte. Fassungslos blickte sie sich um, ohne den geringsten Anhaltspunkt dafür zu haben, warum Hannes sie des Diebstahls beschuldigt hatte, sodass sie zwischen feuchtem Mauerwerk in einer Luft, die kaum zu atmen war, ausharren musste.

Die Schritte des Wachpostens verhallten in der Ferne. Nur das fahle Licht von den Pechfackeln im Treppenhaus fiel in den Gang. Leises Rascheln und Fiepen war zu hören, es mussten Ratten sein. Jammern und Zetern hallte in den Gängen wider. Es plätscherte, jemand urinierte.

Wo Toni wohl gerade stecken mag?, ging es ihr durch den Kopf. Ein derart tiefes Verlangen nach ihm erfüllte sie, dass sie glaubte, es würde ihren Körper zerreißen. Tränen liefen ihr über die Wangen. Noch immer stand sie in der Mitte der dunklen Zelle, um nicht das Seidenkleid oder die Schuhe zu beschmutzen. Sie streckte die Finger vor, als könnte sie sich so vor der ekelerregenden Luft schützen. Dann erinnerte sie sich an den kurzen Moment, als sie Hannes zuletzt gesehen hatte, wie er zwischen flanierenden Adelsfrauen, Kaufleuten, grellbunten Gauklern und Verkaufsständen stand. Er hatte doch die Finger auf die Lippen gelegt! Was hatte das nur zu bedeuten? Luzia schüttelte den Kopf. Alles schien so unwirklich und verworren.

Wieder waren Schritte auf der Treppe zu hören. Schwerfällig und ächzend stapfte jemand näher. Sein Schatten schob sich übermächtig auf dem Erdboden vor und blähte sich immer weiter auf. Ein buckliger Wärter klapperte mit Schlüsseln, knirschend öffnete sich das Schloss an Luzias Gittertür.

»Raus mit dir«, keuchte er. »Da ist einer, der dich freigekauft hat. Aber vorher wollen dich die Herrschaften sehen.«

Luzia lief aus der Zelle, dem Wärter voran und an den anderen Gefangenen vorbei. Glänzende Augen blitzten ihr aus verdreckten Gesichtern entgegen. Eine schorfige Hand streckte sich bettelnd heraus. Oder war es nur der Versuch, den glänzenden Seidenstoff ihres kostbaren Kleides zu berühren?

»Die Reichen kommen immer davon«, murrte einer. »Die haben Fürsprecher in der Hölle.«

»Red nicht so«, brummte ein anderer. »Auch die kommen nicht am Sensenmann vorbei. Und dann? Nach dem Tod? Ob der Himmel sie dann noch will?«

Luzia raffte den Rock und lief die ausgetretenen Steinstufen hoch. Der Wachposten stolperte ihr ächzend hinterher. Kaum waren sie oben angelangt, streckte er sich und fasste Luzia am Oberarm.

»Du musst fliehen«, raunte er ihr zu.

»Hannes?« Luzia sah überrascht in sein Gesicht, das mit Asche eingerieben war, und auf die Uniformjacke, die er sich irgendwo besorgt hatte und einige Nummern zu groß war.

»Los, folge mir!«, raunte er ihr zu. Hannes drückte sich an Außentreppen vorbei, erkundete schnell Gänge, ob sie ungesehen hindurchlaufen konnten, und gelangte schließlich in eine Kammer, die für Wachleute gedacht war. Dort wartete schon die Matrone.

»Raus aus dem Kleid«, zischte sie. »Ich helfe dir. Und du«, meinte sie zu Hannes. »Dreh dich um.«

»Was ist denn überhaupt los?«, fragte Luzia, als die Matrone Bändchen und Verschnürungen löste.

»In dem Moment, als wir die Kette verkaufen wollten, habe ich Diethard gesehen«, sagte Hannes, der sich an eine Fensterluke gestellt hatte und auf das Land hinunterschaute.

»Diethard …« Luzia schloss kurz die Augen.

»Er hatte einen ganzen Trupp von Soldaten dabei, die anfingen, Leute zu befragen.« Hannes räusperte sich. Aufgeregt fuhr er mit den Fingern über die rauen Mauersteine. Feine Sandkörnchen rieselten zu Boden. »Und dann war da … Michel. Er stand bei Diethard, und sie tuschelten miteinander.«

»Wer mit dem Birchler zusammensteht, hat Dreck am Stecken!« Die dickliche Matrone grunzte abfällig.

»Michel und der Birchler? Deswegen hast du mich verhaften lassen?«, fragte Luzia traurig.

Hannes nickte und starrte in den leicht bewölkten Nachthimmel. »Im Kerker warst du am sichersten …«

Für einen Moment war es still. Nur das leise Ächzen der Matrone und das Rascheln des Kleiderstoffes waren zu hören. Das Kerzenlicht flackerte unruhig auf, ließ das Gewand seidig aufschimmern und warf tanzende Schatten über die Bruchsteinwände. Die Luft war klamm und schmeckte nach Mörtelstaub.

»Und jetzt? Ist er fort?«, fragte Luzia leise. Sie stieg aus dem Seidenkleid, das in wallenden Bahnen zu Boden gefallen war, und zog hastig Leinenrock und Hemd über.

Hannes schüttelte den Kopf. Dann spannte er die Armmuskulatur an und stieß sich mit den geballten Fäusten an der Fensterlaibung ab. »Seine Leute sind überall. Er selbst sitzt im Speisesaal an der überfüllten Tafel gleich neben Salamanca. Ja, Diethard Birchler hat es weit gebracht …«

Luzia strich sich die Rockfalten glatt, während ihr die Matrone die perlenbesetzten Nadeln aus den hochgesteckten Haaren zog. Vorsichtig löste sie Kunstfrisur und Zöpfe, bis ihr Haar in Wellen über die Schulter fiel.

»Du kannst dich wieder umdrehen«, sagte sie und kämmte mit ihrem Kamm aus Hirschhorn Knötchen aus den dunklen Strähnen.

Hannes' Augen glänzten, als er sie betrachtete. »So siehst du noch viel schöner aus«, sagte er verlegen.

Im gleichen Moment drückte ihr die Matrone den Marmorkiesel in die Hand, den sie als Pfand für das Seidenkleid zurückgelassen hatte. Luzia umschloss ihn mit den Fingern und glaubte fast, ein Brennen zu spüren. Dann reichte die Matrone ihr noch den Brustbeutel und den Leinensack, den Hannes ihr vom Karren mitgebracht hatte.

»Ich muss fort«, sagte Luzia leise, ging zur Fensterlaibung und sah in die Ferne. »Diese Nacht noch. Ich muss weiter.«

Sehnsucht ist wie ein brennendes Tier, das einen auffrisst,

wenn es einen erwischt, hatte Sofie einmal gesagt. Luzia lächelte. Sofie … Ob sie jetzt im Höllele lag, dort wo die Naandl sich immer zur Ruhe gelegt hatte? Vielleicht genoss sie es aber auch, sich auf dem Strohlager auszustrecken, weil sie die wollene Decke nicht mehr teilen musste. Dann schickte Luzia ein kurzes Gebet zum Himmel, dass die Eltern wieder zueinanderfanden und das Marmorgeschäft ihre Ehe nicht völlig zerrüttete.

Luzia wandte sich um und sah zu Hannes, der sie wohl die ganze Zeit über beobachtet hatte. Noch immer hielt sie den Marmorkiesel umklammert. Langsam ließ sie ihn in den Brustbeutel gleiten, den sie wieder umgehängt hatte und dann unter das Leinenhemd schob. Ihre Handfläche war verschwitzt, so wie damals, als sie Tonis Hand gehalten hatte und Jakob sie beinahe erwischt hätte.

»Nun macht schon«, drängte die Matrone, ordnete die Haarnadeln in einem Kästchen, legte das Kleid behutsam über den Arm und glättete den Stoff. »Ich muss zurück an die Arbeit. Wenn du gehen musst, dann geh!« Dann öffnete sie die Hand und streckte sie Hannes entgegen. »Mein Lohn«, sagte sie in befehlendem Ton, und Hannes legte ihr ein paar Münzen hinein. Zufrieden ging sie davon.

Hannes winkte Luzia hinter sich her. Er kannte das Schloss ausgesprochen gut und schlich mit ihr über Außentreppen und Holzemporen entlang.

»Die Burg hat ihre besten Zeiten schon hinter sich«, flüsterte er Luzia zu. »Überall wird gebaut und ausgebessert. Am Nordpalas sind sogar schon Wände eingefallen. Wir können hier außen über das Gerüst fliehen. Das ist sicherer als durch den Burghof. Aber Vorsicht! Da unten geht es steil in die Tiefe.« Sie kletterten eine Leiter hoch, dann balancierten sie über Bretter, die kaum eine Armlänge breit waren, an der Außenseite der Burg entlang. Durch ein hohes Fenster konnten sie in den von Kerzen erleuchteten Rittersaal hinunterblicken. Sofort fielen Luzia die weiß schimmernden Marmorkapitelle der Säulen auf, in die seltsame Reptilien, Schlangen und Drachen eingemeißelt waren.

Fein gekleidete Herrschaften saßen an einer langen Speisetafel, die mit besticktem Damast bedeckt war. Auf Silbertellern und Servierplatten, in Gold umränderten Schüsseln und Schalen wurden die erlesensten Köstlichkeiten angeboten. In geschliffenen Gläsern schimmerte Wein, knusprige Braten und Fasanen mit bunten Federn wurden feierlich hereingetragen. In silbernen Kandelabern brannten Hunderte von Kerzen. Bedienstete wuselten hin und her, füllten Gläser nach, räumten Teller mit Knöchelchen ab und deckten neu ein.

Am Kopfende saß Gabriel de Salamanca. Sein dunkles Haar fiel ihm auf die Schultern, die leicht gekrümmte Nase verlieh seinem Gesicht eine herbe Note. Mit spitzen Fingern hielt er eine Silbergabel, schob Fleischstückchen zwischen seine schmalen Lippen und gab dem Lautenspieler gelangweilt ein Zeichen, seinen Vortrag abzubrechen. Sein durchdringender Blick fixierte einen Gast nach dem anderen. Nur wenige Plätze von ihm entfernt saß Diethard, der untertänig sein Glas hob und ihm zunickte.

In diesem Moment schaute Salamanca hoch zu dem Fenster, hinter dem Luzia auf dem Gerüst stand und ihn beobachtete. Sie erstarrte. Draußen war es doch dunkel! Konnte er sie tatsächlich trotz der vielen brennenden Kerzen durch das Fensterglas entdeckt haben? Dann senkte er langsam den Blick, schaute aber wieder blitzschnell hoch, als könnte er so einen Übeltäter erwischen. Mit einer kaum wahrnehmbaren Handbewegung winkte er einen seiner Wachposten näher und flüsterte ihm etwas zu. Dann schnipste er mit dem Finger, und im gleichen Moment erhoben sich neben der breiten Steintreppe zwei Kolosse von Bluthunden. Fast gleichzeitig richtete Salamanca den Blick wieder auf das Fenster. Diethard sah jetzt auch hoch, schob den Stuhl zurück und erhob sich.

»Los, weg hier!«, raunte Hannes Luzia zu.

Sie drückten sich an die Außenwand und schoben sich weiter zur nächsten Leiter hin, die hinunterführte. Luzias Hände zitterten, und mit den Füßen wusste sie kaum die Sprossen zu nehmen.

»Willst du dich wirklich auf den Weg machen?«, fragte Hannes, als sie zu Boden gesprungen waren. »Die Bluthunde werden hier die Spur aufnehmen und dich finden.«

»In der Burg finden sie mich erst recht«, antwortete sie. »Und du? Dich werden sie auch suchen …«

»Mir können sie nichts anhaben, mich suchen sie nicht«, antwortete Hannes. »Mach schon, lauf los. Ich werde sie hier aufhalten und eine Ausrede finden, was ich hier zu suchen habe.«

Luzia zögerte kurz. Dann umarmte sie Hannes, gab ihm einen Kuss auf die Wange und drückte sich an der Mauerwand entlang, vor der es nur einen Schritt weiter steil abwärts in die Tiefe ging.

Mondlicht fiel auf Gräben, Steilwände und Wasserläufe. In der Ferne heulten Hunde auf. Irgendwo in den Wäldern gab es als Antwort ein noch kräftigeres Geheule. Das mussten Wölfe sein. Vorsichtig tastete sie sich weiter. Es roch nach feuchter Erde, Abfällen und Mauerputz. Vom Innenhof hallten ausgelassenes Lachen und das Geplapper der Gäste herüber, vermischt mit rhythmischen Gitarrenklängen, Stampfen und dem Klappern der Kastagnetten.

Luzia kletterte über Felskanten, Vorsprünge und Mauerreste, rutschte einen Wiesenabhang hinunter, bis sie zu einem Landgut gelangte, der Vorburg, die für die Versorgung der Burg zuständig war. Leise schob sie sich an der Außenmauer entlang, um zu dem Zufahrtsweg zu gelangen. Eine andere Möglichkeit gab es nicht, um auf dieser Seite hinunter ins Tal zu gelangen. Vielleicht mochte es schmale Pfade geben, vorbei an den Weinstöcken, die hier sogar an Steilhängen angelegt waren. Aber das helle Mondlicht würde sie verraten, und es gab keinerlei Möglichkeit, sich zu verstecken. Sie musste nur noch an dem Stall vorbei, nicht mehr weit, dann hatte sie den Weg erreicht.

Plötzlich heulten gleich neben ihr in einem Verschlag Hunde auf. Sie jaulten und schnappten, winselten und sprangen gegen die Holzwand. Luzia erstarrte. Sie musste sich völlig ruhig verhalten. Oder sollte sie einfach davonlaufen?

»Dieses verfluchte Fest!«, polterte eine Männerstimme. »Jedes Mal, wenn ins Horn geblasen wird, schlagen sie an! Die Hunde drehen noch völlig durch.«

»Und wenn wirklich jemand hier herumschleicht?«, war eine zögerliche Frauenstimme zu hören.

»Ich kann ja mal nachschauen.«

»Aber nimm das Gewehr mit.«

Eine Tür quietschte in den Angeln. Die Jagdhunde heulten und bellten. Luzia hockte sich eng an den Holzverschlag. Durch eine Ritze sah sie blitzende Augen, fauliger Geruch zog ihr in die Nase. Angewidert wandte sie den Kopf und sah eine dunkle Gestalt, die langsam die Hofanlage abschritt und sich umschaute, während sie ein Jagdgewehr im Anschlag hielt. Dann kippten Fässer, es krachte, polterte und maunzte.

»Nur eine Katze«, rief der Mann verärgert und ließ das Gewehr wieder sinken. »Weiter nichts. Wär ich nur im Haus geblieben!«

»Und die Hunde?«

Luzia kauerte sich noch mehr zusammen. Das Gekläffe und Gejaule gleich hinter der Bretterwand dröhnte ihr in den Ohren.

»Die werden sich schon wieder beruhigen!«, rief der Burgwart zurück. Luzia wartete noch ein paar Augenblicke und horchte. Der heiße Atem der Jagdhunde schlug ihr durch die Bretterritze entgegen. Das Holz knackte und knirschte, wenn sie dagegensprangen. Dann war das Zuschlagen einer Eingangstür zu hören. Geduckt schlich sie im Schatten einiger Laubbäume zum Innenhof. Dünne Schleierwolken zogen über den Mond und gaben ihr etwas Schutz. Lautlos tastete sie sich an den zerborstenen Fässern vorbei und huschte über die Hofanlage zum Zufahrtsweg hinüber, der hier vorbei zur Schlossanlage führte. Von dort hörte sie Stimmengewirr, am Burgtor hatten sich Wachen mit Pechfackeln aufgestellt. Gleichzeitig näherten sich zwei Gestalten, die einen kleinen Handwagen hinter sich herzogen. Luzia kletterte ein paar Armlängen weit einen Steilhang hinauf, bis sie eine Baumwurzel zu fassen bekam, sich hochzog und hinter dem mächtigen Stamm versteckte.

»Und was sollte die ganze Durchsucherei?«, fragte der eine.

»Die suchen jemanden«, sagte der andere. »Irgendein Hurenweib. Hat sich wohl an reiche Kaufleute rangemacht und ausgeraubt.«

»Ich dachte, die hätten sie erwischt und in den Kerker gesteckt?«

»Ja, aber sie konnte wieder fliehen. Wahrscheinlich hat sie es mit den Wärtern getrieben. Was haben Weiber sonst zu bieten?«

Die beiden lachten derb und stapften im gleichen Schritt an ihr vorbei. Die Wagenräder quietschten in den Achsen und knirschten auf der steinigen Erde. Als die Geräusche sich allmählich in der Ferne verloren, schob sich Luzia hinter dem Baumstamm hervor und lauschte. Der Weg war frei, kein Wagenknarren und keine Schritte waren zu hören. Dann fasste sie nach der Wurzel und rutschte den steilen Hang wieder hinunter. Ihre Handflächen waren schmierig von der feuchten Walderde. Der Leinenrock musste völlig verdreckt sein.

Vielleicht gibt es irgendwo eine Waldlichtung mit einem Gebirgsbach, dachte sie. Wo kein Mensch sie beobachten würde. Wo sie wieder im klaren Quellwasser untertauchen, ihre Kleider waschen und in der heißen Sonne trocknen konnte.

Die Schleierwolken hatten sich verzogen. Mattes Mondlicht fiel auf die Wege und verwandelte knorrige Baumwurzeln in wundersame Nachtmare, die ihre Arme nach ihr ausstreckten. Noch einmal schaute sie zurück. Oben vor den Burgtoren leuchteten immer mehr Pechfackeln auf. Ein Trupp von Wachleuten hatte sich entlang des Zufahrtsweges aufgestellt. Jeder, der die Burg verließ, wurde wohl von ihnen durchsucht. Vom Innenhof her leuchtete es über die Festungsmauern. Der Lichtkranz sah aus, als würden dort große Feuer auflodern, dort wo Kurtl zurückgeblieben war, Hannes und auch Schreckele. Aber dass Michel sie verraten wollte, schmerzte.

Dann lief sie los, wusste aber nicht, welche Strecke sie an Weggabelungen einzuschlagen hatte. Vielleicht sollte sie sich nach den Sternen richten. Aber wo lag Brixen? Luzia zuckte mit den Schultern. Jetzt galt es erst einmal, ins Tal zurückzukommen, weg vom Schloss Tyrol, von Michel und den Kaufleuten. Und weit weg von Diethard. Sie lief, bis sie die Müdigkeit in den Gliedern spürte. In einem Waldstück bereitete sie sich ein Lager aus Moos, und kaum hatte sie den Kopf auf ihren Leinenbeutel gelegt, war sie in einen tiefen, traumlosen Schlaf gesunken. Aber dann kroch Feuchtigkeit in ihre Kleider, und die Kühle der Nacht ließ sie frösteln. Übermüdet machte sie sich wieder auf den Weg. Erstes Vogelgezwitscher hallte durch den Wald, und Äste knackten. Allmählich sickerte erstes Morgenrot in die Wälder, Sonnenlicht ließ die Blätter in den Baumkronen erglühen und machte sie durchscheinend hell. Luzia horchte. Irgendwo rauschte ein Gebirgsbach. Ihr Mund war wie ausgedörrt, und sie versuchte zu schlucken. Dann hörte sie Pferdegetrappel. Noch war es ein fernes Klappern von Hufen, das sich aber schnell näherte. Luzia sah sich hastig nach einem Versteck um. Links vom Weg ging es eine Felswand hoch, rechts neben ihr führte eine Steilwand in die Tiefe. Vor ihr lag eine Holzbrücke, die über eine Schlucht führte. Sie rannte darauf zu und schaute vom Geländer aus hinunter. Tief unter ihr rauschte und donnerte Schmelzwasser von den höher gelegenen Bergen hinunter ins Tal. Das Pferdegespann kam näher.

Vielleicht gibt es eine Möglichkeit, sich unter der Holzbrücke zu verstecken, dort, wo sie noch auf festem Boden aufliegt, dachte sie. Sofort band sie ihren Beutel an einen Pfosten und schlüpfte ganz am Rand unter die massiven Holzbohlen, die fachmännisch miteinander verankert waren und selbst schwerste Fuhrwerke zu tragen vermochten.

Vielleicht sind die Holzstämme ja sogar von Schlanders herbeigeschafft worden!, ging es ihr noch durch den Kopf, als sie sich eingezwängt zwischen rutschigem Gras, Farn und Brettern versteckt hielt. Mit den Fingern krallte sie sich an einem der Pflöcke fest, die tief im Boden verankert waren.

Das Fuhrwerk kam näher, das Pferdegetrappel wurde lauter. Dann fing die Brücke an zu zittern und zu wanken. Luzia stockte der Atem. Der Pflock, an den sie sich klammerte, war durch das Moos und die Feuchtigkeit glitschig geworden. Sie versuchte sich mit den Knien gegen die Bretter zu stemmen, aber sie spürte, wie sie allmählich immer mehr Halt verlor. Der schräge Abhang ging nach zwei, drei Schritten steil in die Tiefe. Sie fasste nach, die rechte Hand rutschte weg. Unter ihr im Abgrund rauschte und gurgelte das Wasser. Die Füße glitten über dem feuchten Farn weiter, sie griff verzweifelt um sich, um irgendwo Halt zu finden. Da wurde ihr Handgelenk umfasst, jemand zog sie nach oben. Mit der anderen Hand griff sie ins Leere, bis auch sie von dem Fremden umfasst wurde.

Schmutzig und dreckverklebt lag Luzia auf der Brücke, ihr Atem ging stoßweise. Mit dem Handrücken wischte sie sich Haarsträhnen aus dem Gesicht. Langsam öffnete sie die Augen. Vor ihr sah sie blank polierte Stiefel aus feinstem Leder. Die Beinkleider waren nach der neuesten Mode zweifarbig, ein langer pelzbesetzter Umhang hing bis zu den Waden hinunter. Ihr Blick wanderte höher.

»Na, meine Schöne? Von den Toten auferstanden?«

Vor ihr stand Diethard. Luzia ließ den Kopf wieder sinken, Tränen brannten ihr in den Augen. Sollte alles umsonst gewesen sein? Die Flucht, die Entbehrungen, die Schmerzen? Aber dann drückte sie die Tränen mit den Lidern weg und wischte sich übers Gesicht. Nicht weinen! Jedenfalls nicht vor Diethard!

»Wie lange willst du noch da unten liegen bleiben? Oder willst du, dass ich dir den Arm reiche? Aber …« Er räusperte sich und säuberte sich mit einem seidigen Tuch die Finger. »Entschuldige, aber du stinkst erbärmlich.«

Er gab einem Bediensteten einen Wink, der packte sie an den Armen und wollte sie zur Kutsche zerren.

»Mein Beutel«, rief Luzia und deutete mit dem Kinn auf den Leinensack, den sie am Pflock festgebunden hatte.

»Ihr Beutel.« Diethard dehnte die Worte mit abfälligem Spott. »Bring ihr den Beutel, damit sie Ruhe gibt.«

Der Kutscher knüpfte den Leinenbeutel vom Pfahl und streckte ihn Luzia entgegen, während der Bedienstete Luzias Handgelenk umklammert hielt. Diethard kam Schritt für Schritt langsam auf sie zu. Er lächelte selbstzufrieden, spielte wieder mit der Zunge und stieß sie gegen die Innenseite der Wange, sodass es aussah wie eine Geschwulst.

»Wickelt sie in eine Pferdedecke, damit sie nicht die Polster beschmutzt!«, rief er dem Kutscher zu, während er sich breitbeinig vor Luzia aufbaute. Unwillkürlich wich sie einen Schritt zurück. Der Griff des Bediensteten wurde fester, und ihr Handgelenk schmerzte.

»Keine Angst«, säuselte Diethard ihr zu. »Ich will nichts von dir. Noch nicht. Wie schon gesagt, du stinkst. Und keinen Laut von dir. Sonst bist du schneller im Kerker, als du bis drei zählen kannst.«

Luzia spürte, wie ihr die Pferdedecke um die Schultern gelegt wurde. Willenlos kletterte sie die Trittleiter hoch in die Kutsche, den Leinenbeutel hielt sie fest umklammert. Niedergeschlagen ließ sie sich auf die Holzbank mit den Kissen sinken, die an der Rücklehne mit kostbar gewebten Stoffen ausstaffiert war. Sie drückte sich ans Kutschenfenster und starrte auf die zerklüftete Felswand gleich neben ihr. Diethard hockte sich auf die andere Seite, öffnete die Lederrolle, in der er Dokumente aufbewahrte, zog ein Schriftstück heraus und vertiefte sich darin. Für Luzia schien er sich nicht weiter zu interessieren.

Dann sirrte draußen die lederne Schnur der Peitsche durch die Luft und knallte so laut, dass Luzia erschrocken zusammenfuhr. Die Stute wieherte auf, und ruckelnd setzte sich die Kutsche in Bewegung.

Luzia starrte regungslos aus dem Fenster. Steilwände zogen an ihr vorbei und moosbewachsene Baumwurzeln, die so dick wie Männerschenkel waren und sich immer weiter verzweigten. In den Felsen wucherten Farne, auch andere Pflanzen hatten kleinste Ritzen gefunden, um dort wachsen zu können. Sie atmete tief durch, als könnte sie durch den Anblick der Pflanzen, die dem Felsstein strotzten, neue Kraft schöpfen.

Ich muss hier raus, ging es ihr durch den Kopf. Einfach nur raus! An der nächsten steilen Wegbiegung, wenn die Bremse angezogen war, damit die Kutsche der Stute nicht in die Beine fahren konnte, und das Tier im Schritt ging, wollte Luzia die Tür aufreißen, herausspringen und sich davonmachen!

»Gib dir keine Mühe«, sagte Diethard mit gleichgültigem Tonfall. Er hatte ihre Handbewegung zur Klinke bemerkt, ohne den Blick zu heben. »Die Tür ist verschlossen. Du wirst mir nicht mehr entwischen!«

20

Als sie weiter ins Tal hinunterkamen, fiel die Stute in einen gleichmäßigen Trab. Welche Richtung der Kutscher genommen hatte, wusste Luzia nicht. Die Wegstrecke war ihr fremd, allerdings hatte sie schon oft von der Moidl von diesen Bergwipfeln gehört. Sie schloss die Augenlider und sah Toni vor sich. Erst war sein Bild nur verschwommen, dann aber wurde es deutlicher. Sein Blick schien durchdringend und fordernd. Er öffnete die Lippen, als wollte er etwas mitteilen. Ganz langsam ballte Luzia ihre Hände zu Fäusten.

»Wie hübsch, meine kleine Wildkatze!« Diethard grunzte wohlwollend. »Reg dich nur auf, das erregt mich noch mehr.«

Luzia biss sich auf die Lippen und blickte aus dem Fenster. Nie mehr sollte sie eine Empfindung, wie gering sie auch sein mochte, verraten! Sie wusste nicht, wie lange die Fahrt gedauert hatte, vorbei an reißenden Wassern und Felsklippen, an dichten Wäldern und Hängen, an denen Ziegen, Schafe und Kühe grasten, bis die Kutsche in den Hof einer Burganlage einbog. Die Pferdehufe klapperten auf dem Kopfsteinpflaster, die Räder holperten und durchrüttelten den Wagen. Diethard nickte zufrieden und ließ das zusammengerollte Pergament wieder in der Dokumententasche verschwinden.

Die Tür an Luzias Seite wurde entriegelt und von einem jungen Bediensteten mit fuchsig rotem Haar geöffnet.

»Bring sie runter in den Weinkeller. Und schließ die Tür gut ab. Dann bring ihr noch etwas Brot und Wasser«, gab Diethard Anweisung an den Burschen, und zu Luzia gewandt fuhr er fort: »Keine Angst, ich werde dich dort beizeiten wieder herauspflücken!« Er lachte spöttisch auf.

Die Pferdekutsche wankte ein wenig, als er mit festem Schritt die beiden Stufen hinunterstieg. Seine Stiefelsohlen knallten auf den Pflastersteinen auf und hallten im Burghof laut wider. Luzia rieb sich über die Arme. Ihr Leinenrock war zwar nicht mehr klamm und das Hemd getrocknet. Aber ihr war, als hätte ihre Haut sämtliche Körperwärme ausgeatmet und sie in der Kutsche bei der Pferdedecke zurückgelassen.

Wieder baute sich Diethard breitbeinig vor ihr auf. Dann wickelte er eine ihrer Haarsträhnen um seinen Zeigefinger und zog damit ihr Gesicht näher zu sich heran. »Wie gesagt, meine Schöne. Ich werde dich pflücken!«

Unter Diethards wachsamen Blicken führte der Rothaarige sie zu einer wuchtigen Eichentür. Es klackerte, als der Bursche einen Eisenring in seine Hand nahm, der an seinem Gürtel befestigt war und an dem schwere Schlüssel hingen. Einen davon steckte er in das schmiedeeiserne Schloss.

Als er die Tür aufdrückte, sah Luzia, dass breite Steinstufen hinunter in die Tiefe führten. Ein säuerlicher Geruch zog ihr in die Nase. Jemand hastete auf Befehl Diethards herbei und drückte dem Rothaarigen eine lodernde Fackel in die Hand. Dann stieg Luzia mit dem Burschen hinunter in den Keller.

Der Schein des Fackellichts wischte über das Tonnengewölbe, über Säulen und Sockel, zwischen denen dickbauchige Fässer gelagert waren, in denen der Wein reifte. Sie lagen in halbrunden Holzgestellen, sodass es jederzeit möglich war, einen Zapfhahn zu betätigen, um etwas von der Köstlichkeit in einen Becher fließen zu lassen. Hier unten in den Kellerräumen war es kühl, und Luzia schüttelte sich vor Kälte.

»Warte hier«, sagte der Bursche. »Ich bin gleich mit Brot zurück.«

»Kann ich die Fackel behalten?«, bettelte Luzia.

»Ich weiß nicht …« Der Bursche zögerte. »Ich muss mich an die Anweisungen von Freiherr von Birchler halten …«

»Freiherr von Birchler? Er hat einen Adelstitel?«, fragte Luzia überrascht.

Der Bursche nickte. »Ja, Freiherr Diethard von Birchler.«

»Ich bitte dich, lass die Fackel hier …«, flehte Luzia.

»Also gut. Es kann ja sein, dass er sich nicht mehr daran erinnert.« Er steckte hastig die Fackel in eine der Eisenhalterungen, die im Mauerwerk verankert waren, und lief auf die Steinstufen zu, die durch Tausende von Schritten glatt geschliffen und sogar leicht ausgetreten waren.

»Eine Frage noch!«, rief Luzia ihm nach. »Wo sind wir hier?«

»Wir sind auf dem Besitz von Freiherr Diethard von Birchler.«

Dann hastete er die Steintreppe hoch, Staubkörner wirbelten auf. Sie hörte das Schließen der Eichentür, das Knirschen des Schlüssels. Dann sprang sie auf und hastete durch das Gewölbe auf der Suche nach Fluchtmöglichkeiten, nach irgendwelchen Gängen, die in die Burg führten, oder geheimen Ausgängen. Tatsächlich entdeckte sie weit hinten an der Wand des Tonnengewölbes eine schmale Tür. Luzia rüttelte daran, aber sie war fest verschlossen.

In diesem Moment hörte sie von der Eingangstür her, wie sich wieder ein Schlüssel im Schloss drehte. Sie hastete zurück, Diethard würde es nicht sein. Sie war ihm zu verschmutzt und heruntergekommen, das hatte er doch gesagt. Tatsächlich war es der rothaarige Bursche. Er hatte einen halben Laib Brot unter den Arm geklemmt.

»Hier, der ist für dich«, sagte er und streckte ihr das frisch gebackene Weißbrot entgegen, das eigentlich nur herrschaftlichen Tafeln vorbehalten war. Er wirkte etwas verunsichert, als er leise fortfuhr. »Warum lässt du dich nicht auf ihn ein?«

»Auf Diethard? Freiwillig niemals. Außerdem würde er mich sofort fallen lassen, wenn …« Sie zögerte.

»Aber dann hast du es hinter dir. Und er lässt dich in Ruhe«, flüsterte der Bursche und nahm die lodernde Pechfackel aus der

Halterung. Mit der anderen Hand fuhr er sich verlegen durch das rötliche Haar. »Ich muss sie mitnehmen. Er hat es befohlen. Hast du das Brot?«

Luzia nickte und hockte sich an eins der bauchigen Weinfässer, das liegend fast so groß war wie sie selbst.

Der Blick des Burschen fuhr hoch zur Kellertreppe. Oben an den Stufen war es stockdunkel. Das Fackellicht reichte nur bis zur Treppenmitte. Er zögerte, dann holte er aus einer Nische einen Tonbecher und drehte den Zapfhahn für ein paar Atemzüge zur Seite. Ein dünner Strahl Rotwein gluckerte in den Becher.

»Hast du Platz genommen?«, rief er ihr überlaut zu. »Es wird jetzt dunkel. Und nimm dir vom Wein so viel du magst!« Wie getrieben hastete er davon, der Lichtschein flog über Steinwände, Treppenabsatz und Stufen, bis er blasser wurde und in sich erlosch.

Luzia fröstelte. Die Kühle des Steinbodens kroch in ihr hoch. Trotzdem blieb sie hocken und aß vom frisch gebackenen Weißbrot, dieser Kostbarkeit aus teurem Weizen. Die Kruste knackte, als sie davon abbrach. Sie kaute und schluckte. Es schmeckte köstlich. Dann tastete sie nach dem halb gefüllten Tonbecher, der auf einem Brettchen unter dem Zapfhahn stand. Vorsichtig nippte sie daran. Erst brannte der Rotwein in der Kehle, aber dann schmeckte er samtig weich. Ein Hauch von Kirsch und sogar Marille zog ihr in die Nase. Sie nahm noch einen Schluck. Und noch einen.

Die Flüssigkeit breitete sich im Magen aus wie ein Feuer, das mehr und mehr ihren Körper erhitzte und ihr die Kälte nahm. Sie atmete tief durch. Eine Leichtigkeit erfasste sie, und ihr war, als würde sie davonschweben. Sie konnte ihre Gedanken nicht mehr festhalten. Sie kreisten umher und verwirrten sie.

So will ich Diethard nicht entgegentreten, so nicht!, dachte sie. Ob er sie absichtlich zu den Weinfässern gesperrt hatte? Vielleicht hatte ihr der Bursche ja deshalb so laut zugerufen, sie sollte sich vom Wein nehmen, so viel sie wollte, um sie willenlos zu machen, während Diethard irgendwo in der Dunkelheit wartete und sich köstlich amüsierte. Luzia zog sich am Weinfass hoch und atmete tief die kühle Luft ein, um ihre Benommenheit wieder loszuwerden. Sie wankte, und alles drehte sich, als sie sich tiefer in den Gewölbekeller hineintraute. Mit ausgestreckten Händen tastete sie nach dem Gemäuer. Endlich fühlte sie die rauen Bruchsteine, lehnte die Stirn gegen das kalte Mauerwerk und stöhnte laut auf.

Plötzlich hallte spöttisches Lachen durch das Gewölbe. Luzia fuhr zusammen. Diethard war hier, er war wirklich hier!

Sie taumelte weiter, immer dicht an der Bruchsteinmauer entlang, während sie mit den Händen über die kantigen Steine fuhr. Trotz der Dunkelheit riss sie die Augen weit auf, um etwas wahrnehmen zu können. Vielleicht war da irgendwo ein Lichtschein oder das Glimmen eines Kerzendochts. Sie horchte. Alles war still, kein Wischen oder Knirschen von Stiefelsohlen war zu hören.

Dann fuhr sie über die Kante eines Bruchsteins, wo sich ganz weit hinten die Außentür befinden musste. Sie tastete weiter und spürte Holzleisten, Zargen und Bretter unter ihren Fingerkuppen. Ihr Herz pochte, als wollte es ihr den Brustkorb zerbersten. Mit suchender Hand drückte sie noch einmal die Klinke hinunter und stemmte sich gegen die Fluchttür. Aber sie blieb versperrt, nichts bewegte sich. Es knackte nur ein wenig im Holz. Luzia starrte in die Dunkelheit und wagte kaum zu atmen. Ihre Augen brannten, und der Raum schien sich immer noch zu drehen.

»Hatte ich dir nicht versprochen, dass ich dich pflücken werde?«, hallte Diethards Stimme durch das Gewölbe. Er schien ganz nah und war lautlos näher gekommen. »Wo bist du, meine Schöne? Weine ruhig, atme schneller! Dann höre ich dich besser.«

Woher wusste er nur, wo sie sich befand? Luzia presste verzweifelt die Lippen zusammen. Sicherlich hatte er nur gefolgert, dass sie zurückweichen würde. Sie wusste nicht, wohin sie fliehen sollte. Vielleicht in die entgegengesetzte Richtung zur Treppe hin …

»Die Kellertür ist verschlossen!« Er lachte spöttisch auf, als hätte er ihre Gedanken erraten. »Und als Zeichen dafür werde ich einfach den Schlüssel zu Boden fallen lassen. Dann bin auch ich gefangen. Hör genau hin …«

Luzia hörte vernahm das Aufschlagen von Metall. Der Klang hallte kurz nach, dann war es wieder still. Sie horchte in die Dunkelheit. Nichts regte sich. Nur ein leises Knistern und Knacken war zu hören. Von welcher Seite kamen die Geräusche? Sie drückte sich gegen das Mauerwerk, und plötzlich war da ein Lufthauch. Die Hintertür hatte sich geöffnet, jemand schnappte sie, zerrte sie nach draußen und drehte einen Schlüssel im Schloss.

Luzia blinzelte in den späten Abend. Noch lag über den Bergkuppen ein türkisfarbener Glanz. Aber das Dämmerlicht war zu schwach, um das Gesicht des Mannes zu erkennen, der bei ihr stand und sich die Kapuze seines Umhangs noch tiefer weiter in die Stirn zog. Diethard drückte vom Weinkeller her gegen die schwere Eichentür und rüttelte an der Eisenklinke. Aber sie blieb verschlossen. Sie war ausgesprochen robust, um Dieben keinerlei Möglichkeit zum Einbruch zu geben. Er war gefangen.

»Los, komm!«, raunte der Fremde ihr zu.

Luzia folgte der gebückten Gestalt. Noch befanden sie sich innerhalb des Burggeländes. Der Fremde rannte eine schmale Steintreppe hoch, die zum Burgweg führte, und dann weiter zu den Stallungen, wo eine Pferdekutsche bereitstand. An der Kutschentür war in goldener Farbe das Wappen der Herren von Schlandersberg aufgemalt.

»Steig ein, schnell!«, raunte er ihr zu und kletterte geduckt in den Wagen. Kaum hatte sie sich auf die Bank gehockt, ruckelte das Gefährt los, über das holprige Kopfsteinpflaster zum wuchtigen Burgtor hinüber, dessen Flügel weit geöffnet standen.

»Duck dich!«, zischte er und drängte sie zu Boden.

Luzia legte sich auf die Bohlen. Es roch staubig und nach alten Sackleinen. Sie hörte aufgeregte Rufe und Anfeuerungen. Stiefelschritte knallten über das Pflaster. Von irgendwoher hallte Diethards wütende Stimme zu ihr herüber. Unwillkürlich zog sie die Schultern hoch. Wieso hatte er sich so schnell aus dem Weinkeller befreien können? Ob er den falschen Schlüssel hatte fallen lassen?

In diesem Moment ratterte die Kutsche über die Holzbrücke, die den Burggraben überspannte. Die Kutschenräder rumpelten über die dicken Bohlen, dann ruckelte es, und das knirschende Geräusch von Steinen war zu hören.

»Du kannst wieder hochkommen«, brummte ihr Begleiter. Luzia stutzte. Diese Stimme kannte sie doch. Langsam ließ sie den Kopf sinken.

»Nun komm schon«, sagte er und klopfte auffordernd gegen die Kutschentür. »Wir haben nicht viel Zeit!«

Luzia rappelte sich hoch, rutschte auf die Holzbank und wischte sich den sandigen Staub von den Händen. Ich muss erbärmlich aussehen, ging es ihr noch durch den Kopf. Leinenrock und Hemd waren verdreckt, der Schmutz im Gesicht von Tränenspuren durchzogen. An den Beinen juckten Insektenstiche, das Haar war verklebt. Sie schaute aus dem Fenster. Die Abenddämmerung hatte ihr türkisfarbenes Licht verloren, es war dunkel geworden. Trotzdem erkannte sie, dass sie durch einen dichten Wald fuhren. Ausladende Äste streiften manchmal das Kutschendach, Blätter wischten über das Holz. Kühler Wind fuhr durch das offene Fenster.

Das Gesicht des Mannes, der ihr gegenübersaß, lag in der Dunkelheit verborgen. Trotzdem wusste Luzia genau, wen sie vor sich hatte. Es war Michel, der Michel von den Karrnern.

»Und?«, sagte sie leise, aber mit festem Unterton, obwohl sie sich müde fühlte. Unendlich müde. »Jetzt hast du mich. Ich bringe dir doch eine Goldmünze, da kannst du mich verkaufen.«

»Wenn ich das wollte, hätte ich es jetzt gerade getan«, antwortete er.

Luzia stockte. Er hatte recht, Diethard blieb auf der Burg zurück. »Aber … du wolltest mich doch ausliefern.«

»Ich wollte dich niemals ausliefern«, brummte er.

»Ich verstehe das nicht.« Luzia zögerte. »Du warst doch im Gespräch mit Diethard. Oben auf dem Schloss Tyrol …«

»Das ist richtig. Aber das hatte einen anderen Grund.«

»Ich … verstehe dich immer noch nicht.«

Michel räusperte sich. »Nicht ich wollte dich ausliefern. Das war Hannes.«

»Hannes?« Luzia war empört. »Er hat mich doch aus dem Gefängnis befreit …«

»Ja, weil er die Goldmünze für sich allein wollte. Also hat er dich zuerst ins Gefängnis stecken lassen und dann befreit. Dann hat er dich heimlich verfolgt und Diethard verraten, wo du warst. So hat der Birchler dich bei der Brücke erwischt.«

Luzia schüttelte den Kopf, als wollte sie ihre Gedanken ordnen. »Und …? Warum hat er mich nicht gleich nach der Befreiung ausgeliefert? Da warst du ja auch nicht dabei.«

»Vielleicht wollte er vor dir nicht als Verräter dastehen«, sagte Michel. »Und Kurtl hätte das auch mitbekommen. Hannes liebt den Kleinen. Und Kurtl mag dich, verstehst du?«

Luzia schwieg. Sie fasste nach dem Brustbeutel mit dem Marmorkiesel. Wenn Toni doch bei ihr wäre! Wenn sie nur wüsste, wo er zu finden war!

Die Pferdekutsche ratterte durch die Dunkelheit. Nur wenig Mondlicht fiel auf das Geäst der Wälder, nur manchmal glitt ein Schimmern durch die Blätter, oder es blitzten Lichtfunken auf.

»Und jetzt?«, fragte Luzia. »Wo bringst du mich jetzt hin?«

»Du wirst schon sehen«, antwortete Michel. »Es ist besser, wenn du nichts weißt. Es könnte sein, dass wir verfolgt werden.«

Luzia schwieg und lauschte, ob hinter ihnen Pferdegetrappel zu hören war. Aber alles schien ruhig.

»Was ist denn jetzt mit Kurtl?«, fragte sie.

»Hannes ist bei ihm. Er weiß nichts«, antwortete er. »Sie glauben, ich hole Nachschub. Brot, Gemüse, Früchte. Vielleicht Werkzeuge oder sogar ein Gewehr … Du verstehst.«

Luzia nickte. »Aber was ist das hier für eine Kutsche? Sie gehört den Herren von Schlandersberg.«

»Sie ist nur geliehen, damit wir schnell vor Ort sind.«

»Und der Kutscher?«

»Der ist einer von uns.«

»Und was heißt vor Ort sein?«

»Später. Versuch zu schlafen. Du wirst deine Kräfte noch brauchen.« Michel reichte ihr eine große Decke, die mit Schafsfell gefüttert war. Luzia hüllte sich darin ein, schmiegte sich mit ihrem Leinenbeutel als Kopfunterlage in eine Ecke und genoss die wohltuende Wärme des Fells.

Sie schloss die Augen. Wohin mochte Michel sie bringen? Immer wieder horchte sie auf Hufgetrappel, Stimmen oder Peitschenhiebe. Bestimmt waren die Verfolger auch bewaffnet. Aber das eintönige Geklapper der Pferdehufe und das gleichmäßige Rattern der Wagenräder machten sie müde. Schon bald fiel sie erschöpft in einen traumlosen Schlaf.

Dann rüttelte sie jemand an den Schultern. Verwundert blinzelte sie durch die Lider. Sie brauchte ein paar Atemzüge, um sich zurechtzufinden. Noch immer hockte sie in der Schafsdecke gehüllt auf der Kutschbank, und Michel beugte sich zu ihr herüber. Er versuchte seine innere Unruhe zu verbergen, aber sein Atem ging schnell. Fahrig fuhr er sich durch den Vollbart.

»Komm, wir müssen hier raus!«, drängte er. »Die Kutsche muss weg.«

Sofort war sie hellwach, schnappte ihren Beutel und sprang durch die geöffnete Tür zu Boden. Im gleichen Moment knallte eine Peitsche, die Stute wieherte auf, und das Gefährt setzte sich wieder in Bewegung.

Luzia atmete tief durch. Unter ihr lag ein weites Tal, das noch von Nebelschleiern eingehüllt war. Die hoch aufragenden Berge schienen vor Stärke zu strotzen, und mit jedem Atemzug glaubte Luzia, etwas davon in sich aufzunehmen. Der wolkenlose Himmel war von klarem Licht durchdrungen. Morgentau lag auf den Wiesen, es roch nach Scharbockskraut und frischer Erde. Das Läuten von Kuhglocken hallte zu ihr herüber, ein paar Ziegen meckerten auf einer abgegrenzten Wiese.

Ganz in der Nähe stand auf einem weit ausladenden Felsvorsprung eine Kapelle, die schneeweiß getüncht war. Das Türmchen auf dem Dach war durchbrochen, die Glocke darin, die gottlob im Krieg nicht eingeschmolzen worden war, glänzte bronzefarben auf. Vögel zwitscherten über ihr und ließen sich im Sturzflug herabfallen, um danach noch höher aufzusteigen.

»Vögel sind wie Fische. Nur in der Luft«, hätte Sofie jetzt gesagt. »Dafür kann ich laufen.« Sie wäre mit weit ausgebreiteten Armen davongelaufen, mit wehendem Haar, und hätte die gelben Hurenbänder durch die Luft flattern lassen.

Luzia spürte Sehnsucht in sich aufsteigen, Sehnsucht nach Sofie, nach der Moidl, nach Ferdl und sogar nach Jakob. Ob sie die Naandl noch suchten? Ob Sofie ihr Zeichen, das brennende Feuer in den Schalensteinen über der Burg Kastelbell, gesehen hatte?

»Nun komm«, sagte Michel. Noch einmal wandte er sich um. Die Kutsche war in einem Waldstück verschwunden, nur leises Pferdegetrappel hallte noch zu ihnen herüber. »Karl wartet schon auf dich.«

»Karl?«, fragte Luzia.

»Du wirst schon sehen«, brummte Michel.

Sie gingen einen ansteigenden Weg hoch, vorbei an alten Laubbäumen, deren knorrige Wurzeln über den steinigen Boden gewuchert waren und sich verzweigt hatten, bis sie sich in die Erde krallten. Es wirkte, als wären sie selbst zu Stein geworden.

Luzia blieb kurz vor einem Bilderstock stehen, der mit bunten Wiesenblumen geschmückt war. Die Jungfrau Maria war dort ins Holz geschnitzt. Ihre Gesichtszüge waren derart fein herausgearbeitet, als hätte die Heilige Jungfrau selbst die Schnitzhand geführt. Wie geschickt doch die menschlichen Hände zu arbeiten vermochten, dachte sie. Selbst schwielige Bauernfinger wussten feinste Drechselarbeit zu verrichten und mit Stichel und Meißel kunstvolle Figuren zu schaffen. Wo wohl das Talent verborgen lag? In den Fingern oder in den Gedanken?

»Komm weiter«, drängte Michel. »Wir haben keine Zeit zu vergeuden.«

Als sie den angrenzenden Wald umrundet hatten, lag auf einer Anhöhe ein Berghof aus Bruchsteinen. Das Dach war aus Holzschindeln, und auf den Latten, die quer auf den Schindeln lagen, waren Steinbrocken gelegt.

»Ah, da seid ihr ja!« Die niedrige Tür des Berghofes war geöffnet worden, und ein muskulöser Bauer, der um die dreißig Lenze zählte, stand auf der Schwelle. Karl hatte tiefblaue Augen, die Luzia aufmerksam musterten. Dann fuhr er sich mit den kräftigen Fingern durch seinen Vollbart und winkte die beiden herein.

»Das ist die Gudrun«, sagte er und zeigte auf eine junge Bäuerin, die gerade den Tisch abwischte. Sie hatte ein breites Tuch um die Schultern gebunden, in dem ein Säugling lag, und nickte ihnen freundlich zu. »Mein Weib.«

Die derben Balken, mit denen die Steinwände verkleidet waren und die auch als Kälteschutz dienten, waren vom Ruß des Küchenherdes dunkel angelaufen. Durch die kleinen Fenster fiel nur wenig Licht.

»Setzt euch«, sagte Karl. »Ihr werdet Hunger haben.«

Gudrun stellte eine Holzschüssel auf den Tisch, in der frisch aufgekochter Getreidebrei dampfte. Karl füllte Michel etwas

Dünnbier in einen Becher, für Luzia gab es frische Milch mit einem Löffel Honig.

»Also«, begann Michel, der Holzlöffel verteilte. »Die Sache ist so. Wir sind hier ganz in der Nähe von Brixen …«

»Brixen?« Luzias Herz schlug schneller.

»Du weißt, dass dort der Peter Passler im Gefängnis sitzt.«

Luzia nickte. »Und Toni? Haben sie etwa auch den Toni …«

»Nein«, wehrte er ab. »Es geht um Folgendes: Dem Peter ist der Prozess gemacht worden. Er soll morgen auf dem Marktplatz hingerichtet werden.«

Luzia schlug die Hände vor den Mund und schaute zu den anderen, die sie erwartungsvoll anblickten.

»Aber wir haben einen Fluchtplan«, sagte Michel. »Dazu brauchen wir dich.«

»Mich?« Luzia zog verängstigt die Schultern hoch. »Wie kann ich da helfen?«

»Du musst unter einem Vorwand zu ihm ins Gefängnis. Dann sagst du ihm unser Losungswort, das kriegst du erst kurz vorher. Und eine Zahl.« Karl schob sich einen Löffel Getreidebrei in den Mund.

»Ich versteh nicht …«

»Sollst du auch nicht«, antwortete er. »Es könnte sein, dass du dich irgendwo verplapperst. Oder jemand fängt dich ab. Die wissen, wie man einen zum Reden bringen kann. Selbst ein Weib!«

Luzia sah in Gedanken glühende Eisen und Zangen, mit denen in Kerkern Gefangene gequält wurden, um Geständnisse zu erpressen. »Und … wenn ich nicht will? Ich meine … es kann gefährlich werden.«

»Du kannst ablehnen, natürlich.« Michel atmete tief durch und nahm einen Schluck vom Dünnbier. Dann fuhr er betont langsam fort: »Aber ich weiß, wo Toni ist.«

Luzia fuhr hoch. »Du weißt es? Wo ist er? Geht es ihm gut?«

»Das kann ich dir erst sagen, nachdem du bei Peter warst. Bitte versteh das!« Michel rieb die Hände ineinander und fuhr fort: »Du musst es tun! Es geht um Leben und Tod.«

Gudrun sah sie bittend an, während sie ihrem kleinen Buben zärtlich über die rosigen Wangen strich.

»Da ist ein Plan«, brummte Michel und fasste nach ihren Händen. »Du gehst zu den Stadtwachen, klagst und jammerst und beschuldigst Peter der Unzucht.«

»Der Unzucht?« Sie versuchte ihre Hände aus Michels zu ziehen, aber er hielt sie fest.

»Du klagst ihn an, er hätte dich brutal genommen und wäre der Vater deines ungeborenen Kindes. Das wird den Anklägern in den Kram passen, um ihn noch mehr in den Dreck zu ziehen.«

»Ja, aber was soll das nutzen?«, fragte Luzia.

»Du musst zetern und keifen, dass du ihn kurz sehen willst, um sicherzugehen, dass es auch wirklich dieser Peter Passler war«, sagte Gudrun leise.

»Und dann soll ich ihm das Kennwort und die Zahl zuflüstern?«

Karl nickte. »Dir kann nichts geschehen! Die Wachposten denken ja, du bist auf ihrer Seite. Du musst nur ein ordentliches Spektakel aufführen, damit sie dich in den Kerker lassen. Sie werden nur aufpassen, ob du ihm etwas zusteckst. Ein Messer zum Beispiel. Aber das tust du ja nicht. «

Luzia schloss kurz die Augen. »Ich weiß nicht, ob ich das kann.«

»Wenn du einen anderen Plan weißt, können wir gerne darüber beraten«, sagte Michel. »Mir fällt sonst nichts ein.« Dann griff er nach seinem Löffel und begann, den Brei aus der großen Holzschüssel in sich hineinzuschaufeln. Auch Luzia löffelte vom Brei. Sie schluckte, ohne wirklich zu schmecken, was sie da aß.

»Sie werden ihn töten«, flüsterte Gudrun, als könnte sie jemand belauschen. »Verstehst du nicht? Sie werden Peter töten! Ich kann ihm die Nachricht nicht bringen, mich kennen die Wachposten.

Und nur einer Frau werden sie vielleicht den Zutritt zum Kerker erlauben.«

»Jetzt iss«, sagte Karl zu Luzia. »Danach wird Gudrun dir zeigen, wo du dich waschen kannst. Du kriegst frische Kleidung, und dann geht es nach Brixen. Wenn du einverstanden bist …«

Luzia atmete tief durch. Dann aß sie weiter, während sie über eine Möglichkeit nachdachte, wie ein Mannsbild in den Kerker vorgelassen werden könnte. Ob man Peter Passler als Viehdieb hinstellen sollte? Aber das würde längst nicht die gleiche Wirkung erzielen, als würde eine junge Frau ihn der Vergewaltigung beschuldigen.

»Nur vor einem musst du dich in Acht nehmen«, unterbrach Michel ihre Gedanken. »Diethard Birchler!«

Karl nickte und kratzte Breireste aus der Holzschüssel. »Er ist für Peters Verhaftung verantwortlich. Er steckt hinter den Intrigen und Anklagen und will bestimmt bei der Hinrichtung dabei sein. Ihm muss das Handwerk gelegt werden, sonst wird er eines Tages über uns alle herrschen!«

»Diethard?« Luzia stand langsam auf, ging zur Fensterlaibung und schaute hinunter in das weite Tal, in ihr Land mit den schneebedeckten Gebirgszügen, dem wohl neue Aufstände bevorstanden. Dann atmete sie tief durch. »Also gut, ich bin einverstanden. Ich werde gehen!«

Nach dem Essen wusch sich Luzia die Haare und schrubbte sich, während Gudrun die Kleider im Bottich mit Seifenkraut säuberte. Wieder trug die Bäuerin ihren Säugling in einem breiten Leinentuch, das sie sich um Hals und Schulter gebunden hatte. Liebevoll sah sie den Kleinen an, der gerade noch an ihrer Brust gelegen hatte und nun friedlich schlief. Dann legte sie die gewaschenen und ausgespülten Kleider zum Trocken auf eine Wiese.

Als Luzia sich ihre alten Sachen aus dem Beutel übergezogen hatte, hockte sie sich ins Gras, blinzelte ins Sonnenlicht und ließ ihre Haare in der Wärme trocknen. Die Wiesen vor ihr waren mit Sommerblumen übersät, die wie bunte Kleckse verstreut waren. Von irgendwoher hallte Glockengeläut zu ihr herüber. Die schneebedeckten Berge weit drüben auf der anderen Talseite streckten sich klar und gewaltig in die Höhe. Luzia glaubte fast, sie wollten ihr vermitteln, sich niemals beugen zu lassen. Zwei Kühe hatten sich über das steinige Gelände dem Berghof genähert und schleckten mit ihren langen, lederartigen Zungen die Salze aus den Bruchsteinen des Gemäuers.

Die beiden Männer hockten draußen an Tisch und Bänken aus halbierten Baumstämmen. Vor ihnen standen zwei Tonbecher mit Wein.

»Magst du auch?«, rief Karl Luzia zu.

Sie schüttelte den Kopf und dachte an den Gewölbekeller zurück, als sie von der Köstlichkeit getrunken und die sie gleich benommen gemacht hatte. Woher Karl nur den Wein aufgetrieben hatte? Als Tausch gegen Butter oder Bergkäse? Dann versuchte sie sich der Aufgabe zu öffnen, die vor ihr lag und die sie bisher zur Seite geschoben hatte. Sie überlegte, welche Rolle sie den Wachposten vorgaukeln sollte. Vielleicht die Verwegene. Oder die Draufgängerische. Aber damit würde sie kein Mitgefühl wecken. Sie musste das Gegenteil verkörpern, das genaue Gegenteil!

Gudrun half ihr, die Haare zu flechten und sorgsam hochzustecken, und sobald ihr neuer Leinenrock und das Hemd getrocknet waren, zog sie die Sachen über. Schweigend aßen sie noch etwas Brot und vom Käse, den Gudrun aufgetischt hatte. Die junge Bauersfrau aß nichts und betrachtete nur besorgt ihren Karl, während sie das Kindchen stillte.

Dann machten sie sich auf den Weg. Michel zog sich einen gewalkten Umhang über die Schultern und setzte einen breitkrempigen Hut auf, genauso einen, wie Toni ihn hatte. Karl tat es ihm nach. Mit ihren Vollbärten, hinter denen sie ihr Gesicht verstecken konnten, und den ins Gesicht gezogenen Hüten hätten die beiden gut Brüder sein können. Gudrun umarmte ihren Mann mit großer Zärtlichkeit und Leidenschaft, als könnte es ein Abschied für immer sein.

Noch lange stand die Bäuerin an der Türschwelle, hielt den Säugling im Arm und schaute ihnen nach. Karl sah sich noch einmal um und winkte mit dem Krempenhut. Dann liefen sie weiter, über verworrene Waldwege und Sommerwiesen und vorbei an Bergbächen, die an steilen Hängen zwischen Farn, Geröll und Baumwurzeln herunterrauschten und sich im Erdreich ein Bett gesucht hatten.

»Was ist, wenn ich versage?« Luzia glaubte, sich selbst sprechen zu hören.

Michel brummte kurz. »Dann ist es nicht deine Schuld. Du wirst tun, was du kannst.«

»Aber was ist dann mit Peter Passler? Wird er dann hingerichtet?«

»Dann ist es wohl sein Schicksal.« Michels Stimme war rau, so wie sie es gewohnt war.

Nach langem Fußmarsch sahen sie vom Berg aus die Bischofsstadt Brixen vor sich liegen, eingebettet zwischen den Flussläufen von Rienz und Eisack. Die Stadt war von Kastanienhainen, Apfelwiesen und Weinbergen umgeben, und ihre Klosteranlage, die hohen Kirchtürme und auch die hochherrschaftlichen Bauten ließen auf Reichtum und Glanz schließen.

Luzias Anspannung wuchs. Sie suchte immer wieder nach anderen Sätzen, mit denen sie die Wachsoldaten am besten für sich einnehmen konnte, verwarf sie und überlegte neu. Sollte sie weinen? Vor ihnen zu Boden sinken? Den Himmel beschwören?

Ihr Atem ging schneller, als sie durch Brixens enge Gassen gingen, an den Großen Lauben vorbei zur Säbenertorgasse. Hier war an einer Hausfassade die Statue des dreikopfeten Mannes angebracht, der in drei Gassen gleichzeitig schaute.

»Der spuckt Karfreitag, wenn's genau zwölf läutet, in alle drei

Richtungen Münzen aus«, raunte Karl ihr zu. »Aber ich hab schon gewartet und geschaut. Nichts ist passiert. Ich hab wohl die Zeit verpasst.«

Dann gingen sie weiter auf den Bischofssitz zu, der von einem Wassergraben umgeben und in dem auch das Gerichtsgebäude untergebracht war. Bauernburschen zogen ihre Karren über den Vorplatz, andere trieben ein paar meckernde Ziegen vorbei. Herrschaftlich Gekleidete in Umhängen mit Pelzbesatz gingen mit energischen Schritten auf das Gerichtsgebäude zu. Zwei junge Frauen in Seidengewändern standen abseits und flüsterten sich kichernd etwas zu. Streunende Hunde schnupperten an Abfällen am Straßenrand und liefen jaulend davon, als ein Knecht, der Mist und Abfall auf eine Karre schaufelte, sie fortprügelte. Eine Gruppe von Steinmetzen stand vor einer marmornen Marienstatue und debattierte über den Faltenwurf.

Luzia presste die Lippen zusammen. Das Gerichtsgebäude wuchs mit jedem Schritt, den sie sich näherten, weiter an. Furchteinflößend bauten sich die hohen Mauern vor ihr auf. Über eine Steinbrücke ging es über den Wassergraben auf den Haupteingang zu. Die bewaffneten Wachposten an der massiven Flügeltür, zu der drei breite Steinstufen hochführten, sahen nicht aus, als würden sie zögern, ihre Gewehre auch zu benutzen.

»Es ist so weit«, raunte Michel ihr zu.

Luzia schüttelte den Kopf. »Ich glaube, ich kann das nicht.«

»Doch, du kannst das!« Karl sah sie durchdringend an. »Du wirst absolut überzeugend sein. Nutze deine Angst und deine Tränen.«

»Denk an Toni«, raunte Michel ihr zu. »An deine Naandl, die wir beerdigt haben. Du musst es schaffen. Ich weiß keinen anderen Weg.«

Luzia schluckte und nickte. »Und das Erkennungswort?«

Michel und Karl sahen sich kurz an. Dann nickten sie. »Es ist der rote Hahn.«

Luzia atmete tief durch. Der rote Hahn, der Aufstand, das Feuer! Davon hatte Toni berichtet. *Spieß voran, drauf und dran, setzt aufs Klosterdach den roten Hahn*, so hieß es doch in dem Lied der aufständischen Bauern unter Florian Geyer. Dann sah sie im Geiste eine flatternde Regenbogenfahne, unter der Toni, Peter Passler, Michel und Karl für ihre Rechte kämpften. Für die Rechte um Gleichheit und Gerechtigkeit, gegen erdrückende Steuerlasten und für die Freiheit. An der Seite von Toni würde sie selbst gehen, selbstbewusst und stolz.

Luzia schüttelte verwirrt den Kopf. Was für verrückte Bilder sich doch das Gehirn ausdachte!

»Und die Zahl?«

»Zwölf! Die magische Zahl Zwölf!«

Luzia nickte. »Zwölf Monate, zwölf Apostel …«

»Die Zwölf Artikel. Das sind die Forderungen der Bauern gegenüber dem Schwäbischen Bund«, sagte Karl leise.

»Also los«, raunte Michel ihr zu, als sich zwei Wachsoldaten näherten, die den Vorplatz kontrollierten. Er fuhr sich durch den Vollbart und zog gleichzeitig den Krempenhut tiefer in die Stirn. »Jetzt gilt es! Wir werden aus der Ferne alles beobachten. Zusammen darf man uns nicht sehen.«

»Und Toni? Ihr wolltet mir doch sagen, wo Toni ist?«

»Später!« Michel wandte sich ab, tat so, als würde er nicht zu ihr gehören, und zischte kaum hörbar: »Wenn alles vorbei ist.«

Luzia schaute zum Gerichtseingang und Bischofssitz hinüber. Dann ließ sie ihren Blick über den Vorplatz schweifen. Michel und Karl waren im Gedränge untergetaucht, nur ihre beiden Krempenhüte tanzten zwischen Köpfen mit Gugeln, Kopftüchern und federgeschmückten Hüten davon in Richtung einer hohen Kastanie mit rosafarbenen Kerzenblüten. Luzia reckte sich. Standen dort nicht schon andere Burschen mit Filz- und Krempenhüten? War die Kastanie etwa ein Treffpunkt, so wie in Schlanders auch?

Sie atmete noch einmal tief durch. Dann ging sie langsam auf die bewaffneten Wachsoldaten zu, die beim Treppenaufgang standen und aufmerksam das Treiben auf dem Vorplatz beobachteten. Und sie tat, was Michel ihr empfohlen hatte. Luzia schloss die Augen, lehnte sich an die Steinbrücke und dachte an die Naandl. Wie aus einer Nebelwand lächelte ihr die Alte entgegen. Das milchige Weiß in den Pupillen schien sich aufgelöst zu haben. Ihr Blick war klar. Und war sie nicht jünger, so viel jünger geworden? Ihre Wangen glühten, und dunkles Haar fiel in Wellen über ihre Schultern. Sie hielt einen Birnenschnitz zwischen den Fingern und streckte ihn langsam vor. Doch dann wurden ihre Lippen grau, die Haut verblasste, als wollte sich ihr Gesicht wieder hinter die Wand aus Nebelschleiern zurückziehen. Gleichzeitig glaubte Luzia ein leises Flehen zu hören: »Ave Maria. Ave Maria!« Sie streckte die Hände aus, als könnte sie das Trugbild festhalten. Tränen liefen ihr über die Wangen. Sie schluchzte auf und verbarg ihr Gesicht in den Händen.

»Ist dir nicht gut, Madl?«, fragte jemand. Luzia spürte eine Männerhand, die sich auf ihre Schulter legte. Sie blickte hoch. Vor ihr stand ein Wachsoldat und schaute sie besorgt an. Er hatte triefende Augen, eine rötliche Knollennase, und sein stacheliger Schnauzbart wölbte sich bis über die Oberlippe.

»Es … es geht schon besser«, stotterte sie und wischte sich verschämt mit dem Handrücken die Tränen von den Wangen. Dann hielt sie sich den Magen, der wieder rumorte und sich schmerzhaft zusammenzog.

»O mein Gott!« Der ältliche Wachsoldat stützte sie am Ellbogen. »Du wirst doch nicht etwa … ich meine … du bist doch nicht …«

Luzia starrte ihn an. »Was meint Ihr?«

»… in anderen Umständen. Trägst du ein Kind im Leib?«

»Ich? Schwanger?«

»Natürlich! Ich kenne das doch. Von meiner Tochter. Die hatte auch so eine Übelkeit und musste sich ständig übergeben.« Verunsichert wich er einen halben Schritt zurück. »Geht es dir besser? Ich meine, wenn du hier vor den Gerichtseingang …«

Luzia atmete tief durch. Der Himmel hatte ihr ein Geschenk bereitet, denn die Erinnerung an die Naandl hatte den Wachposten in die Irre geleitet. Jetzt musste sie die Gelegenheit nur beim Schopf packen. Sie räusperte sich und winkte ab. »Ja, besser geht's mir schon. Glaube ich. Ein wenig jedenfalls. Es ist … es ist nur …«

Kurzentschlossen führte der Wachposten sie an die breiten Treppenstufen, die zum Haupteingang hochführten, und drängte sie, sich vorsichtig ganz außen auf eine Kante zu hocken.

»Gott sei Dank, dass der Bischof und die anderen hohen Geistlichen einen anderen Eingang nehmen!« Er stieß einen inbrünstigen Seufzer aus und blickte kurz hoch zum Firmament.

Luzia setzte sich, wischte sich noch einmal über die Augen und schaute ihn mit großen Augen an, genauso wie Sofie es tat, wenn sie etwas erbetteln wollte. Ächzend ging der Wachposten vor ihr in die Hocke. Sein dicklicher Bauch wölbte sich über den Gürtel seiner Beinkleider.

»Du bist blass und solltest nach Hause gehen«, sagte er. »Hier ist nicht der beste Ort für dich. Weißt du, meine Tochter, die hatte eine Fehlgeburt. Dahinten gleich hinter dem Einfahrtstor. Das war nicht schön, für keinen von uns. Du wirst doch nicht etwa auch …«

»Nein, ganz bestimmt nicht. Mir geht's schon besser. Es ist nur …« Luzia spürte, wie ihre Unterlippe zuckte.

»Ja?« Der dickliche Wachposten hob fragend die Augenbrauen.

»Es ist, weil es keinen Vater hat. Ich meine, den hat es schon, aber ich weiß nicht genau, wer es ist.« Beschämt schaute sie zu Boden.

»Jesus, Maria und Josef.« Der Wachposten fuhr sich über den Schnauzbart. »Hast du denn mit so vielen …? Ich meine …«

»Nein, nein, nein!« Luzia wehrte ab. Was sollte sie nur sagen? In diesem Moment entdeckte sie hinten am Kastanienbaum Michel und Karl, die mit anderen Burschen zusammenstanden und zu ihr herüberschauten. Sie räusperte sich, zog sich den Saum des Leinenrockes tiefer über die Waden und schaute hoch zu den schneebedeckten Berggipfeln, die im Licht der späten Nachmittagssonne rötlich leuchteten. Sie musste sich beeilen, bald würden sicherlich die Gerichtstore geschlossen.

»Er hat mich einfach gepackt«, sagte sie leise, aber eindringlich. »Das war im Heustadl. Als ich dort Strohballen zusammenband. Und dann ist's geschehen!« Wieder liefen Tränen über ihre Wangen. Vor Erschöpfung, Angst und Aufregung.

»So, einfach gepackt hat er dich!«, wiederholte der Wachposten und schaute sie mitfühlend an. Nie hatte sie bei ihrem Vater so viel Anteilnahme gespürt. »Und hast du gesehen, wer es war?«

»Ja, schon!« Luzia wurde selbstsicherer und ließ in Gedanken Diethards Bild vor sich auferstehen. Endlich war er ihr dienlich, endlich konnte die Erinnerung einfach aus ihr herausfließen. Nur mussten die Gedanken diesmal mit Peter Passler in Verbindung gebracht werden. »Ich weiß, wie er ausschaut. Er hat mich angestarrt. Mit grünen Augen. Und heißen Atem hat er gehabt.«

»Am heißen Atem wirst du ihn nicht wiedererkennen«, meinte der Wachposten vorsichtig, um sie nicht zu verletzen. Mit einer Kinnbewegung forderte er sie auf, weiterzuerzählen.

»Große Hände hat er«, antwortete Luzia. Sie spürte eine bisher unbekannte Sicherheit in sich aufsteigen. »Dann hat er mich an die Scheunenwand gedrängt. Ein widerlicher Kerl! Ich will wissen, ob er es tatsächlich war.«

»Wer?« Wieder ächzte der Wachposten. Er hockte noch immer vor ihr. Sein Bauch wölbte sich über die Gürtelschnalle, und die strammen Oberschenkel fingen an zu zittern.

»Der hier verhaftet ist«, stieß Luzia mit gespielter Bitterkeit hervor. »Peter Passler!«

»Peter Passler!« Der Wachsoldat erschrak. »Aber Madl! Das ist ein Dieb, ein Gauner, ein Aufwiegler. Der soll dich genommen haben?«

Luzia strich ihm über den Oberarm, so wie sie es beim Steinmetzmeister Caspar Reuter in Schlanders getan hatte. Damals, als der Vater sie aufgefordert hatte, ihn zu umgarnen. Ihre Stimme wurde schmeichlerisch und flehend. »Könnte ich nicht einen Blick auf ihn werfen, nur einen einzigen Blick?«

»Du kannst ihn morgen sehen. Morgen wird er sowieso gehängt«, versuchte er sie zu trösten.

»Aber morgen ist zu spät«, jammerte Luzia. »Ich will doch zurück zu unserem Hof. Ich muss es wissen, das ist mein Recht. Das Recht eines armen, entehrten Mädchens.« Dann drückte sie wieder den Unterarm gegen ihren Magen, stöhnte und würgte.

»Nicht hier«, raunte er ihr beschwörend zu, stand auf und hob abwehrend die Hände. »Nicht hier! Warte einen Moment.«

Aufgewühlt stapfte er zu einem dürren Wachsoldaten, der hoch aufgeschossen war und dem die zu kurzen Ärmel seiner Uniformjacke weit die Unterarme hochgerutscht waren. Die beiden verfielen in einen Disput, kratzten sich am Hinterkopf und blickten immer wieder zu Luzia hinüber, die jetzt die Hände brav im Schoß gefaltet hielt und den Blick auf die Kathedrale mit den zwei Türmen gerichtet hatte. Trotzdem konnte sie aus den Augenwinkeln die Gruppe um Michel und Karl wahrnehmen, wie auch die Wachsoldaten, die nachdenklich ihre Köpfe wiegten. Dann stand sie behäbig auf, drückte den Unterleib vor, faltete die Hände darüber und ging auf den Wachposten mit dem Schnauzbart zu.

»Die heilige Schutzmantelmadonna wird auch mich behüten«, sagte Luzia. Sie wählte einen mitleiderregenden Tonfall und bat gleichzeitig um Vergebung ihrer sündigen Lüge. »Morgen soll doch dieser Verräter seine gerechte Strafe erhalten! Käme da nicht ein weiterer Anklagepunkt recht?«

Der hoch aufgeschossene Wachsoldat hob fragend die Oberlippe. Zwischen seinen vorstehenden Vorderzähnen klaffte eine schmale Zahnlücke. »Was für ein Anklagepunkt?«, lispelte er.

»Ein Aufwiegler, der nicht davor zurückscheut, unschuldige Mädchen zu missbrauchen und zu besudeln, das schafft doch Unmut bei den Menschen!«, fuhr sie mit erhobener Stimme fort.

Einige Marktweiber mit geflochtenen Henkelkörben kamen neugierig näher. Handwerker in Zunftkleidung blieben stehen, Ziegenhirten drängten sich vor. Ein stattlicher Adelsherr, der gerade die Treppe zum Gerichtshaus hochsteigen wollte, horchte auf.

Mit dem Ärmel wischte Luzia sich über die Augen und jammerte laut: »Das wird Euer Hinrichtungsurteil nur bestärken.«

»Was für ein Hinrichtungsurteil?«, dröhnte ein einbeiniger Soldat, der an der Steinbrücke stand, immer noch stolz seine alte Uniformjacke aus dem Calvenkrieg trug und sich gebückt auf zwei Krücken stützte.

»Das vom Peter Passler!«, rief ein Bergbauer in zerlumpter Kleidung. Er wirkte verunsichert, nahm den Filzhut vom Kopf und verbeugte sich vor dem Adelsherrn.

»Er soll das Mädchen da geschwängert haben«, feixte eine rotbackige Magd und klatschte sich auf die Oberschenkel. »Gut, dass so was auch anderen passiert!«

»Ich weiß ja nicht, ob er es auch wirklich war.« Luzia rieb sich über die fröstelnden Arme. »Ich will nur kurz sein Gesicht sehen, um wirklich sicher zu sein. Dann kenne ich den Täter und die Wahrheit.«

Immer mehr Dienstmägde, Knechte und Zunftleute drängten sich auf der Brücke vor der Gerichtstreppe zusammen. Sie tuschelten erregt und nickten sich zu. Marktweiber reckten die Hälse, und zerlumpte Straßenkinder stiegen auf Fässer, die gerade vor das Gasthaus gekarrt worden waren. Der Bierbrauer war auf einen Leiterwagen geklettert, um besser sehen zu können.

»Ein braves Mädchen!« Der Adelsherr, der einen samtigen Umhang trug, klatschte ein paarmal in die behandschuhten Hände. Dann schnippte er einen Flusen von seinen seidig glänzenden Beinkleidern. »Verabscheut Lüge und Betrug.«

Luzia war, als würden die Menschen vor ihr zu einer einzigen wogenden Masse zusammenwachsen. Rufe schallten zu ihr herüber, Forderungen wurden laut.

»Sie soll ihn sehen!« Ein Bauer streckte empört eine Heugabel hoch. »Wir wollen wissen, ob Peter Passler dahintersteckt.«

»Lasst sie ins Gerichtshaus!«

»Zeigt ihr diesen Passler!«

Der Adelsherr lächelte hintersinnig und strich sich über den sorgfältig gestutzten Bart. Dann stellte er sich vor den kunstvoll geschnitzten Portalen des Gerichtsgebäudes in Pose, sodass jeder seine Kuhmaulschuhe aus feinstem Rindsleder betrachten konnte. Als die Rufe immer heftiger wurden, hob er beschwichtigend die Hände. Sofort ebbte das Stimmengewirr ab, und es wurde still. Dann rief er den Wachposten zu: »Bringt sie zu diesem Verbrecher! Ich werde hier auf die Aussage dieses ehrlichen Mädchens warten!«

Ein bischöflicher Adjutant drängte sich durch das Volk, stieg die Treppenstufen hoch und warf dem Adelsherrn einen vielsagenden Blick zu. »Das war eine weise Eingebung«, raunte er ihm zu. »Wer weiß, wofür wir die Aussage noch brauchen können!«

Der dickliche Wachsoldat gab Luzia ein Zeichen, ihm ins Gerichtshaus zu folgen. Sie knickste vor dem Adjutanten und dem Adelsherrn, lief die Stufen hoch und warf noch einen Blick zurück. Niemand aus der bunten Menge regte sich, jeder wartete auf eine Antwort. Auch die Burschen hinten am blühenden Kastanienbaum starrten zu Luzia hinüber, und irgendwo wurde eine Regenbogenfahne geschwenkt. Der Soldat schob die schwere Eichentür auf, dann betraten sie das hohe Gebäude.

21

In der Vorhalle des Gerichtshauses war es kühl. Der Boden war mit Marmorfliesen ausgestattet. Zwei hohe Säulenreihen mit Kapitellen, in denen wundersame Fratzen und Tierköpfe eingemeißelt waren, grenzten die Halle von den Seitengängen ab, während der Mittelgang weiter ins Treppenhaus führte. Vor bemalten Wänden standen weiße Skulpturen auf Sockeln. Die nackten Jünglinge sahen so lebensecht aus, als wären sie zu Marmor erstarrt. Drei Maler standen an einer Wandnische und betrachteten großflächige Skizzen von Heiligen, deren Bildnisse sie auf die Wände übertragen wollten.

Luzia stockte. War das nicht …

»Matthias!« Ungläubig lief sie auf den Maler zu, der sie überschwänglich in die Arme schloss. »Was macht Ihr denn hier?«

Er strich ihr liebevoll übers Haar. »Schön, dich gesund wiederzusehen.«

»Nun sagt schon!«, drängte Luzia, die zum Wachposten hinüberschaute, der noch mit einem Kaufmann im Gespräch stand, der sich wohl nicht zurechtfand. »Was tut Ihr hier?«

»Brixen ist ein Zentrum der Kunst mit Goldschmieden und Holzschnitzern«, sagte Matthias. »Und es gibt eine berühmte Malereischule, an der ich unterrichten könnte. Aber das hängt von Katharina ab …«

»Katharina?«, fragte Luzia überrascht und hatte das Bild der Hurenwirtin vor Augen. »Ist sie auch hier?«

»Noch nicht.« Der Maler lächelte verlegen. »Aber sie wird wohl nachkommen.«

»Und Sofie …?« Sie blickte zu dem Wachsoldaten hinüber, der jetzt ungeduldig wartete und seine Uniformjacke zurechtzupfte.

»Nun komm schon!«, rief er auch schon. »Willst du jetzt diesen Passler sehen oder nicht?«

Luzia nickte Matthias entschuldigend zu, hastete zu dem Wachsoldaten hinüber und folgte ihm durch Gänge und Flure. Endlich hatten sie den Gebäudetrakt erreicht, von wo aus eine Steintreppe hinunter in das Gefangenenverlies führte. Der Soldat griff nach einer lodernden Pechfackel, die in einer Eisenhalterung steckte.

»Willst du wirklich da hinunter?«, fragte er besorgt. »Es könnte dir einen Schock versetzen, wenn du ihm wieder gegenüberstehst. So von Angesicht zu Angesicht.«

Luzia seufzte. »Was bleibt mir denn übrig? Sonst werde ich nie wissen, ob er der Vater meines Kindes war.«

Der Wachmann strich sich nachdenklich über den Schnauzbart. Mit seinen triefenden Augen blickte er Luzia verständnisvoll an und nickte. Dann stiegen sie langsam Schritt für Schritt tiefer in das Verlies hinunter.

Das Fackellicht fuhr über Bruchsteinwände und Steinstufen und warf Lichtflecken auf den lehmigen Boden, die sich Schritt für Schritt in die Dunkelheit vortasteten. Die stickige Luft war vollgesogen mit Gerüchen nach Schweiß, Urin und Verfaultem. Leises Jammern und Winseln hallte ihnen entgegen. An den Seiten glänzten Gitterstäbe auf, die teilweise mit Rost überzogen waren. Bettelnde Hände streckten sich vor. Weit aufgerissene Augen starrten Luzia aus Schmutzgesichtern entgegen.

Am Ende des düsteren Ganges blieben sie vor einer Einzelzelle stehen. Der Lichtschein der Pechfackel fiel auf einen Gefangenen, der zusammengekauert am Boden lag und sich mit ein paar Lumpen zugedeckt hatte. Luzia trat näher an die Eisenstäbe heran. Ihr Herz klopfte, als wollte es den Brustkorb sprengen. Und wenn er sie verraten würde? Wenn der Plan scheiterte? Sie blickte den finsteren Gang zurück. Dann müsste sie vor dem Wachsoldaten fliehen, der breitbeinig mit seinem Gewehr dastand und aufpasste …

»Und?«, fragte er. »Ist er es?«

»Ich kann sein Gesicht nicht sehen …«, antwortete sie zögerlich und kniff sich vor Erregung in die Handflächen, um nicht laut aufzuschreien. Der Qualm der Pechfackel brannte ihr in den Augen, und sie nahm alles nur noch durch einen Tränenschleier wahr.

»He, Passler!«, rief der Soldat mit dröhnender Stimme. »Zeig dein Gesicht. Wir brauchen deine Visage!«

Nichts regte sich. Die Lumpendecken verrutschten nicht, selbst das Ein- und Ausatmen schien durch seinen Brustkorb hindurchzufließen. Er wirkte, als hätte er der Welt den Rücken gekehrt und wollte sich von nichts mehr demütigen lassen. Bestimmt wusste er von dem Urteilsspruch, dass er gehängt werden sollte, da war Luzia sicher.

»Passler!«, warf der Wachsoldat ihm mit derber Stimme zu. »Kneifst du jetzt schon deinen Arsch zusammen? Hast du sogar Muffensausen vor einem jungen Weib?«

In den Nebenzellen hallte schadenfrohes Gelächter auf. Bei einem klang das Lachen wie heiseres Schafsblöken, das dann aber in einen schweren Hustenanfall überging.

»Da siehst du es«, meinte der Soldat und grunzte. »Es hat keinen Sinn! Der rührt sich nicht.«

»Der übt schon für morgen«, kiekste einer.

Andere Gefangene brüllten vor Lachen. Der Wachposten strahlte über seinen Erfolg und stimmte in das Gelächter mit ein. Sein dicklicher Bauch wackelte bei jedem Atemstoß, sodass er sich noch weiter über den Gürtel wölbte.

Luzia schloss kurz die Augen. Jetzt, dachte sie. Es musste ihr gelingen, ihn auf sich aufmerksam zu machen. »Wenn ich doch nur wüsste, ob er der Vater meines Kindes ist«, jammerte sie mit lauter Stimme. »Ob er es war, der mich im Stall gepackt hat …«

Nichts regte sich.

»Oben in Schlanders«, fuhr sie mit leidender Stimme fort.

»Herr Wachsoldat, ich hatte ihn dort schon vorher gesehen, und ich bin ziemlich sicher, dass er es war!«

Noch immer regte sich nichts.

»In Schlanders hab ich ihn gesehen. Am Kastanienbaum. Zusammen mit anderen Burschen. Und ein … Toni war auch dabei!«

Jetzt regte sich die zusammengekrümmte Gestalt, hob langsam den Kopf und schaute zu ihr herüber. Die Schmutzdecken rutschten von Passlers Schultern. Dann stand er auf, taumelte leicht und wankte näher an das Gitter heran. Sein Gesicht war verdreckt, das eine Auge zugeschwollen und dunkel unterlaufen.

»Na? Ist das der Schänder?«, fragte der Wachsoldat.

»Ich … kann ihn noch nicht richtig erkennen. Er muss noch etwas näher kommen«, stotterte Luzia.

Passler starrte sie verwundert an, seine Unterlippe zuckte, als wollte er etwas sagen. Aber Luzia presste die Lippen zusammen, dass er schweigen sollte. Dann fing sie an zu husten und zu keuchen und hielt sich den Bauch.

»Ist dir nicht gut, Madl?«, fragte der Wachposten besorgt.

»Es … es geht schon wieder«, jammerte sie. »Es ist nur die schlechte Luft. Und der Gestank der Pechfackel.«

Sofort wich der Posten ein paar Schritte zurück. »Beeil dich! Auch für dich ist es besser, so schnell wie möglich wieder hier rauszukommen.«

Der Verurteilte stand jetzt an den Eisenstangen. Er umfasste sie mit festem Griff, als wollte er sie herausreißen. Luzia gab vor, aufsteigenden Ekel zu verspüren, näherte sich aber trotzdem der schmutzstarrenden Gestalt. Wieder hustete sie, und wieder wich der Wachmann weiter zurück. Dann hauchte sie Peter Passler fast lautlos zu: »Roter Hahn« und »Zwölf«.

Passler hatte den Kopf vorgestreckt und starrte sie mit weit aufgerissenen Augen an. Der Schein der Pechfackel erhellte sein verdrecktes Gesicht und die aufgesprungenen Lippen.

»Nie wieder wirst du ein Madl anfassen«, fauchte sie ihn an. »Nie wieder! Hast du verstanden?«

Er stand wie versteinert. Auch in den Nachbarzellen blieb es ruhig. Kein Flüstern, kein Ächzen hallte durch den düsteren Gang. Selbst das keuchende Husten war verstummt. Jeder wartete auf eine Antwort.

»Hast du mich verstanden?«, fragte sie wieder, diesmal drängend und fordernd. »Nun sag schon!«

Seine Nasenflügel blähten sich. Er atmete tief ein, als würde er erst jetzt ins Leben zurückfinden. Schaler Atem schlug ihr entgegen. Seine dunklen Augen blitzten durch die strähnigen Haare, die ihm ins Gesicht fielen. Die Mundwinkel zuckten, nur einen Wimpernschlag lang war da ein Lächeln zu erahnen.

»Ich habe verstanden«, sagte er leise.

»Und?«, fragte der Wachsoldat von der hinteren Kerkerwand her. »Ist er es?«

Luzia wandte sich ruckartig von den Gitterstäben ab. »Nein, er ist es nicht. Tut mir wirklich leid, aber er war es nicht.«

»Ganz sicher?«, fragte der Posten enttäuscht.

»Ganz sicher!«

Luzia hastete im Schein der Pechfackel den Gefängnisgang zurück und die Steintreppe hoch. Der Wachmann folgte ihr dicht auf den Fersen.

Wie es hier nach Moder und Dreck stinkt!, dachte sie. Nur raus, an die Luft, und den Kopf in den frischen Wind halten. Ihr war, als hätten die Gerüche sich an ihr festgeklammert und wollten sie nicht wieder loslassen. Selbst aus der Erinnerung würde sich dieser Gestank nicht so leicht fortspülen lassen.

Dann standen sie wieder in der Vorhalle mit den hohen Säulen, den marmornen Jünglingen und der Wandnische, an der Kohleskizzen aufgetragen waren. Von Matthias war nichts mehr zu sehen. Der Wachmann stieß eine Flügeltür auf. Die Sonne blendete, und der Geruch von alten Herbstäpfeln zog ihr in die Nase.

Inzwischen hatten sich noch mehr Menschen auf dem Vorplatz zusammengefunden. Ein Aufschrei ging durch die Menge, als man sie erblickte. Aber sofort wurde es wieder still, erwartungsvoll schaute man ihr entgegen. Der Adlige, der mit dem bischöflichen Adjutanten vorn an der Eingangstür gewartet hatte, zog fragend die Augenbrauen hoch.

Der Wachsoldat zog entschuldigend die Schultern hoch. »Der Passler war es nicht«, sagte er. Dann rief er der wartenden Menge zu: »Er war es nicht!«

Rufe schwirrten durcheinander, das Stimmengewirr wurde lauter und lauter. Der Adlige warf Luzia einen verächtlichen Blick zu, zog verärgert die Oberlippe hoch und wandte sich zum Eingangsportal, während der Adjutant ihm folgte. »Das wird der Passler uns noch büßen«, hörte Luzia seine verärgerte Stimme.

Hinten im Schatten des Kastanienbaums löste sich Michel aus der Gruppe seiner Kumpane und drängte sich an Zimmermännern, Bauern und Bürgern vorbei, die erhitzte Gespräche miteinander führten und aufgebracht gestikulierten. Eine seltsame Unruhe hatte die Menschen erfasst. Jeder wusste, dass sich der Zeitpunkt des Gerichtsurteils, das noch einmal öffentlich verkündet wurde, und der Urteilsvollstreckung näherte. Es waren keine zwanzig Stunden mehr, und Peter Passler würde gehängt werden.

»Was ist?«, flüsterte Michel, der sich scheinbar zufällig zu Luzia gestellt hatte und zum Wassergraben hinunterschaute.

»Alles klar«, sagte sie, ohne die Lippen zu bewegen, und schaute ein paar Vögeln nach.

Michels Augen blitzten kurz auf, er lächelte.

Auf dem Vorplatz waren die Dispute zwischen den Gruppierungen hitziger geworden. Jemand hob eine Holzlatte und schlug zu. Fäuste holten aus und krachten in Gesichter. Schreie wurden laut, die Empörung wuchs, die Prügeleien wurden heftiger.

»Komm, wir verschwinden!« Michel packte Luzia am Handgelenk. »Ehe sie uns auch noch verhaften.«

Aber Luzia riss sich los. »Mich wird keiner verhaften«, flüsterte sie. »Ich bin nur ein armes Mädchen, das von einem Fremden geschwängert wurde.«

»Was?« Michel starrte sie an. »Was bist du?«

»Später! Jetzt will ich wissen, wo Toni ist.« Ihr Blick war lauernd. Sie spürte eine unbändige Kraft in sich aufsteigen und reckte sich. Ja, sie war ein Weib. Aber konnte sie deshalb nicht auch die Fäuste ballen? »Wo ist Toni?«

Michel schaute sie verwundert an. »Spinnst du?«

»Das war keine Antwort«, zischte Luzia. Sie senkte nicht den Blick, wich nicht zurück oder rieb verlegen die Handflächen aneinander. »Wo ist Toni?«

»Morgen«, raunte er und wandte sich zur Seite, als sich der dickliche Wachsoldat näherte. »Komm später zur Kastanie. Jemand wird dort warten.« Scheinbar unbeteiligt schlenderte er davon, während Fußsoldaten die Prügelnden mit Knüppeln auseinandertrieben.

»Was wollte er von dir?«, fragte der Wachsoldat besorgt. »Wollte er dir etwas anhaben? Er ist einer von diesem aufrührerischen Pack, das es auf unser Bischofsamt abgesehen hat.«

»Nein, er ... wollte nur wissen, ob ich im Kerker seinen Bruder gesehen habe«, antwortete sie zögerlich. »Der sitzt auch hinter Gittern. Klein und wuselig soll er sein, mit leicht vorstehenden Zähnen und einer breiten Narbe unter dem Auge. Habt Ihr so einen gesehen?«

Der Wachposten überlegte kurz und schüttelte dann den Kopf. »Nein, den habe ich nicht gesehen. Aber der da, lass dich nicht von so einem ansprechen! Der stinkt vor Schlechtigkeit. Und dann du in deinem Zustand ...« Er setzte eine kurze Pause. »Wie geht es dir denn? Ist die Übelkeit vergangen? Gehst du jetzt nach Hause zurück?«

Luzia schaute ihm in die Augen. Sein Blick schien besorgt, ehrlich besorgt. Er wischte sich über den borstigen Schnauzbart und öffnete die Lippen, als wollte er sie auffordern, etwas zu sagen.

»Morgen. Morgen früh gehe ich zurück«, sagte sie leise. »Ich danke Euch. Ihr habt mir wirklich sehr geholfen!«

»Hast du eine Unterkunft?«, fragte er fürsorglich. »Du könntest bei uns bleiben. Meine Frau …«

»Nein, danke!«, unterbrach sie und strich ihm verlegen über den Arm. »Ich kann bei einer Tante bleiben.«

»Nun gut!« Erleichtert atmete er durch. »Wenn es so ist. Aber pass gut auf dich auf. Du musst wissen, hier wimmelt es von aufrührerischen Bauerntölpeln.«

»Keine Angst, sie werden mir schon nichts tun.« Luzia knickste zum Abschied und lächelte. »Und passt auch auf Euch auf. Damit nachts nicht die Schatten über Euch herfallen. So würde es Sofie sagen, meine Schwester.«

Sie streckte sich, drückte dem Wachsoldaten kurzerhand einen Kuss auf die raue Wange und lief davon. Sie wünschte sich von ganzem Herzen, dass ihm nichts geschehen möge, wenn Peter Passler befreit würde.

Vom Vorplatz hallten Hammerschläge zu ihr herüber. Zimmermänner bauten ein schulterhohes Holzpodest auf. Gerade wurde ein Galgen hochgewuchtet. Ein Pferdewagen karrte neue Bretter und Pflöcke heran, die für die Tribüne gedacht waren, von wo aus die Herrschaftlichen von Brixen der Hinrichtung beiwohnen konnten. Einer der Zimmermänner knotete das Henkerseil zu einer Schlinge und streckte den eigenen Kopf hindurch. Dann hielt er das Seil nach oben und verdrehte die Augen, bis nur noch das Weiße sichtbar war, stülpte die Zunge vor und ließ sie weit aus dem Mund heraushängen. Seine Kumpane johlten und applaudierten.

Luzia schlenderte zum Kastanienbaum hinüber, um auf den Fremden zu warten, den Michel angekündigt hatte. Die Schatten wurden länger und länger. Die späte Nachmittagssonne berührte schon fast die schneebedeckten Gipfel. Bald würde es kühler werden. Der Wind frischte auf und fegte die Sonnenwärme von Steinen und Stufen. Sie hockte sich unter die Kastanie mit ihren ausladenden Ästen, dem dichten Blattwerk und den blühenden Kerzen. Das war ein guter Platz, um zu warten. Die Zeit verstrich. Ihr Magen knurrte. In Gedanken sah sie das knisternde Lagerfeuer, in dem der Vater die braunen, glänzenden Esskastanien geröstet hatte. Sie erinnerte sich nur zu gut an den Duft, wenn die Schalen aufsprangen und den hellen, köstlichen Kern freigaben, damals, als Sofie und sie in den Wiesen lagen, die Naandl mit hochroten Wangen einen Bauerntanz aus der Jugend vorführte und der Ferdl einen lauten Jodler in die Berge schickte. Damals, als die Moidl und der Jakob sich noch an den Händen hielten. Damals vor ein paar Monaten.

Sie sah zum Hinrichtungsplatz hinüber. Der Galgen war errichtet, das Podest und auch die Tribüne standen, und die Handwerker machten sich auf den Heimweg. Das geknüpfte Henkerseil baumelte von dem hohen Querbalken herunter und schaukelte bei jeder Windböe. Am Boden des Podestes war eine verschließbare Klappe eingelassen, die aufsprang, sobald der Verurteilte im Strick hing. Wenn er Glück hatte, brach er sich das Genick und musste nicht ersticken.

Allmählich wurde es dämmrig. Die Sonne war längst hinter den hohen Berggipfeln untergetaucht, und das Firmament verfärbte sich türkisblau.

Die Wälder an den Berghängen verwuchsen in der Dämmerung mehr und mehr mit dem schroffen Felsgranit. Aus der Ferne hallte das gleichmäßige Rauschen eines Gebirgsbaches zu ihr herüber. Luzia fröstelte, zog aus ihrem Beutel das wärmende Umhängetuch und legte es sich um die Schultern. Vielleicht saß die Moidl ja jetzt genauso wie die alte Magda auf einer Bank, schaute in den Abend und wartete auf ihre Rückkehr.

Luzia schloss die Augen. Dafür würde sie gleich morgen früh

erfahren, wo sich Toni befand. Wenn er selbst an der Befreiung teilnahm, könnte sie ihn schon bald in die Arme schließen. Erregt wickelte sie sich das Tuch noch enger um die Schultern und schaute sich um. Wo nur derjenige blieb, der ihr eine Unterkunft geben wollte?

Jemand schlenderte über den Platz, besah sich den aufgerichteten Galgen, stieg auf das Gerüst und befühlte das verknotete Seil. Dann kletterte er die Holztreppe wieder hinunter und kam näher auf sie zu. Er trug einen Umhang, die engen Beinkleider steckten in Stiefeln. Sie erkannte seinen Gang, seine Körperhaltung und das Schwingen der Arme.

Es war Diethard Birchler.

Sofort drückte sie sich näher an den Baumstamm heran, um in seinem Schatten unterzutauchen. Im gleichen Moment packte sie jemand von hinten am Oberarm.

»Los, weg hier!«, zischte ihr eine weibliche Stimme zu.

Luzia drängte sich dicht am Stamm vorbei auf die Fremde zu, die hinten im Schatten wartete. Geduckt hasteten sie davon, im Schutz des Baumes, der Diethard die Sicht nahm. Gleich hinter der nächsten Häuserecke rannten sie los, durch die engen Gassen von Brixen, an dem dreikopfeten Mann oben an der Hauswand und den Lauben vorbei weiter stadtauswärts. Hin und wieder erhellten Fackeln Kirchenportale, steinerne Hauswände, Fachwerk oder Kopfsteinpflaster, dann schlichen sie im Schatten weiter.

Zwischen zwei Stadtschenken bog die Fremde, die ein wollenes Kopftuch tief in die Stirn gezogen hatte, in eine schmale, düstere Gasse. Am Ende dieser Gasse öffnete sich das Land mit seinen Feldern. Mondlicht fiel auf einzelne Hütten und Bauernhäuser. Sie lief auf einen Verschlag zu, öffnete ihn leise und winkte Luzia hinter sich her.

»Hier drin ist alles, was du brauchst. Da drüben steht etwas zu essen. Komm morgen früh auf den Gerichtsplatz«, flüsterte sie Luzia zu. »Aber sei vorsichtig, damit dich niemand entdeckt.«

»Wie soll ich …«

»Jetzt nicht«, unterbrach die Fremde. »Alles wird sich finden. Ich muss los.«

»Aber wer …«

»Du darfst nicht wissen, wer ich bin. Das ist zu gefährlich. Bis später.«

Zum Abschied legte die Fremde ihr die Hand auf die Schulter. Es war ein sanfter Druck, den Luzia spürte. Dann huschte sie lautlos davon. Es quietschte leise, als sich die schmale Tür wieder hinter ihr schloss. Noch lange horchte Luzia in die Nacht. Hin und wieder war da ein feines Knistern und Rascheln zu hören. In der Ferne heulten Wölfe auf. Etwas Mondlicht fiel durch zerborstene Schindeln im Dach, und nachdem sich Luzias Augen an die Dunkelheit gewöhnt hatten, vermochte sie innerhalb des Verschlags Umrisse zu erkennen. Da war ein zerborstenes Wagenrad, etwas Stroh lag in einer Ecke aufgehäuft, und einige Holztröge waren so ineinandergestapelt, dass sie etwas Sichtschutz boten.

Neben dem Stroh stand ein Holzklotz, darauf lagen ein Stück Ziegenkäse, Brot und sogar etwas feiner Schinken. Daneben war ein Krug Wasser abgestellt. Morgen ist es so weit!, dachte Luzia. Morgen! Obwohl das Stroh kratzte, es zugig war und in der Ferne Wölfe heulten, war für Luzia der Himmel offen. So würde Sofie es jedenfalls nennen, wenn Dachschindeln zerborsten waren und Sterne durch die Luken blitzten. Wenn der Wind genug Luft zum Atmen gab, schlechte Gerüche mit sich nahm und den Duft von Wiesengras, Kräutern und Erde herbeiwehte, sodass man nur noch ein- und gar nicht mehr ausatmen mochte.

Sofie würde jetzt das Brot kosten und den Schinkenspeck langsam zerkauen. Den Ziegenkäse aber würde sie einpacken, als Erinnerung an die Zeit, als es noch Brot und Schinken gab. Sie würde ihn einpacken und verwahren, bis er ganz grün und verschimmelt war. Das wäre ihr dann aber egal, weil in dem verschimmelten Käse der Gedanke an eine gute Zeit steckte. Und davon könnte man auch satt werden, meinte Sofie.

Langsam zerkaute Luzia das Brot, trank vom frischen Wasser und zerkaute den Schinkenspeck. Als sie die Hände nach dem Käse ausstreckte, zögerte sie, beugte sich vor und schnupperte. Er roch köstlich. Dann ließ sie ihn liegen. Für den nächsten Morgen.

Als Luzia noch halb benommen aus ihren Träumen zurück ins Leben fand, dämmerte es schon. Trotzdem hielt sie die Augenlider geschlossen und genoss die Stille. Lange hatte sie nicht mehr so gut geschlafen. Sie streckte die Hand nach ihrer Schwester aus. Wo war ihre Schulter? Sie tastete weiter. Und der Lockenkopf?

Schlagartig wurde sie wach. Bilder brachen in ihr auf. Da war der Wachsoldat mit der Pechfackel, die kargen Gefangenenzellen, die rostigen Gitter und Peter Passler, der ungläubig die Augen aufriss, als er von ihrer Anklage der Vergewaltigung erfuhr. Und dann fiel ihr Diethard wieder ein. Ob er sie im Schatten der Kastanie entdeckt hatte? Sie musste zum Gerichtsgebäude, zum Hinrichtungsgalgen. Mit Sicherheit war Michel mit seinen Leuten schon dort. Und vielleicht war ja sogar Toni in der Nähe. Toni … Luzias Herz schlug schneller. Ihr war, als hätte sie ihn seit ewigen Zeiten nicht mehr gesehen, obwohl kaum Wochen vergangen waren. Sofie würde sagen, das Leben hätte die Zeit gedehnt, damit noch mehr hineinpasst.

Luzia lugte durch die Bretterritze des Stalls. Draußen war es noch dämmrig, und nebeliger Dunst lag in den Ebenen. Sie suchte in ihrem Beutel nach dem Hirschhornkamm, kämmte sich, flocht sich die Haare neu und legte das Schultertuch über den Kopf, sodass es bis in die Stirn reichte. Ihr Blick fiel auf den Ziegenkäse, der noch unangetastet auf dem Baumstamm lag. Der Duft stieg ihr in die Nase. Wieder zögerte sie, ein Stückchen davon abzubeißen oder auch nur daran zu lecken. Der Käse war Erinnerung, von der man satt werden konnte, wie Sofie es nannte, aber auch gleichzeitig Proviant für den Tag. Vorsichtig wickelte sie das Käsestück in ein Stückchen Leinen und verstaute es in ihrem Beutel.

Wieder quietschte die Tür in den Angeln, als Luzia sie aufdrückte und hinaus ins Freie schlüpfte. Noch war niemand auf den Feldern. Die taunassen Wiesen glänzten im frühen Licht. Von weit her hallte das Läuten der Kuhglocken zu ihr herüber. Ziegen meckerten, Vögel zwitscherten und stiegen hoch in die Luft.

Luzia lief geduckt durch die enge Gasse, dann vorbei an Wirtshäusern, vor denen Pferdewagen standen. Derbe Ackergäule schüttelten die Mähnen und scharrten mit den Vorderhufen. Blasiger Schaum tropfte von ihren Mäulern. Von der Ladefläche wurden Bierfässer, Schweinehälften und Körbe mit Gemüse abgeladen. Immer mehr Mägde, Zunftleute und Bauern drängten sich durch die Gassen. Luzia versuchte den Weg wiederzufinden, den sie letzte Nacht genommen hatten, vorbei an den Lauben und dem dreikopfeten Mann am Mauerwerk. Endlich lag der Gerichtsplatz vor ihr. Am Galgen hatten sich schon Neugierige zusammengefunden, um den besten Platz für die Hinrichtung zu ergattern. Eine seltsame Erregung lag in der Luft.

An der blühenden Kastanie standen mehrere Burschen beieinander. Sie trugen einfache Beinkleider, Hemden und Joppen, allerdings keine Krempenhüte. Luzia war enttäuscht. Dann war der Hut also doch kein Erkennungszeichen der Aufständischen! Aber wie sollte sie dann, wenn die Ereignisse sich überschlugen, jemanden wiedererkennen, um von ihm zu erfahren, wo sich Toni aufhielt? Dann fiel ihr auf, dass die Burschen alle Vollbärte trugen. Natürlich, überlegte sie. Schon in früheren Zeiten waren Vollbärte Zeichen von Rebellen und Aufrührern gewesen. So lag ihr Gesicht unter dichtem Haarwuchs versteckt, und kein Spitzel konnte sich so schnell einen Bart nachwachsen lassen.

Luzia zog sich das kratzige Tuch noch tiefer in die Stirn, schlenderte näher an die Kastanie heran und betrachtete aus den

Augenwinkeln prüfend die Gesichter. Toni war nicht unter den Burschen. Und Michel auch nicht. Drüben beim Bischofssitz marschierten Soldaten auf. Auch die Wachmänner vom Vortag stellten sich am Eingangsportal auf, mit geschulterten Gewehren und Schlagstöcken in den Händen.

Immer mehr Unruhe machte sich breit. Säuglinge fingen in den Armen ihrer Mütter an zu plärren, Hunde winselten und zogen die Schwänze ein. Die Kirchenglocken fingen an zu läuten. Schwer hallte der Klang der Klöppel, die gegen die kupfernen Glockenwände schlugen, über den Platz. Sofort schlugen viele das Kreuzzeichen, andere beugten das Haupt. Manch einem, der zum Hinrichtungsgalgen schaute, liefen Tränen über die Wangen.

Der wird es nicht schön haben beim Sterben, dachte Luzia, und ihre Gedanken flogen zur kleinen Walpurgiskirche nach Göflan mit dem hoch gelegenen Friedhof und dann zu dem Klumperstein, dem Ringwall, den Schalensteinen und dem Steingrab der Naandl.

Immer mehr Neugierige drängten sich auf den Platz. Luzia zwängte sich zwischen dickbäuchigen Kesselschmieden und Dienstboten noch näher zur Kastanie. Bei den wuchtigen Ästen fühlte sie sich geschützt, und wer konnte schon sagen, ob sie dort nicht den Fremden treffen würde, der ihr Tonis Aufenthaltsort nennen konnte.

Genau in dem Moment streunten die Bärtigen in verschiedene Richtungen davon. Sie gingen in Grüppchen. Obwohl sie unbeteiligt wirkten, schien es doch so, als ob sie ganz gezielt bestimmte Posten beziehen wollten. Einige hatten ihre Fäuste geballt, bei einem blitzte ein Messer in der Hand auf, das er aber schnell wieder unter seinem Wams verbarg. Ob sie doch zu den Rebellen gehörten?

Luzia lehnte sich an die alte Kastanie und fuhr mit den Fingerkuppen über die aufgeworfene Borke. Sie wollte einen Moment hier warten. Nur einen kurzen Moment. Und dann würde auch sie sich ans Gerichtsgebäude drängen, von wo aus Peter Passler von Soldaten flankiert zum Galgen gebracht würde. Nur musste sie aufpassen, nicht in Sichtweite von Diethard zu gelangen, der bestimmt auf der Tribüne einen der besten Plätze besetzt hielt. Da spürte sie, wie sich eine Hand auf ihre Schulter legte. Jemand hatte sich von hinten an sie herangeschlichen.

»Ich hab dich«, raunte ihr eine helle Stimme ins Ohr.

Luzia fuhr herum, es war ihre Schwester Sofie.

»Was machst du denn hier?«, fragte Luzia erschrocken.

»Ich habe dich gesucht.« Sofie wischte sich Tränen aus den Augen und strahlte. Dann schmiegte sie sich an Luzias Schulter. »Der Vater ist auch hier! Jetzt ist ja alles gut. Alles ist gut.«

Der vertraute Geruch ihrer Schwester zog Luzia in die Nase, das störrische Kraushaar kitzelte sie im Gesicht. Sie legte den Arm um Sofie und ließ ihren Blick über die Menschen auf dem Platz wandern. Wenn der Vater sie erwischen würde, wäre alles verloren.

Ein Aufschrei ging durch die Menge. Drüben wurden die Portale des Gerichtsgebäudes aufgedrückt. Der schnauzbärtige Wachposten trat heraus, ihm folgte der hoch aufgeschossene Soldat, dem die zu kurze Uniformjacke an den Unterarmen hochgerutscht war. Beide standen stramm, mit Gewehren in den Händen, den Blick auf die Menschenmenge gerichtet. Jetzt wurde Peter Passler aus dem Gebäude gestoßen. Ein Raunen wallte auf. Er war an den Händen mit Stricken gefesselt. Das wirre Haar fiel ihm strähnig ins Gesicht, aber seine Haltung war stolz und ungebrochen.

»Alles ist so gut«, sang Sofie leise, sah Luzia zärtlich an und klammerte sich an ihren Oberarm. »Weißt du, die Naandl ist weggegangen. Bestimmt ist sie zur Schwarzen Madonna gepilgert. Nach Einsiedeln. Oder zur heiligen Walpurga. Du hast sie gesucht, nicht wahr?«

Drüben blieb Peter Passler vor dem Eingangsportal stehen,

kniff die Augen zusammen und schüttelte den Kopf, geblendet vom hellen Sonnenlicht. Dann blickte er sich um. Luzia reckte sich. Waren da irgendwo die Burschen, die sie an der Kastanie gesehen hatte?

»Sag, dass du die Naandl gesucht hast. Sag es!«, wimmerte Sofie und wiegte sich hin und her. Sie wirkte verzweifelt, ihre Stimme wurde dünner und höher, als wollte sie wieder in andere Welten aufsteigen. »Sag es! Du bist nicht einfach weggelaufen. Sag es!«

»Ich ... habe die Naandl gesucht«, antwortete Luzia leise.

»Ich wusste es, ich wusste es!« Sofie schluchzte auf. Ihre Finger fuhren so zärtlich über Luzias Haut, als könnte sie ihre Schwester verletzen. »Du läufst nicht einfach weg, nicht wahr? Du bist wie ich, ich komme ja auch immer wieder!«

Gegenüber von ihnen wurde Peter Passler die Stufen des Gerichtsgebäudes hinuntergestoßen. Zur gleichen Zeit stiegen mehrere hochgestellte Persönlichkeiten die Holzstufen zur Tribüne hoch, die für den Gerichtsprozess errichtet worden war. Ein Richter in dunkler Robe, Adlige in kostbaren Gewändern, reich gekleidete Kaufleute, wohlhabende Bürger und bischöfliche Adjutanten ließen sich auf den Sitzbänken nieder, die mit Polsterkissen ausgestattet waren. Diethard Birchler war auch unter diesen Herrschaften. Er wirkte unnahbar, seine Gesichtszüge wirkten maskenhaft und verschlagen.

»Ich hab dich, ich hab dich!«, summte Sofie und schmiegte die Wange an die Schulter ihrer Schwester.

Luzias Blick hetzte umher. Und tatsächlich: Hinter der Tribüne drängte sich jetzt Jakob an gestapelten Brettern und Leiterwagen vorbei. Sie wandte ruckartig den Kopf. Er durfte sie hier unter keinen Umständen entdecken.

»Der Vater!« Sofie lachte, hielt mit der einen Hand die gelben Seidenbänder hoch in die Luft, winkte ihm aufgeregt zu, während sie sich mit der anderen fest an Luzia klammerte.

Als wären die gelben Bänder ein Signal gewesen, wuchs die Erregung in der Menge. Stimmen wurden laut, Fäuste streckten sich hoch. Gleichzeitig wanderte Diethard Birchlers Blick zu Sofies flatternden Hurenbändern hinüber. Er stockte, als er Luzia entdeckte. Zur gleichen Zeit wurde Peter Passler durch eine Menschengasse hindurch zum Hinrichtungsplatz geführt.

Luzia streckte sich. Irgendetwas lief da ab, was sie nicht richtig zu deuten wusste. Es war, als schlossen sich die vorderen Reihen der Menschengasse, durch die Passler geführt wurde, immer enger zusammen und drängte die Menge hinter sich zurück.

»Nie wieder gehst du weg«, flüsterte Sofie ihr ins Ohr. »Nicht wahr? Nie wieder!«

Warmer Atem fuhr Luzia über Wange und Nacken. Noch immer schaute Diethard von der Tribüne zu ihr herüber. Dann gab er einem bewaffneten Posten ein Zeichen. Sofort wandte der sich nach ihr um. Auch Jakob musste sie entdeckt haben. Er war keine dreißig Schritte mehr von ihr entfernt.

»Pass auf, wir spielen ein Spiel«, raunte Luzia ihrer Schwester zu, die immer noch ihren Arm fest umklammerte. »Wir spielen … Verstecken.«

»Aber warum?« Sofies Augen weiteten sich verwundert.

»Das hast du doch immer so gerne gemacht.« Luzias Atem ging stoßweise. »Du hast dich im Höllele versteckt, im Stall oder an der Friedhofsmauer in Göflan. Erinnerst du dich? Das machen wir jetzt auch. Dann freut sich der Vater später noch viel mehr, wenn er mich findet.«

Sofie überlegte, während sie die gelben Hurenbänder durch die Luft tanzen ließ und sich noch heftiger an Sofie festkrallte.

Am Gerichtshaus entstand tumultartiges Gedränge. Rufe wurden laut. Immer mehr Fäuste wurden gestreckt. Wachleute hoben ihre Knüppel. Drüben kam der Vater näher, während Diethard abwechselnd zu Passler und ihr herüberschaute.

»Er freut sich dann viel, viel mehr!« Luzia versuchte verzweifelt

Sofies Finger von ihrem Arm zu lösen. »Schnell, sonst sieht er mich.«

Sofie strahlte. »Ja, er freut sich dann noch viel, viel mehr! Lauf! Lauf schnell weg!« Sie öffnete die Hand und streckte sie hoch, als hätte sie einen gefangenen Vogel freigelassen.

Nur kurz drehte sich Luzia nach ihrem Vater um, der keine fünf Schritte mehr entfernt war und dem von kräftigen Marktweibern der Weg versperrt wurde. Ihre Blicke trafen sich. Er rief ihr irgendetwas zu. Wie müde und abgespannt er aussah! Dann rannte sie davon.

»Lauf!«, kreischte Sofie hinter ihr her. »Dann freust du dich auch noch viel mehr.«

Luzia kroch fast unter ausgestreckten Ellbogen hindurch, drängte knochige Hüften, vollbusige Dienstmägde und verschwitzte Stallburschen zur Seite, immer weiter auf das Gerichtsgebäude zu. Dann entdeckte sie Peter Passler, der von Wachposten flankiert wurde. Sie harrten in der Gasse aus, während in diesem Moment der Bischof höchstpersönlich die Tribüne emporstieg, um das Gerichtsurteil öffentlich zu verlesen. Die Menschen verbeugten sich, einige schlugen das Kreuzzeichen. Kappen und Hüte wurden vom Kopf gezogen.

Da peitschte ein Schuss über den Platz, ein Aufschrei wie aus einem Mund hallte auf. Der Bischof sank zu Boden. Im gleichen Moment fingen die Domglocken an zu läuten, und eine Rauchfahne wand sich hoch, gleich hinter der Tribüne. Luzia stockte. Aber von dort hätte der Schuss den Würdenträger unmöglich treffen können. Ihr Blick flog zu Peter Passler. Der schnauzbärtige Wachposten reckte sich zur Tribüne hin. Noch immer läuteten die Glocken, es war zwölf Uhr. Zwölf …, dachte Luzia. Das Zeichen. Dann ging alles blitzschnell. Die Burschen aus den ersten Reihen überrumpelten die Wachsoldaten und schlugen sie nieder, während sich andere Passler schnappten und mit ihm durch die frei gehaltene Menschengasse stadtauswärts davonjagten. Als die

Soldaten sich wieder hochrappelten, hatte die Gasse sich aufgelöst. Dichtes Gedränge versperrte ihnen den Weg.

Luzia schaute zur Tribüne hinüber, während sie weiter davonhastete. Diethard Birchler stand wie versteinert. Der Bischof wurde von Geistlichen und Schutzposten umringt, ihm war nichts geschehen. Im Schutz von Wachleuten wurde er die Stufen der Tribüne hinuntergeleitet. Pulverdampf lag in der Luft, der sich aber sehr bald auflöste.

»Du musst nach Sterzing«, raunte dicht hinter ihr eine Mädchenstimme. »Toni ist in Sterzing. In den Bergwerken … Das schaffst du in einem Tag. Immer nach Nordwest, in Richtung Brenner …«

Luzia wandte den Kopf, aber im Gedränge war niemand auszumachen, der zu dieser Stimme gepasst hätte. Geduckt hastete sie weiter, der Vater hatte sie wohl in der Menge verloren. Schrille Pfiffe waren zu hören und Pferdegetrappel. Eine Reiterkompanie jagte den Flüchtigen hinterher.

In Sterzing ist er also, ging es Luzia durch den Kopf. In der Stadt der Bergknappen, der Fugger und der Silberbergwerke, die in langen Stollen in den Berg getrieben wurden. Wo glitzerndes Gestein aus den Bergen geschlagen wurde und das Schlagen und Schürfen der Spitzhacken in den Schächten widerhallte.

Bis nach Sterzing war es nur noch ein Tagesmarsch! Luzia lachte. Sie fühlte sich leicht wie in einem Rausch. Peter Passler war befreit, Diethard in Brixen zurückgeblieben, und auch der Vater und Sofie hatten sie nicht aufhalten können.

Nicht lange, und sie hatte die Handelsstraße erreicht, die zum Brennerpass führte. Immer wieder schaute sie sich um, ständig darauf bedacht, sich seitwärts ins Dickicht von Wäldern und Gebüsch schlagen zu können, falls das Rattern von Kutschenrädern oder das Trommeln von Pferdehufen hinter ihr zu hören war.

Nach einer Stunde Fußmarsch traf Luzia auf eine Gruppe Zunftleute, die den gleichen Weg nahmen. Sie beschloss, sich ihnen anzuschließen. Sicherlich konnte sie bei ihnen Schutz finden.

»Ich bin Luzia Hofer«, stellte sie sich vor. Sie gab sich schüchtern, verlegen und höflich. »Kann ich ein Stück des Weges mit Euch laufen?«

Die Zunftleute warfen sich kurze Blicke zu. Einer von ihnen, der sich einen kräftigen Backenbart hatte wachsen lassen, betrachtete sie näher. »Und wo wollt Ihr hin, so allein als Madl?«

»Ich will nach Sterzing.«

»Bist wohl von zu Hause weggelaufen, was?«, fragte ein anderer. Er war von knochiger Gestalt, und an seinem Ohrläppchen war eine kleine Verdickung zu sehen.

»Wie kommt Ihr darauf?« Luzia sah ihn vorwurfsvoll mit großen Augen an. »Ich will nur zur alten Nanne nach Sterzing. Der geht es schlecht, und ich will ihr helfen.«

»Soso!« Er lächelte spöttisch. »Die alte Nanne. Und wo wohnt sie? Ich kenne Sterzing gut, dann könnte ich dir weiterhelfen.«

»Sie wohnt … ganz in der Nähe der Silberbergwerke.«

»Soso! Ganz in der Nähe also …« Wieder lächelte er hintergründig und kratzte sich an dem knorpeligen Ohrläppchen. »Du meinst also nah bei unserer kleinen Stadtkathedrale.«

»Ganz recht. Hinter der kleinen Stadtkathedrale in einem Seitengässchen.« Luzia fühlte sich verunsichert, trotzdem senkte sie nicht den Blick. Sie spürte ein Rumoren im Magen, Hunger quälte sie. Sie glaubte, durch den Leinenbeutel hindurch den Ziegenkäse zu riechen. Das Wasser lief ihr im Mund zusammen.

»Ist schon schade, dass es in Sterzing keine große Kathedrale gibt!«, sagte der Backenbärtige mit Bedauern in der Stimme, aber seine dunklen Augen blitzten verräterisch.

Die Zunftleute hatten sich um Luzia geschart. Aufmerksam hörten sie der Unterredung zu. Einer kratzte mit der Stiefelspitze etwas Moos von einem Bruchstein, ein anderer schüttelte bedauernd den Kopf, während er sich den Nacken rieb.

»Ja, das ist sehr schade.« Luzia betrachtete verwirrt die Männer, ihre speckig glänzenden, von der Sonne verbrannten oder vollbärtigen Gesichter. Und ihre Augen, die sie abwartend betrachteten. Was war hier los?

»Das findet die alte Nanne sicher auch sehr schade, oder?«, fragte der Backenbärtige nach.

Luzia fühlte sich unwohl. Irgendetwas lief hier ab, das sie nicht greifen konnte. Ob sie einfach davonlaufen sollte?

»Ja, die alte Nanne findet es auch sehr schade.« Luzia räusperte sich. Dann fuhr sie angriffslustig fort. »Aber was geht es Euch an, was meine alte Nanne findet?«

»Eine ganze Menge sogar!« Der Backenbärtige packte sie derb an den Handgelenken. Wütend presste er die Lippen zusammen.

»Lasst mich los! Was fällt Euch ein?«, schrie Luzia, während die anderen Zunftleute sich abwandten und langsam weiter die Handelsstraße entlangwanderten, ohne sich noch einmal umzusehen. Nur der mit den dicken Knorpeln am Ohrläppchen drehte noch einmal den Kopf.

»Aber bring sie wieder mit!«, rief er seinem Kumpan zu und lächelte hintergründig. »Sie kann uns noch zu Diensten sein.«

»Was wollt Ihr? Was habt Ihr mit mir vor?«, jammerte Luzia, aber der Zunftmeister umklammerte ihr Handgelenk nur noch fester.

Weiter hinten kamen ihnen Handelsreisende mit Handkarren und Ochsengespann entgegen, aber noch waren sie zu weit entfernt, um auf Luzia aufmerksam werden zu können. Wortlos zerrte er sie in ein angrenzendes Waldstück, immer tiefer hinein in das Dickicht, bis die Sonnenstrahlen nur noch spärlich durch das dichte Blätterwerk funkelten und sie niemand mehr hören konnte.

Luzia wollte sich losreißen, trat mit den dünnen Leinenschuhen nach seinen derben Stiefeln, schimpfte und schrie, aber sie waren zu weit von der Handelsstraße entfernt. Dabei war doch alles nur ein Irrtum. Ein tragischer Irrtum …

Der Zunftmeister schleuderte sie an einem aufsteigenden Hang zwischen hoch aufragenden Kiefern zu Boden. Der Aufprall auf die felsige Erde schmerzte. Luzia krallte sich an Farnblättern fest, ihr schwindelte.

»Was wollt Ihr von mir? Was habe ich Euch getan?« Luzias Atem ging gepresst, während der Zunftmeister sie hasserfüllt anstierte.

»Ich will wissen, wer dich geschickt hat!«, fuhr er sie an, während sie nach einem handlichen Stein tastete, der zwischen Moos aus der Erde ragte. Sie müsste ihn nur aus dem Boden herauskratzen, damit könnte sie sich vielleicht verteidigen.

»Mich? Wer soll mich geschickt haben?«, fragte Luzia.

»In Sterzing gibt es keine kleine Stadtkathedrale.« Der Backenbärtige baute sich breitbeinig vor ihr auf. »Das Gotteshaus ist ein riesiger Bau, damit alle Bergknappen zur sonntäglichen Messe hineinpassen! Alle Bergknappen, verstehst du? Über tausend Bergknappen! Du warst nie in Sterzing und hast auch keine alte Nanne in Sterzing! Du lügst! Also, was willst du von uns?«

»Ich … ich will … ich wollte …« Luzia schloss kurz die Augen. Ihre Mundwinkel zuckten. Der auffrischende Wind fuhr ihr über die erhitzte Stirn. Der Rücken schmerzte von dem Aufprall, ihre Finger zitterten, als hätte sie die Kontrolle über sie verloren. Dann schaute sie hoch ins Geäst, das Blätterwerk schien davonzugleiten, die Baumstämme neigten sich, der Boden unter ihr wankte.

»Ich warne dich! Die kleinste Lüge, und du wirst es bitter bereuen!« Seine derbe Stimme wurde schneidend scharf. »Für Spitzel gibt es keine Gnade!«

Luzias Lippen waren blutleer. Mit aufgerissenen Augen starrte sie ihn an. »Ich? Ein Spitzel?«

»Tu nicht so! Da gibt es bessere Schausteller!« Er spuckte auf den Boden. »Erst letzte Woche wurde uns ein Hurenweib auf den

Hals gehetzt. Und jetzt versuchen sie es mit einer neuen Masche: die Unschuldige vom Berghof.«

»Ich bin wirklich von einem Berghof!«, jammerte Luzia.

Der Zunftmeister ging in die Hocke und beugte sich langsam zu ihr herüber. Sein gebräuntes Gesicht kam näher, seine spröden Lippen zuckten vor Ärger. »Raus mit der Wahrheit! Was willst du von uns? Wer schickt dich?«

Er ballte die kräftigen Finger zur Faust. Luzia sah den behaarten Handrücken, den schwieligen Daumen und die vortretenden Knöchel. Dann holte er aus. Sie presste die Augenlider zusammen und wandte ruckartig den Kopf. Ihr war, als würde sie fallen. Immer tiefer. In ein seltsam kreisendes Weiß, das sie wie ein Lichtgitter umfing.

»Ich bin kein Spitzel!« Sie erwartete den Fausthieb, den Schmerz. Vielleicht ein Krachen des Nasenbeins, so wie sie es bei den Krawallen in Schlanders gehört hatte. »Ich bin doch kein Spitzel!«

»Fünf, vier, drei …«, zählte der Zunftmeister. Seine Stimme wirkte brutal und unnachgiebig.

»Ave Maria!«, sang sie plötzlich in einem Singsang, in den sie sich willenlos hineingleiten ließ. Sie spürte, wie sie allmählich davonzuschweben schien, hinein in ein schwereloses Nichts. »Ave Maria!«

Nichts geschah. Kein Fausthieb, kein Schmerz.

»Ave Maria!« Ihr Singsang wurde dünner und heller. Ihr war, als hätte die Leichtigkeit, die sie erfasst hatte, alle Schnüre gelöst, die sie an die Erdenschwere fesselten. »Ich bin die Luzia, und ich lüge nicht. Ich bin wie der Jochwind, der von den Bergwipfeln jagt. Wie der Schnee, der das Land bedeckt. Die bin, was ich bin. Ich bin die Luzia.« Sie kicherte. Wie schön es doch war, der Welt zu entrinnen. Auf Seelenflügel, die sie davontrugen. Die unberührbar machten und die sie eins werden ließen mit der ewigen Jetztzeit.

»Hallo, wach auf!«, drangen Worte zu ihr herüber.

Jemand klatschte gegen ihre Wangen, und der sanfte Schmerz holte sie langsam aus dem schwebenden Licht zurück. Zögerlich hob sie die Augenlider. Der Bärtige vor ihr hatte zwei Gesichter, die nicht zueinanderfinden wollten, deren Umrisse immer wieder übereinanderglitten und sich dabei überschnitten. Ihr war, als würde sie in zwei Welten gleichzeitig schauen.

Luzia sah die geballte Faust, die immer noch in der Luft hing und auf sie gerichtet war. Sie kicherte und sackte wieder weg. Fort wollte sie, einfach wieder fort, dorthin, wo nichts sie am Boden fesseln konnte. Wieder spürte sie die Schläge, diesmal kräftiger. Wieder hörte sie das Klatschen von Händen auf Haut. Soll er doch, dachte sie nur. Ihr ging es gut, so gut. Sie war doch die Luzia …

Dann spürte sie, wie jemand ihre Lippen öffnete und ihr ein Bröckchen hineinschob. Da war etwas Bitteres auf ihrer Zunge. Es rief Ekel hervor. Alles in ihr sträubte sich, das neue Paradies zu verlassen, aber der Schwebezustand löste sich einfach auf. Sie spuckte das bittere Bröckchen aus, das die Spucke im Mund zusammenzog, und öffnete die Augen. Die doppelten Umrisse des Zunftmeisters glitten wieder übereinander, und der Rückenschmerz vom harten Aufprall kehrte zurück.

Noch immer hielt der Zunftmeister die Faust geballt. Aber dann ließ er sie langsam sinken. Luzia schüttelte benommen den Kopf, als etwas am Oberkörper des kräftigen Mannes aufblitzte. Es war ein silberner Anhänger, der an einer Kette baumelte. Ein kostbares Kleinod, auf dem ein Zirkel und ein Hammer zu sehen war.

»Genauso wie der von Paolo.« Luzia räusperte sich. Sie fuhr mit der Zunge über die Kanten der Vorderzähne, um den bitteren Geschmack abzuschaben. Dann spuckte sie aus.

»Paolo?« Der Zunftmeister hob überrascht die Augenbrauen. »Was für ein Paolo?«

»Paolo Desideri, der Steinmetzgeselle aus Schlanders«, antwortete Luzia, während sie noch immer angeekelt das Gesicht verzog. »Was habt Ihr mir da eigentlich zwischen die Zähne geschoben?«

»Das ist weiter nichts. Nur ein getrockneter Pilz, ein Bitterling. Der ist völlig ungiftig. Bringt aber die Lebensgeister zurück.« Ungeduldig fuhr er fort: »Was ist jetzt mit Paolo, woher kennst du Paolo?«

»Aus Schlanders. Er hat mir gezeigt, wie er aus Marmor Kunstwerke schafft. Und er hat mir erzählt, dass er das Taufbecken von Schluderns gemeißelt hat. Und dass dabei der Stichel abgerutscht ist, weshalb er eine tiefe Narbe am Daumen hat.«

Der Zunftmeister nickte nachdenklich und reichte ihr ein Behältnis mit Wasser. »Du kennst ihn wirklich …«

»Natürlich kenne ich ihn. Er hat mir auch gesagt …« Luzia stockte.

»Was hat er Euch gesagt?«

»Er hat mir gesagt, wenn ich einmal Hilfe brauche, dann soll ich mich an einen wie Euch wenden, der so einen Anhänger trägt.«

»An einen wie mich«, wiederholte der Steinmetz mit tonloser Stimme. »Und ich hätte Euch beinahe geschlagen. Was für ein fataler Irrtum!«

Er öffnete seine Zunfttasche und reichte Luzia ein dickes Schinkenbrot. »Nun iss schon«, forderte er sie auf, als sie zögerte zuzugreifen, und schüttelte fassungslos den Kopf. »Ich bin der Alois. Alois Thaler. Ich dachte wirklich, man hätte dich auf uns angesetzt, um Erkundungen einzuholen! Kannst du mir noch einmal verzeihen?«

Luzia nickte. Sie spürte sehr wohl, wie unangenehm ihm sein Verhalten war. Er half ihr fürsorglich hoch, und gemeinsam gingen sie zurück zum Handelsweg, der nach Sterzing führte, während Luzia jeden Bissen vom Schinkenbrot genießerisch zerkaute.

»Magst du mir denn jetzt sagen, was du in Sterzing willst?«, fragte Alois.

»Ich kenne da jemanden«, sagte sie endlich. »Den suche ich.«

»Einen Bergknappen?«, fragte er nach.

Luzia nickte. »Ich glaube schon. Was hätte er sonst in Sterzing zu schaffen?«

»Du weißt nicht, wo die Bergknappen zu finden sind?«, fragte er. Und als Luzia den Kopf schüttelte, erzählte er ihr von dieser reichen Fuggerstadt mit den kostbar ausgestatteten Patrizierhäusern, von den tausend Stollen, Gruben und Schächten, die allein am Schneeberg in über zweitausend Metern Höhe in den Fels getrieben worden waren, um Silber, Blei und Zink zu schürfen. Und von der riesigen Siedlung St. Martin, die allein für Bergknappen aus dem Boden gestampft worden war. Luzia hörte aufmerksam zu und versuchte sich, jede Einzelheit zu merken.

Als sie ein Waldstück umrundet hatten, entdeckten sie die anderen Steinmetze. Sie hockten auf einem hüttengroßen Findling, der einst von Gletschermoränen ins Tal geschleift worden war, und warteten auf den Meister.

»Sie ist kein Spitzel, und sie kennt Paolo!«, dröhnte der Zunftmeister ihnen zu und schlug sich mit der Faust gegen die Brust, als wäre es sein persönlicher Verdienst.

»Paolo?« Die anderen klatschten begeistert in die Hände und nickten Luzia zu. »Das ist ein feiner Kerl!«

In der Ferne war das Getrappel von Pferdehufen zu hören und gleich darauf das Rattern von Kutschenrädern. Luzia wandte den Kopf und streckte sich. Eine reinrassige, braune Stute trabte um das Waldstück und zog einen schwarz lackierten Kutschwagen hinter sich her. Das war die Kutsche, in der sie zur Burg mit dem Weinkeller gebracht worden war.

»Diethard!«, schrie Luzia und wollte sich ins Gebüsch schlagen.

»Komm hier!«, rief ihr der mit dieser seltsamen Verdickung am

Ohrläppchen zu, und deutete hinter den Felsbrocken. »Versteck dich hier. Einige von uns setzen sich auf den Stein, andere daneben ins Gras und halten Vesper. Dann bist du geschützt.«

Luzia kauerte sich hinter den Fels und horchte auf das Pferdegetrappel, das allmählich näher kam. Nicht weit entfernt rauschte ein Fluss. Mücken sirrten um ihren Kopf. Das Rattern der Kutschräder wurde lauter. Einige der Zunftleute hatten es sich auf einem schmalen Wiesenstück vor dem Föhrenwald bequem gemacht, andere waren auf den Fels geklettert und kauten Trockenpflaumen.

Dann hörte sie, wie das Pferdegetrappel langsamer wurde, der Kutscher zog wohl die Zügel. Die Räder quietschten in den Achsen, dann stand die Kutsche still.

»Ich suche eine junge Frau!«, rief jemand.

Luzia kannte ihren Klang nur zu gut. Es war Diethard, der nach ihr suchte. Sie zog den Leinenrock über ihre nackten Waden, als könnte sie sich so vor ihm schützen, krallte die Finger in den Stoff und lauschte.

»Junge Weiber gibt es viele«, antwortete einer der Zunftleute. »Manchmal viel zu viele!«

Die anderen lachten.

»Wie sieht sie denn aus?«, rief der Zunftmeister.

»Der Teufel hat sich in ihr eingenistet«, war Diethards Stimme zu hören. »Hinter ihrem braven Augenaufschlag steckt die Versuchung, das Frohlocken, die Zwietracht. Und dunkle Augen hat sie, richtige Höllenaugen.«

»Ah ja!«, antwortete der Zunftmeister.

»Habt Ihr nicht vom *Malleus Maleficarum* gehört, der Anleitung zur Hexenjagd?«, fuhr Diethard mit Leidenschaft in der Stimme fort. »Von dem Dominikaner Henricus Institoris in der Diozöse Brixen verfasst?«

»Aber er ist doch hier damit gescheitert?« Alois hob skeptisch die Augenbrauen.

»Ja, zuerst!« Diethard wurde ärgerlich. »Aber dann wurde dem *Hexenhammer* der nötige Respekt entgegengebracht, den er verdient. Ich schwöre Euch, Zehntausende von diesen Teufelsweibern werden mit seiner Hilfe noch aufgespürt und den Flammen übergeben. Und Ihr, Ihr wollt Euch doch nicht als Teufelsbündner schuldig machen?«

»Gibt es da sonst etwas, woran wir sie erkennen könnten?«

»Sie hat oft die Haare zu Zöpfen geflochten und am Kopf festgesteckt.«

»Und was werft Ihr ihr vor?«

»Sie ist eine Diebin, eine Lügnerin, eine Hure! Und eine Hexe!«

Aus den Augenwinkeln nahm Luzia wahr, wie derjenige mit dem verknorpelten Ohrläppchen langsam auf sie zuschlenderte. Die Stute schnaubte und stampfte mit den Hufen. Ein Quietschen war zu hören. Wurden die Türen am Kutschenwagen geöffnet?

»Hat sie Euch betrogen?«, fragte der Zunftmeister.

»Mich betrogen?« Diethard lachte abfällig. »Mich betrügt man nicht. Diese Bettelhure steckt mit dem Teufel im Bunde. Da gilt es, unser Land zu schützen.«

Plötzlich schnappte der mit dem dicklichen Ohrläppchen Luzia am Handgelenk, zerrte sie hoch und streckte siegessicher die Faust.

»Ich habe sie, Diethard!«, rief er und lachte. »Ich habe sie!«

Im gleichen Moment stürzten zwei Bewaffnete aus der geöffneten Kutschtür, sprangen auf Luzia zu und sicherten dem Verräter den Weg.

»Er ist also der Spitzel!«, schrie der Zunftmeister aufgebracht. »Er war es! Er hat uns verraten!«

Mit einem Satz stürzte er sich auf den Abtrünnigen, während die anderen Zunftleute dem Meister zu Hilfe kamen. Blitzschnell hatten sie irgendwoher Stöcke aufgeklaubt und prügelten auf die bewaffneten Posten ein, die durch die plötzliche Attacke nicht mehr in der Lage waren, zu den Gewehren zu greifen. Der Spitzel ging durch einen kräftigen Schlag auf den Schädel zu Boden. Gleichzeitig ließ er Luzias Arm los.

»Lauf, Luzia! Lauf!«, brüllte der Steinmetzmeister, und Luzia rannte. Sie rannte los in den Kiefernwald, ohne auf spitze Äste, Brennnesseln oder Gestrüpp zu achten. Sie rannte durch den Wald, der sich wie ein aufgerissenes Erdreich vor ihr öffnete. Sie rutschte felsige Schluchten hinunter und hetzte durch quirlige Bergbäche, die gefährlich angeschwollen waren. Ihr Leinenkleid war übersät von spitzen Waldnadeln und triefte vor Dreck.

Erst als der Nadelwald allmählich in einen Laubwald überging, blieb sie versteckt hinter einer Bergtanne stehen und lauschte. Der Wald ruhte. Kein fremdes Geräusch durchbrach die Stille, die ihm eigen war: das Rauschen der Blätter, das gleichmäßige Gurgeln der Bäche und das Zwitschern der Vögel.

Luzia atmete tief durch. Allmählich löste sich ihre panische Angst, verfolgt zu werden. Nur wenn plötzlich ein Ast knackte, weil ein Tier durchs Gehölz huschte, zuckte sie zusammen. Gleichzeitig dachte sie an Wolfshorden und Braunbären, die oft genug Schafe, ja selbst Kühe rissen und bei den Bergbauern gefürchtet waren. Trotzdem stieg bei den Gedanken an Wildtiere nicht diese panische Angst auf wie bei Diethard.

Luzia war kalt. Der Wind hatte aufgefrischt und verfing sich in ihren nassen Schmutzkleidern. Sie schaute hoch zum Firmament, nicht mehr lange, dann würde es Nacht. Dann lief sie weiter, auf der Suche nach einer Felsnische oder Höhle, in der sie sich hinter einem Schutzwall aus Ästen und stacheligem Gestrüpp verstecken konnte.

Schon nach kurzer Zeit fand sie eine höher gelegene Einbuchtung in einem felsigen Steilhang, die sie erklimmen musste, wenn sie dort geschützt die Nacht verbringen wollte. Die Finger schmerzten vom Festkrallen im Felsstein, und ihre nackten Zehen waren wie abgestorben, trotzdem empfand Luzia eine tiefe

Zufriedenheit, als sie endlich die Nische erreichte. Sofort zog sie den feuchten und verdreckten Leinenrock aus und band das Wolltuch um ihre Hüften. Vielleicht würde der Wind den Rock ja noch bis zur Nacht trocknen. Sie ärgerte sich, denn die Ersatzkleider waren bei Gudrun liegen geblieben.

Allmählich verschwammen die Umrisse mehr und mehr in der Abenddämmerung. Irgendwo heulten Wölfe auf. Luzia hockte dicht an der Felswand und umklammerte sich selbst mit den Armen, um etwas Wärme zu finden. Was wohl die Moidl jetzt machte? Ob sie am flackernden Herd saß und auf sie wartete? Ob der Vater mit Sofie zurückgekehrt war und eine köstliche Suppe im Kessel vorfand? Ob Ferdl an sie dachte?

Luzia legte den Kopf auf die Knie und weinte.

Diethard hatte sie aus dem Nest genommen. Er hatte sie vertrieben. Aus der guten Stube, von den Gesprächen am Herd und der vertrauten Arbeit im Stall. Weg von dem Gefühl, daheim zu sein. Wie sehr konnte sie Sofie verstehen, die davonlief, um zurück nach Hause zu kommen und in den Armen der Moidl, von Jakob und der Naandl aufgefangen zu werden. Wie sehr sie sich danach sehnte …

Es wurde kalt. Nebelschleier legten sich um Baumkronen und zogen von Windböen getrieben an den steil aufragenden Berghängen vorbei. Luzia dachte an die weißen Kälber aus den Sagen, die Gletscher, die langsam Almen, Hütten und Weiden auf ihrem Weg ins Tal mit Eis überzogen hatten.

Sie lehnte den Kopf gegen die harte Felswand, und ihr war, als wollte der Stein die letzte Wärme aus ihr heraussaugen. Auch das Krächzen der Raben ließ sie frösteln. Das Wolltuch wärmte nur wenig, und der Leinenrock war noch klamm. Wieder rieb sie sich über Arme und Beine, bis sie glühten. Ihre Gedanken gingen zu Toni. Es war nicht mehr weit bis zu ihm, der Fußmarsch nach Sterzing dauerte nicht mehr lange. Im Dickicht der Wälder, im Schutz vor Diethard. Und vielleicht sogar vor Jakob und Sofie.

Vielleicht würde sie ja Alois Thaler und seine Zunftleute wiederfinden. Hoffentlich waren sie unverletzt.

Allmählich fiel sie in einen Dämmerschlaf, aber schon vor Sonnenaufgang war sie wieder hellwach. Ihr Magen knurrte. Ob sie jetzt den Ziegenkäse essen sollte, der noch in ihrem Beutel verwahrt war? Vielleicht sollte sie Beeren pflücken, Wurzeln ausgraben oder Kräuter sammeln. Erste Pilze würden vielleicht auch zu finden sein.

Sie warf den Leinenrock, der immer noch feucht war, vom Fels hinunter, ließ den Beutel mit den Schuhen hinterherfallen und kletterte vorsichtig die Steilwand wieder hinunter zu Boden. Das Wolltuch hatte sie um die Hüften geknotet, um etwas Wärme zu finden, aber der Wind fuhr ihr über die nackten Beine. Ihr war kalt, viel zu kalt. Dann lief sie auf das Rauschen eines Baches zu, wusch sich und den Rock im eisigen Quellwasser und wartete auf die höher steigende Sonne, damit der Stoff trocknen konnte.

Sterzing lag in nordwestlicher Richtung, das hatte die Fremde gesagt. Also musste Luzia sich nach dem Stand der Sonne richten. Ihre Aufregung wuchs. Nicht mehr lange, dann war sie bei Toni! Dieser Gedanke trug ihre Müdigkeit wie ein welkes Blatt davon. Obwohl ihr gewaschener Rock, den sie über einen kahlen Ast zum Trocknen gehängt hatte, noch klamm war, schlüpfte sie hinein. Es drängte sie weiter. Das Firmament war kristallklar, nur in der Ferne schwebten ein paar Wölkchen über Schneegipfel. Es würde ein heißer Tag werden, und die Sonne würde den Stoff schon trocknen. Dann lief sie los.

Immer wieder kletterte Luzia auf Felsvorsprünge und Anhöhen, um das Land überblicken zu können und auszuspähen, ob irgendwo ein dicht besiedelter Ort zu sehen war, der Sterzing glich. Sie wanderte vorbei an frisch gekalkten Kirchlein, betete an Marterln oder an steinernen Marienstatuen. An einem Jesuskreuz verharrte sie für eine Weile. Es war mit Strauchwerk verwachsen. Äste hatten sich um das Kreuz geschlungen, als wollten sie es stützen. Kleine weiße Blüten, die einen wundervollen Duft verströmten, schienen sich nur zur Ehre des Herrn geöffnet zu haben. Luzia betete aus tiefstem Herzen. Dann lief sie weiter.

Endlich entdeckte sie einen kolossalen Kirchbau, der außerhalb der Stadtmauern errichtet worden war. Das musste Sterzing sein, denn allein in Sterzing war eine solch gewaltige Kirche zu finden. Dann bemerkte sie einen treppenförmigen Turm, der sich aus der Fuggerstadt emporstreckte.

»Der Zwölferturm!« Luzia strahlte.

Je weiter sie sich dem Wahrzeichen der Stadt näherte, desto deutlicher wurden die Umrisse von winzigen Häusern, Schuppen und Scheunen, von Schornsteinen, Leitern und Handkarren und von Menschen, die sich auf den Plätzen drängten.

Toni! Luzia lief schneller. Was war heute für ein Wochentag? Ein Sonntag? Dann gingen die Bergknappen doch alle zur Messe! Das hatte der Zunftmeister jedenfalls gesagt. Aber dann schüttelte sie den Kopf. Gestern war ein Freitag gewesen, gestern, als Peter Passler befreit worden war. Dann würde morgen erst der Gottesdienst abgehalten. Heute wurde gearbeitet. Aber wie lange wohl noch?

Sie ließ ihren Blick über Steilhänge und Geröllhalden schweifen, die in Muren von den Gipfeln heruntergedonnert waren. Irgendwo dahinten mussten die Bergwerke liegen, wo in tiefen Stollen das Silbergestein herausgeschlagen wurde, dieses kostbare Mineral, das die Fugger zu Münzen prägen ließen. Ihr Herz schlug schneller. Toni musste irgendwo dahinten sein, irgendwo in den Bergstollen oder draußen in den Felsschluchten, um das Gestein zu verladen. Vielleicht schlenderte er aber auch gerade durch die engen Gassen von Sterzing oder hockte sogar im Wirtshaus bei einem Becher Wein.

Luzia lachte, Tränen liefen ihr über die Wangen. Gleichzeitig zitterte sie. Nicht mehr lange, und sie würde in Tonis Arme sinken, seine Lippen küssen, seine Haut spüren … Aber für diese

Nacht bräuchte sie noch eine Unterkunft, denn die Sonne versank schon hinter den Berggipfeln.

Gar nicht weit entfernt entdeckte sie einen kleinen Berghof, der auf Bruchsteinen am Hang errichtet und aus Holz hochgezogen war. Zwei Kühe rupften Gras auf der abschüssigen Wiese. Vielleicht konnte sie dort im Stall helfen und dafür eine Schlafstelle für die Nacht finden. Sie stolperte auf den Berghof zu, die Türpfosten verschwammen vor ihren Augen. Ihre Stirn glühte. Das Läuten der Kuhglocken hallte durch ihren Kopf. Luzia taumelte und sackte in sich zusammen.

Da waren wieder die weißen Frauen. Nebelgleich zogen sie an ihr vorbei, winkten mit wehenden Händen und wollten sie mit sich ziehen.

»Komm«, flüsterten sie. »Komm, steh auf!«

Luzias Brust schmerzte, ein inneres Feuer schien sie zu verzehren. Es fraß sich durch Lunge, Magen und Kopf und ließ sie in Hitze aufwallen. Die weißen Frauen umtanzten sie, ihre Schleier wehten und kühlten ihr die Stirn. Das tat gut, so gut.

»Du musst trinken«, raunten sie. »Trink!«

Luzia öffnete ein wenig die Lippen, etwas Kühles floss in ihren Mund. Sie versuchte zu schlucken. Der Hals brannte, röchelnder Husten schmerzte. Vorsichtig hob sie die verklebten Lider, ein fremdes Frauengesicht sah sie an. Was für große Augen sie hat, dachte Luzia noch. Ein kalter, nasser Lappen wischte über ihre Stirn, dann sackte Luzia zurück in einen traumlosen Schlaf.

Irgendwann schlug sie die Augen auf. Verunsichert schaute sie sich um. Sie lag in einer kleinen Kammer auf einem Strohlager, schwaches Licht fiel durch eine Fensterluke. Die dicken Holzwände waren an den Kanten mit Schnitzereien versehen, mit Blüten und Kringeln. In einer Nische stand eine hölzerne Marienstatue, davor ein Tontöpfchen mit frischen Wiesenblumen.

»Toni!«, stieß sie hervor. Blitzartig schossen ihr Bilder aus den letzten Tagen durch den Kopf. Die Befreiung von Peter Passler, der Vater, der in Brixen durch die Menge auf sie zudrängte, und Sofie, die die Wange an ihrer Schulter rieb. Die Flucht aus Brixen, der Steinmetzmeister, der sie der Bespitzelung verdächtigte, und Diethard, der sie verhaften ließ. Die Befreiung durch die Zunftleute, die Flucht in die Berge, die Nacht in der Bergnische, der Dreck, die Kälte, das Wasser … Aber wie war sie hierhergekommen? Sie wollte doch zu Toni nach Sterzing …

Die Tür knarrte in den Angeln, als sie langsam geöffnet wurde. Eine Bauersfrau streckte den Kopf herein. In ihren Händen hielt sie ein Schüsselchen, in dem eine Brühe dampfte. Ein würziger Geruch stieg Luzia in die Nase.

»Du musst essen«, sagte die fremde Frau und lächelte gutmütig. »Ich denke, das Schlimmste ist überstanden.«

»Was ist … wo bin ich denn?«, stotterte Luzia.

»Vor der Türschwelle hast du gelegen«, antwortete die Bäuerin und hockte sich auf einen Schemel. Die blaue Schürze war straff um ihre volle Brust gebunden. Sie hatte ein buntes Kopftuch um das hellbraune Haar gebunden, und das verschlissene Kleid, das sie trug, war sorgsam gestopft. Nur die Holzschuhe, die sie am Eingang abgestellt hatte, waren von Matsch verkrustet. »Und geglüht hast du vor Fieber! Ich dachte schon, der Herrgott will, dass du zu ihm gehst. Ich bin übrigens die Anna.«

Luzia keuchte und hustete. Gurgelnder Schleim stieg ihr die Kehle hoch.

»Raus damit, das muss alles raus!« Die Bäuerin reichte ihr ein zerlumptes Wischtuch. »Spuck's da rein. Ich wollte den Fetzen sowieso wegwerfen. Da steckt Krankheit drin, verstehst du? Das muss weg, hat der Paracelsus gesagt.«

»Paracelsus?« Luzia stützte sich hoch, während die Bäuerin sich mit der dampfenden Schüssel vorbeugte und ihr einen Löffel Suppe einflößte.

Die nickte und flüsterte, als könnte ein Ungebetener ihr zuhören. »Der kennt sich da aus. Der war schon öfter hier und hat sich alles aufgeschrieben. Alles, was ich über Krankheit, Fallsucht und Seuche weiß. Auch über Frauenleiden hat er mich befragt. Und das ist dem anderen Medicus in Sterzing gar nicht recht.« Wieder schob sie Luzia einen gefüllten Holzlöffel zwischen die Zähne.

Luzia schlürfte die Brühe auf und schluckte. »Erzähl mir mehr von dem Paracelsus. Ist er hier in Sterzing zu finden?«

Dann erzählte die Bäuerin, dass Paracelsus in Gruben und Bergwerkstollen forschte. Viele der Bergknappen erkrankten an schwerem Husten, wurden von der Bergsucht heimgesucht und starben unter Qualen. In einem Alchemistenlabor forschte er auch mit Quecksilber, denn er meinte, allein die Dosierung wäre für die Heilung ausschlaggebend.

Anna räusperte sich, überlegte kurz und meinte: »Alle Dinge sind Gift, und nichts ist ohne Gift. Allein die Dosis machts, dass ein Ding kein Gift ist … so hat er gesagt.«

»Ihr haltet viel von diesem Paracelsus«, fragte Luzia.

Die Augen der Bäuerin leuchteten. »Der lässt sich nicht das Maul verbieten. Er hat sogar den Streit mit den Fuggern aufgenommen.«

»Mit dieser Weltmacht?«

Wieder hielt Anna ihr einen Löffel mit dampfender Suppe entgegen. »Da ging es um das Guajakholz. Das haben die Fugger aus Ländern hinter dem großen Ozean mit Schiffen herbeigeschafft und hier für teures Geld gegen Syphilis verkauft. Gegen diese Geldrafferei hat Paracelus gewettert, er hätte ein wesentlich preiswerteres Mittel erforscht. Und ich wette, die Fugger werden sich an ihm rächen. Ach, wenn ich als Weib doch studieren dürfte … Aber jetzt iss! Damit du wieder auf die Beine kommst.«

Luzia nickte und schlürfte dankbar die Brühe von dem Holzlöffel, den die Bauersfrau ihr wieder vor den Mund hielt. Und während sie aß, erzählte ihr Anna wilde Geschichten vom Sterzinger Moos, wo ledige Jungfern hinmussten, um für ihre eheliche Entsagung zu büßen. Und auch die Junggesellen, die sich nicht verheiraten mochten, wurden dort auf einem Berg verbannt und mussten zur Strafe Felsen abreiben, Wolken schieben und Fürze kleben.

»Fürze kleben?«, fragte Luzia erschöpft, als sie den letzten Löffel Suppe geschluckt hatte. Ein leises Kichern war zu hören.

Anna nickte und fuhr ihr zärtlich über die Stirn. »Siehst du? Du lachst ja schon wieder.«

Wieder fiel Luzia in einen tiefen Schlaf. Es dauerte Tage, bis sie wieder zu Kräften kam. Noch immer wurde ihr schwindelig, wenn sie versuchte, sich vom Strohlager hochzudrücken. Sie hustete bei jeder Anstrengung und hoffte insgeheim, dass dieser Paracelsus wieder den Berghof aufsuchen würde. Von Anna erfuhr sie, dass sie alles allein bewirtschaftete, während der Bauer und drei ihrer Söhne in den Bergstollen arbeiteten.

»Das sind jetzt Bergknappen«, erzählte sie stolz. »Die kriegen festes Geld. Jeden Monat. Stell dir vor, festen Lohn. Und sonntags, nach der Messe, kommt mein Bertl heim. Ich pass schon auf, dass er nicht krank wird.«

»Wann ist denn wieder Sonntag?«, fragte Luzia, als sie sich von ihrem Lager hochdrückte. Es war der erste Tag, an dem sie wieder aufstehen konnte.

»In zwei Tagen«, antwortete die Bäuerin. »Wenn du magst, komm mit. Ich gehe auch nach Sterzing.«

»Es ist …«, stotterte Luzia. »Ich suche da jemanden. Meinst du, dein Bertl oder deine Burschen können mir helfen, ihn zu finden?«

Die Anna wiegte den Kopf. »Bergknappen gibt es viele. Aber helfen würde er dir schon.«

»Ich danke dir!« Luzia zögerte kurz. Dann drückte sie der Bäuerin einen schnellen Kuss auf die Wange. »Ich danke dir für alles, was du getan hast.«

»Er ist dir sehr wichtig, oder?« Anna schaute sie nachdenklich an. »Wenn du dich allein hierher auf den Weg gemacht hast …«

Luzia errötete und nickte. Dann folgte sie Anna hinaus in den sonnigen Tag. Sie blinzelte ins Licht und atmete tief ein. Wie sehr sie doch diese Wärme vermisst hatte! Sie ließ ihren Blick über das weite Land schweifen, über die Wälder an den Steilhängen bis hoch zu den Bergen mit ihren Schneewipfeln. Sie genoss den Wind, der ihr ins Gesicht fuhr, und selbst der Geruch des Kuhdungs, der hinten vom Misthaufen herüberwehte, ließ kein Unwohlsein mehr in ihr aufsteigen.

Es war eher eine innere Unruhe, die sie umfing, denn es waren keine zwei Tage mehr, bis sie in Sterzing zur Sonntagsmesse gehen sollte. Während dieser Zeit des Wartens half Luzia der Bäuerin im Stall und auf dem Feld, molk die beiden Kühe, mistete aus und erntete erstes Gemüse.

Schon früh am Sonntagmorgen stand Luzia auf der Türschwelle des Berghofes und atmete tief die frische Luft ein, ohne husten zu müssen. Wie hatte Sofie einmal gesagt? Luft schmeckt morgens ganz anders als am Abend, wenn der Tag vollgeatmet ist von Plackerei. Aber nachts im Nebeldunst wird alles wieder reingewaschen. Luzia lächelte. Sofie …

Sie stand barfuß, die Hände hatte sie vorsichtig über dem frisch gewaschenen Hemd verschränkt, um es nicht zu zerknittern. Auch der Rock war sauber geschrubbt und mit dem Kohleeisen glatt geplättet. Als die Hofkatze um ihre nackten Beine streichen wollte, schob sie das Tier sanft zur Seite. Sie ließ ihren Blick über die Berge gleiten, über die Täler von Pflersch und Ridnaun, von denen aus Stollen in die Berge getrieben wurden.

Unten in der Ebene von Sterzing streckte sich zwischen Nebelschwaden das Wahrzeichen der Stadt, der Zwölferturm hoch. Und schließlich schälte sich auch der kolossale Bau der Stadtpfarrkirche aus dem Dunst heraus. Ihr Turm wirkte im Verhältnis zur massiven Kirche viel zu klein, als wären den Bauherrn die

Steine ausgegangen. Luzia lächelte, und fuhr sich über das frisch gewaschene Haar. Ihre Wangen glühten vor Freude. Toni würde dort unten sein. Zur heiligen Messe. Ganz bestimmt …

Hinter ihr knarrte die Holztür des Berghofes, und der Riegel wurde vorgeschoben. Die Bäuerin stellte einen Binsenkorb, in dem sie Brote verstaut hatte, auf einen Holzpflock.

»Magst du für die Kirche keine Schuhe anziehen?«, fragte sie und stellte Luzia ein Paar Leinenschuhe vor die nackten Füße. »Du kannst sie mir ja später wiedergeben.«

Luzia nickte dankbar, während sie zum Gotteshaus hinunterschaute und in die Schuhe schlüpfte. Dann nahm Anna den gefüllten Korb, und sie machten sich auf den Weg.

Die Pfarrkirche war jetzt schon gut besucht. Die Bauernburschen, Pferdeknechte und Gesellen mussten die Leitern hoch auf die Balustrade, die Mägde und Bauersfrauen blieben unten. Von allen Seiten strömten immer mehr Bergknappen herbei, fein herausgeputzt, sauber gewaschen und mit stolzen Gesichtern. Es mussten tatsächlich an die tausend Knappen sein, die sich dort zusammenfanden. Sobald sie den Kirchraum betraten, zogen sie ihre Mützen vom Kopf.

Luzia stand im dichten Gedränge. Sie drückte sich an einen Pfeiler gleich an der riesigen Eingangstür und ließ ihren Blick über all die Köpfe mit den gestriegelten Haaren gleiten. Da waren verhärmte und eingefallene Gesichter mit hohlen Wangen, blasse, verbrauchte und erschöpfte. Vernarbte und geschundene. Aber auch stolze, selbstbewusste und fordernde. Wieder und wieder streckte sie sich, aber von Toni war nichts zu sehen. Luzias Herz klopfte zum Zerbersten. Vielleicht war ihr Toni ja gar nicht hier in Sterzing, vielleicht war die Auskunft der Fremden in Brixen falsch gewesen, um sie in die Irre zu führen. Oder er hatte sich entschieden, nach Venedig zu reisen oder zu den Bergwerken nach Schwaz oder Innsbruck zu wandern. Wer wusste das schon zu sagen?

Sie spürte eine unendliche Leere und Enttäuschung in sich aufsteigen. Wie es aussah, war alles vergebens, und sie hatte all die Mühen umsonst auf sich genommen.

Jemand fasste sie am Arm. Es war Anna.

»Er ist nicht dabei?«, fragte sie voller Anteilnahme.

Luzia schüttelte den Kopf und senkte den Blick.

In diesem Moment betraten in einer Prozession die Reichen und Herrschenden die Kathedrale. Pelzverbrämte Umhänge hingen den Mächtigen über den Schultern. Ihre Frauen waren prunkvoll in schimmernde Seide gekleidet.

»Das da vorn ist der Fugger«, raunte Anna ihr zu.

Lucia reckte den Kopf nach dem vielgerühmten und verschmähten Kaufmann, der Geldwirtschaft und Handel zu vereinen suchte, um sein Weltimperium immer mehr erstarken zu lassen. Er machte einen unscheinbaren Eindruck mit seinem schütteren Haar und den schmalen Lippen, aber schon allein sein willensstarker Blick wusste sicherlich so manchen Gegner in die Knie zu zwingen. Über seiner schwarzen Haube trug er einen breiten braunen Pelzkragen, während er eine venezianische Goldhaube in den Händen hielt.

In seinem Gefolge befanden sich auch der Wanga und Diethard Birchler. Luzia drückte sich schnell hinter den Kirchenpfeiler und blickte vorsichtig zu ihnen hinüber. Sie waren in bestes Tuch gekleidet, ihre Federhüte hielten sie andächtig vor dem Leib. Überall brannten Kerzen. Die Bergknappen standen mitten in der Kathedrale wie ein Riesenheer, das sich geteilt hatte, um den Herrschaften Durchlass zu gewähren.

»Wenn sie erst ihre Rechte einklagen …«, sagte Anna leise und lächelte hintergründig, während ein gewaltiger Chor im Altarraum seine Stimmen erhob und die Glocken anfingen zu läuten.

»Wie die armen Bauern?«, flüsterte Luzia. Der Kirchengesang erfüllte die ganze Kathedrale zu Ehren Gottes. Die Kerzen flackerten in den Leuchtern, und die Bergknappen fielen als Erste in den Gesang mit ein.

Anna nickte und raunte. »Wie die armen Bauern! Peter Passler ist frei, und es werden immer mehr. Hunderte, ja, Tausende und Abertausende werden ihm folgen. Dein Toni ist auch dabei. Du kannst stolz auf ihn sein.«

Luzia spürte, wie ihr Tränen über die Wangen liefen.

»Merk dir nur einen Namen«, flüsterte Anna ihr noch zu. »Michael Gaismair! Von dem wird man noch viel hören.«

»Michael Gaismair …«, wiederholte Luzia leise. In der Pfarrkirche hallte der Gesang der tausend Bergknappen und der gewaltige Glockenschlag wider. Noch immer drängten Gläubige durch das Eingangsportal nach, sodass Luzia von Anna weggeschoben wurde und sie sich aus den Augen verloren.

Plötzlich wurde ihr Handgelenk mit eisernem Griff umfasst. Sie schaute sich um. Es war Jakob, ihr Vater. Er zerrte und zog sie erbarmungslos aus der Menge hinaus ins Freie. Luzia folgte ihm widerstandslos. Alles war verloren. Er schleifte sie wortlos weiter und stieß sie um eine Häuserecke. Sie stolperte fast, dann blickte sie hoch. Vor ihr stand Toni.

»Toni?« Sie fiel ihm in die Arme, schluchzte und weinte, als wollten alle Anstrengungen, Demütigungen und Schmerzen der letzten Zeit aus ihr herausfließen. Toni hielt und wiegte sie.

»Ruhig, ganz ruhig«, raunte er mit seiner tiefen Stimme. »Der Himmel war uns gnädig.«

»Wir müssen los«, ging Jakob dazwischen.

Luzia schaute verwundert zwischen Jakob und Toni hin und her. »Du willst mich nicht ausliefern?«, fragte sie den Vater und wischte sich über die Augen.

Jakob schüttelte den Kopf. »Wir reden später. Jetzt lasst uns los, damit uns niemand sieht.«

Sie hasteten zu einem Gasthaus, wo ihnen bis zum Abend Unterschlupf gewährt werden sollte. Der dicke Burkhard, der am Schanktresen stand, war mit dem Brückenwirt in Schlanders verschwägert und wusste genau, wann er die Lippen zu schließen hatte. Sofie hatte in einer Hinterstube gewartet und eine Katze nach ihren gelben Hurenbändern springen lassen. Als Luzia die Stube betrat, rannte sie ihr überschwänglich entgegen und fiel ihr jubelnd um den Hals.

»Jetzt bist du wieder angekommen«, sagte sie zärtlich. »Jetzt läufst du nicht mehr weg, nicht wahr? Sag, dass du nicht mehr wegläufst.«

»Sie läuft nicht mehr weg.« Toni schmunzelte und strich Luzia übers Haar. Sie schloss die Augen und schmiegte sich an seine Schulter. Dann zog er vorsichtig ein Läppchen mit Ölspuren aus seinem Brustbeutel. »Schließlich hat sie einen Walpurgisöl-Eid geleistet.«

»Das war aber kein Walpurgisöl!«, antwortete sie verlegen.

»Aber ein Versprechen, und das hat doch wohl Bestand, oder?« Toni zog sie wieder an sich.

Jakob stellte sich an die schmale Fensterluke, die zum Hof hinausging, während Luzia Toni umarmte und küsste und nicht genug von ihm bekommen wollte.

»Und jetzt?«, fragte sie Toni. »Was geschieht jetzt?«

»Toni will uns helfen, den Hof neu aufzubauen«, sagte Jakob vom Fenster her, ohne sich umzudrehen. »Der Hasl-Hof bleibt den anderen Brüdern.«

»Und Diethard?«, fragte Luzia zögerlich.

»Ich will den Namen nie mehr hören!«, herrschte Jakob und fügte leise hinzu: »Wenn ich dir doch nur geglaubt hätte.«

Luzia stand auf und ging langsam auf den Vater zu. »Du weißt von der Naandl?«, sagte sie so leise, dass Sofie sie nicht hören konnte.

Er schaute sie nur an und senkte dann den Kopf. »Sie ist also …«

Luzia nickte und flüsterte: »Ich habe sie beerdigt.«

Dann legte Jakob ungelenk die Arme um sie. Er sagte kein Wort, hielt sie nur ganz fest, so wie Luzia es sich erträumt hatte. Sie spürte seinen Atem im Nacken, der heftig und stoßweise ging. Als er sich endlich von ihr löste, drehte er sich schnell dem Fenster zu und fuhr sich verlegen mit dem Handrücken übers Gesicht.

»Und was wird mit dem Wanga?«, fragte Luzia.

Toni versuchte zu lächeln. »Wir werden sehen, was wird.«

»Ich weiß, was wird!«, rief Sofie begeistert. »Wir haben jetzt ganz viele junge Ferkel. Und keins hatte bei der Geburt Angst und ist tot umgefallen! Und die Sonne scheint. Da ist kein Winter mehr. Alles ist freigetaut und kann jetzt sprießen … und …«

»Sofie«, rief der Jakob vom Fenster her. »Nun gib endlich Ruh!«

Erst in der Nacht wagten sie, Sterzing mit einem Pferdkarren zu verlassen, den Jakob sich geborgt hatte. So wusste Diethard nicht, wo sich Luzia befand. Mit der Zeit würde er sie vielleicht vergessen, denn zwischen ihm und Mathilde von Gerolshofen war eine fürstliche Hochzeit anberaumt worden.

Warmer Nachtwind fuhr über den Pferdekarren, als sie sich auf den Rückweg nach Schlanders machten. Luzia und Toni saßen auf der Ladefläche, hielten sich umarmt und sprachen über die Zukunft. Sofie saß auf dem Kutschbock beim Vater und plapperte ununterbrochen, dass nämlich die Moidl auf die Ferkel aufpasste und Ferdl beim Kirchturmbau in Schlanders half, weil er ganz geschickt darin war, Hölzer zusammenzusetzen. Dass der Johann ihr nie mehr nachstellen würde, weil er ja tot war. Matthias hätte ihn aufgemalt, und dann hätten sie sein Bild mitsamt einem Steinbrocken im See versenkt. Und dass die Naandl sicher bald wiederkommen würde, wenn sie erst zur Schwarzen Madonna in Einsiedeln gebetet hätte. Und dass neulich jemand beim Klumperstein gestorben wäre. Aber das musste sehr schön gewesen sein, weil so viele Kerzen gebrannt hätten.

»Ja, das war sehr schön«, sagte Luzia, lehnte den Kopf an Tonis Schulter und schaute hoch zu den Sternen. Die Mondsichel stand als schmaler, leuchtender Bogen am Himmel.

»Heute fällt der Mond ins Leere«, sirrte Sofie und streckte die Arme hoch.

»Er fällt ins Leere?«, fragte Luzia.

»Ja, da fehlt so viel bei ihm. Dann wird nur Leben angetaut.«

»Wieso wird Leben angetaut? Kann denn Leben einfrieren?«

»Natürlich«, flüsterte sie, und starrte mit ihren schräg stehenden Augen zu den Bergwipfeln hoch, die sich in kantigen Linien schwarz vor dem dunkelblauen Himmel abhoben. »Wer wegläuft, friert seine Seele ein. Dann betrügt man sein Leben und ist voller Trauer.«

»Und warum taut der Mond nur Leben an?«

»Weil er nicht so schön ist wie sonst. Über alles, was schön ist, freuen wir uns. Und dann wird Leben angetaut.«

Luzia drückte Tonis Hände und schmiegte den Kopf an seine Schulter, während er sie fest in den Armen hielt. Tränen liefen ihr über die Wangen.

»Na? Taut der Mond dich gerade an?«, flüsterte Toni, lächelte und wischte ihr zärtlich über die nassen Augen.

Luzia atmete tief durch und schaute hoch in den Sternenhimmel. Die schmale Mondsichel stand ruhig am Firmament. So ruhig, als gäbe es kein Morgen.

Anmerkung der Autorin

Paracelsus möge es mir verzeihen, dass ich wegen des dramaturgischen Aufbaus des Romans einige Lebensdaten, Ausführungen und Experimente in die kurze Zeitepoche um 1519 eingebettet habe. Ebenso ist es Peter Passler und einigen anderen ergangen, obwohl die historischen Hintergründe korrekt aufgearbeitet sind. Ich habe mich bemüht, Kirchturmerneuerung und Freskomalereien möglichst zeitlich genau einzuordnen, was im Detail aber nicht möglich war, wie auch der Ausbau der Churburg. Dem großartigen Oswald von Wolkenstein habe ich versucht, im Schloss Tyrol ein Denkmal zu setzen, genauso wie Salamanca, der wahrscheinlich zu dieser Zeit diese gewaltige Burg nicht besucht hat. Deshalb mögen mir auch die Leser und Leserinnen verzeihen, dass nicht alle historischen Details zeitgenau verarbeitet wurden.

Danksagung

Mein großer Dank gilt an erster Stelle Raimund Rechenmacher von der Bibliothek Schlandersburg, der mich bei diesem Roman von der ersten Idee an bis zur Fertigstellung unterstützt hat. Dazu gehörte nicht nur die Einladung auf die Rimpf-Höfe, wo ich in der Einsamkeit arbeiten durfte. Ich lernte faszinierende Menschen rund um die Rimpf-Höfe kennen, die mit großer Liebe und Sachkenntnis diesen alten Bergbauernhof ständig erneuern und mir Einblick in historische Handwerkskunst, Tradition und Lebensweise gegeben haben. Außerdem hat Raimund mir bei der Suche von Dokumenten geholfen, hat Verbindungen zu Fachleuten hergestellt, mir wertvolle Hinweise zur Recherche gegeben und als Erster mein Manuskript auf Fehler hin durchgelesen.

Mein großer Dank gilt Hermann Theiner, der mir mit großer Leidenschaft die Geschichte von Latsch, den Steinmetzen und Marmorarbeiten nähergebracht hat. Dann möchte ich mich auch für die freundliche Unterstützung bedanken bei: Graf Johannes von Trapp für seine Ausführungen über die Churburg. Attilio Mizzau, der den hölzernen Turmbau der Stadtkirche in Schlanders erforscht und mir an einem selbstgebauten Modell erläutert hat. Karl Perfler von der Tschenglsburg, der viel über die Karrner wusste. Danke an Monika Holzer, Helene Dietl-Laganda und Dr. Hans Wielander, der mir auch in vielen kulturhistorischen Aspekten weiterhelfen konnte. Danke an die vielen Menschen vor Ort, die mich freundschaftlich unterstützt haben, sei es mit einem Beutel Äpfel von der Ernte, einem selbstgebrannten Schnaps oder selbstgebackenem Paarlbrot. Und natürlich möchte ich mich bei meiner Textredakteurin Anke Pregler bedanken. Mein besonderer Dank gilt aber auch Monika Gruber vom Hasel-Hof. Jedem Besucher von Südtirol empfehle ich diese historische Familiengaststätte hoch oben am Nördersberg mit heimischer Küche und einmaligem Ausblick über das wundervolle Vinschger Land.

BASTEI LÜBBE
www.luebbe.de